용기

기백

결단력

해리 포터 시리즈

읽는 순서:
해리 포터와 마법사의 돌
해리 포터와 비밀의 방
해리 포터와 아즈카반의 죄수
해리 포터와 불의 잔
해리 포터와 불사조 기사단
해리 포터와 혼혈 왕자
해리 포터와 죽음의 성물

라틴어로도 읽을 수 있는 책:
해리 포터와 마법사의 돌
해리 포터와 비밀의 방

웨일스어, 고대 그리스어, 아일랜드어로도 읽을 수 있는 책:
해리 포터와 마법사의 돌

함께 읽을 책
신비한 동물 사전
퀴디치의 역사
(코믹 릴리프와 루모스를 돕고자 출간되었음)
음유시인 비들 이야기
(루모스를 돕고자 출간되었음)

이 세 권은 또한 다음의 시리즈로 출간되었습니다:
호그와트 라이브러리
(코믹 릴리프와 루모스를 돕고자 출간되었음)

일러스트 에디션
짐 케이 일러스트
해리 포터와 마법사의 돌
해리 포터와 비밀의 방
해리 포터와 아즈카반의 죄수
해리 포터와 불의 잔
해리 포터와 불사조 기사단

올리비아 L. 길 일러스트
신비한 동물 사전

크리스 리델 일러스트
음유시인 비들 이야기

J.K. ROWLING

해리포터
HARRY POTTER

아즈카반의 죄수

J.K. 롤링 지음 | **강동혁** 옮김

GRYFFINDOR

문학수첩

HARRY POTTER & THE PRISONER OF AZKABAN

First published in Great Britain in 1999 by Bloomsbury Publishing Plc
This edition Published in October 2019
Text © J.K. Rowling 1999
Cover and interior illustrations by Levi Pinfold © Bloomsbury Publishing Plc 2019
Wizarding World is a trade mark of Warner Bros. Entertainment Inc.
Wizarding World Publishing and Theatrical Rights © J.K. Rowling
Wizarding World characters, names and related indicia are TM and © Warner Bros.
Entertainment Inc. All rights reserved.
Korean translation copyright © 2023 by Moonhak Soochup Publishing Co., Ltd.

저자와 일러스트레이터의 저작인격권이 보장되어 있습니다.
이 책에서 등장하는 모든 인물과 사건은 허구이며 실존 인물과 사건을 연상시키는 부분이 있더라도
이는 저자의 의도와 무관합니다.

이 책은 저작권사와의 독점계약으로 ㈜문학수첩에서 출간되었습니다.
저작권법에 의해 한국 내에서 보호를 받는 저작물이므로 무단 전재와 무단 복제를 금합니다.

스윙의 대모

질 프루잇과 에인 킬리에게

고드릭 그리핀도르

CONTENTS

그리핀도르: 소개 ··· 8

호그와트 지도 ··· 10

해리 포터와 아즈카반의 죄수 1장~22장 ··· 13

패트로누스 ··· 678

레비 핀폴드가 그린 헤르미온느의 패트로누스

GRYFFINDOR
그리핀도르

♦ 소개 ♦

"어쩌면 그리핀도르가 될 수도 있겠지.
마음속 깊이 용기를 품은 자들이 사는 곳,
대담함과 용기, 기사도 정신이
단연 돋보인다네."

기숙사 배정 모자

진정한 그리핀도르의 특징은 규칙을 살짝 피하는 데 그치지 않고 아예 깨 버릴 용기가 있다는 것입니다. 그 때문에 다른 어느 곳보다도 이 기숙사에 말썽꾼들이 많은 것도 놀라운 일은 아니지요. 호그와트 3학년이 된 해리는 악명 높은 말썽꾼인 위즐리 쌍둥이 덕분에 도둑 지도를 손에 넣게 됩니다. 쌍둥이는 해리가 방문 허가서에 서명을 받지 못했다는 이유만으로 호그스미드에 가지 못하고 혼자 남아 있는 꼴을 가만 보고 있을 수 없었던 겁니다.

이 독창적인 마법 지도는 한 세대를 거슬러 올라가, 장난을 좋아했던 네 명의 그리핀도르 학생, 무니, 웜테일, 패드풋, 프롱스가 만든 것입니다. 하지만 그들의 비행 뒤에는 그럴 만한 훌륭한 이유도 있었습니다. 보름달이 뜨면 끔찍하게도 늑대인간으로 변신하는 무니를 혼자 두지 않겠다고 결심했기 때문이지요. 그러한 결심을 실행에 옮기고자, 무니의 세 친구는 애니마구스가 되기 위해 모든 노력을 쏟아부었습니다. 특정 동물로 변신할 수 있는 애니마구스의 능력은 마법 정부에 등록을 해야 하는 마법 기술입니다(그러나 세 친구는 진정한 그리핀도르답게 이런 절차를 무시해 버립니다).

대담하고 모험을 좋아하는 사람들은 그리핀도르를 본거지로 삼습니다. 퍼시 위즐리가 이 기숙사에 배정받은 것이 놀랍게 느껴지는 이유지요. 그의 교과서적인 사고방식은 형제들의 조롱거리가 될지 모르지만, 마지막 해에는 남학생 회장인 퍼시도 위기의 순간에 배짱을 보일 수 있음을 입증합니다.

알버스 덤블도어는 관습에 얽매인 적이 없는 사람으로, 그다지 정통이라고는 할 수 없는 두 사람을 호그와트 교수로 임명합니다. 해그리드가 새 마법 생명체 돌보기 교수가 되면서, 안 그래도 위험했던 이 과목은 더욱 위험해지기 일보 직전입니다. 교과서를 펴는 것만도 엄청난 과제라는 사실이 밝혀지지요! 리머스 루핀은 어둠의 마법 방어법에는 능숙할지 모르지만, 마법사든 머글이든 자기 자식이 늑대인간의 가르침을 받는다면 기뻐할 부모는 거의 없겠죠!

덤블도어 교수는 시리우스 블랙의 영혼이 아즈카반의 디멘터들에 의해 소멸당하는 것을 보느니 차라리 헤르미온느와 해리의 손에 타임 터너를 쥐어 주며 가장 근본적인 마법사 법을 어기는, 더욱 대담한 위험을 무릅씁니다. 그리핀도르 사람이라면 누구나 알고 있듯이, 가끔은 규칙을 깨뜨리는 것만이 앞으로 나아갈 수 있는 유일한 방법일 때도 있답니다…….

타임 터너

1장
부엉이 우편

해리 포터는 여러 면에서 아주 특이한 소년이었다. 일단 그는 1년 중 어느 때보다도 여름방학을 싫어했다. 또 정말로 숙제를 하고 싶어 했지만, 어쩔 수 없이 한밤중에 몰래 해야만 했다. 그리고 그는 마법사이기도 했다.

이미 자정에 가까운 시간이었다. 해리는 침대에 엎드려 이불을 머리 바로 위까지 텐트를 치듯 끌어당긴 채 한 손에는 손전등을 들고 커다란 가죽 장정 책(바틸다 백숏의 《마법의 역사》)을 베개에 기대 펼쳐 놓았다. 해리는 작문 숙제에 도움이 될 만한 내용을 찾아 이마를 찌푸리며 독수리 깃펜 끝으로 글을 훑어 내려갔다. "14세기에 이루어졌던 마녀 화형은 전혀 무의미한 일이었다. 이에 관해 논하시오."

깃펜이 쓸 만한 문단 앞에서 멈췄다. 해리는 동그란 안경을 콧등에서 밀어 올리고 손전등을 책 가까이로 가져간 다음 내용을 읽어 보았다.

중세 시대에 (일반적으로 머글이라고 알려진) 비마법사들은 유난히 마법을 두려워했으면서도 그것을 제대로 알아보지는 못했다. 드물게 진짜 마법사를 붙잡더라도 화형은 아무 소용이 없었다. 그 마법사는 스스로에게 아주 기초적인 화염-동결 마법을 건 다음, 속으로는 부드럽게 간질거리는 느낌을 즐기면서 고통으로 울부짖는 척했다. 실제로 '괴상한 웬델린'은 화형 당하는 일을 즐겨서 다양한 변장을 하고 최소 마흔일곱 번이나 잡히기도 했다.

해리는 깃펜을 입에 물고 베개 밑에 넣어 둔 잉크병과 양피지 두루마리로 손을 뻗었다. 그리고 아주 조심스러운 손놀림으로 천천히 잉크병 마개를 열고 깃펜을 살짝 담근 뒤, 가끔씩 소리를 들으려고 멈춰 가면서 글을 써 내려가기 시작했다. 더즐리 가족 누구라도 화장실 가는 길에 깃펜이 사각거리는 소리를 들었다가는 아마 남은 여름방학 내내 계단 밑 벽장에 갇히는 신세가 될 게 뻔했으니까.

프리빗가 4번지의 더즐리 가족은 해리가 여름방학을 전혀 즐기지 못하는 바로 그 이유였다. 해리에게 살아 있는 친척이라고는 버넌 이모부와 피튜니아 이모, 그들의 아들인 더들리뿐이었다. 머글인 그들은 마법에 대해 매우 중세적인 태도를 갖고 있었다. 해리의 돌아가신 부모님도 마법사였는데, 더즐리네 집 지붕 아래에서 그들이 언급된 적은 한 번도 없었다. 여러 해 동안 피튜니아 이모와 버넌 이모부는 온 힘을 다해 해리를 짓밟으면 그에게서 마법사 기질을 없앨 수 있을 거라고 생각했다. 그러나 그들 입장에서는 분통 터지게도 그 일은 성공하지 못했고, 이제 그들은 해리가 지난 2년을 대부분 호그와트 마법학교에서 보냈다는 사실을 누가 알게 될까 봐 두려워하며 지내고 있었다. 요즘 더즐리 가족이 할 수 있는 일이라고는, 여름방학이 시작되자마자 해리의 마법 책과 마법 지팡이, 솥, 빗자루를 벽장 안에 던져 넣고 문을 잠근 뒤 그가 이웃들과 이야기하지 못하게 하는 것뿐이었다.

호그와트 교수들이 엄청난 양의 방학 숙제를 내주었기 때문에 마법 책을 빼앗기는 건 해리에게 큰 문제가 아닐 수 없었다. 작문 숙제 중에서도, 해리가 가장 싫어하는 선생인 스네이프 교수가 내준 수축 마법약에 관한 숙제가 특히 걱정스러웠다. 해리에게 한 달 동안 방과 후 징계를 줄 핑계가 생긴다면 스네이프는 무척 즐거워할 게 틀림없었다. 그래서 해리는 방학 첫 주에 찾아온 기회를 얼른 잡았다. 버넌 이모부와 피튜니아 이모, 더들리가 앞뜰로 나가 이모부의 새 업무용 자동차를 구경하면서 (온 동네 사람들이 알아차릴 만큼 굉장히 시끄러운 목소리로) 감탄하는 사이, 해리는 아래층으로 살금살금 내려가서 숨겨진 열쇠를 찾아 계단 밑 벽장문을 열고 책 몇 권을 집어다 자신의 침실에 숨겼다. 이불에 잉크 자국만 남지 않으면 더즐리 가족은 그가 한밤중에 마법을 공부한다는 사실을 결코 알 수 없을 것이다.

지금 이모와 이모부는 이미 해리 때문에 기분이 좋지 않은 상태였으므로 해리는 되도록 그들과 부딪치지 않기를 바랐다. 방학이 시작되고 1주일 만에 해리의 마법사 친구에게서 전화가 걸려 왔기 때문이었다.

호그와트에서 해리와 가장 친한 친구 중 한 명인 론 위즐리는 가족 모두가 마법사였다. 이 말은, 론이 해리가 모르는 것을 많이 알고 있긴 하지만 전화는 여태껏 한 번도 써본 적이 없다는 뜻이었다. 대단히 불행하게도, 론의 전화를 받은 사람은 버넌 이모부였다.

"버넌 더즐리입니다."

때마침 그곳에 함께 있었던 해리는 수화기를 통해 들려오는 론의 목소리를 듣는 순간 얼어붙고 말았다.

"안녕하세요? 저기요? 들리세요? 해리, 포터랑, 얘기를, 하고, 싶은데요!"

론이 있는 힘껏 소리를 질러 대자 버넌 이모부는 화들짝 놀라면서 수화기를 귀에서 30센티미터는 떨어뜨리고 분노와 경계심이 섞인 표정을 지으며 눈을 부라렸다.

"누구냐?" 그가 전화기에 대고 소리쳤다. **"너 대체 누구야?"**

"론, 위즐리요!" 론은 버넌 이모부와 축구장 양끝에 서서 이야기하듯 마주 소리치고 있었다. **"해리의, 학교, 친구예요."**

버넌 이모부의 작은 눈이 그 자리에서 꼼짝도 못 하고 있는 해리에게 홱 돌아갔다.

"해리 포터란 애는 없다!" 버넌 이모부가 으르렁거리듯 고함을 질렀다. 그는 폭발할까 봐 겁이라도 나는지 급기야 수화기를 든 팔을 쭉 뻗고 있었다. **"무슨 놈의 학교를 말하는지 모르겠구나! 다시는 연락하지 마라! 내 가족 근처엔 얼씬도 하지 마!"**

그는 독거미라도 떨어뜨리듯 수화기를 전화기에 쾅 내려놓았다.

그리고 어느 때보다도 야단스러운 윽박지름이 이어졌다. **"감히 우리 집 전화번호를 그런 사람들한테…… 너 같은 사람들한테 알려 주다니!"** 버넌 이모부가 해리에게 침을 튀겨 가면서 버럭버럭 소리를 질렀다.

다시 전화를 걸지 않은 것을 보면 론은 해리가 자기 때문에 곤란해졌다는 사실을 알아차린 게 틀림없었다. 해리의 또 다른 호그와트 친구인 헤르미온느 그레인저에게서도 연락이 없었다. 해리는 론이 헤르미온느에게 전화를 걸지 말라고 말했을지도 모른다고 생각했다. 그렇다면 정말 안타까운 일이었다. 해리의 학년에서 가장 머리가 좋은 마법사인 헤르미온느는 부모님이 머글이었기에 전화 사용법을 완벽하게 알고 있었고, 아마도 호그와트에 다닌다는 말을 하지 않을 정도의 분별력은 충분히 갖추고 있을 테니까.

그래서 해리는 5주라는 기나긴 시간 동안 마법사 친구들에게서 어떠한 연락도 받지 못했고, 결과적으로 이번 여름방학은 작년 여름방학만큼이나 견디기 힘들어지고 있었다. 단 한 가지 아주 조금 나아진 점은 있었다. 해리는 어떤 친구한테도 절대 편지를 보내지 않겠다고 맹세한 다음 밤에 올빼미 헤드위그를 밖으로 내보내도 된다는 허락을 받았다. 하루 종일 새장에 갇혀 있으면 헤드위그가 소란을 피웠기에 버넌 이모부가 어쩔 수 없이 항복한 것이었다.

해리는 '괴상한 웬델린'에 관한 이야기를 다 쓰고 잠시 숨을 죽인 채 다시 귀를 기울였다. 집은 어둠에 휩싸인 채 침묵에 잠겨 있었다. 비대한 몸집의 사촌 더들리가 드르렁드르렁 코 고는 소리만이 멀찍이서 들려오며 그 침묵을 깨뜨릴 뿐이었다. 시간이 아주 늦었을 게 틀림없었다. 피곤해서 눈이 따끔거렸다. 아마도 이 작문 숙제는 내일 밤에 끝내야 할 것 같았다…….

그는 잉크병 마개를 닫고 침대 밑에서 낡은 베갯잇을 끌어당겨 손전등과 《마법의 역사》, 작문 숙제, 깃펜과 잉크를 그 안에 집어넣은 뒤 이부자리에서 나와 그것을 침대 밑 헐거운 마룻바닥 아래 숨겼다. 그런 다음 바닥에서 일어나 기지개를 쭉 켜고 침대 옆 탁자 위의 야광 자명종 시계로 눈을 돌려 시간을 확인했다.

새벽 1시. 이상하게 속이 뒤틀렸다. 그는 어느새 열세 살이 되어 있었다. 알아차리지도 못하는 사이 한 시간이 통째로 지나간 것이다.

해리의 또 한 가지 특이한 점은 자신의 생일을 거의 기대하지 않는다는 것이었다. 그는 태어나서 지금까지 생일 카드 한 번 받아 본 적이 없었다. 더즐리 가족은 최근 2년 동안 해리의 생일을 완전히 무시했다. 이번 생일이라고 딱히 기억해 줄 리가 없었다.

해리는 지금은 비어 있는 헤드위그의 커다란 새장을 지나 어두운 방을 가로질러 가서는 창문을 열고 창틀에 기댔다. 오랫동안 이불을 뒤집어쓰고 있던 터라 얼굴에 닿는 시원한 밤공기가 기분 좋게 느껴졌다. 헤드위그는 오늘 밤까지 이틀째 돌아오지 않고 있었지만, 예전에도 이런 적이 있었기에 걱정이 되지는 않았다. 그래도 해리는 헤드위그가 빨리 돌아왔으면 하는 마음뿐이었다. 이 집에서 해리를 보고 움찔하지 않는 살아 있는 생명체는 헤드위그뿐이었으니까.

지금도 나이에 비해 작고 마른 편이긴 했지만 해리는 작년에 키가 몇 센티미터 자랐다. 반면 칠흑 같은 머리카락은 언제나 그랬던 것처럼, 해리가 아무리 어떻게든 정리해 보려고 해도 고집스러울 만큼 늘 어수선하게 흐트러져 있었다. 안경 너머의 두 눈은 밝은 초록색이었고, 이마에는 머리카락 사이로 선명하게 보이는 가느다란 번개 모양 흉터가 있었다.

이 흉터는 해리가 가진 그 모든 특이한 점 가운데서도 가장 특이한 것이었다. 더즐리 부부가 10년 동안이나 속여 온 것과 달리 이 흉터는 해리의 부모님이 교통사고로 돌아가시면서 생긴 추억의 산물이 결코 아니었다. 릴리와 제임스 포터는 교통사고로 죽지 않았다. 그들은 지난 100년을 통틀어 가장 두려운 존재였던 어둠의 마법사 볼드모트 경에게 살해당했다. 해리도 그때 같은 공격을 받았지만 이마에 흉터만 생겼을 뿐 살아남았다. 볼드모트가 날린 저주는 해리를 죽이는 대신 그 자신에게 되돌아갔다. 볼드모트는 간신히 목숨만 건진 채 도망쳤다…….

해리는 호그와트에 들어간 이후로 볼드모트와 마주친 적이 있었다. 어두운 창가에 서서 지난번 볼드모트와의 만남을 떠올리자 열세 번째 생일을 맞이한 것만으로도 행운이라는 걸 인정하지 않을 수 없었다.

그는 아마도 칭찬받으려고 부리에 죽은 쥐를 대롱거리며 돌아오고 있을 헤드위그를 찾아 별이 총총한 밤하늘을 훑었다. 멍하니 지붕 너머를 응시하던 해리는 얼마 지나지 않아 자기가 뭘 보고 있는지 깨달았다.

이상하게 한쪽으로 기울어진 웬 커다란 생명체가 황금색 달빛에 윤곽을 드러내더니 매 순간 점점 커졌다. 그 정체 모를 생명체는 해리를 향해 퍼덕거리며 날아오고 있었다. 해리는 그 생물이 점점 더 아래로 가라앉는 모습을 지켜보며 가만히 서 있었다. 해리는 손을 걸쇠에 올려놓은 채 창문을 닫아야 할지 말아야 할지 아주 잠깐 망설였다. 그때 그 기괴한 생물이 프리빗가의 가로등 위로 솟구쳐 올랐다. 해리는 그것의 정체를 알아보고 옆으로 펄쩍 비켜섰다.

창문으로 올빼미 세 마리가 날아들어 왔다. 그중 두 마리가 의식을 잃은 듯 보이는 나머지 한 마리를 양옆에서 부축하고 있었다. 올빼미들은 해리의 침대 위에 부드럽게 '털썩' 내려앉았다. 가운데의 큰 회색 올빼미는 곧바로 뒤집어지더니 쓰러져서 꼼짝도 하지 않았다. 녀석의 다리에는 커다란 꾸러미가 묶여 있었다.

해리는 의식을 잃은 그 올빼미를 단번에 알아보았다. 그 올빼미의 이름은 에롤, 위즐리 가족의 올빼미였다. 해리는 부리나케 침대로 달려가 에롤의 다리에 감긴 끈을 풀고 소포를 떼어 낸 뒤 녀석을 헤드위그의 새장으로 데려갔다. 에롤은 한쪽 눈을 게슴츠레하게 뜨고 힘없이 부엉부엉 소리를 내면서 고마움을 표시한 다음 꿀꺽꿀꺽 물을 마시기 시작했다.

해리는 다시 나머지 올빼미들에게로 고개를 돌렸다. 그

중 크고 새하얀 암컷이 해리의 올빼미인 헤드위그였다. 헤드위그도 소포를 갖고 있었으며 무척 자랑스러운 듯 보였다. 해리가 소포를 떼 주자 헤드위그는 부리로 해리를 다정스럽게 한 번 깨물더니 방을 포르르 날아가 에롤이 있는 새장으로 들어갔다.

처음 보는 세 번째 녀석은 잘생긴 황갈색올빼미였는데, 해리는 그 녀석이 어디서 왔는지 단번에 알아볼 수 있었다. 세 번째 소포와 함께 호그와트 문장(紋章)이 찍힌 편지를 갖고 있었기 때문이다. 해리가 우편물을 떼 주자 녀석은 거드름을 피우듯 깃털을 곤두세우더니 날개를 쭉 펴고 창밖 밤하늘 속으로 날아갔다.

해리는 침대에 앉아 에롤이 가져온 소포를 들고 갈색 포장지를 뜯었다. 금박지에 싸인 선물과 태어나서 처음 받아 보는 생일 카드가 나왔다. 그는 살짝 떨리는 손가락으로 봉투를 열었다. 봉투 안에서 종이 두 장이 떨어졌다. 편지 한 통과 오려낸 신문 기사였다.

마법사 신문인 《예언자일보》에서 오려 낸 기사가 틀림없었다. 흑백사진 속 사람들이 움직이고 있었다. 해리는 신문을 집어서 구겨진 부분을 펴고 읽어 보았다.

마법 정부 직원,
복권 1등 당첨으로 떼돈

 마법 정부 머글 제품 오용 관리과장 아서 위즐리가 해마다 열리는 《예언자일보》 갈레온 복권 추첨에서 1등에 당첨됐다.

 위즐리 씨는 기뻐하며 "상금은 이집트에서 여름휴가 비용으로 쓸 겁니다. 우리 첫째 아들 빌이 그곳 그린고츠 마법사 은행에서 저주 차단 전문가로 일하고 있거든요"라고 《예언자일보》에 전했다.

 위즐리 가족은 이집트에서 한 달을 보낸 뒤 호그와트의 새 학기가 시작될 즈음 돌아올 예정이다. 호그와트에는 현재 위즐리 가족의 다섯 자녀가 재학 중이다.

 해리는 움직이는 사진을 들여다보았다. 거대 피라미드 앞에 서서 열심히 손을 흔드는 위즐리 가족 아홉 명 모두를 보자 얼굴에 씩 웃음이 번졌다. 통통하고 자그마한 위즐리 부인과 키가 크고 머리가 벗어진 위즐리 씨, 아들 여섯과 딸 하나까지 모두 (흑백사진에서는 보이지 않았지만) 타는 듯한 빨간 머리였다. 사진 한가운데서는 키가 크고 호리호리한 론이 쥐 스캐버스를 어깨에 얹은 채 여동생 지니에게 팔을 두르고 있었다.

해리는 위즐리 가족보다 더 금화 더미를 받아 마땅한 사람을 생각할 수 없었다. 그들은 아주 좋은 사람들이면서도 극도로 가난했으니까. 그는 론의 편지를 펼쳐 들었다.

해리에게.

생일 축하해!

저기, 전화는 정말 미안. 머글들이 널 괴롭히지 않았으면 좋겠다. 아빠한테 물어보니까 소리를 치면 안 되는 거였대.

여기 이집트는 아주 멋진 곳이야. 빌이 무덤들을 죄다 구경시켜 줬는데, 그 옛날 이집트 마법사들이 어떤 저주 마법을 걸어 놨는지 들으면 아마 믿지 못할 거야. 엄마는 마지막 무덤에 지니를 못 들어가게 했어. 무덤에 침입했다가 머리나 뭐 그런 게 추가로 생겨난 온갖 돌연변이 머글 해골이 잔뜩 있었거든.

아빠가 《예언자일보》 복권에 당첨됐을 땐 도저히 믿을 수가 없었어. 자그마치 700갈레온이야! 이번 휴가에 거의 다 써 버리긴 했지만 내가 다음 학기에 쓸 새 마법 지팡이는 사 주실 것 같아.

해리는 론이 예전에 쓰던 마법 지팡이가 부러질 당시의

상황을 생생하게 기억하고 있었다. 둘이 같이 자동차를 타고 호그와트로 날아가다가 교정의 나무를 들이받았던 것이다.

> 우린 개학 1주일 전쯤에 돌아갈 거야. 내 마법 지팡이랑 우리 새 교과서를 사러 런던에 갈 거거든. 거기에서 만날 수 있을까?
> 머글들한테 주눅 들지 말고!
> 런던에 오라고 노력해 봐.
>
> 론
>
> 추신. 퍼시는 남학생 회장이 됐어. 지난주에 편지를 받았는대.

해리는 사진을 다시 한 번 힐끗 바라보았다. 호그와트에서 7학년이자 마지막 학년이 된 퍼시는 유난히 의기양양해 보였다. 깔끔하게 빗어 넘긴 머리에 멋들어지게 얹힌 페즈(일부 이슬람 국가에서 남자들이 쓰는 원통형 모자—옮긴이)에는 남학생 회장 배지가 달려 있었다. 그의 뿔테 안경이 이집트의 태양 빛을 받아 번쩍거렸다.

해리는 이제 선물로 눈길을 돌려 포장을 풀어 보았다. 포장 안에는 유리로 만든 조그만 팽이 같은 것이 들어 있었고 그 밑에 론이 쓴 또 다른 편지가 있었다.

> 해리, 이건 휴대용 스니코스코프라는 거야. 주위에 못 믿을 사람이 있으면 불이 켜지면서 빙빙 돌아간대. 빌은 마법사 관광객들한테 파는 엉터리 물건이라 믿을 건 못 된다고 했어. 어젯밤 저녁 식사 시간에 계속 불이 켜졌거든. 하지만 빌은 프레드랑 조지가 자기 수프에 딱정벌레를 넣은 줄은 몰랐지.
> 그럼 이만.
>
> 론

해리는 휴대용 스니코스코프를 침대 옆 탁자에 올려놓았다. 스니코스코프는 시곗바늘의 야광 빛을 반사하며 꼭지로 균형을 잡고 매우 고요하게 놓여 있었다. 해리는 잠깐 동안 기분 좋게 스니코스코프를 바라보다가 헤드위그가 가져온 소포를 집어 들었다.

그 안에도 포장된 선물과 카드, 편지가 있었다. 헤르미온느에게서 온 것이었다.

> 해리에게.
> 론이 편지로 너희 버넌 이모부한테 전화를 걸었던 얘기를 해 줬어. 진

심으로 네가 괜찮았으면 좋겠다.

　난 지금 프랑스에 있어. 너한테 이걸 어떻게 보내야 할지 모르겠더라고. 세관에서 열어 보면 어떻게 해? 근데 그때 헤드위그가 나타난 거야! 네가 기분 전환할 수 있는 생일 선물을 꼭 받길 바랐나 봐. 네 선물은 부엉이 쇼핑으로 샀어. 《예언자일보》에 광고가 났거든(난 《예언자일보》를 정기 구독 하고 있어. 마법사 세계에서 무슨 일이 벌어지는지 계속 알 수 있으니 참 좋아). 1주일 전 론네 가족사진 봤어? 론은 틀림없이 엄청나게 많은 걸 배우고 있을 거야. 정말 부러워. 고대 이집트 마법사들은 진짜 매력적이야.

　여기에도 이곳 고유의 마법 향토사가 있어. 새로 알아낸 내용들을 넣느라 마법의 역사 작문 숙제를 전부 다시 써야 했지 뭐야. 너무 길게 쓴 게 아니었으면 좋겠는데. 빈스 교수님이 쓰라고 한 것보다 양피지 두루마리 두 개 분량이나 더 많이 썼거든.

　론은 방학 마지막 주에 런던에 갈 거래. 너도 올 수 있니? 너희 이모랑 이모부가 보내 줄까? 그럼 정말 좋겠다. 방법이 없다면 9월 1일에 호그와트 급행열차에서 보자!

사랑을 담아

헤르미온느

　추신: 론이 그러는데 퍼시가 남학생 회장이 됐대. 퍼시는 정말 기쁠

거야. 론은 별로 좋아하는 것 같지 않지만.

해리는 다시 웃으며 헤르미온느의 편지를 치우고 선물을 집어 들었다. 꽤 무거웠다. 헤르미온느를 잘 아는 해리는 아주 어려운 주문으로 가득한 커다란 책일 거라고 확신했다. 그런데 아니었다. 포장지를 뜯자 은색 글자가 찍혀 있는 번쩍이는 검은색 가죽 상자가 보였다. 심장이 쿵쾅거렸다. '빗자루 손질 용품 세트'.

"와, 헤르미온느!" 지퍼를 열고 안을 들여다본 해리가 숨죽여 외쳤다.

'플리트우드의 끝내주는 손잡이 광택제' 큰 병과 은색으로 번쩍이는 '꼬리 잔가지 깎이', 장거리 여행 시 빗자루에 매달아 놓는 조그만 놋쇠 나침반에, 《내 손으로 직접 하는 빗자루 관리 안내서》라는 책도 한 권 들어 있었다.

친구들을 제외하고 해리가 호그와트에서 가장 그리워하는 것은 마법사 세계에서 가장 인기 있는 스포츠인 퀴디치였다. 퀴디치는 빗자루를 타고 하는 굉장히 위험하면서 매우 흥미진진한 스포츠로, 해리는 공교롭게도 아주 뛰어난 실력을 지닌 퀴디치 선수가 되었다. 100년 만에 호그와트 기숙사 최연소 대표 선수로 뽑히기도 했다. 그가 가장 아끼는 소지품 중 하나도 경주용 빗자루인 님부스 2000이었다.

그는 가죽 상자를 옆으로 치워 놓고 마지막 소포를 집어 들었다. 갈색 포장지 위에 마구 휘갈겨 쓴 글씨가 곧바로 눈에 들어왔다. 호그와트 마법학교의 숲지기인 해그리드가 보낸 선물이었다. 가장 겉에 쌓인 포장지를 뜯자 초록색 가죽 같은 것이 언뜻 보였다. 하지만 포장을 제대로 뜯기도 전에 소포가 기묘하게 부르르 떨리더니, 안에 들어 있던 뭔가가 요란스럽게 딱딱거리기 시작했다. 마치 입이라도 달린 것처럼.

해리는 한순간 얼어붙고 말았다. 해그리드가 일부러 위험한 물건을 보낼 리 없다는 것은 분명한 사실이었지만 그는 위험한 것에 대해 보통 사람과는 다른 시각을 가지고 있었다. 해그리드는 거대한 거미를 친구로 삼는가 하면, 술집에서 만난 사람한테서 머리가 셋 달린 사나운 개를 사기도 했고, 불법적으로 구한 용의 알을 자기 오두막에 몰래 들여온 적도 있었다.

해리는 불안해하면서 손가락으로 소포를 쿡 찔러 보았다. 소포가 다시 한 번 시끄럽게 딱딱거렸다. 해리는 침대 옆 탁자 위에 있는 전등을 한 손에 움켜쥐고 내려칠 태세로 머리 위로 치켜들었다. 그런 다음 다른 손으로 남아 있는 포장지를 잡고 확 당겼다.

그러자 책 한 권이 나왔다. 해리가 '괴물들에 관한 괴물 책'이라는 황금색 제목이 선명하게 새겨져 있는 근사한 초록색 표지를 확인한 순간, 책은 홱 뒤집혀 모로 서더니 마치 기괴한 게처럼 옆걸음으로 침대 위를 달음쳐 갔다.

"아, 이런." 해리가 중얼거렸다.

책은 요란한 소리를 내며 침대에서 굴러떨어지더니 방 저편으로 사사삭 이동했다. 해리는 살금살금 쫓아가 보았다. 책은 책상 밑 어두운 공간에 숨어 있었다. 해리는 더즐리 가족이 계속 깊이 잠들어 있기를 바라며 양손과 무릎을 바닥에 대고 책을 향해 다가갔다.

"아얏!"

책이 해리의 손 위에서 탁 덮이더니 다음 순간 페이지들을 펄럭이면서 그를 지나쳐 달아났다. 책은 표지로 바닥을 딛고 끊임없이 방 안을 빠르게 돌아다니고 있었다. 해리는 허둥지둥 쫓아다닌 끝에 몸을 날려 간신히 책을 깔아뭉갤 수 있었다. 옆방에서 버넌 이모부가 잠결에 시끄럽게 궁얼거리는 소리가 들렸다.

헤드위그와 에롤이 흥미롭게 지켜보는 가운데 해리는 몸부림치는 책을 양팔로 꽉 끌어안고 재빨리 서랍장으로 달려가 허리띠를 꺼내서 책을 감고 단단히 조였다. 《괴물들에 관한 괴물책》은 화난 듯 부르르 떨었지만 더 이상 펄럭거리거나 깨물지는 못했다. 해리는 책을 침대에 던지고 해그리드의 카드로 손을 뻗었다.

> 해리에게.
>
> 생일 축하한다!
>
> 다음 학기엔 이 책이 쓸모 있을 거라는 생각이 든다. 여기서는 더 이상 말하지 않으마. 만나면 얘기해 줄게.
>
> 머글들이 너한테 잘해 줬으면 좋겠구나.
>
> 그럼 이만.
>
> 해그리드

깨무는 책이 쓸모 있을 거라는 해그리드의 생각에 불길함이 몰려들긴 했지만, 해리는 그의 카드를 론과 헤르미온느의 카드 옆에 세워 놓고 어느 때보다도 활짝 미소 지었다. 이제 호그와트에서 온 편지만 남았다.

편지가 평소보다 두껍다는 것을 알아챈 해리는 봉투를 뜯어 안에 들어 있던 양피지 첫 장을 꺼내 읽어 보았다.

포터 군에게.

9월 1일에 새 학기가 시작될 예정이니 유념하길 바랍니다. 호그와트 급행열차는 킹스크로스역의 9와 4분의 3 승강장에서 11시 정각에 출발합니다.

3학년 학생들은 정해진 주말에 호그스미드 마을을 방문할 수 있습니다. 동봉한 허가서에 부모님 또는 보호자의 서명을 받아 오시길 바랍니다.

다음 학기 교과서 목록을 동봉합니다.

교감

M. 맥고나걸 교수 드림

해리는 호그스미드 방문 허가서를 꺼내서 한동안 바라보았다. 더 이상 웃음이 나오지 않았다. 주말에 호그스미드를 방문하는 것은 정말 멋진 일일 것이다. 해리는 호그스미드가 마법사들만 사는 마을이라는 사실은 알았지만 그곳에 가 본 적은 한 번도 없었다. 하지만 도대체 어떻게 버넌 이모부나 피튜니아 이모를 설득해 허가서에 서명을 받는단 말인가?

그는 자명종 시계를 확인했다. 어느새 새벽 2시였다.

해리는 호그스미드 허가서에 대한 걱정은 일어나서 하기로 하고 다시 침대로 들어갔다. 그리고 호그와트로 돌아갈 때까지 남은 날을 거꾸로 헤아리며 손을 뻗어 직접 만든 표에서 또 하루를 지웠다. 그런 다음 그는 안경을 벗고 뜬눈으로 생일카드 세 장을 마주 보고 누웠다.

또래 소년들과 다르게 굉장히 특이한 존재인 해리 포터도 그 순간만큼은 다른 모두와 똑같은 기분을 느꼈다. 그는 생전 처음으로 오늘이 생일이어서 기뻤다.

2장
마지 고모의 큰 실수

 다음 날 아침 식사를 하러 내려가 보니 더즐리 가족 세 사람은 이미 부엌 식탁에 둘러앉아 있었다. 그들은 더즐리가 여름방학 귀가 환영 선물로 받은 최신형 텔레비전을 보고 있었다. 그동안 냉장고와 거실 텔레비전 사이의 거리가 멀어서 많이 걸어야 한다며 큰 소리로 불평해 왔던 더즐리는 작고 돼지 같은 눈을 화면에 고정하고 먹는 내내 다섯 겹의 턱을 흔들면서 여름방학 대부분을 부엌에서 보냈다.
 해리는 더즐리와 버넌 이모부 사이에 앉았다. 버넌 이모부는 덩치가 크고 뚱뚱한 남자로 목은 거의 없고 풍성한 콧수염을 기르고 있었다. 생일을 축하해 주기는커녕 더즐리 가족 누구 한 사람 해리가 부엌에 들어온 사실을 눈치챈 내

색조차 하지 않았지만, 너무 익숙한 일이었기에 해리는 신경 쓰지 않았다. 그는 토스트 한 조각을 먹은 뒤 눈을 들어 웬 탈옥수 소식을 전하는 텔레비전 속 아나운서를 바라보았다.

"……블랙은 무장한 상태이며 극도로 위험하니 주의하시길 당부드립니다. 긴급 직통전화가 설치되었으니 블랙을 목격할 경우 즉시 신고해 주시기 바랍니다."

"저놈이 나쁜 놈이라는 건 말할 필요도 없겠군." 버넌 이모부가 신문 1면에 실린 죄수를 노려보며 콧방귀를 뀌었다. "저 꼴을 봐, 더러운 게으름뱅이 녀석! 저 머리 꼴 좀 보라고!"

그는 험악한 얼굴을 하고 곁눈질로 해리를 쏘아보았다. 해리의 부스스한 머리카락은 늘 버넌 이모부에게 엄청난 짜증을 불러일으켰다. 하지만 정작 해리는 잔뜩 엉켜 팔꿈치까지 내려오는 헝클어진 머리카락에 둘러싸인 수척한 얼굴의 텔레비전 속 남자와 비교하면 매우 단정한 편이었다.

아나운서가 다시 나왔다.

"농림수산부 장관이 오늘 발표할 예정인……."

"잠깐!" 버넌 이모부가 아나운서를 사납게 노려보며 소리 질렀다. "저 미친놈이 어디에서 탈옥했는지 얘기 안 했잖아? 그럼 무슨 소용이야? 정신병자가 지금 당장 거리에 나타날 수도 있는데!"

비쩍 마르고 말처럼 생긴 피튜니아 이모가 고개를 홱 돌려 부엌 창문 밖을 뚫어지게 쳐다보았다. 해리는 피튜니아 이모가 긴급 직통전화를 걸고 싶어 좀이 쑤신다는 것을 알고 있었다. 그녀는 세상에서 가장 참견하기 좋아하는 사람으로, 인생 대부분을 법을 어기는 일 따위는 절대 없는 따분한 이웃들을 염탐하며 보냈다.

"대체 언제쯤 *깨달으려나*." 버넌 이모부가 큼직한 자줏빛 주먹으로 탁자를 쾅 내리치며 말했다. "저런 인간들을 다루는 유일한 방법은 교수형뿐이라고!"

"그러게나 말이에요." 여전히 눈을 가늘게 뜨고 이웃집 깍지콩 덤불을 유심히 살펴보던 피튜니아 이모가 말했다.

버넌 이모부는 찻잔을 비우고 손목시계를 힐끗 보더니 덧붙였다. "난 조금 이따가 나가 봐야겠어, 피튜니아. 마지가 탄 기차가 10시에 도착하거든."

마음이 2층 빗자루 손질 용품 세트에 가 있던 해리의 가슴이 쿵 내려앉았다.

"마지 고모요?" 그가 불쑥 내뱉었다. "고, 고모가 여기 오시는 건 아니죠?"

마지 고모는 버넌 이모부의 누나였다. (해리의 어머니는 피튜니아 이모의 동생이었으므로) 해리와는 혈연관계가 아니었지만 해리는 늘 그녀를 '고모'라고 부르도록 강요당했다. 마지 고모는 큰 정원이 딸린 시골집에 살면서 불도그들을 키우고 있었는데, 그 소중한 개들과의 이별을 견디지 못해 프리빗가에 자주 머물지는 않았지만 방문할 때마다 해리의 머릿속에 끔찍할 만큼 생생한 기억을 남겨 놓곤 했다.

더들리의 다섯 번째 생일 파티 때 마지 고모는 '즐겁게 춤을 추다가 그대로 멈춰라' 놀이를 하면서 해리가 더들리를 이기지 못하도록 막대기로 그의 정강이를 후려쳤다. 몇 년 뒤 크리스마스에는 더들리에게 줄 전자식 로봇 장난감과, 해리에게 줄 개 사료 한 상자를 들고 나타났다. 호그와트에 입학하기 1년 전 마지막으로 왔을 때에는 해리가 실수로 그녀가 가장 아끼는 개, 리퍼의 발을 밟고 말았다. 그 개한테 쫓긴 해리가 정원으로 달아나 급기야 나무 위로 올라갔는데도 마지 고모는 자정이 지날 때까지 개를 불러들이지 않았다. 더들리는 지금까지도 그 사건을 떠올릴 때마다 눈에 눈물이 맺힐 정도로 웃어 댔다.

"1주일 동안 여기서 지낼 거다." 버넌 이모부가 으르렁대

듯 말했다. "그리고 말이 나와서 말인데." 그는 뭉뚱한 손가락으로 위협하듯 해리를 가리켰다. "마지를 데려오기 전에 몇 가지 확실히 해 둬야겠다."

더들리가 히죽거리며 텔레비전에서 시선을 뗐다. 버넌 이모부에게 괴롭힘 당하는 해리를 보는 건 더들리가 가장 좋아하는 오락거리였다.

"첫째." 버넌 이모부가 화난 목소리로 말했다. "마지한테 이야기할 때 예의를 갖추도록."

"알았어요." 해리가 씁쓸하게 말했다. "고모가 저한테 얘기할 때 그렇게 하면요."

"둘째." 버넌 이모부가 해리의 대답을 듣지 못한 척하며 말했다. "마지는 네 *비정상적인 성향*을 전혀 모르니까 마지가 여기에 있는 동안에는 어떤, 그 어떤 이상한 일도 일어나서는 안 된다. 얌전히 굴어라. 알겠냐?"

"고모가 그렇게 하면 저도 그럴게요." 해리가 이를 악물고 대답했다.

"그리고 셋째." 버넌 이모부가 말했다. 작고 심술궂은 눈이 어느새 거대한 자줏빛 얼굴에 그어 놓은 금처럼 가늘어졌다. "우리는 마지한테 네가 세인트 브루투스 구제 불능 소년범 보호시설에 다닌다고 말했다."

"*뭐라고요?*" 해리가 소리쳤다.

"너도 그렇게 입을 맞춰야 할 거다, 이 녀석. 안 그러면 혼날 줄 알아." 버넌 이모부가 내뱉었다.

해리는 자리에 앉은 채 얼굴이 하얗게 질리도록 화가 나서 버넌 이모부를 노려보았다. 도저히 믿기지 않았다. 마지 고모가 1주일씩이나 여기에 머문다니. 버넌 이모부의 낡은 양말 한 켤레를 포함하더라도, 이건 더즐리 가족이 지금까지 그에게 준 것 중에서 최악의 생일 선물이었다.

"아무튼, 피튜니아." 버넌 이모부가 무거운 몸을 일으키며 말했다. "그럼 나는 이만 역에 가 봐야겠어. 같이 갈 테냐, 더더스?"

"아니." 더들리가 말했다. 버넌 이모부가 해리 위협하기를 끝낸 지금 그의 관심은 텔레비전으로 돌아가 있었다.

"우리 더디, 고모 오시기 전에 몸단장해야겠네." 피튜니아 이모가 더들리의 숱 많은 금발을 매만지며 말했다. "엄마가 우리 더디 주려고 사랑스러운 새 나비넥타이를 사 왔지요."

버넌 이모부는 더들리의 뚱뚱한 어깨를 탁 쳤다.

"그럼 좀 이따 보자." 그는 그렇게 말하고 부엌을 나갔다.

충격으로 멍하니 있던 해리는 문득 뭔가를 떠올렸다. 그는 토스트를 내던지고 재빨리 일어나 버넌 이모부를 따라 현관으로 갔다.

버넌 이모부는 반코트를 걸치고 있었다.

"넌 안 데려가." 그가 몸을 돌려 자기를 바라보던 해리를 보고 으르렁거리듯 말했다.

"누가 가고 싶대요?" 해리가 차갑게 말했다. "뭘 좀 부탁드리고 싶어서 그래요."

버넌 이모부가 의심스러운 눈초리로 그를 바라보았다.

"호그…… 그러니까 우리 학교 3학년 학생들은 가끔씩 어떤 마을을 방문할 수 있어요." 해리가 말했다.

"그런데?" 버넌 이모부가 문 옆에 달린 고리에서 자동차 열쇠를 집으며 쏘아붙였다.

"이모부가 허가서에 서명을 해 주셔야 해요." 해리는 단숨에 내뱉었다.

"내가 왜 그래야 하지?" 버넌 이모부가 코웃음을 쳤다.

"글쎄요." 해리가 단어를 조심스럽게 골라 가며 말을 이었다. "저도 힘들 것 같거든요. 마지 고모한테 거기 다니는 척하는 것 말이에요. 세인트 뭐더라……."

"세인트 브루투스 구제 불능 소년범 보호시설!" 버넌 이모부가 소리쳤다. 해리는 버넌 이모부의 목소리에 확실한 두려움의 기색이 어려 있는 것을 듣자 기분이 좋았다.

"네, 거기요." 해리가 버넌 이모부의 커다란 자줏빛 얼굴을 침착하게 올려다보며 말했다. "기억할 게 너무 많잖아요. 그럴싸하게 들리도록 말해야 하고요. 안 그런가요? 제가 실수로 뭔가 흘리면 어쩌시려고요?"

"그럼 흠씬 두들겨 맞겠지. 안 그러냐?" 버넌 이모부가 주먹을 들어 올리고 해리에게 다가서면서 고함을 질렀다. 하지만 해리는 꿈쩍도 하지 않았다.

"배 속이 터져 나올 때까지 저를 두들겨 패 봤자, 제가 할지도 모르는 그 얘기를 마지 고모가 잊지는 않겠죠." 그가 단호하게 말했다.

버넌 이모부는 여전히 주먹을 들어 올린 채, 얼굴이 붉으락푸르락해져서 멈춰 섰다.

"하지만 이모부가 허가서에 서명해 주시면" 하고, 해리가 재빨리 말을 이었다. "맹세코 제가 다니는 걸로 돼 있는 학교가 어딘지 기억하고, 머글…… 그러니까, 정상인 것처럼 행동할게요."

버넌 이모부가 이를 드러냈다. 관자놀이에서는 핏줄이 꿈틀거렸다. 하지만 해리는 그가 고민 중이라는 사실을 알 수 있었다.

"좋아." 마침내 그가 날카롭게 내뱉었다. "마지가 와 있는 동안 네 행동을 유심히 살펴보도록 하지. 네가 끝까지 하라는 대로 잘 하고 말을 맞추면 그 망할 놈의 서류에 사인해 주마."

그는 몸을 돌려 현관문을 열더니 문 위의 작은 창유리가 떨어질 정도로 세게 쾅 닫았다.

해리는 부엌으로 가지 않고 2층의 자기 방으로 돌아갔다. 진짜 머글 행세를 하려면 지금 시작하는 편이 나았다. 그는 구슬픈 마음으로 천천히 선물과 생일 카드를 모두 모아 숙제를 넣은 느슨한 마룻바닥 아래 숨긴 뒤 헤드위그의 새장으로 갔다. 에롤은 회복한 것 같았다. 에롤과 헤드위그 둘 다 날개 아래 머리를 파묻고 잠들어 있었다. 해리는 한숨을 쉰 다음 둘을 쿡 찔러 깨웠다.

"헤드위그." 해리가 우울함이 깃든 목소리로 말했다. "너 1주일 동안 딴 데 가 있어야겠다. 에롤하고 같이 가. 론이 돌봐 줄 거야. 내가 론한테 상황을 설명하는 편지를 써 줄게. 그런 눈으로 보지 마." 헤드위그의 커다란 호박색 눈은 그를 원망하는 것처럼 보였다. "내 잘못이 아니야. 론이랑 헤르미온느랑 같이 호그스미드에 가는 걸 허락받을 방법은 이것뿐이란 말이야."

10분 뒤, 에롤과 (론에게 보내는 편지를 다리에 묶은) 헤드위그는 창밖으로 날아가 보이지 않게 되었다. 해리는 이제 철저히 비참한 심정으로, 텅 빈 새장을 옷장 안으로 치웠다.

하지만 감상에 빠져 있을 시간은 별로 없었다. 얼마 지나지도 않아 피튜니아 이모가 해리더러 내려와 손님 맞을 준비를 하라고 계단 위를 향해 새된 소리를 질렀다.

"머리 좀 어떻게 해라!" 그가 현관에 도착하자 피튜니아 이모가 쏘아붙였다.

해리는 머리카락을 납작 누르려는 노력에 대체 무슨 의미가 있는지 알 수 없었다. 그를 비판하는 것을 무척 좋아하는 만큼, 마지 고모는 그가 단정치 않게 보일수록 더 행복해할 것이다.

곧 밖에서 자갈이 으드득거리는 소리가 나면서 버넌 이모부의 자동차가 진입로에 들어섰다. 잠시 후 자동차 문이 쾅 닫히는 소리와 정원을 걸어오는 발소리가 들렸다.

"문 열어 드려!" 피튜니아 이모가 해리에게 꽥 소리쳤다.

해리는 우울한 기분이 몰려오는 것을 느끼며 문을 열었다.

문 앞에 마지 고모가 서 있었다. 버넌 이모부와 똑 닮은 모습이었다. 마지 고모는 자줏빛 얼굴에 덩치가 크고 뚱뚱했으며, 버넌 이모부만큼 덥수룩하지는 않지만 콧수염까지 있었다. 그녀는 한 손에 어마어마하게 큰 여행 가방을 들고 다른 쪽 팔 아래 나이 많고 성질 더러운 불도그를 껴안고 있었다.

"우리 더더스 어디 있니?" 마지 고모가 포효하듯 말했다. "우리 조카둥이 어디 있어?"

더들리가 뒤뚱뒤뚱 복도를 걸어왔다. 금색 머리카락이 뚱뚱한 머리에 납작 달라붙어 있고, 여러 겹의 턱 아래로 나비넥타이가 간신히 보였다. 마지 고모는 숨이 턱 막힐 정도로 세게 해리의 배에 여행 가방을 떠안기더니 더들리를 한 팔로 꽉 끌어안고 그의 뺨에 뽀뽀 세례를 퍼부었다.

더들리가 마지 고모의 포옹을 견디는 건 오직 대가를 톡톡히 받기 때문이라는 사실을 해리는 잘 알고 있었다. 아니나 다를까, 둘이 떨어졌을 때 더들리는 뚱뚱한 주먹에 빳빳한 20파운드짜리 지폐를 움켜쥐고 있었다.

"피튜니아!" 마지 고모는 소리치며, 해리가 모자걸이라도 되는 양 그를 성큼성큼 지나쳐 갔다. 마지 고모와 피튜니아 이모가 입맞춤했다. 아니, 마지 고모가 커다란 턱을 피튜니아 이모의 앙상한 광대뼈에 부딪쳤다고 해야 할까.

그때 버넌 이모부가 들어와 문을 닫으며 유쾌하게 미소 지었다.

"차 마실래, 마지?" 그가 물었다. "리퍼한테는 뭘 줄까?"

"리퍼는 내 컵받침에다 차를 좀 주면 돼." 마지 고모가 말했다. 모두가 해리를 여행 가방과 함께 복도에 덩그러니 남겨 둔 채 우르르 부엌에 들어갔다. 하지만 해리는 불평하지 않았다. 마지 고모와 함께 있지 않을 수 있다면 어떤 핑계라도 좋았다. 그는 가능한 한 오래 시간을 끌면서 2층의 남는 침실로 여행 가방을 옮기기 시작했다.

그가 부엌으로 돌아와 보니 마지 고모는 차와 과일 케이크를 대접받고 있었고 리퍼는 한쪽 구석에서 요란하게 뭔가를 할짝거리고 있었다. 깨끗한 바닥에 차와 침방울이 튀어 얼룩지자 피튜니아 이모가 살짝 움찔하는 모습이 보였다. 피튜니아 이모는 동물을 아주 싫어했다.

"다른 개들은 누가 돌봐 줘, 마지?" 버넌 이모부가 물었다.

"아, 펍스터 대령한테 돌봐 달라고 했어." 마지 고모가 우렁찬 목소리로 대답했다. "지금은 은퇴했거든. 뭐든 할 일이 있는 편이 그 사람한테도 좋지. 하지만 가엾은 늙은 리퍼는 두고 올 수 없더라. 나하고 떨어지면 아주 슬퍼하거든."

해리가 자리에 앉자 리퍼가 다시 으르렁거리기 시작했다. 그 바람에 마지 고모의 관심이 처음으로 해리를 향했다.

"그래서!" 그녀가 큰 소리로 말했다. "넌 아직도 여기 있는 거냐?"

"네." 해리가 말했다.

"그렇게 고마운 줄도 모르는 말투로 '네'라고 말하지 마라." 마지 고모가 으르렁거렸다. "널 데리고 살다니 버넌하고 피튜니아도 어지간하구나. 나라면 그렇게 안 했을 거다. 내 집 현관 계단에 버려졌다면 너는 곧장 고아원으로 갔을 거야."

해리는 더즐리 가족과 사느니 차라리 고아원에서 살겠다는 말이 목구멍까지 올라왔지만 호그스미드 허가서를 생각하고 참았다. 그는 고통스럽게 억지로 미소 지었다.

"히죽거리지 마!" 마지 고모가 우렁찬 목소리로 소리쳤다. "지난번 봤을 때 이후로 나아진 게 전혀 없다는 건 알겠구나. 학교에서 버릇을 좀 고쳐 놨기를 바랐는데." 그녀는 차를 크게 한 모금 마시고 콧수염을 훔친 다음 말했다. "얘를 어디에 보낸다고 했지, 버넌?"

"세인트 브루투스." 버넌 이모부가 망설임 없이 대답했다. "가망 없는 얼간이들을 다루는 1급 시설이지."

"그래." 마지 고모가 말했다. "세인트 브루투스에서는 매를 드니, 꼬맹아?" 그녀가 식탁 맞은편에서 소리쳤다.

"어……."

버넌 이모부가 마지 고모의 등 뒤에서 짧게 고개를 끄덕였다.

"네." 해리가 말했다. 그런 다음, 제대로 하는 편이 낫겠다는 생각에 덧붙였다. "항상요."

"훌륭하네." 마지 고모가 말했다. "맞아도 싼 것들한테도 매를 들면 안 된다는 약해 빠진 시시한 헛소리는 참아 줄 수가 없어. 열에 아홉은 적당히 매질이 필요하다니까. 너는 자주 맞았니?"

"아, 네." 해리가 말했다. "엄청요."

마지 고모가 눈을 가늘게 떴다.

"여전히 말투가 마음에 들지 않아, 이 녀석은." 그녀가 말했다. "저렇게 태연한 얼굴로 매 맞은 얘기를 하는 걸 보니 그쪽에서 충분히 때리지 않는 게 분명해. 피튜니아, 나라면 편지를 썼을 거야. 이 녀석은 심하게 체벌해도 괜찮다고 확실히 말해야 되다니까."

버넌 이모부는 해리가 거래를 잊을까 봐 걱정스러운 모양이었다. 어쨌거나 그는 갑작스럽게 화제를 바꿨다.

마지 고모의 큰 실수

"오늘 아침 뉴스 들었어, 마지? 그 탈옥수 소식 말이야. 응?"

마지 고모가 이곳이 자기 집이라도 되는 것처럼 굴기 시작하자 해리는 그녀가 없는 4번지에서의 삶이 그리울 지경이었다. 버넌 이모부와 피튜니아 이모는 보통 그들이 있는 자리에 해리가 끼지 않도록 했는데, 해리 입장에서는 기쁘기 그지없는 일이었다. 반면 마지 고모는 해리의 버릇을 고쳐 놓을 방법들을 우렁찬 목소리로 쏟아 낼 수 있도록 항상 그를 눈 닿는 곳에 두고 싶어 했다. 그녀는 해리를 더들리와 비교하길 즐겼고, 더들리에게 비싼 선물들을 사 주면서 왜 나한텐 선물을 안 주느냐는 물음이 나오도록 도발이라도 하듯 해리를 노려보며 매우 즐거워했다. 그녀는 또 무엇이 해리를 그토록 못마땅한 인간으로 만들었는지에 대한 음흉한 추측들을 던져 댔다.

"애가 저 모양이 됐다고 너 자신을 탓해서는 안 돼, 버넌." 셋째 날 점심에 그녀가 말했다. "타고난 천성이 썩었다면 누구도 어쩔 수 없거든."

해리는 음식에 집중하려 했지만 손이 떨리고 얼굴은 분노로 달아오르기 시작했다. '허가서를 생각해.' 그는 스스

로를 타일렀다. '호그스미드를 생각해. 아무 말도 하지 마. 일어나지 마.'

마지 고모가 와인 잔으로 손을 뻗었다.

"번식의 기본 법칙 중 하나야." 그녀가 말했다. "개들도 항상 그래. 암캐한테 뭔가 잘못된 게 있으면 그 새끼한테도……."

그 순간, 마지 고모가 들고 있던 와인 잔이 손안에서 폭발했다. 유리 파편이 사방으로 날렸다. 거대하고 불그레한 얼굴이 와인으로 흠뻑 젖은 채 마지 고모는 말을 더듬으며 눈을 깜빡거렸다.

"마지!" 피튜니아 이모가 꽥 소리 질렀다. "마지, 괜찮아요?"

"걱정할 거 없어." 마지 고모가 냅킨으로 얼굴을 닦으며 툴툴거리듯 말했다. "잔을 너무 세게 쥔 모양이야. 일전에 펍스터 대령 집에서도 그랬어. 소란 떨 필요 없다니까, 피튜니아. 내 아귀힘이 너무 센 거야……."

하지만 피튜니아 이모와 버넌 이모부 둘 다 해리를 의심스럽게 쳐다보고 있었다. 그래서 해리는 디저트는 건너뛰고 가능한 한 빨리 식탁에서 벗어나는 게 좋겠다고 판단했다.

그는 복도로 나와 벽에 기댄 채 심호흡을 했다. 자제력을 잃고 뭔가를 폭발하게 만든 것도 오랜만이었다. 또 한 번 그런 일이 일어나게 할 수는 없었다. 위험에 처한 건 호그스미드 허가서만이 아니었다. 계속 이러다간 마법 정부와도 문제가 생길 것이다.

해리는 아직 미성년 마법사였으며, 마법사들의 법에 따라 학교 바깥에서는 마법을 쓰지 못하게 되어 있었다. 전과 기록도 딱히 깨끗하지는 않았다. 한 번이라도 더 프리빗 가에서 마법이 사용됐다는 보고가 들어오면 호그와트에서 퇴학당할 거라고 아주 명확하게 적혀 있는 마법 정부의 공식 경고장을 받은 게 불과 작년 여름이었다.

더즐리 가족이 식탁에서 일어나는 소리가 들리자 해리는 얼른 2층으로 피했다.

해리는 마지 고모가 시비를 걸 때마다 억지로 《내 손으로 직접 하는 빗자루 관리 안내서》를 떠올리며 다음 사흘을 버텼다. 이 방법은 생각보다 잘 통했다. 마지 고모가 해리의 멍한 표정을 보고 그가 정신적으로 저능하다고 소리 내어 말하기 시작하긴 했지만.

기나긴 시간 끝에 마침내 마지 고모가 이곳에 머무는 마지막 저녁이 찾아왔다. 피튜니아 이모가 근사한 저녁 식사를 차렸고 버넌 이모부는 와인을 몇 병 땄다. 수프와 연어를 다 먹을 때까지 해리의 문제점은 한 마디도 입에 오르지 않았다. 레몬 머랭 파이를 먹는 도중에 버넌 이모부가 자신이 다니는 드릴 제조 회사인 그러닝스 얘기를 길게 늘어놓아 모두를 지루하게 만들었다. 그런 다음 피튜니아 이모가 커피를 끓였고 버넌 이모부는 브랜디 한 병을 꺼냈다.

"한잔할래, 마지?"

마지 고모는 이미 와인을 꽤 많이 마신 상태였다. 그녀의 거대한 얼굴이 무척 빨갰다.

"그럼 아주 조금만." 그녀가 낄낄거렸다. "그것보다는 좀 더…… 좀 더…… 그렇지."

더들리는 파이를 네 조각째 먹고 있었다. 피튜니아 이모는 새끼손가락을 삐죽 내민 채 커피를 홀짝였다. 해리는 정말이지 자기 방으로 사라지고 싶었지만 버넌 이모부의 작고 화난 눈을 보니 자리가 끝날 때까지 앉아 있어야 할 것 같았다.

"아." 마지 고모가 입맛을 다시고 빈 브랜디 잔을 내려놓으면서 말했다. "훌륭한 저녁 식사였어, 피튜니아. 보통 저녁에는 남은 거 대충 데워 먹곤 했거든. 돌봐야 할 개가 열두 마리나 있으니까……." 그녀는 거창하게 트림을 하더니 트위드 천으로 덮인 커다란 배를 두드렸다. "실례. 아무튼 난 체격이 건장한 남자애들을 보는 게 참 좋더라." 그녀는 더들리에게 눈을 찡긋하며 말을 이었다. "너는 보기 좋은 체격을 가진 남자가 될 거야, 더더스. 너희 아버지처럼. 그래, 브랜디 좀 더 마실게, 버넌…… 근데 여기 이 녀석은……."

그녀는 해리에게로 고개를 홱 젖혔다. 해리는 가슴이 철렁했다. 《내 손으로 직접 하는 빗자루 관리 안내서》.' 그는 재빨리 생각했다.

"이 녀석은 생긴 게 어딘지 초라하고 왜소해. 개들도 저런 경우가 있지. 작년에 펍스터 대령한테 한 마리를 익사시키라고 했어. 추레하고 작은 녀석이었거든. 약하고. 잡종이고."

해리는 책의 12페이지를 떠올리려고 애썼다. '후진이 잘 안 될 때 쓰는 마법.'

"전에도 말했지만, 요컨대 전부 혈통 문제야. 나쁜 혈통은 두드러지게 돼 있어. 아니, 자기 가족을 뭐라고 하는 건 아니야, 피튜니아." 그녀가 삽처럼 생긴 손으로 피튜니아 이모의 앙상한 손을 두드렸다. "하지만 자기 동생은 상한 달걀이었어. 아주 좋은 집안에서도 그런 것들이 나타나기 마련이니까. 그런 여자가 부랑자와 도망쳤으니 여기, 우리 눈앞에 그 결과가 있는 거지."

해리는 접시를 뚫어지게 바라보았다. 귀에서 이상한 소리가 울렸다. '빗자루의 꼬리 부분을 꽉 잡으세요.' 그는 생각했다. 하지만 그다음에 어떤 내용이 이어지는지가 떠오르지 않았다. 마지 고모의 목소리가 버넌 이모부의 드릴처럼 그를 파고드는 것 같았다.

"그 포터라는 놈 말이야." 마지 고모가 브랜디 병을 들더니 잔도 모자라 식탁보에 술을 튀기며 시끄럽게 떠들어 댔다. "그놈 직업이 뭔지 못 들은 것 같은데?"

버넌 이모부와 피튜니아 이모는 극도로 긴장한 기색이었다. 더들리마저 파이에서 눈을 떼고 입을 떡 벌린 채 엄마 아빠를 바라보았다.

"그놈은, 직업이 없었어." 버넌 이모부가 해리를 슬쩍 곁눈질하며 말했다. "실업자였지."

"예상한 그대로네!" 마지 고모가 브랜디를 크게 한 모금 마시고 소매로 턱을 닦으며 말했다. "책임감 없고 아무 짝에도 쓸모없는 게으른 비렁뱅이……."

"아니에요." 해리가 불쑥 말했다. 찬물을 끼얹은 듯 식탁이 조용해졌다. 해리는 온몸을 떨고 있었다. 살면서 이렇게

까지 화가 난 적이 없었다.

"브랜디 더 마실까!" 버넌 이모부가 얼굴이 새하얗게 질려서 소리쳤다. 그는 마지 고모의 잔에다 남은 술을 마저 따랐다. "너, 이 자식." 그가 해리를 보며 호통쳤다. "가서 자라, 어서."

"아냐, 버넌." 마지 고모가 손을 들면서 딸꾹질을 했다. 작고 충혈된 눈이 해리의 눈에 고정되어 있었다. "계속해 봐라, 꼬마야. 계속해. 너희 부모가 자랑스러운가 보지? 그 작자들은 자동차 사고로 죽었어. 분명 취해 있었겠지."

"그분들은 자동차 사고로 돌아가신 게 아니에요!" 해리가 말했다. 어느새 그는 자리에서 일어나 있었다.

"자동차 사고로 죽었어, 요 못된 거짓말쟁이 같으니. 너를 품위 있고 성실한 친척들에게 짐처럼 떠맡기고 말이야!" 마지 고모가 소리 질렀다. 그녀의 몸이 분노로 부풀어 오르고 있었다. "너는 버릇없고 고마운 줄도 모르는……."

하지만 마지 고모는 갑자기 말을 멈췄다. 잠깐 동안은 말문이 막힌 것처럼 보였다. 형언할 수 없는 분노로 부풀어 오르는 듯했다. 하지만 부풀기가 멈추지 않았다. 큼직한 붉은 얼굴이 팽창하기 시작했고, 조그만 두 눈은 불거져 나왔으며, 입이 너무 팽팽하게 늘어나 말을 할 수가 없었다. 다음 순간, 그녀의 트위드 재킷에서 단추 몇 개가 떨어져 나가 벽에 팅 부딪쳤다. 그녀는 거대한 풍선처럼 부풀어 올랐다. 트위드 천으로 된 허리 밴드에서 뱃살이 터지듯 풀려 나오고, 손가락 하나하나가 살라미 소시지처럼 부풀어 오르고……

"마지!" 버넌 이모부와 피튜니아 이모가 동시에 소리쳤다. 마지 고모의 몸 전체가 의자에서 천장을 향해 떠오르기 시작했다. 그녀는 이제 완전한 구체가 되었다. 마치 돼지 눈이 달린 거대한 구명부표 같았다. 공중에 뜬 채 천천히 이동하는 그녀의 몸에서 손발이 기묘하게 튀어나와 있었다. 리퍼가 미친 듯이 짖으며 방으로 뛰어들어 왔다.

"안 돼애애애애애!"

버넌 이모부는 마지의 한쪽 발을 잡고 다시 끌어내리려 하다가 하마터면 바닥에서 들어 올려질 뻔했다. 다음 순간, 리퍼가 달려들더니 버넌 이모부의 다리를 물었다.

해리는 누가 제지할 틈도 없이 식당을 빠져나와 계단 아래 벽장으로 향했다. 손을 뻗어 마법을 걸자 벽장문이 벌컥 열렸다. 그는 순식간에 커다란 여행 가방을 현관으로 끌어냈다. 2층 자신의 침실로 전력 질주한 해리는 침대 밑으로 들어가 느슨한 마룻바닥을 열고 책과 생일 선물이 가득 들어 있는 베갯잇을 잡아챘다. 그리고 침대 밑에서 빠져나와 헤드위그의 빈 새장을 집어 들고 여행 가방이 있는 1층으로 재빨리 달려갔다. 바로 그때 버넌 이모부가 식당에서 뛰쳐나왔다. 그의 바짓가랑이는 피투성이 넝마가 되어 있었다.

"이리 오지 못해!" 그가 소리쳤다. **"돌아와서 마지를 고쳐 놓으란 말이다!"**

하지만 억누를 수 없는 분노가 해리를 사로잡았다. 그는 가방을 발로 차서 열고 마법 지팡이를 꺼내 버넌 이모부를 겨눴다.

"저 사람은 저래도 싸." 해리가 격하게 숨을 쉬며 말했다. "저래도 싸니까 저런 일을 당한 거야. 가까이 오지 마."

그는 문의 걸쇠를 찾아 등 뒤를 더듬거렸다.

"난 갈 거야." 해리가 말했다. "할 만큼 했어."

다음 순간 그는 무거운 짐 가방을 끌고 한 팔에 헤드위그의 새장을 낀 채 어둡고 조용한 거리로 나섰다.

3장
나이트 버스

 해리는 거리 몇 개를 지난 끝에 매그놀리아가의 낮은 담 위에 주저앉았다. 짐 가방을 끌고 다니느라 하도 힘을 써서 숨이 찼다. 몸에서 계속 분노가 솟구치는 가운데 심장이 미친 듯이 쿵쿵거리는 소리를 들으며 그는 그저 가만히 앉아 있었다.

 하지만 어두운 거리에 홀로 10분쯤 앉아 있자 새로운 감정이 그를 덮쳤다. 두려움이었다. 어느 면으로 보나 이처럼 곤란한 처지에 놓인 적은 없었다. 그는 어두운 머글들의 세계에 있었고, 혼자였으며, 아무 데도 갈 곳이 없었다. 최악은 방금 그가 심각한 마법을 썼다는 사실이었다. 그 말은 곧 호그와트에서 퇴학을 당할 게 거의 확실하다는 뜻이었다. 그는 미성년 마법 제한 법령을 어겼다. 마법 정부 사람들이 그가 앉아 있는 곳을 당장 덮치지 않는 게 놀라울 따름이었다.

해리는 부들부들 떨면서 매그놀리아가 이쪽저쪽을 바라보았다. 앞으로 어떻게 될까? 체포될까, 아니면 단순히 마법사 세계에서 추방되기만 할까? 론과 헤르미온느를 생각하자 마음이 더욱 무거워졌다. 해리가 범죄자든 아니든 론과 헤르미온느는 분명 당장 그를 도와주고 싶어 할 것이다. 하지만 그들은 둘 다 해외에 있었고, 헤드위그가 없으니 그들과 연락할 방법도 전혀 없었다.

해리에게는 머글 돈도 한 푼 없었다. 짐 가방 밑바닥에 있는 돈 자루 안에 마법사 금화가 약간 들어 있긴 했지만, 부모님이 남겨 준 나머지 재산은 런던 그린고츠 마법사 은행 지하 금고에 보관되어 있었다. 여행 가방을 끌고 결코 그 먼 런던까지 갈 수는 없었다. 한 가지 방법이 있다면…….

그는 그때까지도 손에 꽉 쥐고 있던 지팡이를 내려다보았다. 이미 퇴학당한 거라면(이제는 심장이 고통스러울 만큼 거세게 쿵쾅거렸다) 조금 더 마법을 쓴다고 해서 손해 볼 일은 없었다. 그는 아버지에게서 물려받은 투명 망토를 가지고 있었다. 짐 가방에 깃털처럼 가볍게 만드는 마법을 걸어 빗자루에 묶은 다음 투명 망토를 뒤집어쓰고 런던으로 날아가면 어떨까? 그런 다음 지하 금고에서 남은 돈을 모두 꺼내…… 추방자의 삶을 시작할 수 있을 것이다. 끔찍한 미래였지만 영원히 이 담 위에 앉아 있을 수는 없었다. 그랬다가는 머글 경찰에게 왜 이 야밤에 마법 책이 잔뜩 들어 있는 가방과 빗자루를 들고 밖에 나와 있는지 설명하려고 애쓰는 처지가 될 테니까.

해리는 다시 여행 가방을 열고 짐들을 옆으로 치워 가며 투명 망토를 찾아보았다. 하지만 망토를 찾기도 전에 문득 몸을 펴고 다시 한 번 주위를 둘러보았다.

목덜미에 이상하게 깔끄러운 감촉이 느껴지는 것이 꼭 감시당하는 느낌이었지만 거리는 텅 빈 것 같았고, 커다란 정사각형 집들 어디에서도 빛은 보이지 않았다.

그는 다시 짐 가방 위로 허리를 구부렸다가 곧바로 몸을 일으켰다. 손에는 지팡이가 꽉 쥐여 있었다. 무슨 소리가 들렸다기보다는, 느낌이 들었다. 누군가, 혹은 무언가가 그의 등 뒤에 있는 차고와 울타리 사이 좁은 틈에 서 있었다. 해리는 눈을 가늘게 뜨고 칠흑 같은 골목을 바라보았다. 그것이 움직이기만 하면, 그냥 길고양이인지 아니면 다른 것인지 알 수 있을 것이다.

"루모스." 해리가 중얼거리자 지팡이 끝에 빛이 나타났다. 앞이 거의 보이지 않을 만큼 눈이 부셨다. 지팡이를 머리 위로 높이 들자 2번지의 자갈 박힌 벽이 번쩍거렸다. 차고 문이 어슴푸레하게 빛났다. 그 사이에서, 휘둥그레 뜬 커다란 눈을 번뜩이고 있는 무언가의 거대한 윤곽이 제법 또렷하게 보였다.

해리는 뒤로 물러났다. 다리가 짐 가방에 걸리는 바람에 휘청했다. 넘어지지 않으려고 한 팔을 뻗다가 그만 지팡이가 손에서 날아가 버렸다. 그는 배수로에 거칠게 넘어지고 말았다.

귀가 먹을 듯한 **쾅** 소리가 났다. 갑작스럽게 터져 나온 눈부신 빛에 해리는 눈을 보호하려고 재빨리 손을 들었다가……

비명을 지르며 아슬아슬하게 다시 인도로 몸을 굴렸다. 잠시 후, 거대한 바퀴 한 쌍과 헤드라이트가 끼익 소리를 내며 정확히 해리가 방금 누워 있던 곳에 멈췄다. 머리를 들어 보니 한 쌍의 바퀴와 헤드라이트는 허공에서 나타난 짙은 보랏빛 3층 버스에 달린 것이었다. 앞 유리에 황금색 글자로 '나이트 버스'라고 적혀 있었다.

한순간 해리는 넘어지는 바람에 머리가 이상해진 게 아닌가 싶었다. 그때 자주색 제복을 입은 차장이 버스에서 펄쩍 뛰어내려 밤하늘에 대고 큰 소리로 말하기 시작했다.

"발이 묶인 마법사들의 비상 이동 수단, 나이트 버스에 오신 것을 환영합니다. 지팡이를 쥔 손을 뻗고 올라타기만 하면 여러분이 가고 싶은 곳 어디로든 데려다드립니다. 제 이름은 스탠 션파이크이고, 오늘 저녁 제가 여러분을 모실 차장이……."

차장은 갑자기 말을 멈췄다. 여전히 땅바닥에 주저앉아 있는 해리를 이제야 발견한 듯했다. 해리는 다시 지팡이를 움켜쥐고 허둥지둥 일어났다. 가까이에서 보니 스탠 션파이크는 해리보다 겨우 몇 살 많을 뿐이었다. 많아 봐야 열여덟 혹은 열아홉 살 정도 될까? 얼굴 양옆으로 커다란 귀가 삐죽 튀어나와 있었고 여드름이 아주 많았다.

"거기서 뭐 해?" 스탠이 직업적인 태도를 버리고 물었다.

"넘어졌어." 해리가 말했다.

"뭐 하려고 넘어져?" 스탠이 킬킬거렸다.

"일부러 넘어진 게 아니야." 해리는 짜증이 나서 말했다. 청바지 무릎 한쪽이 찢겨 있었고, 넘어지지 않으려고 뻗었던 손에서는 피가 흐르고 있었다. 그는 문득 왜 넘어졌는지를 떠올리고 재빨리 고개를 돌려 차고와 울타리 사이 골목을 응시했다. 나이트 버스의 헤드라이트 불빛이 환하게 비추고 있었지만 그곳엔 아무것도 없었다.

"뭘 보는 거야?" 스탠이 물었다.

"저기에 뭔가 크고 검은 게 있었어." 해리가 머뭇머뭇 그 사이를 가리키며 말했다. "개 같았는데…… 엄청나게 컸어……."

스탠을 보니 그는 입을 약간 벌리고 있었다. 해리는 불편한 마음으로 스탠의 눈이 자신의 이마 흉터 쪽으로 움직이는 걸 보았다.

"머리에 그건 뭐야?" 스탠이 불쑥 물었다.

"아무것도 아냐." 해리가 재빨리 말하며 흉터 위로 머리카락을 납작하게 눌렀다. 마법 정부가 그를 찾고 있을지도 몰랐다. 해리는 그들의 일을 너무 쉽게 만들어 주고 싶지 않았다.

"너 이름이 뭐야?" 스탠이 집요하게 물었다.

"네빌 롱보텀." 해리는 머릿속에 처음 떠오른 이름을 말했다. "그러니까…… 그러니까 이 버스는" 하고, 그는 스탠의 주의를 돌릴 생각에 얼른 말을 이었다. "*어디든 가는 거야?*"

"응." 스탠이 자랑스럽게 대답했다. "땅 위에 있는 곳이라면 네가 가고 싶은 곳 어디든 갈 수 있어. 물속에서는 아무것도 못해. 근데……." 그가 다시 의심스러운 표정을 지으며 말을 이었다. "너 우리를 불러 세운 거 맞지? 마법 지팡이를 뽑아 들고 말이야. 그치?"

"응." 해리가 재빨리 말했다. "저기, 런던까지 가는 데는 얼마야?"

"11시클." 스탠이 말했다. "하지만 14시클을 내면 코코아를 주고, 15시클을 내면 뜨거운 물이 담긴 물병이랑 네가 선택한 색깔로 칫솔도 줘."

해리는 또 한 번 짐 가방을 뒤져 돈 자루를 꺼낸 다음 스탠의 손에 은화 몇 개를 쥐여 주었다. 이어서 그와 스탠은 함께 헤드위그의 새장이 간당간당하게 얹혀 있는 짐 가방을 버스 계단 위로 들어 올렸다.

좌석은 없었다. 대신, 커튼이 쳐진 창문 옆에 놋쇠 틀로 된 침대 여섯 개가 놓여 있었다. 침대 옆의 촛대마다 타오르고 있는 촛불이 나무 판자를 댄 벽을 밝히고 있었다. 버스 뒤쪽에서 취침용 모자를 쓴 조그만 마법사가 "고맙지만 지금은 괜찮아요, 민달팽이를 절이는 중이거든요"라고 중얼거리더니 잠결에 뒤척였다.

"네 자린 여기." 스탠이 해리의 짐 가방을 운전기사 바로 뒤 침대 밑에 밀어 넣으며 속삭였다. 운전기사는 핸들 앞 안락의자에 앉아 있었다. "이쪽이 우리 어니 프랭 기사님이야. 이쪽은 네빌 롱보텀이에요, 언."

꽤 두꺼운 안경을 쓴 나이 든 남자 마법사 어니 프랭이 해리에게 고개를 끄덕이자 해리는 다시 한 번 초조하게 앞머리를 누르며 침대에 앉았다.

"출발해요, 언." 스탠이 어니 옆 안락의자에 앉으며 말했다.

다시 한 번 엄청난 **쾅** 소리가 났다. 다음 순간 해리는 어느새 침대 위에 납작 드러누워 있었다. 나이트 버스의 속도 때문에 뒤로 벌렁 넘어진 것이다. 해리가 몸을 일으키며 어두운 창밖을 바라보니 이제 버스는 완전히 다른 거리를 내달리고 있었다. 스탠은 해리의 충격받은 얼굴을 무척 즐거운 듯 지켜보고 있었다.

"네가 불러 세우기 전에 우리는 여기에 있었어." 그가 말했다. "우리 어디 있죠, 언? 웨일스 어디쯤인가?"

"아아." 어니가 말했다.

"머글들이 어떻게 버스 소리를 못 들을 수 있지?" 해리가 의아한 듯 물었다.

"머글들!" 스탠이 경멸하듯 말했다. "그 인간들은 제대로 귀 기울여 듣지 않잖아. 안 그래? 제대로 보지도 않고 말이야. 절대 아무것도 눈치채지 못해, 그 인간들은."

"가서 마시 부인을 깨우는 게 좋겠다, 스탠." 어니가 말했다. "조금 있으면 애버게이브니에 도착하니까."

스탠은 해리의 침대를 지나 좁은 나무 계단 위로 사라졌다. 해리는 여전히 창밖을 내다보고 있었다. 점점 더 불안해졌다. 어니는 핸들 조작이 익숙해 보이지 않았다. 나이트 버스는 끊임없이 인도를 타고 올라갔지만 무엇도 치지 않았다. 줄지어 선 가로등과 우편함, 쓰레기통 들은 버스가 다가가면 펄쩍 뛰어올라 길을 비켰다가 버스가 지나가면 곧바로 제자리로 돌아왔다.

스탠이 아래층으로 내려왔다. 여행용 망토로 몸을 감싼, 얼굴이 조금 파랗게 질린 여자 마법사가 그를 뒤따랐다.

"여기예요, 마시 부인." 어니가 브레이크를 꽉 밟는 바람에 침대들이 30센티미터쯤 버스 앞쪽으로 미끄러지자 스탠이 즐거워하며 말했다. 마시 부인은 손수건으로 입을 막고 비틀비틀 계단을 내려갔다. 그녀가 내리자 스탠은 그 뒤에서 그녀의 가방을 밖으로 던지고 문을 세게 닫았다. 또 한 번 시끄러운 **쾅** 소리가 나더니 그들은 좁은 시골길을 질주했다. 나무들이 펄쩍펄쩍 뛰며 길을 비켜 주었다.

나이트 버스

끊임없이 요란한 소리를 내며 한 번에 160킬로미터를 뛰어넘는 버스에 타지 않았더라도 해리는 잠들지 못했을 것이다. 앞으로 그에게 닥칠 일과, 더즐리 가족이 지금쯤 천장까지 올라간 마지 고모를 과연 구했을지를 다시 떠올리자 속이 뒤틀렸다.

스탠은 이제 이 사이로 혀를 내민 채 《예언자일보》를 펼쳐 들고 있었다. 엉겨 붙은 긴 머리카락에 해쓱한 얼굴을 한 남자가 신문 1면에 실린 큼직한 사진 속에서 해리를 향해 천천히 눈을 껌뻑였다. 이상하게 낯이 익은 얼굴이었다.

"저 사람!" 해리가 자기 문제를 잠시 잊고 소리쳤다. "머글 뉴스에도 나오던데!"

스탠은 신문을 돌려 1면을 보더니 낄낄 웃었다.

"시리우스 블랙 말이구나." 그가 고개를 끄덕이며 말했다. "당연히 머글 뉴스에도 나왔지, 네빌. 넌 대체 어디에 있던 거야?"

그는 해리의 멍한 표정을 보고 거만하게 키득거리더니 맨 앞장을 빼서 해리에게 건넸다.

"신문 좀 읽어야겠다, 네빌."

해리는 신문을 촛불 쪽으로 가져가 읽었다.

블랙의 행방, 여전히 미궁 속에

마법 정부는 아즈카반 요새의 수감자 중에서도 가장 악명 높은 죄수인 시리우스 블랙이 여전히 체포되지 않았음을 확인했다.

코닐리어스 퍼지 마법 정부 총리는 오늘 아침 "블랙을 다시 검거하기 위해 최선을 다하고 있으니 모두 냉정을 유지해 주시기 바랍니다"라고 전했다.

퍼지 총리는 머글 총리에게 이 위기를 알렸다는 이유로 일부 국제 마법사 연맹 회원들에게 비판을 받았다.

"뭐, 그럴 수밖에 없었습니다. 아시잖습니까." 퍼지 총리는 민감하게 반응했다. "블랙은 정신병자입니다. 마법사든 머글이든 마주치는 모든 사람에게 위험합니다. 저는 블랙의 진짜 정체를 한 마디도 누설하지 않겠다는 머글 총리의 확답을 받았습니다. 그리고 이건 인정합시다. 설령 총리가 누설한다 한들 누가 믿겠습니까?"

머글들에게는 블랙이 총(머글들이 서로를 죽일 때 사용하는 일종의 금속 마법 지팡이)을 소지한 것으로 알려졌다. 마법 사회는 12년 전의 대량 학살이 반복될지도 모른다는 두려움에 떨고 있다. 당시 블랙은 단 한 번의 저주 마법으로 열세 명을 살해했다.

해리는 시리우스 블랙의 그늘진 눈을 들여다보았다. 수척한 얼굴에서 오직 그 눈만이 살아 있는 듯 보였다. 해리는 뱀파이어를 한 번도 만나 본 적 없지만, 어둠의 마법 방어법 수업에서 그림으로는 본 적이 있었다. 밀랍처럼 하얀 피부의 블랙은 바로 그 뱀파이어처럼 보였다.

"무섭게 생기지 않았냐?" 해리가 기사를 읽는 모습을 지켜보던 스탠이 말했다.

"이 사람이 열세 명이나 죽인 거야?" 해리가 신문을 다시 스탠에게 건네며 물었다. "단 한 번의 저주 마법으로?"

"응." 스탠이 말했다. "목격자들이 다 보는 앞에서 훤한 대낮에. 그것 때문에 엄청 난리가 났었지. 안 그래요, 언?"

"아아." 어니가 음울하게 대꾸했다.

스탠은 양손으로 몸 뒤를 짚은 채 해리를 더 잘 보려고 안락의자를 회전시켰다.

"블랙은 '그 사람'의 엄청난 추종자였어." 그가 말했다.

"뭐, 볼드모트?" 해리는 별 생각 없이 말했다.

스탠은 여드름까지 하얗게 질렸다. 어니가 핸들을 너무 급하게 꺾는 바람에 농가 한 채가 버스를 피하려고 통째로 펄쩍 뛰어 비켜섰다.

"너 미쳤어?" 스탠이 새된 비명을 질렀다. "대체 그 이름은 왜 말하는 거야?"

"미안." 해리가 허둥지둥 말했다. "미안. 나, 난 그냥 깜빡하고……."

"깜빡했다고!" 스탠이 맥없이 말했다. "제기랄, 심장 터지겠네……."

"내 말은 그, 그러니까…… 블랙이 '그 사람'의 추종자였다는 거지?" 해리가 변명이라도 하듯 다시 이야기를 꺼냈다.

"응." 스탠이 여전히 가슴을 쓸어내리며 말했다. "그래, 맞아. 사람들 말로는 '그 사람'과 아주 가까웠대……. 어쨌거나 꼬맹이 해리 포터가 '그 사람'을 무찔렀을 때……." 해리는 초조한 듯 앞머리를 재차 납작하게 눌렀다. "'그 사람'의 추종자들은 전부 추적당했어. 안 그래요, 언? 그놈들 대부분이 다 끝났다는 걸 알고 있었지. '그 사람'이 사라져 버렸으니까. 그래서 잠잠해졌어. 하지만 시리우스 블랙은 아니었던 거야. 그놈은 '그 사람'이 세상을 차지하면 자기가 2인자가 될 거라고 생각했대. 어쨌거나, 사람들이 블랙을 머글들로 가득한 거리 한가운데로 몰아넣었는데 놈이 마법 지팡이를 꺼내더니 거리를 반이나 날려 버렸어. 그 바람에 마법사도 한 명 당했고 그 자리에 있었던 머글 열두 명이 죽었대. 끔찍하지 않냐? 그런 다음 블랙이 어떻게 했는지 알아?" 스탠이 갑작스레 목소리를 낮추며 말을 이었다.

"어떻게 했는데?" 해리가 물었다.

"웃었어." 스탠이 말했다. "그냥 그 자리에 서서 웃었어. 그리고 마법 정부 지원 병력이 도착했을 때는 아무 말도 없이 그 사람들을 따라갔대. 배꼽 빠져라 웃어 대면서 말이야. 미쳐서 그런 거죠, 언? 미친 거 아니에요?"

"아즈카반에 갈 때야 미치지 않았을지 몰라도 지금은 미쳤겠지." 어니가 특유의 느릿느릿한 말투로 말했다. "나라면 거길 들어가느니 자폭하겠어. 그놈이야 그런 일을 당해도 싸지만, 아무튼…… 그런 짓을 했으니……."

"그 사건 덮느라고 고생깨나 하지 않았어요, 언?" 스탠이 말했다. "멀쩡한 거리가 날아가고 머글들이 죄다 죽었으니까요. 머글들한테는 무슨 일이 일어났다고 둘러댔다고 했죠, 언?"

"가스 폭발." 어니가 툴툴거렸다.

"그런데 그놈이 지금 탈옥한 거야." 스탠이 신문에 실린 블랙의 야윈 얼굴 사진을 다시 들여다보며 말했다. "여태껏 아즈카반에서 도망친 사람은 한 명도 없지 않아요, 언?

어떻게 탈옥했는지 전혀 모르겠다니까요. 무시무시하잖아요. 안 그래요? 그러니까 그 아즈카반 간수들을 상대로 이길 가능성은 별로 없을 거 아니에요. 그쵸, 언?"

어니는 갑자기 몸을 떨었다.

"다른 얘기 좀 하자, 스탠. 아즈카반 간수들만 생각하면 기분이 안 좋아진단 말이야."

스탠은 마지못해 신문을 치웠다. 해리는 나이트 버스 창문에 기댔다. 어느 때보다도 기분이 좋지 않았다. 스탠이 며칠 뒤에 승객들에게 무슨 말을 늘어놓을지 절로 상상이 됐다.

"그 해리 포터 얘기 들었어? 글쎄, 걔가 자기 고모를 날려 버렸대! 우리가 걔를 이 나이트 버스에 태우지 않았어요, 언? 걔는 그때 도망치고 있었던 거예요……."

그는, 해리는 시리우스 블랙처럼 마법사의 법을 어겼다. 마지 고모를 부풀린 일이 아즈카반에 들어갈 만큼 나쁜 짓일까? 해리는 마법사들의 감옥에 대해 전혀 몰랐다. 다만 아즈카반을 입에 올릴 때면 사람들은 하나같이 잔뜩 겁에 질린 말투였다. 호그와트의 숲지기인 해그리드가 그곳에서 두 달을 지낸 게 겨우 지난 학기의 일이다. 자신이 가게 될 곳을 듣고 그가 지었던 공포의 표정이 쉽게 잊히지 않았다. 해그리드는 해리가 아는 가장 용감한 사람 중 한 명이었는데도 그랬다.

나이트 버스는 덤불과 차량 진입 방지용 말뚝, 공중전화 부스와 나무 들을 흩뜨리며 어둠을 뚫고 달려갔다. 해리는 초조하고 비참한 심정으로 깃털 침대에 누워 있었다. 잠시 후 스탠은 해리가 코코아 값을 냈다는 것을 떠올리고 코코아를 들고 오다가, 버스가 앵글시에서 애버딘으로 갑자기 방향을 트는 바람에 해리의 베개에 죄다 쏟아 버리고 말았다. 가운에 실내화 차림의 마법사들이 하나하나 위층에서 내려와 버스를 떠났다. 모두 버스에서 내리게 되어 무척 기쁜 듯했다.

마침내 승객 중에는 해리만 남았다.

"좋아. 그럼, 네빌." 스탠이 손뼉을 치며 말했다. "런던 어디?"

"다이애건 앨리." 해리가 말했다.

"좋아." 스탠이 말했다. "그럼 꽉 잡고……."

쾅!

그들은 채링크로스가를 따라 굉음을 내며 달렸다. 해리는 일어나 앉아서 건물들과 벤치들이 찌부러지며 나이트 버스의 진로에서 비키는 것을 지켜보았다. 하늘이 조금 밝아졌다. 해리는 두어 시간 사람들의 시선을 피해 숨어 있다가 그린고츠가 문을 열자마자 거기에 들른 뒤 떠날 작정이었다. 어디로 갈지는 알 수 없었다.

어니가 브레이크를 꽉 밟았다. 나이트 버스는 쭉 미끄러지다가 작고 초라한 모습의 술집, '리키 콜드런' 앞에 멈췄다. 그 술집 뒤에 다이애건 앨리로 가는 마법의 입구가 있었다.

"고맙습니다." 해리가 어니에게 말했다.

그는 계단을 뛰어내려 가서는 스탠을 도와 짐 가방과 헤드위그의 새장을 인도에 내려놓았다.

"음." 해리가 말했다. "그럼 안녕!"

하지만 스탠은 듣고 있지 않았다. 그는 여전히 버스 문 앞에 서서 눈을 휘둥그렇게 뜨고 리키 콜드런의 그늘진 입구를 쳐다보고 있었다.

"거기 있었구나, 해리." 어떤 목소리가 말했다.

고개를 돌리기도 전에 해리는 어깨에 닿는 손길을 느꼈다. 그와 동시에 스탠이 소리쳤다. "제기랄! 언, 이리 와 봐요! 이리 와 보라니까!"

어깨에 닿은 손이 누구 것인지 올려다본 해리는 배 속에 얼음이 양동이째로 쏟아지는 느낌을 받았다. 제 발로 마법 정부 총리 코닐리어스 퍼지의 손아귀에 곧장 걸어 들어오다니.

스탠이 인도로 뛰어올라 그들 곁에 섰다.

"네빌을 뭐라고 부르신 거예요, 총리님?" 그가 흥분해서 물었다.

통통하고 작은 체격에 가느다란 세로줄무늬가 있는 긴 망토를 입고 있는 퍼지는 냉정하면서도 기진맥진한 표정이었다.

"네빌이라니?" 그가 얼굴을 찌푸리며 되물었다. "이 아이는 해리 포터다."

"그럴 줄 알았어!" 스탠이 들뜬 목소리로 소리쳤다. "언! 언! 네빌이 누군지 맞혀 봐요, 언! 얘가 해리 포터래요! 흉터가 보여요!"

"그래." 퍼지가 짜증이 깃든 어조로 말을 이었다. "음, 나이트 버스로 해리를 태워다 준 것은 무척 고맙지만 해리와 나는 지금 리키 콜드런으로 들어가야 해서……."

퍼지가 그의 어깨를 잡은 손에 힘을 주자 해리는 자기도 모르게 술집 안으로 방향을 틀었다. 등불을 든 구부정한 형상이 바 뒤쪽 문에서 나타났다. 그는 주름이 쭈글쭈글하고 이가 다 빠진 가게 주인 톰이었다.

"찾으셨군요, 총리님!" 톰이 말했다. "뭐라도 좀 드시겠습니까? 맥주 드릴까요? 브랜디?"

"그냥 차면 되겠군." 퍼지가 말했다. 그는 그때까지도 해리를 놔주지 않았다.

등 뒤에서 시끄럽게 질질 끄는 소리와 헉헉 소리가 나더니 스탠과 어니가 해리의 짐 가방과 헤드위그의 새장을 들고 흥분한 얼굴로 주위를 두리번거리며 나타났다.

"왜 네가 누구인지 말해 주지 않은 거야, 네빌?" 스탠이 해리에게 활짝 웃으며 말했다. 어니의 부엉이 같은 얼굴이 스탠의 어깨 너머로 그를 흥미롭게 응시하고 있었다.

"그리고 *개별* 응접실로 안내 부탁하오, 톰." 퍼지가 날카로운 어조로 말했다.

"안녕." 톰이 퍼지를 바에서 나가는 통로로 안내하자 해리는 비참한 목소리로 스탠과 어니에게 말했다.

"안녕, 네빌!" 스탠이 소리쳤다.

퍼지는 톰의 등불을 따라 좁은 통로를 걸어가 작은 응접실로 해리를 데려갔다. 톰이 손가락을 튕기자 벽난로에서 불길이 확 일었다. 그는 허리 굽혀 인사하며 방을 나갔다.

"앉거라, 해리." 퍼지가 난로 옆에 있는 의자를 가리키며 말했다.

해리는 불기운에도 팔에 소름이 돋는 것을 느끼며 자리에 앉았다. 퍼지는 세로줄무늬 망토를 벗어 옆에 던져 놓더니 진녹색 정장 바지를 추켜올리고 해리의 맞은편에 앉았다.

"나는 코닐리어스 퍼지란다, 해리. 마법 정부 총리야."

물론 해리는 이미 알고 있었다. 예전에 한 번 퍼지를 본 적이 있었던 것이다. 하지만 당시에 해리는 아버지의 투명 망토를 입고 있었으므로 퍼지는 그 사실을 모를 터였다.

여관 주인 톰이 헐렁한 잠옷 셔츠에 앞치마를 두른 차림으로 차와 크럼핏(위에 작은 구멍들이 있는 동글납작한 빵으로 버터를 곁들여 뜨겁게 해서 먹는다—옮긴이)이 담긴 쟁반을 들고 다시 나타났다. 그는 퍼지와 해리 사이 탁자에 쟁반을 올려놓고 응접실을 나가 문을 닫았다.

"자, 해리." 퍼지가 차를 따르며 입을 열었다. "너 때문에 우리 모두 얼마나 걱정했는지 모른다. 그런 식으로 이모와 이모부 집에서 도망치다니! 하마터면…… 어쨌든 네가 무사하니 그게 중요한 거지."

퍼지는 자기가 먹을 크럼핏에 버터를 바른 다음 접시를 해리에게로 밀어 놓았다.

"먹거라, 해리. 아주 기진맥진해 보이는구나. 자, 그럼…… 이 얘기를 들으면 기분이 좀 나아질 게다. 마저리 더즐리 씨가 부풀어 오른 불행한 사건은 우리가 처리했다. 마법 사고 복구반 직원 두 명이 몇 시간 전에 프리빗가로 파견됐단다. 마저리 씨의 몸에 구멍을 뚫었고 기억은 수정했어. 그 사람은 그 일을 전혀 기억하지 못해. 그걸로 된 거야. 아무런 피해도 없어."

퍼지는 찻잔 테두리 너머로 해리에게 미소 지었다. 마치 가장 아끼는 조카를 바라보는 삼촌 같았다. 해리는 자신의 귀를 믿을 수 없었다. 입을 열어 무언가 말하려 했으나 아무 말도 떠오르지 않아 다시 다물었다.

"아, 너희 이모와 이모부가 어떤 반응을 보일지 걱정되는 게로구나?" 퍼지가 말했다. "글쎄, 그 사람들이 굉장히 화가 났다는 건 부정하지 않으마, 해리. 하지만 네가 크리스마스와 부활절 연휴에 호그와트에 머물기만 하면 내년 여름에도 너를 다시 받아 줄 거야."

해리는 마침내 목구멍이 트였다.

"저는 항상 크리스마스와 부활절 연휴를 호그와트에서 보내요." 그가 말했다. "프리빗가로 절대 돌아가고 싶지도 않고요."

"자자, 일단 마음이 진정되면 기분이 달라질 거다." 퍼지가 걱정스러운 말투로 말했다. "어쨌거나 그 사람들은 네 가족이니 너도 그 사람들도 분명 서로를 좋아할 거야. 음…… 마음속 아주 깊은 곳에서는 말이다."

해리는 퍼지의 생각을 굳이 정정해 주고 싶지 않았다. 그는 여전히 이제 자신에게 무슨 일이 일어날지 듣기만을 기다리고 있었다.

"그러니까 이제 남은 문제는……." 퍼지는 자기가 먹을 두 개째 크럼핏에 버터를 바르며 말했다. "네가 방학 3주를 어디에서 보낼지 결정하는 것뿐이다. 난 네가 이곳, 리키 콜드런에 방을 하나 잡으면 어떨까 하는데."

"잠깐만요." 해리가 불쑥 말했다. "벌은요?"

퍼지가 눈을 깜빡였다.

"벌이라니?"

"저는 법을 어겼잖아요!" 해리가 말했다. "미성년 마법 제한 법령요!"

"아, 이런 착하기도 하지. 그런 작은 일로 너를 처벌하진 않는단다!" 퍼지가 살짝 짜증이 나는 듯 크럼핏을 흔들며 소리쳤다. "그건 사고였어! 고모를 부풀렸다는 이유만으로 사람들을 아즈카반에 보내진 않아!"

과거 마법 정부가 해리에게 보였던 반응과는 전혀 다른 얘기였다.

"작년에는 집요정이 이모부 집에서 디저트를 으깨 버렸다는 이유만으로 공식 경고를 받았는데요!" 해리가 얼굴을 찡그리며 말했다. "마법 정부에서는 제가 한 번만 더 마법을 사용하면 호그와트에서 퇴학당할 거라고 했어요!"

해리가 잘못 본 게 아니라면, 퍼지는 갑자기 곤란한 표정이 되었다.

"상황은 변한다, 해리……. 우린 여러 가지를 고려해야만 해…… 지금 상황에서는……. 물론 퇴학을 *바라는* 건 아니겠지?"

"당연히 아니죠." 해리가 말했다.

"뭐 그럼, 굳이 소란 피울 필요가 있겠니?" 퍼지가 대수롭지 않다는 듯 웃었다. "이제 크럼핏이나 먹거라, 해리. 나는 톰한테 가서 네가 쓸 방이 있는지 알아볼 테니."

퍼지는 응접실에서 성큼성큼 나갔다. 해리는 그의 뒷모습을 뚫어지게 바라보았다. 뭔가 이상한 일이 벌어지고 있었다. 해리가 저지른 일을 처벌하려는 게 아니라면 퍼지는 왜 리키 콜드런에서 그를 기다리고 있었던 걸까? 생각해 보니, 마법 정부 총리가 *직접* 미성년 마법 문제에 관여하는 것도 흔한 일이 아니었다.

퍼지가 여관 주인 톰을 데리고 돌아왔다.

"11호가 비어 있구나, 해리." 퍼지가 말했다. "거기라면 아주 편안할 거야. 한 가지만 명심하거라, 너도 분명 납득할 거야. 네가 막 돌아다니다가 런던 머글 구역에 가게 되는 일은 없었으면 좋겠다. 알겠지? 다이애건 앨리에만 있어라. 또 매일 밤 어두워지기 전에 여기로 돌아와야 한다. 당연히 이해하겠지? 톰이 나 대신 널 지켜볼 거란다."

"알겠어요." 해리가 천천히 대답했다. "그런데 왜……?"

"너를 다시 잃고 싶지 않으니까 그러는 거 아니겠니?" 퍼지가 쾌활하게 웃으며 말했다. "그럼, 안 되고말고……. 그러니까 내 말은…… 네가 여기 있는 게 가장 좋다는 거다……."

퍼지는 큰 소리로 목을 가다듬더니 세로줄무늬 망토를 집어 들었다.

"음, 나는 가 보마. 할 일이 많아서 말이야."

"블랙 일은 아직 좋은 소식이 없나요?" 해리가 물었다.

퍼지의 손가락이 망토의 은색 단추에서 미끄러졌다.

"뭐라고? 아, 너도 들었구나. 뭐, 아니, 아직은 아니다. 하지만 시간문제일 뿐이야. 아즈카반의 간수들은 지금까지 한 번도 실패한 적이 없거든……. 게다가 내가 여태껏 봐 온 어느 때보다도 화가 많이 나 있어."

퍼지는 말하면서 몸을 살짝 떨었다.

"그럼, 작별 인사를 해야겠구나."

그가 손을 내밀었다. 악수를 하고 있는데 갑자기 어떤 생각이 떠올랐다.

"저…… 총리님? 뭘 좀 부탁드려도 될까요?"

"당연하지." 퍼지가 미소 지었다.

"어, 호그와트 3학년들은 호그스미드에 방문할 수 있잖아요. 그런데 제 이모랑 이모부가 허가서에 서명을 해 주지 않았어요. 총리님이 해 주실 수 있을까요?"

퍼지는 불편해 보였다.

"아." 그가 말했다. "아니. 안 된다. 정말 미안하구나, 해리. 나는 네 부모님이나 보호자가 아니기 때문에……."

"하지만 마법 정부 총리님이시잖아요." 해리가 기대에 찬 목소리로 말했다. "총리님이 허락해 주시면……."

"아니, 미안하다, 해리. 규칙은 규칙이야." 퍼지가 딱 잘라서 말했다. "아마 내년에는 호그스미드를 방문할 수 있을 게다. 사실, 나는 네가 방문하지 않는 게 최선이라고 생각하지만…… 그래…… 뭐, 나는 가 보마. 즐겁게 지내거라, 해리."

그렇게 퍼지는 마지막으로 미소 짓고 해리와 악수한 뒤

방을 나갔다. 이제 톰이 앞으로 나서며 해리에게 활짝 웃었다.

"따라와요, 포터 군." 그가 말했다. "짐은 이미 내가 올려다 놨으니……."

해리는 톰을 따라서 멋진 나무 계단을 올라 놋쇠로 만든 숫자 11이 붙어 있는 문으로 갔다. 톰은 자물쇠를 따고 문을 열어 주었다.

안에는 아주 편안해 보이는 침대와 반들반들하게 잘 닦인 오크나무 가구, 기분 좋게 타닥거리는 난롯불이 있었고, 옷장 꼭대기에는……

"헤드위그!" 해리가 숨을 헉 들이켰다.

새하얀 올빼미가 부리를 딱딱거리며 퍼덕퍼덕 해리의 팔에 내려앉았다.

"아주 영리한 올빼미더군요." 톰이 빙그레 웃었다. "포터 군이 도착하고 5분쯤 뒤에 도착했어요. 포터 군, 필요한 게 있으면 뭐든 망설이지 말고 부탁해요."

그는 다시 한 번 고개를 숙이고 방을 나갔다.

해리는 멍하니 헤드위그를 쓰다듬으면서 오랫동안 침대에 앉아 있었다. 창밖의 하늘은 벨벳 같은 짙은 파란색에서 차갑고 강철 같은 잿빛으로 빠르게 변하더니 그다음에는 금색이 섞인 분홍색으로 천천히 바뀌어 갔다. 해리는 겨우 몇 시간 전에 프리빗가를 떠나왔다는 사실을, 퇴학을 당하지도 않았고 이제 더즐리 가족이 아예 없는 3주가 시작되려 한다는 사실을 좀처럼 믿을 수 없었다.

"아주 이상한 밤이었어, 헤드위그." 그가 쩌억 하품을 했다.

그는 안경도 벗지 않은 채 베개 위로 털썩 쓰러져 잠들었다.

4장
리키 콜드런

 이 이상하고 새로운 자유에 익숙해지는 데는 며칠이 걸렸다. 전에는 한 번도 일어나고 싶을 때 일어나거나 먹고 싶은 걸 먹어 본 적이 없었다. 심지어 그는 다이애건 앨리에 있는 곳이라면 어디든 마음대로 갈 수 있었다. 이곳의 긴 자갈길은 세상에서 가장 매력적인 마법사 가게로 가득했으므로 해리는 굳이 퍼지와의 약속을 어기고 머글 세계로 돌아가고 싶은 생각이 전혀 없었다.

 해리는 매일 리키 콜드런에서 아침을 먹었다. 그곳에서 다른 손님들을 지켜보는 것은 즐거운 일이었다. 그곳에는 하루 쇼핑을 하러 시골에서 올라온 우스꽝스러워 보이는 조그만 여자 마법사들, 《오늘의 변환 마법》에 실린 최신 기사를 놓고 말싸움을 벌이는 덕망 있어 보이는 남자 마법사들, 거친 모습의 마전사들, 시끌벅적한 드워프들이 있었다. 그리고 한번은 두꺼운 모직 방한모를 쓴, 마귀할멈으로 의심되는 어떤 사람이 생간 한 접시를 주문하기도 했다.

아침 식사를 마친 해리는 뒤뜰로 나가 마법 지팡이를 꺼내 들고 쓰레기통 위 왼쪽에서 세 번째 벽돌을 두드린 다음 물러섰다. 그러면 다이애건 앨리로 가는 아치형 입구가 벽에 나타났다.

해리는 가게들을 둘러보고 카페 밖 밝은 색깔 파라솔 아래에서 식사를 하며 햇살 가득한 긴 하루를 보냈다. 카페에서 함께 식사하던 손님들은 서로에게 자신이 구입한 물건을 보여 주거나("이게 루나스코프라는 거야, 친구. 이제 더는 달 도표를 가지고 꾸물거릴 필요가 없다니까?") 시리우스 블랙 사건에 대해 이야기했다("난 그놈이 다시 아즈카반에 들어가기 전까지는 아이들을 바깥에 절대 혼자 내보내지 않을 거야"). 해리는 더 이상 이불 밑에서 손전등을 비춰 가며 숙제를 할 필요가 없었다. 이제 그는 '플로리언 포테스큐 아이스크림 가게' 앞 밝은 햇볕 아래 앉아, 플로리언 포테스큐 본인에게 가끔씩 도움을 받아 가며 작문 숙제를 모두 마칠 수 있었다. 포테스큐는 중세 마녀 화형에 대해 굉장한 지식을 갖추고 있을 뿐만 아니라 해리에게 30분마다 아이스크림선디(긴 유리잔에 아이스크림을 넣고 시럽, 견과류, 과일 조각 등을 얹은 것—옮긴이)를 공짜로 주었다.

그린고츠 지하 금고에서 금화 갈레온과 은화 시클, 청동 크넛으로 돈 자루를 다시 채우자마자 해리는 그 돈을 한 번에 다 써 버리지 않으려고 엄청난 인내심을 발휘해야 했다. 순금 곱스톤 게임(구슬치기와 비슷한 마법사 게임으로, 점수를 잃으면 돌들이 얼굴에다 고약한 냄새가 나는 액체를 뿜었다) 세트를 사지 않으려고 그는 호그와트에 5년을 더 다녀야 한다는 사실과 더즐리 부부에게 마법 책 살 돈을 달라고 부탁하는 게 어떤 기분일지를 끊임없이 떠올려야 했다. 커다란 유리공 안에 들어 있는, 움직이는 완벽한 은하수 모형에도 심한 유혹을 느꼈다. 그 모형을 산다는 건 천문학 수업을 더 듣지 않아도 된다는 뜻일 테니까. 하지만 해리의 결심을 가장 시험에 들게 한 물건은 리키 콜드런에 도착한 지 1주일이 지난 어느 날, 그가 가장 좋아하는 가게인 고급 퀴디치 용품점에서 나타났다.

가게 안에 있는 사람들이 뚫어지게 바라보고 있는 게 무엇인지 궁금해진 해리는 흥분한 남녀 마법사들 사이로 조금씩 비집고 들어갔다. 새로 만든 전시대가 살짝 보였다.

전시대 위에는 그가 여태껏 본 것 중에서 가장 훌륭한 빗자루가 놓여 있었다.

"막 나온 거야……. 시제품이지……." 사각 턱의 남자 마법사가 동료에게 말했다.

"세상에서 가장 빠른 빗자루 맞죠, 아빠?" 해리보다 어린 소년이 아버지의 팔에 매달려 높은 목소리로 물었다.

"아일랜드 국가대표팀이 방금 막 멋진 물건 일곱 개를 주문했습니다!" 가게 주인이 사람들에게 말했다. "월드컵 우승 후보가 말이죠!"

앞에 있던 덩치 큰 여자 마법사가 움직인 덕분에 해리는 빗자루 옆에 있는 팻말을 읽을 수 있었다.

파이어볼트

최신식 경주용 빗자루 파이어볼트는 다이아몬드처럼 단단하게 연마한 유선형의 정교한 물푸레나무 손잡이를 자랑하며, 고유 등록 번호가 수작업으로 새겨져 있습니다. 하나하나 선별한 빗자루 꼬리의 자작나무 잔가지들이 공기역학적으로 완벽하게 손질되어 파이어볼트에 타의 추종을 불허하는 균형감과 한 치의 오차도 없는 정확성을 부여합니다. 파이어볼트는 10초 내에 시

속 240킬로미터에 도달하는 가속력을 갖추고 있으며 고장 나지 않는 브레이크 마법을 탑재하고 있습니다.

가격 문의 바랍니다.

가격 문의라……. 해리는 파이어볼트가 얼마일지 생각하고 싶지 않았다. 이렇게 뭔가를 갖고 싶은 건 처음이었다. 하지만 그는 님부스 2000을 타고도 퀴디치 시합에서 한 번도 진 적이 없었다. 이미 아주 좋은 빗자루를 가지고 있는데 파이어볼트 때문에 그린고츠의 지하 금고를 탈탈 터는 게 무슨 의미가 있을까? 해리는 가격을 묻지 않았지만 그 뒤로 거의 매일 오직 파이어볼트를 보기 위해 그곳을 다시 찾았다.

한편 꼭 사야 하는 물건도 있었다. 그는 약재상에 가서 떨어진 마법약 재료를 샀고, 이제 학교 로브의 팔다리가 몇 센티미터씩 짧아졌으므로 '어디서나 잘 어울리는 말킨 부인의 로브 전문점'을 방문해서 새 로브도 샀다. 무엇보다 중요한 건 새 교과서를 사는 일이었는데, 그중에는 새로 듣게 된 과목인 '마법 생명체 돌보기'와 '점술' 교과서가 포함되어 있었다.

해리는 서점 창문을 들여다보고 깜짝 놀랐다. 유리창 뒤에는 평소처럼 금박 글자가 새겨진 보도블록만 한 마법 책들이 전시되어 있는 대신 커다란 철제 우리가 있었고 그 안에 《괴물들에 관한 괴물책》이 100권쯤 들어 있었다. 책들이 맞붙어 격렬하게 싸움을 벌이고 공격적으로 서로를 물어뜯으면서 찢긴 페이지들이 사방에 날렸다.

해리는 주머니에서 책 목록을 꺼내 처음으로 들여다보았다. 《괴물들에 관한 괴물책》은 마법 생명체 돌보기의 교과서였다. 그제야 해리는 해그리드가 그 책이 쓸모 있을 거라고 말한 까닭을 이해했다. 그는 안심했다. 해그리드가 또 어떤 끔찍한 반려동물 돌보는 것을 도와 달라고 할까 봐 걱정했던 것이다.

해리가 '플러리시 앤 블러츠' 서점에 들어가자 점원이 얼른 다가왔다.

"호그와트?" 그가 불쑥 물었다. "새 교과서 사러 온 거니?"

"네." 해리가 말했다. "저는……."

"물러서." 점원이 초조해하며 해리를 옆으로 밀치고 말했다. 그는 아주 두꺼운 장갑을 낀 다음 크고 울퉁불퉁한 마법 지팡이를 집어 들고 《괴물들에 관한 괴물책》 우리 문으로 다가갔다.

"잠깐만요." 해리가 재빨리 말했다. "그건 이미 있어요."

"그래?" 점원의 얼굴에 엄청난 안도감이 번졌다. "정말 다행이다. 오늘 아침에만 벌써 다섯 번 물렸거든."

뭔가 찢어지는 소리가 시끄럽게 공기를 갈랐다. 《괴물들에 관한 괴물책》 두 권이 다른 한 권을 잡고 양쪽에서 끌어당기며 산산조각 내고 있었다.

"그만둬! 멈추라고!" 점원이 창살 사이로 막대기를 집어넣어 책들을 쳐서 떼어 놓으며 소리쳤다. "다시는 이 책을 들여놓지 않을 거야. 절대로! 완전히 아수라장이야! 《투명에 관한 투명책》 200권을 들여놨을 때가 최악이라고 생각했는데. 돈은 엄청 들였는데 도저히 그 책들을 찾을 수가 없었거든……. 뭐, 그 밖에 필요한 책은?"

"있어요." 해리가 책 목록을 내려다보며 대답했다. "카산드라 바블라츠키의 《미래의 안개 걷어 내기》요."

"아, 점술을 처음 듣나 보구나?" 점원이 장갑을 벗고 해리를 가게 안쪽으로 데려가며 말했다. 코너 전체가 점술에 할애되어 있었다. 작은 탁자에 《예측할 수 없는 것 예측하기: 충격에서 나 자신을 보호하는 방법》이라든가 《깨진 구슬: 운수가 나빠질 때》 같은 책들이 쌓여 있었다.

"여기 있다." 계단을 올라갔던 점원이 검은 가죽 장정의 두꺼운 책을 가지고 내려오며 말했다. "《미래의 안개 걷어 내기》. 점치는 방법의 모든 기초를 알려 주는 아주 좋은 책이지. 손금 보기, 수정구슬점, 새 창자점……."

하지만 해리는 듣고 있지 않았다. 그의 시선은 작은 탁자에 전시된 책들 중 한 권에 머물러 있었다. 《죽음의 징조: 최악의 상황이 닥쳐온다는 것을 알았을 때 해야 할 일》.

"아, 나라면 그 책은 안 읽을 거야." 해리가 뭘 보고 있는지 눈치챈 직원이 가볍게 말했다. "사방에서 죽음의 징조를 보게 될 테니까. 그러면 누구든 겁먹어 죽을 만하지."

하지만 해리는 책 표지를 계속 뚫어지게 바라보았다. 표지에 번뜩이는 눈을 가진, 곰처럼 커다란 검은 개가 그려져 있었다. 그 개의 모습이 이상하게 눈에 익었다…….

점원이 《미래의 안개 걷어 내기》를 해리의 손에 쥐어 주었다.

"다른 건?" 그가 물었다.

"아, 또 있어요." 해리가 개의 눈에서 억지로 시선을 떼어 내고 가만히 책 목록을 살피며 말했다. "어…… 《중급 변환 마법》하고 《마법 주문에 관한 표준 교과서: 3학년용》이 필요해요."

해리는 10분 뒤 새 교과서들을 양 옆구리에 끼고 플러리시 앤 블러츠에서 나와, 자신이 어디로 가고 있는지도 알지 못한 채 몇몇 사람과 부딪치면서 리키 콜드런으로 돌아갔다.

그는 계단을 쿵쿵 올라가 방으로 들어가서 책들을 침대에 쏟아 놓았다. 누군가가 청소하러 들어왔었는지 창문이 열려 있었다. 방 안으로 햇살이 쏟아져 들어왔다. 뒤쪽 보이지 않는 머글 거리에서 버스가 굴러가는 소리와 보이지 않는 군중이 내는 소음이 들렸다. 해리는 세면대 위 거울에 비친 자기 모습을 바라보았다.

"죽음의 징조일 리 없잖아." 그는 거울에 비친 자기 자신에게 싸움을 걸듯 말했다. "매그놀리아가에서 그걸 봤을 때 나는 겁에 질려 있었어. 그냥 떠돌이 개였을 거야……."

그는 무의식적으로 손을 들어 머리카락을 납작하게 눌러 보려고 했다.

"쓸데없는 노력이야, 친구." 거울이 씨근거리는 목소리로 말했다.

날이 지나면서 해리는 가는 곳마다 론과 헤르미온느의 모습을 찾기 시작했다. 개학이 가까워 오자 이제 수많은 호그와트 학생이 다이애건 앨리에 속속 도착하고 있었다. 해리는 '고급 퀴디치 용품점'에서 그리핀도르 친구인 셰이머스 피니건과 딘 토머스를 만났는데, 그들도 파이어볼트에 눈독을 들이고 있었다. 플러리시 앤 블러츠 서점 앞에서는 동그란 얼굴에 건망증이 심한 소년인 진짜 네빌 롱보텀과 마주쳤지만 멈춰 서서 잡담을 나누지는 않았다. 네빌은 책 목록을 두고 오는 바람에 꽤 무서워 보이는 그의 할머니에게 잔소리를 듣고 있었다. 해리는 속으로 마법 정부를 피해 도망칠 때 자신이 네빌 행세를 한 것을 그녀가 영영 모르길 바랐다.

방학 마지막 날 잠에서 깬 해리는 적어도 내일 호그와트 급행열차에서는 론과 헤르미온느를 만날 수 있을 거라고 생각했다. 그는 일어나 옷을 입고 마지막으로 파이어볼트를 보러 갔다. 어디에서 점심을 먹을까 고민하던 참에 누군가가 큰 소리로 그의 이름을 부르자 그는 고개를 돌렸다.

"해리! **해리!**"

그들이 거기에 있었다. 두 사람 모두 플로리언 포테스큐 아이스크림 가게 앞에 앉아서 해리를 향해 열렬히 손을 흔들고 있었다. 주근깨로 온통 뒤덮인 론의 얼굴이 보였고, 헤르미온느는 얼굴이 갈색으로 그을려 있었다.

"겨우 만났네!" 해리가 자리에 앉자 론이 씩 웃으며 말했다. "리키 콜드런에 가니까 네가 나갔다더라고. 또 어디에 갔었냐면, 플러리시 앤 블러츠랑 말킨 부인……."

"학교 준비물은 지난주에 다 샀어." 해리가 설명했다. "근데 내가 리키 콜드런에 있는 줄은 어떻게 알았어?"

"아빠." 론이 간단히 말했다.

마법 정부에서 일하는 위즐리 씨라면 당연히 마지 고모에게 일어난 일을 전부 들었을 것이다.

"*진짜로* 너희 고모를 날려 버렸어, 해리?" 헤르미온느가 제법 심각한 목소리로 물었다.

"일부러 그런 건 아니야." 해리가 말하자 론은 큰 소리로 웃음을 터뜨렸다. "그냥…… 더 이상 참을 수가 없었어."

"웃을 일이 아니야, 론." 헤르미온느가 날카로운 어조로 말했다. "솔직히, 난 해리가 퇴학당하지 않은 게 놀라워."

"나도 그래." 해리도 인정했다. "퇴학이 다 뭐야, 난 체포될 줄 알았어." 그가 론을 보았다. "너희 아빠도 퍼지 총리가 나를 풀어 준 이유는 모르시지?"

"아마 너라서 그런 거 아니겠냐?" 론은 여전히 킬킬거리며 어깨를 으쓱했다. "유명하신 해리 포터니 뭐니 하면서 말이야. 고모를 날려 버린 게 나였으면 마법 정부가 어떻게 나왔을지 알고 싶지도 않다. 뭐, 일단은 나를 땅에서 파내야겠네. 엄마가 벌써 나를 죽였을 테니까. 어쨌거나 오늘 저녁에 네가 직접 아빠한테 물어봐. 오늘 밤에는 우리도 리키 콜드런에서 묵을 거거든! 그러니까 내일 너도 우리랑 같이 킹스크로스에 가면 돼! 헤르미온느도 거기에 묵을 거고!"

헤르미온느가 활짝 웃으며 고개를 끄덕였다. "엄마 아빠가 오늘 아침에 날 내려 주고 가셨어. 호그와트 물건이랑 다 같이."

"잘됐다!" 해리가 기뻐하며 말했다. "그럼, 새 교과서랑 다른 것도 다 샀어?"

"이것 봐." 론이 자루에서 길고 가느다란 상자 하나를 꺼내 열며 말했다. "방금 새로 산 마법 지팡이야. 36센티미터에 버드나무로 만들었고 유니콘 꼬리털이 한 가닥 들어 있어. 책도 다 샀고." 그가 의자 밑에 있는 커다란 자루를 가리키며 말했다. "그 《괴물들에 관한 괴물책》 어땠어? 두 권 필요하다니까 점원이 거의 울려고 하더라."

"그건 다 뭐야, 헤르미온느?" 해리가 헤르미온느 옆 의자에 놓인, 하나도 아니고 세 개나 되는 두둑한 자루를 가리키며 물었다.

"음, 내가 너희보다 몇 과목을 더 듣잖아?" 헤르미온느가 말했다. "숫자점, 마법 생명체 돌보기, 점술, 고대 룬문자 연구, 머글학 교과서들이야."

"머글학은 대체 왜 듣는 거야?" 론이 해리 쪽으로 눈을 굴리며 그녀에게 말했다. "너는 머글 태생이잖아! 너희 엄마 아빠가 머글이라고! 머글에 관해서는 이미 다 알잖아!"

"그래도 마법사의 관점에서 머글들을 연구하는 건 꽤 흥미로울 거야." 헤르미온느가 진지하게 말했다.

"올 한 해 먹거나 잘 계획은 있는 거야, 헤르미온느?" 해리가 묻자 론이 킥킥거렸다. 헤르미온느는 못 들은 체했다.

"아직 10갈레온 남았어." 그녀가 지갑을 확인하며 말했다. "9월에 내 생일이 있어서 엄마 아빠가 미리 생일 선물을 사라고 돈을 좀 주셨거든."

"멋진 책은 어때?" 론이 천연덕스럽게 물었다.

"아니, 싫은데." 헤르미온느가 태연하게 대꾸했다. "난 정말 부엉이를 갖고 싶어. 그러니까 해리한테는 헤드위그가 있고 너한테는 에롤이……."

"난 없어." 론이 말했다. "에롤은 가족 올빼미니까. 나한테 있는 건 스캐버스뿐이야." 론은 주머니에서 그가 키우는 쥐를 꺼냈다. "스캐버스한테 건강검진을 시켜 주고 싶다." 그가 스캐버스를 앞에 있는 탁자에 올려놓으며 덧붙였다. "이집트가 스캐버스한테 잘 맞지 않았던 것 같아."

스캐버스는 예전보다 마른 듯했고 수염은 축 처져 있었다.

"바로 저기에 마법 생물을 파는 가게가 있어." 이제 다이애건 앨리를 훤히 알게 된 해리가 말했다. "너는 스캐버스한테 뭔가 해 줄 게 있는지 알아보고 헤르미온느는 부엉이를 사면 되겠네."

그들은 아이스크림 값을 치르고 길 건너 '마법 동물원'으로 갔다.

안에는 공간이 별로 없었다. 벽 전체에 우리들이 진열되어 있었던 것이다. 가게 안은 고약한 냄새가 풍기는 데다가, 우리 속 동물들이 저마다 끽끽대고 깍깍대고 지절대고 식식댔기에 매우 시끄러웠다. 계산대의 여자 마법사가 한 남자 마법사에게 앞뒤로 머리가 달린 도롱뇽 돌보는 방법을 조언해 주고 있었기에 해리, 론, 헤르미온느는 우리들을 들여다보며 그들의 대화가 끝나기를 기다렸다.

거대한 자주색 두꺼비 한 쌍이 죽은 검정파리들을 꿀떡꿀떡 먹어 치우고 있었다. 창가에서는 등딱지에 보석이 박힌 어마어마한 크기의 거북이가 번쩍번쩍 빛났다. 독을 가진 오렌지색 달팽이들이 점액을 남기며 유리 수조 옆면을 천천히 기어오르고, 뚱뚱한 흰토끼는 시끄럽게 펑펑 소리를 내면서 중절모가 됐다가 다시 원래 모습으로 돌아오기를 끊임없이 반복하고 있었다. 거기에 온갖 색깔의 고양이들, 시끄러운 큰까마귀들이 들어 있는 새장, 큰 소리로 콧노래를 불러 대는 커스터드 색깔의 이상한 털 뭉치들이 들어 있는 바구니가 있었고, 계산대 위에 있는 커다란 우리에서는 날렵한 검은색 쥐들이 길고 털 없는 꼬리로 줄넘기 놀이 비슷한 것을 하고 있었다.

앞뒤로 머리가 달린 도롱뇽 주인이 나가자 론은 계산대로 다가갔다.

"제 쥐 때문에 그러는데요." 그가 마법사에게 말했다. "이집트에 여행 갔다 온 뒤로 계속 상태가 안 좋아요."

"계산대에 올려놔 보렴." 마법사가 주머니에서 두꺼운 검은색 안경을 꺼내며 말했다.

론이 주머니에서 스캐버스를 꺼내 쥐 우리 옆에 올려놓았다. 줄넘기 줄로 장난을 치고 있던 쥐들이 동작을 멈추고 좀 더 잘 보기 위해 허둥지둥 철창 쪽으로 몰려왔.

론이 가진 대부분의 물건들처럼 스캐버스도 물려받은 것이었기에(스캐버스는 원래 론의 형 퍼시의 쥐였다) 조금 초라했다. 우리 속 윤기 나는 쥐들 옆에 있어서 그런지 스캐버스는 유난히 우중충해 보였다.

"흠." 마법사가 스캐버스를 집어 들고 물었다. "이 쥐, 몇 살이니?"

"몰라요." 론이 말했다. "꽤 늙었을 거예요. 우리 형 거였 거든요."

"어떤 힘을 가지고 있지?" 마법사가 스캐버스를 자세히 살펴보며 물었다.

"어……." 사실 스캐버스는 흥미로운 힘을 갖고 있다는 약간의 낌새조차 보여 준 적이 없었다. 마법사의 눈이 스캐 버스의 너덜너덜한 왼쪽 귀에서 앞발로 움직였다. 발가락 하나가 없었다. 마법사가 큰 소리로 혀를 찼다.

"이 녀석, 갖은 고생을 했나 보구나." 그녀가 안타깝다는 듯 말했다.

"퍼시한테 받았을 때부터 그랬어요." 론이 변명하듯 말 했다.

"보통 쥐나 얘 같은 정원 쥐는 3년 이상 못 살아." 마법사 가 말했다. "뭐, 좀 더 오래 사는 걸 찾는다면 애들 중 하나 가 마음에 들지도 모르겠다……."

그녀는 다시 재빨리 줄넘기를 시작한 검은 쥐들을 가리 켰다. 론이 목소리를 낮춰 투덜거렸다. "잘난 척하긴."

"뭐, 바꾸기 싫다면 이 쥐 강장제를 써 보렴." 마법사가 계산대 아래로 손을 뻗어 작은 빨간색 병을 꺼내며 말했다.

"알았어요." 론이 말했다. "얼마…… **아얏!**"

론의 몸이 구부러졌다. 큼직한 오렌지색 뭔가가 가장 큰 우리 위에서 뛰어올라 론의 머리 위에 착지했다가 미친 듯이 야옹거리며 스캐버스에게 달려들었다.

"**안 돼, 크룩섕스**(안짱다리라는 뜻—옮긴이)**, 안 돼!**" 마법사가 소리쳤지만 스캐버스는 그녀의 양손 사이에서 비누처럼 미끄럽게 쏙 빠져나와 뒷다리를 벌리고 바닥에 착지하더니 문 쪽으로 달아났다.

"스캐버스!" 론이 스캐버스를 쫓아 달려 나가며 소리쳤다. 해리가 뒤따랐다.

론은 고급 퀴디치 용품점 바깥 쓰레기통 아래로 피신한 쥐를 다시 주머니에 쑤셔 넣고 머리를 문지르면서 허리를 폈다.

"그거 대체 뭐였어?"

"엄청나게 큰 고양이 아니면 아주 작은 호랑이였어." 해리가 말했다.

"헤르미온느는?"

"아마 부엉이를 사고 있을 거야."

그들은 붐비는 거리를 되짚어 마법 동물원으로 향했다. 도착해 보니 헤르미온느가 가게에서 나오고 있었는데 그녀가 들고 있는 건 부엉이가 아니었다. 헤르미온느가 양팔로 꼭 끌어안고 있는 것은 커다란 적갈색 고양이였다.

"그 괴물을 산 거야?" 론이 기가 막힌 듯 입을 쩍 벌리며 물었다.

"정말 *매력적*이지 않아?" 헤르미온느가 얼굴에 홍조를 띠며 되물었다.

관점의 차이라고, 해리는 생각했다. 그 고양이는 숱 많은 적갈색 털이 북슬북슬했지만 살짝 안짱다리인 게 분명했고, 심술궂은 얼굴은 벽돌담에 갖다 박기라도 한 듯 이상하게 찌부러진 것처럼 보였다. 하지만 스캐버스가 보이지 않는 지금 그 고양이는 헤르미온느의 품에서 만족스럽게 가르랑거리고 있었다.

"헤르미온느, 그놈이 내 머리 가죽을 벗겨 버릴 뻔했어!" 론이 말했다.

"일부러 그런 건 아니었어. 그치, 크룩섕스?" 헤르미온느가 말했다.

"그럼 스캐버스는?" 론이 불룩 튀어나온 가슴주머니를 가리켰다. "스캐버스한테는 휴식과 안정이 필요하단 말이야! 그런 게 가까이 있으면 어쩌라는 거야?"

"그 말을 들으니까 생각나는데, 너 쥐 강장제 깜빡했더라." 헤르미온느가 작은 빨간색 병을 론의 손에 탁 쥐여 주며 말했다. "그리고 걱정 좀 그만해. 크룩섕스는 내 기숙사 침실에서 자고 스캐버스는 네 기숙사 침실에서 잘 거잖아. 대체 뭐가 문제니? 불쌍한 크룩섕스. 가게 주인 말로는 크룩섕스가 저기 있은 지 한참 됐대. 아무도 얘를 원하지 않았다는 거야."

"글쎄 왜 그럴까." 론이 비꼬는 투로 말했다. 그들은 리키 콜드런으로 향했다.

위즐리 씨가 바에 앉아 《예언자일보》를 읽고 있었다.

"해리!" 그가 눈을 들어 미소 지으며 말했다. "잘 지냈니?"

"네. 고맙습니다." 해리가 대답했다. 그와 론, 헤르미온느는 사 온 물건을 들고 다가가 위즐리 씨 옆에 앉았다.

위즐리 씨가 신문을 내려놓자 이제는 아주 익숙해진 시리우스 블랙의 사진이 해리를 빤히 올려다보았다.

"근데, 아직도 못 잡은 거예요?" 해리가 물었다.

"그래." 위즐리 씨가 꽤 심각한 표정을 지으며 대답했다. "마법 정부의 전 직원이 평소 업무를 중단하고 블랙을 찾고 있지만 아직까지는 운이 별로 없구나."

"우리가 잡으면 보상금을 받을 수 있나요?" 론이 물었다. "돈이 좀 더 생기면 좋을 텐데……."

"말도 안 되는 소리 하지 말거라, 론." 위즐리 씨가 말했다. 더 가까이에서 보니 그는 바짝 긴장한 표정이었다. "블랙은 열세 살짜리 마법사에게 잡힐 사람이 아니니까. 이자를 다시 잡아들이는 건 아즈카반의 간수들이야. 내 말 명심해라."

그때 위즐리 부인이 바에 들어왔다. 그녀는 쇼핑한 물건을 잔뜩 들고 있었다. 이제 호그와트 5학년이 되는 쌍둥이 프레드와 조지, 남학생 회장으로 임명된 퍼시, 위즐리 가족의 막내이자 외동딸인 지니가 그 뒤를 따랐다.

전부터 해리에게 푹 빠져 있던 지니는 그를 보더니 평소보다 훨씬 당황스러워했다. 아마도 지난 학기 호그와트에서 해리가 그녀의 목숨을 구해 주었기 때문일 것이다. 그녀는 새빨개진 얼굴로 해리를 보지도 않고 "안녕" 하고 들릴 듯 말 듯 중얼거렸다. 반면 퍼시는 해리와 처음 만나는 것처럼 진지하게 손을 내밀고 말했다. "해리, 이렇게 만나서 무척 반갑구나."

"안녕, 퍼시." 해리가 애써 웃음을 참으며 말했다.

"잘 지내지?" 퍼시가 손을 맞잡고 흔들면서 점잔 빼는 목소리로 말했다. 해리는 꼭 시장님하고 처음 인사를 나누는 것 같았다.

"아주 잘 지내. 고마……."

"해리!" 프레드가 퍼시의 옆구리를 팔꿈치로 밀치더니 허리를 깊숙이 숙이며 말했다. "이렇게 만나서 *기쁘기* 그지없네, 옛 친구여."

"기가 막히군." 이번에는 조지가 프레드를 옆으로 밀치고 해리의 손을 꽉 잡으며 말했다. "이렇게 멋진 일이."

퍼시의 눈초리가 사나워졌다.

"이제 그만해라." 위즐리 부인이 말했다.

"엄마!" 프레드가 이제 막 위즐리 부인을 발견했다는 듯 그녀의 손을 꽉 잡았다. "이리 만나 뵙다니 어찌나 황송하온지……."

"그만하라고 했다." 위즐리 부인이 사 온 물건들을 빈 의지에 내려놓으며 말했다. "안녕, 해리? 우리 집 좋은 소식들은 들었지?" 그녀는 퍼시의 새 은색 배지를 가리켰다. "우리 집에서 두 번째 남학생 회장이 나왔단다!" 그녀가 자랑스러운 듯 가슴을 부풀리며 말했다.

"마지막 남학생 회장이기도 하죠." 프레드가 나직이 중얼거렸다.

"어련하실까." 위즐리 부인이 돌연 얼굴을 잔뜩 찌푸렸다. "너희 둘이 반장이 못 됐다는 건 나도 잘 안다."

"우리가 뭐 하자고 반장이 되겠어요?" 조지가 생각만으로도 끔찍하다는 듯 말했다. "인생의 재미가 다 사라질 텐데."

지니가 키득거렸다.

"여동생한테 좋은 본보기가 되진 못할망정!" 위즐리 부인이 쏘아붙였다.

"지니한테는 본보기가 되어 줄 다른 오빠들이 있잖아요, 어머니." 퍼시가 고상하게 말했다. "저녁 먹기 전에 올라가서 옷 좀 갈아입겠습니다……."

퍼시가 계단 위로 사라지자 조지는 한숨을 내쉬었다.

"퍼시를 피라미드에 가둬 버리려고 했거든." 그가 해리에게 말했다. "근데 엄마한테 들켰어."

그날 밤 저녁 식사는 매우 즐거웠다. 여관 주인 톰이 응접실에 탁자 세 개를 붙여 주었고, 위즐리 가족 일곱 명과 해리, 헤르미온느는 맛있는 다섯 가지 코스 요리를 먹었다.

"내일 킹스크로스에는 어떻게 가요, 아빠?" 프레드가 끝내주는 초콜릿 푸딩을 입에 밀어 넣으면서 물었다.

"마법 정부에서 자동차 두어 대를 제공해 주기로 했다." 위즐리 씨가 말했다.

모두가 눈을 들어 그를 바라보았다.

"왜요?" 퍼시가 의아하다는 듯 물었다.

"그야 형 때문이지, 퍼스." 조지가 진지한 목소리로 말했다. "보닛에 '천재'라고 쓴 작은 깃발도 달려 있을걸."

"'천하의 재수 없는 놈'이라는 뜻이지." 프레드가 말했다.

퍼시와 위즐리 부인을 제외한 모두가 푸딩을 먹다 말고 픽 웃음을 터뜨렸다.

"정부에서 왜 자동차를 제공하는 거죠, 아버지?" 퍼시가 위엄 있는 목소리로 다시 물었다.

"그야 우리한테 이제 차가 없기도 하고." 위즐리 씨가 말했다. "내가 정부에서 일하기도 하니까 호의를 베푸는 거지……."

위즐리 씨의 목소리는 태연했지만 해리는 론이 압박을 느낄 때 그러는 것처럼 위즐리 씨의 귀가 빨개지는 것을 알아차렸다.

"잘됐네." 위즐리 부인이 활기차게 말했다. "너희 짐이 얼마나 많은지 아니? 머글 지하철을 타면 아주 볼 만할 거다……. 짐은 다 쌌지?"

"론이 아직 새로 산 물건을 가방에 넣지 않았어요." 퍼시가 기다렸다는 듯 말했다. "제 침대 위에 다 쏟아 놨죠."

"가서 짐을 제대로 싸 두는 게 좋겠다, 론. 아침에는 시간이 별로 없을 테니까." 위즐리 부인이 식탁 맞은편에서 나무랐다. 론은 퍼시를 노려보았다.

저녁 식사를 마치자 모두 너무 배가 부르고 졸렸다. 그들은 다음 날 가져갈 것들을 확인하러 한 명 한 명 각자의 방으로 올라갔다. 론과 퍼시의 방은 해리의 옆방이었는데, 해리가 막 자기 짐 가방을 닫고 잠갔을 때쯤 벽 너머에서 화난 목소리가 들려왔다. 해리는 무슨 일인지 보러 갔다.

12호 문이 열려 있고, 퍼시가 소리를 지르고 있었다.

"여기, 침대 옆 탁자에 놓여 있었어. 닦으려고 빼 놨단 말이야."

"난 건드리지도 않았다니까?" 론이 마주 소리 질렀다.

"무슨 일이야?" 해리가 물었다.

"내 남학생 회장 배지가 없어졌어." 퍼시가 해리 쪽으로 돌아서며 말했다.

"스캐버스한테 먹일 쥐 강장제도." 론이 짐 가방에서 물건들을 꺼내 던지며 말했다. "바에 두고 왔나 봐."

"내 배지 찾기 전엔 아무 데도 못 가!" 퍼시가 소리쳤다.

"스캐버스한테 줄 강장제는 내가 챙겨 올게. 난 짐 다 쌌어." 해리는 론에게 말하고 아래층으로 걸음을 옮겼다.

해리는 술집으로 향하는 복도를 따라 걸었다. 이제는 아주 어두워져 있었다. 그때 응접실에서 또 한 쌍의 화난 목소리가 흘러나왔다. 잠시 후 해리는 그것이 위즐리 부부의 목소리라는 것을 알아차렸다. 해리는 머뭇거렸다. 그들이 다투는 소리를 들은 것을 들키고 싶지 않았다. 그런데 그때 자신의 이름이 들려와서 해리는 발걸음을 멈추고 응접실 문 가까이 다가갔다.

"……그 애한테 말해 주지 않는 건 말이 안 돼." 위즐리 씨가 열을 내며 말하고 있었다. "해리한테도 알 권리가 있다고. 퍼지 총리한테도 얘기했지만, 그 사람은 그 애를 어린애처럼 대해야 한다고 고집을 부리고 있어. 열세 살인데……."

"아서, 진실을 말해 주면 겁먹을 거라니까!" 위즐리 부인이 새된 목소리로 말했다. "정말 그런 걱정거리를 안겨서 학교에 보내고 싶어? 세상에, 걘 모르는 편이 행복해!"

"해리를 비참하게 만들려는 게 아니야. 조심하게 하려는 거지!" 위즐리 씨가 반박했다. "당신도 해리랑 론이 어떤지 알잖아. 저들끼리 돌아다니고…… 금지된 숲에도 들어갔었어! 이번에는 그렇게 행동해선 절대 안 된다고! 걔가 집에서 도망친 날 밤에 무슨 일을 당할 뻔했는지 생각해 봐! 나이트 버스가 걔를 태우지 않았더라면 분명 정부가 찾기 전에 죽었을 거야!"

"하지만 죽지 않았지. 무사해. 그러니 해리한테 말해 준다고 한들 무슨 쓸모가……."

"몰리, 사람들은 시리우스 블랙이 미쳤다고 말해. 아마 그럴지도 모르지. 하지만 그자는 아즈카반에서 도망칠 만큼 영리하기도 해. 불가능하다고 여겨지는 일이었는데 말이야. 이제 한 달이 지났지만 아무도 그자의 머리카락조차 못 봤다고. 나는 퍼지 총리가 《예언자일보》에 뭐라고 말하든 신경 안 써. 우리가 블랙을 잡을 가능성은 스스로 주문을 거는 마법 지팡이가 발명될 가능성만큼도 없어. 우리가 확실히 아는 건 블랙이 뭘 쫓고 있는지뿐인데……."

"하지만 호그와트 안에만 있으면 해리도 안전할 거야."

"아즈카반도 완벽하게 안전하다고 생각했었지. 블랙이 아즈카반에서 탈출할 수 있다면 호그와트에도 침입할 수 있을 거야."

"하지만 블랙이 정말로 해리를 찾고 있는 건지 확실히 아는 사람은 아무도……."

뭔가가 나무에 쿵 부딪치는 소리가 났다. 위즐리 씨가 주먹으로 탁자를 내리친 게 틀림없었다.

"몰리, 대체 몇 번을 말해야 해? 퍼지 총리가 일을 조용히 처리하고 싶어 해서 언론에는 보도되지 않았지만, 총리는 블랙이 탈옥한 날 밤 아즈카반에 찾아갔었어. 간수들이 퍼지 총리한테 블랙이 한동안 잠꼬대를 했다고 말했다더군. 항상 같은 말이었대. '놈은 호그와트에 있어……. 놈은 호그와트에 있어.' 블랙은 정상이 아니야, 몰리. 게다가 해리가 죽기를 바라고 있어. 내가 보기엔, 해리를 죽이면 '그 사람'의 힘이 회복될 거라고 생각하는 것 같아. 해리가 '그 사람'을 가로막은 날 블랙은 모든 걸 잃었어. 그 일을 곱씹으며 아즈카반에서 혼자 12년이란 세월을 보냈고……."

침묵이 흘렀다. 해리는 더 듣고 싶은 마음에 문으로 바짝 몸을 기울였다.

"그래, 아서. 당신이 옳다고 생각하는 대로 해야지. 하지만 당신은 알버스 덤블도어를 잊고 있어. 그분이 교장으로 있는 동안에는 호그와트에서 해리를 해칠 수 있는 건 아무것도 없을 거야. 그분도 이 상황을 다 알고 계시지?"

"당연하지. 교내로 들어가는 입구 주변에 아즈카반 간수들을 배치해도 되겠느냐고 물어봤거든. 탐탁지 않아 하면서도 동의하셨어."

"탐탁지 않아 했다고? 탐탁잖은 이유가 뭐야, 블랙을 잡으러 온 건데?"

"아즈카반 간수들을 좋아하지 않으시니까." 위즐리 씨가 무거운 어조로 말했다. "그건 나도 마찬가지야……. 하지만 블랙 같은 마법사를 상대하려면 꺼림칙한 세력과도 힘을 합쳐야지."

"만일 그 간수들이 해리를 구한다면……."

"그럼 다시는 그자들을 나쁘게 말하지 않을게." 위즐리 씨가 지친 목소리로 말했다. "늦었어, 몰리. 방으로 올라가는 게 좋겠어……."

의자 움직이는 소리가 들렸다. 해리는 되도록 조용히 술집으로 이어지는 통로를 따라 빠른 걸음으로 그들에게서 멀어졌다. 응접실 문이 열리더니 잠시 후 위즐리 부부가 계단을 올라가는 발소리가 들렸다.

쥐 강장제 병은 그들이 저녁 식사를 했던 식탁 아래 놓여 있었다. 해리는 위즐리 부부의 침실 문이 닫히는 소리가 들릴 때까지 기다렸다가 병을 가지고 위층으로 향했다.

프레드와 조지가 층계참 어둠 속에 웅크린 채, 퍼시가 배지를 찾아 론과 함께 쓰는 방을 뒤집어엎는 소리를 들으며 어깨를 들썩이면서 웃고 있었다.

"우리가 갖고 있어." 프레드가 해리에게 속삭였다. "성능을 향상시키는 중이었지."

배지에는 이제 '남학생 환장'이라고 쓰여 있었다.

해리는 억지로 한번 웃어 주고 론에게 가서 쥐 강장제를 건넨 뒤 방으로 돌아가 문을 닫고 침대에 누웠다.

그러니까, 시리우스 블랙은 그를 찾고 있는 것이었다. 그것으로 모든 게 설명이 되었다. 퍼지가 너그럽게 군 까닭은 해리가 살아 있는 것을 보고 무척 안심했기 때문이었다. 그는 해리더러 수많은 마법사가 해리를 지켜보는 이곳 다이애건 앨리에 머물 것을 약속하게 했다. 내일 모두를 역에 데려다줄 마법 정부 차를 두 대나 보내는 것도 해리가 기차에 오를 때까지 위즐리 가족이 그를 돌봐 주도록 하기 위한 조치였다.

해리는 누워서 옆방에서 나는 알아듣기 어려운 고함 소리를 들으며 왜 겁이 나지 않는지 의아해했다. 시리우스 블랙은 단 한 번의 저주 마법으로 열세 명을 살해했다. 위즐리 부부는 해리가 진실을 알면 겁에 질릴 거라고 생각한 게 틀림없다. 하지만 해리는 알버스 덤블도어가 있는 곳이라면 거기가 어디든 지구상에서 가장 안전하다던 위즐리 부인과 전적으로 같은 생각이었다. 다들 항상 덤블도어는 볼드모트 경이 유일하게 두려워하던 사람이라고 말하지 않던가? 볼드모트의 오른팔인 블랙도 당연히 덤블도어를 두려워하지 않을까?

게다가 계속 입에 오르는 아즈카반의 간수들도 있었다. 대부분의 사람들은 까무러칠 정도로 그 간수들을 무서워하는 것 같았다. 그들이 학교 주변에 빈틈없이 배치된다면 블랙이 침입할 가능성은 굉장히 적을 것이었다.

아니, 무엇보다 해리를 괴롭게 하는 문제는 이제는 호그스미드에 방문할 가능성이 전혀 없어 보인다는 사실이었다. 블랙이 잡히기 전까지는 아무도 해리가 안전한 호그와트 성을 벗어나기를 바라지 않을 테니까. 사실, 위험이 지나갈 때까지 사람들이 그의 행동 하나하나를 주의 깊게 지켜볼 거라는 생각마저 들었다.

그는 어두운 천장을 노려보았다. 다들 그가 자기 몸 하나 지키지 못할 거라고 생각하는 걸까? 볼드모트 경에게서 세 번이나 살아남았는데, 나도 아주 쓸모없는 존재는 아니란 말이야…….

문득 매그놀리아가에서 봤던 어둠 속 짐승의 모습이 머릿속을 스쳤다. '최악의 상황이 닥쳐온다는 것을 알았을 때 해야 할 일…….'

"나는 죽지 않을 거야." 해리가 큰 소리로 말했다.

"그래, 바로 그 자세야! 친구." 거울이 졸린 듯 말했다.

5장

디멘터

다음날 아침 톰은 평소처럼 이 빠진 미소와 차 한 잔으로 해리를 깨웠다. 해리가 셔츠로 갈아입고 불만스러워하는 헤드위그를 새장에 다시 들어가게 하려고 설득하고 있을 때, 론이 머리에서부터 뒤집어쓴 운동복 상의를 밑으로 끌어당기면서 짜증 가득한 표정으로 문을 벌컥 열고 방으로 들어왔다.

"빨리 기차에 타야지, 진짜." 그가 투덜거렸다. "적어도 호그와트에 도착하면 퍼시한테서 벗어날 수 있을 거 아냐. 이젠 내가 페넬러피 클리어워터 사진에다 차를 흘렸다고 뭐라고 하잖아." 론이 얼굴을 찡그렸다. "퍼시 여자 친구 말이야. 페넬러피는 코가 온통 얼룩덜룩해졌다면서 액자 뒤로 얼굴을 숨겼어……."

"할 얘기가 있어." 해리가 입을 열었다. 하지만 그때, 또 한 번 퍼시의 부아를 돋우는 데 성공한 론을 칭찬해 주려고 온 프레드와 조지가 끼어드는 바람에 그는 말을 이을 수 없었다.

그들은 아침 식사를 하기 위해 아래층으로 내려갔다. 위즐리 씨가 이마를 찌푸린 채 《예언자일보》 1면을 읽고 있었고, 위즐리 부인은 헤르미온느와 지니에게 학생 시절에 만들었던 사랑의 마법약에 얽힌 이야기를 해 주고 있었다. 세 사람 모두 키득키득 웃었다.

"아까 무슨 말 하려고 했어?" 자리에 앉으면서 론이 해리에게 물었다.

"나중에 얘기해 줄게." 그때 퍼시가 쿵쿵거리며 나타나자 해리가 론에게 중얼거렸다.

떠나느라 부산스러운 와중에 해리는 론과 헤르미온느에게 이야기해 줄 기회를 잡지 못했다. 그들은 리키 콜드런의 좁은 계단 아래로 짐들을 다 날라다가 문 근처에 쌓아 놓느라 정신이 없었다. 헤드위그와 퍼시의 가면올빼미 헤르메스를 넣은 새장은 짐 가방 꼭대기에 올려져 있었다. 짐 더미 옆에 놓인 작은 고리버들 바구니 속에서 시끄럽게 야옹거리는 소리가 들렸다.

"괜찮아, 크룩섕스." 헤르미온느가 바구니에 대고 속삭였다. "기차 타면 꺼내 줄게."

"안 돼." 론이 쏘아붙였다. "불쌍한 스캐버스는 어쩌고?"

론이 자기 가슴을 가리켰다. 불룩하게 튀어나온 것을 보니 스캐버스가 주머니 안에서 몸을 웅크리고 있는 모양이었다.

마법 정부 차를 기다리느라 밖에 있었던 위즐리 씨가 안으로 머리를 들이밀었다.

"자동차가 도착했다." 그가 말했다. "해리, 서두르거라."

짧게 뻗은 보도 맞은편에 짙은 녹색의 구식 자동차가 두 대 서 있었다. 위즐리 씨는 그중 첫 번째 자동차로 해리를 데려갔다. 자동차는 각각 에메랄드색 벨벳 정장을 입은 마법사들이 몰고 있었는데, 그들은 은밀히 주위를 살피는 듯한 모습이었다.

"타라, 해리." 위즐리 씨가 붐비는 거리 이쪽저쪽을 힐끔거리며 말했다.

해리가 자동차 뒷좌석에 타자 곧 헤르미온느와 론이 올라탔다. 론한테는 끔찍한 일이었지만 퍼시도 함께 탔다.

킹스크로스역으로 가는 길은 나이트 버스를 탔을 때와

비교하면 매우 평온했다. 마법 정부 차는 평범한 자동차처럼 보였지만, 해리는 그 차들이 버넌 이모부의 새 업무용 자동차는 결코 지나가지 못했을 틈새로 미끄러지듯이 지나갈 수 있다는 사실을 알아차렸다. 그들은 호그와트 급행열차가 출발하기 20분 전에 킹스크로스역에 도착했다. 마법 정부 운전기사들은 직접 짐수레를 가져와서 짐들을 내려 주고 위즐리 씨에게 경례한 다음 차에 올라탔다. 그러고는 신호에 걸려 꼼짝 못 하는 자동차들의 행렬 맨 앞으로 어찌어찌 뛰어넘어 가더니 차를 몰고 멀어져 갔다.

위즐리 씨는 역으로 들어가는 내내 해리 곁에 바짝 붙어 있었다.

"좋아, 그럼." 그가 주위를 힐끗 돌아보며 말했다. "인원이 꽤 되니 둘씩 짝지어서 들어가도록 하자. 내가 해리랑 같이 제일 먼저 들어가마."

위즐리 씨가 9번과 10번 승강장 사이의 벽을 향해 걸어갔다. 그는 해리의 짐수레를 밀고 가면서도, 방금 9번 승강장에 도착한 인터시티 125(영국의 디젤엔진 고속 열차—옮긴이)에 무척 관심이 가는 모양이었다. 그는 의미심장한 눈으로 해리를 바라보면서 아무렇지도 않게 벽 쪽으로 몸을 기울였다. 해리도 그를 따라 했다.

다음 순간, 그들은 단단한 벽을 뚫고 옆으로 넘어지면서 9와 4분의 3 승강장으로 들어섰다. 눈을 드니 진홍색 증기 기관차인 호그와트 급행열차가, 자녀들을 배웅하러 온 마법사들로 가득한 승강장 위로 연기를 뿜어내고 있었다.

갑자기 해리 뒤에서 퍼시와 지니가 나타났다. 그들은 뛰어서 벽을 통과했는지 숨을 헐떡거리고 있었다.

"아, 페넬러피다!" 퍼시가 머리를 매만지고 다시 한 번 얼굴을 붉히며 말했다. 한순간 지니와 해리의 눈이 마주쳤다. 퍼시가 그의 번쩍이는 배지가 안 보일세라 가슴을 쑥 내민 채 긴 곱슬머리 여학생 쪽으로 성큼성큼 걸어가자 둘은 웃음을 감추기 위해 뒤돌아섰다.

나머지 위즐리 가족과 헤르미온느가 도착하자, 해리와 위즐리 씨는 곧바로 맨 앞에 서서 사람들로 가득 찬 객실들을 지나 열차 끝 조금 한산해 보이는 객차 쪽으로 갔다. 아이들은 그곳에 짐 가방을 싣고 헤드위그와 크룩섕스를 짐 선반에 올려놓은 뒤 위즐리 부부에게 작별 인사를 하기 위해 다시 밖으로 나갔다.

위즐리 부인은 자식들 모두에게 입을 맞췄고, 그다음에는 헤르미온느에게, 마지막으로 해리에게 입 맞춰 주었다. 해리는 당황했지만 그녀가 한 번 더 안아 주었을 때는 솔직히 무척 기뻤다.

"몸조심해야 한다. 알았지, 해리?" 그녀가 몸을 똑바로 펴면서 말했다. 그녀의 두 눈이 이상하리만큼 반짝거렸다. 그러더니 그녀는 큼직한 핸드백을 열고는 다시 말했다. "너희 모두에게 줄 샌드위치를 만들어 왔어. 여기 있다, 론. ……아니, 콘드비프 아니야. ……프레드? 프레드 어디 있니? 여기 있다, 얘야……."

"해리." 위즐리 씨가 목소리를 낮추고 해리를 불렀다. "잠깐 이리 와 보거라."

그가 기둥 쪽으로 휙 고갯짓하자 해리는 위즐리 부인 주위에 모여 있는 다른 사람들을 뒤로하고 그를 따라 기둥 뒤로 갔다.

"떠나기 전에 해 줄 말이 있는데……." 위즐리 씨가 긴장한 목소리로 입을 열었다.

"괜찮아요, 위즐리 아저씨." 해리가 말했다. "이미 알고 있어요."

"안다고? 어떻게?"

"제가…… 음…… 어젯밤에 아저씨랑 아줌마가 이야기 나누시는 걸 들었거든요. 듣지 않을 수가 없었어요." 해리가 재빨리 덧붙였다. "죄송합니다……."

"그런 식으로 알리고 싶지는 않았는데." 위즐리 씨가 근심 어린 얼굴로 말했다.

"아뇨…… 솔직히, 괜찮아요. 덕분에 아저씨는 퍼지 총리한테 한 약속을 지켰고 저는 무슨 일이 벌어지는지 알게 됐잖아요."

"해리, 많이 무섭겠구나."

"아니에요." 해리는 진심이었다. "*진짜로요.*" 위즐리 씨가 못 믿겠다는 표정이었으므로 그는 얼른 덧붙였다. "영웅처럼 굴려는 건 아니지만, 솔직히 시리우스 블랙이 볼드모트보다 악독할 리 없잖아요. 안 그런가요?"

위즐리 씨는 볼드모트의 이름을 듣고 움찔했지만 그것을 문제 삼지는 않았다.

"해리, 나는 네가, 음, 퍼지 총리가 생각하는 것보다 천성적으로 강하다는 걸 알고 있었다. 무섭지 않다니 정말 다행이지만……."

"아서!" 위즐리 부인이 소리쳤다. 이제 그녀는 아이들을 열차에 태우고 있었다. "아서, 뭐 해? 출발 시간 다 됐어!"

"해리도 곧 갈 거야, 몰리!" 위즐리 씨는 그렇게 말하면서도 다시 해리에게 고개를 돌려 좀 더 낮고 다급한 목소리로 말을 이었다. "저기 말이야, 아저씨한테 약속해 줬으면 좋겠구나."

"얌전하게 성에만 머물라고요?" 해리가 우울한 목소리로 말했다.

"그것뿐만이 아니야." 위즐리 씨가 어느 때보다도 심각한 표정을 지으며 말했다. "해리, 블랙을 절대 찾아 나서지 않겠다고 맹세해라."

해리는 그를 뚫어지게 바라보았다. "네?"

기차가 곧 떠나는 것을 알리는 경적 소리가 시끄럽게 울렸다. 역무원들이 열차를 따라 걸으며 문을 하나하나 닫고 있었다.

"약속해라, 해리." 위즐리 씨가 빠르게 말했다. "무슨 일이 있어도……."

"제가 왜 절 죽이고 싶어 하는 사람을 찾아 나서겠어요?" 해리가 멍하니 물었다.

"맹세하거라, 무슨 얘기를 듣더라도……."

"아서, 빨리!" 위즐리 부인이 소리쳤다.

기차 굴뚝에서 증기가 피어오르고 있었다. 열차가 움직이기 시작했다. 해리가 객차 문으로 달려가자 론이 문을 홱 열고 그가 올라탈 수 있도록 물러섰다. 그들은 창밖으로 몸을 내밀고 열차가 모퉁이를 돌아 보이지 않게 될 때까지 위즐리 부부에게 손을 흔들었다.

"우리끼리만 할 얘기가 있어." 열차가 속도를 내기 시작하자 해리가 론과 헤르미온느에게 조용히 말했다.

"저리 가, 지니." 론이 말했다.

"와, 친절하기도 하지." 지니가 발끈하며 내뱉더니 성큼성큼 가 버렸다.

해리, 론, 헤르미온느는 통로를 걸어가며 빈 객실을 찾아보았지만 맨 끝에 있는 객실만 빼고 모두 가득 차 있었다.

그 객실에는 창가에 앉아 깊이 잠들어 있는 남자 한 명밖에 없었다. 해리, 론, 헤르미온느는 객실 안으로 들어가려다 말고 문 앞에 서서 머뭇거렸다. 호그와트 급행열차는 주로 학생들이 타도록 되어 있었기 때문에, 간식 수레를 밀고 다니는 그 여자 마법사를 제외하면 여태껏 어른을 본 적이 한 번도 없었다.

그 낯선 사람은 군데군데 기운, 아주 초라한 마법사 로브를 입고 있었다. 아프고 기진맥진해 보이기도 했다. 꽤 젊은 것 같았지만 엷은 갈색 머리카락은 희끗희끗했다.

"누굴까?" 자리에 앉아서 문을 닫자 론이 창문에서 가장 먼 자리를 잡으며 숨죽여 말했다.

"R. J. 루핀 교수야." 헤르미온느가 곧바로 조그맣게 속삭였다.

"그걸 어떻게 알아?"

"저 사람 가방에 쓰여 있거든." 헤르미온느가 남자의 머리 위 선반을 가리키며 대답했다. 그곳에는 끈으로 여러 번 동여맨 뒤 깔끔하게 매듭지은 낡아 빠진 작은 가방이 놓여 있었다. 가방 한 귀퉁이에 새겨진 'R. J. 루핀 교수'라는 이름 글자가 벗겨져 가고 있었다.

"무슨 과목을 가르치려나?" 론이 루핀 교수의 창백한 옆얼굴을 보고 얼굴을 찌푸리며 말했다.

"뻔하지." 헤르미온느가 속삭였다. "빈자리는 하나밖에 없잖아? 어둠의 마법 방어법이야."

해리, 론, 헤르미온느는 벌써 어둠의 마법 방어법 교수를 둘이나 거쳤다. 두 사람 모두 1년밖에 버티지 못했다. 그 자리에 저주가 걸렸다는 소문도 돌고 있었다.

"글쎄, 잘할 수 있을지 모르겠네." 론이 못미덥다는 듯 말했다. "어지간한 공격 마법에도 끝장날 것 같지 않냐? 어쨌거나……." 그는 해리에게 고개를 돌렸다. "무슨 얘길 하려고 그래?"

해리는 위즐리 부부가 말다툼한 일과 위즐리 씨가 방금 주의를 준 일에 대해 모두 설명했다. 그가 말을 마치자 론은 벼락이라도 맞은 듯한 표정이었고 헤르미온느는 손으로 입을 가리고 있었다. 그녀가 마침내 손을 내리고 말했다. "그러니까 시리우스 블랙이 너를 잡으려고 탈옥했다는 거야? 어떡해, 해리…… 너 정말, 진짜로 조심해야겠다. 해리, 말썽 일으키지 마……."

"내가 말썽을 일으키는 게 아니야." 해리가 짜증을 내며 말했다. "말썽이 나를 찾아다니는 거지."

"해리가 바보도 아니고 자기를 죽이려는 미친놈을 찾아다니겠냐?" 론이 부르르 떨며 말했다.

그들은 해리가 생각했던 것보다 심각하게 이 소식을 받아들이고 있었다. 해리보다 론과 헤르미온느가 더 블랙을 두려워하는 것 같았다.

"그자가 아즈카반에서 어떻게 탈출했는지는 아무도 몰라." 론이 불안한 듯 말했다. "탈옥에 성공한 사람이 한 명도 없거든. 게다가 그자는 일급 보안 대상 수감자였잖아."

"그래도 잡히겠지?" 헤르미온느가 진지하게 말했다. "그러니까 머글들한테도 다 조심하라고 했으니까……."

"저게 무슨 소리지?" 론이 갑자기 말했다.

어딘가에서 깡통이 찌그러지는 듯한 희미한 휘파람 소리가 들려왔다. 그들은 객실 안을 유심히 둘러보았다.

"네 짐 가방에서 나는 소린데, 해리." 론이 자리에서 일어나 선반으로 손을 뻗으며 말했다. 잠시 후 그는 짐 속 로브 사이에서 휴대용 스니코스코프를 꺼냈다. 팽이는 론의 손바닥 위에서 아주 빠르게 돌며 밝게 빛나고 있었다.

"그거 스니코스코프야?" 헤르미온느가 흥미를 느끼고 더 잘 보려고 일어서며 말했다.

"응…… 뭐, 싸구려지만." 론이 덧붙였다. "해리한테 보내려고 에롤 다리에 묶을 때도 미친 듯이 돌더라."

"너 그때 뭔가 못미더운 짓 하고 있었던 거 아니야?" 헤르미온느가 재빨리 물었다.

"그런 거 아냐! 뭐…… 에롤을 보내면 안 되긴 했지. 에롤은 사실 긴 여행에는 적합하지 않잖아……. 하지만 그 방법이 아니면 해리한테 어떻게 선물을 보내겠어?"

"가방에 다시 넣어." 스니코스코프가 귀청을 찢을 듯한 휘파람 소리를 내자 해리가 말했다. "안 그러면 저 사람이 깰 거야."

그는 고갯짓으로 루핀 교수 쪽을 가리켰다. 론은 스니코스코프를 유독 끔찍한 버넌 이모부의 오래된 양말 속에 쑤셔 넣어 소리를 죽인 다음 가방을 닫았다.

"호그스미드에서 점검해 볼 수 있을 거야." 론이 다시 앉으며 말했다. "'더비시 앤 뱅스'에서 저런 물건들을 팔거든. 마법 도구 같은 거. 프레드랑 조지가 말해 줬어."

"너 호그스미드에 대해 잘 알아?" 헤르미온느가 매우 흥미를 보이며 물었다. "영국을 통틀어 머글이 한 명도 없는 유일한 마을이라고 책에 나와 있던데……."

"응, 그럴걸." 론이 건성으로 대꾸했다. "하지만 그것 때문에 가고 싶은 건 아니야. '허니듀크스'에 가 보고 싶을 뿐이지!"

"그게 뭔데?" 헤르미온느가 물었다.

"과자 가게야." 론이 말했다. 그의 얼굴에 꿈꾸는 듯한 표정이 떠올랐다. "모든 게 있는 곳…… 먹으면 입에서 연기가 나는 '후추 도깨비'도 있고, 딸기 무스랑 걸쭉한 크림이 가득 들어 있는, 엄청 크고 빵빵한 초코볼도 있고, 교실에서 빨아 먹어도 그냥 다음엔 뭘 쓸까 생각하는 것처럼 보이는 끝내주는 설탕 깃펜에……."

"하지만 호그스미드는 아주 흥미로운 곳이기도 하잖아. 안 그래?" 헤르미온느가 자신의 관심사를 열심히 밀어붙였다. "《역사 속 마법의 현장》이라는 책을 읽어 봤는데, 그곳에 있는 여관이 1612년 고블린 반란 본부로 쓰이기도 했대. 또 악쓰는 오두막은 영국에서 유령이 가장 많이 나오는 곳으로 알려져 있고……."

"……빨아 먹는 동안 땅에서 몇 센티미터 붕 뜨게 되는 큰 셔벗 사탕도 있어." 론이 말했다. 그는 헤르미온느가 하는 말을 한 마디도 듣고 있지 않은 게 분명했다.

헤르미온느가 해리에게 눈을 돌렸다.

"잠깐 학교를 벗어나 호그스미드를 둘러본다니, 멋지지 않아?"

"그렇겠네." 해리가 무겁게 말했다. "어떤지 보고 와서 말해 줘."

"무슨 뜻이야?" 론이 물었다.

"난 못 가. 이모랑 이모부가 허가서에 서명을 안 해 줬거든. 퍼지 총리한테 부탁해 봤지만 그 사람도 안 해 줬고."

론은 충격받은 표정이었다.

"가도 좋다는 허락을 못 받았다고? 하지만…… 이건 말도 안 돼. 맥고나걸이나 누군가가 허락해 주겠지."

해리는 공허한 얼굴로 힘없이 웃었다. 그리핀도르 기숙사 담임인 맥고나걸 교수는 굉장히 엄격한 사람이었다.

"아니면 프레드랑 조지한테 물어볼 수도 있고. 그 두 사람은 성 밖으로 나가는 비밀 통로를 다 알고 있거든."

"론!" 헤르미온느가 날카롭게 소리쳤다. "내 생각엔 블랙이 붙잡히기 전에는 해리가 몰래 학교를 빠져나가선 안 될 것 같아."

"그래, 내가 호그스미드 방문을 허락해 달라고 하면 맥고나걸 교수님도 딱 그렇게 말하겠지." 해리가 씁쓸하게 말했다.

론이 헤르미온느한테 기세 좋게 말했다. "하지만 우리가 해리랑 같이 있으면 블랙도 감히……."

"아, 론. 헛소리 좀 그만해." 헤르미온느가 쏘아붙였다. "블랙은 이미 북적거리는 거리 한복판에서 사람들을 무더기로 죽였어. 정말 우리가 같이 있다고 해서 그자가 해리를 공격하길 주저할 거라고 생각해?"

그녀는 말하면서 크룩섕스가 들어 있는 바구니 끈을 만지작거렸다.

"그거 꺼내 주지 마!" 론이 말했지만 너무 늦었다. 크룩섕스가 바구니에서 가볍게 뛰쳐나왔다. 녀석은 기지개를 켜고 쩌억 하품을 하더니 론의 무릎으로 폴짝 뛰어올랐다. 론의 주머니 속 덩어리가 부들부들 떨기 시작하자, 론은 화가 나서 크룩섕스를 밀쳤다.

"꺼져!"

"론, 그러지 마!" 헤르미온느가 화를 냈다.

론이 되받아치려는 순간 루핀 교수가 움찔했다. 그들이 걱정스럽게 지켜봤지만 루핀 교수는 그저 머리를 다른 쪽으로 돌리고 입을 살짝 벌린 채 계속 잠들어 있을 뿐이었다.

호그와트 급행열차는 줄곧 북쪽으로 달렸다. 하늘에 구름이 짙게 드리워지는 동안 창밖 풍경은 점점 더 황량해지고 어두워졌다. 학생들이 해리 일행이 들어가 앉아 있는 객실 문 앞을 지나 이쪽저쪽으로 오가고 있었다. 크룩섕스는 아예 빈 좌석에 자리를 잡고 앉아 찌그러진 얼굴을 론 쪽으로 향한 채 노란 눈으로 그의 웃옷 주머니를 뚫어지게 바라보고 있었다.

1시가 되자 간식 수레를 끌고 다니는 통통한 여자 마법사가 객실 문 앞에 도착했다.

"깨워야 할까?" 론이 루핀 교수 쪽을 고갯짓하며 곤란한 듯 말했다. "음식을 좀 먹어야 할 것처럼 보이는데."

헤르미온느가 조심스럽게 루핀에게 다가갔다.

"저, 교수님?" 그녀가 말을 걸었다. "실례합니다. 교수님?"

그는 움직이지 않았다.

"걱정 마라, 얘야." 여자 마법사가 해리에게 큼직한 솥단지 케이크를 건네면서 말했다. "열차 앞쪽에 기관사와 함께 있을 테니, 일어나서 배가 고프시다고 하면 와서 말하렴."

"자고 있는 거 맞지?" 마법사가 객실 문을 닫자 론이 숨죽인 목소리로 물었다. "내 말은, 죽은 거 아니지? 그치?"

"응, 아냐. 숨 쉬고 있어." 헤르미온느는 해리가 건네준 솥단지 케이크를 받으며 마주 속삭였다.

썩 훌륭한 동행은 아닐지 모르지만 루핀 교수가 객실에 있으니 나름 도움이 되었다. 오후가 반쯤 지나고 막 비가 내리기 시작하면서 창밖으로 지나가는 언덕들이 흐릿해졌을 때 통로에서 다시 발소리가 들리더니 그들이 가장 싫어하는 세 사람이 문 앞에 나타났다. 드레이코 말포이가 그의 패거리인 빈센트 크래브와 그레고리 고일을 양옆에 거느리고 서 있었다.

드레이코 말포이와 해리는 호그와트로 가는 첫 기차 여정에서 부딪친 이래 쭉 원수 같은 사이였다. 늘 비웃음을 띤 허여멀겋고 갸름한 얼굴의 말포이는 슬리데린 기숙사에 소속돼 있으며 슬리데린 퀴디치 팀 수색꾼이기도 했다. 해리가 그리핀도르 퀴디치 팀에서 맡은 것과 같은 포지션이었다. 크래브와 고일은 말포이가 시키는 대로 하기 위해 존재하는 아이들 같았다. 두 사람 다 떡 벌어진 체격에 근육질이었는데, 크래브는 고일보다 키가 좀 더 크고 바가지 머리에 목이 아주 두꺼웠으며, 고일은 짧고 뻣뻣한 머리카락에 고릴라처럼 긴 팔을 갖고 있었다.

"이런, 이게 누구야." 말포이가 객실 문을 열면서 특유의 나른하게 질질 끄는 목소리로 말했다. "해리 코털이랑 론 진저리네."

크래브와 고일이 낄낄거리며 웃어 대는 모습이 꼭 트롤 같았다.

"너희 아버지가 올여름에 드디어 돈을 좀 만졌다는 소식 들었다, 위즐리." 말포이가 말했다. "어머니가 쇼크로 돌아가시진 않았고?"

론이 벌떡 일어서다가 크룩섕스의 바구니를 쳐서 바닥에 떨어뜨렸다. 루핀 교수가 코 고는 소리를 냈다.

"저건 누구야?" 말포이가 루핀을 발견하고 자기도 모르게 물러서며 말했다.

"새로 온 교수님이야." 해리가 말했다. 그도 론을 말려야 할 경우에 대비해 자리에서 일어나 있었다. "방금 뭐라고 했냐, 말포이?"

말포이의 엷은 색 눈이 가늘어졌다. 하지만 그도 교수를 바로 코앞에 두고 싸움을 걸 만큼 바보는 아니었다.

"가자." 그는 분하다는 듯 크래브와 고일에게 중얼거리고 그들과 함께 사라졌다.

해리와 론은 다시 자리에 앉았다. 론은 손마디를 문지르고 있었다.

"이번 학기에는 말포이의 헛소리를 한 마디도 참아 주지 않을 거야." 그가 화가 나서 말했다. "진짜야. 한 번만 더 우리 가족을 조롱하면 녀석의 머리를 잡고……."

론은 허공에 대고 난폭한 몸짓을 했다.

"론." 헤르미온느가 루핀 교수를 가리키며 소리 죽여 말했다. "조심 좀 해……."

하지만 루핀 교수는 여전히 깊이 잠들어 좀처럼 깨어날 기미를 보이지 않았다.

기차가 북쪽으로 더욱 속력을 낼수록 빗줄기가 거세졌다. 창문은 이제 어슴푸레하게 어른거리는 잿빛으로 완전히 물들어 있었다. 주위가 점점 어두워지자 기차 통로와 짐 선반 위의 등불들이 깜빡깜빡하다가 켜졌다. 기차가 덜컹거리고 빗줄기가 창문에 세차게 몰아치며 바람이 시끄럽게 울부짖었다. 그런데도 루핀 교수는 좀처럼 깨어날 생각을 하지 않았다.

"거의 다 왔을 거야." 론이 루핀 교수 너머로 이제는 완전히 깜깜해진 창밖을 보려고 몸을 기울이며 말했다.

 그의 말이 떨어지기 무섭게 기차가 속도를 줄이기 시작했다.

 "좋았어." 론이 자리에서 일어나더니 바깥을 내다보려고 조심스럽게 루핀 교수를 지나가면서 말했다. "배고파 죽을 지경이야. 빨리 연회에 가고 싶다……."

 "벌써 도착했을 리가 없는데." 헤르미온느가 시계를 확인하며 말했다.

 "그럼 왜 멈추는 거야?"

 기차는 점점 느려지고 있었다. 엔진 소리가 잦아들자 창문에 부딪치는 바람 소리며 빗소리가 어느 때보다도 시끄럽게 들렸다.

 문에서 가장 가까운 좌석에 앉아 있던 해리가 자리에서 일어나 통로를 내다보았다. 학생들 모두 저마다 호기심 어린 얼굴로 객실 밖으로 머리를 내밀고 있었다.

 기차가 덜컥 멈췄다. 멀찍이서 짐이 선반에서 떨어진 듯 쿵 소리가 들려왔다. 다음 순간, 아무런 경고도 없이 일제히 불이 꺼지고 그들은 완전한 어둠에 휩싸였다.

 "무슨 일이야?" 해리 뒤에서 론이 묻는 소리가 들렸다.

 "아얏!" 헤르미온느가 헉하고 숨을 들이켰다. "론, 내 발을 밟았잖아!"

해리는 더듬더듬 자리로 돌아갔다.

"기차가 고장 난 걸까?"

"모르겠어……."

끽끽 하는 소리가 들렸다. 창문 한 부분을 깨끗하게 닦고 바깥을 내다보는 론의 거무스름한 윤곽이 보였다.

"저 바깥에서 뭔가 움직이고 있어." 론이 말했다. "사람들이 기차를 타고 있는 것 같은데……."

객실 문이 벌컥 열리고 누군가가 해리의 다리에 걸려 바닥에 곤두박질쳤다.

"미안! 너희는 무슨 일인지 알아? 아얏! 미안해……."

"안녕, 네빌." 해리가 어둠 속에서 더듬거리며 네빌의 망토를 잡아 일으켰다.

"해리? 너야? 무슨 일이야?"

"전혀 모르겠어! 앉아."

시끄럽게 쉭쉭대는 소리와 아픔에 캭 하는 소리가 들렸다. 네빌이 크룩섕스 위에 앉으려고 했던 것이다.

"가서 기관사한테 무슨 일인지 물어봐야겠어." 헤르미온느의 목소리가 들렸다. 그녀가 지나가는 기척이 느껴지더니 문이 다시 스르륵 열리는 소리가 들렸다. 쿵 하는 소리,

아픔에 겨운 두 줄기 비명 소리가 이어졌다.

"누구야?"

"넌 누군데?"

"지니?"

"헤르미온느?"

"너 뭐 해?"

"난 론을 찾고 있었어."

"들어와서 앉아."

"여기 말고!" 해리가 황급히 입을 열었다. "내가 앉아 있단 말이야!"

"아얏!" 네빌이 소리쳤다.

"조용!" 갑자기 어떤 쉰 목소리가 말했다.

루핀 교수가 마침내 일어난 것 같았다. 그가 앉아 있던 구석에서 움직이는 소리가 들렸다. 아무도 입을 열지 않았다.

부드럽게 탁탁하는 소리가 나더니 떨리는 빛이 객실을 가득 채웠다. 루핀 교수는 한 줌의 불꽃을 들고 있는 것처럼 보였다. 불꽃에 비친 얼굴은 피곤에 젖은 잿빛이었으나 눈은 번뜩이며 경계하는 듯 보였다.

"자리에 가만히 있거라." 그가 한결같은 쉰 목소리로 말하더니 한 줌의 불꽃을 앞으로 든 채 천천히 일어났다.

하지만 루핀이 문 앞에 다다르기도 전에 문이 스르르 열렸다.

천장에 닿을 듯 키가 큰 어떤 망토 입은 형체가 루핀의 손에 들린 떨리는 불꽃이 내뿜는 빛을 받으며 문 앞에 서 있었다. 얼굴은 망토에 달린 후드 속에 완전히 감춰져 있었다. 해리의 시선이 빠르게 아래쪽으로 향했다. 곧 눈에 들어온 광경에 그의 가슴이 철렁 내려앉았다. 망토 아래로 번들거리는 잿빛을 띠고 끈적끈적해 보이는 딱지투성이 손이 튀어나와 있었다. 그것은 꼭 물속에서 부패한 시신의 손 같았다…….

그것은 아주 짧은 순간만 눈에 보였을 뿐이었다. 후드를 뒤집어쓴 그 존재가 해리의 시선을 느꼈는지 돌연 손을 검은색 망토 주름 속으로 끌어당긴 것이다.

이어서 후드를 뒤집어쓴 그 정체 모를 무언가가 주위에서 공기뿐만 아니라 다른 것도 빨아들이려는 것처럼 그르렁거리는 숨소리를 느릿느릿 길게 내뱉었다.

강렬한 냉기가 객실 안에 있는 모두를 휩쓸었다. 해리는 숨이 멎는 기분이었다. 냉기가 그의 피부 깊숙한 곳으로 파고드는 것 같았다. 가슴속으로, 다름 아닌 심장 속으로…….

해리의 눈동자가 뒤집혔다. 앞이 전혀 보이지 않았다. 그는 싸늘한 냉기 속으로 빠져들어 가고 있었다. 귓속에서 급류가 휘몰아치는 듯했다. 뭔가가 그를 아래로 끌어당겼다. 포효하는 소리가 점점 더 커지고 있었다…….

멀리서 비명 소리가 들렸다. 끔찍하고 겁에 질린, 애원하는 비명. 누군지는 몰라도 해리는 그 사람을 돕고 싶었다. 팔을 움직이려고 해 봤지만 움직일 수 없었다……. 자욱한 하얀 안개가 그의 주위에서, 그의 안에서 소용돌이치고……

"해리! 해리! 괜찮아?"

누군가가 그의 얼굴을 찰싹찰싹 때렸다.

"으, 응?"

해리는 눈을 떴다. 위에는 등불이 매달려 있고, 호그와트 급행열차가 움직이기 시작했는지 바닥이 흔들리고 있었다. 불도 다시 들어와 있었다. 해리는 좌석에서 바닥으로 미끄러진 모양이었다. 론과 헤르미온느가 옆에 무릎을 꿇고 있고, 그들 위로 네빌과 루핀 교수가 지켜보고 있는 모습이 보였다. 구토가 밀려오는 듯했다. 안경을 밀어 올리려고 손을 들자 얼굴에서 식은땀이 만져졌다.

론과 헤르미온느가 그를 다시 좌석으로 끌어 올렸다.

"괜찮아?" 론이 초조한 목소리로 물었다.

"응." 해리가 재빨리 문 쪽을 보며 대답했다. 후드를 뒤집어쓴 존재는 이미 사라진 뒤였다. "무슨 일이 있었던 거야? 그건, 그건 어디 갔어? 비명을 지른 사람은 누구였어?"

"비명을 지른 사람은 아무도 없어." 론이 더욱 불안한 목소리로 말해 주었다.

해리는 밝은 객실을 둘러보았다. 지니와 네빌이 그를 마주 바라보고 있었다. 둘 다 얼굴이 하얗게 질려 있었다.

"하지만 비명 소리가 들렸는데……."

딱 하는 소리가 크게 나자 모두 화들짝 놀랐다. 루핀 교수가 큼직하고 넓적한 초콜릿을 조각조각 부러뜨리는 소리였다.

"여기 있다." 그가 해리에게 특별히 큰 조각을 건네며 말했다. "먹어라. 도움이 될 거다."

해리는 초콜릿을 받았지만 먹지는 않았다.

"그게 뭐였죠?" 그가 루핀에게 물었다.

"디멘터." 다른 아이들에게 초콜릿을 나눠 주던 루핀이 말했다. "아즈카반을 지키는 디멘터 중 하나다."

모두가 그를 바라보았다. 루핀 교수는 빈 초콜릿 포장지를 구겨서 주머니에 넣었다.

"먹어라." 그가 다시 말했다. "도움이 될 거야. 나는 기관

사랑 이야기를 좀 해 봐야겠다. 잠깐 실례하마……."

그는 성큼성큼 해리를 지나쳐 열차 통로로 사라졌다.

"정말 괜찮아, 해리?" 헤르미온느가 걱정스러운 듯 해리를 바라보며 물었다.

"뭐가 뭔지 모르겠는데…… 무슨 일이 있었던 거야?" 해리가 또 한 번 얼굴에 맺힌 땀을 닦으며 물었다.

"음, 그게…… 그러니까 디멘터가 오더니…… 저기에서 주위를 둘러봤어. 그러니까 내 생각엔 그랬던 것 같다고. 얼굴은 보이지 않았으니까. 그러더니 네가…… 네가……."

"나는 네가 발작이나 뭐 그런 걸 일으키는 줄 알았어." 론이 말했다. 그는 아직도 겁에 질린 얼굴을 하고 있었다. "네가 뻣뻣하게 굳는가 싶더니 바닥에 쓰러져서 경련하기 시작했거든."

"그때 루핀 교수님이 네 몸을 넘어서 디멘터한테 다가가더니 마법 지팡이를 꺼냈어." 헤르미온느가 말했다. "그러더니, '이 중에 시리우스 블랙을 망토 밑에 숨긴 사람은 없어. 돌아가라' 하고 말했어. 하지만 디멘터는 꼼짝도 하지 않았고, 그래서 루핀 교수님이 뭐라고 중얼거리니까 마법 지팡이에서 은색을 띤 뭔가가 디멘터를 향해 튀어나갔어.

그제야 디멘터는 돌아서서 스르르 가 버렸어……."

"끔찍했어." 네빌이 평소보다 높아진 목소리로 말했다. "그게 들어왔을 때 얼마나 추워졌는지 느꼈어?"

"기분이 이상하더라." 론이 불편한 듯 어깨를 움찔거리며 말했다. "다시는 절대로 즐거워질 수 없을 것 같은 느낌이었어……."

해리만큼이나 좋지 않은 얼굴로 구석에 움츠리고 있던 지니가 조그맣게 훌쩍거렸다. 헤르미온느가 다가가 그녀를 끌어안고 달래 주었다.

"그런데 너희 중에서 바닥에 쓰러진 사람은 없는 거야?" 해리가 어색하게 물었다.

"응." 론은 다시 걱정스러운 얼굴로 해리를 바라봤다. "지니가 심하게 떨기는 했지만……."

해리는 도무지 이해할 수가 없었다. 그는 지독한 독감에 걸렸다가 막 나은 것처럼 기운이 없고 온몸이 떨리는 것 같았다. 조금 창피한 마음이 들기도 했다. 다른 친구들은 다 멀쩡한데 왜 그만 쓰러진 걸까?

루핀 교수가 객실로 돌아왔다. 그는 들어오다가 잠깐 멈춰 서서 주위를 둘러보더니 살짝 미소를 머금고 말했다. "흠, 그 초콜릿에 독을 넣진 않았는데 말이다……."

해리는 초콜릿을 한 입 먹었다. 정말 놀랍게도 온기가 순식간에 손끝과 발끝으로 확 퍼지는 느낌이 들었다.

"10분만 있으면 호그와트에 도착할 거다." 루핀 교수가 말했다. "괜찮니, 해리?"

해리는 루핀 교수에게 어떻게 자신의 이름을 알았는지 묻지 않았다.

"네." 그는 당황해서 웅얼거렸다.

그들은 목적지에 도착할 때까지 별다른 말을 하지 않았다. 마침내 기차가 호그스미드역에 멈춰 서자 다들 기차에서 내리느라 엄청난 소동이 일었다. 부엉이들이 부엉부엉 울고 고양이들은 야옹거렸으며, 네빌이 키우는 두꺼비는 그의 모자 밑에서 시끄럽게 꽥꽥거렸다. 코딱지만 한 승강장은 얼어붙을 듯 추웠다. 빗물이 살얼음을 이뤄 승강장에 흘러내리고 있었다.

"1학년은 이쪽으로 와라!" 익숙한 목소리가 크게 외쳤다. 해리, 론, 헤르미온느는 몸을 돌려 승강장 저 끝에 있는 해그리드의 거대한 윤곽을 바라보았다. 그는 전통에 따라 배를 타고 호수를 건너기 위해, 겁에 질린 표정의 신입생들을 손짓해 부르고 있었다.

"너희 셋, 잘 지냈냐?" 해그리드가 사람들 머리 위로 소리쳤다. 세 사람은 손을 흔들었지만 주위의 수많은 아이들 때문에 승강장에서 멀리 밀려나고 있었으므로 해그리드와 이야기를 나눌 기회는 없었다. 해리, 론, 헤르미온느는 다른 학생들을 따라 거친 진흙투성이 길로 나왔다. 그곳에는 적어도 100대는 되는 역마차가 1학년을 제외한 나머지 학생들을 기다리고 있었다. 그저 해리의 짐작일 수도 있겠지만 마차는 각각 보이지 않는 말 한 마리가 이끌고 있는 것 같았다. 그들이 올라타 문을 닫자 마차들이 덜컹거리면서 저절로 열을 지어 출발했기 때문이다.

마차 안에서 곰팡이와 지푸라기 냄새가 희미하게 풍겼다. 해리는 초콜릿을 먹고 기분이 좀 나아졌지만 여전히 기운이 없었다. 론과 헤르미온느는 그가 다시 쓰러질까 봐 겁을 먹은 듯 계속 그를 곁눈질하고 있었다.

마차는 날개 달린 멧돼지가 얹힌 돌기둥이 양옆에 서 있는 웅장한 연철 대문을 향해 덜컹덜컹 나아갔다. 키가 우뚝하고 후드를 뒤집어쓴 디멘터 둘이 교문 양쪽에 서서 지키고 있는 모습이 보였다. 싸늘한 메스꺼움이 또다시 해리를 삼킬 듯 위협해 왔다. 그는 울퉁불퉁한 좌석에 몸을 기대고 교문을 지날 때까지 눈을 감고 있었다. 마차가 성으로 향하는 긴 오르막길을 따라 속도를 올렸다. 헤르미온느는 작은 창밖으로 몸을 내밀고 수많은 포탑과 첨탑이 가까워지는 모습을 지켜보고 있었다. 마침내 마차가 덜컹거리며 멈춰 서자 헤르미온느와 론이 먼저 내렸다.

해리가 마차에서 내려서자 질질 끄는 익숙한 목소리가 꽤 즐거운 듯 말했다.

"너 *기절했었다며*, 포터? 롱보텀 말이 사실이야? 너 진짜로 *기절했어*?"

말포이가 헤르미온느를 밀치더니, 성으로 이어지는 돌계단을 오르려던 해리를 막아섰다. 얼굴에는 우습다는 기색이 가득했고, 색이 옅은 두 눈은 악의로 번뜩였다.

"비켜, 말포이." 론이 이를 악물고 말했다.

"너도 기절했냐, 위즐리?" 말포이가 큰 소리로 말했다. "그 무서운 디멘터 나리들 때문에 너도 겁먹었어?"

"무슨 문제 있니?" 부드러운 목소리가 들려왔다. 이제 막 옆에 있는 마차에서 내린 루핀 교수가 다가왔다.

말포이는 루핀 교수를 지그시 바라보다가, 로브를 기운 자국과 다 떨어진 여행 가방을 발견했다. 말포이가 목소리에 살짝 비웃는 기색을 띠고 말했다. "어, 아뇨. 음⋯⋯ *교수님*." 그는 크래브와 고일에게 히죽 웃더니 앞장서서 계단을 올라 성으로 들어갔다.

헤르미온느가 론의 등을 찔러 빨리 올라가라고 재촉했다. 북적거리는 사람들 틈에 끼어 계단을 올라간 셋은 거대한 오크나무 정문을 지나 휑뎅그렁한 현관홀로 들어섰다. 이글거리는 횃불로 밝혀진 현관홀에는 위층으로 이어지는 웅장한 대리석 계단이 있었다.

오른쪽에는 대연회장으로 들어가는 문이 열려 있었다. 해리는 사람들을 따라 그곳으로 향했다. 깜깜하고 구름이 드리워진 오늘 밤의 마법 천장을 힐끔거릴 새도 없이 어떤 목소리가 소리쳤다. "포터! 그레인저! 둘 다 잠깐 보자!"

해리와 헤르미온느는 깜짝 놀라 뒤돌아보았다. 변환 마법 선생이자 그리핀도르 기숙사 담임인 맥고나걸 교수가 학생들의 머리 너머로 두 사람을 소리쳐 부르고 있었다. 그녀는 머리카락을 단단히 말아 올린 완고한 얼굴의 마법사로, 네모난 안경테에 둘러싸인 눈은 제법 날카로웠다. 해리는 왠지 불길한 예감을 느끼며 인파를 헤치고 그녀에게 갔다. 맥고나걸 교수 앞에만 서면 괜히 뭔가 잘못한 것 같은 기분이 들곤 했다.

"그렇게 걱정하는 표정 지을 것 없다. 그냥 내 연구실에서 잠깐 얘기를 나누고 싶을 뿐이니까." 맥고나걸 교수가 말했다. "넌 그냥 가 보거라, 위즐리."

론은 맥고나걸 교수가 왁자지껄한 아이들 사이에서 해리와 헤르미온느만 데려가는 모습을 뚫어지게 바라보았다. 둘은 맥고나걸 교수와 함께 현관홀을 가로지르고 대리석 계단을 올라 복도를 걸어갔다.

크고 따뜻한 난롯불을 피워 놓은 작은 연구실에 들어서자 맥고나걸 교수는 해리와 헤르미온느에게 앉으라고 손짓했다. 그녀가 책상 뒤에 자리를 잡고 불쑥 입을 열었다.

"루핀 교수가 미리 부엉이를 보내서 네가 기차에서 아팠다고 말해 주었다, 포터."

해리가 대답하기도 전에 누군가가 가만히 문을 두드리는 소리가 나더니 양호교사인 폼프리 선생이 부산을 떨면서 들어왔다.

해리는 얼굴이 빨갛게 달아오르는 것을 느꼈다. 해리가 기절을 했든 뭘 했든 그것만으로도 충분히 창피한 일인데, 사람들이 지나치게 난리를 피우고 있었기 때문이다.

"전 괜찮아요." 해리가 말했다. "아무것도 필요하지 않······."

"아, 너였구나?" 폼프리 선생이 못 들은 척 몸을 구부리고 그를 자세히 살펴보았다. "또 무슨 위험한 일을 했나 보지?"

"디멘터 때문이에요, 포피." 맥고나걸 교수가 말했다.

두 사람은 어두운 표정을 지으며 시선을 주고받았다. 폼프리 선생이 못마땅하다는 듯 쯧쯧 혀를 찼다.

"학교 주변에 디멘터들을 배치하다니." 그녀가 해리의 머리카락을 쓸어 올리고 이마를 짚으면서 작게 투덜거렸다. "기절한 사람이 이 아이가 처음은 아닐 거예요. 그래, 이 식은땀 좀 봐. 그놈들은 정말 끔찍해. 안 그래도 예민한 사람들한테는……."

"저 안 예민해요!" 해리가 뿌루퉁하게 소리쳤다.

"당연히 넌 아니겠지." 폼프리 선생은 별로 개의치 않고 이젠 맥박을 재며 말했다.

"이 아이한테 뭐가 필요할까요?" 맥고나걸 교수가 딱 부러지는 어조로 물었다. "요양해야 할까요? 오늘 밤은 병동에서 보내야 할지도 모르겠군요."

"전 괜찮다니까요!" 해리가 펄쩍 뛰며 소리쳤다. 병동에 가면 드레이코 말포이가 뭐라고 말할지 생각하는 것만으로도 고문이었다.

"뭐, 적어도 초콜릿은 좀 먹여야죠." 폼프리 선생이 말했다. 그녀는 이제 해리의 눈을 들여다보려 하고 있었다.

"이미 먹었어요." 해리가 말했다. "루핀 교수님이 주셔서요. 저희 모두한테 주셨어요."

"아, 그랬니?" 폼프리 선생이 흡족한 듯 말했다. "그럼 드디어 치료법을 제대로 아는 어둠의 마법 방어법 교수님이 생긴 거로구나."

"정말로 괜찮은 게냐, 포터?" 맥고나걸 교수가 날카로운 목소리로 물었다.

"네." 해리가 대답했다.

"좋아. 그레인저 양과 잠깐 시간표 얘기를 하는 동안 밖에서 기다려 주면 고맙겠구나. 그런 다음 같이 연회장으로 가도록 하자."

해리는 폼프리 선생과 함께 다시 복도로 나왔다. 폼프리 선생은 혼자 뭐라뭐라 중얼거리면서 병동으로 향했다. 오래 지나지 않아 헤르미온느가 무엇 때문인지 무척 기뻐하는 표정을 지은 채 나타났고 맥고나걸 교수가 뒤따라 나왔다. 세 사람은 대리석 계단을 내려가 대연회장으로 향했다.

대연회장은 검은색 뾰족 모자가 바다를 이루고 있었다. 기다란 기숙사 식탁마다 학생들이 줄지어 앉아 있었다. 그들의 얼굴이 식탁 위 공중에 둥둥 떠 있는 수천 개의 촛불 빛에 비쳐 희미하게 빛났다. 부스스한 백발의 조그만 남자 마법사 플리트윅 교수가 낡아 빠진 모자와 다리 세 개짜리의자를 대연회장 밖으로 내가고 있었다.

"아, 이런." 헤르미온느가 가만히 말했다. "기숙사 배정을 놓쳤네!"

호그와트 신입생들은 기숙사 배정 모자를 쓰고, 모자가 (그리핀도르, 래번클로, 후플푸프, 슬리데린 등) 그들과 가장 잘 맞는 기숙사를 큰 소리로 외치는 방법으로 기숙사에 배정되었다. 맥고나걸 교수는 교직원 식탁에 있는 빈자리로 성큼성큼 걸어갔고 해리와 헤르미온느는 되도록 조용히 다른 방향에 있는 그리핀도르 식탁으로 향했다. 연회장 뒤쪽을 지나는데 사람들이 그들을 돌아보았다. 그중 몇 명은 해리를 손가락으로 가리키기도 했다. 그가 디멘터 앞에서 쓰러졌다는 얘기가 이렇게 빨리 퍼진 걸까?

그와 헤르미온느는 자리를 맡아 둔 론의 양옆에 앉았다.

"무슨 일이었어?" 론이 목소리를 낮추고 해리에게 물었다.

해리는 론에게 귓속말로 설명하려고 입을 열었지만 교장이 뭔가 이야기하려고 일어나자 다시 다물었다.

덤블도어 교수는 나이가 꽤 많은 사람이었지만 언제나 엄청난 에너지를 품고 있는 것처럼 보였다. 은색 머리카락과 턱수염은 수십 센티미터는 될 정도로 길었고 반달 모양 안경을 썼으며 코는 심하게 구부러져 있었다. 그는 종종 이

시대 가장 위대한 마법사로 묘사되었지만, 해리가 그를 존경하는 이유는 그것 때문이 아니었다. 알버스 덤블도어는 신뢰할 수밖에 없는 사람이었다. 학생들에게 활짝 웃는 그의 모습을 보고서야 해리는 디멘터가 열차 객실에 들어온 이후 처음으로 마음이 진정 평온해지는 것을 느꼈다.

"어서들 오십시오!" 덤블도어가 말했다. 그의 턱수염이 촛불 빛에 비쳐 은은하게 빛났다. "호그와트에서 또 한 해를 보내러 온 여러분을 환영합니다! 여러분 모두에게 해 줄 말이 몇 가지 있는데, 그중 한 가지는 아주 심각한 거예요. 여러분이 훌륭한 진수성찬에 정신을 팔기 전에 그걸 먼저 얘기하는 게 가장 좋을 것 같은데……."

덤블도어는 목을 가다듬고 말을 이었다. "호그와트 급행열차가 수색당하고 여러분 모두 알게 됐겠지만, 지금 우리 학교에는 아즈카반의 디멘터 몇몇이 손님으로 와 있습니다. 마법 정부 일 때문에 말이지요."

그는 잠시 말을 멈췄다. 해리는 덤블도어가 디멘터들이 학교를 지키는 것을 마땅찮게 여긴다던 위즐리 씨의 말을 떠올렸다.

"그들은 교정의 모든 출입구에 배치되어 있습니다." 덤블도어가 말을 이었다. "분명히 얘기하는데, 그들이 우리와 함께 있는 동안에는 어느 누구도 허락 없이 학교를 벗어나서는 안 됩니다. 디멘터들은 속임수나 변장에 속지 않아요. 심지어 투명 망토에도 말입니다." 그는 별 의미 없는 듯 덧붙였지만 해리와 론은 서로를 힐끗 쳐다보았다. "디멘터는 근본적으로 애원이나 변명을 이해하지 못해요. 그러니 여러분 한 명 한 명에게 경고합니다. 그들에게 여러분을 해칠 구실을 주지 마세요. 반장들과 우리의 새로운 남학생, 여학생 회장이 결코 어떤 학생도 디멘터들과 문제를 일으키지 않도록 해 주길 기대하겠습니다."

해리 옆으로 몇 자리 떨어진 곳에 앉아 있던 퍼시가 또 한 번 가슴을 부풀리고 거드름을 피우며 주위를 둘러보았다. 덤블도어가 다시 말을 멈췄다. 그는 꽤 심각한 표정을 짓고 연회장을 둘러보았다. 움직이거나 소리를 내는 사람은 아무도 없었다.

"좋은 소식도 있습니다." 그가 말을 이었다. "기쁘게도 올해 우리 학교에 새 교수님 두 분을 맞이하게 되었습니다. 먼저, 어둠의 마법 방어법 교수 자리를 맡는 데 흔쾌히 동의해 주신 루핀 교수님입니다."

그다지 열의 없는 박수 소리가 산발적으로 터졌다. 루핀 교수와 함께 열차 객실에 있었던 학생들만 열심히 손뼉을

쳤다. 해리도 그중 한 명이었다. 가장 좋은 망토를 골라 입은 다른 교수들 옆에 선 루핀 교수는 유난히 초라해 보였다.

"스네이프 좀 봐!" 론이 해리의 귀에 대고 속삭거렸다.

마법약 과목을 가르치는 스네이프 교수가 교직원 식탁 저쪽에서 루핀 교수를 쏘아보고 있었다. 스네이프가 어둠의 마법 방어법 과목을 맡길 바란다는 건 모두가 아는 사실이었지만, 스네이프를 싫어하는 해리조차도 야위고 누르께한 얼굴을 일그러뜨리는 그 표정에 놀라고 말았다. 분노를 넘어 증오에 가까운 표정이었다. 해리는 그 표정을 아주 잘 알고 있었다. 스네이프가 해리를 볼 때마다 짓는 표정이었으니까.

"두 번째 새 교수님을 소개하겠습니다." 루핀 교수를 향한 미적지근한 박수가 잦아들자 덤블도어가 말을 이었다. "음, 유감스럽게도 마법 생명체 돌보기를 가르치셨던 케틀번 교수님이 지난 학기를 마치고 은퇴하셨다는 소식을 알려야겠군요. 케틀번 교수님은 아직 남아 있는 팔다리와 즐거운 시간을 보내러 가셨습니다. 하지만 케틀번 교수님의 빈자리는 다름 아닌 루비우스 해그리드가 채우게 되었다는 소식을 기쁜 마음으로 전해 드립니다. 해그리드는 숲지기 업무를 하면서 교직을 맡아 주기로 했습니다."

해리, 론, 헤르미온느는 깜짝 놀라 서로를 멍하니 바라보다가 박수 대열에 동참했다. 박수 소리는 특히 그리핀도르 식탁에서 요란했다. 해리는 살짝 몸을 돌려 해그리드를 바라보았다. 그는 얼굴을 붉힌 채 커다란 두 손을 내려다보고 있었다. 그의 얼굴 가득 피어난 미소가 잔뜩 엉킨 턱수염에 감춰져 있었다.

"왜 몰랐지?" 론이 식탁을 쾅 내리치며 소리쳤다. "우리한테 깨무는 책을 사라고 할 사람이 또 누가 있겠어?"

해리, 론, 헤르미온느는 끝까지 손뼉을 치다가 가장 마지막에 멈췄다. 덤블도어 교수가 다시 입을 열었을 때 그들은 해그리드가 식탁보로 눈을 훔치는 모습을 보았다.

"자, 중요한 일은 다 얘기한 것 같군요." 덤블도어가 말했다. "연회를 시작합시다!"

눈앞의 황금 접시들과 잔들이 갑자기 음식과 음료로 가득 채워졌다. 갑자기 배가 고파 죽을 지경이 된 해리는 손에 닿는 음식은 닥치는 대로 덜어 먹기 시작했다.

맛있는 진수성찬이었다. 왁자지껄 떠드는 소리와 웃음소리, 나이프와 포크 부딪치는 소리가 대연회장 가득 울려 퍼졌다. 그러나 해리, 론, 헤르미온느는 연회가 끝나고 해그리드와 이야기하게 되기만을 바라고 있었다. 그들은 교수가 되는 것이 해그리드에게 얼마나 큰 의미인지 알고 있었다. 해그리드는 완전한 자격을 갖춘 마법사가 아니었다. 3학년 때 자기가 저지르지도 않은 죄 때문에 호그와트에서 퇴학당했던 것이다. 지난 학기에 해그리드의 결백을 증명해 준 사람들이 바로 해리, 론, 헤르미온느였다.

마침내 황금 접시에 남아 있던 호박 타르트 조각마저 다 사라지자 덤블도어가 모두 잠자리에 들 시간임을 알려 주었고, 그들은 그제야 해그리드와 이야기 나눌 기회를 잡을 수 있었다.

"축하해요, 해그리드!" 교직원 식탁에 다다르자 헤르미온느가 꺅꺅거렸다.

"다 너희 셋 덕분이지." 해그리드가 눈을 들더니 눈물로 번들거리는 얼굴을 냅킨으로 닦으며 말했다. "믿을 수가 없어……. 훌륭한 분이야, 덤블도어 교수님은……. 케틀번 교수님이 더 이상 수업을 맡지 못하겠다고 말씀하시자마자 내 오두막으로 오셔서는……. 내가 항상 원했던 일인데……."

그가 감정이 북받쳐 냅킨에 얼굴을 묻자 맥고나걸 교수는 세 사람을 쫓아 보냈다.

해리, 론, 헤르미온느는 대리석 계단을 줄지어 올라가는 그리핀도르 학생들 틈에 끼었다. 이제 꽤 지친 그들은 복도를 지나고 더 많은 계단을 올라 그리핀도르 탑으로 들어가는 숨겨진 출입구에 다다랐다. 분홍색 드레스를 입은 뚱뚱한 귀부인의 커다란 초상화가 물었다. "암호?"

"갑니다, 가요!" 퍼시가 아이들 뒤에서 소리쳤다. "새 암호는 '포르투나 메이저'('거대한 행운'이라는 뜻—옮긴이)야!"

"아, 어떡해." 네빌 롱보텀이 애처롭게 말했다. 그는 언제나 암호 기억하기를 어려워했다.

학생들은 초상화 구멍을 지나 휴게실을 가로지른 뒤 남학생과 여학생으로 나뉘어 계단을 올라갔다. 해리는 돌아와서 기쁘다는 것 말고는 아무 생각도 없이 나선형 계단을 올랐다. 그들은 네 모서리에 기둥이 달린 침대 다섯 개가 있는 익숙한 둥근 기숙사 방에 도착했고, 해리는 주위를 둘러보며 마침내 집에 왔다고 느꼈다.

6장

발톱과 찻잎

 다음 날 아침 식사를 하려고 대연회장에 들어갔을 때 해리, 론, 헤르미온느의 눈에 가장 먼저 띈 것은 드레이코 말포이였다. 그는 떼 지어 모인 슬리데린 학생들을 아주 우스운 이야기로 웃기고 있는 것처럼 보였다. 세 사람이 지나갈 때 말포이가 우스꽝스럽게 기절하는 흉내를 내자 요란한 웃음이 터져 나왔다.

 "무시해." 해리 바로 뒤에 있던 헤르미온느가 말했다. "그냥 무시해 버려. 저런 건 신경 쓸 가치도 없어······."

 "야, 포터!" 퍼그처럼 생긴 슬리데린 여학생 팬지 파킨슨이 소리 질렀다. "포터! 디멘터들이 온다, 포터! 우우우우우우우!"

해리는 그리핀도르 식탁으로 가서 조지 위즐리 옆에 털썩 주저앉았다.

"3학년 새 시간표야." 조지가 시간표를 건네며 말했다. "무슨 일 있냐, 해리?"

"말포이 때문에 그래." 론이 조지의 다른 쪽 옆에 앉아 슬리데린 식탁을 노려보며 말했다.

조지가 고개를 돌리자 때마침 또 한 번 겁에 질린 척 기절하는 시늉을 하고 있는 말포이의 모습이 보였다.

"재수 없는 자식." 그가 싸늘하게 말했다. "어젯밤 기차에서 디멘터들이 우리가 있던 끝 칸으로 왔을 때는 저렇게 당당하지 않던데. 우리 객실로 뛰어들어 왔지. 안 그래, 프레드?"

"난 쟤 오줌 싸는 줄 알았어." 프레드가 말포이를 경멸하듯 쓱 보며 말했다.

"나도 기분이 썩 좋지는 않았어." 조지가 말했다. "끔찍해, 그 디멘터란 것들……."

"몸속까지 얼려 버리는 것 같지 않아?" 프레드가 말했다.

"그래도 기절하지는 않았잖아." 해리가 힘 빠진 목소리로 말했다.

"잊어버려, 해리." 조지가 기운을 북돋워 주며 말했다.

"예전에 우리 아빠도 일 때문에 어쩔 수 없이 아즈카반에 간 적이 있었어. 기억나지, 프레드? 그렇게 끔찍한 곳은 처음이라고 하셨지. 기운이 다 빠지고 덜덜 떨면서 돌아오시더라고……. 그 디멘터들 말이야, 그놈들은 한 장소에서 거기 있는 행복을 몽땅 빨아들여. 그래서 죄수들 대부분이 아즈카반에서 미쳐 버리는 거야."

"어쨌거나, 첫 퀴디치 시합이 끝나고도 말포이가 저렇게 즐거워할지 어디 두고 보자." 프레드가 말했다. "그리핀도르 대 슬리데린이 시즌 첫 경기라는 거 잊지 않았지?"

해리와 말포이는 퀴디치 시합에서 단 한 번 대결한 적이 있었는데 그때는 말포이가 완패했다. 해리는 기분이 조금 나아지는 것을 느끼며 소시지와 튀긴 토마토를 먹었다.

헤르미온느는 새 시간표를 살펴보고 있었다.

"아, 좋네. 새 과목 몇 개가 오늘 시작해." 그녀가 행복하다는 듯 말했다.

"헤르미온느." 론이 그녀의 어깨 너머로 시간표를 보고 이마를 찌푸리며 말했다. "시간표가 엉망진창인걸. 봐, 하루에 열 과목 가까이 넣어 놨잖아. 시간이 모자라다고."

"내가 알아서 할게. 맥고나걸 교수님이랑 다 해결했어."

"하지만 보라니까." 론이 어이없다는 듯 소리 내어 웃었다. "오늘 아침 시간표 보여? 9시 점술. 그리고 밑에 9시 머글학. 게다가……." 론은 믿을 수 없다는 듯 시간표 쪽으로 더 가까이 몸을 기울였다. "봐, 그 밑에 9시 숫자점. 그러니까, 네가 잘한다는 건 알지만, 헤르미온느, 아무도 *그렇게까지* 잘할 수는 없어. 대체 무슨 수로 세 과목을 동시에 듣겠다는 거야?"

"말도 안 되는 소리 하지 마." 헤르미온느가 딱 잘라 말했다. "세 과목을 동시에 듣는 건 당연히 아니지."

"아니, 그럼……."

"마멀레이드 좀 줘." 헤르미온느가 말했다.

"하지만……."

"아, 론. 내 시간표가 조금 꽉 찼기로서니 그게 너랑 무슨 상관이데?" 헤르미온느가 쏘아붙였다. "말했잖아, 맥고나걸 교수님이랑 다 해결했다고."

바로 그때, 해그리드가 대연회장에 들어왔다. 그는 평소처럼 기다란 두더지 가죽 외투를 입고 있었는데, 거대한 한 손에는 죽은 긴털족제비가 맥없이 흔들리고 있었다.

"안녕?" 그가 교직원 식탁으로 가는 길에 잠깐 멈춰 서서 힘차게 말했다. "너희는 내 생애 첫 수업을 듣게 될 거야! 점심시간 직후에! 5시에 일어나서 수업 준비를 다 해

됐어……. 잘됐으면 좋겠는데……. 내가 교수라니…… 정말……."

그는 활짝 웃어 보이더니 긴털족제비를 흔들며 교직원 식탁으로 향했다.

"뭘 준비했을지 궁금한걸?" 론이 말했다. 목소리에 불안한 기색이 배어 있었다.

아침 식사를 마친 학생들이 하나둘 첫 수업을 들으러 가면서 대연회장이 비기 시작했다. 론은 시간표를 확인했다.

"우리도 빨리 가는 게 좋겠어. 봐, 점술 수업은 북쪽 탑 꼭대기에서 한대. 거기까지 가는 데 10분은 걸릴 거야……."

그들은 서둘러 아침 식사를 마치고 프레드와 조지에게 인사한 다음 대연회장을 걸어 나갔다. 슬리데린 식탁을 지날 때 말포이가 또 한 번 졸도하는 시늉을 했다. 쩌렁쩌렁한 웃음이 현관홀까지 해리를 따라왔다.

북쪽 탑까지 가는 길은 꽤 멀었다. 호그와트에서 2년을 보냈다고 성을 다 아는 건 아니었다. 북쪽 탑에는 한 번도 가 본 적이 없었다.

"틀림없이, 지름길이, 있을, 텐데." 일곱 번째 긴 계단을 올라 처음 보는 층계참에 멈춰 섰을 때 론이 헐떡거리며 말했다. 헐벗은 초원이 그려진 커다란 그림만 돌벽에 걸려 있을 뿐 거기에는 아무것도 없었다.

"이쪽인 것 같아." 헤르미온느가 오른쪽 빈 통로를 바라보며 말했다.

"그럴 리가." 론이 말했다. "거긴 남쪽이야. 봐, 창밖으로 호수가 살짝 보이잖아……."

해리는 벽에 걸린 그림을 바라보았다. 검은 얼룩이 있는 뚱뚱한 회색 조랑말이 막 풀밭으로 느릿느릿 걸어 나와 태평하게 풀을 뜯기 시작했다. 해리는 호그와트 벽에 걸린 그림 속 주인공들이 성을 돌아다니거나 액자를 떠나 서로를 방문하는 것에 익숙해지긴 했지만 그래도 보고 있으면 재미있었다. 잠시 후, 갑옷을 입은 땅딸막한 기사가 조랑말을 따라 철커덕 소리를 내며 그림 속으로 들어왔다. 갑옷 무릎에 풀물이 든 것을 보니 방금 말에서 떨어진 모양이었다.

"아하!" 그 기사가 해리, 론, 헤르미온느를 발견하고 소리 높여 외쳤다. "내 사유지를 침범한 이 세 악당들은 대체 뭐지? 내가 말에서 떨어졌다고 비웃으러 온 모양이군그래? 어서 칼을 뽑아라, 이 불한당 같은 녀석들아!"

세 사람은 분노로 폴짝폴짝 뛰면서 칼집에서 칼을 뽑아 들고 난폭하게 휘두르는 조그만 기사를 놀라서 바라보았다. 하지만 칼은 그에게 너무 길었다. 그는 칼을 한 차례 거칠게 휘두르다가 균형을 잃고 얼굴부터 풀밭에 처박혔다.

"괜찮아요?" 해리가 그림 쪽으로 더 가까이 다가가며 물었다.

"물러서, 이 졸렬한 떠버리 같으니! 물러서라고, 이 깡패 녀석아!"

기사는 다시 칼을 짚고 몸을 일으켰지만 칼날이 풀밭 깊이 박혀 버렸다. 온 힘을 다해 당겼지만 그는 다시 칼을 뽑을 수 없었다. 결국 기사는 다시 풀밭에 털썩 주저앉아 면갑을 밀어 올리고 땀이 흐르는 얼굴을 닦아야 했다.

"저기." 해리는 기사가 기진맥진한 틈을 타서 말을 걸었다. "우리는 북쪽 탑을 찾고 있는데요. 길 알아요?"

"오호, 탐험이로군!" 기사는 곧바로 분이 풀린 듯 철커덩거리며 자리에서 일어나 외쳤다. "나를 따라오게나, 친구들이여. 우린 기필코 목적지를 찾게 될 것이네. 아니면 돌격하다가 용감하게 죽음을 맞이하거나!"

그는 아무 소득 없이 칼을 한 번 더 당겨 보고 뚱뚱한 조랑말에 올라타려다가 실패한 다음 소리쳤다. "그렇다면 걸어가세, 훌륭한 기사들과 숙녀여! 어서! 어서!"

그는 시끄럽게 철커덩거리며 액자 왼쪽, 보이지 않는 곳으로 달려갔다.

세 사람은 갑옷 소리를 따라 허겁지겁 그를 뒤쫓아 복도를 나아갔다. 가끔씩 그가 앞에 있는 그림을 통과해 달려가는 모습이 보였다.

"마음 단단히 먹게, 최악의 상황은 아직 오지 않았으니까!" 기사가 잔뜩 흥분한 듯 소리쳤다. 그는 좁은 나선형 계단 벽에 걸린 그림 속 크리놀린(과거 서양 여성들이 스커트를 부풀게 하기 위해 안에 입었던 딱딱한 스커트―옮긴이) 차림의 놀란 여자들 앞에 다시 나타났다.

해리, 론, 헤르미온느는 큰 소리로 헉헉거리며 가파르게 감겨 올라가는 계단을 하나하나 밟아 올라갔다. 머리가 점점 어질어질해지던 끝에 그들은 위에서 웅성거리는 목소리들을 듣고 교실에 도착했다는 사실을 깨달았다.

"잘 가게!" 기사가 불길해 보이는 수도사 그림에 머리를 디밀며 소리쳤다. "잘 가게, 나의 전우들이여! 언제든 고귀한 심장과 강철 같은 근육의 도움이 필요하거든 이 캐도건 경을 부르게!"

"네, 부를게요." 기사가 사라지자 론이 중얼거렸다. "정신 나간 사람이 필요하면."

그들은 마지막 몇 계단을 올라가 아주 좁은 층계참에 섰다. 학생 대부분이 이미 모여 있었다. 층계참에서 나가는 문은 보이지 않았다. 론이 해리의 옆구리를 쿡 찌르고 천장을 가리켰다. 거기에는 놋쇠 명판이 붙은 둥그런 문이 있었다.

"점술 교수 시빌 트릴로니." 해리가 명판을 읽었다. "저 위에는 어떻게 올라가라는 거지?"

그 질문에 답이라도 하듯 문이 갑자기 열리고 은색 사다리가 해리의 발 앞에 바로 내려왔다. 모두가 조용해졌다.

"너 먼저 가." 론이 씩 웃으며 말했다. 해리가 앞장서서 사다리를 올랐다.

들어가 보니 그곳은 지금까지 본 교실 중에서 가장 이상했다. 솔직히 전혀 교실처럼 보이지 않았다. 어느 집 다락방과 구식 찻집을 섞어 놓은 모습에 가까웠다. 친츠(화려한 무늬를 넣은 무명천―옮긴이) 안락의자와 빵빵한 작은 쿠션에 둘러싸인 최소 스무 개의 작은 원형 탁자가 방 안에 가득했다. 어두침침한 붉은 불빛이 그 모든 물건을 비추고 있었다. 창문 커튼은 다 닫혀 있고, 등불 여러 개가 암적색 천으로 가려져 있었다. 방은 숨 막힐 정도로 후텁지근했고, 번잡한 벽난로 선반 밑에서 타고 있는 불이 커다란 구리 주전자를 데우면서 짙고 역겨운 향수 비슷한 냄새를 풍기고 있었다. 둥근 벽을 따라 이어진 선반들은 먼지투성이 깃털과 양초 토막, 낡아 빠진 카드 여러 벌, 무수한 은색 수정구슬과 빽빽이 늘어선 찻잔으로 가득했다.

학생들이 하나같이 숨죽인 채 속닥거리며 모여들 즈음 론이 해리 옆에 나타났다.

"교수님은 대체 어디 있는 거야?" 론이 혼잣말로 물었다.

어둠 속에서 갑자기 어떤 목소리가 들려왔다. 부드러우면서 안개 속에서 들려오는 것 같은 목소리였다.

"어서들 오너라." 그 목소리가 말했다. "마침내 물질세계에서 너희를 만나게 되어 얼마나 기쁜지 모르겠구나."

해리가 즉각적으로 떠올린 것은 크고 반짝이는 곤충이었다. 불빛 속으로 걸어 나온 트릴로니 교수는 아주 깡말랐고, 커다란 안경 때문에 눈이 원래보다 몇 배는 커 보였다. 그녀는 스팽글이 달린 얇게 비치는 숄을 두르고 있었다. 가냘픈 목에 걸린 목걸이와 구슬은 셀 수 없을 만큼 많았고 팔과 손은 팔찌며 반지 들로 뒤덮여 있었다.

"앉으려무나, 얘들아. 앉아." 그녀가 말했다. 다들 어색하게 안락의자에 앉거나 두꺼운 쿠션 위에 주저앉았다. 해리, 론, 헤르미온느는 동그란 탁자에 둘러앉았다.

"점술 교실에 온 걸 환영한다." 트릴로니 교수가 말했다. 그녀는 난롯가에 놓인 윙백 안락의자(벽난로 앞에 앉을 때 사용하는 안락의자로, 난로에서 뿜어져 나오는 열기가 빠져나가는 것을 막기 위해 등받이 양옆에 앞으로 굽은 날개가 달려 있다—옮긴이)에 앉았다. "나는 트릴로니 교수란다. 너희는 아마 이전에 나를 한 번도 못 봤을 거야. 나는 혼잡하고 소란스러운 학교 중심부로 너무 자주 내려가면 내면의 눈이 흐려진다는 것을 알게 되고부터 잘 내려가지 않는단다."

이 범상치 않은 선언에 아무도 대꾸하지 않았다. 트릴로니 교수는 세심하게 숄을 매만지더니 말을 이었다. "자, 너희는 모든 마법 중에서도 가장 어려운 기술인 점술을 선택했어. 미리 경고하는데, 너희에게 보는 눈이 없다면 내가 가르쳐 줄 수 있는 것도 별로 없단다. 이 분야에서는 책으로 배울 수 있는 게 거의 없으니……."

이 말에 해리와 론은 약속이라도 한 듯 동시에 씩 웃으며 헤르미온느를 흘낏 보았다. 그녀는 이 과목에 책이 별 도움이 되지 않는다는 말을 듣고 충격을 받은 표정이었다.

"시끄러운 소리를 내고 이상한 냄새를 피우고 갑자기 사라지는 쪽으로는 재능을 발휘하는 수많은 마법사도 베일에 싸인 미래의 신비는 꿰뚫어 보지 못한단다." 트릴로니 교수는 번뜩이는 큰 눈으로 초조한 얼굴들을 죽 둘러보며 말을 이었다. "그건 극소수에게만 주어지는 재능이야. 너,

거기 남학생." 그녀가 갑자기 네빌에게 말을 걸었다. 네빌은 앉아 있던 쿠션에서 하마터면 앞으로 고꾸라질 뻔했다. "할머니는 잘 계시니?"

"그러실 거예요." 네빌이 떨면서 말했다.

"내가 너라면 그렇게 확신하지 않을 거다, 애야." 트릴로니 교수가 말했다. 그녀의 긴 에메랄드 귀고리가 난롯불 빛을 받아 반짝거렸다. 네빌은 불안한 표정을 지으며 침을 꿀꺽 삼켰다. 트릴로니 교수가 차분히 말을 이었다. "올해에는 점술의 기초적인 방법들을 다루게 될 거란다. 첫 학기에는 찻잎 읽기에 집중할 거야. 그다음 학기에는 손금 보기를 공부하자꾸나. 그건 그렇고, 애야." 그녀가 갑자기 파르바티 파틸에게 고개를 돌리며 말했다. "머리카락이 빨간 남자를 조심해라."

파르바티는 바로 뒤에 있던 론을 놀란 눈으로 쳐다보더니 의자를 멀리 끌고 갔다.

"여름 학기에는" 하고, 트릴로니 교수가 말을 이었다. "수정구슬로 진도를 나가자꾸나. 그때까지 불점을 마쳤다면 말이지. 불행하게도 2월에는 지독한 독감이 한 차례 돌아 수업에 지장이 있을 거야. 나부터 목소리가 안 나오게 된단다. 그리고 부활절 즈음에는 이 중 한 명이 우리 곁을 영영 떠나게 될 거야."

이 선언에 아주 긴장된 침묵이 이어졌지만 트릴로니 교수는 개의치 않는 듯했다.

"애야." 그녀가 가장 가까운 의자에 움츠리고 있던 라벤더 브라운에게 말했다. "제일 큰 은 찻주전자를 가져다주지 않겠니?"

라벤더는 안심한 듯 자리에서 일어나 선반에서 커다란 찻주전자를 꺼내 트릴로니 교수 앞 탁자에 내려놓았다.

"고맙다, 애야. 그건 그렇고, 네가 두려워하는 그 일……그 일은 10월 16일 금요일에 일어날 거야."

라벤더가 몸을 살짝 떨었다.

"자, 그럼 모두 둘씩 짝을 지으려무나. 선반에서 찻잔을 하나씩 들고 나한테 오면 내가 잔을 채워 줄 거야. 그런 다음 앉아서 차를 마시거라. 찌꺼기만 남을 때까지 마시렴. 왼손으로 세 번 휘휘 돌린 다음 잔을 받침 위에 엎어 놓거라. 마지막 한 방울까지 다 흘러나가길 기다렸다가 짝에게 잔을 주고 읽게 하렴. 《미래의 안개 걷어 내기》 5페이지와 6페이지를 보고 그 무늬를 해석할 거란다. 내가 돌아다니면서 도와주고 가르쳐 줄 거야. 아, 그리고 애야." 그녀는 자리에서 일어서려는 네빌의 팔을 잡았다. "첫 번째 찻잔

발톱과 찻잎

을 깬 다음에는 파란 무늬가 들어간 찻잔을 골라 주지 않으련? 분홍색 찻잔은 내가 꽤 아끼는 거거든."

아니나 다를까, 네빌이 찻잔 선반으로 다가가기 무섭게 쨍그랑하고 도자기 깨지는 소리가 났다. 트릴로니 교수가 쓰레받기와 빗자루를 들고 옷자락으로 바닥을 쓸면서 다가와 말했다. "그럼, 괜찮다면 파란색 찻잔으로 골라 다오, 애야…… 그래, 고맙구나……."

해리와 론은 찻잔을 채우고 탁자로 돌아가 입천장이 벗겨질 정도로 뜨거운 차를 빨리 마시려고 애썼다. 그들은 트릴로니 교수가 가르쳐 준 대로 찌꺼기가 남은 찻잔을 돌린 다음 찻물을 털어 내고 맞바꿨다.

"됐다." 그들이 책 5페이지와 6페이지를 펼쳤을 때 론이 말했다. "내 거에선 뭐가 보여?"

"푹 젖은 갈색 덩어리가 잔뜩 있네." 해리가 말했다. 방 안에 풍기는 짙은 향의 연기 때문에 졸리고 멍했다.

"생각을 넓혀 보렴, 얘들아. 너희의 눈이 세속 그 너머를 볼 수 있도록 해라!" 트릴로니 교수가 어둠 속에서 소리쳤다.

해리는 정신을 차리려고 애썼다.

"좋아, 넌 기우뚱한 십자가 같은 게 나왔어……." 그가

《미래의 안개 걷어 내기》를 옆에 놓고 보면서 말을 이었다. "그건 '시련과 고난'을 겪을 거라는 뜻이야. 안됐네. 근데 태양 같은 것도 있어. 기다려 봐……. 이건 '크나큰 행복'을 뜻한대……. 그러니까 너는 시련을 겪게 되겠지만 결국 아주 행복해질 거야……."

"너, 내면의 눈 검사라도 해 봐야겠다." 론이 말했다. 트릴로니 교수가 그들을 지그시 쳐다보고 있었기에 그들은 터지려는 웃음을 억지로 참아야 했다.

"내 차례네……." 해리의 찻잔을 들여다보는 론의 이마에 주름이 잡혔다. "중산모처럼 생긴 방울이 보여." 그가 말했다. "너, 마법 정부에 취직할지도 모르겠다……."

그는 찻잔을 180도로 돌렸다.

"그런데 이렇게 보면 도토리랑 더 비슷해……. 저건 뭐지?" 론은 책 《미래의 안개 걷어 내기》를 훑어보았다. "'뜻밖의 횡재, 예상치 못한 금전.' 좋은데. 나 좀 빌려주라. 그리고 여기에도 뭐가 있어." 그는 다시 찻잔을 돌렸다. "동물 같네. 그래, 저게 머리라고 하면…… 하마처럼 보인다……. 아니, 양인가……."

해리가 코웃음 치는 순간 트릴로니 교수가 휙 돌아섰다.

"좀 보자꾸나, 얘야." 그녀는 꾸짖듯 론에게 말하더니 웃자락을 끌면서 다가와 해리의 잔을 잡아챘다. 모두가 조용히 그 모습을 지켜보았다.

트릴로니 교수는 찻잔을 들여다보며 반시계 방향으로 돌렸다.

"송골매……. 얘야, 너한테는 철천지원수가 있구나."

"하지만 그건 다 아는 얘기잖아." 헤르미온느가 큰 소리로 속삭였다. 트릴로니 교수가 그녀를 뚫어지게 바라보았다.

"뭐, 그렇잖아요." 헤르미온느가 말했다. "해리랑 '그 사람' 얘기는 다들 안다고요."

해리와 론은 놀라움과 감탄이 섞인 눈으로 그녀를 바라보았다. 헤르미온느가 교수에게 그런 식으로 말하는 건 지금까지 한 번도 들어 본 적이 없었다. 트릴로니 교수는 아무런 대꾸도 하지 않는 편을 선택했다. 그녀는 큰 눈을 다시 내리고 계속 해리의 찻잔을 돌렸다.

"곤봉…… 공격이야. 이런, 이런. 별로 기분 좋은 찻잔은 아니구나……."

"전 그게 중산모인 줄 알았는데요." 론이 멋쩍어하며 말했다.

"해골…… 네가 가는 길에 위험이 기다리고 있단다, 얘야……."

모두가 꼼짝 못 하고 트릴로니 교수를 바라봤다. 그녀는 마지막으로 컵을 돌리더니 숨을 들이켰다가 비명을 질렀다.

또 한 번 도자기 깨지는 쨍그랑 소리가 났다. 네빌이 두 번째로 가져간 찻잔을 박살 낸 것이다. 트릴로니 교수는 반지들로 반짝거리는 손을 가슴에 얹고 눈은 감은 채 빈 안락의자에 주저앉았다.

"애야, 불쌍한 아이야. 안 돼, 말하지 않는 게 낫겠어. 아니야, 묻지 말거라……."

"뭔데요, 교수님?" 딘 토머스가 곧바로 물었다. 모두가 해리의 찻잔을 보려고 자리에서 일어나 트릴로니 교수가 의자에 앉아 있는 해리와 론의 탁자 주위로 천천히 몰려들었다.

"애야." 트릴로니 교수가 커다란 두 눈을 극적으로 떴다. "죽음의 개가 나왔단다."

"뭐가 나왔다고요?" 해리가 물었다.

이해하지 못한 사람이 해리 혼자만은 아닌 게 분명했다. 딘 토머스는 해리를 보며 어깨를 으쓱했고 라벤더 브라운은 어리둥절한 표정을 짓고 있었다. 하지만 다른 아이들 대부분은 겁에 질려 손으로 입을 막았다.

"죽음의 개라고, 애야. 죽음의 개!" 트릴로니 교수가 소리쳤다. 그녀는 해리가 이해하지 못하자 무척 놀란 듯했다.

"교회 묘지를 헤매고 다니는 커다란 유령 개 말이다! 애야, 이건 나쁜 징조야. 최악의 징조지. 죽음의 징조!"

해리는 가슴이 철렁 내려앉는 것을 느꼈다. 플러리시 앤 블러츠에서 본 책 《죽음의 징조》 표지에 그려져 있던 그 개, 매그놀리아가의 어둠 속에 있던 그 개……. 라벤더 브라운도 손으로 입을 막았다. 모두가 해리를 바라보고 있었다. 단 한 사람, 헤르미온느만 빼고. 그녀는 자리에서 일어나 트릴로니 교수의 의자 뒤로 돌아갔다.

"제가 보기엔 죽음의 개 같지 않은데요." 그녀가 단호하게 말했다.

트릴로니 교수는 반감이 좀 더 짙어진 눈으로 헤르미온느를 바라보았다.

"이렇게 말해서 미안하지만 얘야, 네 주위에서는 영기가 거의 느껴지지 않는구나. 미래의 울림에 대한 감수성이 많이 부족해."

셰이머스 피니건이 이쪽저쪽으로 천천히 머리를 기울였다.

"고개를 이렇게 하면 죽음의 개처럼 보여요." 그가 실눈을 뜨고 말했다. "하지만 또 이렇게 하면 당나귀처럼 보이는데요." 그가 왼쪽으로 몸을 기울이며 말했다.

"다들 내가 죽을지 안 죽을지 결정되면 말해 줘!" 해리는 그렇게 말해 놓고 그 자신도 놀라고 말았다. 이제 아무도 그를 쳐다보고 싶어 하지 않았다.

"오늘 수업은 이만 여기서 마쳐야겠다." 트릴로니 교수가 한없이 흐리멍덩한 목소리로 말했다. "그래…… 부디 소지품 잘 챙기고……."

학생들은 조용히 트릴로니 교수에게 찻잔을 다시 가져다 준 다음 책을 챙기고 가방을 닫았다. 심지어 론조차 해리의 눈을 피하고 있었다.

트릴로니 교수가 들릴 듯 말 듯 입을 열었다. "다음에 다시 만날 때까지 행운이 함께하기를. 아, 그리고 얘야……." 그녀가 네빌을 가리켰다. "너는 다음번에 늦을 테니, 뒤처지지 않으려면 특별히 열심히 해야 한다."

해리, 론, 헤르미온느는 말없이 트릴로니 교수의 사다리와 구불구불한 계단을 내려간 다음 맥고나걸 교수의 변환 마법 교실로 향했다. 교실을 찾는 데 너무 오래 걸리는 바람에 점술 교실을 일찍 나섰는데도 간신히 지각을 면했다.

해리는 아주 환한 스포트라이트 속에 들어가 있는 듯한 기분을 느끼며 교실 맨 뒷자리를 골라 앉았다. 다른 학생들은 해리가 당장 쓰러져 죽기라도 할 것처럼 끊임없이 그를 힐끔거리고 있었다. 그는 맥고나걸 교수가 애니마구스(마음대로 동물로 변신할 수 있는 마법사들)에 관해 해 준 얘기를 거의 듣지 못했으며, 그녀가 코앞에서 눈 주위에 안경 무늬가 있는 얼룩고양이로 변신했을 때에도 눈 하나 깜짝하지 않았다.

"나 참, 다들 뭐에 정신이 팔려 있는 거냐?" 희미한 '펑' 소리와 함께 본래 모습으로 돌아온 맥고나걸 교수가 모두를 둘러보며 말했다. "변신을 하고도 학생들한테 박수를 받지 못한 건 이번이 처음이다. 딱히 그게 문제라는 건 아니지만."

모두의 고개가 다시 해리 쪽으로 돌아갔지만 어느 누구도 입을 열지 않았다. 헤르미온느가 손을 들었다.

"죄송합니다, 교수님. 방금 첫 점술 수업을 들었거든요. 찻잎을 읽었는데……."

"아, 그럼 그렇지." 맥고나걸 교수가 갑자기 얼굴을 찌푸리며 말했다. "더 이상 얘기 안 해도 된다, 그레인저 양. 말해 보거라, 올해에는 여러분 중 누가 죽는다던?"

모두가 그녀를 쳐다보았다.

"저요." 마침내 해리가 말했다.

"그렇구나." 맥고나걸 교수가 작고 둥근 눈을 해리에게 고정한 채 말했다. "그럼 이걸 알아 두거라, 포터. 시빌 트릴로니 교수는 이 학교에 온 이래 매년 학생 한 명을 찍어 죽음을 예언해 왔다. 아직 아무도 죽지 않았어. 죽음의 징조를 보는 건 트릴로니 교수가 가장 좋아하는 신입생 환영법이야. 내가 동료 교수들 험담을 하지 않으니 망정이지……." 맥고나걸 교수가 말을 멈췄다. 그녀의 콧구멍이 하얗게 질려 있었다. 그녀는 좀 더 침착한 목소리로 말을 이었다. "점술은 가장 부정확한 마법 분야 가운데 하나다. 굳이 숨기지 않으마. 난 그 분야에 별로 너그럽지 않아. 진정한 예언자는 정말 드물고, 트릴로니 교수는……."

그녀는 다시 멈췄다가 매우 사무적인 어조로 말을 이었다. "내가 보기에 너는 아주 건강한 것 같다, 포터. 그러니 내가 오늘 숙제를 면제해 주지 않아도 이해하거라. 죽을 경우에는 제출하지 않아도 된다. 약속하마."

헤르미온느가 웃음을 터뜨렸다. 해리는 기분이 좀 나아졌다. 트릴로니 교실의 어둑한 붉은 조명과 머리가 어지러워지는 향수 냄새에서 멀어진 상황에서는 찻잎 덩어리에 두려움을 느끼기가 더 어려웠다. 하지만 모두가 납득한 것은 아니었다. 론은 여전히 걱정스러운 표정이었고 라벤더는 주위에 있는 아이들에게 이렇게 속삭였다. "하지만 네빌의 찻잔은 어떻게 됐느냐고."

변환 마법 수업이 끝난 뒤 그들은 점심을 먹으러 소란스럽게 대연회장으로 향하는 아이들 틈에 끼었다.

"론, 기운 차려." 헤르미온느가 스튜 그릇을 그에게 밀며 말했다. "맥고나걸 교수님이 하신 말씀 들었잖아."

론은 접시에 스튜를 떠 놓고 포크를 들었지만 먹지는 않았다.

"해리." 그가 심각한 목소리로 나직이 입을 열었다. "너 어디서 크고 검은 개를 보지는 않았지?"

"아니, 봤어." 해리가 말했다. "더즐리네 집을 떠나던 날 밤에 한 마리 봤는데."

론이 쨍그랑하고 포크를 떨어뜨렸다.

"아마 떠돌이 개일 거야." 헤르미온느가 침착하게 말했다.

론은 헤르미온느가 미치기라도 한 것처럼 그녀를 바라보았다.

"헤르미온느, 해리가 죽음의 개를 본 거라면, 그건, 그건 정말 안 좋은 일이야." 그가 말했다. "우, 우리 빌리우스 삼촌도 한 마리 봤는데, 24시간 뒤에 돌아가셨어!"

"우연이지." 헤르미온느가 호박 주스를 조금 따르며 가볍게 말했다.

"모르는 소리 마!" 론이 슬슬 화를 냈다. "마법사들은 대부분 죽음의 개라면 벌벌 떤다고!"

"그럼 그거네." 헤르미온느가 도도한 말투로 말했다. "그 사람들은 죽음의 개를 보고 무서워서 죽는 거야. 그러니까 명확하게 따지자면 죽음의 개는 죽음의 징조가 아니라 원인인 거지! 그리고 해리는 죽음의 개를 보고 '그래, 맞아, 콱 죽어 버리는 게 좋겠어!'라고 생각할 만큼 멍청하지 않았기 때문에 여전히 우리랑 있는 거고!"

론은 아무 말 없이 헤르미온느를 향해 입만 벙긋거렸다. 그녀는 가방을 열고 새 숫자점 책을 꺼내 펼쳐서 주스 병으로 받쳐 놓았다.

"나는 점술이 아주 애매모호한 분야라고 생각해." 그녀가 페이지를 뒤적거리며 말했다. "내가 보기엔 그냥 때려 맞히기야."

"그 찻잔의 죽음의 개는 하나도 애매모호하지 않았어!" 론이 열을 냈다.

"너 해리한테 양이라고 말했을 땐 그렇게 자신 있어 보이지 않던데." 헤르미온느가 냉정한 목소리로 말했다.

"트릴로니 교수가 너더러 영기가 전혀 느껴지지 않는다

고 했지! 넌 그냥 지금까지와 달리 뭔가를 잘 못한다는 게 싫을 뿐이야!"

론이 민감한 부분을 건드렸다. 헤르미온느가 식탁에 숫자점 책을 너무 세게 내려놓는 바람에 고기와 당근 조각이 사방으로 튀었다.

"점술을 잘한다는 게 찻잎 덩어리에서 죽음의 징조를 보는 척해야 한다는 뜻이라면 앞으로 더 공부해야 할지 잘 모르겠는데! 그 수업은 숫자점에 비하면 완전히 쓰레기였어!"

그녀는 가방을 집어 들더니 멀어져 갔다.

론이 그녀의 뒷모습을 보며 눈을 찌푸렸다.

"쟤 무슨 소리야?" 그가 해리에게 말했다. "숫자점 수업엔 아직 가지도 않았잖아."

점심 식사를 마친 뒤 해리는 기쁜 마음으로 성 밖으로 나섰다. 어제 내린 비가 갠 뒤였다. 하늘은 깨끗하고 창백한 잿빛이었으며, 마법 생명체 돌보기 첫 수업을 향하는 내내 발밑의 잔디는 싱싱하고 촉촉했다.

론과 헤르미온느는 서로 말도 하지 않았다. 금지된 숲 근처에 있는 해그리드의 오두막을 향해 비탈진 잔디밭을 걸어가는 동안 해리는 두 사람 옆에서 조용히 걷기만 했다.

해리는 앞에 있는 너무도 익숙한 세 사람의 등을 보고서야 슬리데린 학생들과 이 수업을 같이 듣는다는 사실을 깨달았다. 말포이가 크래브와 고일에게 신나게 뭔가 떠들어 대고 나머지 둘은 낄낄거리고 있었다. 무슨 이야기를 하고 있을지는 뻔했다.

해그리드가 오두막 문 앞에서 학생들을 기다리고 있었다. 두더지 가죽 외투를 입고 서 있는 그는 당장에라도 수업을 시작하고 싶어 좀이 쑤신다는 표정을 짓고 있었다. 그의 바로 뒤에 멧돼지 사냥개 팽이 있었다.

"자, 어서. 서둘러라!" 학생들이 수업을 들으러 다가오자 그가 소리쳤다. "오늘 진짜 즐거운 일이 있을 거거든! 훌륭한 수업이 곧 시작될 거야! 다들 왔냐? 좋아, 따라와!"

짧은 순간 해리는 해그리드가 그들을 금지된 숲에 데려가면 어쩌나 생각했다. 숲에서의 평생 잊지 못할 경험이라면 더 이상 하고 싶지 않았다. 하지만 해그리드는 숲 언저리를 한가로이 돌았고 5분 뒤 그들은 작은 방목지 앞에 도착했다. 거기엔 아무것도 없었다.

"다들 여기 울타리 주위로 모여라!" 그가 소리쳤다. "좋아, 잘 보이지? 자, 너희가 가장 먼저 해야 할 일은 책을 펴는 거야."

"어떻게요?" 드레이코 말포이가 질질 끄는 목소리로 차갑게 물었다.

"응?" 해그리드가 되물었다.

"책을 어떻게 펴느냐고요?" 말포이가 다시 물었다. 그는 긴 밧줄로 묶어 놓은 《괴물들에 관한 괴물책》을 꺼냈다. 다른 아이들도 각자 책을 꺼냈다. 해리를 비롯한 몇 명은 허리띠로 묶어 놓았고, 다른 아이들은 꽉 죄는 가방에 쑤셔 넣거나 종이 집게로 집은 채였다.

"아무도, 아무도 책을 펴지 못한 거야?" 해그리드가 의기소침한 표정으로 물었다.

아이들은 모두 고개를 끄덕였다.

"쓰다듬어 줘야지." 해그리드가 이렇게 당연한 걸 왜 모르냐는 듯 말했다. "잘 봐라……."

그는 헤르미온느의 책을 가져가 책을 묶어 놓은 마법 테이프를 뜯었다. 책은 물려고 했지만 해그리드가 거대한 검지로 책등을 쓸어내리자 부르르 떨더니 펼쳐져 그의 손에 가만히 놓였다.

"아, 우리 다 바보였네!" 말포이가 비웃었다. "쓰다듬었어야 하는 건데! 왜 그 생각을 못 했을까?"

"나는…… 나는 애들이 재미있다고 생각했는데." 해그리드가 자신 없는 말투로 헤르미온느를 보면서 중얼거렸다.

"아, 엄청 재미있어요!" 말포이가 말했다. "정말 재치가 넘치네. 우리 손을 물어뜯으려 드는 책을 사라고 하다니!"

"닥쳐, 말포이." 해리가 조용히 말했다. 해그리드는 의기소침해 보였다. 해리는 그의 첫 수업이 성공적이기를 바랐다.

"좋아, 그럼." 해그리드가 말했다. 그는 흐름을 놓친 것처럼 보였다. "그럼…… 그럼 책은 있으니까, 그러니까…… 그러니까…… 이제 마법 생명체가 있어야지. 그래. 그러니까 내가 가서 데려올게. 기다려……."

그는 금지된 숲 속, 보이지 않는 곳으로 성큼성큼 멀어져 갔다.

"세상에, 이 동네가 아주 엉망진창이 되어 가는구나." 말포이가 큰 소리로 말했다. "저 미련퉁이가 수업을 맡다니. 말씀드리면 아버지가 발작을 하시겠어."

"닥치랬지, 말포이." 해리가 다시 말했다.

"조심해, 포터. 뒤에 디멘터가 있어."

"와아아아아!" 라벤더 브라운이 방목지 맞은편을 가리키며 소리 질렀다.

해리가 여태껏 본 것 중에서 가장 이상하게 생긴 동물 열두 마리가 그들을 향해 종종걸음으로 다가오고 있었다. 몸통과 뒷다리, 꼬리는 말이었지만 앞다리와 날개, 머리는 거대한 독수리 같았고, 강철 색깔 부리는 무시무시해 보였으며, 커다란 눈은 밝은 오렌지색이었다. 앞다리에 달린 15센티미터 길이의 발톱들은 치명적으로 보였다. 짐승들은 각각 긴 쇠사슬에 연결된 두꺼운 가죽 목걸이를 목에 걸고 있었고 그 사슬들의 끝은 동물들 뒤에서 방목지를 향해 가볍게 달려오는 해그리드의 거대한 손에 쥐여 있었다.

"이랴, 이랴!" 그가 소리를 치면서 쇠사슬을 흔들어 동물들을 학생들이 서 있는 울타리 쪽으로 몰아왔다. 해그리드가 도착해서 짐승들을 울타리에 묶자 모두가 조금씩 물러났다.

"히포그리프야!" 해그리드가 손을 흔들며 즐겁게 소리쳤다. "아름답지 않니?"

해리는 해그리드의 말뜻을 어느 정도 이해할 수 있었다. 반은 말이고 반은 새인 존재를 처음 봤을 때의 충격에서 벗어나면, 깃털에서 모피로 매끄럽게 바뀌어 가는 히포그리프의 반짝이는 외피에 감탄하게 된다. 히포그리프들은 저마다 색깔이 달랐다. 폭풍우 같은 회색, 청동색, 분홍빛을 띤 회색, 반짝이는 밤색과 칠흑 같은 검은색 등등.

"자." 해그리드가 두 손을 맞비비며 활짝 웃는 얼굴로 주위를 돌아보았다. "좀 더 가까이 오고 싶다면……."

아무도 그러고 싶어 하지 않은 듯했기에 해리, 론, 헤르미온느가 먼저 나서서 조심스럽게 울타리로 다가갔다.

"자, 히포그리프에 대해 가장 먼저 알아야 할 건, 녀석들이 자존심이 세다는 거야." 해그리드가 말했다. "히포그리프들은 쉽게 불쾌감을 느낀다. 절대 녀석들을 모욕해선 안 돼. 생전에 마지막으로 하는 짓이 그 모욕이 될지도 모르니."

말포이, 크래브, 고일은 귀를 기울이지 않고 소리 죽여 뭔가 수군거리고 있었다. 해리는 그들이 수업을 망칠 최고의 방법을 궁리하고 있는 것 같은 불길한 기분이 들었다.

"항상 히포그리프가 먼저 움직일 때까지 기다려야 돼." 해그리드가 말을 이었다. "그게 예의야. 알겠지? 히포그리프 쪽으로 걸어가서 허리를 숙이고 기다려. 녀석이 맞절을 하면 만져도 돼. 그러지 않으면 재빨리 물러나라. 저 발톱에 긁히면 꽤 아프거든. 좋아, 누가 먼저 해 볼래?"

학생들 대부분은 대답 대신 더 물러섰다. 해리, 론, 헤르미온느조차 불안함을 느꼈다. 히포그리프들은 사나운 머리를 흔들면서 강력해 보이는 날개를 퍼덕이고 있었다. 이렇게 묶여 있는 게 마음에 들지 않는 것 같았다.

"아무도 없어?" 해그리드가 애원하는 표정으로 물었다.

"제가 할게요." 해리가 말했다.

뒤에서 숨 들이켜는 소리가 들렸다. 라벤더와 파르바티가 동시에 큰 소리로 속삭였다. "아아아, 안 돼, 해리, 네 찻잎을 기억해!"

해리는 그들의 말을 못 들은 척하며 방목지 울타리를 넘었다.

"멋지다, 해리!" 해그리드가 외쳤다. "자, 그럼 이제 네가 벅빅이랑 얼마나 잘 지내는지 보자."

그는 사슬 하나를 풀어 회색 히포그리프를 동료들 사이에서 끌어내더니 가죽 목걸이를 벗겼다. 방목지 맞은편에 있는 아이들은 숨을 참는 것처럼 보였다. 말포이의 두 눈이 심술궂게 가늘어졌다.

"침착해. 자, 해리." 해그리드가 조용히 말했다. "눈을 마주쳤으니까 이제 깜빡이지 않도록 해 봐. 눈을 너무 깜빡거리면 히포그리프가 너를 믿지 않으니까……."

곧바로 눈에 눈물이 고이기 시작했지만 해리는 눈을 감지 않았다. 벅빅은 거대하고 뾰족한 머리를 돌려 사나운 오렌지색 한쪽 눈으로 해리를 뚫어지게 바라보았다.

"그렇지." 해그리드가 말했다. "그렇지, 해리…… 자, 인사해라…….”

 해리는 웬만하면 벅빅에게 목덜미를 노출시키고 싶지 않았지만 시키는 대로 했다. 그는 살짝 허리를 숙이고 눈을 들었다.

 히포그리프는 계속 오만하게 그를 쳐다보고 있었다. 녀석은 꼼짝도 하지 않았다.

 "아." 해그리드가 걱정스러운 듯 말했다. "좋아, 물러서라. 해리, 지금, 천천히…….”

 하지만 그때 무척 놀랍게도, 히포그리프가 갑자기 비늘 달린 앞다리를 구부리더니 몸을 낮추며 틀림없이 인사를 했다.

 "잘했다, 해리!" 해그리드가 흥분에 겨운 목소리로 외쳤다. "그렇지, 만져도 돼! 부리를 쓰다듬어 줘라. 해 봐!"

 물러나는 게 더 나았을 거라고 생각하면서 해리는 천천히 히포그리프에게 다가가 손을 뻗었다. 부리를 몇 번 두드려 주자 히포그리프는 즐기기라도 하듯 나른하게 눈을 감았다.

 굉장히 실망한 표정의 말포이, 크래브, 고일을 뺀 모든 학생이 환호하며 손뼉을 쳤다.

 "좋아. 그럼, 해리." 해그리드가 말했다. "내 생각에는 널 태워 줄 것 같은데!"

그건 전혀 예상하지 못했다. 빗자루를 타고 나는 일이야 익숙했지만 히포그리프가 그와 비슷할 거라고 확신할 수는 없었다.

"거기에 올라타 봐라. 날개 관절 바로 뒤에." 해그리드가 말했다. "그리고 깃털을 하나라도 뽑지 않도록 조심해라. 별로 좋아하지 않을 거야……."

해리는 벅빅의 날개에 발을 올리고 녀석의 등으로 몸을 끌어 올렸다. 벅빅이 일어섰다. 해리는 어디를 잡아야 할지 알 수 없었다. 히포그리프의 몸 앞쪽은 온통 깃털로 덮여 있었다.

"그럼, 출발!" 해그리드가 히포그리프의 뒷다리를 철썩 치며 고함을 질렀다.

아무런 예고도 없이 4미터에 가까운 날개가 퍼덕이면서 해리 양옆으로 펼쳐졌다. 히포그리프의 목을 간신히 붙들었나 싶은 순간 몸이 위로 붕 날아올랐다. 빗자루와는 전혀 달랐다. 뭐가 더 좋은지는 분명했다. 히포그리프의 날개가 불편하게 양쪽에서 퍼덕거렸다. 다리로 꽉 잡아 버티고는 있지만 해리는 당장이라도 내던져질 것 같았다. 윤기 나는 깃털이 손가락 사이에서 미끄러졌지만 감히 더 세게 쥘 수는 없었다. 님부스 2000의 부드러운 움직임과 달리, 지금은 히포그리프의 뒷다리가 날개와 함께 들렸다 내렸다 하면서 몸이 앞뒤로 흔들리는 것이 느껴졌다.

벅빅은 그를 태우고 방목지 주위를 한 바퀴 돌더니 다시 땅으로 향했다. 해리가 두려워하던 순간이었다. 매끄러운 목이 숙여지자 해리는 몸을 뒤로 젖혔다. 부리 너머로 미끄러져 떨어질 것 같았기 때문이다. 이어 각각 다르게 생긴 발 네 개가 땅에 내려서면서 육중하게 쿵 하는 느낌이 났다. 그는 간신히 매달려 몸을 바로 세웠다.

"잘했다, 해리!" 해그리드가 큰 소리로 말했다. 말포이, 크래브, 고일을 제외한 모두가 환호성을 질렀다. "좋아, 또 누가 해 볼래?"

해리의 성공에 용기를 얻은 나머지 학생들이 조심스럽게 울타리를 넘어 방목지에 들어왔다. 해그리드가 히포그리프들을 한 마리 한 마리 풀어 주었다. 머잖아 아이들은 방목지 곳곳에서 초조하게 허리를 숙이고 있었다. 네빌은 무릎을 구부리고 싶지 않은 기색의 히포그리프에게서 계속 물러났다. 해리는 론과 헤르미온느가 밤색 히포그리프로 연습하는 모습을 지켜보았다.

말포이, 크래브, 고일이 벅빅을 넘겨받았다. 벅빅이 인사를 하자 말포이는 부리를 톡톡 건드리며 경멸하는 표정을 지었다.

"무지 쉽네." 말포이가 느릿느릿 말했다. 해리에게 들릴 정도로 큰 목소리였다. "그럴 줄 알았어. 포터가 할 수 있다면······. 넌 전혀 위험하지 않을 거야. 그렇지?" 그가 히포그리프에게 말했다. "안 그래, 이 못생기고 덩치만 큰 짐승아?"

그때 강철 같은 발톱이 번뜩이면서 그 일이 터졌다. 말포이가 높은 소리로 비명을 내질렀다. 다음 순간, 해그리드는 잔디밭에 웅크리고 있는 말포이에게 덤벼들려고 기를 쓰는 벅빅에게 다시 목걸이를 채웠다. 말포이의 로브 위로 피가 번져 나왔다.

"나 죽네!" 아이들이 겁에 질린 와중에 말포이가 소리쳤다. "나 죽어! 나 좀 보라니까! 이놈이 날 죽였어!"

"안 죽어!" 해그리드가 말했다. 그의 얼굴이 새하얗게 질려 있었다. "누가 날 좀 도와다오. 이 아이를 여기서 내보내야겠다."

해그리드가 말포이를 번쩍 들어 올리는 사이 헤르미온느가 달려가 문을 열었다. 지나갈 때 보니 말포이의 팔에 길게 베인 깊은 상처가 나 있었다. 상처에서 흘러내린 피가 잔디밭에 흩뿌려졌다. 해그리드는 비탈을 올라 성으로 달려갔다.

마법 생명체 돌보기 수업을 듣는 아이들은 큰 충격을 받고 뒤따라 걸어갔다. 슬리데린 학생들은 하나같이 해그리드에 대해 큰 소리로 떠들어 대고 있었다.

"당장 해고해야 해!" 질질 울고 있던 팬지 파킨슨이 소리쳤다.

"말포이 잘못이었어!" 딘 토머스가 쏘아붙였다. 크래브와 고일이 위협적으로 근육을 풀었다.

모두 돌계단을 올라 텅 빈 현관홀로 들어갔다.

"가서 괜찮은지 봐야겠어!" 팬지가 말했다. 다들 그녀가 대리석 계단을 달려 올라가는 모습을 지켜보았다. 그때까지도 해그리드 얘기로 웅성거리던 슬리데린 학생들이 지하 감옥에 있는 그들의 휴게실 쪽으로 멀어져 갔다. 해리, 론, 헤르미온느는 곧바로 그리핀도르 탑으로 올라갔다.

"말포이는 괜찮을까?" 헤르미온느가 초조하게 입을 열었다.

"당연하지, 폼프리 선생님은 베인 상처쯤이야 눈 깜짝할 사이에 고치셔." 해리가 말했다. 그 양호교사는 해리가 훨씬 심하게 다쳤을 때도 마법으로 고쳐 준 적이 있었다.

"그래도 해그리드의 첫 수업인데 정말 안 좋은 일이 일어난 거 아니야?" 론이 걱정 가득한 표정으로 말했다. "어쩐지 말포이가 일을 망칠 것 같긴 했다만……."

그들은 저녁 식사 시간 대연회장에 맨 처음 도착한 사람들 중 하나였다. 해그리드를 보고 싶었지만 그는 그곳에 없었다.

"해고당하지는 않겠지?" 헤르미온느가 불안한 듯 물었다. 그녀는 스테이크앤키드니 푸딩에는 손도 대지 않았다.

"그럼 안 되지." 론이 말했다. 그 역시 음식을 입에 대지 않았다.

해리는 슬리데린 식탁 쪽을 지켜보았다. 크래브와 고일을 포함한 아이들 무리가 한데 모여 열심히 쑥덕거리고 있었다. 말포이가 어떻게 다쳤는지 멋대로 지어내고 있는 게 틀림없었다.

"뭐, 학기 첫날치고 시시했다고는 말 못 하겠네." 론이 우울하게 말했다.

그들은 저녁을 먹은 뒤 북적거리는 그리핀도르 휴게실로 올라가 맥고나걸 교수가 내준 숙제를 해 보려고 했다. 하지만 셋 다 숙제를 하다 말고 계속 탑 창밖만 힐끔거렸다.

"해그리드의 오두막 창문에 불이 켜져 있어." 해리가 불쑥 말했다.

론이 손목시계를 보았다.

"서두르면 가서 해그리드를 만날 수 있을 거야. 아직 이른 시간이라……."

"난 잘 모르겠어." 헤르미온느가 천천히 말했다. 그녀가 해리를 힐끔거리는 것이 보였다.

"교내는 돌아다녀도 돼." 해리가 날카로운 목소리로 말했다. "시리우스 블랙이 디멘터들을 지나쳐서 여기까지 올 리 없잖아."

그래서 그들은 물건들을 정리하고 초상화 구멍을 나섰다. 나가도 된다고 완전히 확신할 수는 없었으므로, 현관으로 가는 길에 아무도 마주치지 않은 건 다행스러운 일이었다.

땅거미가 지는 가운데 아직 젖어 있는 잔디가 검은색에 가깝게 보였다. 그들은 해그리드의 오두막에 다다라 문을 두드렸다. 걸걸한 목소리가 말했다. "들어와."

셔츠 차림의 해그리드가 사포로 문질러 만든 나무 탁자 앞에 앉아 있었다. 사냥개 팽은 그의 무릎에 머리를 얹은 채였다. 그들은 한눈에 해그리드가 술을 잔뜩 마셨다는 사실을 알아차렸다. 양동이만 한 백랍 맥주잔을 앞에 둔 그는 세 사람에게 초점을 맞추는 게 어려운 듯 보였다.

"신기록일 거야." 그들을 알아본 해그리드가 쉰 목소리로 말했다. "겨우 하루밤에 못 버틴 교수는 지금까지 한 명도 없을걸."

"해고된 건 아니죠, 해그리드?" 헤르미온느가 숨을 들이켰다.

"아직은." 해그리드가 비참한 듯 말하며, 맥주잔에 들어 있는 뭔가를 벌컥벌컥 들이켰다. "하지만 시간문제 아니냐? 말포이가 그렇게 된 마당에……."

"걘 좀 어때요?" 모두가 자리에 앉자 론이 물었다. "심각하진 않았죠?"

"폼프리 선생님이 최선을 다해 고쳐 주셨어." 해그리드가 멍하니 말했다. "하지만 아직도 아프다더라……. 붕대를 칭칭 감고…… 신음하면서……."

"아픈 척하는 거예요." 해리가 즉시 말했다. "폼프리 선생님은 뭐든 고칠 수 있어요. 작년에는 제 뼈를 반이나 다시 자라게 했다고요. 말포이는 이 상황을 최대한 이용하려는 게 분명해요."

"학교 이사들한테도 당연히 얘기가 들어갔어." 해그리드가 힘 빠진 목소리로 말했다. "그 사람들은 내가 너무 큰 생물부터 시작했다고 생각해. 히포그리프는 나중에 가르쳤어야 한다고……. 플로버웜이나 뭐 그런 걸 했어야 한다는 거야……. 난 그냥 괜찮은 첫 수업이 될 거라 생각했는데……. 다 내 잘못이야……."

"말포이 잘못이에요, 해그리드!" 헤르미온느가 진심을 다해 말했다.

"우리가 목격자예요." 해리가 말했다. "아저씨는 무례하게 굴면 히포그리프가 공격한다고 말했잖아요. 귀 기울이지 않은 말포이 잘못이에요. 실제로 무슨 일이 일어났는지 우리가 덤블도어 교수님한테 말할게요."

"네, 걱정 마요, 해그리드. 우리가 한편이 되어 줄게요." 론이 말했다.

해그리드의 딱정벌레 같은 검은색 눈동자에 눈물이 고이더니 주름진 눈가로 흘렀다. 그는 해리와 론을 한꺼번에 잡고 뼈를 부러뜨릴 것처럼 끌어안았다.

"마실 만큼 마신 것 같은데요, 해그리드." 헤르미온느가 단호하게 말했다. 그녀는 탁자의 맥주잔을 들고 밖으로 나가서 비워 버렸다.

"아, 헤르미온느 말이 맞을지도 몰라." 해그리드가 해리와 론을 놓아주며 말했다. 둘 다 갈비뼈를 문지르면서 휘청거리며 그에게서 물러났다. 해그리드는 의자에서 몸을 일으키더니 헤르미온느를 따라 비틀거리며 밖으로 나갔다. 철퍽하는 큰 소리가 들렸다.

"해그리드가 뭘 한 거야?" 헤르미온느가 빈 맥주잔을 들고 돌아오자 해리가 불안한 듯 물었다.

"물통에 머리를 처박았어." 헤르미온느가 맥주잔을 치우며 말했다.

해그리드가 긴 머리카락과 수염이 흠뻑 젖은 채 눈가에서 물을 닦아 내며 다시 들어왔다.

"좀 낫네." 그가 개처럼 머리를 흔들어 모두를 쫄딱 적시며 말했다. "잘 들어, 너희가 와 줘서 정말 좋았어. 난 정말……."

해그리드가 갑자기 말을 멈추더니, 마치 해리가 있다는 사실을 방금 깨달은 것처럼 그를 뚫어지게 바라보았다.

"대체 여기서 뭘 하고 있는 거냐, 응?" 그가 느닷없이 고함치는 바람에 그들은 앉은 자리에서 30센티미터쯤 펄쩍 뛰었다. **"너는 어두워진 뒤엔 쏘다니면 안 돼, 해리! 너희 둘도! 얘가 이렇게 돌아다니도록 내버려 두다니!"**

해그리드는 해리에게 성큼성큼 걸어가더니 그의 팔을 잡고 문으로 끌고 갔다.

"가자!" 해그리드가 화를 내며 말했다. "셋 다 학교로 데려다주마. 다시는 어두워진 뒤에 날 만나러 오지 마라. 난 그럴 만한 가치가 없어!"

7장
옷장 속의 보가트

 말포이가 수업 시간에 다시 모습을 드러낸 건, 슬리데린과 그리핀도르 학생들이 마법약 연강을 듣고 있던 목요일 아침이었다. 말포이는 한껏 으스대며 지하 감옥 교실로 걸어 들어왔다. 붕대로 칭칭 감긴 오른팔이 팔걸이에 묶여 있었는데 해리가 보기에는 어떤 끔찍한 전투에서 살아남은 영웅 흉내를 내고 있는 것 같았다.

 "괜찮니, 드레이코?" 팬지 파킨슨이 바보처럼 웃었다. "많이 아파?"

 "응." 말포이가 얼굴을 찌푸리고 용감한 척하며 말했다. 하지만 해리는 팬지가 시선을 돌리자마자 말포이가 크래브와 고일에게 눈을 찡긋하는 모습을 보았다.

"앉아, 앉거라." 스네이프 교수가 마치 아무 일도 없었다는 듯 말했다.

해리와 론은 못마땅한 눈빛을 주고받았다. 만약 그들이 늦게 들어왔다면 스네이프는 "앉거라"라고 말하기는커녕 방과 후 징계를 주었을 것이다. 하지만 말포이는 스네이프의 수업에서 무슨 짓을 하든 항상 빠져나갈 수 있었다. 슬리데린 기숙사 담임 교수인 스네이프는 누구보다도 자기 기숙사 학생들을 편애했다.

오늘 그들은 새로운 마법약인 수축 물약을 만들 예정이었다. 말포이는 해리, 론과 같은 책상에서 재료를 준비하려고 그들 바로 옆에다가 자기 솥단지를 설치했다.

"교수님." 말포이가 큰 소리로 말했다. "교수님, 이 데이지 뿌리를 써는 데 도움이 필요합니다. 제 팔이 이래서요."

"위즐리, 말포이 대신 뿌리를 썰도록." 스네이프가 눈도 들지 않고 말했다.

론의 얼굴이 벽돌 색깔처럼 붉어졌다.

"네 팔은 멀쩡하잖아." 그가 말포이에게 식식거렸다.

말포이는 책상 맞은편에서 히죽 웃었다.

"위즐리, 스네이프 교수님이 하시는 말씀 들었잖아. 뿌리를 썰어."

론은 칼을 집어 들고 말포이 몫의 뿌리를 끌어와 거칠게 썰기 시작했다. 뿌리는 제각기 다른 크기로 썰렸다.

"교수님." 말포이가 특유의 질질 끄는 목소리로 말했다. "위즐리가 제 데이지 뿌리들을 망가뜨리고 있는데요."

스네이프가 그들의 책상으로 다가왔다. 그는 매부리코 너머로 뿌리들을 내려다보더니, 길고 기름진 머리카락 아래로 론에게 기분 나쁜 미소를 지어 보였다.

"말포이 것과 바꿔라, 위즐리."

"하지만 교수님……!"

론은 그 몫의 뿌리를 정확히 같은 크기로 조심조심 써느라 15분을 보낸 터였다.

"당장." 스네이프가 매우 위협적인 목소리로 말했다.

론은 바듯하게 썰린 뿌리들을 책상 맞은편 말포이 쪽으로 민 다음 다시 칼을 집어 들었다.

"그리고 교수님, 이 쪼글쪼글 무화과 껍질도 벗겨야 하는데요." 말포이가 악의적인 웃음이 가득한 목소리로 말했다.

"포터, 말포이의 쪼글쪼글 무화과 껍질을 벗겨 주도록." 스네이프가 예전부터 해리를 위해 아껴 두었던 증오에 가득 찬 눈길을 던지며 말했다.

해리는 말포이의 쪼글쪼글 무화과를 자기 쪽으로 가져왔

다. 한편 론은 이제 그 자신이 사용해야 하는 데이지 뿌리를 복구하려고 애쓰기 시작했다. 해리는 최대한 빠른 속도로 쪼글쪼글 무화과 껍질을 벗긴 뒤 아무 말 없이 책상 맞은편의 말포이에게 다시 던져 주었다. 말포이는 어느 때보다 환한 표정으로 히죽거렸다.

"최근에 너희 친구 해그리드 본 적 있냐?" 그가 조용히 물었다.

"네가 알 바 아냐." 론이 눈도 들지 않고 팩 내뱉었다.

"안됐지만 교수 노릇은 별로 길게 못 할 것 같던데." 말포이가 짐짓 슬픈 말투를 꾸며 내며 말했다. "내가 다친 일로 아버지 기분이 언짢으신 것 같거든……."

"계속 지껄여라, 말포이. 그럼 내가 진짜 다치게 해 줄 테니까." 론이 으르렁거렸다.

"아버지가 학교 이사들에게 불만을 제기하셨어. 그리고 마법 정부에도. 우리 아버지가 영향력이 좀 있으시잖아. 게다가 이렇게 오래가는 부상은……." 그는 크게 한숨 쉬는 척했다. "내 팔이 예전과 똑같아질지 누가 알겠어?"

"그래서 붕대를 감고 다니는 거였냐?" 해리가 말했다. 화가 나서 손이 덜덜 떨리는 바람에 실수로 죽은 애벌레의 머리를 썰어 버렸다. "해그리드가 쫓겨나게 만들려고."

"글쎄……." 말포이가 목소리를 한껏 낮추며 속삭이듯 말했다. "어느 정도는 그렇다고 할 수 있지, 포터. 하지만 다른 이점도 있어. 위즐리, 내 애벌레 좀 저며 봐."

솥단지 몇 개 떨어진 곳에서는 네빌이 곤란을 겪고 있었다. 그는 마법약 수업을 들을 때마다 만신창이가 되곤 했다. 마법약은 그가 가장 못하는 과목이었고, 나아가 스네이프 교수에 대한 그의 엄청난 두려움이 일을 열 배는 악화시켰다. 밝고 선명한 녹색이어야 할 네빌의 마법약은……

"오렌지색이 되었군, 롱보텀." 모두가 볼 수 있도록 국자로 마법약을 조금 떴다가 다시 솥으로 철퍽철퍽 쏟아부으며 스네이프가 말했다. "오렌지색. 말해 봐라. 네 녀석의 그 두꺼운 두개골을 뚫고 들어가는 게 뭐라도 있긴 한 거냐? 쥐의 비장은 하나만 넣어야 한다고 그렇게 강조했는데, 내 말을 안 들은 건가? 거머리 즙은 조금만 넣어도 된다고 내가 분명 알려 줬을 텐데? 널 이해시키려면 대체 뭘 해야 하는 거지, 롱보텀?"

네빌은 얼굴이 빨개진 채 몸을 떨었다. 곧 울음이 터질 것 같은 표정이었다.

"저, 교수님." 헤르미온느가 말했다. "네빌이 수습할 수 있도록 제가 도와주……."

"너한테 잘난 척을 해 달라고 부탁한 기억은 없는데, 그레인저 양." 스네이프가 차갑게 말하자 헤르미온느의 얼굴도 네빌처럼 붉어졌다. "롱보텀, 수업이 끝나고 네 녀석의 두꺼비한테 이 마법약을 몇 방울 먹여 무슨 일이 일어나는지 보겠다. 그러면 제대로 해야겠다는 마음이 들겠지."

스네이프는 네빌을 겁에 질려 숨도 못 쉬게 만들어 놓고 가 버렸다.

"도와줘!" 네빌이 헤르미온느를 바라보며 끙끙거렸다.

"야, 해리." 셰이머스 피니건이 해리의 놋쇠 저울을 빌려 가려고 몸을 기울이며 말했다. "들었어? 오늘 아침 《예언자일보》에 났는데…… 시리우스 블랙이 목격됐다더라."

"어디서?" 해리와 론이 재빨리 물었다. 책상 맞은편에서 말포이가 슬며시 고개를 들고 귀를 기울이는 모습이 보였다.

"여기서 그리 멀지 않은 곳이래." 셰이머스가 어쩐지 신이 난 얼굴로 말했다. "목격자는 머글이었고. 당연히 상황을 제대로 이해하지는 못했지. 머글들은 블랙이 그냥 평범한 범죄자인 줄 알잖아. 안 그래? 아무튼 그 머글이 긴급 직통전화로 전화를 걸었대. 마법 정부 사람들이 현장에 도착했을 때쯤에는 블랙이 이미 사라지고 없었다더라."

"여기서 그렇게 멀지 않단 말이지……." 론이 의미심장한 눈길로 해리를 바라보며 그 말을 되풀이했다. 그가 몸을 홱 돌리더니, 그들 쪽을 유심히 지켜보는 말포이를 바라보았다. "뭐, 말포이? 또 껍질 벗길 게 있냐?"

하지만 심술궂게 빛나는 말포이의 눈길은 론이 아니라 해리에게 꽂혀 있었다. 그가 해리를 향해 책상 위로 몸을 기울였다.

"혼자서 블랙을 잡을 생각이냐, 포터?"

"그래, 어떻게 알았냐." 해리가 대수롭지 않게 툭 내뱉었다.

말포이의 가느다란 입이 구부러지면서 비틀린 미소를 머금었다.

"나라면 당연히……." 그가 조용히 말을 이었다. "지금 같은 상황이 되기 전에 뭐라도 했을 거야. 학교 안에 얌전하게 머무는 대신 밖에 나가서 그놈을 찾았겠지."

"무슨 소리 하는 거야, 말포이?" 론이 험악한 목소리로 물었다.

"너 모르는구나, 포터?" 말포이가 엷은 색 눈을 가늘게 뜨고는 숨죽여 말했다.

"뭘?"

말포이가 나직한 소리로 비웃음을 흘렸다.

"그래, 어쩌면 목숨을 걸지 않는 편이 나을지도 모르지." 말포이가 말했다. "그냥 디멘터들한테 맡기고 싶은 거지? 하지만 나라면 복수하고 싶을 거야. 내 손으로 직접 그놈을 잡았을 거라고."

"*무슨 소리를 하는 거냐고!*" 해리가 버럭 화를 냈지만 그 순간 스네이프가 말했다. "지금쯤 재료를 다 넣었어야 한다. 이 마법약은 마시기 전에 뭉근하게 끓여야 하니까, 약이 끓는 동안 주위를 정리하도록. 그런 다음에 롱보텀 것을 시험해 보도록 하지……."

크래브와 고일이 마법약을 젓느라 땀을 뻘뻘 흘리는 네빌을 보며 대놓고 낄낄거렸다. 헤르미온느는 스네이프가 알아채지 못하도록 입꼬리를 움직여 작은 소리로 네빌에게 중얼중얼 뭔가를 지시하고 있었다. 해리와 론은 사용하지 않은 재료들을 모아서 치운 뒤 손과 국자를 씻으러 구석에 있는 돌 세면대로 갔다.

"말포이가 한 말이 무슨 뜻이었을까?" 해리가 가고일의 입에서 쏟아져 나오는 얼음장 같은 물 아래 손을 넣으며 론에게 중얼거렸다. "내가 왜 블랙한테 복수하고 싶어 한다는 거지? 블랙은 나한테 아무 짓도 안 했잖아. 아직은."

"멋대로 지어내는 거야." 론이 사나운 어조로 말했다. "네가 뭔가 멍청한 짓을 하게 만들려고······."

수업이 끝날 무렵 스네이프가 네빌을 향해 성큼성큼 걸어갔다. 네빌은 솥단지 옆에서 몸을 웅크리고 있었다.

"모두 모이도록." 스네이프가 검은 눈을 번뜩이며 말했다. "롱보텀의 두꺼비한테 무슨 일이 일어나는지 지켜보도록 해라. 네빌이 수축 마법약을 만드는 데 성공했다면 두꺼비는 올챙이로 줄어들 거다. 만약, 틀림없이 그럴 테지만, 롱보텀이 제대로 만들지 못했다면 두꺼비는 독 때문에 죽을 확률이 높다."

그리핀도르 학생들은 겁에 질린 채 지켜보았다. 반면 슬리데린 학생들은 신이 난 표정이었다. 스네이프가 두꺼비 트레버를 한 손으로 집어 들고 이제 초록색이 된 네빌의 마법약에 작은 숟가락을 담갔다가 약 몇 방울을 트레버의 목구멍 속으로 똑똑 떨어뜨렸다.

트레버가 약을 삼키는 동안 숨죽인 침묵의 순간이 흘렀다. 그런 다음 조그맣게 '펑' 소리가 나더니 스네이프의 손바닥 위에서는 어느새 올챙이 트레버가 꿈틀거리고 있었다.

그리핀도르 학생들이 박수갈채를 터뜨렸다. 스네이프는 속이 쓰린 듯 로브 주머니에서 작은 병을 꺼내 안에 들어 있는 것을 트레버에게 몇 방울 떨어뜨렸다. 트레버는 다시 순식간에 완전히 다 자란 모습이 되었다.

"그리핀도르 5점 감점." 스네이프가 말했다. 그 말에 그리핀도르 학생들의 얼굴에서 미소가 사라졌다. "도와주지 말라고 했을 텐데, 그레인저 양. 수업 끝."

해리, 론, 헤르미온느는 현관홀로 향하는 계단을 올라갔다. 해리는 조금 전 말포이가 한 말을 곱씹고 있었지만 론은 스네이프 때문에 속에서 열불이 나는 모양이었다.

"마법약을 제대로 만들었다는 이유로 5점 감점이라니! 왜 거짓말하지 않았어, 헤르미온느? 전부 네빌 혼자서 했다고 말했어야지!"

헤르미온느의 대답은 들려오지 않았다. 론이 주위를 둘러보았다.

"어디 갔지?"

해리도 고개를 돌렸다. 그들은 지금 계단 꼭대기에 서서, 다른 학생들이 점심 식사를 하려고 그들을 지나쳐 대연회장으로 몰려가는 모습을 멍하니 바라보고 있었다.

"우리 바로 뒤에서 따라오고 있었는데." 론이 얼굴을 찌푸렸다.

말포이가 크래브와 고일을 양옆에 거느리고 그들 옆을

지나쳤다. 그는 해리를 보고 피식 웃더니 사라져 버렸다.

"저기 있다." 해리가 말했다.

저 아래에서 헤르미온느가 조금 헐떡거리면서 허겁지겁 계단을 올라오고 있었다. 한 손으로 가방을 꽉 움켜쥐고 다른 손으로는 로브 앞에 뭔가를 쑤셔 넣는 것처럼 보였다.

"어떻게 된 거야?" 론이 물었다.

"뭘?" 헤르미온느가 옆으로 다가오며 되물었다.

"방금 전에는 우리 바로 뒤에 있었는데, 다음 순간에는 다시 계단 밑에 있었잖아."

"뭐?" 헤르미온느는 약간 어리둥절한 모습이었다. "아, 깜빡하고 뭘 놓고 와서 돌아가야 했어. 아, 이런……."

헤르미온느의 가방 솔기가 터져 있었다. 놀랄 일도 아니었다. 가방에 두껍고 무거운 책이 최소 열두 권은 쑤셔 넣어져 있었던 것이다.

"대체 그걸 왜 다 들고 다니는 거야?" 론이 그녀에게 물었다.

"내가 얼마나 많은 과목을 듣는지 알잖아." 헤르미온느가 가쁜 숨을 내쉬며 말했다. "이것 좀 들어 줄래?"

"하지만……." 론은 그녀가 건넨 책들을 뒤집어 표지를 보았다. "이 과목들은 오늘 수업이 하나도 없잖아. 오늘 오후에는 어둠의 마법 방어법밖에 없단 말이야."

"아, 뭐." 헤르미온느는 모호하게 말하면서 모든 책을 가방에 다시 챙겨 넣었다. "점심으로 뭔가 맛있는 게 나왔으면 좋겠다. 배고파 죽겠어." 헤르미온느는 그렇게 덧붙이더니 황급히 대연회장으로 걸어갔다.

"쟤, 우리한테 뭔가 숨기는 것 같지 않냐?" 론이 해리에게 물었다.

첫 수업을 받으러 어둠의 마법 방어법 교실로 갔지만 루핀 교수는 자리에 없었다. 마침내 그가 교실에 들어왔을 때 학생들은 모두 자리에 앉아 책과 깃펜, 양피지를 꺼내 놓고 이야기를 나누고 있었다. 루핀은 희미하게 미소 짓더니 닳아서 해진 낡은 서류 가방을 교탁에 올려놓았다. 여느 때처럼 초췌했으나 몇 끼 잘 챙겨 먹은 듯 기차에서 봤을 때보다는 건강해 보였다.

"안녕." 그가 말했다. "책들은 다 가방에 도로 집어넣거라. 오늘은 실습을 할 거거든. 마법 지팡이만 있으면 된다."

학생들은 책을 치웠고 몇몇은 호기심에 찬 눈길을 주고받았다. 이 과목 교수가 픽시로 가득한 우리를 가져다 교실에 풀어놓았던 작년의 그 잊지 못할 수업을 제외하면 어둠의 마법 방어법 시간에 실습을 한 적은 한 번도 없었다.

"좋아, 그럼." 모두 준비를 마치자 루핀 교수가 말했다. "따라와라."

학생들은 어리둥절해하면서도 흥미를 느끼며 자리에서 일어나 루핀 교수를 따라 교실 밖으로 나갔다. 루핀은 학생들을 데리고 아무도 없는 복도를 지나 모퉁이를 돌았다. 그러자마자 공중에 거꾸로 둥실둥실 떠서 근처에 있는 문 열쇠 구멍에 껌을 쑤셔 넣고 있는 폴터가이스트 피브스의 모습이 보였다.

피브스는 루핀 교수가 1미터 안으로 접근할 때까지 눈을 들지 않다가, 발가락을 꼬부린 발을 흔들며 느닷없이 노래를 부르기 시작했다.

"미치광이, 정신 나간 루핀." 피브스가 노래를 불렀다. "미치광이, 정신 나간 루핀. 미치광이, 정신 나간 루핀……."

언제나 무례하고 통제 불가능한 피브스도 교수들한테는 어느 정도 존경심을 보이곤 했다. 모두가 루핀 교수의 반응을 보려고 재빨리 그에게 눈을 돌렸다. 놀랍게도 루핀은 별다른 동요 없이 여전히 미소를 머금고 있었다.

"나라면 열쇠 구멍에서 그 껌을 빼낼 거다, 피브스." 그가 유쾌하게 말했다. "필치 씨가 빗자루를 가지러 들어갈 수 없을 테니까."

호그와트 건물 관리인인 필치는 학생들과, 사실은 피브스와도 지속적인 전쟁을 벌이는 성질 더러운 인물로 마법사로서의 능력에도 크나큰 결함이 있었다. 하지만 피브스는 요란하게 침을 튀기며 혀를 날름거릴 뿐 루핀 교수의 말을 듣는 척도 하지 않았다.

루핀 교수가 작게 한숨을 쉬더니 마법 지팡이를 꺼냈다.

"이건 나름 유용하고 간단한 주문이야." 그가 어깨 너머로 학생들을 돌아보며 말했다. "자세히 보거라."

그는 마법 지팡이를 어깨 높이로 들어 올렸다가 "와디와시!"라고 외치면서 그것으로 피브스를 겨눴다.

껌 덩어리가 총알 같은 위력으로 열쇠 구멍에서 튀어나와 피브스의 왼쪽 콧구멍으로 쑥 들어갔다. 그는 그대로 빙빙 돌며 위로 올라가더니 욕설을 내뱉으며 쌩 멀어져 갔다.

"멋있어요, 교수님!" 딘 토머스가 매우 놀라워하며 소리쳤다.

"고맙다, 딘." 루핀 교수가 마법 지팡이를 거두며 말했다. "갈까?"

그들은 다시 출발했다. 학생들은 더 커진 존경심을 품고 초라한 모습의 루핀 교수를 바라보았다. 그는 그다음 복도로 학생들을 데려가다가 교무실 문 바로 앞에서 멈췄다.

"들어가자." 루핀 교수가 문을 열고 물러서며 말했다.

교무실은 패널 벽으로 둘러싸인 긴 방이었다. 서로 어울리지 않는 각양각색의 낡은 의자들로 가득한 그곳에는 교수 한 명만 있을 뿐이었다. 학생들이 줄지어 들어오자 낮은 안락의자에 앉아 있던 스네이프 교수가 고개를 돌려 그들을 보았다. 순간 그의 눈이 번뜩이면서 입가에 고약한 비웃음이 떠올랐다. 루핀 교수가 들어와 문을 닫으려 하자 스네이프가 말했다. "닫지 마, 루핀. 난 별로 지켜보고 싶지 않으니까." 그는 의자에서 일어나 성큼성큼 학생들을 지나쳐 갔다. 검은색 로브가 그의 등 뒤에서 펄럭였다. 그가 문 앞에서 홱 돌아보더니 말했다. "루핀, 아마 아무도 경고하지 않았을 텐데, 이 반에는 네빌 롱보텀이 있어. 롱보텀에게는 그 어떤 어려운 일도 맡기지 말라고 조언하고 싶군. 그레인저 양이 롱보텀의 귀에 대고 지시 사항을 속닥거리지 않는다면 말이야."

네빌의 얼굴이 새빨개졌다. 해리는 스네이프를 노려보았다. 굳이 다른 교수 앞에서까지 네빌을 괴롭혀야 하나? 자기 수업에서 네빌을 못살게 구는 것만도 충분히 비난받을 일일 텐데?

루핀 교수가 눈썹을 치켜올렸다.

"난 네빌이 이 수업의 첫 단계에서 날 도와줬으면 하는데." 그가 말했다. "네빌이 훌륭히 해낼 거라고 확신해."

그보다 더 빨개질 수 없을 것 같았던 네빌의 얼굴이 더욱 새빨개졌다. 스네이프는 입술을 비틀더니 문을 탁 닫고 가 버렸다.

"자, 그럼." 루핀 교수가 교수들이 여벌 로브를 보관하는 낡은 옷장 말고는 아무것도 없는 교무실 끝으로 학생들을 손짓해 부르며 말했다. 루핀 교수가 그 앞에 가서 서자 옷장이 갑자기 흔들리면서 벽에 쾅쾅 부딪쳤다.

"걱정할 것 없어." 몇몇이 놀라 뒤로 얼른 물러나자 루핀 교수가 침착하게 말했다. "저 안에는 보가트가 있다."

대부분의 아이들은 이것이 걱정할 만한 일이 맞다고 느끼는 듯했다. 네빌은 순전히 겁에 질린 눈으로 루핀 교수를 쳐다보았고, 셰이머스 피니건도 이제는 끊임없이 덜컥거리는 문손잡이를 걱정스럽게 바라보았다.

"보가트들은 어둡고 폐쇄된 곳을 아주 좋아한단다." 루핀 교수가 말을 이었다. "옷장, 침대 밑, 싱크대 아래의 찬장…… 괘종시계 안에 자리 잡은 녀석도 한 번 만난 적 있지. 이 녀석은 어제 오후에 이주해 왔어. 내가 교장 선생님께 3학년 학생들이 실습할 수 있도록, 교직원들이 녀석을 없애는 일을 막아 달라고 부탁했다. 그래서, 우리가 스스로에게 던져야 할 첫 번째 질문은 바로 이거야. 보가트는 과연 무엇일까?"

헤르미온느가 손을 들었다.

"보가트는 변신체입니다." 그녀가 말했다. "보가트는 무엇이든 우리가 가장 무서워하는 존재의 형태를 취할 수 있습니다."

"나라도 그만큼 잘 설명하지는 못하겠는걸." 루핀 교수의 말에 헤르미온느의 얼굴이 밝아졌다. "즉 안쪽 깜깜한 곳에 있는 보가트는 아직 아무런 형태도 갖추고 있지 않다는 얘기지. 아직은 문 바깥에 있는 사람이 뭘 무서워하는지 모르니까. 보가트가 혼자 있을 때 어떤 모습을 하고 있는지 아는 사람은 아무도 없다. 하지만 밖으로 나오는 순간, 녀석은 우리가 가장 두려워하는 것으로 변할 거야. 그 말은……." 겁에 질린 네빌이 식식거렸지만, 루핀은 못 들은 척하기로 한 것 같았다. "시작하기 전부터 우리가 보가트보다 훨씬 유리하다는 뜻이지. 왜 그런지 눈치챘니, 해리?"

옆에서 헤르미온느가 손을 높이 들고 까치발로 폴짝폴짝

뛰는 와중에 대답을 하려니 매우 당혹스러웠지만, 해리는 한번 시도해 보기로 했다.

"어…… 우리가 너무 많아서 보가트가 어떤 형태로 변해야 할지 모를 것 같은데요?"

"정답." 루핀 교수가 말하자 헤르미온느는 조금 실망한 표정으로 손을 내렸다. "보가트를 처리할 때는 항상 여럿이 같이 있는 게 가장 좋단다. 녀석이 헷갈려 하거든. 뭐가 되어야 하나, 머리 없는 시체가 되어야 할까? 육식 민달팽이가 되어야 하나? 바로 그런 실수를 저지른 보가트를 한번 본 적이 있어. 동시에 두 사람에게 겁을 주려다가 반만 민달팽이가 된 거지. 하나도 안 무섭더구나. 보가트를 물리치는 마법은 간단하지만 정신력을 필요로 한단다. 보가트를 정말로 끝장내는 건 웃음이다. 너희가 할 일은, 녀석이 너희가 재미있게 여기는 형태를 취할 수밖에 없도록 만드는 거야. 처음에는 마법 지팡이 없이 연습해 보자. 자, 따라 해 보렴……. *리디큘러스!*"

"*리디큘러스!*" 학생들이 동시에 소리쳤다.

"좋아." 루핀 교수가 말했다. "아주 좋아. 하지만 유감스럽게도 주문은 가장 쉬운 부분이란다. 주문만으로는 충분하지 않거든. 이제 네가 등장할 차례다, 네빌."

옷장이 다시 떨렸지만 교수대에라도 오르듯 앞으로 나선 네빌만큼은 아니었다.

"그래, 네빌." 루핀 교수가 말했다. "우선 첫째로, 네가 세상에서 가장 무서워하는 건 뭐지?"

네빌은 입술을 움직였지만 아무 소리도 나오지 않았다.

"잘 못 들었다, 네빌. 미안." 루핀 교수가 가볍게 말했다.

네빌은 도와 달라고 애원하듯 두리번거리더니 귓속말보다 클까 말까 한 목소리로 말했다. "스네이프 교수님요."

거의 모두가 웃음을 터뜨렸다. 심지어 네빌도 부끄러운 듯 씩 웃었다. 하지만 루핀 교수는 생각에 잠긴 표정이었다.

"스네이프 교수라…… 흠…… 네빌, 할머니랑 같이 산다고 했던가?"

"어…… 네." 네빌이 소심하게 대답했다 "하지만, 보가트가 할머니로 변하는 것도 싫은데요."

"아냐, 아냐. 내 말을 오해했구나." 루핀 교수는 이제 미소를 머금고 있었다. "할머니께서 주로 어떤 옷을 입으시는지 말해 주지 않을래?"

네빌은 놀란 표정을 지으면서 대답했다. "어…… 항상 같은 모자를 쓰세요. 꼭대기에 박제한 대머리독수리가 달린 높은 모자요. 그리고 긴 치마에…… 그 치마는 보통 초록색이고요…… 또 가끔 여우 털목도리도 두르세요."

"그럼 핸드백은?" 루핀 교수가 거들었다.

"크고 빨간 거요." 네빌이 말했다.

"그럼, 좋아." 루핀 교수가 말했다. "그 옷들을 아주 선명하게 떠올릴 수 있겠니, 네빌? 마음의 눈으로 그 옷들을 볼 수 있을까?"

"네." 네빌이 머뭇거리며 대답했다. 다음에 무슨 말이 나올지 걱정되는 게 틀림없었다.

"네빌, 보가트가 이 옷장 밖으로 나와서 너를 보면 스네이프 교수의 모습으로 변할 거다." 루핀이 말했다. "그러면 마법 지팡이를 들어 올리고…… 옳지, '리디큘러스'라고 외쳐. 그리고 너희 할머니 복장에 온 정신을 집중해. 제대로만 되면 보가트 스네이프 교수는 별수 없이 꼭대기에 대머리독수리가 장식된 모자에 초록색 드레스를 입고 큼직하고 빨간 핸드백을 든 차림이 되고 말 거다."

엄청난 웃음이 터져 나왔다. 옷장은 더욱 격렬하게 흔들렸다.

"네빌이 성공하면 보가트는 우리 한 명 한 명에게 차례로 주의를 돌릴 가능성이 높아." 루핀 교수가 말했다. "이제 너희 모두 잠깐 동안 가장 무서워하는 게 뭔지, 어떻게 하면 그걸 우스꽝스러워 보이게 만들지 상상해 보는 게 좋겠다……."

교무실 안이 조용해졌다. 해리는 생각했다……. 그가 세상에서 가장 두려워하는 게 뭘까?

처음 떠오른 것은 볼드모트 경이었다. 힘을 완전히 되찾은 볼드모트 경. 하지만 보가트 볼드모트에게 반격할 계획을 떠올리기도 전에 머릿속에 어떤 끔찍한 영상이 떠올랐다…….

검은 망토 속으로 미끄러져 들어가는 번들거리는 썩은 손…… 보이지 않는 입에서 흘러나오는 길고 그르렁거리는 숨소리…… 익사하는 기분이 들 만큼 몸을 꿰뚫는 냉기…….

해리는 몸을 부르르 떨고 아무도 눈치채지 못했기를 바라며 주위를 둘러보았다. 다들 눈을 꾹 감은 채였다. 론은 뭐라고 혼자 중얼거리고 있었다. "다리를 떼어 내." 해리는 그가 무슨 말을 하는지 확실히 알 것 같았다. 론이 가장 무서워하는 것은 거미였다.

"다들 준비됐지?" 루핀 교수가 물었다.

해리는 덜컥 겁이 났다. 그는 아직 준비되지 않았다. 어떻게 해야 디멘터를 덜 무섭게 만들 수 있을까? 하지만 시간을 더 달라고 요청하고 싶지는 않았다. 다른 아이들은 모두 고개를 끄덕이며 소매를 걷어 올리고 있었다.

"네빌, 우린 물러서 있으마." 루핀 교수가 말했다. "너한테 공간을 내주는 거란다. 알았지? 내가 다음으로 할 사람을 부를 테니…… 이제 다들 물러서거라. 네빌이 마법을 거는 데 방해되지 않도록."

모두 옷장 앞에 네빌을 혼자 두고 물러나 벽에 기댔다. 네빌은 창백하고 겁에 질린 표정을 지으면서도 로브 소매를 걷어붙이고 준비 태세로 마법 지팡이를 들어 올렸다.

"셋을 세마, 네빌." 루핀 교수가 마법 지팡이를 옷장 손잡이에 겨누고 말했다. "하나, 둘, 셋…… *지금이야!*"

루핀 교수의 마법 지팡이 끝에서 불꽃이 쏘아져 나와 문손잡이를 맞혔다. 옷장이 홱 열렸다. 매부리코에 심술궂은 표정의 스네이프 교수가 네빌을 향해 눈을 번뜩이면서 옷장에서 걸어 나왔다. 네빌은 마법 지팡이를 든 채 아무 말도 못 하고 입만 뻥끗거리며 물러났다. 스네이프가 네빌을 향해 돌진하면서 로브 안으로 손을 뻗었다.

"*리, 리, 리디큘러스!*" 네빌이 높은 목소리로 외쳤다.

채찍을 휘두르는 듯한 소리가 났다. 스네이프가 비틀거렸다. 그는 끝자락에 레이스가 달린 긴 드레스 차림으로 좀이 슨 대머리독수리를 얹은 높은 모자를 쓰고 한 손으로 큼직한 진홍색 핸드백을 휘두르고 있었다.

웃음이 터졌다. 보가트가 어리둥절해서 멈칫하자 루핀 교수가 소리쳤다. "파르바티! 앞으로!"

파르바티가 굳은 표정으로 나섰다. 스네이프가 그녀 쪽으로 고개를 돌렸다. 또 한 번 휙 소리가 나면서 스네이프가 서 있던 곳에 붕대를 감은 피투성이 미라가 나타났다. 미라가 눈먼 얼굴을 파르바티에게 향하더니 뻣뻣한 두 팔을 들어 올린 채 발을 질질 끌면서 아주 천천히 그녀에게 걸어가기 시작했고……

"*리디큘러스!*" 파르바티가 소리쳤다.

미라의 발에서 붕대가 풀렸다. 미라는 발이 꼬여 얼굴을 앞으로 한 채 넘어졌고, 그 바람에 머리가 바닥에 떨어져 굴러갔다.

"셰이머스!" 루핀 교수가 외쳤다.

셰이머스가 파르바티를 지나 쏜살같이 달려 나왔다.

휙! 미라가 있던 곳에는 바닥까지 내려오는 검은 머리카락에 해골 같은 초록빛 얼굴의 여자가 있었다. 밴시였다. 여자가 입을 크게 벌리자 이 세상 것 같지 않은 섬뜩한 소리가 방을 가득 채웠다. 해리의 머리털을 곤두서게 만드는 길게 울부짖는 비명…….

"*리디큘러스!*" 셰이머스가 소리쳤다.

밴시는 귀에 거슬리는 소리를 내더니 목을 움켜잡았다. 목소리가 사라진 것이다.

휙! 밴시는 쥐로 변해 자기 꼬리를 쫓아 빙빙 돌다가…… *휙!* 방울뱀이 되어 스르르 미끄러져 몸을 비틀더니…… *휙!* 피투성이 눈알이 되었다.

"녀석이 혼란스러워하고 있어!" 루핀이 외쳤다. "거의 다 됐다! 딘!"

딘이 얼른 나섰다.

딸깍! 눈알은 잘린 손으로 변해 홱 뒤집히더니 게처럼 바닥을 기어가기 시작했다.

"*리디큘러스!*" 딘이 외쳤다.

딸깍 소리가 나면서 손이 쥐덫에 걸렸다.

"훌륭해! 론, 다음은 너다!"

론이 앞으로 뛰쳐나왔다.

휙!

수많은 아이들이 비명을 질렀다. 180센티미터 크기에 털이 숭숭 난 대형 거미가 집게발을 위협적으로 딸깍거리며 론에게 다가갔다. 한순간 해리는 론이 꼼짝없이 얼어붙었다고 생각했다. 그때……

"*리디큘러스!*" 론이 소리치자 거미의 다리가 사라졌다.

놈은 데굴데굴 굴러갔다. 라벤더 브라운이 꺅 소리 지르며 도망쳤고, 거미는 해리의 발 앞에 멈췄다. 그는 준비 태세를 갖추고 마법 지팡이를 들어 올렸지만……

"여기다!" 루핀 교수가 느닷없이 해리의 앞으로 나서며 외쳤다.

휙!

다리 없는 거미가 사라졌다. 잠깐 동안 모두 보가트가 어디 있는지 미친 듯이 주위를 둘러보았다. 잠시 후 그들은 루핀 앞에 둥둥 떠 있는 은빛 하얀 구체를 보았다. 루핀은 거의 나른한 어조로 "리디큘러스"라고 말했다.

휙!

"나와라, 네빌. 녀석을 끝장내 버려!" 보가트가 바퀴벌레가 되어 바닥에 떨어지자 루핀이 말했다. 휙! 스네이프가 다시 나타났다. 이번에 네빌은 단호한 표정으로 앞으로 달려 나왔다.

"리디큘러스!" 네빌이 소리치자 레이스 달린 드레스 차림의 스네이프가 또다시 나타났다. 아주 짧은 순간이 흐르고 네빌이 "하!" 하고 큰 소리로 웃자 보가트는 폭발하더니 수많은 조그만 연기 조각으로 흩어져 사라졌다.

"훌륭해!" 학생들이 박수갈채를 터뜨리자 루핀 교수가

소리쳤다. "훌륭하다, 네빌. 잘했어, 다들. 어디 보자…… 보가트를 처리했으니 그리핀도르에 각자 5점씩 주마. 네빌은 두 번 했으니까 10점. 헤르미온느와 해리도 각 5점씩."

"하지만 전 아무것도 안 했는데요." 해리가 의아한 듯 말했다.

"너랑 헤르미온느는 수업 시작할 때 내 질문에 바르게 답했잖아, 해리." 루핀이 가볍게 말했다. "아주 잘했다, 모두. 훌륭한 수업이었어. 숙제는, 보가트에 관한 장을 읽고 요약해 오는 거다……. 월요일에 제출하거라. 그게 전부야."

학생들은 하나같이 신이 나서 재잘거리며 교무실을 나섰다. 하지만 해리는 그럴 기분이 아니었다. 루핀 교수는 보가트를 처리하려는 그를 일부러 막았다. 왜일까? 열차에서 해리가 기절하는 걸 보고 변변치 못하다고 생각한 걸까? 또 기절할 거라고 생각했을까?

하지만 누구도 그것을 전혀 눈치채지 못한 것 같았다.

"내가 그 밴시 잡는 거 봤어?" 셰이머스가 신이 나서 소리쳤다.

"그 손은 어떻고!" 딘이 손을 휘저으며 말했다.

"모자 쓴 스네이프는!"

"내 미라는!"

"근데 루핀 교수님이 왜 수정구슬을 무서워하는지 모르겠네?" 라벤더가 생각에 잠겨서 말했다.

"여태까지 들은 어둠의 마법 방어법 수업 중 최고 아니었냐?" 가방을 가지러 교실로 돌아갈 때 론이 즐거운 듯 말했다.

"아주 좋은 교수님인 것 같아." 헤르미온느가 만족스러운 목소리로 말했다. "하지만 나도 보가트를 상대해 봤으면 좋았을 텐데."

"네 건 뭐였을까?" 론이 코웃음을 치며 말했다. "10점 만점에 9점밖에 못 받은 숙제?"

8장
뚱뚱한 귀부인의 도주

어둠의 마법 방어법은 순식간에 모두가 가장 좋아하는 수업이 되었다. 오직 드레이코 말포이를 비롯한 슬리데린 패거리만이 루핀 교수를 안 좋게 말했다.

"로브 꼴 좀 봐." 루핀 교수가 지나갈 때마다 말포이는 다 들리는 귓속말로 그렇게 말하곤 했다. "우리 집에 있었던 집요정처럼 입는다니까."

하지만 그 밖에는 어느 누구도 루핀 교수의 로브가 여기 저기 기워지고 해진 걸 신경 쓰지 않았다. 루핀의 이어진 수업들도 처음 수업만큼이나 흥미로웠다. 보가트 다음에는 '레드 캡'을 배웠는데, 고블린처럼 생긴 이 심술궂은 생물은 성의 지하 감옥과 황폐한 전쟁터의 웅덩이 등 피가 흘렸던 곳이면 어디든 숨어서 기다리다가 길 잃은 사람들을 때려눕히곤 했다. 그들은 '레드 캡'에서 '갓파'로 진도를 나갔다. 비늘 달린 원숭이처럼 생긴 이 소름 끼치는 수중 생물은, 무심코 연못을 걸어서 건너는 사람들을 물갈퀴 달린 손으로 목 졸라 죽이고 싶어서 안달이었다.

해리는 다른 수업도 그만큼 재미있으면 소원이 없을 것 같았다. 최악은 마법약 수업이었다. 스네이프는 요즘 유달리 앙심을 품고 있었는데 그 이유를 의심하는 사람은 아무도 없었다. 학교에는 보가트가 스네이프의 모습으로 변했다는 이야기며, 네빌이 그 보가트에게 그의 할머니 옷을 입혔다는 이야기가 순식간에 퍼져 나갔다. 스네이프는 그 얘기에서 재밌는 구석을 찾지 못한 듯했다. 그는 루핀 교수의 이름이 나오기만 해도 악의적으로 눈을 번뜩였으며, 어느 때보다도 네빌을 심하게 괴롭혔다.

트릴로니 교수의 숨 막히는 탑 꼭대기 교실에서 보내는 시간도 점점 두려워졌다. 해리는 수업 때마다 기울어진 형태들과 상징들을 해독하면서, 그를 바라보는 트릴로니 교수의 큼직한 눈에 눈물이 가득 차오르는 것을 애써 외면했다. 해리는 도저히 트릴로니 교수를 좋아할 수 없었지만 학생들 중에는 그녀에게 숭배에 가까운 존경심을 품는 아이들도 꽤 있었다. 파르바티 파틸과 라벤더 브라운은 점심시간에 트릴로니 교수의 탑 꼭대기 교실을 들락거리며 언제나 다른 사람들은 모르는 것들을 안다는 양 짜증스러울 만큼 우월감에 젖은 표정을 지으며 돌아오곤 했다. 게다가 해리가 죽어 가기라도 한다는 듯 그에게 말을 걸 때마다 목소리를 낮추기 시작했다.

마법 생명체 돌보기 수업을 진심으로 좋아하는 학생은 아무도 없었다. 아슬아슬한 순간이 많았던 첫 번째 시간 이후 수업은 극도로 지루해졌다. 해그리드는 자신감을 잃은 것처럼 보였다. 이제 학생들은 매시간 플로버웜을 돌보는 법을 배웠다. 녀석들은 이 세상에 존재하는 가장 지루한 생물임이 틀림없었다.

"이것들을 왜 굳이 돌봐야 하는 거지?" 론이 또다시 한 시간 동안 플로버웜의 끈적이는 목구멍 안으로 채 썬 상추를 밀어 넣는 일을 하고 나서 말했다.

하지만 10월 초가 되자 해리에게는 정신을 쏟을 다른 일이 생겼다. 그 불만족스러운 수업들을 보상할 만큼 즐거운 일이었다. 퀴디치 시즌이 다가오고 있었던 것이다. 그리핀도르 퀴디치 팀 주장인 올리버 우드는 새 시즌에 대비한 전술을 논의하기 위해 어느 목요일 저녁 회의를 소집했다.

뚱뚱한 귀부인의 도주

 퀴디치 팀에는 일곱 명의 선수가 있었다. 추격꾼 셋의 임무는 쿼플(럭비공 크기의 빨간 공)을 경기장 끝에 있는 15미터 높이의 고리들 중 하나에 통과시켜 득점하는 것이었다. 두 명의 몰이꾼은 묵직한 방망이를 들고 블러저(주변을 쌩쌩 날아다니며 선수들을 공격하는 두 개의 묵직한 검은색 공)를 멀리 쳐 내는 역할을 했다. 파수꾼은 골대를 지켰다. 그리고 가장 어려운 임무를 맡은 수색꾼은 날개 달린 호두 크기의 아주 작은 공, 골든 스니치를 잡아야 했다. 스니치를 잡으면 경기가 끝나고 그 수색꾼의 팀이 추가로 150점을 얻었다.

 올리버 우드는 건장한 체격의 열일곱 살 남학생으로, 이제 7학년이 되어 호그와트에서의 마지막 한 해를 보내고 있었다. 어둑어둑해지는 퀴디치 경기장 언저리의 싸늘한 탈의실에서 동료 선수 여섯 명에게 연설하는 그의 목소리에는 뭔가 필사적인 구석이 있었다.

 "이번이 우리한테는, *나한테는* 퀴디치 우승컵을 따낼 마지막 기회야." 그가 동료들 앞을 큰 걸음으로 왔다 갔다 하면서 말했다. "이번 학년이 끝나면 나는 학교를 떠나. 나한테는 다시 기회가 없을 거야. 그리핀도르는 7년째 우승을 하지 못했어. 그래, 재수가 없었지. 부상에…… 지난 학기에는 시합이 취소되질 않나…….." 아직도 그 기억을 떠올리면 목이 메는지 우드가 침을 꿀꺽 삼켰다. "하지만 우리가 학교 최강의 끝내주는 팀이라는 것도 알아." 그가 한 손을 주먹으로 치면서 말했다. 그의 눈이 익숙한 광기로 번뜩였다.

"뛰어난 세 명의 추격꾼."

우드는 얼리샤 스피넛과 앤젤리나 존슨, 케이티 벨을 가리켰다.

"무적의 몰이꾼 두 명."

"그만해, 올리버. 부끄럽다." 프레드와 조지 위즐리가 짐짓 얼굴을 붉히며 동시에 말했다.

"그리고 시합에서 단 한 번도 패한 적이 없는 수색꾼!" 우드는 맹렬한 자부심이 깃든 눈으로 해리를 응시하며 우렁우렁한 목소리로 말했다. "나도 있고." 그가 뒤늦게 생각났다는 듯 덧붙였다.

"우리는 너도 아주 잘한다고 생각해, 올리버." 조지가 말했다.

"끝내주는 파수꾼이지." 프레드가 말을 받았다.

"중요한 건……." 우드가 다시 왔다 갔다 하며 말을 이었다. "지난 2년간 퀴디치 우승컵에는 우리 이름이 적혔어야 한다는 거야. 해리가 우리 팀에 들어오면서부터 난 우승컵은 따 놓은 당상이라고 생각했어. 근데 그러질 못했지. 이번이야말로 그 퀴디치 우승컵에 새겨진 우리 이름을 볼 수 있는 마지막 기회야……."

우드가 어찌나 낙담한 듯 말했던지 프레드와 조지마저도 안쓰럽다는 표정을 지었다.

"올리버, 올해는 우리의 해야." 프레드가 말했다.

"그래, 꼭 해낼 거야, 올리버!" 앤젤리나가 말을 받았다.

"틀림없이." 해리도 거들었다.

그리핀도르 팀 선수들은 결의에 차서 1주일에 세 번씩 저녁 훈련을 시작했다. 날은 추워지고 습해지고 해는 점점 짧아졌지만, 아무리 땅이 진창이 되고 비바람이 세차게 몰아쳐도 마침내 커다란 은빛 퀴디치 우승컵을 들어 올리는 해리의 멋진 환상을 망치지는 못했다.

어느 날 저녁 해리는 몸은 춥고 뻣뻣하지만 훈련이 잘되어 만족스러운 기분으로 그리핀도르 휴게실로 돌아갔다. 휴게실은 잔뜩 흥분한 웅성거림으로 술렁이고 있었다.

"무슨 일이야?" 그가 론과 헤르미온느에게 물었다. 그들은 벽난로 근처 가장 좋은 의자에 앉아 천문학 수업에서 쓸 별자리표를 만들고 있었다.

"호그스미드를 방문하는 첫 주말 일정이 나왔거든." 론이 낡고 오래된 게시판에 붙은 공고문을 가리키며 말했다. "10월 말. 핼러윈에."

"잘됐네." 해리에 이어 초상화 구멍으로 들어온 프레드가 말했다. "'종코의 장난감 가게'에 들러야겠어. 악취 콩알탄이 거의 다 떨어졌거든."

해리는 론 옆에 털썩 주저앉았다. 붕 떴던 기분이 가라앉았다. 헤르미온느가 그런 그의 생각을 읽은 것 같았다.

"해리, 너도 다음에는 꼭 갈 수 있을 거야." 그녀가 말했다. "곧 블랙이 잡힐 테니까. 벌써 한 번 목격됐잖아."

"블랙은 호그스미드에서 무슨 짓을 저지를 만큼 멍청하지 않아." 론이 말했다. "맥고나걸한테 이번에 가도 되냐고 물어봐, 해리. 다음번이 언제 올지 모르······."

"론!" 헤르미온느가 버럭 소리쳤다. "해리는 학교 안에 있어야 해."

"3학년 중에 해리 혼자 남는 것도 웃기잖아." 론이 말했다. "맥고나걸한테 물어봐. 어서, 해리."

"그래, 그래야겠다." 해리는 마침내 결심하고 말했다.

헤르미온느가 반박하려고 입을 열었지만, 그 순간 크룩섕스가 그녀의 무릎으로 가볍게 뛰어올라 왔다. 녀석의 입에 커다란 죽은 거미가 대롱대롱 매달려 있었다.

"그걸 꼭 우리 앞에서 먹어야 해?" 론이 눈을 모로 뜨며 말했다.

"똑똑한 크룩섕스, 혼자서 잡은 거야?" 헤르미온느가 말했다.

크룩섕스는 천천히 거미를 씹어 삼켰다. 노란 두 눈은 오만하게도 론에게 고정되어 있었다.

"거기에 그냥 붙잡고 있어. 더는 안 바랄 테니까." 론이 짜증 나는 듯 별자리표로 다시 고개를 돌리며 말했다. "지금 내 가방에서 스캐버스가 자고 있단 말이야."

해리는 쩍 하품을 했다. 정말로 자고 싶었지만 별자리표를 완성해야 했다. 그는 가방을 끌어당겨 양피지와 잉크, 깃펜을 꺼내 숙제를 시작했다.

"괜찮으면 내 거 베껴도 돼." 론이 마지막 별에 멋 부린 글씨로 이름을 붙이고 해리에게 도표를 밀어 놓았다.

베끼는 걸 못마땅해하는 헤르미온느는 입술을 오므렸지만 아무 말도 하지 않았다. 크룩섕스는 여전히 눈도 깜빡하지 않고 론을 빤히 바라보며 북슬북슬한 꼬리 끝을 획획 휘두르고 있었다. 다음 순간, 녀석이 아무 예고도 없이 덤벼들었다.

"야!" 크룩섕스가 가방 깊숙이 네 발의 발톱을 박아 넣고 사납게 찢기 시작하자 론이 가방을 낚아채며 소리쳤다.
"꺼져, 이 멍청한 짐승아!"

론이 크룩섕스에게서 가방을 빼앗으려고 했지만 크룩섕스는 야옹거리고 할퀴며 매달렸다.

"론, 걔 다치게 하지 마!" 헤르미온느가 꽥 소리 질렀다. 휴게실 전체가 지켜보고 있었다. 론은 크룩섕스를 매단 채 가방을 빙글빙글 돌렸다. 스캐버스가 가방 속에서 튀어나왔다.

"저 고양이 잡아!" 크룩섕스가 가방 잔해를 놓고 탁자를 훌쩍 뛰어넘어 겁에 질린 스캐버스를 뒤쫓자 론이 소리쳤다.

조지 위즐리가 크룩섕스에게 달려들었으나 놓쳤다. 스캐버스는 스무 명의 다리 사이로 쏜살같이 달려가 낡은 서랍장 아래로 숨어들어 갔다. 크룩섕스가 미끄러져 멈추더니 안짱다리로 몸을 바짝 웅크리고 앞발로 서랍장 밑을 사납게 쓸기 시작했다.

론과 헤르미온느가 허겁지겁 다가갔다. 헤르미온느가 크룩섕스의 허리를 안아 올렸다. 론은 바닥에 엎드려 간신히 스캐버스의 꼬리를 붙잡아 끌어당겼다.

"얘 좀 봐!" 론이 스캐버스를 헤르미온느 앞에 달랑달랑 흔들어 보이며 화를 냈다. "뼈랑 가죽밖에 안 남았어! 저놈의 고양이 좀 가까이 못 오게 하란 말이야!"

"크룩섕스는 그게 잘못된 일인지 몰라!" 헤르미온느가 떨리는 목소리로 말했다. "고양이는 다 쥐를 쫓잖아, 론!"

"저 짐승은 뭔가 이상해!" 론이 미친 듯이 꿈틀거리는 스캐버스를 주머니에 넣으려고 애쓰며 말했다. "스캐버스가 가방에 있다는 내 말을 알아들은 거야!"

"아, 무슨 헛소리야." 헤르미온느가 참지 못하고 말했다. "크룩섕스는 스캐버스의 냄새를 맡을 수 있는 거야, 론. 그렇지 않으면 어떻게……."

"저 고양이가 스캐버스를 노린다니까!" 론이 낄낄거리기 시작하는 주위 사람들을 모른 체하며 말했다. "여기 먼저 온 건 스캐버스야. *게다가 얘는 아프다고!*"

론은 휴게실을 빠르게 가로지르더니 계단을 올라가 남학생 기숙사로 사라졌다.

론은 다음 날에도 헤르미온느에게 여전히 화가 나 있었다. 약초학 수업 시간 내내 그녀에게는 말도 걸지 않았다. 그와 해리, 헤르미온느가 펑펑 꼬투리 하나를 갖고 실습을 하는 내내 그랬다.

"스캐버스는 좀 어때?" 셋이 그 식물에서 통통한 분홍색 꼬투리들을 떼어 내 반짝이는 콩알들을 나무통 안에 까 넣는 작업을 하던 중 헤르미온느가 조심스럽게 물었다.

"내 침대 밑에 숨어서 떨고 있어." 론이 화난 목소리로 말했다. 그가 나무통을 놓치는 바람에 콩알들이 온실 바닥 여기저기에 흩어졌다.

"조심해라, 위즐리. 조심해!" 콩알들이 눈앞에서 바로 펑펑 터지며 꽃을 피우자 스프라우트 교수가 소리쳤다.

다음은 변환 마법 시간이었다. 수업이 끝나고 맥고나걸 교수에게 다른 아이들과 함께 호그스미드에 갈 수 있는지 물어볼 작정이었던 해리는 교실 밖 아이들의 줄에 끼어 그녀를 설득할 방법을 짜내고 있었다. 하지만 줄 앞쪽에서 벌어진 소동에 정신이 팔리고 말았다.

라벤더 브라운이 울고 있는 모양이었다. 파르바티가 그녀를 팔로 감싼 채, 꽤 심각한 표정을 짓고 있는 셰이머스 피니건과 딘 토머스에게 무언가를 설명하고 있었다.

"무슨 일이야, 라벤더?" 헤르미온느가 해리, 론과 함께 그들에게 다가가 걱정스럽게 물었다.

"오늘 아침에 집에서 편지를 받았대." 파르바티가 속삭였다. "얘네 토끼, 빙키 때문에. 빙키가 여우한테 물려 죽었다는 거야."

"아." 헤르미온느가 말했다. "어떡해, 라벤더."

"이런 일이 벌어질 줄 알았어야 했어!" 라벤더가 비통하게 말했다. "오늘이 무슨 날인지 알아?"

"어……."

"10월 16일이야! '네가 두려워하는 그 일은 10월 16일에 일어날 거야!' 기억나? 교수님 말이 맞았어, 맞았다고!"

이제는 모두가 라벤더 주위에 모여 있었다. 셰이머스는 심각하게 고개를 저었다. 헤르미온느가 망설이다가 입을 열었다. "너…… 너, 빙키가 여우한테 죽을까 봐 두려워했어?"

"글쎄, 꼭 여우라고 생각한 건 아니야." 라벤더가 눈물이 줄줄 흐르는 눈으로 헤르미온느를 올려다보며 말했다. "하지만 나는 분명 빙키가 죽을까 봐 두려워했어!"

"아." 헤르미온느가 말했다. 그녀는 다시 잠깐 말을 멈췄다. 그리고 입을 열었다.

"빙키가 늙은 토끼였니?"

"아, 아니!" 라벤더가 흐느꼈다. "아기 토끼였어!"

파르바티가 라벤더를 더욱 꼭 끌어안았다.

"그런데 왜 빙키가 죽을까 봐 두려워한 거야?" 헤르미온느가 물었다.

파르바티가 그녀를 노려보았다.

"뭐, 논리적으로 생각해 봐." 헤르미온느가 다른 아이들을 돌아보며 말했다. "그러니까 빙키는 심지어 오늘 죽은 것도 아니야. 라벤더가 오늘 소식을 들었을 뿐이지." 라벤더가 큰 소리로 울음을 터뜨렸다. "그리고 그 일을 두려워하고 있었을 *리*가 없잖아. 정말 예상 못 한 일이니까."

"헤르미온느는 신경 쓰지 마, 라벤더." 론이 큰 소리로 말했다. "쟤는 다른 사람이 키우는 동물은 별로 중요하게 여기지 않으니까."

그 순간 맥고나걸 교수가 교실 문을 열어서 다행이었다. 서로를 쏘아보면서 교실로 들어간 헤르미온느와 론은 해리 양옆에 앉은 채 수업 시간 내내 서로에게 말을 걸지 않았다.

수업이 끝나고 종이 울렸을 때까지도 해리는 맥고나걸 교수에게 뭐라고 말해야 할지 결정하지 못했다. 그때 맥고나걸 교수가 먼저 호그스미드 얘기를 꺼냈다.

"잠깐 기다려라!" 학생들이 나가려고 할 때 그녀가 소리쳤다. "너희 모두 내 기숙사 소속이니, 핼러윈 전에 나에게 호그스미드 허가서를 제출해야 한다. 허가서가 없으면 마을을 방문할 수 없다는 것 잊지 말고!"

네빌이 손을 들었다.

"저, 교수님. 저, 저는 잃어버린 것 같……."

"네 허가서는 할머니께서 나한테 직접 보내셨다, 롱보텀." 맥고나걸 교수가 말했다. "그편이 더 안전할 거라고 생각하신 것 같더구나. 자, 이상이다. 가도 좋아."

"지금 물어봐." 론이 해리에게 숨죽여 말했다.

"아, 그치만……." 헤르미온느가 입을 열었다.

"해 버려, 해리." 론이 고집스럽게 말했다.

해리는 다른 학생들이 나가기를 기다렸다가 초조하게 맥고나걸 교수의 책상으로 향했다.

"무슨 일이지, 포터?"

해리는 숨을 깊숙이 들이마셨다.

"교수님, 저희 이모와 이모부가…… 어…… 제 허가서에 서명하는 걸 잊어버리셨는데요." 그가 말했다.

맥고나걸 교수는 정사각형 안경 너머로 그를 바라볼 뿐 아무 말도 하지 않았다.

"그래서…… 어…… 교수님이 생각하시기엔 괜찮지 않을까 해서요, 제 말은…… 제가…… 제가 호그스미드에 가도 괜찮을까요?"

맥고나걸 교수는 시선을 내리고 책상 위의 서류들을 펄럭펄럭 넘기기 시작했다.

"미안하지만 안 된다, 포터." 그녀가 말했다. "내 말 들었을 텐데. 허가서가 없으면 마을을 방문할 수 없다. 그게 규칙이야."

"하지만, 교수님. 저희 이모와 이모부는…… 그 사람들은 머글이잖아요. 사실 뭘 잘 몰라요, 호그와트 서류나 그런 것들요." 해리가 말했다. 론이 열렬히 고개를 끄덕이며 그를 부추겼다. "교수님께서 허락해 주시면……."

"하지만 나는 안 된다고 했지." 맥고나걸 교수가 일어나 서류를 깔끔하게 정리해 서랍에 넣으며 말했다. "허가서에는 부모나 보호자가 허락해 주어야 한다고 명시되어 있다." 그녀가 고개를 돌려 그를 바라보았다. 그녀의 얼굴에는 묘한 감정이 어려 있었다. 동정심이었을까? "미안하구나, 포터. 하지만 그게 내 최종 결정이다. 서두르는 게 좋겠구나. 다음 수업에 늦겠다."

할 수 있는 일은 아무것도 없었다. 론은 맥고나걸 교수에게 온갖 욕설을 퍼부어 헤르미온느를 심히 짜증 나게 만들었고, 헤르미온느는 '잘됐네' 하는 듯한 표정으로 론을 더욱 화나게 만들었으며, 해리는 수업 시간에 모두가 호그스미드에 가면 가장 먼저 뭘 할지 신나서 시끄럽게 떠드는 소리를 견뎌야 했다.

"그래도 연회는 항상 있잖아." 론이 해리의 기운을 북돋아 주려고 말했다. "그 왜, 핼러윈 연회 말이야. 저녁에 열리는."

"그래." 해리가 우울하게 말했다. "잘됐네."

핼러윈 연회 음식은 언제나 훌륭했다. 하지만 다른 아이들과 함께 호그스미드에서 하루를 보낸 다음에 먹으면 훨씬 맛있을 터였다. 누가 무슨 말을 해도 혼자 남게 된 해리의 기분은 좀처럼 나아지지 않았다. 그림을 잘 그리는 딘 토머스가 버넌 이모부의 서명을 위조해 주겠다고 했지만, 맥고나걸 교수에게 이미 허가서에 서명을 받지 못했다고 말했으므로 아무 소용 없었다. 론이 반신반의하며 투명 망토를 제안했지만, 헤르미온느는 디멘터들이 투명 망토를 꿰뚫어 볼 수 있다던 덤블도어의 말을 상기시키며 그 생각을 바로 짓밟아 버렸다. 퍼시는 위로랍시고 전혀 도움이 되지 않는 말을 했다.

"다들 호그스미드 때문에 법석이지만 확실히 말하는데,

해리, 거긴 사람들이 말하는 것처럼 그렇게 재미있지 않아." 그가 진지하게 말했다. "그래, 뭐, 과자 가게는 괜찮은 편이지만 종코의 장난감 가게는 솔직히 위험해. 그래, 그리고 악쓰는 오두막은 언제든 들러 볼 만하지만, 실은 해리, 그것 말고는 정말 볼 게 없어."

핼러윈 아침, 해리는 다른 아이들과 함께 일어나 평소처럼 행동하려고 최선을 다하면서도 엄청나게 우울한 기분으로 아침 식사를 하러 내려갔다.

"허니듀크스에서 과자 많이 사다 줄게." 헤르미온느가 무척 미안한 표정으로 말했다.

"그래, 엄청 많이." 론이 말했다. 그와 헤르미온느는 해리의 실망한 얼굴을 보고 결국 크룩섕스와 관련된 시시한 싸움을 잊어버렸다.

"난 걱정하지 마." 태연하게 들리기를 바라며 해리가 말했다. "연회 때 보자. 재밌게 놀다 와."

해리는 두 사람과 함께 현관홀로 갔다. 건물 관리인 필치가 현관 안쪽에 서서 긴 명단의 이름을 지워 나가고 있었다. 모두의 얼굴을 의심스럽게 살펴보며 나가지 말아야 할 사람이 절대 몰래 빠져나가지 못하도록 확인하는 중이었다.

"안 가냐, 포터?" 말포이가 소리쳤다. 그는 크래브, 고일과 함께 줄을 서 있었다. "디멘터 지나가기가 무서워서?"

해리는 못 들은 척 혼자 대리석 계단을 걸어 올라가 텅 빈 복도를 지나서 그리핀도르 탑으로 돌아갔다.

"암호?" 뚱뚱한 귀부인이 졸고 있다가 흠칫 깨며 말했다.

"포르투나 메이저." 해리가 맥 빠진 목소리로 말했다.

초상화가 휙 열렸다. 그는 구멍을 지나 휴게실로 들어갔다. 휴게실은 재잘거리는 1학년과 2학년, 호그스미드에 너무 자주 가서 더 이상 신기할 것도 없는 상급생들로 붐볐다.

"해리! 해리! 안녕, 해리!"

콜린 크리비였다. 해리를 깊이 존경하는 그 2학년생은 그에게 말 걸 기회를 단 한 번도 놓친 적이 없었다.

"호그스미드에 안 가, 해리? 왜? 저기……." 콜린은 열성적으로 주위 친구들을 돌아보았다. "괜찮다면 와서 우리랑 같이 앉아도 돼, 해리!"

"어…… 고맙지만 괜찮아, 콜린." 해리가 말했다. 지금은 그 많은 사람이 이마의 흉터를 뚫어지게 응시하도록 놔둘 기분이 아니었다. "난…… 난 도서관에 가야 해. 숙제를 좀 해야 해서."

그렇게 말했으니 곧장 뒤돌아 초상화 구멍으로 나가는

수밖에 없었다.

"뭐 하자고 나를 자꾸 깨우는 게냐?" 뚱뚱한 귀부인이 멀어져 가는 그에게 짜증스럽게 소리쳤다.

해리는 의기소침해서 도서관 쪽으로 어슬렁어슬렁 걷다가 마음을 바꿨다. 숙제 따위를 할 기분이 아니었다. 그는 돌아서자마자 필치와 마주쳤다. 필치는 방금 호그스미드 방문객들을 마지막 한 명까지 내보내고 온 게 틀림없었다. "뭐 하는 거지?" 필치가 의심스럽다는 듯 으르렁거렸다.

"아무것도 안 하는데요." 해리는 사실대로 대답했다.

"아무것도 안 한다고!" 필치가 내뱉었다. 턱 밑 살이 불쾌하게 떨렸다. "거 참 그럴싸하구먼! 왜 네놈의 고약한 친구들처럼 호그스미드에서 악취 콩알탄이랑 트림 가루, 윙윙 벌레를 안 사고 혼자 살금살금 돌아다니고 있지?"

해리는 어깨를 으쓱했다.

"아무튼, 네 휴게실로 돌아가!" 필치가 윽박질렀다. 그러더니 해리가 안 보일 때까지 눈을 부라리고 서 있었다.

하지만 해리는 휴게실로 돌아가지 않았다. 헤드위그를 보러 부엉이장에 가야겠다는 생각을 어렴풋이 하면서 계단을 올라 또 다른 복도를 걸어가고 있는데, 어느 방에서 웬 목소리가 그를 불러 세웠다. "해리?"

해리는 누가 말을 걸었는지 보려고 뒤돌았다가, 연구실 문 근처를 둘러보던 루핀 교수와 눈이 마주쳤다.

"뭐 하니?" 루핀이 필치와 전혀 다른 목소리로 물었다. "론이랑 헤르미온느는 어디 있고?"

"호그스미드에요." 해리는 태연한 척 말했다.

"아." 루핀이 말했다. 그는 잠깐 사려 깊은 눈으로 해리를 바라보았다. "들어올래? 다음 수업에 쓸 그린딜로가 방금 배달됐거든."

"뭐가 배달됐다고요?" 해리가 물었다.

그는 루핀을 따라 연구실로 들어갔다. 구석에 아주 커다란 수조가 있었다. 날카롭고 작은 뿔이 여러 개 달린 흉측한 녹색 생명체가 얼굴을 유리에 대고 일그러뜨리며 길고 가느다란 손가락들을 쥐었다 폈다 하고 있었다.

"수중 괴물이다." 루핀이 그린딜로를 유심히 들여다보며 말했다. "갓파를 다뤄 봤으니 별로 어렵지 않을 거야. 놈의 손아귀에서 빠져나오는 게 관건이지. 손가락이 비정상적으로 긴 거 보이니? 힘은 세지만 쉽게 부러진단다."

그린딜로가 녹색 이빨을 드러내더니 구석에 엉켜 있는 수초 속으로 숨었다.

"차 마실래?" 루핀이 주전자를 찾아 주위를 둘러보며 말했다. "한잔 마실까 하던 중이었는데."

"좋아요." 해리가 어색하게 말했다.

루핀이 마법 지팡이로 주전자를 톡톡 두드리자 주둥이에서 갑자기 증기가 한차례 뿜어 나왔다.

"앉거라." 루핀이 먼지투성이 깡통 뚜껑을 열면서 말했다. "미안하지만 티백밖에 없구나. 하지만 너도 찻잎은 질렸을 테지?"

해리는 루핀 교수를 바라보았다. 그의 눈이 반짝반짝 빛나고 있었다.

"어떻게 아셨어요?" 해리가 물었다.

"맥고나걸 교수님이 말씀해 주셨다." 루핀이 해리에게 이 빠진 찻잔을 건네며 말했다. "마음에 두고 있는 건 아니지?"

"아니에요." 해리가 말했다.

그는 잠시 루핀에게 매그놀리아가에서 봤던 개 이야기를 할까 생각했지만 그러지 않기로 했다. 루핀이 그를 겁쟁이라고 생각하는 건 싫었다. 안 그래도 루핀은 해리가 보가트를 다룰 수 없을 거라고 생각하는 듯했으니 더더욱 그랬다.

해리의 생각이 얼굴에 조금 드러났는지 루핀이 물었다. "무슨 걱정 있니, 해리?"

"아뇨." 해리는 거짓말을 했다. 그는 차를 조금 마시고 그를 향해 주먹을 휘두르는 그린딜로를 바라보았다. "아뇨, 있어요." 그가 찻잔을 루핀의 책상에 내려놓으며 갑자기 말했다. "보가트랑 싸웠던 날 기억하시죠?"

"그럼. 기억하고말고." 루핀이 천천히 말했다.

"왜 제가 보가트와 싸우게 놔두지 않으셨어요?" 해리가 불쑥 물었다.

루핀은 눈썹을 치켜올렸다.

"그게 당연하다고 생각했다만, 해리." 그가 놀란 목소리로 말했다.

루핀이 그런 적 없다고 잡아뗄 거라 예상했던 해리는 깜짝 놀랐다.

"왜요?" 그가 다시 물었다.

"뭐." 루핀이 얼굴을 살짝 찌푸렸다. "난 보가트가 너와 마주치면 볼드모트 경의 모습으로 변할 거라고 생각했거든."

해리는 그를 뚫어지게 바라보았다. 전혀 예상 못 한 대답이었다. 게다가 루핀은 볼드모트의 이름을 소리 내어 말했다. 여태껏 그 이름을 소리 내어 말했던 사람은 (해리 자신을 제외하면) 덤블도어 교수뿐이었다.

"확실히 내가 틀렸나 보구나." 루핀이 여전히 얼굴을 찌푸린 채 말했다. "난 볼드모트 경이 교무실에 나타나는 건 좋지 않다고 생각했다. 아이들이 겁에 질릴 거라고 생각했거든."

"처음에는 볼드모트를 생각했어요." 해리는 솔직하게 말했다. "하지만 그때…… 그때 디멘터들이 떠올랐어요."

"그랬구나." 루핀이 생각에 잠겨 말했다. "그랬군, 그랬어……. 놀라운걸." 그는 해리의 얼굴에 떠오른 의아한 표정을 보고 희미하게 미소 지었다. "그건 네가 무엇보다도 두려워하는 게 바로 두려움 그 자체라는 얘기거든. 아주 현명하구나, 해리."

해리는 뭐라고 대꾸해야 할지 몰라 차를 좀 더 마셨다.

"그럼 넌 내가 너한테 보가트랑 싸울 능력이 없다고 생각한 줄 알았겠구나?" 루핀이 예리하게 짚었다.

"아…… 네." 해리가 대답했다. 갑자기 기분이 한결 좋아졌다. "루핀 교수님, 교수님은 디멘터들이……."

문 두드리는 소리에 말이 끊겼다.

"들어오세요." 루핀이 외쳤다.

문이 열리고 들어온 사람은 스네이프였다. 희미한 연기가 피어오르는 잔을 들고 있던 그는 해리를 보더니 멈춰 섰다. 그의 검은 눈이 가늘어졌다.

"아, 세베루스." 루핀이 미소 지으며 말했다. "정말 고마워. 여기 책상에 올려놔 주겠어?"

스네이프는 연기 나는 잔을 내려놓았다. 그의 눈이 해리와 루핀 사이를 왔다 갔다 했다.

"해리에게 그린딜로를 보여 주고 있었어." 루핀이 수조를 가리키며 쾌활하게 말했다.

"멋지군." 스네이프가 보지도 않고 말했다. "바로 마셔야 해, 루핀."

"그래, 그래. 그러지." 루핀이 말했다.

"한 솥 가득 만들었다." 스네이프가 말을 이었다. "더 필요할 수 있으니."

"아마 내일 또 마셔야 할 것 같군. 정말 고마워, 세베루스."

"별말씀을." 스네이프는 그렇게 말했지만, 해리는 그의 눈빛이 별로 마음에 들지 않았다. 스네이프는 웃지도 않고 계속 이쪽을 쳐다보면서 연구실에서 나갔다.

해리는 호기심 가득한 얼굴로 잔을 바라보았다. 루핀이 미소 지었다.

"스네이프 교수님이 아주 친절하게도 내게 마법약을 만들어 주셨어." 그가 말했다. "난 전부터 마법약 만드는 데는 소질이 없었거든. 이건 특히 복잡한 약이고." 그는 잔을 들어 올려 냄새를 맡아 보았다. "설탕을 넣으면 효과가 없어진다니 안타깝지." 그가 한 모금 마시고 부르르 떨며 덧붙였다.

"왜 그걸……?" 해리가 입을 열었다. 루핀이 그를 바라보며, 해리가 미처 끝내지 못한 질문에 답해 주었다.

"몸이 좀 안 좋아진 것 같아서." 그가 말했다. "이 마법약만 듣는단다. 스네이프 교수님이랑 같이 일하다니 운이 아주 좋지. 이걸 만들 만한 실력을 가진 마법사는 그렇게 많지 않거든."

루핀 교수가 한 모금 더 마시자 해리는 그의 손에서 잔을 쳐 내고 싶은 거센 충동을 느꼈다.

"스네이프 교수는 어둠의 마법에 아주 관심이 많아요." 그가 불쑥 내뱉었다.

"그래?" 루핀은 마법약을 한 모금 더 마시면서 아주 가벼운 흥미만 보일 뿐이었다.

"어떤 사람들은……." 해리는 망설이다가 성급하게 입을 열었다. "어떤 사람들은 스네이프 교수가 어둠의 마법 방어법 교수 자리를 얻으려고 뭐든지 할 거라 생각하고요."

루핀은 잔을 다 비우고 얼굴을 찌푸렸다.

"역겹군." 그가 말했다. "자, 해리. 나는 다시 일을 해야겠구나. 이따가 연회에서 보자."

"네." 해리가 빈 찻잔을 내려놓으며 말했다.

루핀의 빈 잔에서는 여전히 연기가 피어오르고 있었다.

"여기." 론이 말했다. "가져올 수 있는 만큼 가져왔어."

밝은 색깔 과자들이 해리의 무릎 위에 쏟아져 내렸다. 해질 녘, 막 휴게실에 나타난 론과 헤르미온느는 차가운 바람에 얼굴이 발그레해진 채 생애 최고의 시간을 보낸 듯한 표정을 짓고 있었다.

"고마워." 해리가 조그만 검은색 '후추 도깨비' 한 상자를 집어 들며 말했다. "호그스미드는 어땠어? 어디어디 갔었어?"

듣자 하니 온갖 곳을 돌아다닌 모양이었다. 마법 도구점인 '더비시 앤 뱅스'와 '종코의 장난감 가게'에도 갔고, '스리 브룸스틱스'에 가서 머그잔 가득 거품이 이는 뜨거운 버터맥주를 마셨으며, 그 밖에도 많은 곳을 다녀왔다.

"우체국에도 갔어, 해리! 200마리쯤 되는 부엉이랑 올빼미 들이 모두 선반 위에 앉아 있었는데, 얼마나 빨리 배달되느냐에 따라 다 색깔로 구분되어 있더라!"

"허니듀크스에 신제품 퍼지가 나왔어. 맛보기로 나눠 주던데. 여기 조금 있어, 먹어 봐."

"오거도 본 것 같아. 정말이지, 스리 브룸스틱스에서는 온갖 손님을 다 받던걸."

"너한테 버터맥주를 좀 갖다줄 수 있었으면 좋았을 텐데. 몸이 정말 따뜻해지거든."

"넌 뭐 했어?" 헤르미온느가 걱정스러운 얼굴로 물었다. "숙제는 조금이라도 끝냈니?"

"아니." 해리가 말했다. "루핀 교수님 연구실에서 차를 마셨어. 그때 스네이프가 들어왔는데……."

그는 스네이프가 마법약을 가져다준 일에 대해 전부 들려주었다. 론의 입이 떡 벌어졌다.

"루핀이 그걸 마셨다고?" 그가 숨을 들이켰다. "미친 거 아냐?"

헤르미온느가 시계를 확인했다.

"내려가는 게 좋겠어. 5분 뒤에 연회가 시작될 거야……." 그들은 서둘러 초상화 구멍을 나가 여전히 스네이프 얘기를 하면서 사람들 틈에 끼었다.

"하지만 만약 스네이프가…… 그러니까……." 헤르미온느가 목소리를 낮추고 초조하게 주위를 두리번거렸다. "정말로 루핀 교수님을 독살하려고 했다면, 해리 앞에서 그러진 않았을 거야."

"그래, 아마 그렇겠지." 현관홀에 도착해 대연회장을 향해 가면서 해리가 말했다. 대연회장은 속을 양초로 채운 호박 수백 개와 날개를 퍼덕이며 구름처럼 몰려다니는 살아 있는 박쥐 떼, 타오르는 듯 선명한 오렌지색 장식용 테이프로 장식되어 있었다. 폭풍우 치는 천장을 가로지른 장식용 테이프들이 화려한 색깔의 물뱀처럼 흐느적거렸다.

음식은 맛있었다. 허니듀크스 과자를 잔뜩 먹은 탓에 배가 터질 지경이던 헤르미온느와 론도 모든 음식을 두 접시씩 먹어 치웠다. 해리는 끊임없이 교직원 식탁을 힐끔거렸다. 루핀 교수는 여느 때처럼 즐거워 보였다. 그는 작은 키의 일반 마법 담당 플리트윅 교수에게 활기차게 말을 건네고 있었다. 해리는 식탁을 따라 스네이프가 앉아 있는 곳으로 시선을 옮겼다. 그의 상상일까, 아니면 실제로 스네이프의 눈이 부자연스러울 만큼 루핀을 향해 자주 깜빡인 걸까?

연회는 호그와트 유령들이 준비한 여흥으로 끝났다. 그들이 벽과 식탁에서 튀어나와 한 차례 편대 비행을 한 것이다. 그리핀도르 유령인 목이 달랑달랑한 닉은 본인의 엉망진창 참수 장면을 재현해 큰 성공을 거뒀다.

어찌나 즐거운 저녁이었던지 다들 대연회장을 떠날 때

사람들을 헤치고 와서 "디멘터들이 안부 전해 달란다, 포터!"라고 외쳤던 말포이조차 해리의 기분을 망치지 못했다.

해리, 론, 헤르미온느는 다른 그리핀도르 학생들과 함께 늘 가던 길을 따라 그리핀도르 탑으로 향했다. 하지만 뚱뚱한 귀부인의 초상화가 있는 복도 끝에 다다르자 학생들이 잔뜩 몰려서 있는 것이 보였다.

"왜 아무도 안 들어가는 거지?" 론이 의아한 듯 말했다.

해리는 앞에 선 사람들 머리 너머를 바라보았다. 초상화가 닫혀 있는 것 같았다.

"좀 지나갈게요." 퍼시의 목소리가 들렸다. 그가 거드름을 피우며 사람들을 헤치고 부산스럽게 걸어왔다. "왜 여기 서 있지? 모두가 암호를 잊어버렸을 리는 없고…… 실례, 난 남학생 회장이야."

그때 갑자기 앞쪽부터 침묵에 휩싸이면서 냉기가 복도로 퍼져 나가는 듯했다. 퍼시가 돌연 날카로운 목소리로 말하는 것이 들렸다. "누가 덤블도어 교수님 좀 모셔 와. 빨리."

아이들이 고개를 돌렸다. 뒤에 있던 아이들은 까치발을 들었다.

"무슨 일이야?" 방금 도착한 지니가 물었.

다음 순간, 덤블도어 교수가 나타나 다급히 초상화로 향했다. 그리핀도르 학생들이 서로 붙어 서서 길을 비켜 주었고 해리, 론, 헤르미온느는 무슨 일인지 보려고 더 바짝 붙었다.

"아, 저런……." 헤르미온느가 탄식하며 해리의 팔을 잡았다.

뚱뚱한 귀부인은 초상화에서 사라지고 없었다. 그림은 난도질되어 캔버스 조각만이 바닥에 흩어져 있고 그림의 상당 부분이 완전히 찢겨 나가 있었다.

덤블도어는 망가진 그림을 한 차례 빠르게 살피더니 고개를 돌려, 허겁지겁 다가오던 맥고나걸 교수와 루핀 교수, 스네이프 교수를 우울한 눈으로 바라보았다.

"뚱뚱한 귀부인을 찾아야 합니다." 덤블도어가 말했다. "맥고나걸 교수님, 즉시 필치 씨한테 가서 성안 모든 그림에서 뚱뚱한 귀부인을 찾으라고 전해 주세요."

"과연 그렇게 될까요?" 낄낄거리는 목소리가 말했다.

폴터가이스트 피브스였다. 그는 사람들 위에 둥둥 떠서 위아래로 흔들거리며, 언제나 그랬듯 파괴와 불안이 가득한 현장을 보며 즐거워하고 있었다.

"무슨 뜻인가, 피브스?" 덤블도어가 침착하게 묻자 피브스의 웃음이 조금 희미해졌다. 아무리 피브스라도 감히 덤블도어를 조롱하지는 못했다. 대신 그는 낄낄거리는 것보다 조금도 나을 것 없는 알랑거리는 목소리를 선택했다.

"뚱뚱한 귀부인은 부끄러워하고 있습니다요, 교장 선생님. 모습을 보이고 싶어 하지 않아요. 끔찍할 만큼 엉망진창이 됐습죠. 풍경화를 지나서 5층으로 달려 올라가는 걸 제가 봤습니다요, 교장 선생님. 나무 사이로 몸을 피하면서요. 뭐라뭐라 끔찍한 소리를 지르던뎁쇼." 그가 기분 좋은 듯 말했다. "불쌍하기도 하지." 그러고는 전혀 불쌍해하지 않는 말투로 덧붙였다.

"누구 짓이라고는 얘기하던가?" 덤블도어가 조용히 물었다.

"아, 그럼요, 교장 나리." 피브스가 엄청난 폭탄선언이라도 하려는 것처럼 말했다. "뚱뚱한 귀부인이 들여보내 주지 않으려 하니까 그놈이 아주 화를 내더란 말입죠." 피브스가 휙 돌더니 자기 다리 사이로 덤블도어를 바라보며 씩 웃었다. "성질이 아주 고약했습니다요, 그 시리우스 블랙이라는 놈."

9장

쓰라린 패배

 덤블도어 교수는 그리핀도르 학생들을 모두 대연회장으로 돌려보냈다. 10분 뒤에는 후플푸프와 래번클로, 슬리데린 학생들이 대연회장에 도착했다. 다들 굉장히 혼란스러운 표정을 짓고 있었다.

 "교수님들과 난 성을 철저히 수색해야 합니다." 맥고나걸 교수와 플리트윅 교수가 대연회장의 출입문을 모두 닫자 덤블도어 교수가 학생들에게 말했다. "유감스럽게도, 안전을 위해 여러분은 오늘 밤 여기서 자야 할 것 같군요. 반장들은 대연회장 출입구를 지켜 주세요. 남학생 회장과 여학생 회장에게 총 책임을 맡깁니다. 어떤 소동이 일어나더라도 그 즉시 나에게 보고하도록 하세요." 그는 엄청난 자긍심과 자부심이 깃든 표정을 짓고 있는 퍼시에게 덧붙였다. "유령 중 한 명을 통해서 소식을 전하거라."

덤블도어 교수가 대연회장을 떠나려다 말고 말했다. "아, 그렇지. 이게 필요하겠군……."

그가 아무렇지도 않게 마법 지팡이를 한 번 휘두르자 기다란 식탁들이 대연회장 가장자리로 날아가 저절로 벽에 기대어 섰고, 또 한 번 휘두르자 푹신푹신한 보라색 침낭 수백 개가 바닥을 잔뜩 뒤덮었다.

"잘들 자거라." 덤블도어 교수가 문을 닫으면서 모두에게 말했다.

대연회장은 곧바로 흥분으로 웅성거리기 시작했다. 그리핀도르 학생들이 다른 기숙사 학생들에게 방금 있었던 일을 전해 주었다.

"모두 침낭에 들어가!" 퍼시가 소리쳤다. "어서, 당장! 이제부터 대화 금지! 10분 뒤에 불 끈다!"

"가자." 론이 해리와 헤르미온느에게 말했다. 그들은 침낭 세 개를 질질 끌고 구석으로 갔다.

"블랙이 아직 성안에 있을까?" 헤르미온느가 불안한 듯 속삭였다.

"덤블도어는 분명 그럴지도 모른다고 생각하는 것 같

아." 론이 말했다.

"그래도 오늘 밤에 와서 정말 다행이다." 헤르미온느가 말했다. 그들은 옷을 완전히 갖춰 입고 침낭에 들어가 팔꿈치를 괸 채 이야기를 나누었다. "오늘 밤에 딱 하루 탑을 비웠잖아……."

"도망 중이라 날짜 가는 줄도 몰랐나 봐." 론이 말했다. "핼러윈인 줄 몰랐던 거지. 알았다면 탑이 아니라 여기로 들이닥쳤을 텐데."

헤르미온느가 몸을 떨었다.

사방에서 사람들이 서로에게 똑같은 질문을 던지고 있었다. '그자가 대체 어떻게 들어온 거지?'

"어쩌면 순간이동 하는 방법을 아는지도 몰라." 조금 떨어진 곳에서 래번클로 학생 하나가 말했다. "그냥 갑자기 나타난 거지."

"변장했을 수도 있어." 후플푸프 5학년 학생이 말했다.

"날아들어 왔을 수도 있고." 딘 토머스가 의견을 내놨다.

"진짜, 《호그와트의 역사》를 읽어 볼 생각을 한 사람은 나뿐인 거야?" 헤르미온느가 짜증스러워하면서 해리와 론에게 말했다.

"아마 그럴걸." 론이 말했다. "왜?"

"왜냐하면 성을 지키는 건 벽만이 아니거든." 헤르미온느가 말을 이었다. "이 성에는 사람들이 몰래 들어오지 못하도록 온갖 마법이 걸려 있어. 여기선 순간이동을 할 수 없어. 게다가 디멘터들을 속일 수 있는 변장이라니, 나도 한번 보고 싶다. 디멘터들이 교내로 들어오는 문을 하나하나 지키고 있잖아. 블랙이 날아들어 왔어도 봤을 거야. 필치가 비밀 통로를 다 알고 있으니 그 통로들도 지키게 했을 거고……."

"이제 불 끈다!" 퍼시가 소리쳤다. "모두 침낭에 들어가. 더 이상 대화는 금지야!"

모든 촛불이 한꺼번에 꺼졌다. 이제 빛이라고는 반장들에게 심각하게 말을 건네며 떠다니는 은빛 유령들이 내뿜는 빛과 바깥 하늘처럼 별이 총총히 박힌 마법 천장에서 흘러나오는 별빛뿐이었다. 여기에 여전히 대연회장을 가득 채우고 있는 소곤거림이 더해지자 해리는 가벼운 바람을 맞으며 야영하는 기분마저 들었다.

한 시간에 한 번씩 교수 한 명이 대연회장에 나타나 문제가 없는지 확인했다. 마침내 수많은 학생이 잠든 3시경, 덤블도어 교수가 대연회장에 들어왔다. 그가 퍼시를 찾아 주위를 두리번거리는 모습이 보였다. 퍼시는 침낭들 사이를 돌아다니며 수다 떠는 아이들을 나무라고 있었다. 퍼시와 별로 떨어져 있지 않았던 해리, 론, 헤르미온느는 덤블도어의 발소리가 가까워지자 재빨리 잠든 척했다.

"그자의 흔적을 찾으셨습니까, 교수님?" 퍼시가 숨죽여 물었다.

"아니. 여긴 괜찮으냐?"

"모든 게 통제하에 있습니다, 교수님."

"그래. 지금 모두를 움직이게 하는 건 의미가 없지. 그리핀도르 초상화 구멍을 지킬 임시 경비원을 구해 두었으니, 내일 네가 아이들을 다시 데려가면 될 게다."

"그럼 뚱뚱한 귀부인은요, 교수님?"

"3층 아가씨 지도에 숨어 있더구나. 암호를 안 대면 들여보내 주지 않겠다고 하자 블랙이 뚱뚱한 귀부인을 공격한 모양이야. 지금도 많이 괴로워하고 있다만, 일단 진정되고 나면 필치 씨더러 복구하게 해야지."

대연회장 문이 또 한 번 삐걱 열리는 소리와 더 많은 발소리가 들렸다.

"교장 선생님?" 스네이프였다. 해리는 숨죽인 채 열심히 귀를 기울였다. "4층 전체를 수색했습니다. 놈은 거기에 없습니다. 필치가 지하 감옥을 수색했지만 역시 아무것도 없었습니다."

"천문탑은 어떤가? 트릴로니 교수 방은? 부엉이장은?"

"전부 수색했습니다만……."

"수고했네, 세베루스. 실은 나도 블랙이 오래 머물 거라고는 예상 안 했네."

"그자가 어떻게 침입했는지에 대해 의견이 있으십니까, 교수님?" 스네이프가 물었다.

해리는 다른 쪽 귀로 소리를 들으려고 양팔에 얹은 머리를 살짝 들었다.

"그거야 많다네, 세베루스. 하나같이 가능성은 희박하지만."

해리는 실눈을 뜨고 그들이 서 있는 곳을 올려다보았다. 덤블도어는 해리를 등지고 있었지만 열심히 듣고 있는 퍼시의 얼굴과 화가 난 듯한 스네이프의 옆얼굴은 보였다.

"전에 나눴던 대화를 떠올려 보세요, 교장 선생님. 그…… 학기 시작 직전에 했던 얘기 말입니다." 스네이프가 말했다. 그는 퍼시를 대화에서 배제하려는 듯 입술을 거의 움직이지 않았다.

"기억하고 있네, 세베루스." 덤블도어가 말했다. 그의 목소리에는 뭔가 경고 비슷한 기색이 담겨 있었다.

"제가 보기에 블랙이 내부자의 도움 없이 학교에 들어오는 건 불가능에 가깝습니다. 교장 선생님께서 그자를 임명하셨을 때 제가 염려하는 바를 말씀드렸습니다만."

"나는 이 성에 있는 어느 누구도 블랙이 들어오도록 도와줬을 거라고 생각하지 않네." 덤블도어가 말했다. 이 얘기는 여기서 끝이라는 뜻이 말투에 너무도 확연히 드러났기에 스네이프는 더 이상 대꾸하지 않았다. "난 디멘터들에게 가 봐야겠네." 덤블도어가 말했다. "우리 측 수색이 완료되면 알려 주기로 했으니."

"디멘터들이 도와주고 싶어 하지 않던가요, 교수님?" 퍼시가 물었다.

"아, 물론 도와주고 싶어 했지." 덤블도어가 싸늘하게 말했다. "하지만 유감스럽게도, 내가 교장으로 있는 한 디멘터들은 절대 이 성 안에 발을 들이지 못할 게다."

퍼시는 약간 겸연쩍은 표정을 지었다. 덤블도어는 빠르고 조용한 걸음으로 대연회장을 나갔다. 스네이프는 잠깐 서서 깊은 분노가 깃든 표정으로 교장의 뒷모습을 지켜보다가 역시 떠났다.

해리는 론과 헤르미온느를 힐끗 곁눈질했다. 둘 다 눈을 뜨고 있었다. 그들의 눈동자에 별이 총총한 천장이 비쳤다.

"저게 다 무슨 소리야?" 론이 입을 벙긋거렸다.

다음 며칠 동안 학생들은 시리우스 블랙 얘기만 주고받았다. 그가 어떻게 성에 들어올 수 있었는지에 대한 추측들은 점점 터무니없어졌다. 예컨대 다음번 약초학 수업에서 후플푸프의 해너 애벗은 아무나 붙잡고 블랙이 꽃을 피우는 관목으로 변신할 수 있다는 이야기를 늘어놓으면서 수업 시간 대부분을 보냈다.

갈가리 찢긴 뚱뚱한 귀부인의 캔버스가 내려지고 대신 벽에는 캐도건 경과 그의 뚱뚱한 잿빛 조랑말 그림이 걸렸다. 기뻐하는 사람은 아무도 없었다. 캐도건 경은 근무 시간의 반 정도를 사람들에게 결투 신청을 하면서 보냈고, 나머지 반은 우스꽝스러울 정도로 복잡한 암호를 지어내며 보냈다. 암호도 하루에 최소한 두 번은 바뀠다.

"저 사람 완전히 돌았어." 셰이머스 피니건이 화가 나서 퍼시에게 말했다. "다른 사람 그림을 걸면 안 돼?"

"어떤 초상화도 여기서 일하고 싶어 하지 않았어." 퍼시가 말했다. "뚱뚱한 귀부인이 당한 일에 겁을 먹은 거지. 자원할 용기가 있었던 건 캐도건 경뿐이야."

그러나 캐도건 경쯤이야 해리에겐 걱정거리라고 할 수도

없었다. 이제 해리는 밀착 감시를 당하고 있었다. 교수들은 그와 함께 복도를 걸어갈 핑계를 찾아냈고, 퍼시 위즐리는 (해리가 짐작하기에는 어머니의 명령에 따라) 극도로 오만한 경비견처럼 어디든 그를 따라다녔다. 최악은 맥고나걸 교수가 해리를 연구실로 불렀을 때였는데, 그녀의 표정이 하도 우울해서 해리는 누가 죽은 게 틀림없다고 생각할 정도였다.

"더 이상 숨겨 봐야 소용없겠구나, 포터." 그녀가 아주 심각한 목소리로 말했다. "네가 충격받으리라는 걸 알지만, 시리우스 블랙은……."

"저를 쫓고 있다고요. 저도 알아요." 해리가 지친 듯 말했다. "론네 아빠가 걔네 엄마한테 얘기하시는 걸 들었어요. 위즐리 씨는 마법 정부에서 일하시거든요."

맥고나걸 교수는 꽤 놀란 것 같았다. 그녀는 잠깐 동안 해리를 뚫어지게 바라보더니 다시 입을 열었다. "그랬구나! 흠, 그렇다면 포터, 너도 이해하겠구나. 내가 볼 때 저녁에 퀴디치 훈련을 하는 건 좋은 생각이 아닌 것 같다. 팀 선수들하고만 경기장에 나가는 건 너무 위험해, 포터."

"토요일이 첫 시합이에요!" 해리가 발끈해서 말했다. "훈련을 해야 한다고요, 교수님!"

맥고나걸 교수는 골똘히 그를 바라보았다. 해리는 그녀가 그리핀도르 퀴디치 팀의 미래에 깊은 관심을 가지고 있다는 사실을 잘 알았다. 무엇보다, 애초에 해리에게 수색꾼 자리를 제안한 것도 그녀였다. 그는 숨죽이고 기다렸다.

"흠……." 맥고나걸 교수가 자리에서 일어나 빗줄기 사이로 겨우 보이는 창밖의 퀴디치 경기장을 응시했다. "그래…… 물론 나도 우리가 우승컵을 타는 모습을 보고 싶지……. 하지만 그래도 마찬가지야, 포터……. 선생님이 한 분 계시면 좀 안심이 될 것 같구나. 내가 후치 선생님께 너희 훈련을 지켜봐 달라고 부탁드리마."

첫 퀴디치 시합이 다가올수록 날씨는 점점 악화되었다. 후치 선생이 지켜보는 가운데 그리핀도르 팀은 흔들림 없이 어느 때보다도 열심히 훈련했다. 그러다가 토요일 경기 직전 마지막 훈련 시간에 올리버 우드가 팀 선수들에게 달갑지 않은 소식을 전했다.

"우리 상대는 슬리데린이 아니야!" 그가 화가 머리끝까지 난 얼굴로 말했다. "플린트가 방금 나를 찾아와서 말했어. 우린 대신 후플푸프와 경기하게 됐어."

"왜?" 나머지 선수들이 동시에 물었다.

"자기네 수색꾼 팔이 아직 낫지 않았다고 핑계를 대더라." 우드는 화가 나서 이를 바득바득 갈았다. "하지만 왜 그러는지는 뻔하지. 이런 날씨에 경기하고 싶지 않은 거야. 지금 같은 상황에서는 승산이 없다고 생각하는 거지……."

하루 종일 강풍이 불고 비가 억수같이 쏟아지고 있었다. 우드가 말하는 동안에도 멀리서 우르릉하는 천둥소리가 들렸다.

"말포이 팔은 *아무 문제* 없어! 멀쩡하다고!" 해리가 분노로 길길이 뛰며 소리쳤다. "꾸며 내고 있는 거야!"

"나도 알아. 하지만 증명할 방법이 없잖아." 우드가 씁쓸하게 말했다. "우리는 여태껏 슬리데린과 붙을 걸 가정하고 이 모든 동작을 훈련해 왔어. 그런데 후플푸프와 시합을 하라니. 걔들은 경기 스타일이 상당히 달라. 세드릭 디고리라는 새 주장 겸 수색꾼도 들어왔고."

앤젤리나, 얼리샤, 케이티가 갑자기 키득키득 웃었다.

"뭐야?" 너무나 태평한 반응에 우드가 얼굴을 찡그리며 물었다.

"그 키 크고 잘생긴 애 말하는 거지?" 앤젤리나가 말했다.

"힘도 세고, 과묵하고." 케이티가 말했다. 그들은 다시 키득거리기 시작했다.

"걔가 과묵한 건 그저 너무 멍청해서 단어 두 개를 연결하지 못하기 때문이야." 프레드가 참지 못하고 말했다. "네가 왜 걱정하는지 모르겠다, 올리버. 후플푸프쯤은 식은 죽 먹기야. 지난번에 걔들하고 경기했을 때 해리가 거의 5분 만에 스니치를 잡았잖아. 기억나?"

"그때랑은 상황이 완전히 달라!" 우드가 눈을 부릅뜨며 소리쳤다. "디고리는 놀랄 만큼 팀을 아주 강하게 만들었어! 훌륭한 수색꾼이기도 하고! 혹시나 너희가 이런 식으로 받아들일까 봐 걱정한 거야! 긴장을 풀면 절대 안 돼! 집중해야 해! 슬리데린은 우리를 곤경에 빠뜨리려고 그러는 거야! 우린 *이겨야만* 해!"

"올리버, 진정해!" 프레드가 살짝 겁먹은 표정으로 말했다. "우린 후플푸프를 아주 진지하게 생각하고 있어. *진지하게.*"

시합 전날이 되자 바람은 울부짖는 지경에 이르렀고 비는 어느 때보다도 세차게 쏟아졌다. 복도와 교실이 지나치게 어두워져 평소보다 많은 횃불과 등잔으로 불을 밝혀야 했다. 슬리데린 퀴디치 팀은 정말이지 매우 의기양양한 표정이었다. 말포이가 특히 그랬다.

"아, 팔만 조금만 더 나았어도!" 바깥의 거센 바람이 창문을 두드리자 그는 짐짓 한숨을 내쉬었다.

해리는 다음 날 시합 말고 다른 건 생각할 여유가 없었다. 올리버 우드는 수업 시간 사이사이 계속 허겁지겁 찾아와 조언을 늘어놓았다. 세 번째로 그랬을 때는 우드가 너무 오랫동안 이야기하는 바람에 어둠의 마법 방어법 수업에 10분 늦었다는 사실을 갑자기 깨달았다. 해리는 "디고리는 아주 빠르게 방향을 틀 줄 알아. 해리, 그러니까 우회하는 게 나을지도 몰……"이라고 소리치는 우드를 뒤로하고 달려갔다.

해리는 어둠의 마법 방어법 교실 앞에 미끄러지듯 멈춰서 문을 열고 안으로 뛰어들어 갔다.

"늦어서 죄송합니다, 루핀 교수님. 제가……."

하지만 교탁에서 눈을 들어 그를 본 사람은 루핀 교수가 아니었다. 스네이프였다.

"수업은 10분 전에 시작했다, 포터. 그러니 그리핀도르에서 10점 감점해야겠군. 앉도록."

하지만 해리는 움직이지 않았다.

"루핀 교수님은 어디 계세요?" 그가 물었다.

"오늘은 몸이 너무 안 좋아서 가르칠 수 없다고 했다." 스네이프가 비틀린 미소를 머금고 말했다. "앉으라고 한 것 같은데?"

하지만 해리는 그 자리에 서 있었다.

"어디가 편찮으신데요?"

스네이프의 검은 눈이 번뜩였다.

"목숨이 위험한 정도는 아니다." 목숨이 위험했으면 좋겠다는 표정으로 스네이프가 말했다. "그리핀도르 5점 더 감점. 앉으라는 말을 한 번 더 해야 한다면 50점 감점이다."

해리는 천천히 자리로 걸어가 앉았다. 스네이프가 교실을 둘러보았다.

"포터가 말을 끊기 전에 이야기했듯이 루핀 교수가 지금껏 다룬 내용을 전혀 기록해 놓지 않았기 때문에……."

"저, 교수님, 저희는 보가트와 레드 캡, 갓파, 그린딜로를 배웠습니다." 헤르미온느가 재빨리 말했다. "그리고 이제 막……."

"조용." 스네이프가 차갑게 말했다. "나는 정보를 요구한 게 아니라 루핀 교수의 정리 능력 결여를 언급했을 뿐이다."

"그분은 저희가 여태까지 만나 본 어둠의 마법 방어법 교수님 중에 최고예요." 딘 토머스가 용감하게 말했다. 나머지 학생들도 찬성한다는 뜻으로 웅성거렸다. 스네이프는 어느 때보다도 악독한 표정을 지어 보였다.

"다들 쉽게 만족하는군. 루핀이 별 부담을 주지 않은 모양인데, 나라면 레드 캡과 그린딜로는 1학년들도 다룰 줄 안다고 생각했을 거다. 오늘 우리가 배울 건……."

해리는 스네이프가 아직 거기까지 배우지 않았다는 것을 틀림없이 알 텐데도 마지막 장(章)까지 교과서를 펄럭펄럭 넘기는 모습을 지켜보았다.

"……늑대인간이다." 스네이프가 말했다.

"하지만 교수님." 헤르미온느가 도저히 참을 수 없다는 듯 입을 열었다. "아직 늑대인간을 배울 차례가 아닌데요. 저희는 오늘 힝키펑크를 시작하기로 했……."

"그레인저 양." 스네이프가 지독할 만큼 침착한 목소리로 말했다. "이 수업을 진행하는 건 네가 아니라 나일 텐데. 그런 의미에서 너희 모두에게 분명히 말한다. 394페이지를 펴도록." 그가 주위를 쓱 둘러보았다. "*모두! 당장!*"

여럿이 불만스럽게 흘겨보고 또 몇몇이 시무룩하게 툴툴거리며 책을 펼쳤다.

"늑대인간과 진짜 늑대를 구분하는 법을 아는 사람 있나?" 스네이프가 물었다.

모두가 말없이 가만히 앉아 있었다. 헤르미온느를 뺀 모두가. 자주 그랬던 것처럼 헤르미온느의 손이 곧바로 번쩍 올라갔다.

"아무도 없나?" 스네이프가 헤르미온느를 못 본 체하고 말했다. 그의 얼굴에 비틀린 미소가 돌아와 있었다. "루핀 교수가 너희에게 기본적인 구분법도 가르쳐 주지 않았……."

"말씀드렸잖아요." 파르바티가 불쑥 말했다. "저희는 아직 늑대인간까지 진도를 나가지 않았어요. 아직……."

"*조용!*" 스네이프가 버럭 소리 질렀다. "이런, 이런, 이런. 늑대인간을 코앞에 두고도 알아보지 못하는 3학년 학급을 만나게 될 줄은 전혀 몰랐다. 너희가 얼마나 뒤처졌는지 덤블도어 교수님께 말씀드려야겠……."

"저, 교수님." 그때까지도 손을 들고 있던 헤르미온느가 말했다. "늑대인간은 진짜 늑대와 몇 가지 작은 차이점을 갖고 있습니다. 먼저 늑대인간의 주둥이는……."

"차례도 오지 않았는데 입을 연 게 벌써 두 번째다, 그레인저 양." 스네이프가 싸늘하게 말했다. "도저히 못 봐줄 만큼 잘난 척했으니 그리핀도르에서 5점 더 감점하겠다."

헤르미온느는 얼굴이 새빨개진 채 손을 내리고 그렁그렁

한 눈으로 바닥을 응시했다. 모두가 스네이프를 노려보았다. 다들 적어도 한 번쯤은 헤르미온느가 잘난 척한다고 말한 적이 있었으므로, 그것은 그들이 스네이프를 얼마나 싫어하는지를 알려 주는 증거였다. 1주일에 적어도 두 번은 헤르미온느가 잘난 척을 한다고 욕하는 론이 큰 소리로 말했다. "교수님이 질문했고 쟤가 답을 알잖아요! 답을 듣고 싶은 게 아니라면 왜 물어봐요?"

학생들은 곧 그가 선을 넘었다는 것을 알았다. 스네이프가 천천히 론에게 다가가자 아이들은 숨을 죽였다.

"방과 후 징계다, 위즐리." 스네이프가 론에게 얼굴을 바짝 들이대면서 부드러운 목소리로 말했다. "그리고 한 번만 더 내 지도 방식을 비판했다간 진심으로 후회하게 될 거다."

남은 수업 내내 아무도 소리를 내지 않았다. 모두가 가만히 앉아 교과서에서 늑대인간에 관한 내용을 옮겨 적는 가운데 스네이프는 책상 사이를 돌아다니며 루핀 교수와 함께했던 수업 내용을 들춰 보았다.

"아주 형편없는 설명이군……. 틀렸어, 갓파는 몽골에서 더 자주 발견된다. ……루핀 교수가 이걸 10점 만점에 8점을 줬다고? 나라면 3점을 줬을 거다……."

마침내 종이 울렸지만 스네이프는 그들을 붙들었다.

"다들 늑대인간을 알아보고 없애는 방법에 관한 작문 숙제를 제출하도록. 양피지 두루마리 두 개 분량으로 월요일 아침까지. 이젠 누구든 책임지고 이 학급을 지도해야지. 위즐리, 너는 남도록. 방과 후 징계 내용을 정해야 하니까."

해리와 헤르미온느는 다른 학생들과 함께 교실을 나섰다. 소리가 들리지 않는 곳까지 한참을 가서야 그들은 분통을 터뜨리며 스네이프에 대해 열변을 토했다.

"스네이프가 아무리 그 자리를 탐냈어도 다른 어둠의 마법 방어법 교수들한테는 한 번도 이런 태도를 보인 적이 없었어." 해리가 헤르미온느에게 말했다. "루핀 교수님한테는 왜 앙심을 품은 거지? 보가트 때문에?"

"모르겠어." 헤르미온느가 멍하니 생각에 잠겨서 말했다. "하지만 진심으로 루핀 교수님이 빨리 나으셨으면 좋겠다……."

5분 뒤 머리끝까지 화가 난 론이 그들을 따라잡았다.

"나한테 그…… (헤르미온느는 론이 스네이프를 부르는 말을 듣고 "론!" 하고 소리쳤다) ……가 뭘 시켰는지 알아? 병동의 환자용 변기를 닦으래. *마법을 쓰지 말고!*" 그가 두 주먹을 부르쥐고 숨을 몰아쉬었다. "블랙은 스네이프의 연구실에 안 숨어들고 뭐 한 거야? 우리를 위해 그 자식을 끝장내 줄 수도 있었잖아!"

 해리는 다음 날 아침 꽤 이른 시간에 잠에서 깼다. 너무 일러 주위는 아직 어두웠다. 눈을 뜨고 잠깐 동안은 요란한 바람 소리에 깼다고 생각했지만, 다음 순간 목덜미에 차가운 바람이 불어오는 것을 느끼고 벌떡 일어나 앉았다. 폴터가이스트 피브스가 해리 옆에 둥둥 떠서 그의 귓가에 세찬 입김을 불어 대고 있었다.
 "왜 이래?" 해리가 버럭 화를 냈다.
 피브스는 볼을 잔뜩 부풀리고 더욱 세게 입김을 불더니 낄낄거리며 뒤로 쌩 날아서 방을 나갔다.
 해리는 손을 더듬거리면서 자명종 시계를 찾았다. 겨우 4시 30분이었다. 그는 피브스에게 욕을 하면서 몸을 뒤척이며 다시 잠을 청했지만, 일단 잠이 깨고 나자 위에서 우르릉대는 소리와 성벽에 부딪치는 바람 소리, 저 멀리 금지된 숲에서 나무들이 흔들리는 소리를 못 들은 척하기가 꽤 어려웠다. 몇 시간 뒤면 퀴디치 경기장에 나가 저 강풍 속에서 싸우고 있을 것이다. 결국 그는 더 자려는 생각은 아예 접고 일어나 옷을 입은 뒤 님부스 2000을 들고 조용히 기숙사 침실을 나섰다.

문을 열자마자 무언가가 해리의 다리를 쓸고 지나갔다. 그는 때마침 허리를 구부려 크룩섕스의 북슬북슬한 꼬리 끝을 잡고 밖으로 질질 끌고 나왔다.

"너에 대해서는 론이 맞는 것 같다." 해리가 수상쩍다는 듯 크룩섕스에게 말했다. "여기에는 쥐가 많으니까 가서 개들이나 쫓아. 가." 그가 발로 크룩섕스를 쿡쿡 밀어 나선형 계단으로 내려보내며 덧붙였다. "스캐버스는 내버려 두란 말이야."

휴게실에서는 폭풍우 소리가 더 크게 들렸다. 해리는 시합이 취소될 거라고 생각할 만큼 멍청하지 않았다. 퀴디치 시합은 폭풍우 따위의 사소한 일로는 취소되지 않았다. 그래도 굉장히 걱정되기는 했다. 언젠가 우드가 복도에서 세드릭 디고리를 가리키며 누군지 알려 준 적이 있었다. 디고리는 5학년생으로 해리보다 훨씬 덩치가 컸다. 수색꾼들은 보통 가볍고 날쌔지만, 이런 날씨에서는 디고리의 몸무게가 바람에 날려 경로를 이탈할 가능성을 낮춰 주는 이점이 될 것이었다.

해리는 난롯불 앞에 앉아 새벽이 올 때까지 시간을 보냈다. 또다시 남학생 기숙사 계단을 몰래 오르려는 크룩섕스를 막으려고 가끔씩 자리에서 일어나기도 했다. 한참 뒤 이

쓰라린 패배

제는 분명 아침 식사 시간이 됐을 거라고 생각한 해리는 혼자 초상화 구멍으로 걸어갔다.

"거기 멈춰! 싸우자, 이 비겁한 똥개야!" 캐도건 경이 소리쳤다.

"아, 시끄러워요." 해리는 쩍 하품했다.

포리지를 큰 그릇으로 한 대접 먹자 기운이 조금 돌아왔고, 토스트를 먹기 시작했을 때쯤에는 팀 동료들이 나타났다.

"힘든 경기가 될 거야." 우드가 음식을 입에 대지도 않고 말했다.

"걱정 그만해, 올리버." 얼리샤가 어르듯 말했다. "우린 비 조금 오는 것쯤 신경 안 써."

하지만 '비 조금 오는 것쯤'이라기에 날씨는 상당히 심각했다. 퀴디치의 인기가 워낙 높아 전교생이 평소처럼 시합을 보려고 나오긴 했지만, 다들 사나운 바람 탓에 경기장까지 머리를 숙인 채 뛰어가야 했다. 가는 동안 손에 든 우산들이 바람에 날아가 버렸다. 해리는 탈의실에 들어가기 직전, 말포이와 크래브와 고일이 큼직한 우산을 쓰고 경기장으로 걸어가는 길에 그를 보고 웃으며 손가락질하는 모습을 보았다.

진홍색 로브로 갈아입은 그리핀도르 팀 선수들은 우드가 시합을 시작하기 전 늘 하던 격려 연설을 하길 기다렸지만 그런 일은 일어나지 않았다. 우드는 몇 번 말을 쥐어짜느라 이상하게 꿀꺽거리는 소리를 내더니, 절망적으로 고개를 젓고 따라오라고 손짓했다.

바람이 워낙 거세게 부는 탓에 경기장으로 걸어가는 내내 몸이 옆으로 비틀거렸다. 관중이 환호하고 있다 해도 그 소리는 우르릉거리는 천둥소리에 묻혀 들리지 않을 게 틀림없었다. 해리의 안경에 빗방울이 잔뜩 튀었다. 이런 상황에서 대체 어떻게 스니치를 보지?

후플푸프 선수들이 카나리아 빛깔의 노란 망토를 입고 경기장 맞은편에서 나타났다. 주장들이 서로에게 다가가서 악수했다. 디고리는 우드에게 미소 지어 보였지만 우드는 이제 턱에 쥐라도 났는지 고개만 끄덕였다. 해리는 어떤 단어들을 내뱉는 후치 선생의 입을 보았다. "빗자루에 오른다." 그는 질척거리는 소리를 내며 진창에서 오른발을 떼고 님부스 2000 위에 올라탔다. 후치 선생이 호루라기를 입술에 대고 불자 멀리서 들려오는 듯한 날카로운 소리가 났다. 선수들이 일제히 날아올랐다.

해리는 빠르게 솟구쳤지만 바람 탓에 님부스의 방향이

조금씩 틀어졌다. 그는 빗자루가 틀어지지 않도록 할 수 있는 한 꽉 붙잡은 채 고개를 돌려 눈을 가늘게 뜨고 빗속을 바라보았다.

5분 만에 몸이 흠뻑 젖고 얼어붙었다. 작디작은 스니치는커녕 팀 동료들도 거의 보이지 않았다. 그는 빨간색과 노란색의 흐릿한 형상들을 지나치며 경기장을 앞뒤로 날아다녔다. 경기장 다른 곳에서 무슨 일이 벌어지는지는 전혀 알 수 없었다. 바람 때문에 중계하는 소리가 들리지 않았다. 관중은 망토들과 망가진 우산들의 바다 아래 가려져 있었다. 블러저의 공격을 받고 두 번씩이나 아주 아슬아슬하게 빗자루에서 떨어질 뻔했다. 안경에 빗방울이 맺혀 시야가 너무 흐린 탓에 날아오는 블러저를 보지 못한 것이다.

시간이 얼마나 흘렀는지 알 수 없었다. 빗자루를 똑바로 쥐고 있기가 점점 더 어려워졌다. 밤이 일찍 찾아오기로 작정한 듯 하늘이 어두워졌다. 해리는 두 번이나 팀 동료인지 상대편인지 모를 선수와 부딪칠 뻔했다. 이제는 모두가 흠뻑 젖은 데다가, 억수같이 내리는 비에 누가 누군지 구분하기도 어려웠…….

처음으로 번개가 번쩍했을 때 후치 선생의 호루라기 소리가 들렸다. 해리는 굵은 빗줄기 사이로 자신을 보며 땅을 가리키는 우드의 윤곽만 볼 수 있었다. 팀 전원이 진창에 철퍽 내려섰다.

"내가 타임아웃을 요청했어!" 우드가 팀 선수들에게 소리쳤다. "어서, 이 밑으로 와."

그들은 경기장 가장자리의 커다란 우산 아래 옹송그리고 모였다. 해리는 안경을 벗어 황급히 로브로 닦았다.

"점수는?"

"우리가 50점 앞서고 있어." 우드가 말했다. "하지만 스니치를 빨리 잡지 않으면 경기가 밤까지 이어질 거야."

"이걸 끼고는 전혀 가망이 없어." 해리는 화가 나서 안경을 흔들며 말했다.

바로 그때 헤르미온느가 그의 옆에 나타났다. 머리 위로 망토를 뒤집어쓴 그녀는 왜인지 환하게 웃고 있었다.

"나한테 좋은 생각이 있어, 해리! 안경 이리 줘 봐, 빨리!"

해리가 안경을 건네자 헤르미온느는 팀 선수들이 놀라서 지켜보는 가운데 마법 지팡이로 안경을 살짝 두드리며 말했다. "임페르비우스!"

"자!" 그녀가 해리에게 안경을 돌려주며 말했다. "안경이 빗물을 튕겨 낼 거야!"

우드는 그녀에게 입이라도 맞출 것 같은 표정이었다.

"넌 천재야!" 우드는 관중 속으로 사라지는 헤르미온느의 뒷모습을 보며 쉰 목소리로 외쳤다. "좋아, 선수들, 가자!"

헤르미온느의 주문은 효과가 있었다. 여전히 추위 때문에 온몸이 얼얼했고 이렇게 푹 젖은 건 처음이었지만 앞은 보였다. 해리는 새로운 결의로 가득 차 빗자루에 오른 뒤 사나운 공기를 가르고 블러저를 피하면서 스니치를 찾아 사방을 뚫어지게 바라보았다. 반대쪽으로 쏜살같이 움직이는 디고리 밑으로 재빨리 빠져나가는데……

여러 갈래로 갈라진 번개가 번쩍하더니 곧이어 또 한 번 천둥이 쳤다. 점점 위험해지고 있었다. 빨리 스니치를 잡아야 했다.

해리는 몸을 돌렸다. 경기장 한가운데로 돌아갈 생각이었다. 하지만 그 순간, 또 한 차례 번개가 번쩍하면서 관중석을 비췄다. 뭔가를 본 순간 해리는 집중력이 완전히 흐트러지고 말았다. 비어 있는 관중석 맨 윗줄에서 꼼짝도 않는 거대한 털복숭이 검은 개의 윤곽이 하늘을 배경으로 선명하게 새겨져 있었다.

얼얼해진 손이 빗자루 손잡이에서 미끄러지고, 님부스가 1미터쯤 낙하했다. 머리를 흔들어 시야를 가린 젖은 머리카락을 치우고 눈을 가늘게 뜬 채 다시 관중석을 바라보았다. 개는 사라지고 없었다.

"해리!" 그리핀도르 골대에서 우드의 애타는 외침이 들렸다. "해리, 네 뒤에!"

해리는 휙 돌아보았다. 세드릭 디고리가 경기장을 솟구쳐 오르고 있었다. 빗줄기로 가득 찬 둘 사이의 허공에 아주 작은 황금색 점이 어른거렸다…….

해리는 깜짝 놀라 빗자루 손잡이에 몸을 바짝 붙이고 스니치를 향해 붕 날아갔다.

"힘내!" 빗줄기가 채찍처럼 얼굴을 후려치는 가운데 그는 님부스에게 애원하듯 고함을 내질렀다. "더 빨리!"

그런데 뭔가 이상한 일이 벌어졌다. 경기장 전체에 섬뜩한 침묵이 내려앉았다. 바람은 여전히 강했지만 울부짖는 법을 잊은 듯했다. 마치 누군가가 소리를 꺼 버린 것 같았다. 해리는 갑자기 귀머거리가 된 것 같았다. 무슨 일이지?

그때 끔찍할 만큼 익숙한 냉기의 물결이 해리를, 그의 내면을 휩쓸었다. 그 순간 해리는 저 아래 경기장에서 뭔가가 움직이는 것을 알아차렸다…….

생각할 겨를도 없이 해리는 스니치에서 눈을 떼고 아래를 내려다보았다.

수가 적어도 백 명은 되는 디멘터들이 가려진 얼굴을 해리를 향해 쳐들고 저 아래 서 있었다. 얼음장 같은 물이 그의 가슴속에 차오르며 심장을 도려내는 듯했다. 그때, 다시 그 소리가 들렸다……. 누군가의 비명이 들렸다. 해리의 머릿속에서 누가 비명을 지르고 있었다……. 어떤 여자의 목소리…….

"*해리는 안 돼, 해리는 절대 안 돼, 제발, 해리는 안 돼요!*"

"*비켜라, 멍청한 여자 같으니……. 비켜라, 당장…….*"

"*해리는 안 돼요, 제발, 안 돼, 나를 죽여요, 대신 날 죽여…….*"

감각을 마비시키는 하얀 안개의 소용돌이가 머릿속을 가득 메웠다……. 난 뭘 하는 거지? 왜 날고 있지? 저 사람을 도와줘야 해……, 저러다 죽을 거야……, 살해당할 거라고…….

그는 얼음장 같은 안개 속으로 끊임없이 떨어져 내렸다.

"*해리는 안 돼요! 제발…… 해리만은 살려 줘요…… 제발…….*"

날카로운 목소리가 웃었고 여자는 비명을 질렀다. 해리는 그 이상은 아무것도 알 수 없었다.

"땅이 물러져서 다행이지."

"나는 틀림없이 죽은 줄 알았어."

"근데 안경도 안 부러지다니."

속삭이는 목소리들이 들렸지만 무슨 말을 하는지 전혀 알 수 없었다. 해리는 자기가 어디에 있는지, 어떻게 거기에 왔는지, 오기 전에는 뭘 하고 있었는지 그 무엇도 알지 못했다. 그가 아는 거라고는 온몸 곳곳이 두들겨 맞은 것처럼 아프다는 것뿐이었다.

"그렇게 무서운 건 생전 처음 봤어."

무섭다……. 가장 무서운 것……. 후드를 뒤집어쓴 검은 형체들…… 싸늘한…… 비명…….

해리는 번쩍 눈을 떴다. 그는 병동에 누워 있었다. 그리핀도르 퀴디치 팀이 머리부터 발끝까지 진흙을 뒤집어쓴 채 침대 주위에 모여 있었다. 론과 헤르미온느도 수영장에서 막 나온 듯한 모습으로 그곳에 있었다.

"해리!" 프레드가 진흙이 잔뜩 묻은 극도로 창백한 얼굴로 소리쳤다. "좀 어때?"

해리의 머릿속에서 기억이 빠르게 되감기는 것 같았다. 번개…… 죽음의 개…… 스니치…… 디멘터들…….

"무슨 일이 있었던 거야?" 그가 불쑥 몸을 일으키며 묻는 바람에 다들 헛숨을 들이켰다.

"네가 빗자루에서 떨어졌어." 프레드가 말했다. "아마…… 한 15미터는 됐을걸?"

"우리는 네가 죽은 줄 알았어." 얼리샤가 부들부들 떨면서 말했다.

헤르미온느가 조그맣게 새된 소리를 냈다. 눈이 빨갛게 충혈되어 있었다.

"그런데 시합은?" 해리가 말했다. "어떻게 됐어? 재시합하는 거야?"

아무도 말을 하지 않았다. 끔찍한 진실이 돌처럼 무겁게 해리를 짓눌렀다.

"설마…… 진 건 아니지?"

"디고리가 스니치를 잡았어." 조지가 담담하게 말했다. "네가 떨어진 직후에. 걔는 무슨 일이 일어났는지 몰랐거든. 뒤를 돌아보고 땅에 떨어진 널 보더니 잡은 걸 취소하려고 하더라. 재시합을 원했어. 하지만 걔들은 정정당당하게 이긴 거야……. 그건 우드도 인정해."

"우드는 어디 있어?" 해리는 문득 우드가 그 자리에 없는 걸 깨닫고 물었다.

"아직도 샤워 중이야." 프레드가 말했다. "물에 잠겨 죽으려나 봐."

해리는 무릎에 얼굴을 묻고 양손으로 머리를 쥐어뜯었다. 프레드가 그의 어깨를 잡고 거칠게 흔들었다.

"그만해, 해리. 전에는 한 번도 스니치를 놓치지 않았잖아."

"한 번쯤은 못 잡을 때도 있는 거야." 조지가 말했다.

"아직 끝나지 않았어." 프레드가 말했다. "우리가 100점 차이로 졌잖아? 그러니까 후플푸프가 래번클로한테 지고, 우리가 래번클로와 슬리데린을 이기면……."

"후플푸프가 최소한 200점 차로 져야 해." 조지가 말했다.

"하지만 걔들이 래번클로를 이기면……."

"그럴 리는 없지. 래번클로가 워낙 잘하잖아. 하지만 슬리데린이 후플푸프에 진다면……."

"오로지 점수에 달려 있어. 어느 쪽이든지 100점 차로……."

해리는 아무런 말 없이 그대로 누워 있었다. 졌다……. 난생처음 퀴디치 시합에서 지고 말았다.

10분쯤 지나자 폼프리 선생이 와서 해리를 좀 쉬게 놔두고 가라고 말했다.

"나중에 보러 올게." 프레드가 말했다. "너무 자책하지 마, 해리. 너는 지금도 우리의 역대 최고 수색꾼이야."

선수들이 바닥에 진흙 자국을 남기며 몰려 나갔다. 폼프리 선생은 못마땅한 표정으로 그들의 등 뒤에서 문을 닫았다. 론과 헤르미온느가 해리의 침대로 더 가까이 다가왔다.

"덤블도어 교수님이 크게 화를 내셨어." 헤르미온느가 떨리는 목소리로 말했다. "그렇게 화내시는 건 처음 봤어. 네가 떨어졌을 때 덤블도어 교수님이 경기장으로 뛰어나와 마법 지팡이를 휘두르니까 그나마 네가 땅바닥에 부딪치기 전에 속도가 조금 느려지더라. 그러고 나서 덤블도어 교수님이 디멘터들한테 마법 지팡이를 휘두르자 은빛이 나는 뭔가가 튀어나갔어. 디멘터들은 곧바로 경기장을 떠났고……. 덤블도어 교수님이 디멘터들이 교내에 들어왔다고 크게 화내시는 걸 들었어."

"그런 다음 덤블도어가 마법으로 너를 들것에 실었어." 론이 말했다. "그리고 그 들것을 띄워서 학교로 옮겼고. 모두 네가……."

론의 목소리가 희미해졌지만 해리는 거의 눈치채지 못했다. 그는 디멘터들이 자신에게 무슨 짓을 저질렀는지를 생각하고 있었다……. 비명 지르던 목소리를 생각하고 있었다. 그는 고개를 들어 굉장히 걱정스러운 얼굴을 하고 있는 론과 헤르미온느를 보고 평범한 화제로 말을 돌렸다.

"내 님부스는 누가 챙겼어?"

론과 헤르미온느는 재빨리 서로를 바라보았다.

"어……."

"왜?" 해리가 둘을 번갈아 보며 물었다.

"그게…… 네가 떨어졌을 때, 빗자루가 날아갔어." 헤르미온느가 머뭇거리며 말했다.

"그런데?"

"그러니까, 그게…… 아, 해리, 네 빗자루가 후려치는 버드나무에 부딪쳤어."

해리는 가슴이 철렁 내려앉는 것을 느꼈다. 후려치는 버드나무는 교정 한가운데 외따로 서 있는 아주 사나운 나무였다.

"그래서?" 그는 대답을 두려워하면서도 그렇게 물었다.

"그게, 너도 후려치는 버드나무에 대해 알잖아." 론이 말했다. "그, 그 나무는 뭐가 와서 부딪치는 걸 싫어해."

"네가 깨어나기 직전에 플리트윅 교수님이 빗자루를 가지고 돌아오셨어." 헤르미온느가 기어들어 가는 목소리로 말했다.

그녀는 천천히 발치에 놓여 있던 자루를 들어 올리더니 거꾸로 뒤집었다. 쪼개진 나무 파편과 가지 10여 조각이 침대 위에 쏟아졌다. 해리의 충실했던, 마침내 망가져 버린 빗자루의 유일한 흔적이었다.

10장
도둑 지도

 폼프리 선생은 남은 주말 동안 해리를 병동에 두어야 한다고 고집을 부렸다. 해리는 말대꾸를 하거나 불평하지 않았지만 그녀가 박살 난 님부스 2000의 잔해를 버리게 놔두진 않았다. 님부스가 수리할 수 없는 지경이라는 것도 알고, 그러므로 그 잔해를 간직하는 게 멍청한 짓이라는 것도 알았지만 어쩔 수 없었다. 가장 친한 친구 하나를 잃은 듯한 기분이었다.
 사람들이 줄지어 병문안을 왔다. 모두 해리의 기운을 북돋아 주려고 열심이었다. 해그리드는 노란색 양배추처럼 생긴 집게벌레투성이 꽃 한 다발을 보냈고, 지니 위즐리는 새빨개진 얼굴로 직접 만든 회복 기원 카드를 들고 나타났다. 그 카드는 조금만 펼쳐져도 날카로운 소리로 노래를 불러 대서 과일 그릇 아래 눌러 놓아야 했다. 그리핀도르 팀 동료들이 일요일 아침에 다시 방문했는데 이번에는 우드도 함께였다. 그는 공허한 목소리로 해리를 조금도 탓하지 않는다고 말했다. 론과 헤르미온느는 밤에만 해리 곁을 비웠다. 하지만 누구의 어떤 말이나 행동도 해리의 기분을 나아지게 만들지 못했다. 그들은 정작 해리를 괴롭히는 문제가 무엇인지 다 알지 못했다.

해리는 누구에게도, 심지어 론이나 헤르미온느에게도 죽음의 개 이야기를 하지 않았다. 론은 겁에 질릴 테고 헤르미온느는 코웃음 칠 게 뻔했던 것이다. 하지만 죽음의 개가 벌써 두 번째 나타났고 두 번의 출현 모두 치명적인 사고로 이어질 뻔했다는 사실은 결코 부정할 수 없었다. 처음에는 나이트 버스에 치일 뻔했다. 두 번째에는 빗자루에서 15미터 아래로 떨어졌다. 해리가 진짜로 죽을 때까지 죽음의 개가 그를 따라다닐까? 남은 평생 그 짐승이 뒤에 있는 건 아닌지 어깨 너머를 돌아보면서 살아야 하는 걸까?

게다가 디멘터 문제도 있었다. 그 생각만 하면 메스껍고 수치스러웠다. 다들 디멘터가 끔찍하다고 말했지만, 놈들이 가까이 올 때마다 기절하는 사람은 그 말고 아무도 없었다……. 다른 사람은 누구도 머릿속에서 메아리치는 죽어 가는 부모님의 목소리를 듣지 않았다.

이제는 비명을 지르는 그 목소리가 누구 것인지 알 것 같았다. 뜬눈으로 누워서 천장에 길게 드리워진 달빛을 바라보며 병동에서 밤을 지새우는 동안 그는 그 목소리를 계속해서 듣고 또 들었다. 디멘터들이 가까이 오면 어머니의 생전 마지막 순간이 들렸다. 볼드모트에게서 그를, 해리를 지키려고 애쓰는 소리, 어머니를 살해하기 직전에 볼드모트가 웃는 소리……. 해리는 깜빡깜빡 잠들 때마다 축축한 썩은 손이며 겁에 질린 애원으로 가득한 꿈에 빠져들었고, 흠칫 깨어나서도 어머니의 목소리를 곱씹을 뿐이었다.

해리는 월요일이 되어 시끄럽고 소란스러운 학교 한복판으로 돌아온 뒤에야 마음을 놓을 수 있었다. 드레이코 말포이의 비웃음을 견뎌야 하긴 했지만 이곳에서는 억지로라도 다른 생각을 할 수 있었던 것이다. 말포이는 그리핀도르가 패배하자 너무 기뻐서 어쩔 줄을 몰라 했다. 끝내 붕대를 푼 말포이는 빗자루에서 떨어지는 해리를 생생하게 흉내 내면서 양팔을 온전히 다시 쓸 수 있게 된 것을 자랑했다. 말포이는 이어진 마법약 수업 시간 대부분을 지하 감옥 교실 저편에서 디멘터를 흉내 내는 데 보냈다. 론이 끝내 참지 못하고 크고 미끌미끌한 악어 심장을 말포이에게 던져서 그의 얼굴을 맞히는 바람에 스네이프가 그리핀도르의 점수를 50점씩이나 깎아 버렸다.

"스네이프가 또 어둠의 마법 방어법 수업을 맡으면 난 아프다고 하고 결석할 거야." 점심 식사 후 루핀의 교실로 향하며 론이 말했다. "안에 누가 있나 봐 봐, 헤르미온느."

헤르미온느가 교실 문 앞에 서서 안을 들여다보았다.

"괜찮아!"

루핀 교수가 돌아와 있었다. 그는 확실히 아팠던 것처럼 보였다. 걸치고 있는 낡은 로브가 더 헐렁해졌고 눈 밑에는 어두운 그림자가 드리워져 있었다. 그럼에도 그는 학생들이 자리에 앉자 미소를 머금었다. 학생들은 루핀이 아파서 자리를 비운 동안 스네이프가 대신 수업을 하러 들어와서 보인 만행에 대해 일제히 불만을 터뜨렸다.

"말이 안 되잖아요. 스네이프 교수님은 그냥 자리를 때운 건데 왜 우리한테 숙제를 내줘요?"

"우린 늑대인간에 대해 하나도 모르는데……."

"……양피지 두루마리 두 개래요!"

"스네이프 교수님한테 늑대인간까지 아직 진도가 안 나갔다고 말씀드렸니?" 루핀이 살짝 얼굴을 찌푸리며 물었다.

조잘대는 소리가 다시 한 번 터져 나왔다.

"네, 근데 우리 진도가 너무 뒤처졌대요."

"들은 척도 안 하더라니까요."

"……양피지 두루마리 두 개래요!"

루핀 교수는 모두의 분노 어린 표정을 보고 미소 지었다.

"걱정 마라. 내가 스네이프 교수님한테 얘기하마. 작문 숙제는 하지 않아도 된다."

"아, 말도 안 돼." 헤르미온느가 매우 실망한 표정으로 말했다. "난 벌써 다 했단 말이야!"

수업은 매우 즐거웠다. 루핀 교수는 힝키펑크라는 다리 하나 달린 작은 생물이 들어 있는 유리 상자를 가져왔는데, 녀석은 연기로 만들어진 듯 허약하고 무해해 보였다.

"이 녀석들은 여행자들을 늪지대로 유인한다." 학생들은 루핀 교수의 말을 받아 적었다. "손에 등불이 달랑거리는 게 보이지? 이 녀석이 앞에서 폴짝폴짝 뛰어가면 사람들은 그 빛을 따라가지. 그러다가……."

힝키펑크가 유리에 착 달라붙어 듣기 싫은 쩔꺼덕 소리를 냈다.

종이 울리자 모두가 가방을 챙겨서 문으로 향했다. 해리도 그중 한 명이었는데……

"잠깐만, 해리." 루핀이 해리를 불러 세웠다. "얘기 좀 하자."

해리는 뒤돌아 힝키펑크 상자를 천으로 덮는 루핀 교수를 바라보았다.

"시합 얘기는 들었다." 루핀이 책상 쪽으로 돌아서서 서류 가방 안에 책들을 집어넣으며 말했다. "빗자루가 그렇게 돼서 정말 유감이다. 고칠 수는 있니?"

"아뇨." 해리가 말했다. "그 나무가 빗자루를 산산조각 내 놨어요."

루핀이 한숨을 쉬었다.

"후려치는 버드나무는 내가 호그와트에 입학한 해에 학교에서 심은 거다. 학생들은 그 나무둥치에 가까이 다가가서 만지고 오는 놀이를 하곤 했지. 결국 데이비 거전이라는 소년이 공격당해 한쪽 눈을 실명할 뻔하는 일이 일어나자 후려치는 버드나무 가까이 가는 게 금지됐단다. 어떤 빗자루라도 가망이 없었을 거야."

"디멘터 얘기도 들으셨어요?" 해리가 힘겹게 물었다.

루핀이 재빨리 그를 바라보았다.

"그래, 들었다. 덤블도어 교수님이 그렇게 화난 건 아무도 본 적 없을 거야. 디멘터들은 꽤 오래전부터 초조해하고 있었거든……. 덤블도어 교수님이 교내에 들어오지 못하게 하니까 크게 화를 냈어……. 네가 빗자루에서 떨어진 것도 그놈들 때문인 것 같던데?"

"네." 해리가 말했다. 그는 망설였지만, 다음 순간 꼭 해야만 하는 질문이 곧바로 튀어나왔다. "*왜죠? 왜* 그놈들이 저한테 그런 영향을 미치는 걸까요? 그냥 제가……."

"나약한 거랑은 아무 상관 없어." 루핀 교수가 해리의 마음을 읽은 듯 예리하게 말했다. "디멘터들이 다른 사람들보다 너한테 더 안 좋은 영향을 끼치는 건 네가 과거에 다른 사람들은 겪지 않은 끔찍한 일을 겪었기 때문이다."

겨울 햇살 한 줄기가 교실 안으로 들어와 루핀의 잿빛 머리카락과 젊은 얼굴에 진 주름을 선명하게 비췄다.

"디멘터들은 이 땅을 걸어 다니는 가장 추잡한 생명체 가운데 하나야. 그것들은 가장 어둡고 더러운 공간에 출몰하면서 부패와 절망에 기뻐하고 주위에서 평화와 희망, 행복을 빨아내 버리지. 심지어 머글들도 놈들의 존재를 느낀단다. 보지는 못하겠지만 말이야. 디멘터에게 너무 가까이 다가가면 좋은 기분과 행복한 기억들이 다 빨려 나가게 된다.

디멘터들은 할 수만 있다면 네가 자기들처럼 영혼 없고 사악한 존재로 변할 때까지 널 먹이로 삼을 거야. 너에게는 생애 가장 끔찍한 경험만 남게 되지. 그리고 해리, *네가* 겪은 그 끔찍한 일은 누구라도 빗자루에서 떨어지게 만들었을 거다. 부끄러워할 건 전혀 없어."

"그놈들이 가까이 오면……." 해리는 목이 메어 루핀의 책상을 뚫어지게 바라보았다. "볼드모트가 엄마를 살해하는 소리가 들려요."

루핀은 해리의 어깨를 잡기라도 할 것처럼 갑자기 팔을 들어 올렸다가 마음을 바꿨는지 다시 내려놓았다. 잠깐 침묵이 흐르고……

"그놈들이 왜 경기장에 왔을까요?" 해리가 비통한 어조로 물었다.

"배가 고파져서겠지." 루핀이 서류 가방을 탁 닫으며 싸늘한 목소리로 말했다. "덤블도어 교수님이 학교에 들여보내 주지 않으니 인간에게서 공급받는 먹이가 바닥난 거야……. 엄청나게 많은 사람이 퀴디치 경기장 주위에 몰려 있으니 그 유혹에 저항할 수 없었을 거다. 그 모든 흥분…… 고조되는 감정…… 놈들이 느끼기엔 진수성찬이나 마찬가지였겠지."

"아즈카반은 끔찍하겠네요." 해리가 중얼거렸다. 루핀이 우울하게 고개를 끄덕였다.

"아즈카반은 바다 먼 곳 아주 작은 섬에 만들어진 요새지만 죄수들을 안에 붙잡아 놓는 데는 굳이 성벽이나 바닷물이 필요하지 않단다. 모두 기분 좋은 생각이라고는 조금도 하지 못하고 자기 머릿속에만 갇혀 있으니까. 대부분은 몇 주 안에 미쳐 버리지."

"하지만 시리우스 블랙은 탈옥했잖아요." 해리가 천천히 말했다. "도망쳤어요……."

루핀의 서류 가방이 책상에서 스르르 미끄러졌다. 그는 떨어지기 전에 가방을 잡으려고 재빨리 몸을 구부렸다.

"그래." 그가 다시 몸을 펴면서 말했다. "블랙은 놈들을 물리칠 방법을 찾은 게 틀림없어. 나라면 불가능하다고 생각했을 거야……. 마법사가 디멘터들과 너무 오래 같이 있으면 힘을 다 빼앗긴다고 알려져 있거든……."

"하지만 교수님은 기차에서 그 디멘터를 물러나게 하셨잖아요." 해리가 불쑥 말했다.

"쓸 수 있는 방어법이 몇 가지 있긴 하다." 루핀이 말했다. "하지만 기차에 나타난 디멘터는 하나뿐이었어. 수가 많을수록 저항하기 어렵단다."

"어떤 방어법인데요?" 해리가 대번에 물었다. "저한테 가르쳐 주실 수 있나요?"

"디멘터와 싸우는 전문가인 척하고 싶진 않구나, 해리. 오히려 그 반대야……."

"하지만 디멘터들이 시합 때 또 나타난다면 저도 놈들과 싸울 수 있어야 하잖아요……."

루핀은 해리의 단호한 얼굴을 보고 잠깐 망설이다가 입을 열었다. "뭐…… 좋아. 내가 도와주마. 그런데 안타깝게도 다음 학기까지 기다려야 할 것 같구나. 연휴 전에 할 일이 아주 많거든. 하필 이럴 때 아파서 말이야."

루핀에게서 디멘터 퇴치법을 가르쳐 주겠다는 약속을 받아 낸 해리는 두 번 다시 어머니가 죽는 소리를 듣지 않아도 될 거라는 생각과, 11월 말에 있었던 퀴디치 시합에서 래번클로가 후플푸프를 박살 낸 사실 덕분에 기분이 확실히 좋아졌다. 앞으로 있을 시합에서 지지만 않으면 아직 그리핀도르가 우승을 차지할 가능성이 있었다. 우드는 특유의 광기 어린 에너지에 다시 사로잡혀 12월에 들어서까지 계속된 차가운 비안개 속에서 어느 때보다도 혹독하게 선수들을 훈련시켰다. 교내에는 디멘터의 그림자조차 보이지 않았다. 덤블도어의 분노가 그들을 학교 출입구에 있는 주둔지에 붙들어 두는 듯했다.

학기가 끝나기 2주 전, 하늘은 갑자기 유백색으로 눈부시게 빛났고 질퍽질퍽했던 땅은 어느 날 아침 반짝이는 서리로 뒤덮였다. 성안은 크리스마스 분위기로 소란스러웠다. 일반 마법을 가르치는 플리트윅 교수는 벌써부터 은은한 조명으로 교실을 장식했는데, 자세히 보니 그것은 날개를 퍼덕이는 진짜 요정들이었다. 학생들 모두 크리스마스 연휴에 무엇을 할지 즐겁게 떠들어 댔다. 론과 헤르미온느 둘 다 호그와트에 남기로 했다. 론은 퍼시와 2주씩이나 함께 지내는 것을 도저히 견딜 수 없기 때문이라고 했고 헤르미온느는 도서관을 이용해야 한다고 우겼지만 해리는 그 말에 속지 않았다. 그들은 해리와 함께 있어 주려는 것이었다. 해리는 두 사람이 정말 고마웠다.

해리를 제외한 모두에게 기쁜 소식이 있었다. 학기 마지막 주말에 또 한 번 호그스미드 방문 일정이 잡힌 것이다.

"크리스마스 쇼핑은 거기서 다 하면 되겠네!" 헤르미온느가 기뻐하며 말했다. "우리 엄마 아빠는 허니듀크스에서 파는 치실 박하사탕을 정말 좋아하실 거야!"

해리는 이번에도 3학년 중 남는 건 자기뿐이라는 사실에

체념하고 우드에게 《어떤 빗자루?》라는 잡지를 빌려 다양한 제품들에 관한 이야기를 읽으면서 그날을 보내기로 결심했다. 팀 훈련 때는 학교 공용 빗자루인 낡은 슈팅스타를 탔는데, 엄청 느린 데다가 덜커덩거리기까지 했다. 확실히 그만의 새 빗자루가 필요했다.

호그스미드를 방문하는 토요일 아침, 해리는 망토와 목도리로 몸을 둘둘 감싼 론과 헤르미온느에게 작별 인사를 하고 돌아서서 혼자 대리석 계단을 올라 다시 그리핀도르 탑 쪽으로 갔다. 창밖에서 눈이 내리기 시작했다. 수많은 학생이 빠져나간 성은 무척 고요하고 조용했다.

"잠깐, 해리!"

4층 복도를 걸어가고 있는데 누군가가 그를 불렀다. 해리가 몸을 돌리니 프레드와 조지가 복도 중간에 있는, 등뼈가 혹처럼 튀어나온 외눈 마녀 조각상 뒤에서 그를 바라보고 있었다.

"거기서 뭐 해?" 해리가 의아한 듯 물었다. "호그스미드엔 왜 안 갔어?"

"가기 전에 너한테 축제 기분을 좀 맛보여 주려고." 프레드가 의미심장하게 눈을 찡긋하며 말했다. "이리 와 봐……."

프레드가 외눈 마녀 조각상 왼쪽의 빈 교실을 고갯짓으로 가리켰다. 해리는 프레드와 조지를 따라 교실로 들어갔다. 조지가 조용히 문을 닫고 돌아서더니 활짝 웃으며 해리를 보았다.

"크리스마스 선물 미리 주는 거야, 해리." 조지가 말했다.

프레드가 과장된 동작으로 망토 안에서 무언가를 꺼내 책상 위에 올려놓았다. 크고 네모난, 아무것도 쓰여 있지 않은 낡아 빠진 양피지였다. 해리는 프레드와 조지가 또 장난을 치는 건 아닌지 의심하며 양피지를 뚫어지게 바라보았다.

"이게 뭔데?"

"이건 말이지, 해리, 우리의 성공 비결이야." 조지가 애정 어린 손길로 양피지를 두드리며 말했다.

"가슴이 미어진다, 이걸 너한테 주려니." 프레드가 말했다. "하지만 우리보다 너한테 훨씬 필요하다고 판단했어."

"어쨌거나, 우린 다 외웠거든." 조지가 말했다. "너한테 물려줄게. 사실 우리한테는 더 이상 필요 없으니까."

"나한테 낡은 양피지가 왜 필요하다는 거야?" 해리가 물었다.

"낡은 양피지라니!" 해리에게 엄청난 모욕을 당했다는 듯 프레드가 찌푸린 얼굴로 눈을 감고 말했다. "설명해 줘라, 조지."

"그러니까…… 우리가 1학년일 때 말이야, 해리. 어리고, 태평하고, 천진난만하던 그 시절에……."

해리는 코웃음을 쳤다. 프레드와 조지에게 한 번이라도 천진난만했던 시절이 있었는지 의심스러웠기 때문이다.

"……뭐, 지금보다는 천진난만했을 때 말이야. 그때 필치랑 말썽이 좀 있었어."

"우리가 복도에서 똥폭탄을 터뜨렸는데, 글쎄 그게 무슨 이유에서인지 필치를 화나게 한 모양이더라고."

"필치는 우리를 자기 사무실로 끌고 가더니 평소처럼 위협하기 시작했지."

"방과 후 징계를 주겠다느니……."

"내장을 도려내겠다느니……."

"그래서 우리는 필치의 서류 보관함에서 '굉장히 위험한 압수품'이라고 표시된 서랍을 발견할 수밖에 없었던 거야."

"설마……." 해리의 얼굴에 슬슬 웃음이 떠오르기 시작했다.

"글쎄, 너라면 어떻게 했을 것 같아?" 프레드가 말했다.

"조지가 똥폭탄 하나를 더 떨어뜨려서 주의를 돌렸어. 그때 내가 재빨리 서랍을 열고 가져온 게…… 이거야."

"그렇게 나쁜 짓을 했다고는 볼 수 없어." 조지가 말했다. "우리가 보기에 필치는 이걸 사용하는 방법을 알아내지 못한 것 같았거든. 그래도 수상하게 여기긴 했겠지. 그렇지 않으면 압수하지 않았을 테니까."

"그럼 어떻게 쓰는 건지 알아?"

"아, 물론." 프레드가 히죽거리며 말했다. "이 학교 모든 교수들보다 요 귀염둥이가 우리한테 더 많은 걸 알려 줬어."

"너무 뜸 들이지 마." 해리가 낡고 너덜너덜한 양피지를 보며 말했다.

"아, 좀 그랬나?" 조지가 말했다.

그가 마법 지팡이를 꺼내 양피지를 가볍게 건드리며 말했다. "나는 못된 짓을 꾸미고 있음을 엄숙히 맹세합니다."

그 순간, 조지의 마법 지팡이가 닿은 지점에서부터 가느다란 잉크 선이 거미줄처럼 퍼지기 시작했다. 선들은 서로 합치고 얽히며 양피지 구석구석까지 부채꼴로 뻗어 나갔다. 이어서 양피지 맨 윗부분을 가로지르며 단어들이 모습을 드러내기 시작했다. 크고 구불구불한 녹색 단어들이 다음과 같은 문장을 만들어 냈다.

마법 말썽꾼들의 협조자

무니, 웜테일, 패드풋, 프롱스가

자랑스럽게 선보이는

도둑 지도

 그것은 호그와트 성과 교정 곳곳을 상세하게 보여 주는 지도였다. 하지만 무엇보다 놀라운 것은 지도 위를 돌아다니는 작디작은 잉크 점들이었다. 그 점에는 아주 작은 글자로 하나하나 이름이 붙어 있었다. 해리는 깜짝 놀라 그 위로 몸을 구부리고 자세히 들여다보았다. 맨 위 왼쪽 구석에 표시된 점이 본인의 연구실을 서성이는 덤블도어 교수를 보여 주었다. 건물 관리인의 고양이 노리스 부인은 3층을 어슬렁거리고 있었고, 폴터가이스트 피브스는 현재 트로피 전시실 주위를 통통 튀어 다니고 있었다. 익숙한 복도를 이리저리 훑어보던 해리의 눈이 무언가 다른 것을 발견했다.

 지도는 한 번도 가 본 적 없는 통로들을 보여 주었다. 그리고 그중 대부분은……

 "호그스미드와 바로 연결돼 있지." 프레드가 통로 하나를 손가락으로 따라가며 말했다. "모두 일곱 군데가 있어. 봐 봐, 이 네 군데는 필치도 알지만……." 그가 통로들을 하나하나 짚었다. "*나머지 세 곳*을 아는 사람은 확실히 우리뿐이야. 5층 거울 뒤에 있는 통로는 신경 쓰지 마. 작년 겨울까지는 썼었는데 지금은 무너졌어. 완전히 막혔지. 그리고 여기 이 통로는 아무도 사용하지 않았을 거야. 출입구 바로 위에 후려치는 버드나무가 있거든. 하지만 여기 이거, 이 통로는 허니듀크스 지하실로 바로 이어져. 우리가 엄청 많이 이용했어. 눈치챘을지 모르겠는데, 그 출입구는 바로 이 교실 앞에 있는 저 외눈 할멈의 혹 속에 있어."

"무니, 웜테일, 패드풋, 프롱스." 조지가 지도의 제목 글자들을 손가락으로 톡톡 두드리며 한숨을 쉬듯 말했다. "우리가 이분들한테 참 많은 걸 빚지고 있다."

"훌륭한 분들이야. 새로운 세대의 무법자들을 돕고자 쉴 새 없이 일하셨지." 프레드가 엄숙한 목소리로 말했다.

"맞아." 조지가 활기찬 어조로 동의했다. "다 쓰고 난 다음에는 지우는 걸 잊지 마."

"안 그러면 아무나 다 볼 수 있으니까." 프레드가 경고하듯 말했다.

"그냥 다시 한 번 두드리면서 '장난 성공!'이라고 말하면 돼. 그러면 지워질 거야."

"그러니까, 해리 군." 프레드가 소름 끼치도록 퍼시를 똑같이 흉내 내면서 말했다. "행실 똑바로 하도록."

"허니듀크스에서 보자." 조지가 눈을 찡긋하며 말했다.

그들은 만족스러운 듯 히죽히죽 웃으며 교실을 나갔다.

해리는 가만히 서서 그 기적 같은 지도를 멍하니 바라보았다. 그는 잉크로 작디작게 표시된 노리스 부인이 왼쪽으로 돌다가 멈춰 서더니 바닥에서 무언가의 냄새를 킁킁 맡는 모습을 지켜보았다. 필치가 정말로 모른다면…… 굳이 디멘터들을 지나가지 않아도 된다…….

하지만 흥분으로 가득한 채 그 자리에 서 있는 해리의 머릿속에 언젠가 위즐리 씨가 했던 말이 떠올랐다.

'뇌가 어디에 있는지 알 수 없는데도 스스로 생각할 수 있는 존재는 절대로 믿지 말아라.'

이 지도는 위즐리 씨가 주의를 주었던 그런 위험한 마법 물건 중 하나였다……. '마법 말썽꾼들의 협조자'……. 그렇긴 해도 해리는 호그스미드에 갈 때나 쓰고 싶을 뿐 그 지도로 뭘 훔치거나 누군가를 공격하고 싶은 건 아니었다……. 게다가 프레드와 조지는 그 어떤 끔찍한 일도 겪지 않고 이 지도를 오랫동안 사용해 왔다…….

해리는 손가락으로 허니듀크스로 이어지는 비밀 통로를 따라갔다.

그러다가 무척 갑작스럽게, 뭔가에 홀리기라도 한 듯 지도를 둘둘 말아 로브 안에 쑤셔 넣고 서둘러 교실 문 쪽으로 갔다. 그는 문을 살짝 열어 보았다. 밖에는 아무도 없었다. 해리는 아주 조심스럽게 살금살금 교실을 나가 외눈 마녀 조각상 뒤로 슬쩍 들어갔다.

뭘 해야 하지? 그는 다시 지도를 꺼내 보았다. 놀랍게도 지도 위에 '해리 포터'라고 이름 붙은 새로운 잉크 점이 나타나 있었다. 그 점은 진짜 해리가 서 있는 바로 그곳, 4층 복도 중간쯤에 찍혀 있었다. 해리는 그것을 조심스럽게 지켜보았다. 그의 이름을 달고 있는 작은 잉크 점이 아주 조그만 마법 지팡이로 마녀 조각상을 두드리는 것처럼 보였다. 해리는 재빨리 진짜 마법 지팡이를 꺼내 조각상을 두드렸다. 아무 일도 일어나지 않았다. 그는 다시 지도를 들여다보았다. 잉크 점 옆에 아주 작은 말풍선이 나타나 있고 그 안에 '디센디움'이라는 단어가 써 있었다.

"디센디움." 해리는 마녀 조각상을 다시 두드리며 속삭였다.

그 말이 떨어지기가 무섭게 조각상의 혹이 꽤 마른 사람이라면 충분히 들어갈 수 있을 만큼 열렸다. 해리는 복도 이쪽저쪽을 재빨리 곁눈질하고 지도를 쑤셔 넣은 다음 구멍으로 머리를 집어넣고 몸을 쑥 밀어 넣었다.

그는 돌 미끄럼틀을 타듯 한참을 미끄러져 내려간 끝에 차갑고 축축한 땅바닥에 내려섰다. 일어나서 주위를 둘러보았다. 칠흑같이 캄캄했다. 그는 마법 지팡이를 들고 "루모스"라고 중얼거렸다. 그는 아주 좁고 천장이 낮은, 흙이 깔린 통로에 와 있었다. 그는 지도를 들고 마법 지팡이 끝으로 두드린 다음 "장난 성공!"이라고 말했다. 지도는 곧바로 아무것도 쓰여 있지 않은 빈 양피지로 변했다. 그는 지도를 조심스럽게 접어서 로브 안에 집어넣고 출발했다. 심장이 두근거렸다. 흥분되기도 하고 불안하기도 했다.

통로는 커다란 토끼가 사는 굴처럼 꼬불꼬불했다. 해리는 마법 지팡이를 빼 든 채 빠른 걸음으로 가끔씩 울퉁불퉁한 바닥에 발을 헛디디면서 그 길을 따라갔다.

시간이 제법 걸렸지만 해리는 허니듀크스를 생각하면서 버텼다. 한 시간쯤 걸어온 것처럼 느껴졌을 때 오르막길이 시작됐다. 해리는 헐떡거리면서도 속도를 올렸다. 얼굴은 뜨거운 반면 발은 매우 차가웠다.

10분 뒤, 그는 시선이 닿지 않는 곳까지 뻗어 있는 닳아

빠진 돌계단 앞에 다다랐다. 해리는 아무 소리도 내지 않으려고 주의를 기울이며 계단을 올라가기 시작했다. 100, 200, 그는 그렇게 자기 발만 보면서 올라가다가 숫자를 잊어버리고 말았다……. 그리고 다음 순간 갑자기 뭔가 단단한 것에 머리를 부딪혔다.

뚜껑문 같았다. 해리는 정수리를 문지르고 서서 가만히 귀를 기울였다. 위에서는 아무 소리도 들리지 않았다. 그는 아주 천천히 뚜껑문을 밀어서 열고 주위를 살폈다.

그곳은 나무함과 상자 들로 가득한 지하실 창고였다. 해리는 바닥으로 기어 나와 뚜껑문을 닫았다. 문은 먼지투성이 바닥과 완벽하게 섞여서 거기에 있는지도 알 수 없었다. 해리는 위층으로 이어지는 나무 계단을 향해 천천히 다가갔다. 이제는 종 울리는 소리와 문이 여닫히는 소리는 물론 목소리까지 확실히 들렸다.

뭘 해야 하나 생각하는데 갑자기 훨씬 가까운 곳에서 문 열리는 소리가 들렸다. 누군가가 아래층으로 내려오려 하고 있었다.

"민달팽이 젤리도 한 상자 더 가져다줘, 여보. 거의 싹쓸이해 갔네." 어떤 여자의 목소리가 말했다.

한 쌍의 발이 계단을 내려왔다. 해리는 얼른 커다란 나무

함 뒤로 몸을 숨기고 발걸음이 지나쳐 가기를 기다렸다. 한 남자가 반대쪽 벽으로 상자들을 옮겨 놓는 소리가 들렸다. 기회는 다시 오지 않을지도 몰랐다.

해리는 숨은 곳에서 조용히 재빠르게 빠져나와 계단을 올라갔다. 몸을 돌리자 상자 속으로 몸을 기울이고 있는 널찍한 등짝과 번쩍거리는 대머리가 보였다. 해리는 계단 꼭대기에 있는 문에 다다라 슬그머니 밖으로 나갔다. 허니듀크스의 계산대가 나왔다. 그는 허리를 잔뜩 구부린 채 옆걸음으로 살금살금 걷다가 잠시 후 몸을 폈다.

허니듀크스는 호그와트 학생들로 굉장히 북적거려서 누구도 해리를 눈여겨보지 않았다. 해리는 학생들 틈에 끼어들어 주위를 둘러보면서 웃음이 나오려는 것을 참았다. 해리가 지금 와 있는 곳을 보면 더들리의 돼지 같은 얼굴에 어떤 표정이 번질지 상상이 됐던 것이다.

겹겹이 쌓인 선반에는 상상을 초월할 만큼 흥미로운 과자들이 잔뜩 놓여 있었다. 부드러운 누가 크림 덩어리, 은은히 빛을 발하는 분홍색 코코넛 얼음, 꿀빛의 두툼한 토피 사탕, 깔끔하게 줄지어 선 수백 종류의 초콜릿. 모든 맛이 나는 강낭콩 젤리가 담긴 커다란 통도 있고, 론이 말했던 공중부양 셔벗 볼 '피징 위즈비'가 담긴 통도 있었다. 또 한쪽 벽에는 '특수 효과' 과자들이 있었다. '드루블의 엄청 잘 불어지는 풍선껌'(며칠 동안 터지지 않는 푸른색 거품으로 방을 가득 채우는 껌), 길게 찢어지는 요상한 '치실 박하사탕', 작디작은 검은색 '후추 도깨비'("친구들에게 불을 뿜으세요!"), '얼음 쥐'("치아를 딱딱거리면 찍찍거리는 소리가 나요!"), 두꺼비 모양 페퍼민트 크림("배 속에서 진짜 두꺼비처럼 폴짝폴짝 뛰어요!"), 잘 부러지는 솜사탕 깃펜과 폭발하는 봉봉 사탕 등등.

잔뜩 몰려 있는 6학년들 사이를 뚫고 가자, 가게 저쪽 구석에 걸린 '특이한 맛'이라고 쓰인 팻말이 보였다. 론과 헤르미온느가 그 아래 서서 피 맛이 나는 막대사탕을 들여다보고 있었다. 해리는 그들 뒤로 몰래 다가갔다.

"으웩, 이건 아냐. 해리가 싫어할 것 같아. 아마 뱀파이어들이 먹는 걸 거야." 헤르미온느가 말을 하고 있었다.

"이건 어때?" 론이 바퀴벌레 과자 한 병을 헤르미온느의 코밑에 들이밀며 말했다.

"당연히 싫지." 해리가 말했다.

론은 하마터면 병을 떨어뜨릴 뻔했다.

"*해리!*" 헤르미온느가 꺅 소리 질렀다. "여기서 뭐 해? 어떻게…… 어떻게……?"

"이야!" 론이 매우 감명받은 표정으로 말했다. "순간이동을 배웠구나!"

"그럴 리가." 해리가 말했다. 그는 6학년들에게 들리지 않도록 목소리를 낮추고 '도둑 지도' 이야기를 모두 들려주었다.

"프레드랑 조지는 어떻게 그걸 *나한테* 안 주고 널 줄 수 있지?" 론이 화가 나서 씩씩거렸다. "나는 동생인데!"

"하지만 해리도 계속 갖고 있진 않을 거야!" 헤르미온느는 생각만 해도 어이없다는 듯 말했다. "맥고나걸 교수님한테 갖다 드릴 테니까. 그럴 거지, 해리?"

"아니, 안 드릴 건데!" 해리가 말했다.

"너 미쳤냐?" 론이 헤르미온느에게 눈을 부라리며 말했다. "저렇게 좋은 걸 갖다준다니?"

"갖다 드릴 거면 어디서 났는지도 말해야 하잖아! 프레드랑 조지가 슬쩍한 걸 필치도 당연히 알게 될 테고!"

"하지만 시리우스 블랙은 어떻게 하고?" 헤르미온느가 씩씩대며 말했다. "그 지도에 나온 통로로 성안에 들어오는 걸지도 모르잖아! 교수님들도 아셔야지!"

"이 통로로 들어올 리가 없어." 해리가 재빨리 말했다. "지도에 나오는 비밀 굴은 일곱 군데야. 맞지? 프레드랑 조지 말로는 필치가 그중 네 군데를 이미 알고 있대. 나머지 세 군데는…… 한 곳은 무너져서 아무도 지나갈 수 없어. 한 곳은 출입구 위에 후려치는 버드나무가 있으니 빠져나갈 수 없고. 내가 방금 나온 곳은…… 뭐, 저 아래 지하 창고에 있는데, 출입구가 잘 안 보여. 그러니까 시리우스 블랙이 거기에 출입구가 있다는 사실을 알고 있었던 게 아닌 이상……."

해리는 말하다 말고 머뭇거렸다. 만약 블랙이 통로의 위치를 알고 있다면? 그러나 론이 의미심장하게 목을 가다듬더니 과자 가게 문 안쪽에 붙어 있는 공고문을 가리켰다.

마법 정부의 지시에 따라 손님 여러분께 알려드립니다. 별도의 공지가 있기 전까지 매일 밤 일몰 후 디멘터들이 호그스미드의 거리를 순찰할 예정입니다. 이 조치는 호그스미드 주민들의 안전을 지키기 위한 것으로, 시리우스 블랙이 체포되는 즉시 중단될 것입니다. 그러므로 손님 여러분께서는 일몰 전에 여유를 두고 쇼핑을 마무리하시기를 바랍니다.
메리 크리스마스!

"봤지?" 론이 조용히 말했다. "디멘터들이 저렇게 떼를 지어서 마을에 몰려 다니는데 블랙이 어떻게 감히 허니듀크스에 몰래 들어가겠냐? 그것도 그렇고, 헤르미온느, 누가 침입하면 허니듀크스의 주인들이 소리를 듣지 않겠어? 그 사람들은 가게 위층에 사니까!"

"그래. 하지만…… 하지만……." 헤르미온느는 다른 문제를 찾으려고 애쓰는 것 같았다. "저기, 그래도 해리는 원래 호그스미드에 오면 안 되는 거였잖아. 허가서에 서명을 받지 못했으니까! 누구한테 들키기라도 하면 해리는 엄청난 곤경에 처하고 말 거야! 아직 해가 지지도 않았고. 오늘이라도 시리우스 블랙이 나타나면 어떡해? 지금이라도 당장 나타나면?"

"이런 상황에서 해리를 찾는 건 만만치 않을걸." 론이 창살 사이로 짙게 휘몰아치는 눈을 고갯짓하며 말했다. "그만 좀 해, 헤르미온느. 크리스마스잖아. 해리도 쉴 자격이 있어."

헤르미온느는 한없이 걱정스러운 표정으로 입술을 깨물었다.

"이를 거야?" 해리가 씩 웃으며 헤르미온느에게 물었다.

"그야 당연히 아니지. 하지만 솔직히, 해리……."

"피징 위즈비 봤어, 해리?" 론이 피징 위즈비 통으로 해리를 홱 끌고 가며 말했다. "민달팽이 젤리는? 산성 사탕은 어때? 내가 일곱 살 때 프레드가 산성 사탕을 하나 줬는데, 혀가 바로 타면서 구멍이 나더라. 엄마가 빗자루로 형을 때려눕혔던 게 기억나." 론이 생각에 잠긴 채 산성 사탕 상자를 바라보며 말했다. "내가 땅콩이라고 하면서 주면 프레드가 바퀴벌레 과자를 먹을까?"

론과 헤르미온느가 과자 값을 다 치른 뒤 세 사람은 허니듀크스를 떠나 눈보라가 치는 바깥으로 나왔다.

호그스미드는 꼭 크리스마스카드에 그려진 풍경 같았다. 짚으로 지붕을 이은 작은 집들과 가게들은 온통 파삭파삭한 눈으로 한 겹씩 덮여 있었다. 문에는 호랑가시나무 화환들이 걸려 있고, 나무에는 마법에 걸린 촛불들이 매달려 있었다.

해리가 몸을 떨었다. 두 사람과 달리 그는 망토를 입지 않았던 것이다. 셋은 바람에 맞서 고개를 숙이고 거리를 나아갔다. 론과 헤르미온느가 목도리 너머로 소리를 질렀다.

"저게 우체국이야."

"종코의 장난감 가게는 저 위에 있어."

"악쓰는 오두막까지 갈 수 있을 거야."

"있잖아." 론이 추워서 이를 딱딱 부딪치며 말했다. "스리 브룸스틱스에서 버터맥주 한잔 어때?"

해리는 그보다 더 바랄 게 없었다. 바람은 사납고 손은 얼어붙을 것 같았으므로 그들은 길을 건너 잠시 후 자그마한 여관 겸 술집에 들어갔다.

스리 브룸스틱스는 굉장히 붐비고 시끄럽고 따뜻하고 연기가 자욱한 곳이었다. 예쁜 얼굴에 근사한 몸매를 가진 아름다운 한 여자가, 바에 앉아 소란스럽게 떠드는 마전사들에게 서빙을 하고 있었다.

"저 사람이 로즈메르타 씨야." 론이 말했다. "내가 가서 맥주 가져올까?" 그가 살짝 얼굴을 붉히고 덧붙였다.

해리와 헤르미온느는 가게 안쪽으로 더 들어갔다. 난로 근처 멋들어진 크리스마스트리와 창문 사이에 조그만 빈 탁자가 하나 있었다. 5분 뒤, 론이 거품이 이는 뜨거운 버터맥주 세 잔을 들고 그들 쪽으로 왔다.

"메리 크리스마스!" 그가 맥주잔을 들어 올리며 즐겁게 말했다.

해리는 버터맥주를 쭉 들이켰다. 이렇게 맛있는 건 처음 마셔 봤다. 안쪽에서부터 온몸이 조금씩 따뜻해지는 것 같았다.

갑작스럽게 불어온 바람이 그의 머리카락을 흐트러뜨렸

다. 스리 브룸스틱스의 문이 다시 열려 있었다. 해리는 맥주잔 너머를 본 순간 숨이 턱 멎을 뻔했다.

맥고나걸 교수와 플리트윅 교수가 막 눈송이를 휘날리며 가게 안으로 들어온 것이다. 곧이어 해그리드가 밝은 녹색 중산모에 가는 세로줄무늬 망토를 입은 뚱뚱한 남자, 마법 정부 총리인 코닐리어스 퍼지와 열심히 대화를 나누며 들어왔다.

그 즉시 론과 헤르미온느가 동시에 해리의 머리에 손을 올리고 그를 탁자 밑으로 밀어 넣었다. 버터맥주를 뚝뚝 흘리며 보이지 않는 곳으로 몸을 웅크린 해리는 빈 맥주잔을 꽉 쥔 채, 교수들과 퍼지 총리의 발이 바를 향해 움직였다가 잠시 멈춘 뒤 돌아서서 그들 쪽으로 곧장 걸어오는 모습을 지켜보았다.

해리의 위쪽에서 헤르미온느의 속삭임이 들렸다. "모빌리아르부스."

탁자 옆에 있던 크리스마스트리가 땅에서 몇 센티미터 떠올라 옆으로 움직이더니 살짝 쿵 소리를 내며 탁자 바로 앞에 내려앉아 그들을 가려 주었다. 트리 아래쪽 빽빽한 나뭇가지 사이로 바로 옆 탁자에서 의자 네 개가 뒤로 물러나는 광경이 보였다. 그런 다음 교수들과 총리가 앉으면서 끙

하는 소리와 한숨 쉬는 소리가 들려왔다.

뒤이어 반짝이는 터키옥색 하이힐을 신은 또 다른 발 한 쌍이 보이고 여자 목소리가 들렸다.

"아가미수 작은 잔요."

"제 겁니다." 맥고나걸 교수의 목소리가 말했다.

"데운 벌꿀술 2리터는······."

"고마워요, 로즈메르타." 해그리드가 말했다.

"체리 시럽에, 얼음 넣고 우산 장식을 꽂은 소다수 시키신 분은······."

"음!" 플리트윅 교수가 입맛을 다시며 말했다.

"그럼 총리께서는 적건포도 럼주겠네요."

"고맙소, 로즈메르타." 퍼지의 목소리가 말했다. "다시 만나서 아주 반갑군요. 같이 한잔하지 않겠소? 와서 같이 앉아요······."

"아, 정말 감사합니다, 총리님."

해리는 반짝이는 하이힐이 멀어져 갔다가 다시 돌아오는 모습을 지켜보았다. 심장이 목구멍에서 불쾌하게 두근거렸다. 교수들에게도 오늘이 학기 마지막 주말이라는 생각을 왜 못 했을까? 그런데 저들은 여기 얼마나 오래 앉아 있으려나? 오늘 밤에 학교로 돌아가려면 허니듀크스 지하실에 몰래 들어갈 시간이 필요했다……. 옆에서 헤르미온느의 다리가 긴장으로 움찔거렸다.

"근데 어쩌다 이 동네까지 오셨나요, 총리님?" 로즈메르타 씨의 목소리가 들렸다.

엿듣는 사람이 있는지 살피려는 듯 퍼지 총리의 두꺼운 몸 아랫부분이 의자 위에서 비틀어지는 것이 보였다. 그런 다음 퍼지가 나직한 목소리로 말했다. "다른 일이 있겠소? 시리우스 블랙 때문이지. 핼러윈에 학교에서 무슨 일이 있었는지는 이미 들었겠죠?"

"소문은 들었죠." 로즈메르타 씨가 대답했다.

"온 술집에 떠벌린 겁니까, 해그리드?" 맥고나걸 교수가 매우 화난 듯 말했다.

"블랙이 아직도 이 지역에 있을 거라고 생각하세요, 총리님?" 로즈메르타 씨가 속삭였다.

"확신하오." 퍼지가 단호하게 말했다.

"디멘터들이 제 술집을 두 번이나 수색한 건 아시죠?" 로즈메르타 씨가 약간 날 선 목소리로 말했다. "손님들을 모두 겁줘서 쫓아냈어요. ……영업에 지장이 많답니다, 총리님."

"로즈메르타, 나도 당신만큼이나 디멘터들을 싫어해요." 퍼지가 기분이 언짢은 듯 말했다. "필수적인 예방 조치요……. 불편하지만 그래도 어쩌겠습니까……. 방금 그들을 몇 만나고 오는 길이오. 성안으로 들여보내 주지 않는다고 덤블도어한테 엄청 화가 나 있더군."

"저도 그래서는 안 된다고 생각합니다." 맥고나걸 교수가 날카롭게 말했다. "그 끔찍한 것들이 주변을 떠다니는 와중에 어떻게 학생들을 가르치라는 겁니까?"

"암요, 그렇고말고요!" 조그마한 플리트윅 교수가 꽥꽥거렸다. 두 발이 바닥에서 30센티미터는 떠서 달랑거렸다.

"그렇대도 마찬가지요." 퍼지가 반박했다. "디멘터들은 훨씬 심각한 문제로부터 여러분을 지켜 주려고 와 있는 거예요……. 다들 블랙이 무슨 짓을 저지를 수 있는지 알잖습니까……."

"글쎄, 저는 아직도 믿기지 않아요." 로즈메르타 씨가 생각에 잠겨서 말했다. "어둠의 편으로 간 사람은 아주 많지만 제 생각에 시리우스 블랙은 절대…… 그러니까 전 블랙이 호그와트 학생이던 시절을 기억하거든요. 당시에 누가 블랙이 이렇게 될 거라고 말했다면 전 그 사람한테 술을 너무 많이 마신 것 같다고 했을 거예요."

"사정을 잘 몰라서 그러는 거요, 로즈메르타." 퍼지가 퉁명스럽게 말했다. "그놈이 저지른 가장 나쁜 짓은 그다지 알려지지 않았으니까."

"가장 나쁜 짓이라뇨?" 호기심으로 로즈메르타 씨의 목소리에 생기가 돌았다. "그 가엾은 사람들을 모조리 죽인 것보다 더 나쁜 짓을 저질렀다는 건가요?"

"물론이오." 퍼지가 말했다.

"믿을 수가 없네요. 그보다 더 나쁜 짓이란 게 대체 뭐죠?"

"호그와트 시절의 블랙을 기억한다고 했지요, 로즈메르타." 맥고나걸 교수가 중얼거렸다. "블랙과 가장 친했던 친구가 누구였는지도 기억합니까?"

"그럼요." 로즈메르타 씨가 작게 웃으며 말했다. "서로 떨어져 있는 걸 한 번도 못 봤는걸요? 여길 수없이 드나들면서…… 아, 두 사람을 보고 있으면 웃음이 나곤 했어요. 대단한 단짝이었죠, 시리우스 블랙과 제임스 포터!"

해리는 요란한 쨍그랑 소리를 내며 맥주잔을 떨어뜨리고 말았다. 론이 그를 걷어찼다.

"맞습니다." 맥고나걸 교수가 말했다. "블랙과 포터. 작은 패거리를 이끌었죠. 물론 둘 다 아주 똑똑했고…… 실은, 특출 나게 머리가 좋았습니다. 그런 말썽쟁이 단짝도 없었을 거예요."

"글쎄요." 해그리드가 낄낄거렸다. "프레드와 조지 위즐리라면 박빙이겠네요."

"형제라고 해도 믿었을 거예요!" 플리트윅 교수가 맞장구를 쳤다. "떼어 놓을 수가 없었지요!"

"물론 그랬죠." 퍼지가 말했다. "포터는 다른 어떤 친구보다도 블랙을 믿었소. 졸업한 뒤에도 달라지는 건 없었고. 제임스가 릴리와 결혼했을 때는 블랙이 들러리를 섰고, 그다음에는 포터 부부가 블랙을 해리의 대부로 지명했소. 물론 해리는 전혀 몰라요. 그걸 알면 얼마나 괴로워할지 충분히 상상이 될 겁니다."

"블랙이 '그 사람' 편이라는 게 밝혀져서요?" 로즈메르타 씨가 속삭였다.

"그건 아무것도 아니라오……." 퍼지가 목소리를 낮추고 나직이 울리는 목소리로 말을 이었다. "이 얘길 아는 사람은 별로 없지만, 포터 부부는 '그 사람'이 자기들을 쫓는다는 사실을 이미 알고 있었소. 물론 지칠 줄 모르고 '그 사람'에 맞서 싸웠던 덤블도어에게는 쓸 만한 첩보원이 여럿 있었죠. 그중 한 명이 덤블도어에게 귀띔해 주었고 덤블도어는 그 즉시 제임스와 릴리에게 경고했소. 숨으라고 조언한 거요. 뭐, 물론 '그 사람'한테서 숨는다는 게 쉬운 일은 아니지만. 덤블도어는 제임스와 릴리 두 사람에게 가장 승산이 높은 방법은 피델리우스 마법이라고 말해 줬다오."

"어떤 마법인데요?" 로즈메르타 씨가 흥미로운 듯 숨도 못 쉬고 물었다. 플리트윅 교수가 목을 가다듬었다.

"엄청나게 복잡한 주문이에요." 그가 꽥꽥거리는 목소리로 말했다. "마법으로 단 하나의 살아 있는 영혼 안에 비밀을 숨기는 거죠. 일단 '비밀 수호자'로 선택된 사람 안에 정보를 숨기면 그 뒤로는 무슨 수를 써도 알아낼 수 없어요. 물론, 비밀 수호자가 그걸 누설하기 전까지는 말이죠. 비밀 수호자가 말하지 않는 한, 릴리와 제임스가 몇 년째 살고 있는 마을을 아무리 뒤져도 '그 사람'은 결코 그들을 찾을 수 없어요. 포터네 거실 창문에 코를 갖다 대더라도 말예요!"

"그러니까 블랙이 포터 부부의 비밀 수호자였단 건가요?" 로즈메르타 씨가 속삭였다.

"물론입니다." 맥고나걸 교수가 말했다. "제임스 포터는 덤블도어 교수님께 블랙이라면 자기들이 있는 곳을 알려 주느니 차라리 죽을 것이며, 블랙 본인도 숨을 계획이라고 했습니다······. 하지만 덤블도어 교수님은 계속 걱정하셨어요. 본인이 직접 포터 부부의 비밀 수호자가 되겠다고 제안하셨던 게 기억납니다."

"블랙을 의심하신 건가요?" 로즈메르타 씨가 숨을 들이켰다.

"덤블도어 교수님은 포터 부부와 가까운 누군가가 '그 사람'에게 그들의 움직임을 계속 알려 주고 있다고 확신하셨습니다." 맥고나걸 교수가 어두운 어조로 말했다. "실은 꽤 오랫동안 우리 편의 누군가가 배신자가 되어 '그 사람'에게 막대한 정보를 넘겨주고 있다고 의심하셨죠."

"그런데 제임스 포터가 블랙을 선택하겠다고 우긴 거군요?"

"그랬다오." 퍼지가 무겁게 말했다. "그러더니 피델리우스 마법을 걸고 겨우 1주일이 지나서……."

"블랙이 배신한 건가요?" 로즈메르타 씨가 숨죽인 목소리로 물었다.

"그랬소. 블랙은 이중 첩자 노릇에 지쳤고, '그 사람'을 공개적으로 지지할 준비가 되어 있었소. 포터 부부가 죽으면 바로 그럴 계획이었던 것 같소만. 하지만 우리 모두가 알다시피, '그 사람'은 어린 해리 포터 앞에서 몰락했소. 힘은 사라지고, 끔찍할 만큼 약해져서 도망쳤어요. 그러니까 블랙은 정말이지 아주 고약한 처지가 된 거요. 그가, 블랙이, 배신자의 본색을 드러낸 바로 그 순간에 주인이 몰락했으니까. 목숨 걸고 도망치는 것밖에 선택의 여지가 없었죠."

"더럽고 역겨운 배신자 같으니!" 해그리드가 말했다. 목소리가 너무 커서 가게 안의 절반이 조용해졌다.

"쉿!" 맥고나걸 교수가 말했다.

"제가 그놈을 만났어요!" 해그리드가 이를 드러내며 소리쳤다. "그 사람들을 죄다 죽이기 전에 놈을 마지막으로 본 사람이 바로 저였을 거예요! 릴리와 제임스가 죽고 그 집에서 해리를 구한 게 저였으니까요! 아이를 폐허에서 꺼내온 직후였죠. 이마에는 큰 상처가 생기고 졸지에 부모님을 잃은 그 가엾은 꼬맹이를……. 그때 시리우스 블랙이 나타났어요, 평소에 타고 다니던 그 날아다니는 오토바이를 타고요. 저야 그놈이 거기서 뭘 하고 있었는지 전혀 몰랐죠. 그놈이 릴리와 제임스의 비밀 수호자라는 사실을 몰랐으니까요. 그냥 '그 사람'의 공격 소식을 듣고 자기가 할 수 있는 일이 있는지 보러 왔다고만 생각했죠. 창백해져서 몸을 떨고 있더라고요, 그놈이. 근데 제가 어쨌는지 아십니까? **제가 그 살인자, 배신자를 위로해 줬어요!**" 해그리드가 울부짖듯 말했다.

"해그리드, 제발!" 맥고나걸 교수가 말했다. "목소리 좀 낮춥시다!"

"그놈이 릴리와 제임스 때문에 속상한 게 아니라는 걸 제가 어떻게 알았겠어요? '그 사람' 때문이었다니! 그때 그놈이 말하더군요. '해리를 나한테 줘요, 해그리드. 내가 그 애의 대부예요. 내가 돌볼게요.' 하! 하지만 저는 블랙에게 덤블도어 교수님이 하신 지시가 있으니 안 된다고, 해리는 덤블도어 교수님의 말씀대로 이모와 이모부 집으로 가야 한다고 얘기했죠. 블랙은 계속 고집을 피우다가 결국 포기했고요. 저더러 자기 오토바이를 타고 해리를 데려다주라더군요. '나한테는 더 이상 필요 없을 거예요'라고 했어요. 그때 뭔가 수상한 일이 벌어지고 있다는 걸 알았어야 했는데. 그놈은 그 오토바이를 애지중지했거든요. 그걸 왜 저한테 줬겠어요? 왜 더 이상 필요가 없었을까요? 사실 그 오토바이는 추적당하기가 너무 쉬웠던 거예요. 덤블도어 교수님은 그놈이 포터 부부의 비밀 수호자라는 걸 아셨어요. 블랙은 그날 밤 목숨 걸고 도망쳐야 한다는 것도, 마법 정부가 자기를 찾는 건 시간문제라는 것도 알았던 거예요. *제가 그때 놈에게 해리를 넘겨줬으면 어떻게 됐겠냐고요, 네?* 놈은 틀림없이 바다 한가운데로 날아가 오토바이에서 해리를 던져 버렸을 겁니다. 가장 친한 친구의 아들을요! 하긴,

어둠의 편으로 넘어간 마법사에겐 더 이상 무엇도, 누구도 중요하지 않겠죠……."

해그리드가 이야기를 마치자 긴 침묵이 이어졌다. 로즈메르타 씨가 그래도 조금 만족스럽지 않느냐는 투로 입을 열었다. "하지만 종적을 감추지는 못했잖아요? 마법 정부가 다음 날 그자를 찾아냈으니까요!"

"아, 그랬다면 얼마나 좋았겠소." 퍼지가 쓸쓸하게 말했다. "놈을 찾은 건 우리가 아니었어요. 꼬마 피터 페티그루라고, 포터의 또 다른 친구였지. 틀림없이 슬퍼서 이성을 잃은 게지. 게다가 블랙이 포터 부부의 비밀 수호자라는 걸 알았으니 직접 블랙을 잡으러 간 거요."

"페티그루라면…… 호그와트에서 항상 그 애들을 따라다니던 땅딸막한 소년 말인가요?" 로즈메르타 씨가 말했다.

"블랙과 포터를 영웅처럼 숭배했지요." 맥고나걸 교수가 말했다. "재능 면에서 결코 그 둘과 같은 수준은 아니었지만. 나는 때때로 그 아이를 매섭게 대했어요. 지금 그게 얼마나, 얼마나 후회스러운지 상상하실 수 있겠죠……." 그녀는 갑자기 코감기에라도 걸린 듯한 목소리가 됐다.

"자자, 미네르바." 퍼지가 다정한 목소리로 말했다. "페티그루는 영웅으로 죽었소. 목격자들이…… 물론 그들은 머글이었는데, 마법 정부에서 추후에 기억을 지웠지요. 그 머글들이 페티그루가 어떻게 블랙을 구석에 몰아넣었는지 말해 줬소. 페티그루는 흐느끼고 있었다더군요. '시리우스, 릴리와 제임스를! 네가 어떻게 그럴 수가!' 그런 다음 페티그루는 마법 지팡이로 손을 뻗었소. 뭐, 물론, 블랙이 더 빨랐지요. 그자가 페티그루를 산산조각으로 날려 버렸고……."

맥고나걸 교수가 코를 풀더니 쉰 목소리로 말했다. "멍청한 녀석…… 바보 같은 녀석……. 그 애는 예전부터 결투에 전혀 소질이 없었어요……. 마법 정부에 맡겼어야 했는데……."

"분명히 말하는데, 제가 꼬마 페티그루보다 먼저 블랙을 찾았다면 마법 지팡이 장난 따위는 하지 않았을 겁니다. 놈의 팔다리를 하나하나 뜯어 놨을 거라고요." 해그리드가 으르렁거렸다.

"알지도 못하면서 떠드는군, 해그리드." 퍼지가 날카롭게 말했다. "일단 구석에 몰린 블랙을 상대로는 마법 수사대의 특수 요원들만이 승산이 있었을 거야. 난 당시 마법 사고 및 재난부 차관이라 블랙이 그 사람들을 다 죽인 뒤 현장에 처음 도착한 사람 중 한 명이었네. 난, 난 결코 잊지 못할 걸세. 아직도 가끔씩 그 꿈을 꿔. 거리 한복판에 큰 구멍이 생겼지. 구멍이 어찌나 깊게 파였는지 그 밑에 있는 하수도관이 다 부서졌더군. 사방이 시체로 가득했지. 머글들은 비명을 질러 댔고. 그리고 블랙이 거기에 서서 웃고 있었네, 페티그루의 잔해…… 그 피범벅이 된 로브 더미와 신체 조각 앞에서…….”

퍼지의 목소리가 갑자기 멈췄다. 다섯 명이 코 푸는 소리가 들렸다.

“뭐, 그렇게 된 거요, 로즈메르타.” 퍼지가 탁한 목소리로 말했다. “블랙은 스무 명의 마법 수사대에게 끌려갔고 페티그루는 1급 멀린 훈장을 받았는데, 아마 녀석의 가엾은 어머니에게는 조금이나마 위안이 됐을 겁니다. 블랙은 그 이후로 쭉 아즈카반에 있었고.”

로즈메르타 씨가 긴 한숨을 내쉬었다.

“그자가 미쳤다는 게 사실인가요, 총리님?”

“그렇다고 말할 수 있었으면 좋겠군요.” 퍼지가 천천히 말했다. “주인의 몰락으로 잠깐 정신이 이상해진 건 확실한 것 같소. 페티그루와 그 모든 머글들을 죽인 건 구석에 몰려 절망한 자나 할 법한 짓이었으니까. 잔인하고…… 무의미한. 그런데 나는 마지막으로 아즈카반에 시찰을 나갔을 때 블랙을 만났소. 그곳 죄수들은 대부분 어둠 속에서 혼잣말을 중얼거리며 앉아 있어요. 분별력이 없지. 하지만 블랙은 어찌나 멀쩡해 보이던지 깜짝 놀랐소. 나한테 꽤 이성적으로 말하더군요. 무시무시했다오. 놈은 그저 지루해 보였을 뿐이었소. 그때 내가 신문을 가지고 있었는데, 놈이 아주 태연하게 나더러 신문을 다 봤느냐고 묻지 뭐요. 십자말풀이가 그립다더군. 그래, 나는 그자가 어떻게 디멘터들에게 영향을 받지 않는지 경악할 지경이었소. 블랙은 그곳에서도 가장 엄중한 감시를 받고 있는 죄수 중 한 명이었는데 말이오. 디멘터들이 그자의 감방 문 앞을 밤낮으로 지키고 있었는데."

"근데 그자가 무엇 때문에 탈옥했다고 생각하세요?" 로즈메르타 씨가 물었다. "맙소사, 총리님. 블랙이 다시 '그 사람'에게 가려고 하는 건 아니겠죠?"

"감히 말하는데, 그게 그자의, 어…… 궁극적인 계획일 겁니다." 퍼지가 얼버무리듯 말했다. "그전에 블랙을 잡으면 좋겠지만. 솔직히 '그 사람'이 자기편 없이 혼자 있을 때와…… 가장 헌신적인 부하와 함께 있을 때는 상황이 다르니까. 그자가 얼마나 빠르게 되살아날지 생각하면 몸이 떨려요……."

유리가 나무에 부딪치면서 작게 달각하는 소리가 났다.

누군가가 잔을 내려놓은 모양이었다.

"아시겠지만, 코닐리어스, 교장 선생님과 식사하려면 이제 그만 성으로 돌아가시는 게 좋겠습니다." 맥고나걸 교수가 말했다.

한 명 한 명, 해리 앞에 있는 발들에 다시 체중이 실렸다. 시야에 망토 자락이 휙 들어오는가 싶더니 로즈메르타 씨의 반짝이는 하이힐도 바 뒤로 사라졌다. 스리 브룸스틱스의 문이 다시 열렸다. 또 한 번 눈보라가 치더니 교수들이 사라졌다.

"해리?"

론과 헤르미온느의 얼굴이 탁자 아래 나타났다. 둘 다 말을 잃고 그를 빤히 바라보았다.

11장
파이어볼트

 해리는 어떻게 허니듀크스 지하실로 가서 굴을 지나 성으로 돌아왔는지 또렷이 생각나지 않았다. 그가 아는 거라고는 돌아오는 길이 순식간처럼 느껴졌다는 것과, 자기가 뭘 하고 있는지 거의 알 수 없었다는 것뿐이었다. 조금 전 들은 이야기가 여전히 그의 머릿속에서 쿵쿵 울리고 있었.

 왜 아무도 말해 주지 않았을까? 덤블도어, 해그리드, 위즐리 씨, 코닐리어스 퍼지…… 왜 아무도 해리의 부모님이 가장 친한 친구의 배신으로 죽었다는 사실을 언급하지 않은 걸까?

 퍼시가 근처에 앉아 있었기에 론과 헤르미온느는 엿들은 것에 대해 감히 이야기하지 못하고 저녁 식사 시간 내내 해리를 불안하게 지켜보았다. 위층의 붐비는 휴게실로 올라가니, 프레드와 조지가 학기 말이라 신이 났는지 여섯 개나 되는 똥폭탄을 터뜨려 놓았다. 그들이 호그스미드에게 갔었느냐고 물어볼까 봐 해리는 몰래 조용히 빈 기숙사 침실로 올라가 침대 옆 보관함으로 갔다. 그는 책들을 옆으로 밀고 찾던 것을 금방 찾아냈다. 2년 전 해그리드가 준 가죽 장정된 앨범이었다. 거기에는 어머니와 아버지의 마법 사진이 가득했다. 해리는 침대에 앉아 주위에 커튼을 치고 뭔가를 찾아서 페이지를 넘기기 시작했다. 그리고 마침내……

부모님의 결혼식 사진에서 멈췄다. 아버지가 활짝 웃으며 그에게 손을 흔들었다. 해리가 물려받은 단정치 못한 검은 머리카락이 사방으로 뻗쳐 있었다. 어머니는 행복에 겨운 채 아버지와 팔짱을 끼고 있었다. 그리고…… 그자가 틀림없었다. 부모님의 들러리……. 해리는 지금까지는 단 한 번도 그자에게 관심을 가져 본 적이 없었다.

같은 사람인 줄 몰랐다면, 해리는 아마 이 낡은 사진 속 인물이 블랙일 거라고는 짐작도 못 했을 것이다. 사진 속 인물은 야위지도 창백하지도 않았고, 잘생긴 얼굴로 활짝 웃고 있었다. 이 사진을 찍었을 때 이미 볼드모트의 부하였을까? 그때 벌써 옆에 있는 두 사람의 죽음을 계획하고 있었을까? 그 자신의 얼굴을 알아볼 수도 없게 만들 아즈카반에서의 12년이란 세월을 앞두고 있다는 사실을 알았을까?

'하지만 디멘터들은 이자한테 아무런 영향도 끼치지 않잖아.' 해리는 웃고 있는 잘생긴 얼굴을 뚫어지게 들여다보며 생각했다. '이자는 디멘터들이 가까이 다가와도 우리 엄마의 비명 소리를 들을 일이 없어.'

해리는 앨범을 탁 덮고 손을 뻗어 보관함에 다시 밀어 넣은 뒤 차례차례 로브와 안경을 벗었다. 그리고 침대에 누우면서 커튼이 자기 모습을 제대로 가려 주는지 확인했다.

침실 문이 열렸다.

"해리?" 론이 머뭇거리는 목소리로 조심스럽게 그를 불렀다.

하지만 해리는 잠든 척하며 가만히 누워 있었다. 그는 론이 다시 나가는 소리를 듣고 몸을 돌려 바로 누웠다. 눈은 크게 뜬 채였다.

전에는 알지 못했던 증오가 독약처럼 온몸으로 퍼져 나갔다. 앨범에서 사진을 꺼내 눈앞에 붙여 놓기라도 한 것처럼 어둠 속에서 그를 향해 웃는 블랙의 모습이 선명하게 보였다. 누가 영화를 틀어 놓기라도 한 듯 시리우스 블랙이 (네빌 롱보텀을 닮은) 피터 페티그루를 산산조각으로 터뜨려 버리는 광경이 보였다. (블랙의 목소리가 어떤지는 전혀 모르지만) 흥분해서 중얼거리는 나직한 목소리가 들렸다. "드디어 해냈습니다, 주인님……. 포터 부부가 저를 '비밀 수호자'로 선택했습니다……." 그런 다음 또 다른 목소리가 들렸다. 날카롭게 웃어 대는 목소리, 디멘터들이 다가올 때마다 해리의 머릿속에서 들려오던 웃음소리…….

"해리, 너…… 너 진짜 안 좋아 보여."

해리는 새벽까지 잠들지 못했다. 일어나 보니 침실에는 아무도 없었다. 그는 옷을 입고 나선형 계단을 지나 휴게실로 내려갔다. 페퍼민트 두꺼비를 먹으며 배를 문지르는 론과 탁자 세 개에 걸쳐 숙제를 펼쳐 둔 헤르미온느를 빼면 휴게실은 완전히 비어 있었다.

"다들 어디 갔어?" 해리가 물었다.

"집에 갔지! 크리스마스 연휴 첫날이잖아. 기억 안 나?" 론이 해리를 조심스레 바라보며 말했다. "점심시간 거의 다 됐어. 좀 이따 내가 가서 깨우려고 했는데."

해리는 벽난로 앞 의자에 털썩 주저앉았다. 창밖에는 아직도 눈이 내리고 있었다. 크룩섕스가 커다란 적갈색 깔개처럼 난로 앞에 몸을 쭉 뻗고 누워 있었다.

"저기, 너 정말 안 좋아 보여." 헤르미온느가 걱정스럽게 그의 얼굴을 들여다보며 말했다.

"난 괜찮아." 해리가 말했다.

"해리, 잘 들어." 헤르미온느가 론과 눈빛을 주고받으며 말했다. "어제 들은 이야기 때문에 분명 심란할 거야. 하지만 중요한 건, 어떤 멍청한 짓도 해서는 안 된다는 거야."

"어떤 짓?" 해리가 물었다.

"블랙을 찾으려고 한다거나." 론이 날카로운 목소리로 말했다.

해리가 잠든 동안 둘에서 이 말을 연습한 게 틀림없었다. 해리는 아무런 대꾸도 하지 않았다.

"안 그럴 거지? 응, 해리?" 헤르미온느가 물었다.

"블랙은 목숨을 걸 만한 가치도 없는 인간이야." 론이 말했다.

해리는 두 사람을 바라보았다. 그들은 전혀 이해하지 못하는 것 같았다.

"디멘터가 가까이 올 때마다 내가 뭘 보고 듣는지 알아?" 론과 헤르미온느는 걱정스러운 표정으로 고개를 저었다. "엄마가 비명을 지르면서 볼드모트에게 애원하는 소리가 들려. 너희도 너희 엄마가 그렇게 소리 지르는 걸 들으면,

살해당하기 직전의 소리를 들으면, 쉽게 잊지 못할 거야. 거기다 엄마의 친구인 줄 알았던 사람이 배신하고 볼드모트에게 가서 엄마가 있는 곳을 알려 줬다는 사실을 알게 되면……."

"네가 할 수 있는 건 아무것도 없어!" 헤르미온느가 괴로운 표정을 지으며 목소리를 높였다. "디멘터들이 블랙을 잡으면 그자는 아즈카반으로 돌려보내질 거야. 그리고, 그리고 마땅한 처벌을 받을 거야!"

"퍼지 얘기 들었잖아. 블랙은 보통 사람들처럼 아즈카반의 영향을 받지 않아. 보통 사람들이랑은 달리 블랙한테는 그게 벌이 아니라고."

"그래서 지금 무슨 말 하는 거야?" 론이 꽤 긴장한 표정으로 물었다. "네, 네가 직접 블랙을…… 블랙을 죽이고 싶다는 거야?"

"멍청한 소리 하지 마." 헤르미온느가 겁에 질린 목소리로 말했다. "해리는 누굴 죽이고 싶어 하는 게 아니야. 그렇지, 해리?"

이번에도 해리는 대답하지 않았다. 그는 자신이 뭘 하고 싶은 건지 알 수 없었다. 그는 그저 블랙이 활보하고 다니는데 손 놓고 있어야 한다는 것이 견딜 수 없을 뿐이었다.

"말포이는 알고 있었어." 그가 불쑥 말했다. "마법약 시간에 그 자식이 나한테 했던 말 기억해? '나라면 직접 그놈을 잡았을 거야……. 복수하고 싶었을 거야.'"

"우리의 충고 대신 말포이의 충고를 듣겠다 이거냐?" 론이 맹렬하게 화를 내며 말했다. "잘 들어……. 블랙이 페티그루를 끝장낸 다음 페티그루의 어머니가 뭘 돌려받았는지 알아? 아빠가 말해 줬어. 1급 멀린 훈장이랑, 상자에 담긴 페티그루의 손가락이었대. 그게 사람들이 찾을 수 있었던 가장 큰 조각이었다고. 블랙은 미친놈이야, 해리. 그자는 위험해."

"말포이네 아빠가 개한테 말해 준 게 틀림없어." 해리가 론의 말을 들은 척도 하지 않고 말했다. "말포이네 아빠는 볼드모트의 최측근이었으니까."

"'그 사람'이라고 말해 줄래, 좀?" 론이 화를 내며 말을 끊었다.

"그러니까 틀림없이 말포이네는 블랙이 볼드모트의 부하였다는 걸 알고……."

"네가 페티그루처럼 산산조각 나는 걸 보고 싶어 죽겠는 거지! 정신 똑바로 차려. 말포이는 그냥 퀴디치에서 너와 맞붙기 전에 네가 알아서 죽어 주기를 바라는 거야."

"해리, *제발.*" 헤르미온느가 눈물을 글썽이며 말했다. "*제발* 이성적으로 생각해. 블랙은 끔찍한, 아주 끔찍한 짓을 저질렀어. 그, 그렇다고 너 자신을 위험에 빠뜨리지는 마. 그게 블랙이 바라는 거야……. 아, 해리, 블랙을 찾으러 가면 그자에게 놀아나는 거야. 너희 엄마 아빠는 네가 다치기를 바라지 않으실 거야. 안 그래? 네가 블랙을 찾아 나서길 결코 바라지 않으실 거야!"

"난 그분들이 뭘 원하셨을지 영영 알 수 없어. 블랙 덕분에 부모님하고 말해 본 적이 한 번도 없으니까." 해리가 퉁명스럽게 말했다.

침묵이 흘렀다. 그 와중에 크룩섕스가 늘어지게 기지개를 켜며 발톱을 구부렸다 폈다 했다. 론의 주머니가 꿈틀거렸다.

"저기, 있잖아." 론이 화제를 돌리려는 기색이 역력한 목소리로 말했다. "이제 곧 연휴야! 크리스마스라고! 우리…… 우리 해그리드 보러 가자. 오랫동안 안 찾아갔잖아!"

"안 돼!" 헤르미온느가 재빨리 말했다. "해리는 성을 떠나면 안 되잖아, 론."

"그래, 가자." 해리가 몸을 바로 세워 앉으며 말했다. "가서 우리 부모님 얘기는 다 해 줬으면서 왜 블랙 얘기는 전혀 안 해 줬는지 물어봐야겠어!"

론도 블랙 얘기가 더 나올 거라고는 생각 못 한 게 분명했다.

"아니면 체스나 한판 하는 것도 좋겠다." 그가 얼른 말했다. "아니면 곱스톤이나. 퍼시가 한 세트 두고 갔…….'

"아니, 해그리드 만나러 가자." 해리가 단호하게 말했다.

그래서 그들은 침실에서 망토를 가지고 초상화 구멍을 지나("거기 서, 싸우자, 이 겁쟁이 똥개들아!"), 텅텅 빈 성 안을 걸어가 오크나무 문 밖으로 나갔다.

그들은 반짝이는 가루 같은 눈에 얕은 자취를 남기며 천천히 나아갔다. 양말과 망토 자락이 다 젖어서 금방 얼어붙었다. 금지된 숲은 마법에 걸린 것처럼 보였다. 나무 한 그루 한 그루에 은빛이 어려 있었고, 해그리드의 오두막은 설탕을 입힌 케이크 같았다.

론이 문을 두드렸지만 아무런 대답도 돌아오지 않았다.

"나간 건 아니겠지?" 헤르미온느가 망토를 뒤집어쓰고 덜덜 떨면서 말했다.

론이 문에 귀를 갖다 댔다.

"이상한 소리가 나는데." 그가 말했다. "들어 봐. 팽인가?"

해리와 헤르미온느도 문에 귀를 가져다 댔다. 오두막 안에서 낮게 떨리는 신음이 연이어 들려왔다.

"가서 다른 사람을 데려오는 게 좋을까?" 론이 초조하게 말했다.

"해그리드!" 해리가 문을 쾅쾅 두들기며 소리쳤다. "해그리드, 안에 있어요?"

육중한 발소리가 가까이 다가오는 것 같더니 문이 삐걱 열렸다. 해그리드가 눈이 빨갛게 부은 채 문 앞에 서 있었다. 그의 가죽조끼 앞자락에 눈물이 철퍽철퍽 떨어졌다.

"들었구나!" 그가 소리치더니 해리를 와락 끌어안았다.

해그리드는 몸집이 보통 사람의 두 배는 되었으므로 이는 웃을 일이 아니었다. 론과 헤르미온느는 해그리드의 팔을 하나씩 잡고 그를 들어 올려, 해그리드의 몸무게에 눌려 쓰러지기 일보 직전이던 해리를 구출했다. 해리는 둘을 도와 오두막으로 들어갔다. 해그리드는 그들에게 몸을 내맡기고 의자로 가더니 탁자 앞에 털썩 주저앉아 걷잡을 수 없이 울음을 터뜨렸다. 엉킨 턱수염으로 흘러내린 눈물 때문에 얼굴이 번들거렸다.

"해그리드, *대체* 무슨 일이에요?" 헤르미온느가 깜짝 놀라서 물었다.

해리는 공문처럼 보이는 편지가 탁자에 펼쳐져 있는 것

을 발견했다.

"이게 뭐예요, 해그리드?"

해그리드는 더 큰 소리로 흐느끼면서도 해리에게 편지를 내밀었다. 해리는 그것을 들고 소리 내어 읽었다.

해그리드 씨에게.

귀하의 수업에서 히포그리프가 학생을 공격한 건을 추가 조사한 결과, 이 유감스러운 사고에 귀하의 책임은 전혀 없다는 덤블도어 교수의 증언을 받아들이기로 했습니다.

"뭐, 그럼 잘된 거잖아요, 해그리드!" 론이 해그리드의 어깨를 탁 치며 말했다. 하지만 해그리드는 흐느낌을 멈추지 않고 거대한 손을 내저어 해리에게 계속 읽으라고 했다.

다만 문제의 히포그리프에 대해서는 우려를 표명할 수밖에 없습니다. 우리는 루시우스 말포이 씨의 공식 항의를 받아들이기로 결정했으며, 따라서 이 문제는 위험 생물 처분 위원회로 이관됩니다. 심리는 4월 20일에 열릴 예정이오니 지정된 날짜에 히포그리프와 함께 런던에 있는 위원회 사무실로 출석해 주시기 바랍니다. 그때까지 히포그리프는 묶어서 격리하십시오.

                        귀하의 동료……

그 뒤로 학교 이사들의 명단이 이어졌다.

"이런." 론이 말했다. "하지만 벅빅은 나쁜 히포그리프가 아니라면서요, 해그리드. 장담하는데, 잘 해결될……."

"넌 위험 생물 처분 위원회의 그 악독한 놈들을 몰라!" 해그리드가 소매로 눈물을 닦으며 잔뜩 쉰 목소리로 외쳤다. "그놈들은 흥미로운 생물들을 못 잡아먹어서 안달이란 말이야!"

해그리드의 오두막 한구석에서 갑작스럽게 들려온 소리에 해리, 론, 헤르미온느는 홱 돌아보았다. 히포그리프 벅빅이 구석에 드러누워서, 바닥에 온통 피를 줄줄 흘리는 무언가를 쩝쩝거리며 먹고 있었다.

"눈이 이렇게 내리는데 저 밖에 묶어 둘 수는 없었어!" 해그리드가 목이 멘 듯 말했다. "쟤 혼자! 크리스마스에!"

해리, 론, 헤르미온느는 서로를 바라보았다. 그들은 해그리드가 '흥미로운 생물'이라 부르고 다른 사람들은 '끔찍한 괴물'이라고 부르는 것들에 대해 단 한 번도 해그리드와 의견을 같이한 적이 없었다. 그렇지만 벅빅에게 특별히 해로운 구석은 없는 것 같았다. 사실, 해그리드의 평소 기준에 따르면 녀석은 상당히 귀여운 편이었다.

"반박의 여지가 없는 아주 강력한 변론을 제시해야겠네요, 해그리드." 헤르미온느가 자리에 앉아 해그리드의 거대한 팔뚝에 손을 올리며 말했다. "벅빅이 안전하다는 사실을 분명 입증하실 수 있을 거예요."

"그래 봤자 소용없어!" 해그리드가 계속 흐느꼈다. "처분위원회의 그 악독한 놈들은 모두 루시우스 말포이의 손아귀에 있어! 그자를 두려워한다고! 게다가 내가 소송에서 지면 벅빅은……."

해그리드는 손가락으로 빠르게 목을 긋더니 큰 소리로 울부짖으며 양팔에 얼굴을 파묻었다.

"덤블도어 교수님한테 말씀드리면 어때요, 해그리드?" 해리가 물었다.

"덤블도어 교수님은 이미 나한테 많은 걸 해 주셨어." 해그리드가 신음했다. "저놈의 디멘터들을 성 밖에 붙들어 두는 것만으로도 일이 넘치셔. 시리우스 블랙도 근처에 도사리고 있고……."

론과 헤르미온느가 재빨리 고개를 돌려 해리를 바라보았다. 블랙에 관한 진실을 말해 주지 않았다며 그가 해그리드를 책망하기 시작할 거라고 예상한 것 같았다. 하지만 해리는 이토록 비참하고 겁에 질려 보이는 해그리드에게 차마 그런 말을 할 수는 없었다.

"들어 보세요, 해그리드." 해리가 말했다. "포기하면 안 돼요. 헤르미온느 말이 맞아요. 아저씨한테는 그저 훌륭한 변론이 필요할 뿐이에요. 우리를 증인으로 부르실 수도 있고요."

"분명 전에 히포그리프 학대 사례에 대해 읽어 본 적이 있어요." 헤르미온느가 생각에 잠겨서 말했다. "그때는 히포그리프가 처벌받지 않았어요. 제가 찾아 드릴게요, 해그리드. 정확히 무슨 일이 있었는지 확인해 볼게요."

해그리드가 한층 큰 소리로 울부짖었다. 해리와 헤르미온느는 좀 거들라는 듯 론을 쳐다보았다.

"어…… 차라도 한잔 탈까?" 론이 말했다.

해리가 그를 뚫어지게 바라보았다.

"누가 기분이 안 좋으면 엄마가 항상 그렇게 하길래." 론이 어깨를 으쓱하며 중얼거렸다.

도와주겠다고 여러 차례 더 약속한 뒤에야 마침내 해그리드는 김이 모락모락 나는 머그잔을 앞에 두고 식탁보만 한 손수건에 코를 팽 풀며 말했다. "너희 말이 맞아. 이대로 포기할 순 없어. 정신 차려야지…….”

멧돼지 사냥개 팽이 머뭇머뭇 탁자 밑에서 나와 해그리드의 무릎에 머리를 얹었다.

“최근엔 나도 제정신이 아니었어.” 해그리드가 한 손으로 팽을 쓰다듬고 다른 손으로는 얼굴을 닦으며 말했다. “벅빅도 걱정되고 아무도 내 수업을 좋아하지 않고.”

“우린 좋아해요!” 헤르미온느가 즉시 거짓말을 했다.

“네, 정말 멋진 수업이에요!” 론이 탁자 아래에서 손가락을 포개며(행운을 비는 것 외에, 어쩔 수 없이 거짓말해야 할 때 액막이를 위해 손가락으로 십자가를 만들기도 한다—옮긴이) 말했다. “어…… 플로버웜들은 어때요?”

“죽었어.” 해그리드가 우울하게 말했다. “상추를 너무 많이 줘서.”

“아, 이런!” 론은 입술을 씰룩거렸다.

“그리고 저놈의 디멘터들 때문에 기분이 더 끔찍해.” 해그리드가 문득 몸을 떨면서 말했다. “스리 브룸스틱스에서 한잔하고 싶을 때마다 놈들을 지나가야 하다니. 꼭 아즈카반에 다시 간 것처럼 느껴지더라.”

그는 말을 멈추더니 차를 꿀꺽꿀꺽 들이켰다. 해리, 론, 헤르미온느는 숨죽인 채 그를 지켜보았다. 해그리드가 아즈카반에서 보냈던 그 짧은 시간을 언급하는 건 처음이었다. 잠시 망설이던 헤르미온느가 조심스럽게 입을 열었다.

"거기가 그렇게 끔찍해요, 해그리드?"

"너희는 상상도 못 할 거야." 해그리드가 조용히 말했다. "그런 데는 처음이야. 미치는 줄 알았어. 머릿속에 끔찍한 일들이 계속 떠올랐지……. 호그와트에서 퇴학당한 날…… 아빠가 돌아가신 날…… 노버트를 보내야 했던 날……."

해그리드의 눈이 그렁그렁해졌다. 노버트는 언젠가 해그리드가 카드 게임에 이겨서 얻은 아기 용이었다.

"조금 지나면 내가 누군지도 잘 기억나지 않아. 왜 사는지도 아예 모르겠고. 그냥 자다가 죽기만을 바랐지……. 놈들이 나를 내보내 줬을 때는 마치 다시 태어나는 것 같았어. 모든 게 한꺼번에 되돌아오더라. 세상 행복한 기분이었어. 디멘터들은 나를 놔주고 싶어 하지 않았지만."

"하지만 아저씨는 결백했잖아요!" 헤르미온느가 말했다.

해그리드가 콧방귀를 뀌었다.

"놈들에게 그게 중요할 것 같아? 신경도 안 쓸걸. 수백 명이 자기들과 함께 갇혀 있다면, 그 사람들의 행복을 다 빨아먹을 수만 있다면, 놈들은 죄가 있든 말든 관심도 없어."

해그리드는 잠깐 입을 다물고 찻잔을 뚫어지게 바라보

다가 조용히 말했다. "벅빅을 풀어 주는 것도 생각해 봤어……. 그냥 날려 보내는 거야……. 하지만 숨어 살아야 한다는 걸 히포그리프한테 어떻게 설명하겠어? 그리고…… 그리고 난 법을 어기는 게 무서워……." 해그리드가 눈을 들어 그들을 바라보았다. 그의 얼굴에 다시 눈물이 흘러내렸다. "아즈카반에는 절대 다시 가고 싶지 않아."

해그리드의 오두막에 갔던 일은 즐거움과는 거리가 멀었지만, 어쨌든 론과 헤르미온느가 원했던 효과는 있었다. 해리는 결코 블랙을 잊지 않았지만, 위험 생물 처분 위원회와의 소송에서 해그리드가 이기도록 도우려면 계속 복수만 곱씹고 있을 수는 없었다. 그와 론, 헤르미온느는 다음 날 도서관에 가서 벅빅을 변호하는 데 도움이 될 만한 책을 잔뜩 들고 빈 휴게실로 돌아왔다. 셋은 활활 타오르는 난롯불 앞에 앉아 사람을 습격한 짐승과 관련된 유명한 재판들이 실린 먼지투성이 책들을 천천히 넘기다가 가끔씩 뭔가 관련 있는 대목이 나오면 입을 열었다.

"여기 봐 봐…… 1722년에 있었던 사건……. 히포그리프가 유죄판결을 받았어. 으웩, 사람들이 히포그리프한테 한 짓 좀 봐. 역겨워……."

"이게 도움이 될지도 모르겠네. 봐. 1296년에 만티코어가 어떤 사람을 사납게 공격했는데, 사람들이 만티코어를 놔줬대. 아, 아니다. 다들 가까이 가기 너무 무서워서 그런 거네……."

한편, 성안의 다른 곳들은 즐길 학생들이 거의 남아 있지 않은데도 전처럼 아름다운 크리스마스 장식으로 꾸며졌다. 호랑가시나무와 굵직한 겨우살이 띠 장식이 복도에 걸리고, 갑옷들마다 신비한 조명들이 빛났으며, 대연회장은 전처럼 황금색 별이 반짝이는 열두 그루의 크리스마스트리로 가득 채워졌다. 먹음직스러운 강렬한 음식 냄새가 복도에 가득했고, 크리스마스이브 즈음에는 그 냄새가 더욱 강해져서 스캐버스조차 은신처인 론의 주머니에서 코를 내밀고 기대에 차서 킁킁거릴 정도였다.

크리스마스 날 아침, 해리는 론이 던진 베개를 맞고 잠에서 깼다.

"어이! 선물이다!"

해리는 안경을 쓴 뒤 눈을 가늘게 뜨고 아직 어둑어둑한 침대 밑을 내려다보았다. 작은 소포 더미가 눈에 띄었다. 론은 벌써 자기가 받은 선물 포장을 뜯고 있었다.

"엄마가 또 스웨터를 보냈네……. 이번에도 고동색…….

너도 왔나 봐 봐."

해리에게도 왔다. 위즐리 부인은 앞에 그리핀도르 사자를 뜨개질해 넣은 진홍색 스웨터와 집에서 구운 민스 파이(말린 과일, 향신료 등을 넣어 만든 영국의 크리스마스 파이—옮긴이) 열두 개, 크리스마스 케이크, 땅콩 캐러멜 한 상자도 보내왔다. 이것들을 전부 옆으로 치우자 그 아래에 놓인 길고 가느다란 꾸러미가 보였다.

"그건 뭐야?" 론이 방금 포장을 뜯은 고동색 양말 한 켤레를 손에 들고 건너다보며 물었다.

"모르겠어……."

해리는 포장을 뜯다가 숨을 헉 들이켰다. 번쩍번쩍 빛나는 멋들어진 빗자루가 침대보 위로 굴러 나왔다. 론은 양말을 떨어뜨리더니 더 자세히 보기 위해 침대에서 뛰어내려왔다.

"믿을 수가 없어." 그가 쉰 목소리로 말했다.

파이어볼트였다. 다이애건 앨리에서 매일 보러 갔던 바로 그 꿈의 빗자루. 해리가 집어 들자 손잡이가 반짝반짝 빛났다. 해리는 파이어볼트가 부르르 진동하는 것을 느끼고 손을 놓았다. 빗자루는 공중에 받침대도 없이, 올라타기 딱 좋은 높이에 떠 있었다. 해리의 눈이 손잡이 윗부분의 황금색 등록 번호에서, 자작나무 잔가지로 이루어진 완벽할 정도로 매끄러운 유선형 꼬리로 옮겨 갔다.

"누가 보냈을까?" 론이 숨죽여 물었다.

"카드가 있는지 봐." 해리가 말했다.

론이 파이어볼트의 포장지를 북 찢었다.

"아무것도 없어! 세상에, 누가 너한테 이렇게 비싼 걸 사 준 거야?"

"글쎄." 해리가 어안이 벙벙해져서 말했다. "장담하는데 더즐리 가족은 아닐 거야."

"내 생각엔 확실히 덤블도어야." 이제는 파이어볼트 주위를 빙빙 돌면서 그 멋진 모습을 하나하나 뜯어보던 론이 말했다. "투명 망토 보낼 때도 이름을 안 밝혔잖아……."

"하지만 투명 망토는 원래 우리 아빠 거였어." 해리가 말했다. "덤블도어 교수님은 그냥 전달만 해 준 거야. 나한테 수백 갈레온을 쓰지는 않을걸. 학생들한테 이런 물건을 막 줄 수는 없잖아."

"그래서 자기가 보냈다는 말을 안 하는 거지!" 론이 말했다. "말포이 같은 재수 없는 자식이 편애한다고 할까 봐. 아, 해리." 론이 큰 소리로 웃음을 터뜨렸다. "말포이 자식! 네가 이걸 탄 걸 보면 어떻게 나올까! 아주 앓아누울걸! 이

건 국제 표준 빗자루야, 국제 표준!"

"믿을 수가 없어." 론이 해리의 침대에 주저앉아 말포이를 떠올리며 정신없이 웃어 대는 사이 해리는 파이어볼트를 손으로 쓸면서 중얼거렸다. "대체 누가……?"

"알겠다." 론이 웃음을 참으며 말했다. "누군지 알겠어. 루핀이야!"

"뭐?" 이번엔 해리가 웃음을 터뜨렸다. "루핀? 야, 루핀 교수님한테 이렇게 돈이 많았다면 새 로브를 사 입었겠지."

"그래, 하지만 널 좋아하잖아." 론이 말했다. "네 님부스가 박살 났을 때 학교를 비우기도 했고. 어쩌면 그 소식을 듣고 다이애건 앨리에 들러 이걸 사기로 했는지도 몰라."

"무슨 뜻이야, 학교를 비웠다니?" 해리가 물었다. "루핀 교수님은 시합 때 아팠잖아."

"글쎄, 병동에는 없더라고." 론이 말했다. "내가 병동에 있었잖아. 스네이프가 준 방과 후 징계 때문에 환자용 변기를 닦으러. 기억나?"

해리가 론에게 얼굴을 찡그렸다.

"루핀 교수님한테 이런 걸 살 여유가 있을 것 같지는 않은데."

"너희 둘 왜 웃어?"

가운 차림의 헤르미온느가 크룩섕스를 안고 막 들어왔다. 장식용 반짝이 끈을 목에 두른 크룩섕스는 꽤 심술궂어 보였다.

"그 녀석 데리고 들어오지 마!" 론이 얼른 침대 한가운데에서 스캐버스를 낚아채 잠옷 주머니에 넣으며 말했다. 하지만 헤르미온느는 듣고 있지 않았다. 그녀는 크룩섕스를 셰이머스의 빈 침대에 내려놓더니 입을 딱 벌리고 파이어볼트를 뚫어지게 바라보았다.

"와, 해리! 이건 누가 보낸 거야?"

"모르겠어." 해리가 말했다. "카드 같은 것도 없었거든."

매우 놀랍게도 헤르미온느는 이 소식에 흥분하지도, 흥미로워하지도 않는 것 같았다. 그녀는 오히려 얼굴을 찌푸리며 입술을 깨물었다.

"왜 그래?" 론이 물었다.

"모르겠어." 헤르미온느가 천천히 말했다. "근데 좀 이상하지 않아? 내 말은, 이거 꽤 좋은 빗자루 같은데. 아냐?"

론은 어이가 없다는 듯 한숨을 쉬었다.

"꽤 좋다니? 이건 최고의 빗자루야, 헤르미온느." 그가 말했다.

"그러니까 틀림없이 정말 비쌀······."

"아마 슬리데린 애들 빗자루를 다 합친 것보다도 비쌀걸." 론이 즐거운 듯 말했다.

"글쎄…… 누가 해리에게 그렇게 비싼 물건을 보내면서, 심지어 자기가 보냈다는 말도 안 하겠어?" 헤르미온느가 말했다.

"무슨 상관이야?" 론이 참지 못하고 말했다. "저기, 해리. 나 한번 타 봐도 돼? 응?"

"아직은 누구도 타서는 안 될 것 같아!" 헤르미온느가 날카롭게 외쳤다.

해리와 론이 그녀를 바라보았다.

"그럼 해리가 이걸로 뭘 해야 되겠냐? 바닥이라도 쓸까?" 론이 말했다.

하지만 헤르미온느가 대답하기도 전에 크룩섕스가 셰이머스의 침대에서 론의 가슴팍으로 곧장 뛰어올랐다.

"얘, 여기서, 데리고, 나가!" 크룩섕스의 발톱이 잠옷을 찢어발기고 스캐버스가 어깨 너머로 탈출하려고 격렬하게 발버둥치자 론이 고래고래 소리를 질렀다. 스캐버스의 꼬리를 잡고 크룩섕스를 걷어차려던 론은 실수로 해리의 침대 끝에 있던 짐 가방을 차 넘어뜨리고 말았다. 론은 발이 아파 그 자리에서 폴짝폴짝 뛰었다.

크룩섕스의 털이 갑자기 곤두섰다. 날카로운 금속성의 휘파람 소리가 방을 가득 채웠다. 버넌 이모부의 낡은 양말에서 빠져나온 휴대용 스니코스코프가 바닥에서 빙빙 돌며 빛나고 있었다.

"깜빡했네!" 해리가 허리를 구부려 스니코스코프를 집어 들고 말했다. "웬만하면 저 양말은 절대 안 신거든……."

스니코스코프가 해리의 손바닥에서 빙빙 돌며 휘파람 소리를 냈다. 크룩섕스는 그걸 보며 쉭쉭대고 야옹거렸다.

"저 고양이 여기서 데리고 나가는 게 좋을 거야, 헤르미온느." 론이 미친 듯이 화를 내며 말했다. 그는 해리의 침대에 앉아 발가락을 주무르고 있었다. "그것 좀 닥치게 못 하냐?" 그가 해리에게 덧붙였다. 헤르미온느는 방에서 성큼성큼 걸어 나갔다. 크룩섕스의 노란 두 눈은 여전히 적의에 차서 론을 노려보고 있었다.

해리는 스니코스코프를 양말 안에 쑤셔 넣고 짐 가방에 도로 던져 넣었다. 이제 고통과 분노를 억누르는 론의 신음 밖에 들리지 않았다. 스캐버스는 론의 손 안에서 잔뜩 웅크리고 있었다. 해리도 론의 주머니 밖으로 나온 녀석을 본 건 정말 오랜만이었다. 한때 그토록 뚱뚱했던 스캐버스가 지금은 매우 앙상해진 걸 보니 놀랍기도 하고 기분이 좋지 않았다. 털도 뭉텅뭉텅 빠진 듯했다.

"스캐버스 상태가 별로 안 좋아 보이는데?" 해리가 말했다.

"스트레스 받아서 그래!" 론이 말했다. "저 멍청하고 거대한 털 뭉치가 가만 놔두기만 하면 괜찮을 거야!"

하지만 해리는 쥐의 수명이 고작 3년이라던 '마법 동물원' 주인의 말을 떠올렸다. 스캐버스가 여태 한 번도 드러낸 적 없는 힘을 갖고 있는 게 아닌 한 그 수명이 다해 가고 있다는 느낌이 드는 건 어쩔 수 없었다. 또 재미없고 쓸모없다며 자주 불평하긴 했지만 스캐버스가 죽으면 론이 매우 슬퍼할 게 틀림없었다.

그날 아침 그리핀도르 휴게실의 크리스마스 분위기는 싸늘하게 식어 있었다. 헤르미온느는 크룩섕스를 자기 침실에 가둬 놓긴 했지만 녀석을 걷어차려 했던 론에게 무척 화가 나 있었다. 론은 크룩섕스가 또 한 번 스캐버스를 잡아먹으려 했다는 것에 계속 열을 냈다. 해리는 둘을 화해시키려다가 포기하고, 휴게실로 가지고 내려온 파이어볼트를 살피는 데 온 정신을 쏟았다. 무슨 이유 때문인지 그것도 헤르미온느를 짜증 나게 만드는 것 같았다. 헤르미온느는 아무 말 하지 않았지만, 그 빗자루까지 자기 고양이를 비난

하고 있다는 듯 계속 불쾌한 시선을 던졌다.

점심시간에 그들은 대연회장으로 내려갔다. 기숙사 식탁들은 다시 벽 쪽으로 옮겨져 있고 열두 명 자리가 마련된 식탁 하나만 연회장 한가운데 놓여 있었다. 덤블도어, 맥고나걸, 스네이프, 스프라우트, 플리트윅 교수가 거기에 앉아 있었다. 평소 입는 갈색 외투 대신 아주 낡고 곰팡이가 슨 듯한 연미복을 입은 건물 관리인 필치도 함께였다. 다른 학생은 세 명뿐으로, 굉장히 긴장한 표정의 1학년생 두 명과 시무룩한 얼굴의 슬리데린 5학년생 한 명이 앉아 있었다.

"메리 크리스마스!" 해리, 론, 헤르미온느가 식탁으로 다가오자 덤블도어가 말했다. "사람 수가 너무 적어서 기숙사 식탁을 사용하는 게 미련해 보이더구나……. 앉거라, 앉아!"

해리, 론, 헤르미온느는 식탁 끝에 나란히 앉았다.

"크리스마스 크래커(영국 아이들이 즐기는 크리스마스 장난감의 하나로, 세 칸으로 나뉘어 있으며 두 사람이 각각 한쪽 끝을 잡고 잡아당기면 포장이 뜯어지면서 가운데 칸에 있는 선물이 나오는데, 이때 포장지에 묻은 화학약품 때문에 펑 소리가 난다—옮긴이)일세!" 덤블도어가 기대에 차서 커다란 은색 크래커 한쪽 끝을 스네이프에게 내밀었다. 스네이프는 마지못해 그것을 잡아당겼다. 총소리 같은 빵 하는 소리와 함께 크래커가 분리되더니 박제된 대머리독수리가 얹힌 크고 뾰족한 여성용 마법사 모자가 나왔다.

해리는 보가트를 떠올리고 론과 시선을 주고받았다. 두 사람 모두 씩 웃었다. 스네이프는 입술을 꾹 다문 채 덤블도어 쪽으로 모자를 밀어 놓았다. 덤블도어는 여태 쓰고 있던 마법사 모자를 대번에 벗고 그것을 썼다.

"드실까요?" 덤블도어가 환하게 웃어 보이며 식탁에 앉은 사람들에게 제안했다.

해리가 구운 감자를 먹고 있을 때 대연회장 문이 다시 열렸다. 트릴로니 교수가 발에 바퀴라도 달린 듯 그들을 향해 미끄러져 왔다. 그녀는 크리스마스를 맞아 스팽글로 장식한 녹색 드레스를 입고 있었는데, 그 탓에 어느 때보다도 더 번쩍이는 대왕 잠자리처럼 보였다.

"시빌, 뜻밖이지만 기쁘군요!" 덤블도어가 일어나며 말했다.

"수정구슬을 들여다보고 있었답니다, 교장 선생님." 트릴로니 교수가 평소보다도 더 몽롱하고 한껏 아득하게 느껴지는 목소리로 말했다. "그런데 놀랍게도 혼자만의 오찬을 포기하고 여러분과 함께하는 제 모습이 보이더군요. 제가 누구라고 운명의 설득을 거부하겠어요? 그래서 곧바로 서둘러

탑에서 나왔답니다. 부디 늦은 걸 용서해 주세요……."

"물론입니다, 물론이죠." 덤블도어가 눈을 반짝반짝 빛내며 말했다. "의자를 하나 꺼내 드리리다."

그러더니 그는 마법 지팡이를 사용해 정말로 허공에서 의자를 꺼냈다. 의자는 잠깐 동안 빙글빙글 돌다가 스네이프와 맥고나걸 교수 사이에 쿵 떨어졌다. 그러나 트릴로니 교수는 앉지 않았다. 그녀는 큼직한 눈으로 식탁을 두리번거리다가 갑자기 조그마한 비명 비슷한 소리를 내질렀다.

"감히 그럴 수는 없어요, 교장 선생님! 제가 앉으면 열세 명이 된답니다! 그보다 불길한 일은 없지요! 절대 잊지 마세요. 열세 사람이 같이 식사하면 처음 자리를 뜨는 사람이 가장 먼저 죽는다는 걸요!"

"그런 위험은 감수하겠습니다, 시빌." 맥고나걸 교수가 참지 못하고 말했다. "앉아 주세요, 칠면조가 돌처럼 식어 갑니다."

트릴로니 교수는 망설이다가 빈자리에 앉았다. 식탁에 벼락이라도 내리칠 것처럼 눈을 꾹 감고 입을 꽉 다문 채였다. 맥고나걸 교수가 커다란 숟가락을 가장 가까운 그릇에 꽂았다.

"곱창 요리 드시겠어요, 시빌?"

트릴로니 교수는 그 말을 못 들은 체하고 다시 눈을 뜨더니 또 한 번 주위를 둘러보았다. "한데 우리 루핀 교수님은 어디에 계신가요?"

"안타깝게도 그 불쌍한 친구가 또 아프답니다." 덤블도어가 모두에게 음식을 먹으라고 손짓하며 말했다. "하필 크리스마스 당일에 아프다니 참 안됐지요."

"하지만 당연히 미리 알고 계셨겠죠, 시빌?" 맥고나걸 교수가 눈썹을 치켜올리며 물었다.

트릴로니 교수는 아주 차가운 눈길로 맥고나걸 교수를 쏘아보았다.

"당연히 알고 있었답니다, 미네르바." 그녀가 조용히 말했다. "하지만 모든 걸 알고 있다는 것을 과시해서는 안 되는 법이랍니다. 저는 자주 제가 내면의 눈을 갖고 있지 않은 것처럼 행동해요. 다른 사람들이 긴장하지 않게 말이죠."

"그렇다면 많은 게 설명되는군요." 맥고나걸 교수가 비꼬듯 말했다.

갑자기 트릴로니 교수의 목소리가 훨씬 또렷해졌다.

"꼭 알아야겠다니 말해 드릴게요, 미네르바. 저는 루핀 교수가 우리와 함께하는 시간이 그리 길지 않으리라는 사실을 예측했답니다. 그분도 자신에게 시간이 별로 없다는 걸 아는 것 같아요. 제가 수정구슬점을 봐 주겠다고 하니 바로 도망쳐 버리더군요……."

"왜 그랬는지 알 것 같네요." 맥고나걸 교수가 굳은 목소리로 말했다.

"내 생각에는……." 덤블도어가 유쾌하면서도 살짝 높아진 목소리로 입을 열었다. 그것으로 맥고나걸 교수와 트릴로니 교수의 대화는 끝이 났다. "루핀 교수가 그 어떤 위험에도 당면해 있는 것 같지 않군요. 세베루스, 루핀 교수에게 마법약을 또 만들어 줬나?"

"네, 교장 선생님." 스네이프가 대답했다.

"잘했네." 덤블도어가 말했다. "그러면 금방 낫겠군……. 데릭, 이 치폴라타 소시지 먹어 봤니? 정말 맛있단다."

1학년생은 덤블도어가 직접 이름을 부르며 말을 걸자 얼굴이 새빨개지더니 떨리는 손으로 소시지가 담긴 접시를 받았다.

트릴로니 교수는 두 시간 뒤 크리스마스 정찬이 끝날 때까지 거의 평범한 사람처럼 행동했다. 크리스마스 음식으로 배가 터질 듯 부른 해리와 론은 여전히 크래커에서 나온 모자를 쓴 채 가장 먼저 식탁에서 일어났다. 트릴로니 교수가 요란한 비명을 내질렀다.

"얘들아! 너희 중 누가 먼저 자리에서 일어났니? 누구야?"

"모르겠는데요." 론이 불편한 듯 해리를 보며 말했다.

"무슨 차이가 있을 것 같지는 않습니다만." 맥고나걸 교수가 차갑게 말했다. "도끼를 든 미치광이가 문 밖에 서서, 가장 먼저 현관홀에 나오는 사람을 죽이려고 기다리고 있는 게 아니라면 말이죠."

론마저 웃고 말았다. 트릴로니 교수는 크게 모욕당한 듯한 표정이었다.

"안 가?" 해리가 헤르미온느에게 물었다.

"응." 헤르미온느가 어물거렸다. "나는 맥고나걸 교수님하고 잠깐 할 얘기가 있어."

"아마 수업을 더 들을 수 있는지 알아보려는 거겠지." 론이 현관홀로 나가면서 하품을 했다. 도끼를 든 미치광이 따위는 없었다.

초상화 구멍에 도착하니 캐도건 경이 수도사 몇몇과 호그와트 전임 교장 몇 명, 자신의 뚱뚱한 조랑말과 함께 크리스마스 파티를 즐기고 있었다. 그는 면갑을 밀어 올리고 벌꿀술 한 병으로 해리와 론에게 건배를 제안했다.

"메리, 딸꾹, 크리스마스! 암호는?"

"겁쟁이 똥개." 론이 말했다.

"그대도 마찬가지네, 기사여!" 캐도건 경이 외치는 순간 그림이 앞으로 홱 젖혀지며 그들을 들여보내 주었다.

해리는 곧바로 기숙사 침실로 올라가 파이어볼트와 헤르미온느가 생일 선물로 준 빗자루 손질 용품 세트를 챙겼다. 그것들을 가지고 내려가 파이어볼트에 손볼 데가 있는지 찾아볼 생각이었다. 하지만 잔가지 하나 구부러지지 않았고, 손잡이는 이미 너무 반짝거려서 광을 내는 게 무의미해 보였다. 그와 론은 그냥 앉아, 온갖 각도에서 파이어볼트를 감상했다. 그때 초상화 구멍이 열리더니 헤르미온느가 맥고나걸 교수와 함께 들어왔다.

맥고나걸 교수는 그리핀도르의 담임 교수였지만 해리가 여태 휴게실에서 그녀를 본 건 아주 심각한 발표를 하려고 왔을 때 한 번뿐이었다. 해리와 론은 같이 파이어볼트를 쥔 채 그녀를 뚫어지게 바라보았다. 헤르미온느는 그들을 빙 둘러 가서 의자에 앉더니 가장 가까이 있던 책을 집어 들고 그 뒤로 얼굴을 숨겼다.

"그래, 그거로구나?" 맥고나걸 교수가 말하더니 눈을 빛내며 난롯가로 다가와 파이어볼트를 뚫어지게 바라보았다. "그레인저 양이 방금 네가 빗자루를 받았다고 알려 주었다, 포터."

해리와 론은 헤르미온느를 돌아보았다. 위아래가 뒤집힌 책 위로 그녀의 이마가 점점 빨갛게 물들어 가고 있었다.

"잠깐 이리 줘 보겠니?" 맥고나걸 교수는 그렇게 말하면서도 대답을 기다리지 않고 파이어볼트를 그들의 손에서 가져갔다. 그녀는 손잡이에서부터 잔가지 끝까지 파이어볼트를 조심스럽게 살펴보았다. "흠. 그런데 편지도 전혀 없었다고, 포터? 카드도? 어떤 종류의 메시지도 없었어?"

"네." 해리는 멍하니 대답했다.

"그렇구나……." 맥고나걸 교수가 말했다. "흠, 미안하지만 이건 내가 가져가야겠다, 포터."

"뭐, 뭐라고요?" 해리가 허둥지둥 일어나며 물었다. "왜요?"

"저주가 걸렸는지 확인해 봐야지." 맥고나걸 교수가 말했다. "물론 나는 전문가가 아니지만, 아마 후치 선생님과 플리트윅 교수님이 분해해 보시면 알 거다."

"분해한다고요?" 론은 맥고나걸 교수가 제정신이 아니라는 듯 그 말을 반복했다.

"길어야 몇 주야." 맥고나걸 교수가 말했다. "저주에 걸리지 않았다는 걸 확인하면 돌려주마."

"빗자루는 아무 문제 없어요!" 해리가 소리쳤다. 그의 목소리가 살짝 떨리고 있었다. "정말이에요, 교수님."

"그건 네가 알 수 있는 일이 아니다, 포터." 맥고나걸 교수가 나름 다정한 목소리로 말을 이었다. "좌우간 이걸 타고 날아 보기 전에는 말이야. 누가 손대지 않았다는 것을 확인하기 전까지는, 유감이지만 빗자루를 타 보는 건 불가능하다. 소식은 계속 전해 주마."

맥고나걸 교수가 몸을 돌려 파이어볼트를 들고 초상화 구멍으로 나가자 그녀의 등 뒤에서 구멍이 닫혔다. 해리는 플리트우드의 끝내주는 손잡이 광택제 깡통을 두 손으로 움켜쥐고 그녀의 뒷모습을 뚫어지게 바라보고 있었다. 론이 헤르미온느에게 벌컥 화를 냈다.

"대체 맥고나걸한테는 왜 쪼르르 달려간 거야?"

헤르미온느가 책을 옆으로 치웠다. 얼굴은 아직도 빨갰지만 그녀는 일어나서 도전적으로 론을 마주 바라보았다.

"왜냐하면…… 맥고나걸 교수님도 나랑 같은 생각이셔. 해리한테 저 빗자루를 보낸 사람이 시리우스 블랙일지도 모르기 때문이야!"

12장
패트로누스

 해리는 헤르미온느가 좋은 뜻으로 그랬다는 걸 알면서도 화가 나는 건 어쩔 수 없었다. 짧은 몇 시간 동안 그는 세상에서 가장 좋은 빗자루를 갖고 있었는데, 이제는 그녀가 끼어들어 방해한 탓에 그 빗자루를 다시 볼 수 있을지조차 알 수 없었다. 해리는 지금의 파이어볼트에 아무 문제가 없다고 확신했다. 하지만 온갖 종류의 저주 방지 테스트를 거치고 나면 어떻게 될까?
 론도 헤르미온느에게 단단히 화가 나 있었다. 그에게 신제품 파이어볼트를 분해하는 것은 범죄나 마찬가지였다. 여전히 자기가 한 행동이 최선이었다는 생각을 굽히지 않고 있는 헤르미온느는 휴게실을 피하기 시작했다. 해리와 론은 그녀가 도서관으로 대피했을 거라고 생각했다. 굳이 돌아오라고 설득하지는 않았다. 새해가 되고 얼마 안 있다 다른 학생들이 집에서 돌아와 그리핀도르 탑이 다시 북적북적 시끄러워져서 솔직히 다행이었다.

우드는 학기가 다시 시작되기 전날 밤 해리를 찾아왔다.

"크리스마스 잘 보냈어?" 그가 묻더니 대답을 기다리지도 않고 자리에 앉아 목소리를 낮췄다. "크리스마스 동안 생각을 좀 해 봤어, 해리. 지난 경기 끝나고 나서 말이야. 만약에 다음 경기에도 디멘터들이 오면…… 그러니까…… 우린 그럴 여유가 없잖아. 그러니까……."

우드는 난처한 표정을 짓더니 더 이상 말을 잇지 못했다.

"해결하는 중이야." 해리가 재빨리 말했다. "루핀 교수님이 디멘터 막는 훈련을 시켜 주신댔어. 이번 주부터 시작할 거야. 크리스마스 이후에 시간이 난다고 하셨거든."

"아." 우드의 얼굴이 순식간에 환해졌다. "뭐, 그렇다면야. 난 정말이지 너 같은 수색꾼을 절대 잃고 싶지 않아, 해리. 그런데 새 빗자루는 아직 주문 안 했어?"

"응." 해리가 말했다.

"뭐라고! 서두르는 게 좋을 텐데. 래번클로를 상대로 그 슈팅스타를 탈 수는 없잖아!"

"해리는 크리스마스에 파이어볼트를 받았어." 론이 말했다.

"파이어볼트? 그럴 리가! 정말? 지, 진짜 파이어볼트?"

"흥분하지 마, 올리버." 해리가 우울하게 말했다. "이제 없으니까. 압수당했어." 그는 파이어볼트가 저주에 걸렸는지 아닌지 검사받게 된 자초지종을 모두 설명했다.

"저주라니? 어떻게 파이어볼트가 저주에 걸릴 수 있다는 거야?"

"시리우스 블랙." 해리가 지친 듯 말했다. "그자가 나를 찾고 있대. 그래서 맥고나걸 교수님은 시리우스 블랙이 파이어볼트를 보냈을지도 모른다고 생각해."

유명한 살인자가 자기 팀 수색꾼을 쫓고 있다는 사실은 우드에게 그리 중요하지 않은 것 같았다. "하지만 블랙이 어떻게 파이어볼트를 살 수 있었겠어! 도망 중이잖아! 온 나라가 그자를 찾고 있는데 어떻게 고급 퀴디치 용품점에 버젓이 들어가서 빗자루를 살 수 있다는 거야?"

"내 말이." 해리가 말했다. "근데도 맥고나걸 교수님은 그걸 분해하고 싶어 해."

우드의 얼굴이 하얗게 질렸다.

"내가 교수님께 말씀드려 볼게, 해리." 그가 약속했다.

"정신 차리시게 해야지……. 파이어볼트라니…… 진짜 파이어볼트가, 우리 팀에 있는데……. 맥고나걸 교수님도 우리만큼이나 그리핀도르가 이기기를 원하셔……. 내가 교수님이 제정신을 차리시도록 만들게……. 파이어볼트라니……."

다음 날, 수업이 다시 시작됐다. 살을 에는 1월 아침에 교정에서 두 시간을 보내고 싶은 사람은 아무도 없었지만 해그리드는 샐러맨더가 잔뜩 들어 있는 모닥불을 제공해 학생들을 즐겁게 해 주었다. 그 불꽃을 사랑하는 도마뱀들이 하얗게 달아올라 바스러지는 통나무 위를 날쌔게 오르내리는 동안 학생들은 마른 나무와 낙엽을 모아 계속 불을 피우면서 평소와 달리 즐거운 수업 시간을 보냈다. 하지만 새 학기의 첫 점술 수업은 이전 학기보다 훨씬 재미가 없었다. 트릴로니 교수는 이제 학생들에게 손금 보는 법을 가르치기 시작했는데, 그 기회를 놓치지 않고 해리의 생명선이 그녀가 지금까지 본 것 중에서 가장 짧다는 사실을 알려 주었다.

해리가 무척 듣고 싶었던 수업은 어둠의 마법 방어법이었다. 우드와 이야기를 나누고 나자 그는 되도록 빨리 디멘터를 막는 방법을 배우고 싶었다.

"아, 그렇지." 수업이 끝나고 해리가 약속을 상기시키자 루핀이 말했다. "어디 보자…… 목요일 저녁 8시는 어떠니? 마법의 역사 교실이면 괜찮을 것 같은데……. 어떤 식으로 할지 곰곰이 생각해 보마……. 연습하겠다고 진짜 디멘터를 성으로 들여올 수는 없으니까……."

"아직도 아픈 것 같네. 그래 보이지 않아?" 저녁을 먹으러 복도를 걸어갈 때 론이 물었다. "어디가 안 좋은 걸까?"

뒤에서 못마땅한 기색을 담아 크게 혀 차는 소리가 들렸다. 헤르미온느였다. 그녀는 갑옷 발치에 앉아 책이 잔뜩 들어 있는 탓에 닫히지 않는 가방을 다시 싸려 끙끙대고 있었다.

"넌 왜 우리한테 쯧쯧거리는 건데?" 론이 짜증을 냈다.

"아무것도 아냐." 헤르미온느가 가방을 어깨에 들쳐 메며 우쭐대는 목소리로 말했다.

"쯧쯧 하고 혀 차는 소리를 냈잖아." 론이 따지듯 말했다. "내가 루핀이 어디가 안 좋은지 모르겠다니까 네가……."

"뭐, 뻔하지 않아?" 헤르미온느가 화날 만큼 거만한 표정을 짓고 말했다.

"말하기 싫으면 하지 마. 관둬." 론이 날카롭게 쏘아붙였다.

"그래." 헤르미온느는 도도하게 대꾸하더니 멀리 걸어가 버렸다.

"저도 모르면서." 론이 화가 나서 헤르미온느의 뒷모습을 쏘아보며 말했다. "그냥 우리가 다시 말을 걸게 하려고 저러는 거야."

목요일 저녁 8시, 해리는 그리핀도르 탑을 나선 뒤 마법의 역사 교실로 향했다. 도착했을 때 어두운 교실에는 아무도 없었지만 마법 지팡이로 불을 켜고 5분쯤 기다리니 루핀 교수가 커다란 포장용 상자를 들고 나타났다. 그는 상자를 번쩍 들어 빈스 교수의 책상에 올려놓았다.

"그게 뭐예요?" 해리가 물었다.

"또 다른 보가트." 루핀이 망토를 벗으며 말했다. "화요일부터 성을 샅샅이 뒤지고 다녔는데, 아주 운 좋게도 필치 씨의 서류 보관함에 숨어 있는 이 녀석을 발견했다. 우리가 구할 수 있는 것 중에서는 진짜 디멘터에 가장 가깝지. 널 보면 보가트가 디멘터로 변할 테니 그걸 상대로 연습할 수 있을 거야. 평소에는 내 연구실에 두마. 책상 밑에 녀석이 좋아할 만한 보관함이 있거든."

"알겠어요." 해리는 전혀 불안하지 않다는 듯, 루핀이 그렇게 좋은 디멘터 대용물을 찾아 그저 기쁘다는 것처럼 들리도록 애쓰며 말했다.

"그럼……." 루핀 교수가 마법 지팡이를 꺼내 들고 해리에게도 똑같이 하라고 신호를 보냈다. "내가 가르쳐 주려는 주문은 아주 고급 마법이란다, 해리. 보통 마법사 등급을 훨씬 뛰어넘지. 패트로누스 마법이라고 한다."

"어떤 효과가 있는데요?" 해리가 초조한 목소리로 물었다.

"뭐, 제대로 먹힌다면 패트로누스를 불러내지." 루핀이 말했다. "패트로누스는 어떻게 보면 디멘터와 정반대의 존재야. 너랑 디멘터 사이에서 방패 역할을 하는 수호자란다."

해리는 문득 커다란 곤봉을 든 해그리드만 한 형체 뒤에 웅크린 자신의 모습을 떠올렸다. 루핀 교수가 말을 이었다. "패트로누스는 일종의 긍정적인 힘이야. 디멘터들이 먹고 사는 바로 그 힘의 투영체지. 희망, 행복, 살고자 하는 욕구 같은 것들 말이다. 하지만 패트로누스는 진짜 인간들과 달리 절망을 느끼지 못하기에 디멘터들도 해칠 수 없어. 그래도 이건 미리 경고해야겠구나, 해리. 어쩌면 이 마법은 네가 쓰기에 너무 어려울지도 몰라. 자격을 갖춘 마법사들 중에도 이 마법을 어려워하는 사람이 꽤 많거든."

"패트로누스는 어떻게 생겼어요?" 해리가 호기심에 차서 물었다.

"어떤 마법사가 불러내느냐에 따라서 다르단다."

"어떻게 불러내는데요?"

"주문을 외워야지. 그 주문은 네가 온 힘을 다해 아주 행복했던 단 하나의 기억에 집중할 때에만 통할 거야."

해리는 행복했던 기억을 떠올리려고 애썼다. 물론, 더즐리네서 겪었던 일 중에는 행복한 기억이 하나도 없었다. 마침내 그는 처음으로 빗자루를 탔던 순간을 골랐다.

"됐어요." 그는 속에서 느껴지던, 하늘로 치솟는 그 멋진 감각을 되도록 정확히 떠올리려고 애쓰며 말했다.

"주문은 이거야……." 루핀이 목을 가다듬었다. "엑스펙토 패트로눔!"

"엑스펙토 패트로눔." 해리가 숨을 죽이고 따라 했다. "엑스펙토 패트로눔."

"행복한 기억에 집중하고 있니?"

"아, 네." 해리가 재빨리 빗자루를 처음 탔던 순간으로 생각을 되돌리며 대답했다. "엑스펙토 패트로노…… 아니, 패트로눔. 죄송해요. 엑스펙토 패트로눔, 엑스펙토 패트로음……."

마법 지팡이 끝에서 갑자기 뭔가가 휙 튀어나왔다. 그것은 한 줄기 은빛 기체처럼 보였다.

"보셨어요?" 해리가 흥분해서 소리쳤다. "뭐가 나왔어요!"

"아주 잘했다." 루핀이 미소 지으며 말했다. "좋아. 그럼, 디멘터한테 써 볼 준비 됐니?"

"네." 해리가 마법 지팡이를 단단히 쥐고 텅 빈 교실 한복판으로 걸어가며 말했다. 애써 비행에 정신을 집중하려고 했지만 그럴수록 뭔가 다른 생각이 계속 끼어들었다……. 지금 당장에라도 어머니의 목소리가 다시 들릴지도 몰라……. 하지만 그런 생각을 해선 안 돼. 그럼 또다시 어머니의 목소리를 듣게 될 테니까. 그 소리를 듣고 싶지 않아……. 아니, 듣고 싶은 걸까?

루핀이 포장용 상자의 뚜껑을 열었다.

디멘터가 상자 안에서 천천히 솟아올랐다. 후드를 뒤집어쓴 얼굴은 해리를 향했고, 번들거리는 딱지투성이 손은 망토를 움켜쥐고 있었다. 교실 등불들이 깜빡거리다가 꺼졌다. 디멘터가 상자에서 나와 해리에게 조용히 스르르 다가오면서 깊고 그르렁거리는 숨을 쉬었다. 살을 에는 듯한 냉기가 해리를 덮쳤다.

"엑스펙토 패트로눔!" 해리가 소리쳤다. "엑스펙토 패트로눔! 엑스펙토……."

교실과 디멘터가 사라졌다……. 해리는 또다시 자욱한 하얀색 안개 속으로 떨어지고 있었다. 어머니의 목소리가 어느 때보다도 큰 소리로 머릿속에 메아리쳤다……. "해리는 안 돼! 해리는 안 돼요! 제발…… 뭐든지 할게요……."

"물러서라……. 물러서라고 했다, 여자여……."

"해리!"

해리는 흠칫하며 정신을 차렸다. 바닥에 등을 대고 드러누운 채였다. 교실 등불들은 다시 켜져 있었다. 무슨 일이 일어났는지 물어볼 필요도 없었다.

"죄송해요." 그가 몸을 일으켜 앉으며 중얼거렸다. 얼굴에 식은땀이 흐르는 것이 느껴졌다.

"괜찮니?" 루핀이 물었다.

"네……." 해리는 손으로 책상을 잡고 몸을 일으킨 다음 기댔다.

"자." 루핀이 개구리 초콜릿을 하나 건넸다. "다시 해 보기 전에 이걸 먹거라. 나도 한 번에 해낼 거라고는 생각하지 않았다. 사실, 해냈다면 엄청 놀랐을 거야."

"점점 심해지고 있어요." 해리가 개구리 머리 부분을 깨물어 먹으며 중얼거렸다. "엄마 목소리가 더 크게 들렸어요. 그리고 그자, 볼드모트도……."

루핀은 평소보다 더 창백해 보였다.

"해리, 계속하고 싶지 않다고 해도 충분히 이해할 수……."

"할 거예요!" 해리가 남은 개구리 초콜릿을 입안에 밀어 넣으며 큰 소리로 말했다. "해야만 해요! 래번클로와 시합하는 도중에 또다시 디멘터들이 나타나면요? 지난 시합 때처럼 빗자루에서 떨어질 순 없어요. 이번 경기에서도 지면 퀴디치 우승컵을 놓친다고요!"

"좋아, 그럼……." 루핀이 말했다. "다른 기억을 떠올리는 게 좋을 것 같다. 그러니까 정신을 집중할 만한 행복한 기억 말이야……. 방금 전의 그 기억은 그렇게 강하지 않았던 것 같구나……."

해리는 열심히 생각한 끝에, 작년 기숙사 챔피언십에서 그리핀도르가 우승했을 때의 그 확실히 행복했던 기억을 떠올리기로 했다. 그는 마법 지팡이를 다시 움켜쥐고 교실 한가운데 섰다.

"준비됐니?" 루핀이 상자 뚜껑을 잡고 물었다.

"준비됐어요." 해리는 상자가 열렸을 때 일어날 일에 관한 암울한 생각이 아니라 그리핀도르가 우승했던 행복한 생각으로 머릿속을 채우려고 애쓰며 말했다.

"자!" 루핀이 뚜껑을 열었다. 교실은 다시 한 번 얼어붙을 듯 싸늘해지고 어두워졌다. 디멘터가 미끄러지듯 앞으로 나오며 그르렁거리는 숨소리를 내뱉었다. 그것의 썩어 문드러진 손이 해리를 향해 뻗어 나왔다.

"엑스펙토 패트로눔!" 해리가 외쳤다. "엑스펙토 패트로눔! 엑스펙토 패트……."

하얀 안개 때문에 감각이 무뎌졌다……. 크고 흐릿한 형상들이 주위에서 움직이더니…… 새로운 목소리가 들렸다. 한껏 당황한 채 소리치는 한 남자의 목소리…….

"릴리, 해리를 데리고 가! 그놈이야! 가! 도망쳐! 내가 시간을 끌게……."

누군가가 방에서 비틀거리며 나오는 소리…… 문이 확 열리는 소리…… 높은 음으로 낄낄거리는 웃음소리…….

"해리! 해리…… 일어나라……."

루핀이 해리의 얼굴을 찰싹찰싹 쳤다. 이번엔 자신이 왜 먼지투성이 교실 바닥에 누워 있는지 이해하기까지 시간이 조금 걸렸다.

"아빠 목소리가 들렸어요." 해리가 중얼거렸다. "아빠 목소리를 들은 건 이번이 처음이에요. 아빤 직접 볼드모트와 싸우려고 했어요. 엄마가 도망칠 시간을 벌어 주려고요……."

해리는 문득 얼굴이 땀과 눈물로 범벅이 돼 있다는 사실을 깨달았다. 그는 루핀이 보지 못하도록 될 수 있는 대로 고개를 깊숙이 숙이고 신발 끈을 매는 척하며 로브로 눈물을 닦았다.

"제임스의 목소리를 들었다고?" 루핀이 묘한 목소리로 물었다.

"네……." 해리는 눈물을 닦고 고개를 들었다. "왜 그러…… 아빠를 아세요?"

"아, 안다. 실은 잘 알지." 루핀이 말했다. "호그와트 시절 친구였거든. 자, 해리, 오늘은 여기서 끝내는 게 좋을 것 같다. 이 마법은 네가 익히기에는 터무니없이 수준이 높아……. 너에게 이걸 가르쳐 주겠다고 하는 게 아니었는데……."

"아니에요!" 해리가 얼른 소리쳤다. 그는 다시 일어났다. "한 번 더 해 볼게요! 정말로 행복했던 기억을 떠올리지 않아서 그래요. 잠깐만요……."

그는 머리를 쥐어짰다. 정말로, 정말로 행복한 기억……
훌륭하고 강력한 패트로누스로 바꿔 놓을 수 있는 기
억…….

그 자신이 마법사이고, 더즐리네를 떠나 호그와트로 가
게 된다는 사실을 알게 된 순간! 그게 행복한 기억이 아니
라면 과연 무엇이 행복일 수 있을까? 해리는 프리빗가를
떠난다는 사실을 깨달았을 때의 느낌에 집중하며 바닥에
서 일어나 포장용 상자를 다시 한 번 마주했다.

"준비됐니?" 마지못한 표정으로 루핀이 말했다. "집중하
고 있지? 좋아. 연다!"

그가 세 번째로 상자의 뚜껑을 열자 그 안에서 디멘터가
솟구쳐 나왔다. 교실 안은 또다시 싸늘하고 어두워졌다.

"**엑스펙토 패트로눔!**" 해리가 악을 썼다. "**엑스펙토 패
트로눔! 엑스펙토 패트로눔!**"

머릿속 비명이 다시 시작됐다. 다만 이번에는 주파수를
엉망으로 맞춘 라디오에서 나오는 소리 같았다. 작아졌다
가 커졌다가 다시 작아졌다가…… 게다가 디멘터는 여전
히 보였다……. 놈은 멈춰 서 있었다……. 다음 순간 해리
의 마법 지팡이 끝에서 커다란 은색 그림자가 튀어나와 그
와 디멘터 사이를 맴돌았다. 해리는 다리가 후들거렸지만

그래도 버티고 섰다……. 얼마나 더 그럴 수 있을지는 확신할 수 없었지만…….

"*리디큘러스!*" 루핀이 앞으로 뛰쳐나가며 소리쳤다.

크고 날카로운 소리가 나더니 해리의 흐릿한 패트로누스가 디멘터와 함께 사라졌다. 해리는 1킬로미터 넘는 거리를 막 달려온 것 같은 기진맥진한 기분에 다리를 후들거리며 의자에 주저앉았다. 마법 지팡이를 휘둘러 보가트를 다시 포장용 상자에 집어넣느라 애쓰는 루핀 교수가 곁눈으로 보였다. 보가트는 이번에도 은빛 구체로 변해 있었다.

"훌륭해!" 루핀이 해리가 앉은 곳으로 성큼성큼 다가오며 말했다. "잘했다, 해리! 확실히 첫발을 내디딘 거야!"

"한 번 더 해 봐도 돼요? 딱 한 번만요."

"지금은 안 돼." 루핀이 단호하게 말했다. "하룻밤치고 충분히 했다. 자……."

그는 해리에게 큼직한 허니듀크스 최고급 초콜릿 바 한 개를 건넸다.

"어서 다 먹어라. 그렇지 않으면 폼프리 선생님이 날 가만두지 않을 거야. 다음 주에도 같은 시간에 볼까?"

"좋아요." 해리가 말했다. 그는 초콜릿 바를 한 입 베어 물고, 디멘터가 사라지면서 다시 켜진 등불을 끄는 루핀의 모습을 지켜보았다. 그때 그의 머릿속에 어떤 생각이 막 떠올랐다.

"루핀 교수님?" 그가 말했다. "아빠를 아셨다면 시리우스 블랙도 아셨겠네요."

루핀이 홱 돌아보았다.

"왜 그렇게 생각하지?" 그가 날카로운 목소리로 물었다.

"아뇨, 그러니까, 전 그냥 아빠랑 블랙도 호그와트 시절 친구였다는 얘길 들어서……."

루핀의 표정이 풀어졌다.

"그래, 나도 블랙을 알았다." 그가 짧게 말했다. "아니면 알았다고 생각했거나. 가 보는 게 좋겠구나, 해리. 시간이 늦었다."

교실 밖으로 나온 해리는 복도를 지나 모퉁이를 돈 다음 갑옷 뒤로 돌아가서 그 받침대에 주저앉았다. 그는 블랙 얘기를 하지 말 걸 그랬다고 생각하며 초콜릿을 마저 먹었다. 루핀은 분명 그 화제를 달가워하지 않았다. 이어서 해리의 생각은 어머니와 아버지에게로 되돌아갔다…….

초콜릿 때문에 배가 무척 불렀는데도 기운이 빠지고 이상하게 공허한 기분이 들었다. 머릿속에서 재생되는 부모님의 마지막 순간을 듣는 건 끔찍했지만, 아주 어린 시절

이후 해리가 그들의 목소리를 들은 건 그때가 유일했다. 그런데 부모님 목소리를 조금이라도 다시 듣고 싶어 하면 결코 제대로 된 패트로누스를 만들어 낼 수 없다니…….

"그분들은 돌아가셨어." 그는 스스로를 엄하게 타일렀다. "그분들은 돌아가셨고, 메아리를 들어 봐야 그분들을 살려 낼 수는 없어. 퀴디치 우승컵을 타고 싶다면 정신 똑바로 차려야 해."

그는 일어나 남은 초콜릿을 입에 밀어 넣고 그리핀도르 탑으로 돌아갔다.

학기가 시작되고 1주일 뒤, 래번클로 대 슬리데린의 시합이 열렸다. 아슬아슬하긴 했지만 슬리데린이 이겼다. 우드의 말에 따르면 이는 그리핀도르에게 굉장히 좋은 소식이었다. 그리핀도르가 래번클로를 이기면 2위로 올라설 테니까. 우드는 그런 이유로 팀 훈련을 1주일에 다섯 번으로 늘렸다. 이 말은 곧 퀴디치 훈련 여섯 번을 합친 것보다 더 기운 빠지는 루핀의 디멘터 퇴치 수업까지 더하면 해리에게는 그 모든 숙제를 할 시간이 1주일 중 단 하룻밤밖에 없다는 뜻이었다. 그렇긴 하지만, 해리도 헤르미온느만큼 피곤해 보이지는 않았다. 헤르미온느의 엄청난 학업량이 마침내 그녀에게 영향을 미치는 듯했다. 헤르미온느는 매일 밤, 하루도 빠짐없이 휴게실 한구석에서 탁자 몇 개에 책들과 숫자점 도표, 룬문자 사전, 무거운 물체를 들어 올리는 머글 그림, 엄청난 양의 필기 노트를 잔뜩 쌓아 놓은 모습으로 발견되었다. 그녀는 누구에게도 거의 말을 걸지 않았고, 방해를 받으면 신경질을 부렸다.

"쟤는 대체 어떻게 저걸 다 하는 거야?" 어느 날 저녁, 해리가 앉아서 스네이프가 내준 검출 불가 독극물에 관한 골치 아픈 작문 숙제를 마무리하고 있는데 론이 중얼거렸다. 해리가 고개를 들었다. 헤르미온느는 위태롭게 쌓인 책 더미 뒤에 가려져 잘 보이지도 않았다.

"뭘?"

"그 많은 수업에 다 들어가는 것 말이야!" 론이 말했다. "오늘 아침에 쟤가 숫자점 벡터 교수님한테 이야기하는 걸 들었어. 어제 수업 시간에 있었던 얘기를 하더라고. 그런데 헤르미온느는 그 수업을 들었을 리 없어. 왜냐하면 우리랑 같이 마법 생명체 돌보기를 듣고 있었으니까! 게다가 어니 맥밀런 말로는 쟤가 지금까지 머글학 수업에 단 한 번도 빠진 적이 없다는 거야. 근데 그 수업의 반은 점술 시간이랑 겹치잖아. 쟤는 점술 수업도 한 번도 안 빠졌는데!"

그러나 해리에게는 실현 불가능한 헤르미온느 시간표의 수수께끼를 생각할 시간이 없었다. 이제는 정말로 스네이프의 작문 숙제를 해야 했던 것이다. 하지만 잠시 뒤 그는 또다시 방해를 받았다. 이번에는 우드가 와서 말을 걸었다.

"나쁜 소식이야, 해리. 방금 파이어볼트 일로 맥고나걸 교수님을 찾아갔었어. 교수님이, 어…… 좀 화를 내시더라. 나더러 우선순위를 잘못 잡았대. 내가 네 안전보다 우승컵을 타는 데 더 신경 쓴다고 생각하시는 것 같아. 네가 스니치를 먼저 잡을 수만 있다면 그 빗자루가 널 내팽개치는 것쯤은 별로 상관하지 않는다고 말씀드렸을 뿐인데." 우드는 어이가 없다는 듯 고개를 저었다. "솔직히, 누가 교수님이 나한테 소리 지르는 걸 들었으면…… 내가 뭐 끔찍한 말이라도 한 줄 알았을 거야. 그러고 나서 내가 교수님한테 파이어볼트를 얼마나 더 가지고 계실 거냐고 여쭤봤는데……." 그는 얼굴을 잔뜩 찌푸리고 맥고나걸 교수의 엄격한 목소리를 흉내 냈다. "'필요한 만큼이겠지, 우드.' ……이젠 새 빗자루를 주문해야 할 것 같다, 해리. 《어떤 빗자루?》맨 뒤에 주문서 양식이 있어……. 말포이 거랑 같은 님부스 2001을 구할 수도 있을 거야."

"나는 말포이가 좋다고 생각하는 건 절대 안 사." 해리가 단호하게 말했다.

어느새 1월이 지나고 2월로 접어들었지만, 가혹할 만큼 추운 날씨에는 아무런 변화도 없었다. 래번클로와의 시합이 점점 다가오고 있었지만 해리는 아직 새 빗자루를 주문하지 않았다. 이제 그는 변환 마법 시간마다 수업이 끝난 뒤 맥고나걸 교수에게 파이어볼트 소식을 물었다. 론은 기대에 찬 얼굴로 해리 곁에 서 있었고, 헤르미온느는 고개를 돌린 채 빠르게 지나갔다.

"아니, 포터. 아직은 돌려줄 수 없다." 이런 일이 열두 번째 일어났을 때, 해리가 채 입을 열기도 전에 맥고나걸 교수가 말했다. "평범한 저주는 거의 조사가 끝났지만 플리트윅 교수님은 빗자루에 팽개치기 마법이 걸려 있을지도 모른다고 생각하신다. 점검이 끝나면 즉시 말해 주마. 이제 날 좀 그만 괴롭히거라."

설상가상으로 해리의 디멘터 퇴치 수업도 기대만큼 잘 진행되지 않았다. 여러 번 수업을 받으면서 해리는 디멘터로 변한 보가트가 다가올 때마다 희미한 은색 그림자를 만들어 낼 수 있었다. 하지만 그의 패트로누스는 디멘터를 쫓아 버리기에는 너무 약했다. 패트로누스는 반투명한 구름처럼 맴돌며, 그것을 붙들어 두려는 해리의 힘만 소모시킬 뿐이었다. 해리는 부모님의 목소리를 다시 듣고 싶다는 비밀스러운 욕망에서 비롯된 죄책감에 스스로에게 화가 났다.

"너는 너 자신에게 너무 많은 걸 기대하고 있어." 4주째 연습 때 루핀 교수가 엄격한 목소리로 말했다. "열세 살짜리 마법사한테는 불분명한 패트로누스를 만들어 낸 것만도 엄청난 성과야. 더 이상은 기절하지 않잖아. 안 그러냐?"

"저는 패트로누스가 달려들어서 디멘터들을 쓰러뜨리거나 뭐 그렇게 할 줄 알았어요." 해리가 의기소침해서 말했다. "아니면 놈들을 사라지게 만들거나요."

"진짜 패트로누스는 그렇지." 루핀이 말했다. "하지만 너는 아주 짧은 시간 안에 엄청난 걸 이루어 냈어. 다음번 퀴디치 시합에서 디멘터들이 나타나면, 땅에 내려설 때까지는 얼마든지 놈들을 저지할 수 있을 거다."

"숫자가 많으면 더 어렵다고 하셨잖아요." 해리가 말했다.

"나는 너를 전적으로 믿는다." 루핀이 미소를 머금으며 말했다. "자, 넌 충분히 한잔할 자격이 있어. 스리 브룸스틱에서 가져온 건데 한 번도 마셔 본 적 없을 거다."

그가 서류 가방에서 병 두 개를 꺼냈다.

"버터맥주네요!" 해리가 무심코 말했다. "저 그거 좋아하는데!"

루핀이 한쪽 눈썹을 치켜올렸다.

"아, 론이랑 헤르미온느가 호그스미드에서 좀 가져다줬어요." 해리는 재빨리 거짓말을 했다.

"그렇구나." 루핀이 여전히 조금 의심스러운 표정을 지은 채 말했다. "자. 그리핀도르가 이번 래번클로와의 시합에서 승리하길 기원하며 한잔하자! 선생이 한쪽 편을 들어선 안 되겠지만……." 그가 얼른 덧붙였다.

그들은 조용히 버터맥주를 마셨다. 잠시 후 해리가 한동안 궁금해하던 일을 소리 내어 물었다.

"디멘터의 후드 속에는 뭐가 있어요?"

루핀 교수는 생각에 잠긴 채 병을 내렸다.

"흠…… 글쎄, 그걸 정말로 아는 사람들은 우리한테 말해 줄 상황이 못 된다. 디멘터들은 결정적인 최악의 무기를 사용할 때만 후드를 벗거든."

"그게 뭔데요?"

"사람들은 그걸 '디멘터의 입맞춤'이라고 부르지." 루핀이 약간 비틀린 미소를 지으며 말했다. "디멘터들이 완전히 파괴하고자 하는 사람들에게 하는 짓이야. 내 생각에 후드 속에는 분명 입 같은 게 있을 거다. 놈들은 희생자의 입을 자기 입으로 막고 그…… 영혼을 빨아들이지."

해리는 자기도 모르게 버터맥주를 입 밖으로 뱉어 냈다.

"그게 무슨…… 죽인다는 거예요?"

"아아, 그건 아니야." 루핀이 말했다. "그보다 훨씬 나쁘지. 사람은 영혼 없이도 존재할 수 있거든. 뭐랄까, 뇌와 심장이 계속 작동하는 한은 말이지. 하지만 더 이상 스스로를 느끼지도 못하고, 기억도 그 무엇도…… 다 사라지고 만다. 회복할 가능성은 전혀 없고. 그냥 존재하기만 할 뿐이야. 빈껍데기처럼 말이지. 그리고 영혼은 영원히 사라져서…… 되찾을 수 없게 돼."

루핀이 버터맥주를 좀 더 마시더니 말을 이었다. "바로 그게 시리우스 블랙을 기다리는 운명이야. 오늘 아침 《예언자일보》에 기사가 났더라. 마법 정부가 디멘터들에게 블랙을 잡으면 그렇게 해도 된다고 허가해 줬다더구나."

해리는 입으로 누군가의 영혼을 빨아낸다는 발상에 충격을 받아 잠시 가만히 앉아 있었다. 하지만 그러고 나서 블랙을 떠올렸다.

"그자는 그런 일을 당할 만해요." 그가 불쑥 내뱉었다.

"그렇게 생각하니?" 루핀이 가벼운 말투로 물었다. "정말로 어떤 사람은 그런 일을 당해도 된다고 생각해?"

"네." 해리가 반항하듯 말했다. "어떤…… 어떤 일에 대해서는요……."

그는 스리 브룸스틱스에서 엿들은 블랙에 관한 이야기, 블랙이 어머니와 아버지를 배신한 이야기를 루핀에게 들려주고 싶었다. 하지만 그렇게 되면 허가서 없이 호그스미드에 간 일을 밝혀야 할 테고, 루핀이 별로 좋게 생각하지 않을 건 뻔했다. 그래서 해리는 버터맥주를 마저 마시고 루핀에게 감사 인사를 한 다음 마법의 역사 교실을 나섰다.

디멘터의 후드 속에 무엇이 있는지 묻지 않았으면 좋았을 거라는 생각이 들었다. 답변이 너무 끔찍했다. 해리는 영혼이 빨려 나간다는 건 어떤 느낌일까 하는 불쾌한 생각에 사로잡힌 나머지 앞을 제대로 보지 않고 계단을 올라가다가 맥고나걸 교수와 정면으로 부딪히고 말았다.

"잘 좀 보고 다녀라, 포터!"

"죄송합니다, 교수님."

"방금 전까지 그리핀도르 휴게실에서 널 찾고 있었다. 그래, 여기 있다. 생각나는 건 다 검사하고 확인해 봤는데 파이어볼트에는 아무 문제가 없는 것 같구나. 어딘가에 아주 좋은 친구를 둔 모양이지, 포터……."

해리의 입이 떡 벌어졌다. 맥고나걸 교수가 파이어볼트

를 내밀었다. 파이어볼트는 여전히 훌륭한 자태를 뽐내고 있었다.

"다시 가져도 된다고요?" 해리가 조심스럽게 물었다. "정말요?"

"정말이고말고." 맥고나걸 교수가 말했다. 사실 그녀는 미소를 머금고 있었다. "토요일 시합 전에 감을 잡아야겠지? 그리고 포터, 꼭 이겨야 한다. 알겠니? 그렇지 않으면 8년 연속 우승 실패야. 참 친절하게도 바로 어젯밤 스네이프 교수가 그렇게 알려 주더구나……."

해리는 말을 잃은 채 파이어볼트를 들고 계단을 올라가 그리핀도르 탑으로 돌아갔다. 모퉁이를 돌자 입이 귀에 걸리도록 활짝 웃으며 달려오는 론이 보였다.

"교수님이 준 거야? 잘됐다! 저기, 나 한번 타 봐도 되는 거지? 내일 탈까?"

"그럼…… 얼마든지……." 해리가 요 한 달 사이 어느 때보다 가벼운 마음으로 말했다. "근데, 우리 이제 헤르미온느하고 화해해야 하지 않을까? 걘 그냥 도와주려던 거잖아……."

"그래, 알았어." 론이 말했다. "걘 지금 휴게실에 있어. 공부하는 중이야. 평소랑 참 다르지?"

방향을 틀어 그리핀도르 탑으로 향하는 복도에 접어들자 캐도건 경에게 애원하는 네빌의 모습이 보였다. 캐도건 경이 그를 들여보내 주지 않는 모양이었다.

"적어 놨단 말이에요." 네빌은 눈물이 그렁그렁해서 사정했다. "근데 어디에다 떨어뜨린 게 틀림없어요!"

"하, 그럴싸한 얘기로군!" 캐도건 경이 고함을 질렀다. 그러더니 해리와 론을 발견했다. "안녕하신가, 훌륭한 젊은이들이여! 이리 와서 발이 묶인 이 얼간이를 한 대 후려치게. 이자가 억지로 휴게실에 들어가려 하고 있다네!"

"아, 시끄러워요." 해리와 함께 네빌이 있는 곳에 이르자 론이 말했다.

"암호 적은 걸 잃어버렸어!" 네빌이 비참한 듯 말했다. "캐도건 경한테 이번 주에 쓸 암호를 말해 달라고 했거든. 계속 암호를 바꿔 대니까. 근데 이젠 그걸 어쨌는지 모르겠어!"

"오즈보디킨스(영국에서 맹세 등에 사용한 고어로, '신의 몸'이라는 뜻―옮긴이)." 해리가 캐도건 경에게 말했다. 그는 무척 실망한 표정으로 마지못해 홱 젖혀지면서 그들을 휴게실로 들여보내 주었다. 휴게실에 있던 모두가 고개를 돌리는가 싶더니 돌연 흥분해서 웅성거렸다. 다음 순간 해리는 파이어볼트에 감탄하는 아이들에게 둘러싸였다.

"그거 어디서 났어, 해리?"

"나 타 봐도 돼?"

"아직 안 타 봤어, 해리?"

"래번클로는 승산이 없겠다, 걔들은 전부 클린스윕 7을 타잖아!"

"한번 들어 보기만 하면 안 될까, 해리?"

아이들은 10분 정도 파이어볼트를 여기저기 돌려 보고 모든 각도에서 바라보며 감탄한 뒤에야 흩어졌다. 그제야 헤르미온느의 모습이 또렷이 보였다. 두 사람에게 달려오지 않은 건 헤르미온느뿐이었다. 그녀는 오히려 숙제 위로 몸을 숙인 채 조심스럽게 둘의 눈을 피하고 있었다. 해리와 론이 탁자로 다가가자 헤르미온느는 마침내 고개를 들었다.

"이거 돌려받았어." 해리가 씩 웃으며 파이어볼트를 들어 올렸다.

"봤지, 헤르미온느? 아무 문제도 없었다니까!" 론이 말했다.

"뭐, 있을 수도 있었잖아!" 헤르미온느가 말했다. "내 말은, 적어도 이제는 안전하다는 걸 알게 됐다는 뜻이야."

"그래, 그럴지도 모르지." 해리가 말했다. "위층에 가져다 놔야겠어."

"내가 갖다 놓고 올게!" 론이 열망이 깃든 목소리로 소리쳤다. "스캐버스한테 쥐 강장제도 줘야 하거든."

론은 유리로 된 물건인 양 조심스럽게 파이어볼트를 받아 들고 남학생 기숙사 계단을 올랐다.

"그럼, 나 앉아도 돼?" 해리가 헤르미온느에게 물었다.

"그래, 뭐." 헤르미온느가 의자에 잔뜩 쌓인 양피지를 치우며 말했다.

해리는 아직 잉크가 마르지 않은 기나긴 숫자점 작문 숙제와 그보다 더 긴 머글학 작문 숙제("머글들에게 전기가 필요한 이유를 설명하시오"), 헤르미온느가 지금 자세히 들여다보고 있는 룬문자 번역 숙제로 어수선한 탁자를 둘러보았다.

"이걸 어떻게 다 해?" 해리가 질린 표정을 지으며 그녀에게 물었다.

"아, 뭐 그냥…… 열심히 하는 거지." 헤르미온느가 말했다. 가까이에서 보니 그녀는 루핀만큼이나 피곤해 보였다.

"그냥 몇 과목은 포기하지 그래?" 룬문자 사전을 찾느라 책들을 들어 올리는 그녀를 보며 해리가 물었다.

"그럴 수는 없어!" 헤르미온느가 정색을 하고 말했다.

"숫자점은 끔찍해 보인다." 해리는 꽤 복잡해 보이는 숫자료를 집어 들었다.

"아, 그렇지 않아. 숫자점은 굉장해!" 헤르미온느가 진심을 다해 말했다. "내가 가장 좋아하는 과목이야! 그건……."

하지만 정확히 숫자점의 어떤 점이 굉장한지 해리는 영원히 알 수 없었다. 바로 그 순간, 남학생 기숙사 계단에서 목이 졸린 듯한 고함 소리가 울려 퍼졌던 것이다. 휴게실에 있던 모두가 조용해지더니 일제히 굳은 채 계단 출입구 쪽을 뚫어지게 바라보았다. 다급한 발소리가 점점 커지더니 론이 갑자기 침대보를 질질 끌면서 나타났다.

"봐!" 그는 헤르미온느가 있는 탁자로 성큼성큼 다가오며 악을 썼다. "보라고!" 론이 그녀의 얼굴에 대고 침대보를 흔들며 소리 질렀다.

"론, 무슨……?"

"스캐버스야! 봐! 스캐버스라니까!"

헤르미온느는 완전히 당황한 표정으로 론에게서 떨어졌다. 해리는 론이 들고 있는 침대보를 내려다보았다. 뭔가 빨간 것이 묻어 있었다. 끔찍하게도 그것은 꼭……

"**피야!**" 다들 충격을 받아 조용해진 가운데 론이 소리쳤다. "**스캐버스가 없어졌어! 그리고 바닥에 뭐가 있었는지

알아?"

"아, 아니." 헤르미온느가 떨리는 목소리로 대답했다.

론은 헤르미온느의 룬문자 번역 숙제 위로 무언가를 거칠게 던졌다. 헤르미온느와 해리가 앞으로 고개를 기울였다. 뾰족뾰족하고 이상한 글자들 위에 긴 적갈색 고양이 털 몇 가닥이 놓여 있었다.

13장
그리핀도르 대 래번클로

 그렇게 론과 헤르미온느의 우정은 끝나는 듯했다. 둘 다 서로에게 너무 화가 나 있어서, 해리는 한참 후에라도 둘이 어떻게든 화해하기는 할지 전혀 알 수 없었다.

 론은 헤르미온느가 스캐버스를 잡아먹으려는 크룩섕스의 시도를 단 한 번도 심각하게 받아들인 적 없었던 것, 크룩섕스를 가까이 두고 감시하는 데 신경 쓰지 않은 것, 스캐버스를 찾아 남학생 기숙사 침대 밑을 죄다 뒤져 보라고 제안하면서 여전히 크룩섕스가 결백한 척 구는 것에 분노했다. 한편 헤르미온느는 크룩섕스가 스캐버스를 먹었다는 증거는 전혀 없으며, 적갈색 털은 아마 크리스마스 때부터 거기 있었을지 모른다고, 크룩섕스가 '마법 동물원'에서 론의 머리 위로 뛰어내린 이후 론이 그녀의 고양이에게 편견을 가져 왔다고 맹렬히 주장했다.

개인적으로 해리는 크룩섕스가 스캐버스를 잡아먹은 거라고 확신했다. 헤르미온느에게 모든 증거가 그쪽을 가리킨다고 지적하자 그녀는 해리에게도 화를 냈다.

"그래, 너도 론 편이라 이거지. 그럴 줄 알았어!" 그녀가 날카롭게 소리쳤다. "처음에는 파이어볼트, 이제는 스캐버스, 다 내 탓이란 거지? 그냥 날 좀 내버려둬, 해리. 숙제가 산더미처럼 쌓여 있단 말이야!"

론은 쥐를 잃은 사실을 무척 힘들어했다.

"왜 이래, 론. 넌 맨날 스캐버스가 재미없다고 투덜댔잖아." 프레드가 론의 기운을 북돋워 주려고 그렇게 말했다. "그 녀석은 오래전부터 기운이 없어, 쇠약해지고 있었다고. 아마 녀석 입장에서는 빨리 죽는 게 나았을 거야. 한입에 꿀꺽, 아마 아무것도 못 느꼈을걸."

"프레드!" 지니가 성을 내며 소리쳤다.

"걔가 하는 일은 먹고 자는 것뿐이었어. 론, 네가 그렇게 말했잖아." 조지가 말했다.

"우리를 위해서 고일의 손가락을 깨문 적도 있단 말이야!" 론이 비통한 어조로 소리쳤다. "기억나지, 해리?"

"응, 그건 그래." 해리가 맞장구쳐 주었다.

"그때가 스캐버스의 전성기였지." 프레드가 웃음을 참지 못하고 말했다. "고일 손가락의 흉터를 스캐버스를 영원히 기리는 표시로 삼자. 아, 그만 좀 해, 론. 호그스미드에 가서 쥐 한 마리 새로 사면 되지. 징징거려 봤자 무슨 소용이냐?"

론의 기운을 북돋기 위한 마지막 노력으로, 해리는 훈련을 마친 뒤 파이어볼트를 태워 주겠다면서 래번클로와의 시합 전 그리핀도르의 마지막 팀 훈련에 함께 가자고 그를 설득했다. 덕분에 론은 잠깐이나마 스캐버스에게서 관심을 돌리는 듯했고("끝내준다! 그거 타고 몇 골 넣어 봐도 돼?") 그들은 함께 퀴디치 경기장으로 출발했다.

해리를 지켜보기 위해 여전히 그리핀도르의 훈련을 감독하고 있었던 후치 선생은 모두와 마찬가지로 파이어볼트에 깊은 감명을 받은 것 같았다. 훈련을 시작하기 전 그녀는 두 손으로 파이어볼트를 받아 들더니 전문가의 고견이라는 은혜를 베풀어 주었다.

"이 균형을 봐라! 님부스 시리즈에 한 가지 결점이 있다면 꼬리 끝이 약간 기울어진다는 거야. 몇 년 쓰다 보면 그것 때문에 속도가 느려지는 경우가 많지. 손잡이도 새롭게 만들었구나. 클린스윕보다 조금 더 가늘어. 예전에 쓰던 실버 애로가 생각나는구나. 그 빗자루가 더 이상 안 나온다니 아쉽다. 나는 그걸로 비행을 배웠거든. 그것도 참 좋은 빗자루였지…….”

그녀가 이렇게 말을 한참 이어 나가자 우드가 입을 열었다. “저기, 후치 선생님? 해리한테 파이어볼트를 돌려주시면 안 될까요? 딴 게 아니라 저희가 훈련을 해야 해서…….”

“아, 그렇지. 여기 있다. 자, 포터.” 후치 선생이 퍼뜩 정신을 차리고 말했다. “나는 위즐리랑 같이 저쪽에 앉아 있으마…….”

그녀와 론은 경기장을 나가 관중석에 앉았고, 그리핀도르 팀은 내일 시합에 대비한 마지막 작전 지시를 듣기 위해 우드 주위에 모였다.

“해리, 방금 래번클로 수색꾼이 누군지 알아냈어. 초 챙이야. 4학년이고 실력도 꽤 좋아……. 걔 컨디션이 안 좋길 진심으로 바랐는데. 부상을 좀 당했거든…….” 우드는 초 챙이 완전히 회복한 게 불만이라는 듯 얼굴을 찌푸리더니 말을 이었다. “근데 걔는 코밋 260을 타. 파이어볼트랑 같이 있으면 장난감처럼 보일 거야.” 그는 해리의 빗자루에 열렬한 감탄의 시선을 던지더니 말을 이었다. “좋아, 모두.

가자."

마침내, 해리는 파이어볼트에 올라타 땅을 박차고 솟구쳤다.

파이어볼트를 타고 비행하는 것은 상상했던 것보다도 훨씬 좋았다. 파이어볼트는 가볍게 건드리기만 해도 이리저리 방향을 틀었다. 빗자루를 쥔 해리의 손이 아니라 마치 그의 생각에 따라 움직이는 것 같았다. 파이어볼트가 빠른 속도로 경기장을 가로질러 날아가자 관중석이 초록색과 회색으로 흐릿하게 보일 정도였다. 해리는 얼리샤 스피넛이 비명을 내뱉을 만큼 급격하게 방향을 틀었다가 완벽한 조종으로 급강하해서 잔디로 뒤덮인 경기장을 발끝으로 스친 다음 다시 한 번 공중으로 날아올랐다. 10미터, 12미터, 15미터……

"해리, 스니치 내보낸다!" 우드가 큰 소리로 외쳤다.

해리는 방향을 돌려 골대를 향해 블러저와 경주를 벌였다. 블러저를 쉽게 따돌린 그는 우드가 풀어놓은 스니치가 쏜살같이 날아가는 것을 보고 10초도 안 돼서 손에 꽉 움켜쥐었다.

그리핀도르 팀 동료 선수들이 미친 듯이 환호성을 내질렀다. 해리는 스니치를 다시 놓아주고 1분간 먼저 날아가게 한 다음 다른 사람들 사이를 지그재그로 나아가면서 전속력으로 뒤쫓았다. 순간 케이티 벨의 무릎 근처에 숨어 있는 스니치가 보였다. 해리는 쉽게 그녀의 뒤로 돌아가 다시 스니치를 잡았다.

여태까지 그들이 한 것 가운데 최고의 훈련이었다. 팀에 파이어볼트가 있다는 사실에 고무된 선수들은 실수 하나 없이 완벽한 움직임을 선보였다. 그들이 다시 땅에 내려왔을 때 우드는 단 하나의 흠도 잡지 않았다. 조지 위즐리가 지적했듯이 처음 있는 일이었다.

"내일 누가 우리를 막을 수 있겠어!" 우드가 말했다. "다만 한 가지…… 해리, 디멘터 문제는 해결한 거지?"

"응." 해리는 자신의 연약한 패트로누스를 떠올리고 좀 더 강해졌으면 좋겠다고 생각하면서 대답했다.

"디멘터들은 다시 안 나타날 거야, 올리버. 덤블도어가 가만있지 않을 테니까." 프레드가 확신에 차서 말했다.

"뭐, 그러길 바라야지." 우드가 말했다. "아무튼 잘했어, 모두. 탑으로 돌아가자. 내일 시합을 하려면 일찍 자야지……."

"나는 조금 이따 갈게. 론이 파이어볼트를 타 보고 싶어 해서." 해리가 우드에게 말했다. 다른 선수들이 탈의실로 향하는 동안 그는 성큼성큼 론을 향해 걸어갔다. 론이 관중석 울타리를 뛰어넘어 해리를 맞으러 나왔다. 후치 선생은 그 자리에서 잠들어 있었다.

"타 봐." 해리가 론에게 파이어볼트를 건네며 말했다.

론은 황홀한 표정으로 빗자루에 오르더니 밀려오는 어둠 속으로 붕 날아올랐다. 그동안 해리는 경기장 가장자리를 돌며 그를 지켜보았다. 후치 선생은 날이 어두워진 뒤에야 흠칫 놀라 깨어나더니, 왜 안 깨웠느냐고 해리와 론을 꾸짖고는 성으로 돌아가라고 말했다.

해리는 파이어볼트를 어깨에 걸쳤다. 그와 론은 파이어볼트의 기막힐 정도로 부드러운 움직임과 경이로운 가속력, 정확한 방향 전환에 대해 이야기하며 어둑어둑한 경기장을 빠져나왔다. 해리는 성으로 향하다가 왼쪽을 힐끗 바라보았다. 순간 가슴이 철렁 내려앉았다. 어둠 속에서 한 쌍의 눈이 번뜩이고 있었다.

해리가 우뚝 멈춰 섰다. 심장이 두방망이질 치고 있었다.

"왜 그래?" 론이 물었다.

해리는 손가락으로 어둠 속을 가리켰다. 론이 마법 지팡이를 꺼내며 중얼거렸다. "루모스."

한 줄기 빛이 잔디밭을 지나 나무 밑동에 부딪히면서 그가지들을 비췄다. 그곳, 피어나는 잎사귀들 사이에 웅크리고 있는 것은 바로 크룩섕스였다.

"꺼져!" 론이 소리쳤다. 그가 허리를 구부려 잔디밭에 놓인 돌을 집어 들었지만, 크룩섕스는 론이 뭔가 하기도 전에 긴 적갈색 꼬리를 휙 움직이며 사라져 버렸다.

"봤지?" 론이 돌을 도로 던지며 화가 나서 길길이 뛰었다. "헤르미온느는 아직도 저놈이 가고 싶은 곳은 어디든 돌아다니게 내버려 두고 있어. 스캐버스를 잡아먹었으니 이젠 새 두어 마리로 입가심했겠지……."

해리는 아무런 대꾸도 하지 않았다. 마음속에 안도감이 퍼지면서 한숨이 나왔다. 한순간 그것이 죽음의 개의 눈이라고 확신했던 것이다. 두 사람은 다시 성으로 향했다. 해리는 순간 겁에 질렸던 게 조금 부끄러워서 론에게 아무 말도 하지 않았다. 환하게 밝혀진 현관홀에 다다를 때까지는 옆을 쳐다보지도 않았다.

해리는 다음 날 아침 같은 침실을 쓰는 남학생들과 함께 아침 식사를 하러 대연회장으로 내려갔다. 그들은 모두 파이어볼트가 마땅히 의장대 같은 것을 거느려야 한다고 생각하는 것 같았다. 해리가 대연회장에 들어서자 고개들이 일제히 파이어볼트 쪽으로 돌아갔다. 여기저기서 흥분 섞인 웅성거림이 일었다. 굉장히 만족스럽게도, 슬리데린 팀 선수들은 하나같이 벼락이라도 맞은 듯한 표정을 짓고 있었다.

"저 자식 얼굴 봤어?" 론이 기분 좋은 듯 말포이를 돌아보면서 말했다. "못 믿겠나 본데! 이거 끝내준다!"

우드도 파이어볼트의 빛나는 영광을 만끽하고 있었다.

"여기 내려놔, 해리." 그가 말하더니 빗자루를 식탁 한가운데 놓고 빗자루 이름이 위쪽으로 향하도록 조심스럽게 돌려놓았다. 곧 래번클로와 후플푸프 식탁에서도 파이어볼트를 구경하러 왔다. 세드릭 디고리가 해리에게 다가와 부서진 님부스 대신 이렇게 훌륭한 빗자루를 갖게 된 것을 축하해 주었고, 퍼시의 여자 친구인 래번클로 학생 페넬러피 클리어워터는 파이어볼트를 잡아 봐도 되느냐고 물었다.

"자자, 페니, 망가뜨리면 안 돼!" 그녀가 파이어볼트를 자세히 살피자 퍼시가 진심으로 걱정스러운 목소리로 말했다. "페넬러피랑 내기를 했거든." 그가 그리핀도르 팀 선수들에게 말했다. "경기 결과에 10갈레온이 걸려 있어!"

페넬러피는 파이어볼트를 다시 식탁에 내려놓고 해리에게 고맙다고 인사한 뒤 자기네 식탁으로 돌아갔다.

"해리, 꼭 이겨야 돼." 퍼시가 절박하게 속삭였다. "*나한텐 10갈레온이 없거든. 응, 지금 갈게, 페니!*" 그는 토스트를 같이 먹으려고 페넬러피에게 허둥지둥 달려갔다.

"그 빗자루 다룰 줄은 아냐, 포터?" 질질 끄는 차가운 목소리가 말했다.

어느새 드레이코 말포이가 자세히 살펴보러 다가와 있었다. 크래브와 고일이 그의 바로 뒤에 서 있었다.

"응, 그럴걸." 해리가 태연하게 말했다.

"특수한 기능이 아주 많을 거야. 그렇지 않냐?" 말포이가 악의적으로 눈을 빛내며 말했다. "낙하산이 딸려 있지 않은 게 안타깝다. 디멘터가 너무 가까이 오면 어쩌냐."

크래브와 고일이 킬킬 웃었다.

"난 네 빗자루에 팔 하나를 더 붙이지 못해서 안타까운 걸, 말포이." 해리가 말했다. "그럼 너 대신 그 팔이 스니치를 잡을 수 있을 거 아니야."

그리핀도르 팀 선수들이 큰 소리로 웃음을 터뜨렸다. 말포이는 색이 엷은 눈을 가늘게 뜨더니 성큼성큼 멀어져 갔다. 그리핀도르 선수들은 말포이가 슬리데린 선수들 쪽으로 가는 모습을 지켜보았다. 그들은 머리를 한데 모으고 있었는데, 말포이에게 해리의 빗자루가 진짜 파이어볼트인지 묻는 게 틀림없었다.

11시 15분 전이 되자 그리핀도르 선수들은 탈의실로 출발했다. 날씨는 후플푸프전 때와 그렇게 다를 수가 없었다. 아주 가벼운 산들바람이 부는 맑고 시원한 날이었다. 이번에는 시야에 전혀 문제가 없을 것이다. 해리는 바싹 긴장하면서도 오직 퀴디치 경기만이 가져다주는 흥분을 느끼기 시작했다. 뒤에서 학생들이 관중석으로 이동하는 소리가 들렸다. 해리는 검은색 교복 로브를 벗고 주머니에서 마법 지팡이를 꺼내 퀴디치 로브에 받쳐 입을 티셔츠 안에 쑤셔 넣었다. 그저 마법 지팡이가 필요 없기를 바랄 뿐이었다. 해리는 문득 루핀 교수가 관중 사이에서 지켜보고 있을지 궁금해졌다.

"우리가 뭘 해야 하는지는 알지?" 선수들이 탈의실을 나설 준비를 하는데 우드가 말했다. "이번 시합에서 지면 우리에겐 승산이 없어. 그냥…… 그냥 어제 훈련할 때 했던 것처럼만 하자. 그럼 잘될 거야!"

그들은 떠들썩한 박수갈채를 받으며 경기장으로 나갔다. 파란 옷을 입은 래번클로 선수들은 이미 경기장 한가운데서 있었다. 수색꾼인 초 챙이 그 팀의 유일한 여학생이었다. 해리보다 머리 하나가 작았는데, 해리는 긴장한 상태에서도 그녀가 굉장히 예쁘다는 사실을 의식할 수밖에 없었다. 양 팀이 주장 뒤에 서서 서로를 마주 보았을 때 그녀가 해리에게 미소 지었다. 해리의 가슴이 두근거렸다. 긴장해서 그런 건 아닌 것 같았다.

"우드, 데이비스, 악수해라." 후치 선생이 활기찬 목소리로 말하자, 우드와 래번클로 주장이 악수를 나눴다.

"빗자루에 오르도록……. 호루라기를 불면 시작한다……. 셋, 둘, 하나."

해리는 땅을 박차고 공중으로 높이높이 날아올랐다. 파이어볼트는 어떤 빗자루보다도 더 높이, 그리고 더 빠른 속도로 쌩 날아갔다. 그는 경기장을 빙 돌면서 스니치를 찾아 눈을 가늘게 뜨고 주위를 둘러보기 시작했다. 그러면서도 위즐리 쌍둥이의 친구인 리 조던의 중계에 귀를 기울였다.

"선수들이 날아올랐습니다. 이 경기의 주요 관심사는 그리핀도르의 해리 포터가 타고 있는 파이어볼트인데요, 《어떤 빗자루?》에 따르면 파이어볼트는 올해 퀴디치 월드컵에서 국가대표 팀들이 선택한 빗자루가 될 거라고 합니다."

"조던, 시합이 어떻게 진행되고 있는지나 이야기해 주면 안 되겠니?" 맥고나걸 교수의 목소리가 끼어들었다.

"그럼요, 교수님. 그냥 참고할 만한 정보를 좀 드리는 거예요. 덧붙이면 파이어볼트에는 자동 브레이크가 내장되어 있으며……."

"조던!"

"네, 네, 알겠습니다. 그리핀도르가 쿼플을 잡았습니다. 그리핀도르의 케이티 벨이 골대를 향해 날아갑니다……."

해리는 케이티를 지나쳐 반대 방향으로 날아가면서 반짝이는 황금빛을 찾아 주위를 뚫어지게 바라보았다. 초 챙이 그를 바짝 뒤쫓고 있었다. 그녀의 비행 실력이 뛰어나다는 데는 의심의 여지가 없었다. 초 챙은 끊임없이 해리의 진로를 방해하며 그가 어쩔 수 없이 방향을 바꾸게 만들었다.

"쟤한테 가속이 뭔지 보여 줘, 해리!" 프레드가 얼리샤를 노리는 블러저를 쫓아 빠르게 날아가면서 소리쳤다.

해리가 래번클로 골대 주위를 돌며 파이어볼트를 빠르게 몰고 나가자 초는 금방 뒤처졌다. 케이티가 경기 첫 골을 넣는 데 성공하고 그리핀도르 쪽 응원석이 열광하기 시작한 순간, 그는 보았다. 스니치가 땅과 가까운 관중석 울타리 근처에서 가볍게 파닥거리고 있었다.

해리는 곧바로 급강하했다. 초 챙도 그를 보더니 빠르게 뒤쫓아 왔다. 해리는 속도를 올렸다. 흥분이 밀려들었다. 급강하는 해리의 주특기였다. 앞으로 3미터…….

그 순간 갑자기 어디선가 래번클로의 몰이꾼이 쳐 낸 블러저가 날아왔다. 해리는 급격히 방향을 틀어 진로를 벗어나며 간발의 차이로 블러저를 피했다. 하지만 그 짧고도 결정적인 순간에 스니치는 자취를 감추고 말았다.

그리핀도르 응원석에서 크게 "아아아아아" 하고 실망하는 소리가 터져 나왔지만 래번클로 쪽에서는 몰이꾼을 향한 박수갈채가 쏟아졌다. 조지 위즐리가 분통을 터뜨리며 또 다른 블러저를 날려보냈고, 그 선수는 어쩔 수 없이 공중에서 곧장 몸을 굴려 블러저를 피해야 했다.

"그리핀도르가 80 대 0으로 앞서고 있습니다, 저 파이어볼트 나는 것 좀 보세요! 포터가 파이어볼트의 성능을 제대로 시험하네요. 저 방향 전환 보시죠. 챙의 코밋은 그야말로 상대가 안 됩니다. 파이어볼트의 정확한 균형 감각이 정말 눈에 띄는데요, 특히 저렇게 긴……."

"조던! 파이어볼트 광고하라고 돈이라도 받은 게냐? 중계나 계속하거라!"

래번클로가 추격해 왔다. 상대가 세 골을 넣으면서 그리핀도르는 겨우 50점 앞서게 되었다. 만약에 초가 해리보다 먼저 스니치를 잡으면 래번클로가 이기는 것이다. 해리는 고도를 더욱 낮춰 래번클로 추격꾼을 간신히 피하면서 미친 듯이 경기장을 훑어보았다. 반짝이는 황금빛, 퍼덕이는 작은 날개…… 스니치가 그리핀도르 골대 근처를 맴돌고 있었다.

해리는 저 앞에 있는 황금색 점에 시선을 고정하고 속도를 높였다. 하지만 다음 순간 초가 갑자기 나타나 그를 막아섰고……

"해리, 지금은 신사처럼 굴 때가 아니야!" 해리가 충돌을 피하려고 방향을 확 틀자 우드가 소리쳤다. **"다른 방법이 없으면 걔를 빗자루에서 떨어뜨리기라도 하란 말이야!"**

해리는 몸을 돌려 초를 바라보았다. 그녀가 씩 웃었다. 스니치는 다시 사라져 보이지 않았다. 해리가 파이어볼트의 방향을 위로 틀자 그는 어느새 경기가 벌어지는 곳에서 6미터쯤 위에 떠 있었다. 그를 따라오는 초가 곁눈으로 보였다……. 직접 스니치를 찾기보다 해리를 마크하기로 작정한 모양이었다. 그럼, 좋아…… 날 따라다니고 싶다면 그 결과는 감수해야지…….

해리가 다시 급강하하자, 그가 스니치를 봤다고 생각했는지 초 챙도 뒤따랐다. 해리가 순간적으로 급강하를 멈추자, 미처 예상하지 못했던 그녀는 계속 아래로 돌진했다.

해리는 총알처럼 다시 솟아올라 세 번째로 스니치를 보았다. 그것은 래번클로 진영 위에서 반짝이고 있었다.

해리는 속도를 올렸다. 몇 미터 아래에서 초도 속도를 높였다. 해리가 앞서고 있었다. 매 초 스니치와 가까워지고 있었다. 그때……

"앗!" 초가 손가락으로 아래쪽을 가리키면서 비명을 질렀다.

해리는 그 소리에 밑을 내려다보았다.

디멘터들이 나타났다. 키가 우뚝하니 후드를 뒤집어쓴 시꺼먼 디멘터 세 놈이 그를 올려다보고 있었다.

멈춰서 생각할 겨를도 없었다. 해리는 로브 목 부분으로 손을 쑥 집어넣어 마법 지팡이를 꺼내며 소리쳤다. "엑스펙토 패트로눔!"

그의 마법 지팡이 끝에서 은빛을 띤 하얗고 거대한 무언가가 튀어나왔다. 그것이 곧장 디멘터들을 향해 날아갔다는 것은 알았지만 해리는 그저 멈춰서 구경만 하고 있지 않았다. 정신은 여전히 신기할 만큼 또렷했다. 그는 앞을 바라보았다. 거의 다 왔다. 그는 마법 지팡이를 쥔 채 손을 뻗어 몸부림치는 작디작은 스니치를 손가락으로 간신히 움켜쥐었다.

후치 선생의 호루라기 소리가 주위에 울려 퍼졌다. 해리는 공중에서 방향을 틀어 그를 향해 날아오는 여섯 개의 흐릿한 진홍색 형상을 보았다. 다음 순간, 그리핀도르 팀 동료 모두가 그를 격하게 끌어안는 바람에 해리는 하마터면 빗자루에서 떨어질 뻔했다. 저 아래 관중석에서 그리핀도르 학생들의 함성이 들렸다.

"그럼 그렇지!" 우드가 계속해서 큰 소리로 외쳤다. 얼리샤와 앤젤리나와 케이티는 하나같이 해리에게 입을 맞췄다. 프레드가 너무 세게 끌어당기는 바람에 해리는 머리가 뽑히는 줄 알았다. 그리핀도르 선수들은 완전히 하나로 뒤엉킨 채 겨우겨우 땅으로 내려왔다. 해리가 빗자루에서 내려 고개를 들었을 때 그리핀도르 응원단이 시끌벅적 떠들어 대며 경기장으로 달려오는 모습이 보였다. 론이 맨 앞에서 달려오고 있었다. 해리는 순식간에 환호하는 사람들 속에 파묻혔다.

"그렇지!" 론이 해리의 팔을 공중으로 들어 올리며 외쳤다. "그래! 좋았어!"

"진짜 잘했어, 해리!" 퍼시가 매우 기쁜 표정을 지으며 말했다. "10갈레온 벌었어! 페넬러피를 찾아봐야겠다. 잠깐만……."

"멋지다, 해리!" 셰이머스 피니건이 감탄한 듯 소리쳤다.

"진짜 끝내주더만!" 밀려드는 그리핀도르 학생들의 머리 너머로 해그리드의 우렁찬 목소리가 들려왔다.

"아주 훌륭한 패트로누스였다." 해리의 귀에 또 다른 목소리가 들렸다.

해리는 고개를 돌려, 놀란 동시에 기뻐하는 표정을 짓고 있는 루핀 교수를 보았다.

"디멘터들은 저한테 아무런 영향도 끼치지 못했어요!" 해리가 신이 나서 말했다. "아무것도 못 느꼈어요!"

"그건, 음…… 그것들이 디멘터가 아니었기 때문이야." 루핀 교수가 말했다. "와서 보렴."

루핀은 관중 속에서 해리를 빼내 경기장 가장자리로 데려갔다.

"네가 말포이 군에게 꽤 겁을 준 것 같다." 루핀이 말했다.

해리는 그곳을 뚫어지게 바라보았다. 땅바닥에 한데 뒤엉켜 널브러져 있는 것은 말포이, 크래브와 고일, 그리고 슬리데린 퀴디치 팀 주장인 마커스 플린트였다. 그들은 모두 바닥에 넘어진 채 후드가 달린 긴 검은색 로브를 벗으려고 발버둥 치고 있었다. 말포이는 고일의 어깨 위에 올라탔던 모양이었다. 맥고나걸 교수가 화가 머리끝까지 난 얼굴로 그런 그들을 내려다보고 서 있었다.

"이런 한심하기 짝이 없는 속임수를 쓰다니!" 맥고나걸 교수가 고함을 질렀다. "비열하고 비겁한 시도로 그리핀도르 수색꾼을 방해하려 했구나! 너희 모두 방과 후 징계를 받을 거다. 슬리데린은 50점 감점이야! 덤블도어 교수님께 말씀드려야겠다, 반드시! 아, 저기 오시는구나!"

그리핀도르의 승리를 굳힐 수 있는 게 있다면 바로 이것이었다. 인파를 뚫고 해리 옆으로 온 론은 말포이가 여전히 고일의 머리가 처박혀 있는 로브에서 벗어나려고 몸부림치는 꼴을 보며 배를 잡고 웃었다.

"가자, 해리!" 조지가 사람들을 헤치고 가면서 말했다. "파티를 열어야지! 그리핀도르 휴게실에서, 지금 당장!"

"알았어." 해리가 대답했다. 이렇게 행복한 기분은 참 오랜만이었다. 그와 나머지 그리핀도르 선수들은 진홍색 로브를 벗지도 않고 앞장서서 경기장을 나가 성으로 돌아갔다.

기분만으로는 벌써 퀴디치 우승컵을 탄 것 같았다. 파티는 하루 종일 계속됐고 밤이 되고 나서도 한참 이어졌다. 프레드와 조지 위즐리는 몇 시간 동안 자취를 감췄다가 버터맥주 병과 호박 탄산음료, 허니듀크스 과자가 가득 들어 있는 자루 몇 개를 한아름 안고 휴게실로 돌아왔다.

"어떻게 한 거야?" 조지가 페퍼민트 두꺼비를 사람들에게 던지기 시작하자 앤젤리나 존슨이 꺅꺅 소리를 질렀다.

"무니, 웜테일, 패드풋, 프롱스의 도움을 좀 받았지." 프레드가 해리의 귀에 대고 나직하게 중얼거렸다.

오직 한 사람만이 축제 분위기에 동참하지 않았다. 놀랍게도 헤르미온느는 구석에 앉아 《영국 머글들의 가정생활과 사회적 관습》이라는 제목의 두꺼운 책에 집중하려 애쓰고 있었다. 프레드와 조지가 버터맥주 병으로 저글링을 하기 시작하자 해리는 그 탁자에서 빠져나와 헤르미온느가 앉아 있는 곳으로 갔다.

"경기장에 오긴 한 거야?" 그가 물었다.

"당연히 갔지." 헤르미온느가 눈도 들지 않은 채 이상하리만큼 새된 목소리로 말했다. "우리가 이겨서 정말 기뻐. 네가 아주 잘했다고도 생각하고. 근데 월요일까지 이걸 읽어야 해서."

"그러지 말고, 헤르미온느, 와서 음식 좀 먹어." 해리가 론 쪽을 건너다보며 말했다. 론이 그녀와 화해할 만큼 기분이 좋은지 궁금했다.

"그럴 수 없어, 해리. 아직도 422페이지나 읽어야 한단 말이야!" 헤르미온느가 이제는 약간 신경질적인 목소리로 말했다. "그것도 그렇고……." 그녀도 론을 힐끗 바라보았다. "쟤는 내가 끼는 게 싫을 거야."

이 말에는 뭐라고 반박할 수가 없었다. 하필 그때 론이 큰 소리로 이렇게 말했던 것이다. "스캐버스가 그렇게 잡아먹히지만 않았어도 이 파리 퍼지를 먹을 수 있었을 텐데. 이걸 참 좋아했거든."

헤르미온느가 왈칵 울음을 터뜨렸다. 해리가 그 뒤에 무슨 말이나 행동을 할 겨를도 없이, 헤르미온느는 두꺼운 책을 옆구리에 끼고 끊임없이 흐느끼며 여학생 기숙사 계단으로 달려가더니 곧 사라져 버렸다.

"쟤 좀 봐줄 수 없어?" 해리가 목소리를 죽이고 론에게 물었다.

"싫어." 론이 단호하게 말했다. "쟤가 나한테 미안한 척만 했어도……. 근데 쟤는 말이지, 헤르미온느는 자기가 틀렸다는 걸 절대 인정하려 들지 않을 거야. 지금도 봐, 꼭 스캐버스가 휴가라도 간 것처럼 굴고 있잖아."

그리핀도르의 파티는 새벽 1시, 맥고나걸 교수가 격자무늬 가운에 머리그물을 쓰고 나타나 모두 잠자리에 들라고 엄하게 말했을 때에야 끝이 났다. 해리와 론은 그때까지도 경기에 대해 떠들어 대면서 계단을 올라 침실로 향했다. 마침내 지칠 대로 지친 해리는 사주식 침대로 올라가 커튼을 닫고 한 줄기 달빛을 가렸다. 그렇게 침대에 드러눕자마자 잠이 쏟아졌다…….

해리는 아주 이상한 꿈을 꾸었다. 꿈속에서 그는 파이어볼트를 어깨에 걸치고 은빛을 띤 하얀색 형상을 따라 숲 속으로 걸어 들어가고 있었다. 그 은빛 형상은 앞쪽 나무들 사이로 이리저리 나아가고 있었으며 나뭇잎 사이사이로 잠깐잠깐씩 보일 뿐이었다. 따라잡으려는 마음에 조바심이 난 해리가 속도를 냈지만, 그가 빨리 움직일수록 앞서 가는 것도 빠르게 움직였다. 해리는 아예 달리기 시작했다. 앞에서 속도를 올리는 발굽 소리가 들렸다. 이제 그는 전속력으로 달리고 있었다. 앞에서 질주하는 소리가 들려왔다. 해리가 모퉁이를 돌자 탁 트인 곳이 나왔고……

"아아아아아아아아아아악! 안 돼애애애애애애애애애애!"

해리는 얼굴이라도 얻어맞은 것처럼 번쩍 잠에서 깼다. 그는 칠흑 같은 어둠 속에서 방향감각을 잃은 채 커튼을 더듬었다. 주위에서 움직이는 소리들이 났다. 침실 맞은편에서 셰이머스 피니건의 목소리가 들려왔다.

"무슨 일이야?"

해리는 순간 침실 문이 쾅 닫히는 소리를 들은 것 같았다. 마침내 침대를 둘러싼 커튼 틈새를 찾아낸 그는 손으로 커튼을 확 열어젖혔다. 그와 동시에 딘 토머스가 등을 켰다.

론이 한없이 겁에 질린 얼굴로 침대에 몸을 세우고 앉아 있었다. 그의 침대 커튼 한쪽이 찢겨 있는 것이 보였다.

"블랙이야! 시리우스 블랙! 칼을 들고 있었어!"

"뭐?"

"여기! 방금 전에! 커튼을 칼로 찢었어! 나를 깨웠다니까!"

"꿈꾼 거 아니야, 론?" 딘이 물었다.

"커튼을 봐 봐! 분명히 말하는데, 그자가 여기 있었어!"

모두 허둥지둥 침대에서 나왔다. 해리가 가장 먼저 침실 문에 다다랐고, 그들은 전력 질주해서 계단을 내려갔다. 등 뒤에서 문이 열리고 졸린 목소리들이 소리쳤다.

"누가 소리 지른 거야?"

"너희 뭐 해?"

꺼져 가는 불빛으로 희미하게 밝혀진 휴게실은 그때까지도 파티의 흔적으로 어수선했다. 그곳에는 아무도 없었다.

"꿈 아닌 거 확실해, 론?"

"진짜라니까, 내가 봤어!"

"대체 무슨 소란이야?"

"맥고나걸 교수님이 자라고 했잖아!"

여학생 몇 명이 가운을 걸치고 계단을 내려와 하품했다. 남학생들도 다시 나타났다.

"죽인다, 파티 계속하는 거야?" 프레드 위즐리가 밝은 목소리로 말했다.

"모두 위층으로 돌아가!" 퍼시가 허둥지둥 휴게실로 내려오더니 그 와중에 잠옷에다 남학생 회장 배지를 달면서 소리쳤다.

"퍼스, 시리우스 블랙이 나타났어!" 론이 졸도할 것 같은 목소리로 말했다. "우리 침실에 있었어! 칼을 들고! 날 깨웠어!"

휴게실은 물을 끼얹은 듯 조용해졌다.

"말도 안 돼!" 퍼시가 깜짝 놀라며 소리쳤다. "너무 많이 먹어서 그래, 론. 악몽을 꾼 거야."

"정말이야."

"나 참, 더 이상 못 봐주겠구나!"

맥고나걸 교수가 다시 나타났다. 그녀는 초상화를 쾅 닫고 휴게실에 들어오더니 잔뜩 화가 난 눈초리로 그들을 노려보았다.

"그리핀도르가 시합에서 이긴 건 기쁘지만 점점 가관이구나! 퍼시, 너는 좀 나을 줄 알았다!"

"저는 결코 허락하지 않았어요, 교수님!" 퍼시가 분해서 가슴을 내밀며 말했다. "지금 막 모두 침대로 돌아가라고 말하는 중이었습니다! 여기 제 동생 론이 악몽을 꿨는데……."

"악몽이 아니라니까!" 론이 소리 질렀다. **"교수님, 잠에서 깨 보니 시리우스 블랙이 제 앞에 칼을 들고 서 있었어요!"**

맥고나걸 교수가 그를 빤히 쳐다보았다.

"터무니없는 소리 하지 마라, 위즐리. 그자가 대체 어떻게 초상화 구멍을 지난단 말이냐?"

"그럼 저 사람한테 물어보세요!" 론이 부들부들 떨리는 손가락으로 캐도건 경의 그림 쪽을 가리키며 말했다. "저 사람한테 봤는지 물어보시라고요."

맥고나걸 교수는 의심 가득한 눈으로 론을 쏘아보며 초상화를 밀어젖히고 구멍 밖으로 나갔다. 휴게실에 있는 아이들 모두가 숨을 죽인 채 귀를 기울였다.

"캐도건 경, 방금 한 남자를 그리핀도르 탑에 들여보냈습니까?"

"그럼요, 훌륭한 숙녀시여!" 캐도건 경이 부르짖었다.

휴게실 안팎으로 아연한 침묵이 흘렀다.

"들여…… 들여보냈다고요?" 맥고나걸 교수가 말을 더듬었다. "하지만, 하지만 암호는요?"

"가지고 있었습니다!" 캐도건 경이 자랑스럽게 말했다. "1주일 치 암호 전부를 말이죠. 작은 쪽지에 쓰인 암호들을 읽어 주더군요!"

맥고나걸 교수는 초상화 구멍으로 다시 들어와 충격을 받아 꼼짝 못 하고 서 있는 아이들을 마주 보았다. 그녀의 얼굴색이 분필처럼 하얗게 질려 있었다.

"대체 누가……." 그녀가 떨리는 목소리로 입을 열었다. "대체 어떤 대책 없는 바보가 이번 주 암호를 적어서 아무 데나 놔뒀지?"

겁에 질린 조그만 울음소리가 완전했던 침묵을 깨뜨렸다. 네빌 롱보텀이 머리에서부터 푹신푹신한 슬리퍼를 신은 발끝까지 덜덜 떨면서 천천히 손을 들었다.

14장
스네이프의 원한

 그날 밤 그리핀도르 탑에서는 아무도 잠들지 못했다. 그들은 성이 다시 수색되고 있다는 사실을 알았다. 기숙사 전체가 블랙이 잡혔다는 소식을 기다리며 휴게실에서 밤을 지새웠다. 맥고나걸 교수가 새벽에 다시 와서 블랙이 성을 빠져나갔다고 말해 주었다.

 다음 날에는 가는 곳마다 보안이 강화되는 낌새가 보였다. 플리트윅 교수는 현관문마다 시리우스 블랙의 커다란 사진을 인식시켰다. 필치는 갑자기 부산스럽게 복도를 돌아다니며, 벽에 간 실금부터 쥐구멍까지 온갖 곳에 널빤지를 쳤다. 캐도건 경은 해고당했다. 그의 초상화는 8층의 발길 드문 층계참으로 도로 옮겨졌고 뚱뚱한 귀부인이 돌아왔다. 그녀는 솜씨 좋게 복원됐지만 아직 극도로 겁먹은 상태였고 추가적인 보호조치를 취한다는 조건하에서만 업무에 복귀하겠다고 말했다. 그 때문에 험악한 트롤 경비대가 그녀를 지키기 위해 고용되었다. 그들은 툴툴대는 말투로 이야기하거나 서로의 곤봉 크기를 비교하면서 위협적으로 무리 지어 복도를 걸어 다녔다.

해리는 4층 외눈 마녀 조각상이 아직 막히지 않고 무방비 상태로 남아 있다는 사실에 신경이 쓰일 수밖에 없었다. 지금은 해리, 론, 헤르미온느도 알고 있긴 하지만, 그 안에 숨겨진 통로가 있다는 걸 아는 사람은 본인들뿐이라던 프레드와 조지의 말이 맞는 것 같았다.

"말해야 할까?" 해리가 론에게 물었다.

"그자가 허니듀크스를 통해 들어왔을 리는 없잖아." 론이 일축했다. "그 가게에 누가 침입했다면 우리도 소식을 들었겠지."

해리는 론이 이렇게 생각해서 기뻤다. 외눈 마녀 조각상마저 널빤지로 가로막힌다면 다시는 호그스미드에 갈 수 없을 테니까.

론은 별안간 유명 인사가 되었다. 그는 난생처음 해리보다 많은 관심을 받고 있었고 그 경험을 즐기는 게 분명했다. 간밤의 사건으로 아직 심하게 동요하면서도 그는 누가 묻기만 하면 자기가 겪은 일을 세세한 부분까지 기꺼이 들려주었다.

"……자고 있는데 뭐가 찢어지는 소리가 들렸어. 나는 꿈인 줄 알았지. 근데 그때 바람이 부는 거야. 깨서 보니까 침대 한쪽 커튼이 끌어내려져 있더라고……. 나는 몸을 굴렸어. 나를 내려다보고 서 있는 그놈이 보이더라. 해골 같았어. 더러운 털이 잔뜩 난 해골……. 칼을 들고 있었는데 엄청 크고 길었어. 30센티미터는 됐을 거야……. 그러더니 놈이 나를 봤고, 나도 놈을 봤지. 그러다 내가 소리를 지르니까 놈이 도망쳤어. 근데 왜 그랬을까?" 섬뜩한 이야기에 귀 기울이던 2학년 여학생 한 무리가 가 버리자 론이 해리에게 덧붙였다. "대체 왜 달아났을까?"

해리도 그 점이 궁금했다. 엉뚱한 침대를 찾은 블랙은 왜 론을 침묵시킨 뒤 해리에게 가지 않았을까? 블랙은 이미 12년 전에 무고한 사람들을 죽이는 것쯤은 개의치 않는다는 것을 증명했다. 더욱이 이번 상대는 무장도 하지 않은 다섯 명의 소년이었고, 그중 넷은 잠들어 있었다.

"네가 소리 질러서 사람들을 깨우면 성에서 빠져나가기 힘들어진다는 걸 안 게 틀림없어." 해리가 생각 끝에 말했다. "초상화 구멍으로 되돌아가려면 기숙사 전체를 죽여야 했을걸……. 그런 다음에는 교수님들을 만났을 거고……."

네빌은 사람들을 볼 낯이 없는 것 같았다. 맥고나걸 교수는 너무 화가 난 나머지 이후 네빌의 호그스미드 방문을 아예 금지했고, 방과 후 징계를 내렸으며, 아무도 네빌에게 탑으로 들어가는 암호를 알려 주지 못하게 했다. 가엾은 네빌은 매일 밤 트롤 경비원들의 기분 나쁜 눈초리를 받으며 다른 아이들이 드나들 때까지 휴게실 바깥에서 기다려야만 했다. 그러나 이 중 어떤 벌도 네빌의 할머니가 준비한 것과는 비교가 되지 않았다. 블랙이 침입하고 이틀 뒤, 그녀는 네빌에게 호그와트 학생이 아침 식사를 하는 동안 받을 수 있는 최악의 물건을 보냈다. 바로 하울러였다.

학교 부엉이들이 평소처럼 우편물을 가지고 대연회장으로 날아들어 왔다. 부리에 진홍색 봉투를 물고 있는 큰 외양간올빼미가 눈앞에 내려앉자 네빌은 숨도 쉬지 못했다. 맞은편에 앉아 있던 해리와 론은 그 편지가 하울러라는 걸 금방 알아보았다. 지난번에 론이 어머니에게서 하울러를 받은 적이 있었던 것이다.

"도망쳐, 네빌." 론이 충고했다.

두말할 필요도 없었다. 네빌은 봉투를 집어 들더니 폭탄

스네이프의 원한

이라도 되는 양 앞으로 든 채 전력 질주해서 대연회장을 빠져나갔다. 그 광경에 슬리데린 식탁에서 웃음이 터져 나왔다. 하울러가 현관홀에 쩌렁쩌렁 울리는 소리가 들렸다. 네빌의 할머니는 마법을 걸어 평소보다 백배는 커진 목소리로, 네빌 때문에 온 가족이 망신을 당했다며 고래고래 소리를 지르고 있었다.

해리는 네빌을 가엾어하느라 자기에게도 편지가 왔다는 사실을 바로 알아차리지 못했다. 헤드위그가 그의 손목을 날카롭게 쪼아 주의를 끌었다.

"아얏! 아, 고마워, 헤드위그······."

해리는 헤드위그가 네빌의 콘플레이크를 쪼아 먹는 동안 봉투를 뜯어서 열었다. 안에 든 편지에는 이렇게 적혀 있었다.

해리와 론에게.

오늘 저녁 6시쯤에 나랑 차 한잔하지 않을래? 내가 성으로 너희를 데리러 가마. 현관홀에서 날 기다려. 너희끼리 나서선 안 되니까.

해그리드

"아마 블랙 얘기를 다 듣고 싶은 걸 거야!" 론이 말했다.

그리하여 그날 저녁 6시가 되자, 해리와 론은 그리핀도르 탑을 나와 단숨에 트롤 경비원들을 통과한 다음 현관홀로 향했다.

해그리드가 이미 와서 기다리고 있었다.

"다 알아요, 해그리드!" 론이 말했다. "토요일 밤 얘기를 듣고 싶으신 거죠?"

"그 얘기는 벌써 다 들었어." 해그리드가 현관문을 열고 그들을 밖으로 데리고 나가며 말했다.

"아." 론은 살짝 실망한 표정이 되었다.

해그리드의 오두막에 들어가자 맨 먼저 눈에 들어온 것은 벅빅이었다. 벅빅은 해그리드의 조각보 이불 위에 몸을 쭉 뻗고 거대한 날개를 접어 몸에 바짝 붙인 채, 큰 접시에 담긴 죽은 족제비를 맛보고 있었다. 이 유쾌하지 않은 광경에서 시선을 돌리자 털이 잔뜩 달린 엄청난 크기의 갈색 정장과 노란색, 오렌지색이 섞인 아주 끔찍한 넥타이가 옷장 문에 걸려 있는 것이 보였다.

"저건 왜요, 해그리드?" 해리가 물었다.

"벅빅 문제로 위험 생물 처분 위원회와 소송을 하거든." 해그리드가 말했다. "이번 주 금요일이야. 벅빅이랑 런던에 갈 거다. 나이트 버스에 침대 두 개를 예약해 뒀어……."

해리는 엄청난 죄책감을 느꼈다. 벅빅의 재판이 그토록 가까워졌다는 사실을 까맣게 잊고 있었다. 불편한 표정을 보니 론도 마찬가지인 듯했다. 벅빅의 변론 준비를 도와주겠다는 약속도 잊어버렸다. 파이어볼트가 도착하면서 온통 거기에만 정신이 팔려 있었던 것이다.

해그리드는 차를 따라 주고 건포도 넣은 빵을 권했다. 하지만 그들은 그것을 냉큼 받아먹을 만큼 바보가 아니었다. 해그리드의 요리는 이미 많이 먹어 보았기 때문이다.

"너희 둘한테 할 얘기가 있어." 해그리드가 그들 사이에 앉아 그답지 않게 진지한 표정으로 말했다.

"뭔데요?" 해리가 물었다.

"헤르미온느 말이야." 해그리드가 말했다.

"걔가 왜요?" 론이 물었다.

"헤르미온느가 많이 힘들어해. 그래서 하는 얘기다. 헤르미온느는 크리스마스 이후 나를 보러 여러 번 왔었어. 외로워하더라. 처음에는 너희가 파이어볼트 때문에 말을 걸지 않더니 이제는 그 애 고양이가……."

"스캐버스를 잡아먹었단 말이에요!" 론이 화를 내며 중간에 끼어들었다.

"개 고양이는 다른 고양이들이랑 똑같이 행동했을 뿐이야." 해그리드가 참을성 있게 말을 이었다. "헤르미온느는 꽤 많이 울었어, 지금도 힘들어하고 있고. 내 생각엔, 감당하기 어려웠던 것 같아. 그 많은 걸 하려고 했으니. 그런데도 시간을 내서 벅빅의 소송을 도와줬단 말이야……. 정말로 좋은 자료들을 찾아 줬어……. 이제 벅빅한테도 꽤 승산이 있을 거야……."

"해그리드, 우리도 도와드렸어야 하는데…… 죄송해요." 해리가 난처한 듯 입을 열었다.

"그걸 뭐라는 게 아니야!" 해그리드가 손을 저어 해리의 사과를 뿌리치며 말했다. "너한테 할 일이 많다는 건 온 세상이 알아. 매일 낮이고 밤이고 퀴디치 훈련을 하는 것도 봤고. 하지만 이 얘기는 해야겠다. 나는 너희 둘이 빗자루나 쥐보다는 친구를 소중히 여길 거라고 생각했어. 그게 다야."

해리와 론은 불편한 시선을 주고받았다.

"그 앤 정말로 속상해했어. 블랙이 너를 찌를 뻔했을 때 말이야, 론. 헤르미온느는 착한 애야. 그런데 너희는 그 애한테 말도 안 건다니……."

"걔가 그 고양이만 갖다 버리면 다시 얘기할 거예요!" 론이 화를 내며 말했다. "하지만 헤르미온느는 아직도 그놈을 편들고 있다고요! 그 미친 고양이한테 불리한 말은 한마디도 듣지 않으려고 해요!"

"아, 뭐, 반려동물 문제에서는 사람들이 좀 멍청해질 수 있지." 해그리드가 사려 깊은 말투로 대꾸했다. 그의 뒤에서 벅빅이 베개 위에다 족제비 뼈 몇 개를 뱉어 냈다.

세 사람은 그리핀도르가 퀴디치 우승컵을 탈 가능성이 높아졌다는 이야기를 하며 남은 시간을 보냈다. 9시가 되자 해그리드는 그들을 다시 성으로 데려다주었다.

휴게실로 돌아오니 아이들이 게시판 주위에 잔뜩 몰려 있었다.

"다음 주 주말이 호그스미드 방문일이래!" 론이 아이들 머리 위로 목을 빼고 새로 붙은 공고문을 읽었다. "네 생각은 어때?" 자리에 가서 앉았을 때 론이 해리에게 조용히 물었다.

"뭐, 필치도 허니듀크스로 가는 통로에는 아무 짓 안 했으니까……." 해리가 더욱 조용한 목소리로 말했다.

"해리!" 그의 오른쪽에서 어떤 목소리가 들려왔다. 깜짝 놀라 고개를 돌려 보니 헤르미온느였다. 바로 뒤 탁자에 앉아 있던 그녀가 몸을 가리고 있던 책을 치웠다.

"해리, 네가 또 호그스미드에 가면…… 맥고나걸 교수님한테 그 지도 얘기를 할 거야!" 헤르미온느가 말했다.

"누가 말하는 소리 들려, 해리?" 론이 헤르미온느 쪽을 보지도 않고 툴툴거렸다.

"론, 어떻게 해리가 너랑 같이 가도록 내버려 둘 수 있어? 시리우스 블랙이 *너한테* 그런 일을 저지를 뻔했는데! 정말이야, 내가 말씀드릴……."

"그러니까 이제 해리를 퇴학시키려나 보네!" 론이 화가 나서 말했다. "올해에는 피해를 줄 만큼 주지 않았냐?"

헤르미온느는 대답하려고 입을 열었지만, 크룩섕스가 작게 쉭 소리를 내며 그녀의 무릎으로 뛰어올라 왔다. 헤르미온느는 론의 표정을 보고 겁먹은 얼굴이 되더니 크룩섕스를 안고 얼른 여학생 기숙사 쪽으로 갔다.

"아무튼, 어때?" 론은 중간에 아무 일도 없었던 것처럼 해리에게 말했다. "가자, 저번에 갔을 땐 아무것도 못 봤잖아. 종코의 장난감 가게엔 아직 들어가 보지도 못했고!"

해리는 주위를 둘러보며 헤르미온느가 듣지 못할 만큼 멀리 갔는지 확인했다.

"좋아." 그가 말했다. "하지만 이번에는 투명 망토를 가져갈 거야."

토요일 아침, 해리는 투명 망토를 가방에 챙기고 도둑 지도를 주머니에 슬쩍 넣은 다음 모두와 함께 아침 식사를 하러 갔다. 헤르미온느가 식탁 저쪽에서 계속 의심스러운 눈길을 쏘아 보내고 있었지만 그는 시선을 피했다. 다른 학생들 모두가 현관으로 나갔을 때는 대리석 계단을 다시 올라가는 모습이 헤르미온느에게 보이도록 신경 썼다.

"안녕!" 해리가 론에게 소리쳤다. "잘 다녀와!"

론이 씩 웃으며 눈을 찡긋했다.

해리는 서둘러 4층으로 올라가며 주머니에서 도둑 지도를 슬쩍 꺼냈다. 그는 외눈 마녀 조각상 뒤에 몸을 웅크리고 꼬깃꼬깃 접힌 지도를 폈다. 작은 점이 그를 향해 움직이고 있었다. 해리는 눈을 가늘게 뜨고 그것을 바라보았다. 옆에는 아주 작은 글자로 '네빌 롱보텀'이라고 쓰여 있었다.

해리는 재빨리 마법 지팡이를 꺼내 "디센디움"이라고 중얼거린 다음 가방을 조각상 안에 밀어 넣었다. 하지만 그가 들어가기도 전에 네빌이 모퉁이를 돌아서 나타났다.

"해리! 너도 호그스미드에 안 간다는 사실을 깜빡했어!"

"안녕, 네빌." 해리가 조각상에서 얼른 떨어져 지도를 주머니에 도로 쑤셔 넣으며 말했다. "넌 뭐 할 거야?"

"아무것도." 네빌이 어깨를 으쓱했다. "폭발하는 카드 게임 한판 할래?"

"어, 지금은 별로……. 도서관에 가서 루핀 교수님이 내준 뱀파이어 작문 숙제를 하려고 했거든."

"같이 가자!" 네빌이 밝아진 목소리로 말했다. "나도 안 했어!"

"어, 잠깐만……. 그래, 맞아. 깜빡했다. 어젯밤에 끝냈지!"

"잘됐다. 네가 날 도와주면 되겠네!" 네빌이 동그란 얼굴에 불안한 표정을 띠며 말했다. "그 마늘에 관한 내용이 잘 이해가 안 돼서. 꼭 먹어야 하는 거야? 아니면……."

네빌은 해리의 어깨 너머를 보고 작게 헉 숨을 들이켜며 말을 멈췄다.

그곳에는 스네이프가 있었다. 네빌은 빠르게 해리 뒤로 가서 섰다.

"너희 둘, 여기서 뭐 하는 거지?" 스네이프가 멈춰 서서 둘을 번갈아 보며 말했다. "이상한 데서 만나는군."

스네이프의 검은색 눈이 몹시 불안하게도 그들 양옆에 있는 문으로, 외눈 마녀 조각상 쪽으로 휙휙 돌아갔다.

"여기서 만나기로 한 게 아니에요." 해리가 말했다. "그냥…… 여기서 마주친 거죠."

"그래?" 스네이프가 말했다. "예상치 못한 장소에 나타나는 버릇이 있구나, 포터. 아무 이유 없이 거기 나타나진 않았을 텐데……. 둘 다 너희가 소속된 그리핀도르 탑으로 돌아가도록."

해리와 네빌은 군말 없이 그곳을 떠났다. 해리는 모퉁이를 돌아서 뒤를 돌아보았다. 스네이프가 한 손으로 외눈 마녀 조각상의 머리를 만지면서 자세히 살펴보고 있었다.

해리는 뚱뚱한 귀부인 앞에서 네빌에게 암호를 말해 줘서 간신히 그를 떼어 낸 다음, 뱀파이어 숙제를 도서관에 두고 온 척 되돌아갔다. 그는 트롤 경비원들의 시야에서 벗어나자마자 다시 지도를 꺼내 코가 닿을 듯 바짝 들여다보았다.

4층 복도에는 아무도 없는 것 같았다. 해리는 지도를 신중하게 훑어보았다. '세베루스 스네이프'라는 이름의 작은 점이 지금은 연구실로 돌아가 있는 것이 보이자 마음이 놓였다.

그는 외눈 마녀 조각상 쪽으로 다시 전력 질주해 가서는 혹을 열고 그 속으로 들어갔다. 그리고 돌로 된 경사로를 미끄러져 내려가 밑에 있던 가방과 만났다. 그는 양피지에서 지도가 사라지게 한 다음 달리기 시작했다.

해리는 투명 망토 아래 완벽하게 몸을 숨긴 채 허니듀크스 바깥의 햇볕 속으로 나와 론의 등을 쿡 찔렀다.
"나야." 그가 중얼거렸다.
"왜 이렇게 오래 걸렸어?" 론이 숨죽여 말했다.
"스네이프가 돌아다녀서……."
그들은 큰길을 따라 출발했다.
"너 어디 있어?" 론은 되도록 입을 벌리지 않고 계속 중얼거렸다. "아직 등 뒤에 있어? 이거 기분 이상한데……."

그들은 우체국으로 갔다. 론은 이집트에 있는 빌에게 보낼 부엉이 가격을 확인하는 척하며 해리가 잘 둘러볼 수 있도록 해 주었다. 부엉이며 올빼미 들이 자리에 앉아 그들을 내려다보면서 작은 소리로 부엉부엉 울고 있었다. 커다란 회색 부엉이에서부터 너무 작아 해리의 손바닥에 앉을 수도 있을 법한 작디작은('지역 내 배달 전용') 소쩍새까지 적어도 300마리는 되었다.

이후 그들은 종코의 장난감 가게에 들렀다. 학생들로 너무 붐볐으므로, 해리는 누군가의 발을 밟아 혼란을 일으키는 일이 없도록 엄청난 주의를 기울여야 했다. 그곳에는 프레드와 조지의 가장 황당무계한 꿈까지도 실현해 줄 장난감과 도구 들이 있었다. 해리는 론에게 귓속말로 주문을 전달하고 망토 아래로 금화 몇 닢을 건넸다. 종코의 장난감 가게를 나섰을 때는 들어갈 때보다 지갑이 상당히 가벼워졌지만 주머니는 똥폭탄과 딸꾹질 사탕, 개구리 알 비누와 코를 깨무는 찻잔으로 불룩했다.

날이 맑고 선선해서 실내에 있고 싶은 기분이 아니었으므로 그들은 스리 브룸스틱스를 지나쳐 비탈길을 올라 '악쓰는 오두막'이라는, 영국에서 유령이 가장 많이 나온다는 집을 방문했다. 오두막은 마을의 다른 장소들보다 약간 높은 지대에 있었으며, 창문들에는 널빤지가 쳐 있고 눅눅한 정원에는 잡초가 잔뜩 자란 탓에 대낮인데도 조금 으스스했다.

"호그와트 유령들도 여기에는 오길 꺼려 해." 론이 울타리에 기대 오두막을 올려다보면서 말했다. "목이 달랑달랑한 닉한테 물어봤는데…… 여기에 아주 거친 무리가 산다고 들었대. 아무도 못 들어가. 프레드랑 조지는 분명 들어가려 했겠지만 출입구가 다 막혀 있어서……."

비탈길을 오르느라 더워진 해리가 잠깐 투명 망토를 벗을까 고민하고 있는데 근처에서 목소리들이 들려왔다. 누가 언덕 맞은편에서 오두막을 향해 올라오고 있었다. 잠시 후 말포이가 양옆에 크래브와 고일을 거느리고 나타났다. 말포이가 뭐라뭐라 말을 하고 있었다.

"……조만간 아버지한테서 부엉이가 올 거야. 아버지는 내가 팔을 다친 얘기를 하러 심리에 참석하셨거든……. 내가 팔을 3개월 동안이나 쓰지 못했다고 말이야……."

크래브와 고일이 킬킬거렸다.

"그 덩치만 큰 털복숭이 머저리가 자기변호 하려고 애쓰는 소리를 진짜 듣고 싶다……. '그 녀석은 전혀 해롭지 않아요, 정말이에요…….' 그 히포그리프는 죽은 거나 다름없어."

말포이가 문득 론을 발견했다. 그의 허여멀건 얼굴에 악의 어린 미소가 번졌다.

"뭐 하냐, 위즐리?"

말포이는 론 뒤의 무너져 내릴 듯한 집을 올려다보았다.

"여기서라도 살고 싶은가 보구나. 안 그래, 위즐리? 네 방 갖고 싶은 거 아니야? 너희 가족은 모두 한방에서 잔다고 하던데, 사실이냐?"

해리는 론의 로브 뒷자락을 잡아 그가 말포이에게 덤벼드는 것을 막았다.

"나한테 맡겨." 그가 론의 귀에 대고 속삭였다.

너무나 완벽한 기회라 놓칠 수 없었다. 해리는 조용히 말포이, 크래브, 고일 뒤로 살금살금 다가가 허리를 구부리고 길바닥에서 한 손 가득 진흙을 퍼 올렸다.

"마침 네 친구 해그리드 얘기를 하던 중이었어." 말포이가 론에게 말했다. "그냥, 해그리드가 위험 생물 처분 위원회에 뭐라고 말할지 상상해 보고 있었지. 넌 어떨 것 같아? 히포그리프 목을 칠 때 해그리드가 울……."

철퍽!

뒤통수에 진흙을 맞은 말포이의 머리가 앞으로 홱 숙여졌다. 은색에 가까운 금발에서 난데없이 진흙이 뚝뚝 떨어졌다.

"이게 무슨……?"

론은 자지러지게 웃으며 손으로 울타리를 짚었다. 말포이, 크래브, 고일은 그 자리에서 멍청하게 빙빙 돌며 거칠게 주위를 둘러보았다. 말포이는 머리에서 진흙을 털어 내려고 애썼다.

"방금 뭐였어? 누가 그런 거야?"

"여기에 유령이 아주 많다더라?" 론이 날씨 얘기라도 하듯 말했다.

크래브와 고일은 겁먹은 것처럼 보였다. 그들의 탄탄한 근육도 유령을 상대로는 아무런 쓸모가 없었다. 말포이는 아무도 없는 주위를 미친 듯이 두리번거렸다.

해리는 유난히 질척한 물웅덩이에 악취 나는 녹색 폐수가 고여 있는 곳으로 살금살금 걸어갔다.

철퍽!

이번에는 크래브와 고일이 진흙을 맞았다. 고일이 분을 못 이겨 제자리에서 펄쩍펄쩍 뛰면서 작고 멍청한 눈에 묻은 진흙을 닦아 내려 했다.

"저쪽에서 날아왔어!" 말포이가 얼굴에서 진흙을 닦아 내며, 해리에게서 왼쪽으로 2미터쯤 떨어진 곳을 노려보았다.

크래브가 긴 팔을 좀비처럼 뻗고 앞을 더듬거렸다. 그를 피한 해리는 막대기를 집어 들고 그의 등에 던졌다. 누가 던졌는지 보려고 크래브가 발레를 하듯 빙그르르 돌자 해리는 소리 없이 웃느라 배를 움켜잡았다. 크래브에게 보이는 건 론뿐이었기에 그는 론을 향해 걸어가기 시작했다. 그러나 그때 해리가 다리를 뻗었다. 크래브가 비틀거렸고, 그의 크고 넓적한 발이 해리의 투명 망토 끝자락에 걸렸다. 세게 잡아당겨지는 느낌이 나더니 투명 망토가 해리의 얼굴에서 미끄러졌다.

그 찰나의 순간, 말포이가 그를 보았다.

"**아아아아악!**" 그가 해리의 머리를 가리키며 소리 지르더니 꽁무니를 빼고 무서운 속도로 다시 언덕 아래로 달아나기 시작했다. 크래브와 고일이 그를 뒤따랐다.

해리는 다시 망토를 끌어 올렸지만 이미 늦었다.

"해리!" 론이 앞으로 휘청거리며 절망적인 눈으로 해리가 사라진 지점을 바라보면서 말했다. "도망치는 게 좋겠어! 말포이가 누구한테 얘기하기라도 하면……. 성으로 돌아가야 해, 빨리."

"나중에 보자." 해리는 그렇게 말하고, 군말 없이 호그스미드로 가는 길을 빠르게 되짚어 달려갔다.

말포이는 자기가 본 것을 믿을까? 말포이의 말을 믿는 사람이 있을까? 투명 망토에 대해서는 아무도 몰랐다. 덤블도어를 빼면. 해리는 가슴이 철렁했다. 말포이가 한 마디라도 하면 덤블도어는 무슨 일이 일어났는지 정확히 알아차릴 것이다.

허니듀크스로 돌아와 지하실 계단으로 내려간 다음 돌바닥에 있는 뚜껑문으로 들어간 해리는 투명 망토를 벗어 옆구리에 끼고 죽어라 통로를 달려갔다……. 말포이가 먼저 돌아왔을 것이다……. 녀석이 교수를 찾기까지 얼마나 걸

릴까? 헐떡이며, 옆구리에 날카로운 통증을 느끼며, 해리는 돌 경사로에 이를 때까지 속도를 늦추지 않았다. 투명 망토는 두고 가야 할 것 같았다. 말포이가 교수에게 일렀다면 이 망토 때문에 너무 많은 걸 들키게 될 것이다. 그는 투명 망토를 어두운 구석에 숨긴 다음 되도록 빠르게 경사로를 기어오르기 시작했다. 땀에 젖은 손이 경사로에서 자꾸 미끄러졌다. 마녀의 혹에 도착한 그는 마법 지팡이로 혹을 두드리고 머리를 내민 뒤 몸을 끌어당겨 빠져나왔다. 혹이 닫혔다. 조각상 뒤에서 뛰쳐나온 순간 빠르게 다가오는 발소리가 들렸다.

스네이프였다. 그가 검은 로브를 휘날리며 신속한 걸음으로 다가오더니 해리 앞에 멈춰 섰다.

"이런." 그가 말했다.

그의 얼굴에는 승리감을 억누르는 표정이 떠올라 있었다. 해리는 아무것도 모르는 표정을 지으려고 노력했지만 땀범벅이 된 얼굴과 진흙투성이 손이 무척 신경 쓰였다. 그는 손을 얼른 주머니에 넣었다.

"따라오도록, 포터." 스네이프가 말했다.

해리는 그를 따라 아래층으로 내려가며, 스네이프가 눈치채지 못하도록 두 손을 로브 안자락에 닦으려고 애썼다.

그들은 지하 감옥까지 계단을 내려간 다음 스네이프의 연구실로 들어갔다.

해리는 이곳에 딱 한 번 와 봤는데 그때도 심각한 상황에 놓여 있었다. 그 뒤로 스네이프는 병에 담긴 끔찍하고 끈적끈적한 것들을 몇 개 더 얻은 모양이었다. 그것들은 모두 책상 뒤 선반에 놓인 채 불빛을 받아 번쩍거리면서 위협적인 분위기를 더해 주고 있었다.

"앉아라." 스네이프가 말했다.

해리는 의자에 앉았다. 그러나 스네이프는 계속 서 있었다.

"말포이 군이 방금 나를 찾아와 이상한 이야기를 하던데, 포터." 스네이프가 말했다.

해리는 아무 말도 하지 않았다.

"악쓰는 오두막 근처에 갔다가 우연히 위즐리를 만났는데, 위즐리는 분명 혼자 있었다더군."

해리는 여전히 입을 열지 않았다.

"말포이 군이 가만히 서서 위즐리한테 이야기하고 있는데 진흙 덩어리가 뒤통수를 때렸다고 했다. 어떻게 그런 일이 가능할까?"

해리는 애써 조금 놀란 표정을 지어 보였다.

"모르겠는데요, 교수님."

스네이프의 눈이 해리의 눈을 뚫어지게 바라보았다. 꼭 히포그리프와의 눈싸움에서 이기려고 애쓰는 것 같은 눈빛이었다. 해리는 눈을 깜빡이지 않으려고 무척 노력했다.

"말포이 군은 그 뒤에 이상한 유령을 보았다더군. 그게 뭐였을지 상상할 수 있겠나, 포터?"

"아뇨." 해리는 이제 순전히 궁금한 것처럼 들리도록 애쓰며 말했다.

"네 머리였다, 포터. 공중에 둥둥 떠 있는."

긴 침묵이 흘렀다.

"폼프리 선생님한테 가 봐야 할 것 같네요." 해리가 말했다. "그런 게 보이다니……."

"네 머리가 호그스미드에서 뭘 하고 있었을까, 포터?" 스네이프가 조용히 말했다. "네 머리는 호그스미드에 가지 못하게 되어 있는데 말이다. 네 몸의 어떤 부분도 호그스미드에 있는 걸 허락받지 못했는데."

"그러게요." 해리가 얼굴에서 죄책감이나 두려움을 지우려고 기를 쓰며 말했다. "말포이가 헛것을 본 것 같……."

"말포이는 헛것을 본 게 아니다." 스네이프가 이를 드러냈다. 그는 허리를 구부려 해리가 앉은 의자 양쪽 팔걸이에 손을 하나씩 얹고 얼굴을 바짝 들이댔다. "네 머리가 호그스미드에 있었다면 네 나머지 부분도 마찬가지였겠지."

"저는 그리핀도르 탑에 있었는데요." 해리가 말했다. "교수님이 시키신 대로……."

"그걸 확인해 줄 사람은?"

해리는 아무 말도 하지 않았다. 스네이프의 가느다란 입술이 끔찍한 미소로 비틀어졌다.

"그러니까……." 그가 다시 몸을 펴며 말을 이었다. "마법 정부 이하 모든 사람이 유명하신 해리 포터 님을 시리우스 블랙에게서 안전하게 지키려고 애쓰든 말든, 정작 당사자께서는 자기 말씀이 곧 법이라는 거군. 평범한 사람들은 포터 님의 안전을 걱정하게 내버려 두라지! 유명하신 해리 포터 님은 결과야 어떻게 되건 말건 가고 싶은 곳은 어디든 갈 테니까 말이야."

해리는 침묵을 지켰다. 스네이프는 그를 도발해서 진실을 말하게 하려고 공을 들이고 있었다. 거기에 넘어갈 생각은 없었다. 스네이프는 아무런 증거도 갖고 있지 않았다. ……아직은.

"네 아버지처럼 유별나구나, 포터." 스네이프가 눈을 빛내며 불쑥 말했다. "네 아버지도 지나치게 오만했지. 퀴디치 경기장에서 잔재주 좀 부린다고 자기가 다른 사람들보다 한 수 위라고 생각했다. 친구들과 추종자들을 거느리고 거들먹거리면서……. 어떻게 그렇게 닮았는지 소름 끼칠 정도야."

"아빠는 거들먹거린 적 없어요." 해리가 참지 못하고 입을 열었다. "저도 그렇고요."

"네 아버지도 규칙을 별로 중요하게 생각하지 않았다." 스네이프가 이때다 싶어 밀어붙였다. 수척한 얼굴에는 악의가 가득했다. "규칙은 퀴디치 우승컵 승자들이 아니라 하찮은 인간들이나 지키는 거라고. 허영심만 가득해서……."

"그만!"

해리는 벌떡 일어섰다. 프리빗가에서의 마지막 밤 이후로 느껴 보지 못했던 분노가 그를 휩쓸었다. 스네이프의 얼굴이 굳어진 것도, 검은 두 눈이 위험하게 번뜩이는 것도 신경 쓰이지 않았다.

"뭐라고 했지, 포터?"

"우리 아빠 얘기 그만하라고요!" 해리가 소리쳤다. "저는 진실을 알아요. 아빠가 교수님 목숨을 구해 줬잖아요! 덤블도어 교수님이 말해 줬어요! 우리 아빠가 아니었으면 교수님은 여기 있지도 못했을 거예요!"

스네이프의 누르께한 피부가 하얗게 질렸다.

"교장 선생님이 네 아버지가 어쩌다 내 목숨을 구하게 됐는지도 설명하셨나?" 그가 속삭였다. "아니면 자세한 내용은 소중한 포터가 듣기 거북하다고 생각하신 건가?"

해리는 입술을 깨물었다. 그는 자세한 내용은 몰랐지만 자신이 모른다는 것을 인정하고 싶지 않았다. 하지만 스네이프는 그 사실을 짐작한 듯했다.

"네가 이대로 아버지에 대해 잘못된 생각을 갖고 돌아가는 건 마음에 들지 않을 것 같은데, 포터." 그가 악독한 미소로 얼굴을 일그러뜨리며 말했다. "명예로운 영웅적 행동 같은 것을 상상하고 있었나? 그럼 내가 바로잡아 주지. 네 성자 같은 아버지와 그의 친구들은 내게 굉장히 재미있는 장난을 쳤다. 네 아버지가 막판에 겁을 먹지 않았다면 내 죽음을 초래했을 장난이었지. 네 아버지가 한 일에 용감한 구석이라곤 전혀 없었다. 내 목숨을 구하기 위해서가 아니라 자기가 살 궁리를 한 거니까. 그 장난이 성공했다면 네 아버지는 호그와트에서 퇴학당했을 거다."

스네이프의 고르지 못한 누런 치아가 드러났다.

"주머니 뒤집어, 포터!" 그가 불쑥 내뱉었다.

해리는 움직이지 않았다. 귀에서 쿵쿵거리는 고동이 느

꺼졌다.

"주머니 뒤집어라. 안 그러면 곧장 교장 선생님한테 갈 테니! 주머니에 있는 걸 꺼내라, 포터!"

해리는 겁에 질린 채 천천히 종코의 장난감 가게에서 산 장난감이 든 봉투와 도둑 지도를 꺼냈다.

스네이프가 종코의 장난감 가게 봉투를 집어 들었다.

"론이 줬어요." 해리는 그렇게 말하면서 스네이프가 론을 만나기 전 그에게 귀띔할 기회가 생기길 바랐다. "론이 지난번 호그스미드에 갔을 때 사다 준 건데요."

"그래? 그럼 그때부터 계속 들고 다닌 건가? 정말 감동적이군……. 그럼 이건 뭐지?"

스네이프가 지도를 집어 들었다. 해리는 무표정한 얼굴을 유지하려고 온 힘을 다했다.

"여분으로 갖고 다니는 양피지요." 해리가 어깨를 으쓱했다.

스네이프가 해리에게서 시선을 떼지 않고 지도를 뒤집었다.

"이렇게 심하게 낡은 양피지는 당연히 필요 없겠지?" 스네이프가 말했다. "내가 그냥…… 버려 주면 어떨까?"

지도를 쥔 그의 손이 불 쪽으로 움직였다.

"안 돼요!" 해리가 재빨리 소리쳤다.

"하!" 스네이프가 긴 콧구멍을 벌름거렸다. "이것도 위즐리 군한테 받은 또 하나의 소중한 선물인가? 아니면, 뭔가 다른 건가? 투명 잉크로 쓰인 편지라든가, 아니면…… 디멘터들을 지나치지 않고 호그스미드에 가는 방법을 알려 주는 것이라든가."

해리가 눈을 깜빡였다. 순간 스네이프의 눈이 번뜩였다.

"어디 보자……." 그가 마법 지팡이를 꺼내고 책상에 지도를 쫙 펼치며 중얼거렸다. "비밀을 드러내라!" 그가 마법 지팡이로 양피지를 건드리며 말했다.

아무 일도 일어나지 않았다. 해리는 떨지 않으려고 손을 꽉 움켜쥐었다.

"정체를 드러내!" 스네이프가 지도를 날카롭게 두드리며 소리쳤다.

지도는 여전히 텅 빈 채였다. 해리는 심호흡을 하며 마음을 가라앉혔다.

"이 학교 교수인 세베루스 스네이프 교수가 명하노니, 네가 감추고 있는 정보를 드러내라!" 스네이프가 마법 지팡이로 지도를 두드리며 말했다.

투명한 손이 쓰기라도 하듯 지도의 매끄러운 표면에 단

어들이 나타났다.

'무니 군이 스네이프 교수님께 인사를 전하며, 바라건대 남 일에 들이미는 그 큰 코나 좀 치워 달랍니다.'

스네이프의 얼굴이 굳었다. 해리는 놀라서 아무 말도 하지 못한 채 그 문구를 바라보았다. 하지만 지도는 거기에서 멈추지 않았다. 첫 번째 문구 아래 더 많은 글자가 나타났다.

'프롱스 군은 무니 군의 의견에 동의하고, 스네이프 교수는 못생긴 얼간이라는 말을 덧붙이고 싶다는군요.'

그렇게 심각한 상황이 아니었다면 꽤 우스웠을 것이다. 그리고……

'패드풋 군은 그런 멍청이가 교수가 되었다는 사실에 대해 경악을 표하고자 합니다.'

해리는 겁에 질려 눈을 감았다. 다시 눈을 떴을 때 지도는 이미 마지막 말을 마친 뒤였다.

'웜테일 군이 스네이프 교수에게 안부를 전하며 조언합니다. 머리 좀 감아라, 더러운 인간아.'

해리는 폭탄이 떨어지기를 기다렸다.

"그래……." 스네이프가 조용히 입을 열었다. "어떻게 된 건지 보도록 하지……."

스네이프의 원한

그는 난롯가로 성큼성큼 걸어가, 벽난로 위에 있는 병에서 반짝이는 가루 한 주먹을 집은 다음 불 속으로 던졌다.

"루핀!" 스네이프가 불 속에 대고 소리쳤다. "할 얘기가 있다!"

해리는 크게 당황해서 불을 응시했다. 어떤 커다란 형상이 불 속에 나타나 아주 빠르게 빙글빙글 돌았다. 잠시 후, 루핀 교수가 벽난로에서 나오더니 초라한 로브에서 재를 떨어냈다.

"날 부른 건가, 세베루스?" 루핀이 온화한 목소리로 물었다.

"그래." 스네이프가 책상으로 다시 성큼성큼 걸어가면서 분노로 구겨진 얼굴로 말했다. "방금 포터의 주머니를 검사했더니 이런 게 나오더군."

스네이프가 무니, 웜테일, 패드풋, 프롱스 군의 말이 여전히 빛나고 있는 양피지를 가리켰다. 루핀의 얼굴에 뭔지 알 수 없는 이상한 표정이 떠올랐다.

"자." 스네이프가 말했다.

루핀은 계속해서 지도를 뚫어지게 바라보았다. 해리는 그가 뭔가를 아주 빠르게 생각하고 있는 것 같은 느낌을 받았다.

"자." 스네이프가 다시 말했다. "이 양피지는 분명 어둠의 마법으로 가득 차 있다. 그건 네 전문 분야잖아, 루핀. 네 생각엔 포터가 이런 걸 어디에서 구했을 것 같아?"

루핀은 눈을 들어 해리 쪽을 살짝 곁눈질하며 그에게 끼어들지 말라고 경고했다.

"어둠의 마법으로 가득 차 있다고?" 그가 부드러운 말투로 되풀이했다. "정말 그렇게 생각해, 세베루스? 내 눈엔 그저 이걸 읽으려는 사람들에게 모욕을 주는 양피지로만 보이는데. 유치하긴 하지만 위험할 리는 없지 않겠어? 해리가 장난감 가게에서 구한 것 같은데."

"그래?" 스네이프가 말했다. 그의 턱이 분노로 딱딱하게 굳었다. "장난감 가게에서 이런 걸 살 수 있을 거라 생각해? 그보다는 이걸 만든 사람들한테서 직접 구한 것 같지 않나?"

해리는 스네이프가 무슨 말을 하는지 영문을 알 수 없었다. 겉보기에는 루핀도 그런 듯했다.

"그러니까 웜테일 군이나 뭐 이 사람들 중 한 명한테서?" 그가 물었다. "해리, 이 중에 아는 사람이 있니?"

"아뇨." 해리가 재빨리 대답했다.

"거 봐, 세베루스." 루핀이 스네이프에게 다시 고개를 돌리며 말했다. "내가 보기엔 종코의 장난감 가게 제품 같은데."

때맞춰 론이 연구실로 뛰어들어 왔다. 그는 숨이 턱까지 차서 스네이프의 책상 바로 앞에 멈춰 서더니 걸리는 가슴을 부여잡고 힘겹게 입을 열었다.

"제가, 해리한테, 줬어요." 그가 헉헉댔다. "오래전에, 종코의 장난감 가게에서, 샀는데……."

"이런!" 루핀이 손을 짝 마주치고 명랑하게 주위를 둘러보며 말했다. "이걸로 분명해지는 것 같은데! 세베루스, 이건 내가 가져가도 되겠지?" 그가 지도를 접어 로브 안에 쑤셔 넣었다. "해리, 론, 같이 가자. 뱀파이어 작문 숙제 때문에 할 말이 있단다. 이만 실례, 세베루스."

해리는 연구실을 떠나면서 감히 스네이프를 쳐다보지 못했다. 해리, 론, 루핀은 현관홀로 돌아오는 내내 아무 말도 하지 않았다. 해리가 루핀을 돌아보았다.

"교수님, 전……."

"설명은 듣고 싶지 않다." 루핀이 단호하게 말했다. 그는 텅 빈 현관홀을 힐끔 둘러보더니 목소리를 낮췄다. "공교롭게도 난 이 지도가 아주 오래전에 필치 씨한테 압수당한 것이라는 걸 안다. 그래, 난 이게 지도라는 걸 알아." 그의 말에 해리와 론은 놀란 표정을 지었다. "네가 이걸 어떻게 갖게 됐는지는 알고 싶지 않다. 하지만 이걸 교수님들한테 갖다 드리지 않았다니 정말 놀랍구나. 더군다나 지난번에 어떤 학생이 성에 대한 정보를 아무 데나 놔둔 일도 있었는데. 이건 돌려줄 수 없다, 해리."

그 정도는 해리도 예상했고, 너무 묻고 싶은 것이 있어 항의할 수도 없었다.

"스네이프 교수는 왜 제가 이 지도를 만든 사람들한테서 직접 받았다고 생각하는 거죠?"

"그건……." 루핀은 머뭇거렸다. "이 지도 제작자들은 너를 학교 밖으로 꾀어내고 싶어 했을 테니까. 그 사람들은 그게 굉장히 재밌는 일이라고 생각했을 거다."

"그 사람들을 *아세요?*" 해리가 감탄한 듯 물었다.

"만난 적이 있지." 그가 짧게 말했다. 그는 어느 때보다도 진지한 눈으로 해리를 바라보았다.

"내가 너를 또 감싸 줄 거라고 생각하지 마라, 해리. 내가 무슨 말을 해도 넌 시리우스 블랙 문제를 심각하게 받아들이지 않겠지. 하지만 디멘터들이 가까이 다가올 때 들리는 소리라면 효과가 있을 줄 알았다. 네 부모님은 널 살리려고 목숨을 바치셨어, 해리. 그걸 이런 식으로 갚는 건 형편없는 짓이다. 마법 장난감 몇 개에 그분들의 희생을 걸다니."

그는 가 버렸고, 남겨진 해리는 스네이프의 연구실에 있을 때보다도 기분이 훨씬 나빠졌다. 그와 론은 천천히 대리석 계단을 올라갔다. 해리는 외눈 마녀 조각상 앞을 지나며 투명 망토를 떠올렸다. 망토는 여전히 저 아래 있었지만 감히 가지러 갈 수는 없었다.

"내 잘못이야." 론이 불쑥 말했다. "내가 가자고 했잖아. 루핀 말이 맞아. 멍청한 짓이었어. 그래선 안 되는 거였는데."

그가 말을 멈췄다. 그들은 트롤 경비원들이 걸어 다니는 복도에 다다라 있었다. 헤르미온느가 그들을 향해 걸어왔다. 얼굴을 보니 무슨 일이 일어났는지 들은 게 틀림없었다. 해리의 가슴이 두방망이질 쳤다. 맥고나걸 교수에게 이른 걸까?

"고소하다고 말하려고 왔냐?" 그녀가 앞에 멈춰 서자 론이 사납게 말했다. "아니면 방금 고자질하고 오는 길이야?"

"아니야." 헤르미온느가 말했다. 그녀는 손에 편지 한 장을 들고 있었다. 그녀의 입술이 떨렸다. "그냥 너희도 알아야 할 것 같아서……. 해그리드가 소송에서 졌어. 벅빅은 처형당할 거야."

15장
퀴디치 결승전

"해그리드가…… 해그리드가 나한테 이걸 보냈어." 헤르미온느가 편지를 내밀면서 말했다.

해리는 편지를 받아 들었다. 양피지는 축축하게 젖어 있었고, 큼직한 눈물 자국으로 군데군데 잉크가 심하게 번져서 읽기가 매우 어려웠다.

헤르미온느에게.

우리가 졌어. 녀석을 호그와트로 데려가도 된대. 처형 날짜는 아직 정해지지 않았지만.

벅빅은 런던을 좋아했어. 네가 우리를 도와준 거 잊지 않을게.

해그리드

"이럴 수는 없어." 해리가 말했다. "이럴 순 없어. 벅빅은 위험하지 않아."

"말포이네 아빠가 위원회를 겁줘서 이렇게 만든 거야." 헤르미온느가 눈가를 훔치며 말했다. "그 사람이 어떤지는 너도 잘 알잖아. 위원회는 한 무리의 비실비실한 늙은 바보들이고, 겁에 질려 있어. 그래도 항소심이 있을 거야. 항상 그랬으니까. 다만 희망이 보이지 않을 뿐이지……. 더 이상 아무것도 안 바뀔 거야."

"아니, 바뀔 거야." 론이 맹렬하게 말했다. "이번에는 너 혼자 다 할 필요 없어, 헤르미온느. 내가 도와줄게."

"아, 론!"

헤르미온느가 론을 끌어안으며 울음을 터뜨렸다. 론은 제법 겁먹은 표정으로 아주 난처한 듯 그녀의 머리를 토닥거렸다. 마침내 헤르미온느가 물러섰다.

"론, 스캐버스 일은 정말, 정말 미안해……." 그녀가 흐느꼈다.

"아, 어차피 늙었는데, 뭐." 론은 그녀가 자기를 놓아줘서 몹시 안심된다는 표정으로 말했다. "좀 쓸모없기도 했고. 혹시 모르지, 엄마 아빠가 이참에 부엉이를 사 줄지도."

블랙의 두 번째 침입 이후 학생들에게 가해진 안전조치 때문에 해리, 론, 헤르미온느는 저녁에 해그리드를 만나러 갈 수 없었다. 그와 이야기할 유일한 기회는 마법 생명체 돌보기 수업 시간뿐이었다.

해그리드는 판결의 충격으로 넋이 나간 듯했다.

"다 내 잘못이야. 말문이 막혔어. 그 사람들은 모두 검은색 로브를 입고 앉아 있고, 나는 쪽지를 계속 떨어뜨리는 바람에 네가 찾아 준 날짜들을 잊어버렸어, 헤르미온느. 그때 루시우스 말포이가 일어나서 발언하니까 위원회는 그냥 그자가 시키는 대로 했어……."

"아직 항소심이 있잖아요!" 론이 소리 높여 말했다. "절대 포기하지 마세요, 우리가 조사하고 있으니까!"

그들은 다른 학생들과 함께 다시 성으로 향했다. 앞에 말포이가 보였다. 그는 크래브, 고일과 함께 걸어가면서 뒤를 돌아보고 조롱하듯 웃어 댔다.

"소용없어, 론." 그들이 성 계단에 도착했을 때 해그리드가 슬픈 목소리로 말했다. "위원회는 루시우스 말포이의 손바닥 안에 있으니까. 나는 그냥 비키의 남은 시간을 반드시 녀석에게 가장 행복한 시간으로 만들어 줄 생각이야. 그 정도는 해 줘야지……."

해그리드는 손수건에 얼굴을 묻은 채 몸을 돌려 오두막을 향해 황급히 걸어갔다.

"저 엉엉 우는 것 좀 봐!"

말포이, 크래브, 고일이 성문 바로 안쪽에 서서 쭉 듣고 있었다.

"저렇게 한심한 꼴 본 적 있냐?" 말포이가 말했다. "저런 인간이 우리를 가르친다니!"

해리와 론 둘 다 화를 내며 말포이 쪽으로 움직였지만 가장 먼저 도착한 사람은 헤르미온느였다. **철썩!**

그녀가 있는 힘껏 말포이의 얼굴을 후려쳤다. 말포이는 비틀거렸다. 헤르미온느가 다시 손을 들었을 때 해리와 론, 크래브와 고일은 얼이 빠져 멀뚱히 서 있기만 했다.

"감히 해그리드를 한심하다고 말하다니, 이 비열한……못된……."

"헤르미온느." 론이 작은 소리로 말하더니, 그녀가 손을 다시 휘두르자 붙잡고 있으려고 애썼다.

"이거 놔, 론!"

헤르미온느가 마법 지팡이를 꺼냈다. 말포이가 뒷걸음질 쳤다. 크래브와 고일은 완전히 당황해서 지시를 기다리며 말포이를 바라보았다.

"가자." 말포이가 중얼거리자, 다음 순간 셋 모두 지하 감옥 쪽 통로로 사라졌다.

"헤르미온느!" 론이 충격과 동시에 감동을 받은 목소리로 다시 그녀의 이름을 불렀다.

"해리, 퀴디치 결승전에서 저 녀석 꼭 박살 내 버려!" 헤르미온느가 날카롭게 소리쳤다. "반드시 그래야 돼. 슬리데린이 이기는 꼴은 절대 못 봐!"

"일반 마법 시간이야." 론이 여전히 눈을 휘둥그렇게 뜨고 헤르미온느를 보며 말했다. "가는 게 좋겠어."

그들은 플리트윅 교수의 교실을 향해 서둘러 대리석 계단을 올라갔다.

"늦었구나, 얘들아!" 해리가 교실 문을 열자 플리트윅 교수가 꾸짖듯 말했다. "빨리 와서 마법 지팡이 꺼내거라. 오늘은 격려 마법을 해 볼 거야. 이미 둘씩 짝을 나눴는데……."

해리와 론은 얼른 뒷자리로 가서 가방을 열었다. 론이 뒤를 돌아보았다.

"헤르미온느는 어디 갔어?"

해리도 주위를 둘러보았다. 헤르미온느는 교실에 들어오지 않았다. 그가 문을 열 때만 해도 확실히 옆에 있었는데.

"이상하네." 해리가 론을 빤히 바라보며 말했다. "아마…… 아마 화장실에 갔거나 그랬겠지?"

하지만 헤르미온느는 수업 시간 내내 나타나지 않았다.

"헤르미온느한테도 격려 마법이 좀 필요할 텐데." 점심을 먹으러 교실을 나서면서 론이 얼굴 가득 미소를 머금고 말했다. 격려 마법은 그들에게 엄청난 만족감을 남겨 주었다.

헤르미온느는 점심 식사 자리에도 오지 않았다. 애플 파이를 다 먹었을 때쯤에는 격려 마법의 여파가 사라지면서 해리와 론도 서서히 걱정되기 시작했다.

"말포이가 헤르미온느한테 무슨 짓을 한 건 아니겠지?" 그리핀도르 탑을 향해 서둘러 올라가면서 론이 불안한 듯 말했다.

그들은 트롤 경비원들을 지나 뚱뚱한 귀부인에게 암호를 대고("떠버리!") 허둥지둥 초상화 구멍을 지나 휴게실로 들어갔다.

헤르미온느는 탁자에 펼쳐 놓은 숫자점 책에 머리를 묻고 깊이 잠들어 있었다. 그들은 그쪽으로 다가가 그녀의 양옆에 앉았다. 해리가 그녀를 쿡 찔러 깨웠다.

"뭐, 뭐야?" 헤르미온느가 흠칫 놀라 깨더니 정신없이 주위를 둘러보았다. "갈 시간 됐어? 지금 어, 어떤 수업이야?"

"점술. 근데 앞으로 20분 뒤야." 해리가 말했다. "헤르미온느, 일반 마법 수업에는 왜 안 왔어?"

"뭐? 이런, 안 돼!" 헤르미온느가 꺅 소리 질렀다. "일반 마법 수업에 가는 걸 잊어버렸어!"

"하지만 어떻게 잊을 수가 있어?" 해리가 말했다. "교실 문 앞까지는 우리랑 같이 있었잖아!"

"믿을 수가 없어!" 헤르미온느가 울부짖었다. "플리트윅 교수님이 화내셨어? 아, 말포이 때문이야. 걔 때문에 화가 나서 정신이 없었어!"

"저기, 헤르미온느?" 론이 헤르미온느가 베개로 쓰던 커다란 숫자점 책을 내려다보며 말했다. "난 네가 무너지고 있는 것 같아. 너무 많은 걸 하려 들잖아."

"아니, 그렇지 않아!" 헤르미온느가 눈가에서 머리카락을 쓸어 내고 절망적으로 가방을 찾아 두리번거리며 말했다. "그냥 실수했을 뿐이야. 그게 다야! 가서 플리트윅 교수님을 뵙고 사과드려야겠어……. 점술 수업에서 보자!"

헤르미온느는 20분 뒤 트릴로니 교수의 교실로 가는 사다리 아래에서 그들과 만났다. 굉장히 지친 모습이었다.

"격려 마법을 놓치다니 믿을 수 없어! 반드시 시험에 나올 텐데. 플리트윅 교수님이 그럴지도 모른다고 귀띔해 주셨단 말이야!"

그들은 함께 사다리를 올라가 어두침침하고 숨 막히는 탑 꼭대기 방으로 들어갔다. 작은 탁자마다 진주처럼 하얀 빛깔의 안개로 가득한 수정구슬이 반짝이고 있었다. 해리, 론, 헤르미온느는 삐걱거리는 탁자 한곳에 함께 앉았다.

"다음 학기까지는 수정구슬을 시작하지 않을 줄 알았는데." 트릴로니 교수가 근처에 숨어 있을 경우에 대비해 론이 경계하는 눈길로 주위를 둘러보며 중얼거렸다.

"불평하지 마. 손금 보기는 끝났다는 뜻이잖아." 해리가 마주 중얼거렸다. "그 사람이 내 손을 볼 때마다 움찔거리는 데 아주 질렸어."

"안녕!" 꿈꾸는 듯 익숙한 목소리가 말했다. 트릴로니 교수가 평소처럼 어둠 속에서 나타났다. 파르바티와 라벤더는 흥분으로 몸을 떨었다. 두 사람의 얼굴이 수정구슬에서 비치는 우윳빛으로 환하게 빛났다.

"계획했던 것보다 좀 더 일찍 수정구슬을 소개하기로 했단다." 트릴로니 교수가 벽난로를 등지고 자리를 잡더니 주위를 응시하며 말했다. "운명이 내게 너희의 6월 시험이 수정구슬과 관련돼 있다고 알려 줬어. 너희에게 충분한 연습을 시켜 주고 싶어 좀이 쑤시더구나."

헤르미온느가 코웃음 쳤다.

"아니, 진짜…… '운명이 알려 줬다'니……. 시험 내용은 누가 정하는데? 저 사람이 정하잖아! 거 참 놀라운 예측이네!" 그녀가 굳이 목소리를 낮추지도 않고 말했다.

얼굴이 그늘에 가려져 있었으므로 트릴로니 교수가 그 말을 들었는지는 알기 어려웠다. 그녀는 듣지 못한 듯 말을 이었다.

"수정구슬 보기는 굉장히 섬세한 기술이란다." 그녀가 몽롱한 목소리로 말했다. "너희 중 누구도 처음부터 수정구의 무한한 깊이를 들여다보고 예지를 할 수 있을 거라고 기대하진 않아. 의식적인 마음과 외부의 눈을 이완하는 연습부터 시작하자꾸나." 론이 참지 못하고 낄낄대더니 입에 주먹을 쑤셔 넣고서야 간신히 소리를 죽였다. "그래야 내면의 눈과 초의식을 또렷하게 만들 수 있단다. 아마 운이 좋다면 너희 중 몇 명은 수업이 끝나기 전에 예지를 할 수 있을 거야."

그리고 그들은 수정구슬 보기를 시작했다. 적어도 해리는 굉장히 멍청해진 기분으로 멍하니 수정구슬을 들여다보며, '이런 바보 같은 짓을 하다니' 같은 생각이 계속 떠도는 머릿속을 비우려고 무진 애를 썼다. 불쑥불쑥 숨죽여 낄낄거리는 론과 끊임없이 쯧쯧거리는 헤르미온느는 별로 도움이 되지 않았다.

"뭐 좀 봤어?" 15분간 조용히 수정구슬을 들여다본 끝에 해리가 물었다.

"응, 이 탁자에는 탄 자국이 있어." 론이 손가락으로 짚으며 말했다. "누가 촛불을 쓰러뜨렸네."

"이건 정말 시간 낭비야." 헤르미온느가 속삭였다. "이 시간에 뭔가 쓸모 있는 걸 연습할 수 있을 텐데. 격려 마법 진도를 따라잡을 수도 있고……."

트릴로니 교수가 바스락거리는 소리를 내며 지나갔다.

"수정구 속 애매한 조짐을 해석하는 데 도움이 필요한 사람?" 그녀가 짤랑거리는 팔찌 소리를 내며 중얼거렸다.

"도움 필요 없는데." 론이 속삭거렸다. "이게 무슨 뜻인지는 뻔하지. 오늘 밤에 안개가 많이 낄 거라는 뜻이잖아."

해리와 헤르미온느 둘 다 웃음을 터뜨렸다.

"나 참!" 트릴로니 교수의 말에 모두가 그들 쪽으로 고개를 돌렸다. 파르바티와 라벤더는 분개한 표정이었다. "너희는 직관의 떨림을 방해하고 있어!" 트릴로니 교수가 세 사람의 탁자로 다가와 수정구슬을 들여다보았다. 해리는 가슴이 철렁했다. 곧 무슨 일이 벌어질지는 뻔했다…….

"여기 뭔가 있구나!" 트릴로니 교수가 수정구슬 높이까지 얼굴을 낮추고 속삭였다. 그녀의 커다란 안경알에 비쳐 구슬이 두 개가 되었다. "뭔가가 움직이고 있는데…… 뭘까?"

해리는 그게 뭐든 간에 좋은 소식은 아닐 거라는 데에 파이어볼트를 포함해 그가 가진 모든 것을 걸 작정이었다. 과연……

"이런, 애야……." 트릴로니 교수가 해리를 물끄러미 올려다보면서 숨죽여 말했다. "여기에 있구나. 그 어느 때보다도 확실하게…… 애야, 너를 향해 빠르게 다가오고 있어. 점점 더 가까이…… 이건 죽음의……."

"아, 제발 좀!" 헤르미온느가 큰 소리로 말했다. "또 그 말도 안 되는 죽음의 개 얘긴 아니죠!"

트릴로니 교수가 커다란 눈으로 헤르미온느의 얼굴을 올려다보았다. 파르바티가 라벤더에게 뭐라고 속삭였다. 그들도 헤르미온느를 노려보았다. 트릴로니 교수가 일어서더니 화가 난 게 분명한 얼굴로 헤르미온느를 바라보았다.

"이런 말 해서 유감이지만, *애야*, 난 네가 이 교실에 도착한 그 순간부터 너에겐 점술이라는 고귀한 기술에 필요한 무언가가 결여돼 있다는 것을 분명히 알았단다. 정말이지,

이렇게까지 세속적인 학생은 한 번도 본 적이 없어."

잠시 침묵이 흘렀다. 그러더니……

"좋아요!" 헤르미온느가 일어나 《미래의 안개 걷어 내기》를 도로 가방에 쑤셔 넣으며 불쑥 말했다. "좋다고요!" 가방을 어깨에 휙 둘러메다가 하마터면 론을 쳐 의자에서 떨어뜨릴 뻔한 그녀가 다시 소리쳤다. "전 포기할게요! 그만둘 거예요!"

헤르미온느는 모든 학생을 놀라게 하며 성큼성큼 걸어가 뚜껑문을 걷어차 열더니 사다리를 내려가 보이지 않게 되었다.

교실이 다시 진정되기까지는 몇 분이 걸렸다. 트릴로니 교수는 죽음의 개를 완전히 잊은 듯했다. 그녀는 갑자기 해리와 론의 탁자에서 고개를 돌리고는 조금 거칠게 숨을 쉬면서 얇게 비치는 숄을 더욱 바짝 끌어당겼다.

"와아아아!" 라벤더가 갑자기 소리를 지르자 모두가 깜짝 놀랐다. "와아아아, 트릴로니 교수님, 방금 생각났어요! 저 애가 그만두는 걸 보신 거 아닌가요? 그러신 거죠, 교수님? '부활절 즈음에 이 중 한 명이 우리 곁을 영영 떠나게 될 거야!' 전에 교수님이 그렇게 말씀하셨잖아요!"

트릴로니 교수가 촉촉한 미소를 지으며 그녀를 바라보

앉다.

"그래, 얘야. 나는 사실 그레인저 양이 우리를 떠나리라는 걸 알았단다. 하지만 한편으로 인간은 자기가 징조를 잘못 읽었을지도 모른다고 기대하지……. 내면의 눈은 부담이 되기도 한단다……."

라벤더와 파르바티는 깊은 감명을 받은 표정이었다. 그들은 트릴로니 교수가 자기들 탁자에 앉을 수 있도록 자리를 비켜 주었다.

"헤르미온느가 엄청난 하루를 보내는데?" 론이 경이롭다는 얼굴로 해리에게 중얼거렸다.

"그러게……."

해리는 수정구슬을 힐끗 들여다봤지만, 소용돌이치는 하얀색 안개 말고는 아무것도 보이지 않았다. 트릴로니 교수가 정말로 다시 죽음의 개를 본 걸까? 그도 보게 될까? 퀴디치 결승전이 점점 다가오는 이때 결코 필요 없는 한 가지가 있다면 그건 바로 또 한 번의 치명적인 사고였다.

부활절 연휴는 그다지 편안하지 않았다. 3학년생들은 여태껏 그렇게 많은 숙제를 해 본 적이 없었다. 네빌 롱보텀은 불안해 기절할 지경인 듯했고, 그런 사람은 그뿐만이 아니었다.

"이게 무슨 연휴야!" 어느 날 오후 휴게실에서 셰이머스 피니건이 소리를 질렀다. "시험은 한참 남았는데 이게 무슨 장난질이냐고?"

하지만 헤르미온느만큼 할 일이 많은 사람은 아무도 없었다. 점술을 빼더라도 그녀는 다른 누구보다 많은 과목을 들었다. 그녀는 보통 밤에 휴게실을 가장 마지막으로 떠나는 사람이자 다음 날 아침 도서관에 가장 먼저 도착하는 사람이었다. 그녀는 루핀처럼 눈 밑에 그림자가 드리워졌고, 늘 금방이라도 울음을 터뜨릴 것처럼 보였다.

벅빅의 항소심 준비 임무는 론이 넘겨받았다. 그는 자기 공부를 하지 않을 때면 《히포그리프 심리 안내서》나 《조류인가 오류인가? 히포그리프의 야만성 연구》 같은 제목의 엄청나게 두꺼운 책들을 탐독했다. 너무 몰입해서 크룩섕스를 미워하는 것도 잊어버렸다.

한편 해리는 매일매일의 퀴디치 훈련을 중심에 두고 그 사이사이에 숙제할 시간을 끼워 넣어야 했다. 우드와의 끝없는 전술 토론은 말할 것도 없었다. 그리핀도르와 슬리데린의 시합은 부활절 연휴가 지나고 첫 번째 토요일에 열릴 예정이었다. 슬리데린은 정확히 200점 차이로 대회 선두를 달리고 있었다. 이 말은 (우드가 팀 선수들에게 계속 상기시켰듯이) 그리핀도르가 우승컵을 타려면 그 이상의 점수 차로 시합에서 이겨야 한다는 뜻이었다. 동시에 해리에게 주어진 승리에 대한 부담이 크다는 뜻이기도 했다. 스니치를 잡으면 150점을 얻기 때문이다.

"그러니까 넌 우리가 50점 이상 앞서고 있을 *때만* 스니치를 잡아야 돼." 우드는 해리에게 끊임없이 상기시켰다. "우리가 50점 이상 앞설 때만, 해리. 안 그러면 시합에서는 이겨도 우승컵은 잃게 돼. 이해했지? 스니치를 잡는 건 오직 우리가……."

"**알아, 올리버!**" 해리가 소리쳤다.

그리핀도르 기숙사 전체가 다가오는 시합에 정신이 쏠렸다. 그리핀도르는 (론의 둘째 형인) 전설적인 선수 찰리 위즐리가 수색꾼이었던 시절 이래 한 번도 퀴디치 우승컵을 타지 못했다. 하지만 해리는 우드를 포함해 그들 중 누구라도 자기만큼 우승하고 싶어 하는 사람이 있는지 의문이었다. 해리와 말포이 사이의 적대감은 그 어느 때보다도 극에 달해 있었다. 말포이는 호그스미드에서 벌어진 진흙 투척 사건으로 여전히 기분 상해 있었고 해리가 처벌을 받지 않고 어떻게든 빠져나갔다는 사실에 더욱 분노했다. 해리는 래번클로와의 시합에서 그를 방해하려고 했던 말포이의 시도를 잊지 않았다. 하지만 전교생 앞에서 말포이를 꺾겠다는 결심을 굳히게 된 것은 무엇보다 벅빅 때문이었다.

그들이 기억하는 한 그토록 격앙된 분위기 속에서 시합 날이 다가온 적은 한 번도 없었다. 연휴가 끝났을 때쯤 양 팀과 기숙사 사이의 긴장감은 터지기 일보 직전이었다. 복도에서 벌어진 수많은 자잘한 몸싸움은 그리핀도르 4학년생과 슬리데린 6학년생이 귀에서 부추가 자란 채로 병동에 입원해서야 끝이 났다.

해리에게는 유난히 혹독한 시간이었다. 해리가 수업을 들으러 갈 때면 슬리데린 학생들이 어김없이 다리를 쑥 내밀어 그를 넘어뜨리려고 했다. 크래브와 고일은 해리가 가는 곳마다 불쑥불쑥 나타났다가, 그가 사람들에게 둘러싸여 있는 것을 보고 실망한 표정으로 축 처져서 멀어져 갔다. 슬리데린 학생들이 해리를 시합에 나가지 못하게 만들 경우에 대비해, 우드는 해리가 어디에 가든 누군가가 동행해야 한다는 지시를 내렸다. 그리핀도르 기숙사 전체가 이 과업을 열정적으로 받아들였기에 해리는 엄청난 수의 떠들썩한 아이들에게 둘러싸였고 그 때문에 도저히 제시간에 수업에 들어갈 수 없을 지경이었다. 해리는 자기 자신보다도 파이어볼트의 안전이 더 걱정스러웠다. 그는 비행할 때가 아니면 파이어볼트를 커다란 가방에 안전하게 넣어 잠가 두고, 쉬는 시간마다 자주 그리핀도르 탑으로 달려 올라가 파이어볼트가 여전히 제자리에 있는지 확인했다.

시합 전날 밤, 그리핀도르 휴게실에 모인 아이들은 평소에 하던 일들을 포기했다. 심지어 헤르미온느마저 책을 내려놓았다.

"공부를 못 하겠어, 집중이 안 돼." 헤르미온느가 초조한 듯 말했다.

휴게실은 엄청나게 소란스러웠다. 프레드와 조지 위즐리가 어느 때보다도 시끄럽고 활력 넘치게 스트레스를 해소하는 중이었다. 올리버 우드는 구석에서 퀴디치 경기장 모형 위로 몸을 수그린 채 마법 지팡이로 작은 형체들을 쿡 찔러 경기장을 가로지르게 하면서 혼자 중얼거리고 있었다. 앤젤리나, 얼리샤, 케이티는 프레드와 조지의 우스갯소리에 웃음을 터뜨렸다. 해리는 소동의 중심에서 벗어나 론, 헤르미온느와 함께 앉아 있었다. 다음 날에 대해서는 생각하지 않으려고 애썼다. 그 생각을 할 때마다 속이 크게 울렁거릴 만큼 끔찍한 기분이 들었기 때문이다.

"잘할 거야." 분명 겁에 질린 표정이면서도 헤르미온느는 그렇게 말했다.

"너한텐 *파이어볼트*가 있잖아!" 론이 거들었다.

"그래……." 해리는 속이 뒤틀리는 기분으로 그렇게 대꾸했다.

우드가 갑자기 일어서더니 "선수들! 침대로!"라고 소리쳐서 다행이었다.

해리는 잠을 설쳤다. 처음에는 늦잠을 자는 바람에 우드가 "너 어디 있었어? 네빌을 대신 내보내야 했잖아!"라고 소리치는 꿈을 꾸었다. 그런 다음에는 말포이와 슬리데린 팀 선수들이 용을 타고 경기장에 나타나는 꿈을 꿨다. 해리는 맹렬한 속도로 비행하며 말포이가 탄 용의 입에서 뿜어져 나오는 불꽃을 피하려고 애쓰다가 파이어볼트를 두고 왔다는 것을 깨달았다. 그는 공중에서 떨어지다가 깜짝 놀라 깨어났다.

잠시 뒤에야 해리는 시합은 아직 열리지 않았고, 그 자신은 침대에 안전하게 누워 있으며, 슬리데린 선수들이 용을 타고 시합에 나오는 게 결코 허락될 리 없다는 사실을 떠올렸다. 목이 무척 말랐다. 그는 되도록 조용히 사주식 침대를 빠져나와 목을 조금 축이려고 창문 밑에 있는 은주전자 쪽으로 다가갔다.

교정은 그저 고요하기만 했다. 금지된 숲의 우듬지를 건드리는 바람 한 점 없었다. 후려치는 버드나무는 아무런 움직임 없이 천연덕스러운 모습이었다. 퀴디치 경기를 하기에 완벽한 날인 것 같았다.

물잔을 내려놓고 막 침대로 돌아가려는데 무언가가 그의 눈길을 사로잡았다. 웬 동물 같은 것이 은빛 잔디밭을 살금살금 돌아다니고 있었다.

해리는 재빨리 침대 옆 탁자로 달려가 안경을 집어 쓴 다음 허겁지겁 창문으로 돌아갔다. 죽음의 개일 리 없었다. 지금은, 경기 직전에는 안 돼…….

그는 교정을 다시 내다보며 잠깐 미친 듯이 두리번거린 끝에 그 동물을 발견했다. 놈은 이제 금지된 숲 가장자리를 지나가고 있었다……. 죽음의 개는 절대 아니었다……. 그것은 고양이였다……. 해리는 안도하여 창턱을 꽉 잡았다가, 병 닦는 솔처럼 생긴 그 꼬리를 알아보았다. 녀석은 다름 아닌 크룩섕스였다…….

아니, 정말로 크룩섕스뿐이었을까? 해리는 눈을 가늘게 뜨고 유리창에 코를 바짝 댔다. 크룩섕스는 멈춰 선 듯했다. 해리도 나무 그림자 사이에서 뭔가 움직이는 게 보였다고 확신했다.

다음 순간, 그것이 나타났다. 어마어마한 덩치의 털이 덥수룩한 검은 개가 잔디 위를 은밀하게 나아가고 크룩섕스가 그 옆에서 종종걸음 치고 있었다. 해리는 그 장면을 뚫어지게 바라보았다. 저게 무슨 뜻일까? 크룩섕스도 볼 수 있는데 어떻게 그 개가 해리가 죽을 징조일 수 있을까?

"론!" 해리가 숨죽여 불렀다. "론! 일어나!"

"응?"

"너한테도 저게 보이는지 말해 줘!"

"사방이 깜깜한데, 해리." 론이 쉰 목소리로 중얼거렸다. "무슨 소릴 하는 거야?"

"저 아래……."

해리는 재빨리 창밖을 다시 내다보았다.

크룩섕스와 개는 사라지고 없었다. 해리는 성 그림자 속을 똑바로 내려다보려고 창턱으로 기어올랐다. 하지만 고양이와 개는 거기에 없었다. 어디로 간 걸까?

시끄럽게 코 고는 소리가 들리는 걸 보니 론은 다시 잠든 것 같았다.

다음 날 대연회장에 들어선 해리와 그리핀도르 선수들은 어마어마한 박수갈채를 받았다. 해리는 래번클로와 후플푸프 식탁에서도 박수를 보내는 모습을 보고 활짝 웃지 않을 수 없었다. 슬리데린 식탁은 그들이 지나갈 때 시끄럽게 야유를 퍼부었다. 해리는 말포이의 얼굴이 평소보다도 더 허옇게 보인다는 것을 눈치챘다.

우드는 아침 식사 시간 내내 본인은 아무것도 건드리지 않으면서 팀 선수들에게만 음식을 먹으라고 닦달했다. 그런 다음 다른 사람들이 식사를 마치기 전에 선수들을 서둘러 경기장으로 내보냈다. 경기 조건을 파악하게 하려는 것이었다. 그들이 대연회장을 떠날 때 모두가 또다시 박수갈채를 보내 주었다.

"행운을 빌어, 해리!" 초 챙이 소리쳤다. 해리는 자기도 모르게 얼굴을 붉혔다.

"됐어······. 이렇다 할 바람은 없고······ 햇빛이 조금 밝아서 시야를 방해할 수 있으니 조심해······. 땅바닥이 꽤 딱딱한데. 좋아, 빠르게 박차고 오를 수 있겠어······."

우드는 경기장을 걸어다니며 뒤따르는 팀 선수들과 함께 주위를 살폈다. 마침내 멀찍이 성 정문이 열리는 것이 보였다. 학생들이 잔디밭으로 우르르 쏟아져 나왔다.

퀴디치 결승전

"탈의실로." 우드가 간결하게 말했다.

진홍색 로브로 갈아입는 동안에는 누구도 입을 열지 않았다. 해리는 다들 자신과 같은 기분, 그러니까 아침 식사로 뭔가 극심하게 꿈틀거리는 것을 먹은 듯한 기분일지 궁금했다. 시간이 전혀 흐르지 않은 것 같은데, 우드가 입을 열었다. "좋아, 시간 됐어. 가자……."

그들은 경기장의 해일 같은 소음 속으로 나아갔다. 관중의 4분의 3은 진홍색 장미 장식을 달고 그리핀도르의 사자가 새겨진 진홍색 깃발을 흔들거나 '**그리핀도르 파이팅!**', '**우승컵은 사자에게!**' 같은 응원 문구가 적힌 현수막을 휘두르고 있었다. 반면 슬리데린 골대 뒤에는 초록색 옷을 맞춰 입은 200명이 앉아 있었다. 그들의 깃발에서는 슬리데린의 은색 뱀이 번쩍거렸고, 다른 모두와 마찬가지로 녹색 옷을 걸친 스네이프 교수가 맨 앞줄에 앉아 아주 냉혹한 미소를 머금고 있었다.

"그리핀도르 선수들이 입장합니다!" 평소처럼 중계를 맡은 리 조던이 소리쳤다. "포터, 벨, 존슨, 스피넛, 위즐리, 위즐리, 그리고 우드입니다. 호그와트가 아주 오랜만에 만난 최고의 팀으로 인정받고 있는데요."

리의 중계는 슬리데린 응원석의 "우-우-우" 하는 야유의 물결에 파묻혔다.

"그리고 슬리데린 선수들이 입장합니다. 주장 플린트가 선두에 있습니다. 플린트는 선발 라인업에 몇 가지 변화를 줬는데 기술보다는 덩치를 앞세운 것 같습니다."

슬리데린 응원석에서 더 많은 야유가 터져 나왔다. 그러나 해리는 리의 말에 일리가 있다고 생각했다. 누가 봐도 슬리데린 팀에서 가장 덩치가 작은 사람은 말포이였고, 나머지 선수들은 어마어마한 거구였다.

"주장들, 악수!" 후치 선생이 말했다.

플린트와 우드가 서로에게 다가가 손을 아주 꽉 움켜쥐었다. 상대방의 손가락을 부러뜨리려는 것처럼도 보였다.

"모두 빗자루에 오르도록!" 후치 선생이 말했다. "셋…… 둘…… 하나……."

열네 자루의 빗자루가 공중으로 솟아오르자 그녀의 호루라기 소리는 관중의 함성 속으로 사라졌다. 해리는 이마를 덮었던 머리카락이 휘날리는 것을 느꼈다. 비행의 전율이 짜릿하게 전해졌다. 힐끗 돌아보니 말포이가 뒤에 따라붙은 것이 보였다. 해리는 스니치를 찾아 속도를 올렸다.

"그리핀도르가 잡았습니다. 그리핀도르의 얼리샤 스피넛이 쿼플을 가지고 슬리데린 골대로 곧장 날아갑니다. 좋아 보이는데요, 얼리샤! 아악, 이럴 수가, 쿼플을 워링턴에게 빼앗깁니다. 슬리데린의 워링턴이 경기장을 질주하고 있는데요. **저런!** 조지 위즐리가 멋지게 블러저를 날려 보냅니다. 워링턴이 쿼플을 떨어뜨리고, 잡는 사람은…… 존슨입니다. 그리핀도르가 다시 잡습니다. 서둘러, 앤젤리나. 멋지게 몬태규를 피합니다. *고개 숙여, 앤젤리나, 블러저야!* **골! 그리핀도르가 10 대 0으로 앞섭니다!"**

앤젤리나가 경기장 끝에서 날아오르며 허공에 주먹질을 했다. 아래쪽의 진홍색 바다가 환호성을 내질렀다.

"아얏!"

마커스 플린트가 세게 부딪쳐 오는 바람에 앤젤리나는 하마터면 빗자루에서 떨어질 뻔했다.

"미안!" 아래 관중석에서 야유가 터져 나오자 플린트가 말했다. "미안, 못 봤어!"

다음 순간, 프레드 위즐리가 플린트의 뒤통수를 향해 몰이꾼 방망이를 내던졌다. 자신의 빗자루 손잡이에 코를 처박은 플린트가 코피를 흘리기 시작했다.

"그만하면 됐다!" 후치 선생이 날카롭게 소리치며 그들 사이로 붕 날아왔다. "추격꾼이 아무 이유 없이 공격당했으니 그리핀도르에 페널티 슛 기회! 마찬가지로 추격꾼이

고의적인 피해를 입었으므로 슬리데린도 페널티 슛!"

"말도 안 돼요, 선생님!" 프레드가 울부짖었으나 후치 선생은 호루라기를 불었고, 얼리샤가 페널티 슛을 던지려고 앞으로 날아왔다.

"힘내, 얼리샤!" 관중석에 침묵이 내려앉은 가운데 리가 소리 질렀다. **"좋아! 얼리샤가 파수꾼을 제쳤습니다! 그리핀도르가 20 대 0으로 앞섭니다!"**

해리는 파이어볼트의 방향을 홱 돌리고 플린트를 지켜보았다. 그는 여전히 피를 줄줄 흘리며 슬리데린이 얻은 페널티 슛을 던지려고 앞으로 날아가고 있었다. 우드는 턱을 꽉 다문 채 그리핀도르 골대 앞을 맴돌았다.

"우드는 단연코 최고의 파수꾼입니다!" 플린트가 후치 선생의 호루라기 소리를 기다리는 동안 리 조던이 관중에게 말했다. "최고죠! 뚫기 아주 어렵습니다. 어림도 없어요. **그렇지! 믿을 수가 없습니다! 저걸 막았어요!**"

안심한 해리는 쌩 날아가며 스니치를 찾아 주위를 두리번거리면서도 계속해서 리의 중계 한 마디 한 마디를 똑똑히 들으려고 애썼다. 그리핀도르가 50점 이상 앞설 때까지 말포이를 스니치에서 떼어 놓는 게 중요했다······.

"그리핀도르가 쿼플을 잡습니다. 아니, 슬리데린이 잡았네요. 아니! 그리핀도르가 다시 쿼플을 소유합니다. 케이티 벨이군요. 그리핀도르의 케이티 벨이 쿼플을 잡고 쏜살같이 경기장을 날아갑니다. ……**저건 고의잖아!**"

슬리데린 추격꾼 몬태규가 케이티 앞에서 방향을 홱 돌려, 쿼플을 잡는 대신 그녀의 머리를 잡았다. 케이티는 잽싸게 공중에서 옆으로 돌았다. 그 덕에 가까스로 빗자루에서 떨어지지는 않았지만 쿼플을 놓치고 말았다.

후치 선생의 호루라기가 다시 울렸다. 그녀는 높이 날아올라 몬태규에게 호통을 치기 시작했다. 잠시 뒤, 케이티가 슬리데린 파수꾼을 제치고 페널티 슛을 하나 더 넣었다.

"30 대 0입니다! 맛이 어떠냐, 이 반칙이나 하는 더러운……."

"조던, 공정한 중계를 못 하겠다면……!"

"있는 그대로 말하는 거예요, 교수님!"

해리는 흥분이 크게 솟구치는 것을 느꼈다. 스니치가 보였다. 그것은 그리핀도르 골대 밑에서 희미하게 빛나고 있었다. 하지만 아직은 잡아선 안 된다. 만약 말포이가 저걸 본다면…….

해리는 돌연 집중하는 표정을 꾸며 내며, 파이어볼트를 잡아당겨 방향을 돌리고 슬리데린 골대를 향해 속도를 냈다. 그 방법은 먹혀들었다. 말포이가 재빨리 그를 뒤쫓아 온 것이다. 해리가 그곳에서 스니치를 봤다고 생각하는 게 틀림없었다…….

휙.

블러저가 전속력으로 날아가면서 해리의 오른쪽 귀를 스치고 지나갔다. 슬리데린의 거구 몰이꾼인 데릭이 날려보낸 것이었다. 다음 순간……

휙.

두 번째 블러저가 해리의 팔꿈치를 스쳤다. 또 다른 몰이꾼인 볼이 다가오고 있었다.

찰나의 순간, 볼과 데릭이 곤봉을 치켜들고 빠르게 날아오는 모습이 보였다.

해리는 아슬아슬하게 파이어볼트의 방향을 위로 틀었다. 볼과 데릭이 우지직하는 소름 끼치는 소리를 내면서 정면으로 충돌했다.

"하, 하!" 슬리데린 몰이꾼들이 머리를 감싼 채 휘청거리며 서로에게서 물러나자 리 조던이 소리쳤다. "안됐다, 애들아! 파이어볼트를 이기려면 그보다는 일찍 일어나야지! 그리고 다시 그리핀도르의 공입니다, 존슨이 쿼플을 잡았는데요……. 플린트가 옆에 있습니다……. 눈을 찔러 버려,

앤젤리나! ……농담이었어요, 교수님, 농담요. ……이런, 안 돼! 플린트가 쿼플을 잡습니다. 플린트가 그리핀도르 골대를 향해 날아가는데요. 어서, 자, 우드, 막아……!"

하지만 플린트가 득점했다. 슬리데린 쪽에서 환호성이 터져 나왔다. 리가 어찌나 심하게 욕설을 퍼부었던지 맥고나걸 교수는 그에게서 마법 확성기를 빼앗아 가려고 했다.

"죄송해요, 교수님. 죄송하다니까요! 다시는 안 그럴게요! 자, 그리핀도르가 앞섭니다. 30 대 10인데요. 공은 그리핀도르가 가지고 있습니다."

경기는 여태껏 해리가 치렀던 그 어떤 시합보다도 험악해지고 있었다. 그리핀도르가 그토록 일찍 앞서 나가는 것에 격분한 슬리데린 선수들은 쿼플을 잡을 수 있다면 조금의 머뭇거림도 없이 어떤 방법에든 기댔다. 볼은 곤봉으로 얼리샤를 후려치더니 그녀가 블러저인 줄 알았다고 변명했다. 조지 위즐리는 복수한답시고 볼의 얼굴을 팔꿈치로 찍었다. 후치 선생이 양 팀에 모두 페널티 슛을 주었고, 우드가 또 한 번 멋지게 막아 내면서 그리핀도르가 40 대 10으로 앞섰다.

스니치는 또다시 사라졌다. 해리가 경기장 위를 높이 날아다니며 스니치를 찾아 두리번거리는 내내 말포이는 그에게 바짝 붙어 있었다. 일단 그리핀도르가 50점 앞서기만 하면…….

케이티가 득점했다. 50 대 10. 프레드와 조지 위즐리는 슬리데린 선수 중 누군가가 보복을 꿈꿀 때를 대비해 곤봉을 치켜들고 그녀 주위를 빠르게 휙휙 날아다니고 있었다. 볼과 데릭이 프레드와 조지가 없는 틈을 타 블러저 두 개를 모두 우드에게 겨누었다. 블러저 두 개가 차례로 배를 맞히자 우드는 숨이 턱 막혀 빗자루를 쥔 채 공중에서 데굴데굴 굴렀다.

후치 선생은 제정신이 아니었다.

"*퀴플이 득점 구역 안에 있지 않을 땐 파수꾼을 공격하는 게 아니야!*" 그녀가 볼과 데릭에게 날카롭게 소리쳤다. "그리핀도르 페널티 슛!"

앤젤리나가 득점했다. 60 대 10. 잠시 뒤, 프레드 위즐리가 워링턴에게 블러저를 날려 보내 그의 손에서 퀴플을 떨어뜨렸다. 얼리샤가 그것을 잡아 슬리데린 골대에 집어넣었다. 70 대 10.

그리핀도르 관중은 목이 쉬도록 소리를 질렀다. 그리핀도르가 60점 앞서고 있었다. 해리가 만약 지금 스니치를 잡는다면 우승컵은 그들의 것이었다. 해리는 자기를 따라

다니는 수백 명의 눈길을 만질 수도 있을 것 같았다. 그가 다른 선수들이 경기를 벌이는 곳에서 한참 위로 날아오르자, 말포이가 뒤에서 따라오며 속력을 냈다.

그때 해리는 보았다. 6미터쯤 위에서 스니치가 반짝거리고 있었다.

해리는 엄청나게 속도를 올렸다. 바람이 귓가에 휘몰아쳤다. 그는 손을 뻗었지만 갑자기 파이어볼트의 속도가 느려졌다.

그는 깜짝 놀라 주위를 둘러보았다. 말포이가 몸을 앞으로 내밀어 파이어볼트의 꼬리를 있는 힘껏 잡아당기고 있었다.

"너……."

해리는 너무 화가 나 말포이를 때리려고 했지만 손이 닿지 않았다. 말포이는 파이어볼트에 매달리려고 용을 쓰며 헐떡거리면서도 두 눈을 악독하게 빛내고 있었다. 그는 바라던 일을 달성했다. 스니치가 다시 사라진 것이다.

"페널티! 그리핀도르에 페널티 슛 기회! 그런 전술은 본 적도 없다!" 후치 선생이 말포이가 미끄러지듯 다시 님부스 2001에 올라타는 곳까지 쏜살같이 날아와 꽥 소리쳤다.

"너 이 비열한 쓰레기 자식!" 리 조던이 맥고나걸 교수의 손이 닿지 않는 곳으로 춤추듯 빠져나가면서 확성기에 대고 악을 썼다. "**너 이 더럽고 비열한 개**……."

맥고나걸 교수도 굳이 그를 꾸짖지 않았다. 사실 그녀는 말포이를 향해 주먹을 흔들고 있었다. 모자까지 벗겨진 채, 그녀 역시 격분해서 소리소리 질러 댔다.

얼리샤가 그리핀도르가 얻은 페널티 슛을 던졌지만, 너무 화가 난 나머지 몇 센티미터 빗나가고 말았다. 그리핀도르 선수들은 집중력을 잃어 갔고, 말포이가 해리에게 저지른 반칙에 고무된 슬리데린 선수들은 더욱 사기가 올랐다.

"슬리데린이 쿼플을 잡습니다, 슬리데린이 골대로 향합니다……. 몬태규가 득점합니다." 리가 신음했다. "그리핀도르가 70 대 20으로 앞서고 있습니다……."

이제 해리는 말포이를 아주 가까이에서 마크하고 있었고, 그 바람에 둘의 무릎이 계속 서로 부딪쳤다. 해리는 말포이가 스니치 근처에도 가지 못하게 할 작정이었다…….

"비켜, 포터!" 말포이가 방향을 틀려다 진로를 막은 해리를 보고 불만스럽게 소리쳤다.

"그리핀도르의 앤젤리나 존슨이 쿼플을 잡습니다. 힘내, 앤젤리나, **힘내!**"

해리는 주위를 둘러보았다. 말포이를 제외한 슬리데린

선수들 모두, 심지어 파수꾼까지 앤젤리나를 향해 쏜살같이 날아가고 있었다. 모두가 그녀를 막으려는 것이었다.

해리는 파이어볼트의 방향을 틀었다. 몸을 손잡이에 바짝 붙인 채 그는 앞으로 발길질을 했다. 그러고는 총알과 같은 속도로 슬리데린 선수들을 향해 날아갔다.

"으아아아아아아악!"

파이어볼트가 빠르게 날아오자 그들은 사방으로 흩어졌다. 앤젤리나의 앞이 뚫렸다.

"골! 앤젤리나가 득점합니다! 그리핀도르가 80 대 20으로 앞섭니다!"

하마터면 관중석에 머리부터 곤두박질칠 뻔했던 해리는 공중에서 끼익 멈춰 선 다음, 뒤돌아 경기장 한가운데로 다시 붕 날아갔다.

그때, 눈에 들어온 광경이 그의 심장을 멎게 했다. 말포이가 승리감에 젖은 얼굴로 급강하하고 있었다. 저 아래 잔디밭 바로 위에서 작은 황금빛 뭔가가 반짝 빛났다.

해리는 다급히 파이어볼트를 아래로 몰았지만 말포이가 훨씬 앞서 있었다.

"빨리! 빨리! 빨리!" 해리가 빗자루를 재촉했다. 말포이에게 점점 가까워지고 있었다……. 볼이 블러저를 날려 보내자 해리는 빗자루 손잡이에 몸을 더욱 바짝 붙였다……. 말포이의 발꿈치까지 쫓아갔다……. 그를 따라잡았다.

해리는 양손을 모두 빗자루에서 떼고 몸을 앞으로 날렸다. 그리고 말포이의 팔을 쳐냈다.

"좋았어!"

그가 급강하를 멈추고 손을 들어 올리자 관중석에서 함성이 터져 나왔다. 해리는 관중석 위로 날아올랐다. 귀에서 이상한 소리가 울렸다. 작은 금빛 공이 주먹에 꽉 쥐인 채 손가락 안에서 하염없이 날개를 파닥거렸다.

그때 우드가 얼굴이 눈물로 범벅되어 앞이 잘 보이지 않는 상태로 빠르게 다가왔다. 그는 해리의 목을 꽉 끌어안더니 그의 어깨에 얼굴을 묻고 걷잡을 수 없이 흐느껴 울었다. 프레드와 조지가 차례차례 그들에게 쿵 부딪치는 소리가 들렸다. 그다음 *"우리가 우승컵을 따냈어! 우리가 우승컵을 차지했다고!"* 하는 얼리샤와 케이티의 목소리가 들렸다. 여럿의 팔이 서로를 끌어안으며 얽혔다. 그리핀도르 선수들은 목이 쉬도록 소리를 지르며 다시 땅으로 내려갔다.

진홍색 옷을 입은 응원단이 물결에 또 물결을 이루며 울타리를 넘어 경기장으로 쏟아져 들어왔다. 수많은 손이 빗줄기처럼 선수들의 등을 두드려 댔다. 해리는 소음과 그를 짓눌러 오는 사람들 때문에 정신을 차릴 수가 없었다. 잠시 후 해리와 나머지 선수들은 관중의 어깨 위로 들어 올려졌다. 빛 속으로 돌진하는 와중 해리는 머리부터 발끝까지 온몸을 진홍색 장미 장식으로 뒤덮은 해그리드를 봤다. "네가 쟤들을 꺾었어, 해리. 네가 꺾은 거야! 벅빅한테 말해 줘야겠다!" 체통을 잊은 채 미친 사람처럼 폴짝폴짝 뛰는 퍼시의 모습도 보였다. 맥고나걸 교수는 커다란 그리핀도르 깃발로 눈물을 닦으며 우드보다도 심하게 흐느꼈다. 그리고 해리를 향해 길을 헤치고 오는 론과 헤르미온느가 있었다. 그들은 아무 말도 하지 못했다. 그저 활짝 웃을 뿐이었다. 해리는 관중석까지 옮겨졌다. 덤블도어가 커다란 퀴디치 우승컵을 든 채 기다리고 있었다.

디멘터 하나라도 근처에 있었으면……. 우드가 울면서 건네준 우승컵을 공중으로 들어 올리던 순간, 해리는 세상에서 가장 강력한 패트로누스를 만들어 낼 수 있을 것 같은 기분이었다.

16장
트릴로니 교수의 예언

 마침내 퀴디치 우승컵을 차지한 해리의 행복한 기분은 적어도 1주일 동안 계속되었다. 날씨조차 그들을 축하해 주는 것 같았다. 6월이 다가오면서 날은 구름 한 점 없이 뜨거워졌고, 다들 하고 싶은 일이라고는 얼음을 넣은 호박 주스를 들고 교정을 어슬렁거리다가 잔디밭에 털썩 주저앉는 것뿐이었다. 어쩌면 편안하게 곱스톤이나 한 게임 하거나 대왕오징어가 꿈처럼 호수 표면을 가로지르며 나아가는 것을 지켜보면서……
 하지만 그럴 수는 없었다. 시험이 코앞이었기에 학생들은 바깥에서 빈둥거리는 대신 어쩔 수 없이 성안에 머물렀다. 유혹하는 듯한 여름 냄새가 창으로 흘러들어 오는 가운데 그들은 머리를 쥐어짜 집중하려고 애썼다. 심지어 프레드와 조지 위즐리조차 공부하는 모습이 눈에 띄었다. 그들은 머잖아 O.W.L.(보통 마법사 등급) 시험을 치러야 했다. 퍼시는 N.E.W.T.(고약하게 힘든 마법사 시험)라는, 호그와트 최고의 자격시험을 준비 중이었다. 그는 마법 정부에 들어가고 싶어 했기에 최고 점수를 받아야 했다. 퍼시는 날이 갈수록 점점 더 예민해졌으며, 누구든 저녁 시간 휴게실의 조용한 분위기를 흩뜨리는 사람에게는 아주 가혹한 벌을 내렸다. 사실, 퍼시보다 더 초조해 보이는 사람은 헤르미온느뿐이었다.

해리와 론은 그녀에게 어떻게 몇 개의 수업을 동시에 들을 수 있는지 묻다가 포기한 상태였지만, 그녀가 직접 작성한 시험 시간표를 보자 도저히 참을 수가 없었다. 첫 번째 칸에는 이렇게 적혀 있었다.

월요일
9시 숫자점
9시 변환 마법
점심시간
1시 일반 마법

1시 고대 룬문자

"헤르미온느?" 론이 조심스럽게 입을 열었다. 요즘 그녀는 방해를 받으면 금방 화를 냈다. "어…… 이 시간표 맞게 적은 거 확실해?"

"뭐?" 헤르미온느가 시험 시간표를 집어 들고 살펴보며 쏘아붙였다. "응, 당연하지."

"시험 두 개를 어떻게 동시에 치를 거냐고 물어도 아무 소용 없겠지?" 해리가 물었다.

"응." 헤르미온느가 딱 잘라 말했다. "내 《수비학과 문법》 책 본 사람?"

"아, 그거. 내가 잘 때 읽으려고 빌렸어." 론이 들릴 듯 말 듯한 목소리로 깐죽거렸다. 헤르미온느가 탁자 위 양피지 더미를 옮기며 책을 찾기 시작했다. 바로 그때, 창문에서 바스락거리는 소리가 나더니 헤드위그가 부리에 편지를 꽉 물고 퍼덕거리며 날아들어 왔다.

"해그리드가 보낸 거야." 해리가 편지를 뜯어서 열어 보고 말했다. "벅빅의 항소심이…… 6일로 정해졌대."

"우리 시험이 끝나는 날이네." 헤르미온느가 숫자점 책을 찾느라 여전히 여기저기 뒤적거리면서 말했다.

"그 일로 사람들이 여기에 올 거래." 해리가 계속 편지를 읽으며 말했다. "마법 정부 사람하고…… 사형 집행인이."

헤르미온느가 깜짝 놀라 눈을 들었다.

"항소심에 사형 집행인을 데려온다니! 벌써 판결을 내렸다는 소리잖아!"

"응, 그런 것 같아." 해리가 천천히 말했다.

"그럴 수는 없어!" 론이 울부짖었다. "벅빅을 구하려고 엄청난 시간을 들여서 온갖 걸 읽었는데, 그걸 그냥 전부 무시하면 안 되지!"

하지만 해리는 위험 생물 처분 위원회가 말포이 씨의 말에 따라 그런 결정을 내린 거라는 끔찍한 기분이 들었다. 드레이코 말포이는 퀴디치 결승전에서 그리핀도르가 승리한 이래 눈에 띄게 풀이 죽어 있더니, 이후 며칠 동안 예전의 잘난 척하는 태도를 어느 정도 되찾는 듯했다. 해리가 우연히 들은 비웃음 가득한 그의 발언에 따르면 말포이는 벅빅이 처형당할 거라고 확신했고, 그런 결과를 이끌어 낸 스스로에게 더없이 만족하는 것 같았다. 이런 상황에서 해리가 할 수 있는 일이란 헤르미온느처럼 말포이의 얼굴을 후려치고 싶은 마음을 억누르는 것뿐이었다. 무엇보다 안 좋은 일은, 엄격한 새 안전조치가 해제되지 않아 해그리드를 찾아갈 시간도 기회도 없다는 사실이었다. 해리는 외눈 마녀 조각상 아래 있는 투명 망토를 감히 되찾아 올 생각도 하지 못했다.

시험 주간이 시작되자 성 전체에 부자연스러운 침묵이 내려앉았다. 월요일 점심시간, 3학년들은 어깨를 축 늘어뜨리고 얼굴은 잿빛이 된 채 변환 마법 교실에서 나왔다. 시험 결과를 비교해 보며 주어진 과제의 어려움을 한탄하는 중이었는데, 그 과제에는 찻주전자를 거북이로 바꿔 놓는 일이 포함되어 있었다. 헤르미온느는 자신의 거북이가 육지 거북보다는 바다 거북과 더 비슷했다고 수선을 피워 다른 학생들의 짜증을 돋웠다. 그들에게는 그보다 훨씬 심각한 문제가 있었던 것이다.

"내 것에는 꼬리 대신 여전히 주전자 주둥이가 달려 있었어. 큰일 났네……."

"거북이가 원래 증기를 뿜나?"

"등딱지에 버드나무 무늬가 그대로 남아 있더라니까. 감점될까?"

이어 급하게 점심을 먹은 뒤에는 곧장 위층으로 올라가 일반 마법 시험을 봐야 했다. 헤르미온느의 말이 맞았다.

플리트윅 교수는 진짜로 격려 마법을 시험 과제로 냈다. 해리가 긴장한 나머지 주문을 약간 과하게 거는 바람에 그의 짝이었던 론은 신경질적인 웃음 발작을 터뜨렸고, 조용한 방에 한 시간 동안 머문 뒤에야 일반 마법 시험을 볼 준비가 되었다. 저녁 식사를 마친 학생들은 서둘러 각자의 휴게실로 돌아갔다. 쉬려는 게 아니라 마법 생명체 돌보기와 마법약, 천문학 시험공부를 시작하려는 것이었다.

해그리드는 정신이 온통 다른 데 가 있는 상태로 다음 날 아침 마법 생명체 돌보기 시험을 감독했다. 하지만 그는 시험에는 아무런 관심이 없는 것 같았다. 그는 학생들에게 생생한 플로버웜이 담긴 커다란 통을 주더니, 한 시간이 지날 때까지 플로버웜이 살아 있으면 시험을 통과하는 거라고 말했다. 플로버웜들은 그냥 내버려 두는 게 가장 좋았으므로 그건 그들이 치른 것 중에서 가장 쉬운 시험이었다. 그 때문에 해리, 론, 헤르미온느가 해그리드와 이야기할 기회도 많이 생겼다.

"비키는 약간 우울해하고 있어." 해그리드가 해리의 플로버웜이 아직 살아 있는지 확인하는 척 몸을 구부리며 말했다. "너무 오래 갇혀 있었거든. 하지만 그래도…… 내일모레면 알게 되겠지, 어느 쪽이든 간에."

오후에는 마법약 시험이 있었는데, 완전한 재앙이었다. 해리는 아무리 애써도 혼돈 혼합물을 걸쭉하게 만들 수 없었고, 스네이프는 보복의 즐거움을 느끼는 듯한 분위기를 풍기며 서서 그를 지켜보다가 노트에 0으로 의심되는 것을 휘갈겨 쓰더니 멀어져 갔다.

이어서 자정에는 가장 높은 탑에서 천문학 시험을 치렀다. 수요일 아침에는 마법의 역사 시험이 있었다. 해리는 플로리언 포테스큐가 중세 마녀 사냥에 대해 이야기해 주었던 내용을 죄다 휘갈겨 쓰며, 이 숨 막히는 교실 안에서 포테스큐의 초코 너트 선디 아이스크림이나 하나 먹으면 얼마나 좋을까 생각했다. 수요일 오후에는 뜨거운 햇빛이 비치는 온실 안에서 시험을 치러야 했고, 그 시험이 끝나자 목 뒤가 햇볕에 따갑게 그을린 채 다시 한 번 휴게실로 돌아가 이 모든 것이 끝날 이틀날 이맘때를 갈망했다.

목요일 아침, 그들은 마지막에서 두 번째 시험 과목인 어둠의 마법 방어법 시험을 치렀다. 루핀 교수는 여태 치른 어떤 시험보다도 특이한 시험을 고안해 냈다. 야외에서 치르는 장애물 달리기 비슷한 것으로, 시험을 치르는 학생은 그린딜로가 있는 깊은 놀이용 수영장을 건너고 레드 캡으로 가득한 구멍들을 지난 뒤, 잘못된 방향을 가르쳐 주는 힝키펑크를 무시하고 습지를 빠르게 통과해 오래된 나무 둥치 속으로 들어가서 새로운 보가트와 싸워야 했다.

"훌륭하구나, 해리." 해리가 나무둥치에서 기어 나오자 루핀이 씩 웃으며 작은 목소리로 덧붙였다. "만점이야."

해리는 해냈다는 기분에 얼굴이 붉게 달아오른 채 그 자리에 남아서 론과 헤르미온느가 시험을 치르는 모습을 지켜보았다. 론은 힝키펑크에 다다르기 전까지는 꽤 잘했다. 힝키펑크는 그를 성공적으로 혼란시켜서 허리 깊이의 진창에 가라앉혀 버렸다. 헤르미온느는 모든 것을 완벽하게 해낸 끝에 보가트가 있는 나무둥치에 이르렀다. 안에 들어가고 약 1분 뒤 그녀가 비명을 지르며 도로 뛰쳐나왔다.

"헤르미온느!" 루핀이 깜짝 놀라 물었다. "왜 그러니?"

"매, 매, 맥고나걸 교수님이에요!" 헤르미온느가 나무둥치를 가리키며 숨을 헐떡거렸다. "매, 맥고나걸 교수님이 제가 전 과목에서 낙제했다고 말씀하셨어요!"

헤르미온느를 진정시키는 데 시간이 조금 걸렸다. 헤르미온느가 마침내 안정을 되찾자 해리와 론은 그녀와 함께 성으로 돌아갔다. 론은 그때까지도 헤르미온느의 보가트를 웃음거리 삼고 있었는데 그들은 계단 꼭대기에서 맞닥뜨린 광경 덕분에 싸움을 피할 수 있었다.

코닐리어스 퍼지가 세로줄무늬 망토 차림에 땀을 약간 흘리며 서서 교정을 바라보고 있었다. 그는 해리를 보고 흠칫 놀랐다.

"안녕, 해리!" 그가 말을 걸었다. "방금 시험을 친 모양이지? 거의 끝났겠구나?"

"네." 해리가 대답했다. 헤르미온느와 론은 마법 정부 총리와 이야기 나누는 사이가 아니었기에 뒤에서 어색하게 서성거렸다.

"오늘따라 날씨가 아주 좋구나." 퍼지가 넌지시 호수 쪽으로 눈길을 던지며 말했다. "안됐어…… 안됐고말고……."

그는 가슴속 깊은 곳에서 나오는 듯한 한숨을 푹 쉬더니 해리를 내려다보았다.

"난 불쾌한 임무를 띠고 여기 온 거란다, 해리. 위험 생물 처분 위원회가 미친 히포그리프를 처형하는 데 증인이 필요하다고 해서 말이야. 블랙 일로 확인할 게 있어 호그와트에 들러야 했는데, 그 참에 참석해 달라는 요청을 받았단다."

"항소심이 벌써 끝났다는 뜻인가요?" 론이 앞으로 나서며 끼어들었다.

"아니지, 아니야. 항소심은 오늘 오후로 예정되어 있다."

퍼지가 호기심 어린 눈으로 론을 바라보며 말했다.

"그러면 사형 집행의 증인이 될 필요가 전혀 없을 수도 있겠네요!" 론이 용감하게 말했다. "히포그리프가 풀려날지도 모르잖아요!"

퍼지가 대답하기도 전에 마법사 두 명이 성문 밖으로 나왔다. 한 명은 어찌나 나이가 많은지 꼭 그들의 눈앞에서 시들어 가는 것처럼 보였다. 다른 한 명은 키가 크고 건장했으며 가느다란 검은색 콧수염을 기르고 있었다. 해리는 그들이 위험 생물 처분 위원회에서 나온 사람들이라는 것을 알아차렸다. 나이 든 마법사가 눈을 가늘게 뜨고 해그리드의 오두막 쪽을 보더니 미약한 목소리로 말했다. "이런, 이런. 이제 이런 일을 하기엔 너무 늙었어……. 2시 맞지요, 퍼지?"

검은 콧수염의 남자가 허리띠에 걸린 무언가를 만지작거렸다. 해리는 그 모습을 보고 남자가 넓적한 엄지로 훑는 것이 번뜩이는 도끼날이라는 것을 알았다. 론이 뭔가 말하려고 입을 열었지만 헤르미온느가 재빨리 그의 옆구리를 쿡 찌르며 고갯짓으로 현관홀 쪽을 가리켰다.

"왜 막은 거야?" 점심을 먹으러 대연회장에 들어가자마자 론이 화를 내며 목소리를 높였다. "그 사람들 보기는 했어? 도끼까지 준비했다고! 이건 공정하지 않아!"

"론, 너희 아빠는 정부에서 일하시잖아. 아빠 상관한테 그런 얘기를 하면 안 되지!" 말은 그렇게 했지만 헤르미온느도 꽤 심란한 표정을 감추지 못했다. "해그리드가 이번에 냉정을 잃지 않고 제대로 주장을 펼치면 저 사람들도 벅빅을 처형할 수 없을 거야······."

하지만 해리가 보기에는 헤르미온느도 본인이 한 말을 진심으로 믿는 것 같지 않았다. 주위에서는 모두 그날 오후 시험이 끝난다는 생각에 즐거워하면서 점심을 먹는 내내 신나게 떠들어 대고 있었지만 해리, 론, 헤르미온느는 해그리드와 벅빅을 걱정하느라 거기에 동참하지 못했다.

해리와 론의 마지막 시험은 점술이었고, 헤르미온느의 마지막 시험은 머글학이었다. 그들은 함께 대리석 계단을 올랐다. 헤르미온느와 2층에서 헤어진 해리와 론은 8층까지 계속 올라갔다. 수업을 같이 듣는 아이들 여러 명이 트릴로니 교수의 교실로 올라가는 나선형 계단에 앉아 막판 벼락치기를 하려 애쓰고 있었다.

"전부 한 명씩 따로따로 시험을 보겠대." 해리와 론이 옆에 가서 앉자 네빌이 알려 주었다. 네빌은 《미래의 안개 걷어 내기》에서 수정구슬 보기에 관한 페이지를 무릎에 펼쳐 놓고 읽던 중이었다. "너 수정구슬에서 *뭐라도* 본 적 있어?" 그가 비참하게 물었다.

"아니." 론이 퉁명스러운 목소리로 대답했다. 그는 초조한 듯 끊임없이 손목시계를 확인했다. 벅빅의 항소심이 시작될 때까지 얼마나 남았는지 보는 게 분명했다.

교실 밖 줄은 아주 천천히 짧아졌다. 한 명 한 명 은색 사다리를 타고 내려올 때마다 다른 학생들이 소리 죽여 물었다. "뭘 물어봐? 괜찮았어?"

하지만 다들 말하기를 거부했다.

"트릴로니 교수님이 그러는데, 수정구슬을 보니까 내가 너희한테 말해 주면 끔찍한 사고를 당할 거래!" 네빌이 다시 사다리를 타고 내려와 해리와 론을 향해 높은 목소리로 말했다. 해리와 론은 이제 층계참에 다다라 있었다.

"그거 편리하네." 론이 콧방귀를 뀌었다. "뭐랄까, 저 사람에 대해서는…… (그가 엄지로 머리 위의 뚜껑문 쪽을 가리켰다) 헤르미온느가 맞았다는 생각이 슬슬 든다. 아주 제대로 사기꾼이야."

"그러게." 해리가 손목시계를 들여다보면서 말했다. 이제 2시였다. "빨리 좀 하지……."

파르바티가 자랑스러운 듯 얼굴을 빛내며 사다리를 내려

왔다.

"교수님이 내가 진정한 예언자의 자질을 다 갖췄다고 말씀하셨어." 그녀가 해리와 론에게 말해 주었다. "나는 엄청나게 많은 걸 봤거든……. 뭐, 행운을 빌어!"

그녀는 얼른 나선형 계단을 내려가 라벤더가 있는 곳으로 갔다.

"로널드 위즐리." 머리 위에서 꿈꾸는 듯 익숙한 목소리가 들려왔다. 론이 해리에게 얼굴을 잔뜩 찡그려 보이더니 은색 사다리를 올라 시야에서 사라졌다. 이제 시험을 치르기 위해 남아 있는 사람은 해리뿐이었다. 그는 벽에 등을 기대고 바닥에 주저앉아 햇빛이 비치는 창문에서 윙윙대는 파리 소리에 귀를 기울였다. 생각은 교정을 가로질러 해그리드에게 가 있었다.

20분쯤 지나자 마침내 론의 커다란 발이 다시 사다리를 내려오는 것이 보였다.

"어땠어?" 해리가 일어나며 물었다.

"쓰레기 같아." 론이 말했다. "아무것도 안 보여서 그냥 지어냈어. 물론 저 사람은 안 믿는 것 같지만……."

"이따가 휴게실에서 보자." 트릴로니 교수의 목소리가 "해리 포터!"라고 소리치자 해리가 중얼거렸다.

탑 꼭대기 방은 어느 때보다도 후텁지근했다. 커튼은 닫혀 있고, 난롯불이 활활 타오르고 있었다. 이 방에서 늘 나는 역겨운 향기 때문에 기침이 나왔다. 해리는 어수선하게 널려 있는 의자와 탁자 사이로 휘청휘청 걸어갔다. 트릴로니 교수가 큼직한 수정구슬을 앞에 놓고 그를 기다리고 있었다.

"안녕, 애야." 그녀가 부드럽게 말했다. "수정구슬을 들여다보렴……. 자, 천천히……. 그런 다음 안에서 무엇이 보이는지 말해 다오……."

해리는 수정구슬 위로 몸을 구부려 얼굴을 바짝 들이대고 뚫어지게 들여다보았다. 되도록 열심히 응시하며 소용돌이치는 하얀 안개 외에 뭔가가 보이기를 바랐지만 수정구슬에서는 아무 일도 일어나지 않았다.

"자." 트릴로니 교수가 교묘하게 답을 유도했다. "뭐가 보이니?"

열기는 숨 막힐 지경이었고 옆에 있는 벽난로에서 퍼져 나오는 향기 나는 연기 때문에 코가 따끔거렸다. 그는 론이 조금 전 한 말을 떠올리고 지어내기로 결심했다.

"어……." 해리가 머뭇거리며 입을 열었다. "어두운 형상이…… 음……."

"무엇을 닮았지?" 트릴로니 교수가 속삭였다. "자, 생각해 보거라……."

머리를 이리저리 굴리자 벅빅이 떠올랐다.

"히포그리프요." 그가 단호하게 말했다.

"그렇단 말이지!" 트릴로니 교수가 무릎에 올려놓은 양피지에 열심히 뭔가를 휘갈기며 속삭였다. "애야, 넌 가엾은 해그리드가 마법 정부와 겪고 있는 문제의 결과를 보고 있는 건지도 몰라! 조금 더 자세히 보거라……. 그 히포그리프한테…… 머리가 있니?"

"네." 해리가 확신하듯 말했다.

"정말?" 트릴로니 교수가 재촉했다. "확신하니, 애야? 히포그리프가 땅에서 몸부림치고 있다거나, 혹시 그 뒤에서 도끼를 치켜들고 있는 어슴푸레한 형상은 보이지 않아?"

"안 보이는데요!" 해리는 살짝 메스꺼움을 느끼며 그렇게 말했다.

"피도? 흐느끼는 해그리드도?"

"그런 거 안 보여요!" 해리가 다시 말했다. 그는 어느 때보다도 이 후끈후끈한 방을 떠나고 싶었다. "괜찮아 보여요, 히포그리프는…… 날아가고 있어요……."

트릴로니 교수가 한숨을 쉬었다.

"그래, 얘야, 이쯤 하는 게 좋겠구나……. 솔직히 조금 실망스럽긴 하지만…… 네가 최선을 다했다고 믿으마."

마음이 놓인 해리는 일어나서 가방을 들고 돌아가려고 했다. 하지만 그때 그의 뒤에서 귀에 거슬리는 큰 목소리가 들렸다.

"그 일은 오늘 밤에 일어날 것이다."

해리는 빙글 돌아섰다. 트릴로니 교수는 안락의자에 앉은 채 뻣뻣하게 굳어 있었다. 눈에는 초점이 없었고, 입은 헤 벌어져 있었다.

"뭐, 뭐라고 하셨어요?" 해리가 물었다.

하지만 트릴로니 교수는 그의 말을 듣지 못하는 것 같았다. 그녀의 눈알이 빙글빙글 돌기 시작했다. 해리는 겁에 질려 그 자리에 멈춰 섰다. 트릴로니 교수는 발작 비슷한 것을 일으킨 듯 보였다. 그는 병동으로 달려가야 할지 망설였다. 그런데 그때 트릴로니 교수가 전혀 그녀의 목소리 같지 않은, 조금 전과 같은 귀에 거슬리는 목소리로 다시 입을 열었다.

"어둠의 왕은 추종자들에게 버림받고 동료 하나 없이 누워 있다. 그의 부하는 지난 12년간 사슬에 묶여 있었다. 오늘 밤 자정이 되기 전에, 그 부하는 풀려나 주인을 다시 만나러 갈 것이다. 어둠의 왕은 그 부하의 도움으로 어느 때보다도 위대하고 끔찍한 모습으로 다시 일어설 것이다. 오늘 밤…… 자정이 되기 전에…… 부하가…… 주인을…… 다시 만나러…… 갈 것이다…….”

트릴로니 교수의 머리가 앞으로 고꾸라졌다. 그녀는 끙끙거리는 소리를 냈다. 그러다 매우 갑작스럽게 고개를 홱 들었다.

"미안하구나, 얘야." 그녀가 꿈꾸는 듯한 목소리로 말했다. "날이 하도 뜨거워서 말이야……. 잠깐 잠들었구나……."

해리는 여전히 그녀를 뚫어지게 바라보며 그 자리에 서 있었다.

"무슨 문제라도 있니, 얘야?"

"교, 교수님이 방금 저한테 어둠의 왕이 다시 일어선다고…… 그자의 부하가 그자에게 다시 돌아갈 거라고 하셨는데요……."

트릴로니 교수는 굉장히 놀란 표정이었다.

"어둠의 왕? 이름을 말해서는 안 되는 그 사람 말이니? 얘야, 그건 농담으로 할 얘기가 아니란다……. 나 참, 다시 일어선다니…….”

"하지만 교수님이 방금 그러셨어요! 어둠의 왕이 다

시……."

"너도 잠깐 졸았던 게 틀림없구나, 애야!" 트릴로니 교수가 말했다. "난 그렇게 터무니없는 일은 절대 예언하지 않는단다!"

해리는 생각에 잠긴 채 사다리를 내려가 나선형 계단으로 발걸음을 옮겼다……. 조금 전에 들은 것이 트릴로니 교수의 진짜 예언이었을까? 아니면 그것도 시험을 인상적으로 끝내는 그녀만의 독특한 방법이었을까?

5분 뒤, 그는 그리핀도르 탑 출입구 앞에 있는 트롤 경비원들을 빠르게 통과했다. 트릴로니 교수의 말이 여전히 머릿속에 맴돌고 있었다. 사람들이 반대 방향으로 성큼성큼 지나갔다. 그들은 웃고 농담을 주고받으면서 오랫동안 기다려 온 자유를 만끽하러 교정으로 향하고 있었다. 해리가 초상화 구멍에 도착해 안으로 들어갔을 때쯤에는 휴게실에 사람은 거의 없고 한구석에 론과 헤르미온느만 앉아 있었다.

해리가 헐떡거렸다. "애들아, 트릴로니 교수가 방금 나한테……."

하지만 그는 두 사람의 표정을 보고 문득 말을 멈췄다.

"벅빅이 졌어." 론이 힘없이 말했다. "해그리드가 방금 이걸 보냈어."

해그리드의 이번 편지에 눈물자국 같은 것은 없었다. 하지만 글씨를 쓰면서 손을 심하게 떨었는지 거의 읽을 수가 없었다.

> 항소에서 졌어. 해 질 녘에 처형한대. 너희가 할 수 있는 일은 아무것도 없어. 여기 오지 마. 너희가 보지 않았으면 좋겠다.
>
> 해그리드

"가야 돼." 편지를 다 읽자마자 해리가 말했다. "해그리드 혼자서 사형 집행인을 기다리게 할 수는 없어!"

"근데 해 질 녘이라잖아." 론이 말했다. 그는 멍하니 창밖을 내다보았다. "절대 허락 못 받을걸……. 특히 해리 넌……."

해리는 두 손으로 머리를 감싸고 열심히 생각을 쥐어짰다.

"투명 망토만 있으면……."

"어디 있는데?" 헤르미온느가 물었다.

해리는 외눈 마녀 조각상 밑 통로에 놔두었다고 말했다.

"……내가 다시 그 근처에 있는 걸 스네이프가 보면 문제가 심각해져." 그가 말했다.

"그건 그렇네." 헤르미온느가 일어나며 말했다. "스네이프가 널 보면 그렇겠지……. 마녀의 혹은 어떻게 열어?"

"그건…… 혹을 두드린 다음 '디센디움'이라고 말하면 돼." 해리가 말했다. "하지만……."

헤르미온느는 다음 말을 기다리지 않았다. 그녀는 성큼성큼 걸어가 뚱뚱한 귀부인 초상화를 밀어젖히고 사라졌다.

"투명 망토를 가지러 간 건 아니겠지?" 론이 그녀가 나간 곳을 뚫어지게 바라보며 말했다.

가지러 간 게 맞았다. 헤르미온느는 15분 뒤 자신의 로브 밑에 은빛 투명 망토를 조심스럽게 접어 가지고 돌아왔다.

"헤르미온느, 너 요즘 무슨 바람이 든 건지 모르겠다!" 론이 경악하며 말했다. "처음에는 말포이를 때리더니 그다음에는 트릴로니 수업에서 걸어 나가 버리고."

헤르미온느는 아무 말도 하지 않았지만 자랑스러워하는 눈치였다.

그들은 다른 아이들과 함께 저녁 식사를 하러 내려갔지만 그 뒤에 그리핀도르 탑으로 돌아가지는 않았다. 해리는 로브 앞에 투명 망토를 숨기고 불룩한 부분을 가리느라 팔짱을 껴야 했다. 그들은 현관홀 한쪽에 있는 빈방으로 몰래 들어가 귀를 기울인 끝에 현관홀이 완전히 비었다고 확신했다. 마지막으로 남아 있던 두 사람이 허둥지둥 현관홀을 가로지르는 소리와 문이 쾅 닫히는 소리가 들렸다. 헤르미온느가 문 밖으로 고개를 내밀었다.

"됐어." 그녀가 속삭였다. "아무도 없어. 투명 망토 쓰자."

그들은 누구의 눈에도 띄지 않도록 아주 가까이 붙어 서서 투명 망토를 뒤집어쓰고 까치발로 현관홀을 가로질렀다. 그런 다음 성 정문 돌계단을 내려가 교정으로 나갔다. 태양은 이미 금지된 숲 너머로 기울어 가면서 우듬지들을 황금빛으로 물들이고 있었다.

그들은 해그리드의 오두막에 다다라 문을 두드렸다. 해그리드는 한참 만에 문을 열더니, 창백한 얼굴로 부들부들 떨면서 방문객을 찾아 사방을 두리번거렸다.

"우리예요." 해리가 잔뜩 소리 죽여 말했다. "투명 망토를 걸치고 있어요. 벗을 수 있게 들여보내 주세요."

"오지 말라니까!" 해그리드는 그렇게 말하면서도 물러섰고 그들은 오두막 안으로 들어갔다. 해그리드가 재빨리 문을 닫자 해리는 망토를 벗었다.

해그리드는 울고 있지 않았다. 달려들어 그들을 끌어안지도 않았다. 그는 자기가 어디에 있는지, 뭘 해야 하는지 모르는 사람처럼 보였다. 우는 것보다도 지켜보기 힘든 무기력함이었다.

"차 좀 마실래?" 그가 말했다. 주전자 쪽으로 뻗는 큼직한 손이 부들부들 떨리고 있었다.

"벅빅은 어디 있어요, 해그리드?" 헤르미온느가 머뭇거리며 물었다.

"밖에, 바깥에 놔뒀어." 해그리드가 주전자를 채우다 탁자에 온통 우유를 흘리며 말했다. "호박밭에 묶어 놨어. 녀석이 나무들도 보고, 신선한 공기도 들이마셔야 할 것 같아서…… 그 일이 있기 전까지는……."

해그리드가 손을 너무 심하게 떠는 바람에 우유 주전자가 그의 손아귀에서 미끄러지더니 바닥에 떨어져 산산조각 났다.

"제가 할게요, 해그리드." 헤르미온느가 얼른 말하고는 황급히 다가가 어질러진 것을 치우기 시작했다.

"찬장에 하나 더 있어." 해그리드가 자리에 앉아 소매로 이마에 맺힌 땀을 닦으며 말했다. 해리는 론을 힐끗 돌아보았다. 론도 절망적인 얼굴로 그를 마주 보았다.

"뭐라도 할 수 있는 게 없을까요, 해그리드?" 해리가 해그리드 곁에 앉으며 절박하게 말했다. "덤블도어 교수님은……."

"애 많이 쓰셨어." 해그리드가 말했다. "안타깝지만 덤블도어 교수님한테는 위원회의 결정을 뒤집을 권한이 없어. 교수님은 그 사람들한테 벅빅이 괜찮은 녀석이라고 말씀하셨지만 그 사람들은 모두 겁에 질려 있었어……. 너도 루시우스 말포이가 어떤 사람인지 잘 알잖냐……. 아마 그 사람들을 협박했을 거야. 게다가 사형 집행인인 맥네어 그 작자는 루시우스 말포이의 오랜 친구고……. 그래도 빠르고 깔끔하게 끝낼 거야……. 또 내가 끝까지 녀석 곁에 있을 테니까……."

해그리드는 침을 꿀꺽 삼켰다. 희망이나 위안 한 조각이나마 찾으려는 듯 그의 눈이 오두막 안을 이리저리 둘러보았다.

"덤블도어 교수님이 와 주시겠다고 했어. 그, 그 일이 벌어질 때 말이야. 오늘 아침에 편지를 보내셨어. 나랑, 나랑 함께 있고 싶으시다고. 훌륭하신 분이야, 덤블도어 교수님은……."

또 다른 우유 주전자를 찾아 해그리드의 찬장을 뒤지던 헤르미온느가 작게 터진 울음을 재빨리 틀어막았다. 그녀는 눈물을 억누르며 두 손으로 새 주전자를 들고 허리를 폈다.

"우리도 같이 있을게요, 해그리드." 그녀가 말했지만 해그리드는 덥수룩한 머리를 절레절레 흔들었다.

"너희는 성으로 돌아가야지. 말했잖아, 너희가 보는 건 싫다고. 그리고 어쨌거나 너희는 여기 와 있으면 안 돼……. 네가 허락도 없이 밖에 나와 있는 걸 퍼지 총리랑 덤블도어 교수님이 보면, 해리, 아주 곤란해질 거다."

헤르미온느의 얼굴에 조용히 눈물이 흘러내리고 있었지만 그녀는 해그리드가 보지 못하도록 눈물을 감추고 부산스럽게 차를 준비했다. 잠시 후, 우유를 주전자에 부으려고 우유병을 집어 든 그녀가 날카로운 비명을 질렀다.

"론! 이, 이럴 수가…… 스캐버스야!"

론이 입을 떡 벌리고 그녀를 쳐다보았다.

"무슨 소리야?"

헤르미온느가 우유 주전자를 탁자로 가지고 와서 뒤집었다. 론의 쥐 스캐버스가 미친 듯이 찍찍거리고 다시 안으로 들어가려고 발버둥치면서 탁자 위로 미끄러져 나왔다.

"스캐버스!" 론이 멍하니 소리쳤다. "스캐버스, 여기서 뭐 하는 거야?"

그는 버둥거리는 쥐를 꽉 붙잡고 불빛에 비춰 보았다. 꼴이 말이 아니었다. 전보다 훨씬 말랐고 털이 뭉텅이로 빠져

군데군데 피부가 훤히 드러났다. 녀석은 필사적으로 도망치려는 것처럼 론의 손에서 몸을 마구 비틀었다.

"괜찮아, 스캐버스!" 론이 큰 소리로 말했다. "고양이는 없어! 여기에는 널 해칠 게 아무것도 없단 말이야!"

해그리드가 갑자기 일어섰다. 그의 시선은 창문에 고정되어 있었다. 평소 불그레하던 얼굴이 양피지 색깔로 변해 있었다.

"온다······."

해리, 론, 헤르미온느가 홱 뒤돌아보았다. 한 무리의 남자들이 저 멀리 성 계단을 걸어 내려오고 있었다. 맨 앞에 알버스 덤블도어가 있었다. 저물어 가는 햇살에 그의 은빛 턱수염이 반짝거렸다. 그의 옆에서 종종걸음 치는 사람은 코닐리어스 퍼지였다. 기운 없는 위원회 노인과 사형 집행인 맥네어가 그 뒤를 따르고 있었다.

"너흰 가야 해." 해그리드가 말했다. 그의 온몸이 떨리고 있었다. "너희가 여기 있는 걸 저 사람들한테 들켜선 안 돼······. 가라, 이제······."

론은 스캐버스를 주머니에 밀어 넣었고 헤르미온느는 투명 망토를 집어 들었다.

"뒷문으로 내보내 줄게." 해그리드가 말했다.

그들은 해그리드를 따라 뒷마당으로 통하는 문으로 갔다. 해리는 이상하게도 실감이 나지 않았다. 조금 떨어진 곳에서 해그리드의 호박밭 뒤 나무에 묶여 있는 벅빅을 봤을 때는 더 그랬다. 벅빅은 뭔가 일이 벌어지고 있다는 것을 아는 듯했다. 녀석은 뾰족한 머리를 이쪽저쪽으로 돌리며 초조하게 땅을 긁어 대고 있었다.

"괜찮아, 비키." 해그리드가 부드럽게 달래 주었다. "괜찮아……." 그는 해리, 론, 헤르미온느에게 고개를 돌렸다. "어서, 가라." 그가 말했다. "빨리 출발해."

하지만 그들은 움직이지 않았다.

"해그리드, 우린……."

"우리가 저 사람들한테 실제로 무슨 일이 있었는지 말할게요."

"벅빅을 죽게 내버려 둘 수는 없어요."

"가!" 해그리드가 사납게 말했다. "너희가 아니어도 충분히 골치 아픈 상황이니까!"

어쩔 수 없었다. 헤르미온느가 해리와 론에게 망토를 뒤집어씌운 순간 오두막 바깥에서 목소리들이 들렸다. 해그리드는 세 사람이 방금 사라진 곳을 바라보았다.

"빨리 가라." 그가 잔뜩 쉰 목소리로 말했다. "듣지 말고……."

그때 누군가가 현관문을 두드렸고 그는 오두막으로 성큼성큼 돌아갔다.

해리, 론, 헤르미온느는 충격으로 멍해진 채 천천히, 조용하게 해그리드의 집을 빙 둘러 갔다. 오두막 반대편에 도착했을 때 현관문이 날카롭게 탁 닫히는 소리가 들렸다.

"제발, 서두르자." 헤르미온느가 간절하게 속삭였다. "견딜 수가 없어. 못 참겠어……."

그들은 성으로 향하는 비탈진 잔디밭을 오르기 시작했다. 이제 태양은 빠르게 저물어 가고 있었다. 하늘은 맑고 자줏빛이 감도는 잿빛으로 변했지만 서쪽 하늘에는 루비 색깔 같은 붉은 기운이 남아 있었다.

론이 우뚝 멈춰 섰다.

"아, 부탁이야, 론." 헤르미온느가 입을 열고 절망스러운 말투로 속삭였다.

"스캐버스 때문에 그래. 스캐버스가, 가만히 있질 않아……."

론은 허리를 구부리고 스캐버스를 주머니에 잡아 두려 했지만 쥐는 무엇 때문인지 점점 미쳐 날뛰고 있었다. 스캐버스는 제정신이 아닌 것처럼 찍찍거리고 몸을 비틀고 마구 움직이면서 론의 손을 깨물려 들었다.

"스캐버스, 나야, 이 멍청아. 론이라고." 론이 짜증 나는 듯 낮은 소리로 말했다.

등 뒤에서 문이 열리는 소리와 사람들 목소리가 들렸다.

"아 론, 제발 움직이자. 시작하려나 봐!" 헤르미온느가 숨죽여 말했다.

"알았어. 야, 스캐버스, *가만히 있으라니까*……."

그들은 앞으로 나아갔다. 해리도 헤르미온느처럼 등 뒤의 웅성거리는 소리들을 듣지 않으려고 애썼다. 론이 다시 멈췄다.

"잡고 있을 수가 없어. 스캐버스, 조용히 해. 이러다 들키겠어."

쥐가 미친 듯이 찍찍거렸지만 해그리드의 정원에서 흘러나오는 소리를 덮을 만큼 시끄럽진 않았다. 또렷하지 않은 남자 목소리들이 뒤섞이고 침묵이 흐르더니, 아무런 예고도 없이, 잘못 알아들을 수 없는 휙 소리에 이어 쿵 하는 도끼 내리찍는 소리가 들렸다.

헤르미온느가 그 자리에서 비틀거렸다.

"해 버렸어!" 그녀가 해리에게 속삭였다. "미, 믿을 수가 없어. 진짜 해 버리다니!"

17장
고양이와 쥐와 개

 해리는 충격으로 정신이 멍해졌다. 셋은 투명 망토를 뒤집어쓴 채 공포에 질려 꼼짝도 할 수 없었다. 저무는 태양의 마지막 빛이 긴 그림자가 드리워진 교정에 피처럼 붉은 빛을 드리우고 있었다. 그때 뒤에서 거칠게 울부짖는 소리가 들렸다.

 "해그리드야." 해리가 중얼거렸다. 뭘 어쩌겠다는 생각도 없이 돌아서려는데 론과 헤르미온느가 그의 팔을 잡았다.

 "안 돼." 론이 백짓장처럼 하얗게 질린 얼굴로 말했다. "우리가 해그리드를 보러 온 걸 저 사람들이 알면 해그리드가 더 곤란해질 거야……."

 헤르미온느는 가쁜 숨을 내뱉고 있었다.

"어, 어떻게 저, 저럴 수 있지?" 그녀가 목이 메어 말했다. "어떻게 *저럴* 수가 있어?"

"가자." 론이 말했다. 그의 이가 딱딱 부딪치는 듯했다.

그들은 성을 향해 출발했다. 투명 망토 아래 몸을 잘 감추려고 천천히 걸었다. 이제 빛은 빠르게 사라져 갔다. 탁 트인 교정에 도착했을 때쯤에는 어둠이 주위에 마법처럼 내려앉고 있었다.

"스캐버스, 가만히 있어." 론이 손을 가슴에 대고 꽉 누르며 쉿 소리를 냈다. 쥐는 미친 듯이 몸부림치고 있었다. 론은 우뚝 멈춰 서서 스캐버스를 억지로 주머니 더 깊숙이 집어넣으려고 했다. "왜 그래, 이 멍청한 쥐 같으니! 가만있으라니까. ……**아얏!** 얘가 날 물었어!"

"론, 조용히 해!" 헤르미온느가 다급하게 속삭였다. "조금 있으면 퍼지 총리가 나올 거야."

"얘가, 가만히, 안 있는다니까."

스캐버스는 분명 겁에 질려 있었다. 녀석은 온 힘을 다해 몸을 비틀어 론의 손아귀에서 빠져나가려고 안간힘을 썼다.

"대체 뭐가 문제야?"

하지만 해리는 방금 보았다. 몸을 바짝 낮추고 어둠 속에서 커다란 노란 눈을 스산하게 번뜩이며 그들을 향해 살금

살금 다가오고 있는 것은 다름 아닌 크룩섕스였다. 녀석이 그들을 볼 수 있는 건지, 아니면 스캐버스가 찍찍대는 소리를 듣고 따라온 건지는 알 수 없었다.

"크룩섕스!" 헤르미온느가 신음을 내뱉었다. "안 돼, 저리 가, 크룩섕스! 저리 가!"

하지만 고양이는 계속 다가왔다.

"스캐버스…… **안 돼!**"

너무 늦었다. 쥐는 론의 움켜쥔 손가락 사이로 빠져나가 땅바닥에 착지하더니 날쌔게 달아나 버렸다. 크룩섕스가 한 차례 펄쩍 뛰어 쥐를 쫓아갔다. 론은 해리나 헤르미온느가 말릴 새도 없이 투명 망토를 벗고 어둠 속으로 내달렸다.

"론!" 헤르미온느가 신음하듯 말했다.

그녀와 해리는 서로를 바라보다가 론을 쫓아 쏜살같이 달려갔다. 하지만 투명 망토를 뒤집어쓴 채 전속력으로 달리기란 불가능했다. 그들은 망토를 내렸다. 론을 뒤쫓아 달리는 그들 뒤에서 망토가 현수막처럼 나부꼈다. 앞에서 론의 쿵쿵거리는 발소리와 크룩섕스에게 고함치는 소리가 들렸다.

"개한테서 떨어져. 떨어지라니까. 스캐버스, *이리 와*."

요란스러운 쿵 소리가 들렸다.

"잡았다! 저리 가, 이 못된 고양이야."

해리와 헤르미온느는 하마터면 론 위로 넘어질 뻔했다. 그들은 쭉 미끄러져 론 바로 앞에 멈춰 섰다. 론은 바닥에 팔다리를 뻗고 엎어져 있었지만 스캐버스는 그의 주머니에 돌아와 있었다. 론은 부들부들 떠는 불룩한 주머니를 양손으로 단단히 잡고 있었다.

"론, 얼른, 망토 안으로 들어와." 헤르미온느가 헐떡거렸다. "조금 있으면, 덤블도어 교수님이랑, 총리가, 돌아올 거야."

하지만 몸을 다시 숨기거나 숨을 고르기도 전에 거대한 발이 부드럽게 땅을 구르는 소리가 들렸다. 뭔가가 어둠 속에서 그들을 향해 튀어나왔다. 커다랗고 옅은 색깔 눈동자를 가진 새까만 개였다.

해리가 마법 지팡이로 손을 가져갔지만 너무 늦었다. 개가 엄청난 높이로 뛰어올라 앞발로 해리의 가슴을 후려쳤다. 해리는 털의 소용돌이 속에서 뒤로 넘어졌다. 놈의 뜨거운 숨결이 느껴졌다. 이빨이 3센티미터는 되어 보였다.

하지만 펄쩍 달려든 힘이 지나쳤던지 개는 해리의 몸을 지나쳐 저 멀리 착지했다. 해리는 멍해진 채 갈비뼈가 부러진 것 같은 기분을 느끼며 일어서려고 애썼다. 놈이 다시 공격하려고 미끄러지듯 몸을 돌리며 으르렁대는 소리가 들렸다.

론이 일어섰다. 개가 다시 훌쩍 뛰어오르는 순간 론이 해리를 옆으로 밀었다. 개는 대신 론이 내뻗은 팔을 물었다. 해리가 달려들어 그 짐승의 털을 한 움큼 쥐었지만 개는 론을 헝겊 인형이라도 되는 양 쉽사리 끌고 갔다.

그때 뭔가가 난데없이 얼굴을 세게 후려치는 바람에 해리는 다시 넘어지고 말았다. 헤르미온느도 아파서 비명을 지르며 넘어지는 소리가 들렸다. 해리는 눈을 깜빡여 피를 떨어내며 마법 지팡이를 찾아 주위를 더듬거렸다.

"루모스." 그가 속삭였다.

마법 지팡이 불빛에 비쳐 두꺼운 나무 몸통이 보였다. 스캐버스를 쫓다가 후려치는 버드나무 그늘로 들어온 것이다. 가지가 세찬 바람에 흔들리듯 삐걱거리며 그들이 가까이 오는 것을 막으려고 앞뒤로 채찍질을 해 댔다.

나무둥치 아래에서는 개가 론을 널찍한 뿌리 틈새로 질질 끌고 들어가고 있었다. 론이 거세게 저항했지만 그의 머리와 몸통은 보이지 않는 곳으로 계속 끌려들어 갔다.

"론!" 해리가 소리치며 쫓아가려고 애썼지만, 묵직한 가지가 무섭게 공기를 가르며 채찍질하는 바람에 어쩔 수 없이 도로 물러나야 했다.

이제 보이는 것은 더 깊은 곳으로 끌려가지 않으려고 뿌리에 걸고 있는 론의 다리뿐이었다. 그때 으적하는 끔찍한 소리가 총성처럼 허공을 갈랐다. 론의 다리가 부러진 것이다. 다음 순간 그의 발마저 보이지 않는 곳으로 사라졌다.

"해리, 가서 도움을 요청해야 해." 헤르미온느가 울부짖었다. 그녀도 피를 흘리고 있었다. 후려치는 버드나무가 그녀의 어깨에 상처를 낸 것이다.

"안 돼! 저놈은 론을 잡아먹을 수 있을 만큼 커. 시간이 없어."

"누가 도와주지 않으면 우리끼리는 절대 아무것도 할 수 없……."

또 다른 가지가 그들을 향해 휙 휘둘러졌다. 잔가지들이 마치 주먹을 쥔 듯 단단히 뭉쳐 있었다.

"저 개가 들어갈 수 있다면 우리도 들어갈 수 있을 거야." 해리가 헐떡거렸다. 그는 악랄하게 휘둘러지는 가지들을 지나갈 방도를 찾으려고 애쓰며 시선을 이리저리 돌렸다. 하지만 나무의 공격 범위 안에 들어가지 않고서는 뿌리 근처에 조금도 더 다가갈 수 없었다.

"아, 도와주세요. 도와줘요." 헤르미온느가 제자리에서 맴돌며 미친 듯이 중얼거렸다. "제발 도와줘요……."

크룩섕스가 쏜살같이 앞으로 튀어 나갔다. 녀석은 마구 후려치는 가지들 사이를 뱀처럼 요리조리 피하며 나아가더니 나무둥치에 있는 옹이에 앞발을 올려놓았다.

갑자기 나무가 대리석으로 변하기라도 한 것처럼 움직임을 멈췄다. 잎사귀 하나 움찔거리거나 흔들리지 않았다.

"크룩섕스!" 헤르미온느가 소리치더니 멍하니 중얼거렸다. 그녀는 어느새 해리의 팔을 아플 정도로 꽉 움켜쥐고 있었다. "쟤가 어떻게 알았을까……?"

"그 개랑 친하던데." 해리가 험악한 어조로 말했다. "같이 있는 걸 봤어. 가자. 그리고 마법 지팡이 꺼내 놔."

그들은 금방 나무둥치에 접근했지만, 뿌리 틈새에 다다르기도 전에 크룩섕스가 먼저 병 닦는 솔 같은 꼬리를 휘두르며 그곳으로 쏙 들어가 버렸다. 다음으로 해리가 들어갔다. 그는 틈새에 머리부터 집어넣고 기어들어 가서는 매우 깊은 굴 밑바닥이 나올 때까지 비탈진 흙길을 내려갔다. 조금 떨어진 곳에 있는 크룩섕스의 눈이 해리의 지팡이 불빛을 받아 번뜩였다. 잠시 후 헤르미온느가 그의 옆으로 미끄러져 내려왔다.

"론은 어디 있을까?" 그녀가 겁에 질린 채 속삭였다.

"이쪽이야." 해리가 허리를 구부린 채 크룩섕스를 따라 발걸음을 떼며 말했다.

"이 굴을 지나면 어디가 나오지?" 헤르미온느가 뒤에서 목소리를 죽인 채 물었다.

"나도 몰라……. 도둑 지도에 표시되어 있긴 하지만 프레드랑 조지는 여기에 아무도 들어온 적이 없다고 했어. 지도 가장자리에서 길이 사라지긴 했는데, 호그스미드에서 끝나는 것 같았어……."

그들은 허리를 거의 반으로 접은 채 가능한 한 빠르게 움직였다. 앞에서 크룩섕스의 꼬리가 가볍게 흔들리며 보이다 말다 했다. 통로는 계속 이어졌다. 적어도 허니듀크스로 가는 통로만큼 긴 것 같았다. 해리의 머릿속은 온통 론 생각뿐이었다. 그 거대한 개가 론에게 무슨 짓을 하고 있을까. 그는 날카롭고 고통스러운 숨을 헐떡거리며 몸을 움츠린 채 계속 달렸다…….

잠시 후 오르막길이 시작됐다. 다음 순간 길이 휘어지더니 크룩섕스가 사라졌다. 대신 작은 구멍으로 흘러나오는 어스름한 불빛이 보였다.

그와 헤르미온느는 멈춰 서서 숨을 고르며 조금씩 나아갔다. 둘 다 저 너머에 무엇이 있는지 보려고 마법 지팡이를 치켜들었다.

웬 방이 나타났다. 심하게 어질러진 먼지투성이 공간. 벽에서는 벽지가 벗겨지고 있었고, 바닥은 얼룩투성이였으며, 가구들은 하나같이 누가 박살 낸 것처럼 부서져 있었다. 창문은 온통 널빤지로 막혀 있었다.

해리는 헤르미온느를 힐끗 바라보았다. 그녀는 잔뜩 겁에 질린 표정을 지었으면서도 고개를 끄덕였다.

해리는 구멍 밖으로 몸을 빼내며 주위를 둘러보았다. 방은 비어 있었지만 어둑어둑한 복도로 이어지는 오른쪽 문이 열려 있었다. 헤르미온느가 또다시 불쑥 해리의 팔을 잡았다. 그녀는 휘둥그레진 눈으로 널빤지를 친 창문들을 둘러보았다.

"해리." 그녀가 속삭였다. "우리 악쓰는 오두막에 와 있는 것 같아."

해리는 주위를 둘러보았다. 그의 시선이 근처 나무 의자에 가닿았다. 한쪽이 크게 부서져 있고 다리 하나는 아예 떨어져 나가고 없었다.

"저건 유령들이 한 짓이 아니야." 그가 천천히 말했다.

그 순간 머리 위에서 삐걱거리는 소리가 들렸다. 위층에서 뭔가가 움직였다. 둘 다 천장을 올려다보았다. 헤르미온느가 팔을 워낙 꽉 잡고 있어서 해리는 손가락 감각이 없어질 지경이었다. 그가 헤르미온느를 보며 눈썹을 치켜올렸다. 그녀는 다시 고개를 끄덕이고 손을 놓았다.

그들은 되도록 조용히 복도로 나와 무너질 듯한 계단을 올라갔다. 뭔가가 끌려 올라 가면서 널찍하고 반들반들한 줄이 그어진 바닥만 빼고 모든 것이 두꺼운 먼지로 뒤덮여 있었다.

그들은 어두운 층계참에 다다랐다.

"녹스." 그들이 동시에 속삭이자 마법 지팡이 끝에서 불이 꺼졌다. 문은 하나만 열려 있었다. 살금살금 다가가자 안에서 움직이는 소리가 들렸다. 낮은 신음에 이어 깊고 굵직한 그르렁거림. 그들은 마지막으로 한 번 서로를 보고 고개를 끄덕였다.

해리는 마법 지팡이를 단단히 들어 올린 채 문을 걷어차 활짝 열었다.

먼지투성이 커튼이 달린 근사한 사주식 침대 위에서 크룩섕스가 그들을 보고 큰 소리로 가르랑거렸다. 그 옆의 바닥에는 론이 이상한 각도로 꺾인 다리를 움켜쥐고 있었다.

해리와 헤르미온느가 그에게 달려갔다.

"론, 괜찮아?"

"그 개는 어디 있어?"

"개가 아니야." 론이 신음했다. 고통으로 이를 악다물고 있었다. "해리, 함정이야······."

"무슨······."

"그놈이 그 개야······. 놈은 애니마구스야······."

론은 해리의 어깨 너머를 뚫어지게 바라보았다. 해리는 홱 돌아보았다. 탁 소리를 내며, 어둠 속에 있던 남자가 문을 닫았다.

지저분하고 잔뜩 엉킨 덥수룩한 머리카락이 팔꿈치까지 늘어져 있었다. 깊고 어두운 눈구멍에서 눈이 빛나지 않았더라면 시체로 보였을 것이다. 뼈에 밀랍 같은 피부가 딱 달라붙은 모습이 꼭 해골 같았다. 그가 씩 미소 짓자 누런 치아가 드러났다. 시리우스 블랙이었다.

"엑스펠리아르무스!" 그가 론의 마법 지팡이를 그들에게 겨누며 거친 목소리로 외쳤다.

해리와 헤르미온느의 손에서 각각 마법 지팡이가 공중으로 휙 날아가자 블랙은 재빨리 그것들을 잡았다. 그가 한 발짝 다가왔다. 시선은 해리에게 고정되어 있었다.

"네가 친구를 구하러 올 거라 생각했다." 시리우스 블랙이 쉰 목소리로 말했다. 오래전에 사용법을 잊은 것처럼 들리는 목소리였다. "네 아버지도 날 위해서 똑같이 행동했을 거야. 교수를 부르러 가지 않다니, 용감하구나. 고맙다……. 덕분에 모든 게 훨씬 쉬워졌어……."

아버지를 조롱하는 듯한 그 말은 마치 블랙이 고함이라도 친 것처럼 해리의 귀에 메아리쳤다. 해리의 가슴에서 끓어오르던 증오심이 폭발했다. 두려움은 전혀 없었다. 난생처음 그는 스스로를 지키기 위해서가 아니라 공격하기 위해서…… 죽이기 위해서 마법 지팡이를 되찾고 싶었다. 그는 자기도 모르게 앞으로 걸어가기 시작했지만 양옆에서 갑자기 두 쌍의 손이 그를 붙잡고 끌어당겼다. "안 돼, 해리!" 헤르미온느가 겁에 질려 숨을 헐떡였다. 그러나 론은 블랙을 향해 소리쳤다.

"해리를 죽이려면 우리도 죽여야 할 거야!" 그는 일어서려고 애쓰느라 더욱 핏기가 가신 얼굴로 사납게 소리치고는 살짝 휘청거렸다.

블랙의 그늘진 눈이 번뜩였다.

"누워라." 그가 조용히 론에게 말했다. "다리가 더 상한다."

"내 말 들었어?" 똑바로 서 있으려고 해리에게 고통스럽게 매달린 채 론이 힘겹게 외쳤다. "우리 셋 다 죽여야 할 거라고!"

"오늘 밤 이곳에서는 단 한 번의 살인만 일어날 거다." 블랙이 말했다. 그의 얼굴 가득 미소가 번졌다.

"왜지?" 해리가 론과 헤르미온느에게서 몸을 빼내려고 애쓰며 내뱉었다. "지난번에는 신경도 안 썼잖아. 페티그루를 잡으려고 그 많은 머글을 모조리 죽이는 것도 개의치 않았으면서……. 왜, 아즈카반에서 마음이 약해지기라도 했어?"

"해리!" 헤르미온느가 훌쩍거리며 말했다. "조용히 해!"

"저 자식이 우리 엄마 아빠를 죽였어!" 해리가 소리 질렀다. 그는 엄청난 노력 끝에 헤르미온느와 론의 손을 뿌리치고 앞으로 돌진했다.

마법 같은 건 잊었다. 그 자신은 키 작고 깡마른 열세 살짜리인 반면 블랙은 키 큰 성인 남자라는 사실도 잊어버렸다. 해리는 그저 할 수 있는 한 블랙에게 극심한 고통을 안겨 주고 싶을 뿐이었다. 그 대가로 자신이 얼마나 다치든 상관없었…….

해리가 그렇게 무모한 짓을 할 거라고는 전혀 생각 못 했는지 블랙은 제때 마법 지팡이를 들어 올리지 못했다. 해리는 한 손으로 블랙의 쇠약한 손목을 움켜쥐고 비틀어 마법 지팡이 끝을 멀리 돌렸다. 주먹을 움켜쥔 다른 쪽 손이 블랙의 머리를 쳤다. 둘은 뒤에 있는 벽 쪽으로 넘어졌다.

헤르미온느가 비명을 내뱉었다. 론은 고함을 질렀다. 눈이 멀 것 같은 빛이 번뜩였다. 블랙이 들고 있던 여러 개의 마법 지팡이에서 불꽃이 튀어나와 해리의 얼굴을 아슬아슬하게 빗나갔다. 해리는 손에 잡힌 앙상한 팔이 미친 듯이 비틀리는 것을 느꼈지만 놓지 않고 다른 한 손으로 블랙의 몸을 마구 때렸다.

하지만 블랙의 자유로운 쪽 손이 해리의 목에 닿았다.

"안 돼." 그가 식식거렸다. "나는 너무 오래 기다렸다……."

손가락이 조여 오자 해리는 숨이 콱 막히는 것을 느꼈다. 그의 안경이 비뚤어졌다.

그때 난데없이 헤르미온느의 발이 휙 날아들었다. 블랙은 고통스럽게 신음하며 해리를 놓아주었다. 론은 마법 지팡이를 든 블랙의 손에 달려들었다. 희미한 덜컥 소리가 들렸다.

해리는 여럿이 뒤엉킨 속에서 겨우 빠져나왔다. 그의 마법 지팡이가 방 저쪽으로 굴러가는 것이 보였다. 그는 마법 지팡이를 향해 다급하게 몸을 날렸지만……

"아악!"

크룩섕스가 싸움에 끼어들었다. 고양이가 앞발을 들어 해리의 팔 깊숙이 날카로운 발톱을 박아 넣었다. 해리는 크룩섕스를 내던졌지만 크룩섕스는 이제 해리의 마법 지팡이를 향해 쏜살같이 달려들고 있었다.

"**그렇게는 안 되지!**" 해리가 고함을 지르며 크룩섕스를 향해 발길질을 하자 고양이는 야옹거리며 옆으로 펄쩍 뛰었다. 해리는 마법 지팡이를 집어 들고 돌아서서……

"비켜!" 론과 헤르미온느에게 외쳤다.

두 번 말할 필요도 없었다. 헤르미온느는 가쁜 숨을 몰아쉬고 입술에 피를 흘리면서 그녀와 론의 마법 지팡이를 움켜쥔 채 허둥지둥 옆으로 비켰다. 창백했던 론의 얼굴은 이제 초록빛을 띠었다. 그는 부러진 다리를 양손으로 움켜잡고 있었다.

블랙은 벽 앞에 팔다리를 뻗고 쓰러져 있었다. 깡마른 가슴이 빠르게 오르락내리락했다. 그는 그의 심장에 마법 지팡이를 곧장 겨누고 천천히 다가오는 해리를 지그시 바라보았다.

"날 죽일 거냐, 해리?" 그가 작은 소리로 물었다.

해리는 블랙 바로 앞에서 멈춰 서서 여전히 마법 지팡이로 블랙의 가슴을 겨눈 채 그를 내려다보았다. 블랙의 왼쪽 눈 주위가 시퍼렇게 부풀어 올랐고 코에서는 피가 흐르고 있었다.

"당신이 내 부모님을 죽였어." 해리가 말했다. 목소리는 살짝 떨렸으나 마법 지팡이를 든 손은 흔들림이 없었다.

블랙은 푹 꺼진 눈으로 그를 올려다보았다.

"부정하진 않으마." 그가 아주 조용히 말했다. "하지만 네가 상황을 다 알면……."

"상황이라니?" 해리는 블랙이 내뱉은 단어를 되풀이했다. 귓속이 격렬하게 쿵쾅거렸다. "당신이 그분들을 볼드모트한테 팔아넘겼잖아. 내가 알아야 할 건 그것뿐이야!"

"넌 내 얘기를 들어야 해." 블랙이 다시 말했다. 이제 그의 목소리에는 다급한 기색이 깃들어 있었다. "안 그러면 후회할 거다……. 너는 잘못 알고 있어……."

"난 당신이 생각하는 것보다 훨씬 많은 걸 알아." 해리가 말했다. 목소리가 어느 때보다도 떨렸다. "당신은 우리 엄마 목소리를 들은 적 없지? 우리 엄마가…… 나를 죽이려는 볼드모트를 막으려고 애쓰는 목소리……. 당신 때문이야……. 당신이 그렇게 만들었어……."

둘 중 한쪽이 다른 말을 할 겨를이 없이, 적갈색 무언가가 쏜살같이 해리를 스쳐 지나갔다. 크룩섕스가 블랙의 가슴으로 뛰어올라 그의 심장 바로 위에 앉았다. 블랙은 눈을 깜빡이며 고양이를 바라보았다.

"내려가." 그가 중얼거리며 크룩섕스를 밀쳐 내려 했다.

하지만 크룩섕스는 블랙의 로브에 발톱을 박아 넣고 꼼짝하지 않았다. 고양이가 못생기고 찌부러진 얼굴을 해리에게 돌리더니 큼직한 노란 눈으로 그를 올려다봤다. 그의 오른쪽에서 헤르미온느가 더 이상 눈물도 나오지 않는 듯 훌쩍였다.

해리는 마법 지팡이를 더욱 꽉 쥐고 블랙과 크룩섕스를 뚫어지게 내려다보았다. 고양이도 죽여야 하면 어쩌지? 고양이는 블랙과 한패였다……. 녀석이 블랙을 지키려다 죽을 각오가 되어 있다면 해리도 신경 쓸 필요 없었다……. 블랙이 고양이를 구하고 싶어 한대도 그건 그가 해리의 부모님보다 크룩섕스를 더 신경 쓴다는 증거일 뿐이었다…….

해리는 마법 지팡이를 들어 올렸다. 지금이 바로 그 순간이었다. 어머니와 아버지의 원수를 갚을 순간. 그는 블랙을 죽일 것이었다. 죽여야 했다. 지금이 기회였다…….

그 순간이 길어졌다. 해리는 여전히 마법 지팡이를 들어 올린 채 그 자리에 꼼짝 않고 서 있었다. 블랙이 그를 올려다보았다. 크룩섕스는 아직도 그의 가슴 위에 앉아 있었다. 침대가 있는 쪽에서 론의 고르지 못한 숨소리가 들려왔다. 헤르미온느는 무척 조용했다.

그때 새로운 소리가 들렸다.

소리 죽인 발소리가 바닥을 울렸다. 아래층에서 누군가가 움직이고 있었다.

"여기예요!" 헤르미온느가 불쑥 소리쳤다. **"우린 이 위에 있어요. 시리우스 블랙이에요, *빨리요!*"**

블랙이 놀라서 움직이는 바람에 크룩섕스가 떨어질 뻔했다. 해리는 마법 지팡이를 발작적으로 움켜쥐었다. '지금 해!' 머릿속에서 어떤 목소리가 말했다. 쿵쾅거리는 발소리가 계단을 올라왔고 해리는 여전히 움직이지 않았다.

빨간 불꽃이 비 오듯 쏟아지며 방문이 벌컥 열렸다. 해리는 홱 돌아보았다. 루핀 교수가 핏기 없는 얼굴로 마법 지팡이를 치켜든 채 방 안으로 돌진해 들어왔다. 그의 흔들리는 눈이 바닥에 누워 있는 론에게서 문 옆에 웅크린 헤르미온느에게로, 블랙 앞에 서서 마법 지팡이를 겨누고 있는 해리와 쓰러진 채 해리의 발 밑에서 피를 흘리고 있는 블랙에게로 옮겨 갔다.

"*엑스펠리아르무스!*" 루핀이 소리쳤다.

해리의 마법 지팡이가 또 한 번 날아갔다. 헤르미온느가 들고 있던 마법 지팡이 두 개도 날아갔다. 루핀은 능숙한 손놀림으로 그것 모두를 잡더니 블랙을 뚫어지게 바라보면서 방 안으로 들어왔다. 블랙의 가슴 위에는 여전히 크룩생스가 그를 보호하듯 웅크리고 있었다.

해리는 갑자기 허탈함을 느끼며 그 자리에 가만히 서 있었다. 해내지 못했다. 그럴 배짱이 없었다. 블랙은 다시 디멘터들에게 넘겨질 것이다.

그때 루핀이 감정을 억누르는 듯 떨리는 묘한 목소리로 입을 열었다. "그 녀석은 어디에 있지, 시리우스?"

해리는 빠르게 루핀을 보았다. 루핀의 말이 무슨 뜻인지 알 수 없었다. 누굴 얘기하는 걸까? 해리는 눈을 돌려 다시 블랙을 바라보았다.

블랙의 얼굴에는 아무런 표정이 없었다. 그는 잠깐 동안 꼼짝도 않더니 아무것도 쥐지 않은 손을 천천히 들어 올려 곧바로 론을 가리켰다. 해리는 어리둥절해져서 론을 흘끗 돌아보았다. 론은 당황한 얼굴이었다.

"하지만 그렇다면……." 루핀이 블랙의 마음속을 읽으려는 듯 그를 골똘히 쏘아보며 중얼거렸다. "……왜 지금까지 모습을 드러내지 않은 거지? 설마……." 마치 블랙 너머로 다른 사람은 아무도 볼 수 없는 뭔가를 보고 있는 듯 루핀의 눈이 갑자기 휘둥그레졌다. "설마 그 녀석이…… 설마 너랑 바뀐 건가…… 나한테 말도 없이?"

푹 꺼진 시선을 루핀의 얼굴에서 한 번도 떼지 않은 채,

블랙이 아주 천천히 고개를 끄덕였다.

"루핀 교수님." 해리가 큰 소리로 끼어들었다. "무슨 일……?"

하지만 그는 질문을 끝맺지 못했다. 눈에 들어온 광경에 더 이상 목소리가 나오지 않았다. 루핀이 마법 지팡이를 내렸다. 다음 순간, 루핀은 블랙 앞으로 걸어가 그의 손을 잡고 일으켜 세우더니 마치 형제라도 만난 것처럼 끌어안았다. 블랙의 가슴 위에 있던 크룩섕스가 바닥으로 사뿐히 내려왔다. 해리는 가슴이 철렁 내려앉는 것을 느꼈다.

"**이럴 수가!**" 헤르미온느가 비명을 질렀다.

루핀이 블랙을 놓고 그녀에게로 돌아섰다. 그녀는 바닥에서 몸을 일으킨 채 사나운 눈길로 쏘아보며 손가락으로 루핀을 가리키고 있었다. "교수님이…… 교수님이……."

"헤르미온느……."

"……교수님이 저 사람이랑!"

"헤르미온느, 진정해라."

"저는 아무한테도 말 안 했어요!" 헤르미온느가 날카롭게 소리쳤다. "저는 교수님을 감싸 줬다고요……."

"헤르미온느, 내 말 좀 들어 보렴. 제발!" 루핀이 외쳤다. "설명해 주마."

해리는 몸이 떨렸다. 두려움이 아닌 새롭게 밀려드는 분노 때문이었다.

"교수님을 믿었는데." 해리가 루핀에게 소리쳤다. 그의 목소리가 자제력을 잃고 떨렸다. "그런데 줄곧 저자의 친구였다니!"

"아니야." 루핀이 말했다. "나는 12년 동안 시리우스의 친구가 아니었다. 하지만 지금은 맞아……. 설명하게 해 다오……."

"**안 돼!**" 헤르미온느가 소리쳤다. "해리, 저 사람 믿지 마. 저 사람은 블랙이 성으로 들어오도록 도와줬어. 저자도 네가 죽기를 원해. *저 사람은 늑대인간이야!*"

침묵이 울리는 듯했다. 이제 모두의 눈은 루핀을 향해 있었다. 그의 얼굴은 창백하면서도 놀랄 만큼 침착해 보였다.

"네 평소 성적에는 미치지 못하는구나, 헤르미온느." 그가 말했다. "유감스럽게도 셋 중 하나만 맞았다. 나는 시리우스가 성에 들어오도록 도와주지도 않았고 해리가 죽는 것도 결코 바라지 않아……." 그의 얼굴에 묘한 떨림이 스쳤다. "하지만 내가 늑대인간이라는 건 부정하지 않겠다."

론은 다시 벌떡 일어나려 했지만 고통에 신음하며 도로 넘어졌다. 루핀이 걱정스러운 표정으로 그를 향해 다가갔지만 론은 숨을 헉 들이켰다. "*저리 가, 늑대인간아!*"

루핀은 그 자리에 멈춰 섰다. 그런 다음, 애써 헤르미온느에게 얼굴을 돌리고 물었다. "언제부터 알았지?"

"한참 됐어요." 헤르미온느가 중얼거리듯 말했다. "스네이프 교수님이 늑대인간에 관한 작문 숙제를 내줬을 때부터……."

"스네이프가 기뻐하겠구나." 루핀이 서늘하게 말했다. "스네이프는 내 증상이 뭘 의미하는지 누군가가 깨닫기를 바라며 그 숙제를 낸 거다. 달 도표를 보고 내가 보름달이 뜰 때마다 늘 아프다는 걸 깨달은 거니? 아니면 보가트가 날 봤을 때 달로 변하는 걸 보고 알았니?"

"둘 다요." 헤르미온느가 조용히 말했다.

루핀은 억지로 웃었다.

"너는 내가 만나 본 네 또래 마법사들 중에서 가장 똑똑해, 헤르미온느."

"그렇지 않아요." 헤르미온느가 속삭이듯 말했다. "제가 좀 더 똑똑했다면 모두에게 교수님 정체를 말했을 테니까요!"

"하지만 다들 이미 알고 있어." 루핀이 말했다. "적어도 교직원들은 그렇단다."

"늑대인간이라는 걸 알면서도 덤블도어가 당신을 고용했

다고?" 론이 헛숨을 들이켰다. "미친 거 아냐?"

"몇몇 교수들도 그렇게 생각했지." 루핀이 말했다. "덤블도어 교수님은 그 사람들에게 내가 믿을 만하다는 걸 납득시키기 위해 엄청난 노력을 기울이셨다."

"그러면 덤블도어 교수님이 틀렸네요!" 해리가 소리쳤다. **"교수님이 내내 저자를 돕고 있었다니!"** 그는 블랙을 가리켰다. 블랙은 방을 가로질러 가서는 사주식 침대에 주저앉아 떨리는 손으로 얼굴을 감쌌다. 크룩섕스가 블랙 옆으로 뛰어오르더니 가르랑거리며 그의 무릎 위로 올라갔다. 론은 다리를 끌며 그 둘에게서 조금씩 떨어졌다.

"나는 시리우스를 돕지 않았어." 루핀이 말했다. "기회를 주면 설명하마. 자……"

그는 해리, 론, 헤르미온느의 마법 지팡이를 각각 그 주인에게 다시 던져 주었다. 해리는 깜짝 놀라 마법 지팡이를 잡아챘다.

"자." 루핀이 자신의 마법 지팡이를 허리띠에 찔러 넣으며 말했다. "너희는 무장한 상태고 우리는 아니야. 이제 들어주겠니?"

해리는 이 상황을 어떻게 받아들여야 할지 알 수 없었다. 속임수일까?

"교수님이 저 사람을 도운 게 아니라면" 하고, 해리가 분노 깃든 시선으로 블랙을 힐끗 보며 말했다. "저자가 여기에 있는 건 어떻게 안 거죠?"

"지도." 루핀이 말했다. "도둑 지도. 내 연구실에서 그 지도를 들여다보고 있었……."

"교수님이 그 지도 사용법을 안다고요?" 해리가 의심스럽다는 듯 물었다.

"당연하지." 루핀이 조바심 나는 듯 손을 내저으며 말했다. "나도 그 지도 만드는 데 한몫했으니까. 내가 무니다. 학창 시절 친구들이 날 부르던 별명이었지."

"교수님이 만들었다뇨……?"

"중요한 건, 내가 오늘 저녁 그 지도를 주의 깊게 지켜보고 있었다는 거야. 해그리드의 히포그리프가 처형당하기 전에 너랑 론, 헤르미온느가 해그리드를 만나러 성을 몰래 빠져나갈지도 모른다고 생각했거든. 그리고 그 생각이 맞았지. 안 그러니?"

그는 그들을 바라보며 천천히 왔다 갔다 하기 시작했다. 그의 발밑에서 드문드문 먼지가 일었다.

"네 아버지의 그 망토를 걸쳤는지도 모르겠구나, 해리."

"교수님이 투명 망토를 어떻게 알아요?"

"제임스가 그걸 뒤집어쓰고 사라지는 걸 몇 번이나 봤는데 모르겠니……." 루핀이 다시 초조한 듯 손을 내저으며 말했다. "요점은, 투명 망토를 뒤집어써도 도둑 지도에는 나타난다는 거다. 나는 너희가 교정을 지나 해그리드의 오두막에 들어가는 걸 봤다. 20분 뒤, 너희는 해그리드의 집에서 나와 성 쪽으로 출발했지. 하지만 그때는 또 다른 사람이 함께 있더구나."

"네?" 해리가 말했다. "아네요, 그렇지 않았어요!"

"내 눈을 믿을 수가 없었어." 루핀이 끊임없이 왔다 갔다 하면서 해리의 말을 들은 척도 하지 않고 말을 이었다. "나는 지도가 오작동하는 게 틀림없다고 생각했다. 어떻게 그 녀석이 너희와 같이 있을 수 있겠니?"

"우리뿐이었다니까요!" 해리가 소리쳤다.

"그런데 그때 너희를 향해 빠르게 움직이는 또 다른 점이 보였단다. 시리우스 블랙이라는 이름이 붙은……. 나는 시리우스가 너희와 부딪치는 걸 봤고, 그자가 너희 일행 가운데 둘을 후려치는 버드나무로 끌고 가는 것도 봤다."

"우리 중 한 명이겠죠!" 론이 화를 내며 말했다.

"아니야, 론." 루핀이 말했다. "둘이다."

그는 걸어 다니기를 멈추고 론에게로 시선을 옮겼다.

"그 쥐를 좀 봐도 될까?" 그가 담담한 목소리로 물었다.

"네?" 론이 되물었다. "스캐버스가 무슨 상관인데요?"

"매우 상관이 있지." 루핀이 말했다. "봐도 될까? 부탁이다."

론은 망설이다가 로브 안으로 손을 집어넣었다. 스캐버스가 처절하게 몸부림치면서 모습을 드러냈다. 론은 녀석이 도망치지 못하게 막으려고 그 길고 매끈한 꼬리를 붙들고 있어야 했다. 크룩섕스가 블랙의 무릎에서 몸을 일으키면서 작게 쉭쉭대는 소리를 냈다.

루핀은 론에게로 가까이 다가갔다. 스캐버스를 뚫어지게 바라보던 그의 숨이 한순간 멎는 듯했다.

"왜요?" 론이 스캐버스를 자기 쪽으로 바짝 들고 겁에 질린 표정으로 다시 물었다. "내 쥐가 무슨 상관인데요?"

"그건 쥐가 아니야." 시리우스 블랙이 갑자기 쉰 목소리로 말했다.

"뭔 소리야, 당연히 쥐……."

"아니, 쥐가 아니다." 루핀이 조용히 말했다. "이자는 마법사야."

"애니마구스지." 블랙이 말했다. "피터 페티그루라는 이름의."

18장
무니, 웜테일, 패드풋, 프롱스

그것이 얼마나 터무니없는 말인지 충분히 이해하는 데는 조금 시간이 걸렸다. 잠시 후 론이 해리가 생각하고 있던 말을 입 밖으로 내뱉었다.

"둘 다 미쳤네."

"말도 안 돼!" 헤르미온느가 자신 없는 어조로 소리쳤다.

"피터 페티그루는 죽었어요!" 해리가 고함을 질렀다. "저자가 12년 전에 죽었다고요!"

그가 가리키자 블랙의 얼굴이 경련하듯 움찔거렸다.

"그러려고 했지." 그가 누런 치아를 드러내며 으르렁거리듯 말했다. "하지만 피터 녀석이 나보다 한 수 앞섰다……. 하지만 이번에는 그렇게 안 될 거야!"

다음 순간 블랙이 스캐버스에게 달려들면서 크룩섕스가 바닥으로 내던져졌다. 블랙의 무게가 부러진 다리를 짓누르자 론은 고통스럽게 비명을 내질렀다.

"시리우스, **안 돼!**" 루핀이 달려들어 블랙을 론에게서 끌어내며 소리쳤다. "**기다려!** 이런 식으로 해선 안 돼. 저 아이들도 상황을 알아야지. 설명해 줘야 해."

"설명이야 나중에도 할 수 있어!" 블랙이 루핀을 떨쳐 내려 애쓰며 소리 질렀다. 스캐버스에게 뻗은 그의 한 손이 계속 허공을 움켜쥐었다. 스캐버스는 달아나려고 론의 얼굴과 목을 할퀴어 대면서 새끼 돼지처럼 꽥꽥거렸다.

"쟤들은, 모든 걸, 알, 권리가, 있어!" 여전히 블랙을 말리려고 애쓰며 루핀이 헐떡거렸다. "론은 저 녀석을 곁에 두고 길렀어! 나조차도 이해하지 못하는 부분들이 있다고! 그리고 해리는…… 네가 해리에게 진실을 말해 줘야지, 시리우스!"

공허한 두 눈은 여전히 스캐버스에게 고정되어 있었지만 블랙은 몸부림을 멈췄다. 스캐버스는 깨물리고 할퀴어져 피 흘리는 론의 두 손에 꽉 붙잡혀 있었다.

"알았어, 그럼." 블랙이 쥐에게서 눈을 떼지 않고 말했다. "뭐든 네가 하고 싶은 말을 저 아이들에게 해 줘. 하지만 빨리 해, 리머스. 어차피 옥살이도 했겠다, 그 원인이 된 살인을 지금이라도 저지르고 싶으니까……."

"미쳤어, 둘 다." 론이 좀 거들라는 듯 해리와 헤르미온느를 돌아보며 부르르 떨었다. "이 정도면 됐어. 난 빠질 거야."

그는 멀쩡한 다리를 짚고 일어서려 했지만 루핀이 다시 마법 지팡이를 들고 스캐버스를 겨눴다.

"넌 내 이야기를 끝까지 듣게 될 거다, 론." 루핀이 조용히 말했다. "듣는 동안 피터나 꽉 붙잡고 있거라."

"얘는 피터가 아니에요. 스캐버스라고요!" 론이 소리치며 쥐를 다시 앞주머니에 억지로 넣으려 했지만 스캐버스는 꽤 심하게 버텼다. 론이 휘청거리다가 균형을 잃자, 해리가 그를 붙잡아 다시 침대에 앉혔다. 그런 다음 해리는 블랙에게는 눈길도 주지 않고 루핀에게 고개를 돌렸다.

"페티그루가 죽는 걸 본 사람들이 있잖아요." 해리가 말했다. "그 거리에 있던 사람들이 다 목격자라고요……."

"그 사람들은 본 게 아니라 봤다고 생각했을 뿐이야!" 블랙이 사납게 소리쳤다. 눈으로는 론의 손아귀에서 몸부림치는 스캐버스를 계속 주시하고 있었다.

"모두 시리우스가 피터를 죽였다고 생각했지." 루핀이

고개를 끄덕이며 말을 받았다. "나도 그렇게 믿었다. 오늘 밤 지도를 보기 전까진. 도둑 지도는 결코 거짓말을 하지 않으니까······. 피터는 살아 있어. 론이 그 녀석을 들고 있다, 해리."

해리는 론을 내려다보았다. 눈이 마주친 둘은 말없이 의견을 같이했다. 블랙과 루핀 둘 다 제정신이 아니었다. 그들의 이야기는 도무지 말이 되지 않았다. 어떻게 스캐버스가 피터 페티그루일 수 있을까? 아즈카반이 결국 블랙을 미치게 만든 게 틀림없다. 그런데 루핀은 왜 장단을 맞추는 걸까?

그때 헤르미온느가 부들부들 떨면서도 침착하려고 애쓰는 목소리로 입을 열었다. 마치 루핀 교수가 분별력을 되찾게 만들려는 듯했다.

"하지만 루핀 교수님······ 스캐버스가 페티그루일 리 없어요. ······그냥, 그럴 리 없다고요. 불가능하다는 건 교수님도 아시잖아요······."

"왜 그럴 리가 없다는 거지?" 루핀이 침착하게 물었다. 그저 수업 중에 헤르미온느가 그린딜로 실험에서 문제점을 발견하기라도 했다는 듯한 태도였다.

"왜냐하면······ 피터 페티그루가 애니마구스였다면 사람들이 알았을 테니까요. 맥고나걸 교수님 수업에서 애니마구스에 대해 배웠거든요. 그래서 숙제를 하다가 찾아봤어요. 정부에서 동물로 변신할 수 있는 마법사들을 감시하고 있던데요. 그 사람들이 무슨 동물이 되는지, 어떤 특징을 갖고 있는지 등을 보여 주는 명부도 있고요……. 제가 명부에서 맥고나걸 교수님을 찾아봤어요. 근데 이번 세기에 애니마구스는 오직 일곱 명뿐이었고 페티그루의 이름은 명단에 없었어요."

숙제에 쏟는 헤르미온느의 노력에 해리가 내심 감탄할 겨를도 없이 루핀이 웃음을 터뜨렸다.

"이번에도 정답이다, 헤르미온느!" 그가 말했다. "하지만 정부는 미등록 애니마구스 셋이 호그와트를 돌아다니곤 했다는 사실을 결코 알지 못했지."

"저 아이들에게 그 얘기를 해 줘야겠다면 빨리 해, 리머스." 블랙이 사납게 말했다. 그는 아직도 스캐버스의 처절한 움직임 하나하나를 지켜보고 있었다. "나는 12년을 기다렸어. 더 오래 기다리지는 않을 거야."

"알았어……. 하지만 네가 날 도와줘야 해, 시리우스." 루핀이 말했다. "나는 그 일이 어떻게 시작됐는지밖에 알지 못하니까……."

루핀이 말을 멈췄다. 뒤에서 시끄럽게 삐그덕거리는 소리가 났다. 침실 문이 저절로 열린 것이다. 다섯 명 모두 그 문을 뚫어지게 바라보았다. 잠시 후 루핀이 문을 향해 성큼성큼 걸어가 층계참을 내다보았다.

"아무도 없는데……."

"여긴 유령의 집이에요!" 론이 말했다.

"그렇지 않아." 루핀이 여전히 의아한 듯 문을 바라보며 말했다. "악쓰는 오두막에 유령이 살았던 적은 한 번도 없다……. 마을 사람들이 들었던 비명과 울부짖는 소리는 내가 낸 거야."

그는 눈으로 흘러내린 잿빛 머리카락을 쓸어 올리고 잠시 생각하더니 말했다. "모든 일이 바로 거기에서 시작됐지. 내가 늑대인간이 되면서부터 말이야. 이 모든 게 내가 물리지 않았다면 일어나지 않았을 일이지……. 내가 그토록 무모하지만 않았어도……."

그는 진지하면서도 지쳐 보였다. 론이 끼어들려는 것을 헤르미온느가 말렸다. "쉿!" 그녀는 루핀을 아주 열심히 지켜보고 있었다.

"늑대인간에게 물렸을 당시 나는 아주 어린 소년이었다. 우리 부모님은 할 수 있는 모든 걸 시도했지만, 그 시절에는 별다른 치료법이 없었어. 스네이프 교수가 내게 만들어 주고 있는 마법약은 아주 최근에 발견된 거야. 그 약은 나를 안전하게 만들어 준단다. 보름달이 뜨기 1주일 전부터 그 약을 마시기만 하면 변신을 해도 정신은 유지하지……. 연구실에 웅크린 채 온순한 늑대로 달이 이지러지기를 기다릴 수 있어. 그러나 투구꽃(Wolfsbane) 마법약이 발견되기 전까지 나는 한 달에 한 번씩 완전한 괴물이 됐다. 호그와트에 입학하는 건 불가능해 보였지. 다른 학부모들은 자식들이 위험에 노출되길 원하지 않을 테니까. 하지만 그때 덤블도어 교수님이 교장이 됐어. 그분은 호의적이었다. 확실한 예방 조치를 취하기만 하면 내가 학교에 오지 못할 이유는 없다고 하셨지……." 루핀은 한숨을 쉬며 해리를 똑바로 바라보았다. "몇 달 전에 내가 말했지, 후려치는 버드나무는 내가 호그와트에 온 해에 심은 거라고. 사실 그 나무는 내가 호그와트에 왔기 때문에 심은 거다. 이 집은……." 루핀은 비참한 듯 방을 둘러보았다. "여기로 통하는 굴은 내가 쓰도록 만들어진 거야. 나는 한 달에 한 번 몰래 성 밖으로 나와 이곳에 와서 변신했다. 나무는 내가 위험해진 상태에서 아무도 내게 다가오지 못하도록 굴 입구에 심은 거고."

해리는 이 이야기가 어디로 갈지는 알 수 없었지만 어쨌든 넋을 잃고 귀를 기울였다. 루핀의 목소리를 빼면 스캐버스가 겁에 질려 찍찍대는 소리만 들려올 뿐이었다.

"그 시절 내 변신은…… 끔찍했다. 늑대인간으로 변하는 건 아주 고통스러운 일이야. 나는 사람들을 물지 못하도록 격리되었기 때문에, 대신 나 자신을 물고 할퀴었지. 마을 사람들은 그 소음과 비명을 유달리 난폭한 유령들이 내는 소리라고 생각했다. 덤블도어 교수님이 그 소문을 부추겼고……. 이 집이 몇 년 동안이나 조용했는데도 마을 사람들은 지금도 감히 이곳에 접근하지 못해……. 하지만 변신을 제외하면 평생 어느 때보다도 행복한 시절이었다. 난생처음 내게도 친구가 생겼으니까. 세 명의 훌륭한 친구들이. 시리우스 블랙…… 피터 페티그루…… 물론 네 아버지도 있었다, 해리. 제임스 포터 말이야. 아무튼, 나의 세 친구들은 내가 한 달에 한 번씩 사라진다는 걸 눈치챌 수밖에 없었지. 난 온갖 이야기를 지어냈단다. 어머니가 편찮으셔서 집에 가야 한다는 둥……. 내 정체를 아는 순간 친구들이 나를 버릴까 봐 겁먹었지. 하지만 물론 그 친구들은, 헤르미온느 너처럼 진실을 알아냈다……. 그런데도 결코 나를 버리지 않았지. 대신 변신을 견딜 만한 것 정도가 아니라 내 인생에서 가장 좋은 순간으로 만들어 줄 일을 해 주었단다. 애니마구스가 되어 준 거야."

"우리 아빠도 그랬다고요?" 해리가 경악해서 말했다.

"그래, 그랬다." 루핀이 말했다. "그 친구들이 애니마구스가 되는 방법을 알아내는 데 거의 3년이라는 시간이 걸렸어. 네 아버지와 여기 있는 시리우스는 학교에서 가장 똑똑한 학생이었고, 운이 따라 주기도 했지. 애니마구스 변신은 끔찍한 결과를 초래할 수도 있으니까. 정부에서 그것을 시도하려는 사람들을 가까이에서 감시하는 이유 중 하나야. 피터는 제임스와 시리우스의 도움을 많이 받아야 했어. 마침내, 5학년이 됐을 때 다들 해냈다. 다들 각자 원하는 동물로 마음껏 변신할 수 있게 됐지."

"하지만 그게 교수님한테 무슨 도움이 되는데요?" 헤르미온느가 의아하다는 듯 물었다.

"인간으로서 나와 함께해 줄 수 없었으니 동물로서 나와 함께해 준 거야." 루핀이 말했다. "늑대인간은 사람에게만 위험하거든. 친구들은 매달 제임스의 투명 망토를 뒤집어 쓰고 성을 몰래 빠져나와 변신을 했지……. 피터가 가장 작았기 때문에, 공격을 퍼붓는 버드나무 가지 아래로 빠져나가 나무를 꼼짝 못 하게 만드는 옹이를 건드릴 수 있었다.

그런 다음 그 친구들은 굴로 숨어들어 나와 만났단다. 친구들의 영향을 받은 덕분에 나는 덜 위험해졌어. 몸은 여전히 늑대였지만 정신은 친구들과 함께하는 동안 덜 난폭해지는 것 같더구나."

"빨리 해, 리머스." 블랙이 다시 으르렁거렸다. 그는 그때까지도 얼굴에 끔찍한 허기 비슷한 것을 띠고 스캐버스를 노려보고 있었다.

"거의 다 했어, 시리우스. 거의 끝나 가……. 뭐, 모두 변신할 수 있게 됐으니 이제 신날 일만 남았지. 우리는 머잖아 악쓰는 오두막을 나와 한밤중에 교내와 마을을 쏘다녔다. 시리우스와 제임스는 큰 동물로 변신했기에 늑대인간을 저지할 수 있었단다. 호그와트 교내와 호그스미드에 대해 우리보다 많이 알아낸 호그와트 학생은 없을 거야……. 그렇게 우리는 도둑 지도를 만들고, 거기에 우리의 별명을 서명으로 남겼지. 시리우스가 패드풋이야. 피터는 웜테일이고. 제임스가 프롱스였단다."

"어떤 동물……." 해리가 입을 열었지만 헤르미온느가 끼어들었다.

"그래도 정말 위험했어요! 늑대인간이랑 어둠 속을 돌아다니다뇨! 만약에 교수님이 다른 친구들을 따돌리고 누굴

물기라도 했으면요?"

"아직도 그 생각을 하면 괴롭다." 루핀이 무거운 목소리로 말했다. "아슬아슬한 상황도 여러 번 있었어. 나중에 그 일을 놓고 웃기도 했지. 어렸고, 생각이 없었으니까. 우리 자신의 똑똑함에 도취된 거야. 물론 나는 가끔씩 덤블도어 교수님의 믿음을 저버린 것에 죄책감을 느꼈어……. 그분은 나를 호그와트에 받아 줬다. 다른 교장이라면 안 그랬겠지. 그런데 정작 나는 그분이 나와 다른 사람들의 안전을 지키기 위해 만든 규칙을 그분 모르게 어기고 있었던 거야. 덤블도어 교수님은 내가 동급생 셋을 불법으로 애니마구스가 되게 했다는 사실을 전혀 몰랐어. 하지만 다음 달 모험을 계획하려고 친구들과 함께할 때마다 난 애써 죄책감을 외면했다. 그리고 지금까지도 난 변한 게 없구나……."

루핀의 얼굴이 굳었다. 그의 목소리에 자기혐오가 깃들어 있었다. "올해 내내 나는 나 자신과 싸웠단다. 덤블도어 교수님께 시리우스가 애니마구스라는 사실을 말해야 할지 고민하면서 말이야. 하지만 그러지 않았다. 왜냐고? 너무 겁쟁이였으니까. 그건 내가 학교에 다닐 때 그분의 믿음을 저버렸다는 걸, 다른 학생들을 끌어들였다는 걸 인정하는 게 되니까……. 덤블도어 교수님의 믿음은 나한테 모든 것을 의미했어. 그분은 어린 나를 호그와트에 받아 주셨고, 어른이 된 내게는 일자리를 주셨어. 내 정체 때문에 제대로 된 직장을 구하지 못하고 기피 대상이 됐던 그때 말이야. 그래서 나는 시리우스가 학교에 들어올 수 있었던 건 볼드모트에게서 배운 어둠의 마법 덕분이고 애니마구스가 된 거랑은 아무 관계가 없다고 나 자신을 설득했어……. 그러니까, 어떤 면에서는 나에 대한 스네이프의 생각이 줄곧 옳았던 셈이지."

"스네이프?" 블랙이 쉰 목소리로 말하며, 한참 만에 처음으로 스캐버스에게서 눈을 떼고 루핀을 올려다보았다. "스네이프 얘기가 왜 나와?"

"스네이프가 여기에 있어, 시리우스." 루핀이 천천히 말했다. "그 친구도 이 학교 교수야." 루핀은 해리, 론, 헤르미온느를 올려다보았다.

"스네이프 교수는 우리와 함께 학교를 다녔단다. 내가 어둠의 마법 방어법 교수로 임명되는 걸 극심하게 반대했지. 1년 내내 덤블도어 교수님한테 나를 믿어서는 안 된다고 말하더구나. 나름대로 이유가 있었지……. 뭐랄까, 여기 시리우스가 그 녀석에게 장난을 쳐서 하마터면 죽일 뻔했거든. 나도 관련된 장난이었지."

블랙이 비웃는 듯한 소리를 냈다.

"그 녀석은 그런 일을 당해도 쌌어." 그가 경멸하듯 웃었다. "살금살금 돌아다니면서 우리가 뭘 하는지 캐내려 들었잖아……. 우리가 퇴학당하길 바라면서……."

"세베루스는 내가 매달 어디에 가는지 정말 관심이 많았지." 루핀이 해리, 론, 헤르미온느에게 말했다. "우린 같은 학년이었고…… 어…… 서로를 그렇게 마음에 들어 하진 않았어. 스네이프는 특히 제임스를 싫어했다. 내 생각에는 퀴디치 경기장에서 보인 제임스의 재능을 질투했던 것 같아……. 아무튼, 스네이프는 어느 날 저녁 내가 폼프리 선생님과 함께 교정을 가로지르는 걸 봤단다. 내가 변신할 수 있도록 선생님이 나를 후려치는 버드나무로 데려갔거든. 시리우스는, 음…… 재미있을 거라 생각했는지 스네이프한테 나무둥치의 옹이를 긴 막대로 찌르면 나를 따라 들어갈 수 있다고 말했단다. 물론, 스네이프는 그러려고 했고. 만약 이 집에까지 왔으면 완전히 변신한 늑대인간을 만났겠지. 하지만 시리우스가 무슨 짓을 했는지 들은 네 아버지가 쫓아가서 스네이프를 막았다. 목숨이 아주 위험한 상황인데도 말이야……. 하지만 스네이프는 굴 끝에서 나를 얼핏 보고 말았단다. 덤블도어 교수님이 아무에게도 말하지 말라고 하긴 했지만, 그때 이후로 스네이프는 알고 있었어. 내가……."

"그래서 스네이프가 교수님을 싫어하는 거군요." 해리가 천천히 말했다. "교수님도 그 장난에 동참했다고 생각해서?"

"그래." 루핀 뒤의 벽 쪽에서 차가운 목소리가 비웃듯 말했다.

세베루스 스네이프가 투명 망토를 벗었다. 그의 마법 지팡이가 루핀을 곧장 겨누고 있었다.

19장
볼드모트 경의 부하

헤르미온느가 비명을 질렀다. 블랙이 벌떡 일어났다. 해리는 강한 전기 충격을 받은 것처럼 펄쩍 뛰었다.

"후려치는 버드나무 밑에서 이걸 발견했지." 스네이프가 루핀의 가슴을 곧장 겨눈 마법 지팡이 끝이 흐트러지지 않도록 신경 쓰면서 투명 망토를 옆으로 던지고 말했다. "아주 쓸 만하더구나, 포터. 고맙다……."

스네이프는 살짝 가쁘게 숨을 쉬면서도 얼굴에는 승리감을 억누르는 기색이 역력했다. "너희가 여기에 있는 걸 어떻게 알았는지 궁금하겠지?" 스네이프가 눈을 빛내며 말했다. "네 연구실에 갔었다, 루핀. 네가 오늘 밤 마법약 먹는 것을 잊었길래 한 잔 가득 채워서 가져갔지. 정말이지 운이 좋았어……. 내 입장에서는 말이야. 네 책상에 웬 지도가 놓여 있더군. 그걸 한번 보니 내가 알아야 할 건 다 알 수 있었어. 네가 이 통로를 따라 보이지 않는 곳으로 달려가는 걸 봤지."

"세베루스……." 루핀이 입을 열었지만 스네이프는 그를 무시했다.

"나는 교장 선생님께 끊임없이 네가 옛 친구 블랙이 성안에 들어오도록 돕고 있다고 말씀드렸어, 루핀. 여기 그 증거가 있군. 난 네가 이 오래된 집을 은신처로 쓸 만큼 과감할 거라고는 꿈에도 생각 못 했는데."

"세베루스, 실수하는 거야." 루핀이 다급히 말했다. "넌 얘기를 다 못 들었잖아. 내가 설명할 수 있어. 시리우스는 해리를 죽이러 온 게 아니야……."

"오늘 밤 아즈카반에 갈 사람이 두 명 더 있군." 스네이프는 이제 미친 듯이 눈을 번뜩이고 있었다. "덤블도어 교수가 이 일을 어떻게 받아들일지 흥미로운걸……. 덤블도어 교수는 네가 해를 끼치지 않는다고 꽤 확신했으니까 말이야, 루핀……. 길들인 늑대인간이라니……."

"어리석군." 루핀이 부드럽게 말했다. "학창 시절의 원한 때문에 무고한 사람을 아즈카반에 다시 보낼 셈인가?"

펑! 스네이프의 마법 지팡이 끝에서 가느다란 뱀 같은 끈이 튀어나와 루핀의 입과 손목, 발목을 휘감았다. 루핀은 균형을 잃고 바닥에 넘어져 움직이지 못했다. 블랙이 분노 어린 고함을 지르며 스네이프에게 달려들었지만 스네이프는 마법 지팡이를 곧장 블랙의 미간에 겨눴다.

"좋아, 핑계를 만들어 줘." 그가 작은 목소리로 말했다. "핑계만 있으면 맹세코 보내 버릴 테니까."

블랙은 우뚝 멈췄다. 둘 중 누구의 얼굴에 더 많은 증오가 드러나는지 우열을 가리기가 힘들었다.

해리는 그 자리에 꼼짝 않고 서 있었다. 뭘 해야 할지, 누구를 믿어야 할지 알 수 없었다. 그는 론과 헤르미온느를 힐끗 돌아보았다. 론은 해리만큼이나 어리둥절한 표정으로, 여전히 몸부림치는 스캐버스를 붙잡고 있느라 애쓰고 있었다. 반면 헤르미온느는 머뭇거리며 스네이프에게 다가가더니 기어들어 가는 목소리로 말했다. "스네이프 교수님, 저, 저 사람들의 말을 들어 본다고 해서 나쁠 건 없지 않을까요?"

"그레인저 양, 넌 이미 정학감이다." 스네이프가 말했다. "너와 포터, 위즐리는 선을 넘었다. 유죄판결을 받은 살인자에 늑대인간과 함께 있다니. 한 번쯤은 입을 다물도록."

"하지만 만약에…… 만약에 정말로 오해가 있었다면……."

"조용히 하라고 했다, 머저리 같으니!" 스네이프가 갑자기 매우 광기 어린 표정을 지으며 버럭 소리쳤다. **"알지도 못하면서 떠들지 마라!"** 마법 지팡이 끝에서 불꽃이 튀었다. 마법 지팡이는 여전히 블랙의 얼굴을 겨누고 있었다. 헤르미온느는 입을 다물었다.

"복수는 아주 달콤하지." 스네이프가 블랙에게 숨죽여 말했다. "내 손으로 네놈을 잡게 되기를 얼마나 바랐는지……."

"웃음거리가 될 사람은 이번에도 너야, 세베루스." 블랙이 으르렁거렸다. "이 소년이 저 쥐를 성으로 데려가기만 하면……." 그는 론 쪽을 휙 고갯짓했다. "나는 조용히 따라……."

"성으로 간다고?" 스네이프가 번드르르한 말투로 말했다. "그렇게 멀리까지 갈 필요 없을 것 같은데. 내가 할 일은 후려치는 버드나무에서 나가자마자 디멘터들을 부르는 것뿐이야. 널 보면 아주 기뻐할 거야, 블랙……. 기쁜 나머지 가벼운 입맞춤을 선사할지도 모르지……."

블랙의 얼굴에 얼마 남지 않은 핏기가 사라졌다.

"넌…… 너는 내 이야기를 끝까지 들어 봐야 해." 블랙이 잔뜩 쉰 목소리로 말했다. "저 쥐, 저 쥐를 보라고……."

하지만 스네이프의 눈에는 해리가 전에 보지 못한 광기가 번뜩이고 있었다. 이성을 잃은 듯했다.

"따라와라, 너희 모두." 스네이프가 그렇게 말하며 손가락을 딱 튕기자 루핀을 휘감고 있던 끈의 끝이 그의 손에 날아들었다. "내가 늑대인간을 끌고 가겠다. 아마 디멘터들이 이자에게도 입맞춤을 선사하겠지."

해리는 자기도 모르게 세 걸음 만에 방을 가로질러 문을 막았다.

"비켜라, 포터. 안 그래도 넌 이미 곤란한 처지니까." 스네이프가 으르렁거리듯 말했다. "내가 널 구하러 여기 오지 않았더라면……."

"루핀 교수님한테는 올해 저를 죽일 기회가 백 번쯤 있었어요." 해리가 말했다. "여러 번 저분과 단둘이서 디멘터 방어법 수업을 받았으니까요. 루핀 교수님이 블랙을 돕고 있었다면 왜 그때 저를 끝장내지 않았겠어요?"

"나더러 늑대인간의 머리가 돌아가는 방식을 헤아려 보라고 하지 말아라." 스네이프가 식식댔다. "비켜라, 포터."

"한심하네요!" 해리가 소리쳤다. **"그저 학창 시절에 놀**

림받았다는 이유로 아무 얘기도 들으려고 하지 않……."

"조용! 그런 말버릇은 용납하지 않겠다!" 스네이프가 더욱 광기 가득한 얼굴로 날카롭게 소리쳤다. "부전자전이라더니, 포터! 내가 방금 네 목숨을 구했으니 무릎이라도 꿇고 내게 고마워해야지! 넌 저자의 손에 죽었어도 할 말이 없어! 너도 네 아버지처럼 죽었을 거야. 너무 오만한 나머지 네가 블랙을 잘못 봤을 수도 있다고는 생각 못 했을 테니. 자, 이제 비켜라. 아니면 비키게 만들어 주마. **비켜라, 포터!**"

해리는 그 순간 결심을 굳혔다. 그는 스네이프가 한 발 다가오기도 전에 마법 지팡이를 들어 올렸다.

"*엑스펠리아르무스!*" 그가 소리쳤다. 단, 소리친 건 그의 목소리만이 아니었다. 폭발이 일어나 문이 경첩에 매달린 채 덜컥거렸다. 스네이프의 몸이 붕 떠오르더니 벽에 처박혀 바닥으로 주르르 미끄러졌다. 정신을 잃고 쓰러진 그의 머리카락 아래로 피 한 줄기가 흘러내렸다.

해리는 주위를 둘러보았다. 론과 헤르미온느 모두 정확히 같은 순간에 스네이프를 향해 무장해제를 시도한 것이다. 스네이프의 마법 지팡이가 곡선을 그리며 높이 날다가 침대 위 크룩섕스 옆에 떨어졌다.

"왜 그랬냐." 블랙이 해리를 보며 말했다. "나한테 맡겼어야지……."

해리는 블랙의 눈을 피했다. 그는 자신이 옳은 일을 한 건지 아직까지도 확신하지 못했다.

"우리가 교수님을 공격했어……. 우리가 교수님을 공격했어……." 헤르미온느가 겁에 질린 눈으로 생기 없는 스네이프를 바라보며 훌쩍거렸다. "아, 우리 이제 큰일 났어."

루핀이 결박을 풀려고 몸부림쳤다. 블랙이 재빨리 허리를 구부려 그를 풀어 주었다. 루핀은 몸을 펴고 밧줄이 파고들었던 팔을 문질렀다.

"고맙다, 해리." 그가 말했다.

"아직 교수님을 믿는단 얘긴 아니에요." 해리가 쏘아붙였다.

"그럼 우리가 증거를 제시할 차례로군." 블랙이 말했다. "거기, 너, 피터를 넘겨라. 당장."

론은 스캐버스를 더 바짝 움켜쥐었다.

"집어치워." 론이 힘없이 입을 열었다. "겨우 스캐버스한테 손을 대려고 아즈카반에서 탈출했다는 거야? 그러니까, 내 말은……." 그는 도움을 바라며 해리와 헤르미온느를 올려다보았다. "좋아, 페티그루가 쥐로 변신할 수 있다고

쳐. 쥐는 수백만 마리나 되잖아. 아즈카반에 갇혀 있던 사람이 자기가 찾는 게 어떤 쥐인지 어떻게 안다는 거야?"

"흠, 시리우스. 합당한 의문인걸." 루핀이 블랙에게 고개를 돌리고 살짝 얼굴을 찌푸리며 말했다. "대체 저 녀석이 어디에 있는지 어떻게 안 거야?"

블랙은 갈고리처럼 생긴 손을 로브에 집어넣어 구겨진 종잇조각을 꺼낸 다음 판판하게 펼쳐서 다른 사람들에게 보여 주었다.

지난여름 《예언자일보》에 실렸던 론의 가족사진이었다. 거기, 론의 어깨 위에 스캐버스가 앉아 있었다.

"이건 어디서 났어?" 루핀이 깜짝 놀라 블랙에게 물었다.

"퍼지한테 얻었지." 블랙이 말했다. "작년에 아즈카반을 시찰하러 왔을 때 총리가 나한테 신문을 줬어. 그런데 거기, 1면에 피터가 있더군. 이 아이의 어깨 위에……. 나는 단번에 놈을 알아봤어. 놈이 변신하는 걸 한두 번 봤나? 게다가 사진 설명에 따르면 이 아이가 호그와트로…… 해리가 있는 곳으로 돌아간다는 거야……."

"세상에." 루핀이 스캐버스에게서 신문 속 사진으로, 다시 스캐버스에게로 시선을 돌리며 조용히 말했다. "앞발이……."

"앞발이 뭐요?" 론이 반항하듯 물었다.

"발가락이 하나 없어." 블랙이 말했다.

"당연히 그렇겠지." 루핀이 숨죽여 말했다. "아주 간단하군……. 굉장히 *기발해*……. 녀석이 직접 자른 건가?"

"변신하기 직전에." 블랙이 말했다. "내가 구석에 몰아넣자 놈은 온 거리에 들리도록 내가 릴리와 제임스를 배신했다고 소리쳤어. 그러더니 내가 저주 마법을 걸기도 전에 등 뒤에 숨겼던 마법 지팡이로 거리를 날려 버리고 반경 6미터 안에 있던 사람들을 모두 죽였다. 그리고 다른 쥐들과 함께 하수도 속으로 재빨리 달아났지……."

"들어 본 적 없니, 론?" 루핀이 말했다. "사람들이 찾아낸 신체 조각 중에서 가장 큰 것이 그 녀석의 손가락이었다."

"저기요, 스캐버스는 아마 다른 쥐랑 싸웠거나 뭐 그랬을 거예요! 스캐버스는 아주 오래전부터 우리 집에 있었다고요. 알겠……."

"12년 있었지, 사실." 루핀이 말했다. "어떻게 그렇게 오래 사는지 궁금하게 여긴 적 없니?"

"우, 우리가 잘 돌봐줬으니까요!" 론이 말했다.

"하지만 지금은 별로 건강해 보이지 않는데?" 루핀이 말했다. "시리우스가 탈옥했다는 얘기를 들은 이후로 몸무게가 계속 줄었을 것 같다만……."

"저놈의 미친 고양이 때문에 겁에 질려서 그런 거예요!" 론이 턱으로 크룩섕스를 가리키며 말했다. 크룩섕스는 여전히 침대 위에서 가르랑거리고 있었다.

하지만 그건 사실이 아니라고, 해리는 문득 생각했다……. 스캐버스는 크룩섕스를 만나기 전부터 안 좋아 보였다……. 론이 이집트에서 돌아온 이후…… 블랙이 탈옥한 뒤부터…….

"이 고양이는 미치지 않았다." 블랙이 쉰 목소리로 말했다. 그가 앙상한 손을 내밀어 크룩섕스의 북슬북슬한 머리를 쓰다듬었다. "이 녀석은 내가 만나 본 고양이 중에서 가장 똑똑해. 단번에 피터의 정체를 알아봤지. 날 봤을 때는 내가 개가 아니라는 걸 알았고. 이 녀석이 나를 믿기까지는 시간이 조금 걸렸지만 결국 나는 녀석에게 내가 뭘 쫓고 있는지 전달할 수 있었고 녀석은 나를 쭉 도와주었다……."

"그게 무슨 말이에요?" 헤르미온느가 숨죽여 물었다.

"녀석은 내게 피터를 데려오려 했지만 그럴 수 없었다……. 그래서 그리핀도르 탑으로 들어가는 암호를 훔쳐다 주었지. 내가 알기로 어떤 소년의 침대 옆 탁자에서 가져왔는데……."

해리는 지금 듣고 있는 이야기의 무게로 뇌가 축 늘어지는 기분이었다. 얼토당토않은 얘기였다……. 하지만…….

"하지만 피터는 낌새를 채고 달아났어……. 이 고양이…… 크룩섕스라고 했나? 이 고양이가 내게 피터가 이불에 핏자국을 남겼다고 말해 주었다……. 스스로를 깨문 것 같은데…… 뭐, 자기 죽음을 꾸며 내는 방법이 한 번은 먹혔으니까……."

그 말에 해리는 퍼뜩 정신을 차렸다.

"그 사람이 왜 자기 죽음을 꾸며 냈겠어?" 그가 분노를 터뜨리며 말했다. "당신이 우리 부모님을 죽인 것처럼 자기도 죽일 거라는 걸 알았으니까 그런 거잖아!"

"아니다." 루핀이 말했다. "해리…….."

"그리고 이제 당신이 그 사람을 끝장내러 여기 온 거고!"

"그래, 맞다." 블랙이 악의가 깃든 눈으로 스캐버스를 바라보며 말했다.

"스네이프가 당신을 잡아 가도록 놔뒀어야 했어!" 해리가 소리쳤다.

"해리." 루핀이 다급히 입을 열었다. "모르겠니? 지금까지 우리는 내내 시리우스가 네 부모님을 배신했고 피터가 그런 그를 뒤쫓았다고 생각했어. 하지만 그 반대였다. 정말 모르겠어? 피터가 네 어머니와 아버지를 배신한 거야. 시리우스는 피터를 뒤쫓은 거고…….”

"**그럴 리 없어요!**" 해리가 소리 질렀다. "**저자가 두 분의 비밀 수호자였어요! 교수님이 나타나기 전에 저자가 말했어요, 자기가 그분들을 죽였다고!**"

그는 블랙을 가리켰다. 블랙은 천천히 고개를 저었다. 블랙의 푹 꺼진 두 눈이 갑자기 밝게 빛났다.

"해리…… 그 두 사람은 내가 죽인 거나 마찬가지다." 그가 쉰 목소리로 말했다. "마지막 순간에 나는 릴리와 제임스에게 피터로 바꾸라고, 나 대신 그놈을 비밀 수호자로 하라고 설득했어……. 내 탓이야. 나도 알아……. 네 부모님이 돌아가신 날 밤, 나는 피터를 살펴보려고 했다. 피터가 여전히 안전한지 확인하려고 말이야. 하지만 은신처에 도착해 보니 놈은 사라지고 없었다. 싸운 흔적도 없었지. 느낌이 좋지 않았어. 난 겁이 났다. 곧장 네 부모님의 집으로 갔지. 그리고 부서진 집과 두 사람의 시신을 보고…… 피터가 무슨 짓을 했는지, 내가 무슨 짓을 저지른 건지 깨달았다."

블랙의 목소리가 갈라졌다. 그는 고개를 돌렸다.

"그만하면 됐어." 루핀이 말했다. 그의 목소리에는 해리가 한 번도 들어 본 적 없는 단호한 기색이 어려 있었다.

"실제로 무슨 일이 일어났는지 증명해 줄 확실한 방법이 하나 있으니까. 론, 그 쥐를 이리 다오."

"드리면 뭘 하실 건데요?" 론이 긴장해서 루핀에게 물었다.

"억지로라도 정체를 드러내게 해야지." 루핀이 말했다. "진짜 쥐라면 아무 해도 없을 거다."

론이 망설인 끝에 한참 만에 스캐버스를 내밀자 루핀은 그 쥐를 받아 들었다. 스캐버스는 몸을 꼬고 비틀며 쉴 새 없이 찍찍거리기 시작했다. 스캐버스의 작디작은 검은 눈이 잔뜩 튀어나와 있었다.

"준비됐어, 시리우스?" 루핀이 물었다.

블랙은 이미 침대에서 스네이프의 마법 지팡이를 가져온 뒤였다. 그는 루핀과 몸부림치는 쥐에게 다가갔다. 블랙의 젖은 두 눈이 돌연 이글이글 타오르는 것처럼 보였다.

"같이 할까?" 그가 조용히 물었다.

"그래야 할 것 같군." 루핀이 한 손에는 스캐버스를, 다른 손에는 마법 지팡이를 꽉 쥐고 말했다. "셋을 세지. 하나, 둘, **셋!**"

두 개의 마법 지팡이에서 새하얀 빛이 터져 나왔다. 스캐버스는 잠깐 동안 공중에 얼어붙은 듯했다가 작고 검은 몸을 미친 듯이 비틀었다. 론이 비명을 질렀다. 쥐는 바닥에 떨어졌다. 또 한 번 눈이 멀 듯한 섬광이 일더니 잠시 후……

나무가 자라는 영상을 빠르게 돌리는 것 같은 장면이 펼쳐졌다. 바닥에서 머리가 쑥 솟아 나왔다. 팔다리가 자라났다. 다음 순간, 스캐버스가 있던 자리에는 한 남자가 몸을 잔뜩 움츠리고 손을 배배 꼬며 서 있었다. 크룩섕스가 털을 곤두세운 채 침대 위에서 하악거리고 그르렁댔다.

그는 키가 해리나 헤르미온느 정도밖에 안 되는 조그만 남자였다. 숱이 적은 엷은 색깔 머리카락은 지저분했고 정수리에는 머리가 뭉텅이로 빠져 있었다. 통통했다가 단기간에 몸무게가 많이 줄어 쭈글쭈글해진 사람의 모습이었다. 피부는 꼭 스캐버스의 털처럼 지저분했고, 뾰족한 코와 작디작은 축축한 눈 주위에는 뭔가 쥐 같은 생김새가 남아 있었다. 그는 가쁜 숨을 쉬며 모두를 둘러보았다. 해리는 그의 눈이 빠르게 문으로 향했다가 돌아오는 것을 보았다.

"이런, 안녕, 피터." 루핀이 기쁘다는 듯 말했다. 자기 주위에서는 쥐들이 옛 학교 친구로 변하는 일이 자주 일어난다는 투였다. "오랜만이군."

"시, 시리우스……. 리, 리머스……." 페티그루는 목소리조차 찍찍대는 것 같았다. 다시 한 번 그의 눈이 빠르게 문 쪽을 향했다. "친구들…… 나의 옛 친구들……."

블랙이 지팡이 쥔 손을 들어 올렸지만 루핀은 그의 손목을 잡고 경고하는 눈길을 보낸 뒤, 다시 페티그루에게 돌아섰다. 그의 목소리는 가볍고 태평했다.

"우린 수다를 좀 떨고 있었어, 피터. 릴리와 제임스가 죽은 날 밤에 일어난 일에 대해서 말이야. 저기 저 침대 위에서 찍찍거리느라 자세한 부분들을 놓쳤을지 모르겠는데……."

"리머스." 페티그루가 숨을 들이켰다. 그의 창백한 얼굴에 땀방울이 맺히는 것이 보였다. "설마 저놈을 믿는 건 아니겠지……. 저놈은 날 죽이려 했어, 리머스……."

"우리도 들었어." 루핀이 좀 더 차갑게 말했다. "한두 가지 문제를 확실히 하고 싶은데, 피터, 네가 그렇게……."

"저놈이 다시 나를 죽이러 왔다고!" 페티그루가 갑자기 블랙을 가리키며 새된 소리를 내질렀다. 검지가 없어서 가운뎃손가락을 사용하고 있었다. "저놈이 릴리와 제임스를 죽이고 이제 나까지 죽이려는 거야……. 날 도와줘야 해, 리머스……."

깊이를 알 수 없는 눈으로 페티그루를 쏘아보는 블랙의 얼굴은 어느 때보다도 해골처럼 보였다.

"몇 가지 문제를 해결하기 전까지는 아무도 널 죽이려 들지 않을 거야." 루핀이 말했다.

"몇 가지 문제라니?" 페티그루가 주위를 다시 한 번 사납게 둘러보며 꽥 소리 질렀다. 그의 눈이 널빤지를 친 창문과 유일한 문 사이를 왔다 갔다 했다. "나는 저놈이 날 찾아올 줄 알고 있었어! 나를 잡으러 올 줄 알았다고! 나는 12년 동안 이 순간을 기다려 왔어!"

"시리우스가 아즈카반에서 탈출할 걸 알았다고?" 루핀이 얼굴을 찌푸리며 말했다. "아무도 탈출한 적 없는 곳인데?"

"저놈은 우리는 꿈도 꾸지 못할 어둠의 힘을 갖고 있으니까!" 페티그루가 날카롭게 외쳤다. "그렇지 않으면 거기서 어떻게 나왔겠어? 이름을 말해서는 안 되는 그 사람이 몇 가지 속임수를 일러 줬겠지!"

블랙이 웃음을 터뜨렸다. 즐거운 기색이라고는 없는 끔찍한 웃음소리가 그 공간을 가득 채웠다.

"볼드모트가, 나한테 속임수를 일러 주었다?" 그가 말했다.

페티그루는 블랙이 채찍이라도 휘두른 것처럼 움찔했다.

"왜, 옛 주인의 이름을 들으니 무섭나?" 블랙이 말했다. "탓하진 않을게, 피터. 그자의 추종자들은 너한테 감정이 별로 좋지 않을 테니까. 그렇지?"

"무, 무슨 말인지 모르겠는데, 시리우스……." 페티그루가 조금 전보다 가쁘게 숨을 쉬며 중얼거렸다. 이제는 얼굴이 온통 땀으로 번들거렸다.

"너는 12년 동안 날 피해서 숨어 있었던 게 아니야." 블랙이 말했다. "볼드모트의 옛 추종자들을 피해 숨어 있었던 거지. 나도 아즈카반에서 들은 얘기가 있어, 피터……. 다들 네가 죽지 않았다면 자기들한테 해명해야 할 거라고 생각하던데……. 나는 그자들이 자면서 질러 대는 온갖 비명을 들었어. 그자들은 배신자가 또 배신했다고 생각하는 것 같더군. 볼드모트는 네 얘기를 듣고 제임스와 릴리의 집으로 갔지……. 그리고 그곳에서 몰락했어. 그런데 볼드모트의 추종자들이 전부 아즈카반에서 최후를 맞은 건 아니거든? 여기 바깥세상에도 아직 많이 남아 있어. 시간을 벌면서, 자기들이 잘못된 길로 갔던 걸 반성하는 시늉을 하면서 말이야……. 그자들이 네가 여전히 살아 있다는 소문을 들으면 말이지, 피터……."

"모르겠네…… 통 무슨 말인지……." 페티그루가 또다시 한층 더 날카로운 목소리로 말했다. 그는 소매로 얼굴을 훔치더니 루핀을 올려다보았다. "이, 이런 미친 소리를 믿는 건 아니지, 리머스?"

"이건 짚고 넘어가야겠는데, 피터. 잘못한 게 없는 사람이 왜 12년 동안 쥐로 살고 싶어 했는지 이해하기가 어렵군." 루핀이 차분하게 말했다.

"잘못한 건 없지만 겁먹은 거지!" 페티그루가 꽥 소리 질렀다. "볼드모트의 추종자들이 나를 쫓고 있다면 그건 내가 그들 중 가장 뛰어난 자를 아즈카반에 집어넣었기 때문이야. 시리우스 블랙이라는 첩자를 말이야!"

블랙의 얼굴이 구겨졌다.

"감히 그런 소리를." 그가 으르렁거렸다. 갑자기 그의 목소리가 곰만 한 개로 변신했을 때와 비슷해졌다. "내가 볼드모트의 첩자라고? 내가 언제 나보다 힘이 세거나 강한 자들에게 굽실댄 적 있나? 하지만 피터 너는…… 애초에 네가 첩자였다는 걸 내가 왜 몰랐는지 이해가 안 된다. 넌 언제나 널 돌봐 줄 힘 있는 친구들을 좋아했어. 안 그래? 한때는 그게 우리였지……. 나와 리머스와…… 제임스……."

페티그루는 다시 얼굴을 훔쳤다. 그는 거의 헐떡이고 있었다.

"내가 첩자라니…… 정신 나갔군……. 정말…… 왜 그런 말을 하는지 모르겠……."

"릴리와 제임스가 너를 비밀 수호자로 한 건 단지 내가 제안했기 때문이었다." 블랙이 악에 받쳐 식식거리자 페티그루는 뒤로 한 걸음 물러났다. "나는 완벽한 계획이라고 생각했어……. 완벽한 속임수라고……. 볼드모트는 당연히 날 찾아올 테니까. 너처럼 나약하고 무능력한 인간을 내세웠을 거라고는 꿈에도 생각 못 했을 테니까……. 볼드모트에게 포터 부부를 넘겨 줄 수 있다고 말할 때가 너의 그 비참한 인생에서 가장 멋진 순간이었겠지."

페티그루는 미친 듯이 중얼거리고 있었다. "억지야"라거나 "정신 나갔네" 같은 말들이 들리긴 했지만, 해리는 잿빛으로 물든 페티그루의 얼굴과 끊임없이 창문과 문 쪽으로 빠르게 움직이는 그의 눈에 더 많은 관심이 갈 수밖에 없었다.

"루핀 교수님?" 헤르미온느가 조심스럽게 입을 열었다. "제, 제가 한마디 해도 될까요?"

"당연하지, 헤르미온느." 루핀이 친절한 어조로 말했다.

"스캐버스는…… 그러니까 이, 이 남자는 3년 동안이나 해리와 같은 침실에서 지냈어요. 이 남자가 '그 사람'을 위해 일하고 있었다면 어떻게 지금까지 한 번도 해리를 해치려 들지 않은 거죠?"

"거 봐!" 페티그루가 손가락이 하나 없는 손으로 헤르미온느를 가리키며 날카롭게 말했다. "고맙다! 알겠지, 리머스? 나는 해리의 머리카락 한 올 건드린 적 없어! 내가 왜 그러겠어?"

"내가 그 이유를 말해 주지." 블랙이 말했다. "왜냐하면 너는 눈에 보이는 이득이 없는 이상 그 누구를 위해서든 결코 아무 일도 하지 않기 때문이야. 볼드모트는 12년 동안 모습을 감추고 있었고, 다들 그자가 죽은 거나 다름없다고 말했지. 너는 모든 힘을 잃어버리고 몰락한 마법사를 위해 알버스 덤블도어의 코앞에서 살인을 저지를 마음이 없었던 거야. 아닌가? 볼드모트가 동네에서 가장 싸움 잘하는 깡패라는 걸 확인한 다음 돌아가고 싶었던 거겠지. 그렇지 않다면 왜 널 받아 줄 마법사 가족을 찾았겠어? 소식을 들으려고 귀를 쫑긋 세운 거 아니야, 피터? 혹시라도 너의 옛 보호자가 힘을 되찾을 때를 대비해서, 그에게 돌아가는 일이 안전해질 때를 대비해서 말이야……"

페티그루는 몇 차례 입을 열었다 닫았다 했다. 마치 말하는 능력을 잃어버린 것처럼 보였다.

"어…… 블랙 씨…… 시리우스라고 불러도 될까요?" 헤르미온느가 머뭇거리며 말했다.

블랙은 그런 호칭에 소스라치게 놀랐다. 그리고 누군가가 이렇게 예의 바르게 말을 걸었던 일 따위는 아주 오래전에 잊었다는 듯 헤르미온느를 뚫어지게 바라보았다.

"실례가 안 된다면 여쭤보고 싶은데요, 그러니까 어떻게…… 어떤 방법으로 아즈카반을 탈출하신 건가요? 어둠의 마법을 쓰지 않았다면요."

"고맙다!" 페티그루가 그녀를 향해 미친 듯이 고개를 끄덕이며 숨을 들이켰다. "바로 그거야! 내가 말하려던……."

하지만 루핀이 시선으로 그를 입 다물게 했다. 블랙은 헤르미온느에게 살짝 눈을 찡그렸지만 화가 난 것 같지는 않았다. 그는 대답을 곰곰이 생각하는 듯했다.

"나도 어떻게 그랬는지 모르겠다." 그가 천천히 말했다. "내가 미치지 않은 이유는 단지 나 자신이 결백하다는 걸 알고 있었기 때문인 것 같아. 행복한 생각은 아니었으니 디멘터들도 나한테서 그 생각을 빨아낼 수 없었지……. 하지만 그 생각 덕분에 나는 제정신을 유지하고 계속 내가 누구인지 인식할 수 있었다……. 내가 힘을 유지하는 데도 도움이 됐고……. 그러다 도저히 버틸 수 없어지면…… 감방 안에서 변신했다……. 개로 변했지. 디멘터들은 눈이 보이지 않거든……." 그는 침을 삼켰다. "그들은 사람의 감정을 감지해서 그쪽으로 움직인다……. 그들은 내 감정이 약해졌다는 걸 알았지……. 개로 변했을 때는 감정이 덜 인간적이고, 덜 복잡하니까……. 하지만 그들은 내가 그곳에 있는 다른 사람들처럼 미쳐 가는 거라고 생각했고 그래서 문제가 되진 않았다. 그렇지만 나는 약했어. 너무 약했지. 마법 지팡이 없이 놈들을 몰아낼 가능성도 없었고……. 그런데 그때 그 사진에서 피터를 본 거다……. 저놈이 해리와 함께 호그와트에 있다는 걸 알았지……. 호그와트는 행동하기에 완벽한 곳이었어. 어둠의 세력이 다시 힘을 모으고 있다는 단 하나의 조짐이라도 보이면……."

페티그루는 고개를 저으며 소리 없이 입을 벙긋거리면서도 최면에라도 걸린 듯 블랙을 뚫어지게 바라보고 있었다.

"……저놈은 동맹이 있다는 걸 확신하는 순간에 공격할 준비를 한 거야. 포터 집안의 마지막 생존자를 그들에게 넘겨주려고 말이다. 해리를 넘기면, 감히 누가 저놈이 볼드모트 경을 배신했다고 말하겠어. 다시 명예롭게 환영받겠지……. 그래서 나는 뭔가를 해야만 했다. 나는 피터가 여전히 살아 있다는 걸 아는 유일한 사람이었으니까……."

해리는 위즐리 씨가 위즐리 부인에게 했던 말을 떠올렸다. '간수들이 블랙이 한동안 잠꼬대를 했다고 말했다더군……. 항상 같은 말이었대……. 놈은 호그와트에 있어.'

"마치 누군가가 머릿속에 불을 밝힌 것 같았다. 디멘터들은 그걸 파괴할 수 없었지……. 그건 즐거운 감정이 아니었으니까……. 집착이었을까……. 하지만 그 생각은 내게 힘을 주었고 정신을 맑게 했다. 그래서 어느 날 밤, 그놈들이 음식을 주려고 내 감방 문을 열었을 때 나는 개로 변신해서 살짝 그들을 지나쳤다……. 동물의 감정을 느끼는 게 훨씬 어렵기 때문에 놈들은 혼란스러워했어……. 나는 야위었다. 비쩍 말랐지……. 철창 사이로 빠져나갈 수 있을 만큼……. 나는 개로 변신한 채 육지까지 헤엄쳐 돌아왔다……. 북쪽으로 길을 떠나, 개의 모습으로 슬쩍 호그와트 교정에 들어왔고…… 그 뒤로 쭉 금지된 숲에서 지냈다……. 물론, 퀴디치를 보러 갔을 때를 빼면 말이지……. 너는 네 아버지처럼 비행을 잘하더구나, 해리……."

그가 해리를 보았다. 해리는 이번에는 시선을 돌리지 않았다.

"날 믿어라." 블랙이 쉰 목소리로 말했다. "날 믿어. 나는 결코 제임스와 릴리를 배신하지 않았다. 두 사람을 배신하느니 차라리 죽었을 거야."

마침내, 해리는 그를 믿었다. 너무 목이 메어 말을 할 수 없었던 그는 고개를 끄덕였다.

"아니야!"

페티그루는 해리의 끄덕임이 사형 판결이라도 되는 양 털썩 무릎을 꿇었다. 그는 기도하듯 양손을 모아 쥐고 무릎을 질질 끌며 기어왔다.

"시리우스, 나야…… 피터야…… 네 친구……. 너 설마……."

시리우스가 발길질하자 페티그루는 움찔했다.

"네놈이 건드리지 않아도 내 로브는 충분히 더러워." 시리우스가 내뱉듯 말했다.

"리머스!" 페티그루가 새된 비명을 지르며 이번에는 루핀에게 돌아서서 애원하듯 몸부림쳤다. "저 말을 믿는 건 아니지? 작전을 바꿨다면 시리우스가 너한테 말해 주지 않았겠어?"

"내가 첩자라고 생각했다면 말 안 했겠지, 피터." 루핀이 말했다. "그래서 나한테 말해 주지 않은 거 아닌가, 시리우스?" 그가 페티그루의 머리 너머로 태연히 말했다.

"미안해, 리머스." 시리우스가 말했다.

"천만에, 패드풋, 옛 친구여." 루핀이 말했다. 그는 이제 소매를 걷어 올리고 있었다. "그럼 그 보답으로 널 첩자라고 생각했던 날 용서해 주겠어?"

"당연하지." 시리우스가 말했다. 그의 수척한 얼굴에 아주 엷은 미소가 스쳤다. 그 역시 소매를 걷기 시작했다. "같이 저놈을 죽일까?"

"그래, 그래야겠군." 루핀이 으스스하게 말했다.

"너희 설마…… 설마……." 페티그루가 숨을 들이마시며 허둥지둥 론에게 돌아섰다.

"론…… 난 좋은 친구였잖아…… 착한 반려동물 아니었니? 저들이 나를 죽이도록 내버려 두지는 않겠지, 론…… 너는 내 편이지?"

하지만 론은 더없는 혐오가 깃든 눈으로 페티그루를 노려보았다.

"당신을 내 침대에서 재우다니!" 그가 말했다.

"착한 아이야…… 착한 주인님……." 페티그루가 론에게 기어갔다. "저들이 날 죽이게 놔두지 않으실 거잖아요……. 나는 당신의 쥐였어요……. 착한 반려동물이었는데……."

"사람일 때보다 쥐일 때가 더 낫다는 건 별로 자랑할 일이 아니야, 피터." 시리우스가 매몰차게 말했다. 통증으로 얼굴빛이 더욱 창백해진 론이 부러진 다리를 페티그루의 손이 닿지 않는 곳으로 비틀어 돌렸다. 페티그루는 무릎을 꿇은 채 몸을 돌리더니 비틀비틀 앞으로 나아가 헤르미온느의 로브 자락을 붙잡았다.

"착한 소녀야…… 똑똑한 아이야……. 너, 너는 저 사람들이 날 죽이게 놔두지 않을 거잖니……. 도와다오……."

헤르미온느는 겁먹은 얼굴로 페티그루의 손에서 로브를 빼내고 뒷걸음질 쳐서 벽에 등을 기댔다.

페티그루는 무릎을 꿇은 채 걷잡을 수 없이 벌벌 떨면서 해리 쪽으로 천천히 고개를 돌렸다.

"해리…… 해리…… 너는 네 아버지랑 똑같구나……. 정말 닮았어……."

"감히 해리에게 말을 걸다니!" 시리우스가 고함쳤다. **"어떻게 감히 해리를 마주 보지? 어떻게 감히 해리 앞에서 제임스 얘기를 할 수 있어?"**

"해리." 페티그루가 무릎걸음으로 해리에게 다가와 손을 뻗은 채 속삭였다. "해리, 제임스는 내가 죽길 바라지 않았을 거야……. 제임스는 이해했을 거다, 해리……. 제임스라면 나한테 자비를 베풀었을 거야……."

시리우스와 루핀이 앞으로 성큼성큼 나서서 페티그루의 양어깨를 잡아 뒤로 내동댕이쳤다. 피터는 바닥에 쓰러진 채 공포로 움찔거리며 그들을 올려다보았다.

"넌 릴리와 제임스를 볼드모트에게 팔았다." 시리우스가 말했다. 그도 떨고 있었다. "그걸 부인하진 않겠지?"

페티그루가 울음을 터뜨렸다. 머리가 벗어진 커다란 아기가 바닥에 웅크린 듯한 모습이 끔찍해 보였다.

"시리우스, 시리우스, 내가 뭘 할 수 있었겠어? 어둠의 왕은…… 너는 전혀 몰라……. 그자는 네가 상상할 수도 없는 무기들을 가지고 있어……. 나는 무서웠어, 시리우스. 나는 너나 리머스나 제임스처럼 용감했던 적이 없어. 나도 그런 일이 벌어지길 바란 건 아니야……. 이름을 말해서는 안 되는 그 사람이 억지로……."

"거짓말 마!" 시리우스가 소리쳤다. **"넌 릴리와 제임스가 죽기 1년 전부터 그자에게 정보를 주고 있었어! 넌 그자의 첩자였어!"**

"그자가, 그자가 모든 곳을 점령하고 있었어!" 페티그루가 숨을 들이켰다. "그, 그자를 거역해서 얻는 게 뭐가 있겠어?"

"이제껏 존재했던 가장 사악한 마법사와 싸워서 뭘 얻냐고?" 시리우스가 얼굴에 무시무시한 분노를 띠고 말했다. "무고한 목숨들밖에 더 있겠어, 피터!"

"너는 몰라!" 페티그루가 징징거렸다. "그자는 나를 죽였을 거야, 시리우스!"

"**그럼 죽었어야지!**" 시리우스가 소리쳤다. "**친구들을 배신하느니 차라리 죽었어야지. 우린 널 위해 그렇게 했을 거야!**"

시리우스와 루핀이 나란히 서서 마법 지팡이를 치켜들었다.

"너는 깨달았어야 했어." 루핀이 조용히 말했다. "볼드모트가 널 죽이지 않는다면 우리가 죽일 거라는 걸 말이야. 잘 가라, 피터."

헤르미온느가 양손으로 얼굴을 가리고 벽을 향해 돌아섰다.

"**안 돼요!**" 해리가 소리쳤다. 그는 앞으로 달려 나가 페티그루 앞에 서서 마법 지팡이들을 마주 보았다. "이자를 죽이면 안 돼요." 그가 헐떡이면서 말했다. "그래선 안 돼요."

시리우스와 루핀 둘 다 충격을 받은 얼굴이었다.

"해리, 이 기생충 같은 놈 때문에 네 부모님이 안 계신 거다." 시리우스가 험악한 목소리로 말했다. "이 비굴한 쓰레기는 눈 하나 깜짝하지 않고 네가 죽는 것까지 지켜봤을 거야. 이놈이 하는 말을 들었잖니. 이놈한테는 너희 가족보다 자신의 냄새 나는 몸뚱어리가 더 중요했던 거야."

"저도 알아요." 해리가 헐떡였다. "이자를 성으로 데리고 가요. 디멘터들한테 넘겨요. 아즈카반에 가면 되잖아요……. 그냥 죽이진 마세요."

"해리!" 페티그루가 숨을 헉 들이켜더니 양팔을 뻗어 해리의 무릎을 감싸 안았다. "네가 날…… 고맙구나. 난 그럴 가치가 없는데…… 고마워……."

"이거 놔." 해리는 역겨움에 페티그루의 손을 떨쳐 내며 내뱉었다. "당신 때문에 이러는 거 아냐. 우리 아빠는 가장 친한 친구들이 살인자가 되는 걸 바라지 않았을 것 같아서 그러는 거야. 당신 같은 인간 때문에."

누구도 움직이거나 소리를 내지 않았다. 페티그루가 가슴을 부여잡은 채 쌕쌕거렸다. 시리우스와 루핀은 서로를 바라보았다. 그러더니 곧바로 마법 지팡이를 내렸다.

"결정할 권한을 가진 건 너뿐이다, 해리." 시리우스가 말했다. "하지만 생각해 보거라……. 저놈이 한 짓을 생각해……."

"저 사람은 아즈카반에 가면 돼요." 해리가 다시 말했다.

"그런 곳에 가둬 마땅한 사람이 있다면 바로 저 사람이에요……."

페티그루는 여전히 해리 뒤에서 쌕쌕거리고 있었다.

"그래." 루핀이 입을 열었다. "물러서라, 해리."

해리는 머뭇거렸다.

"저 녀석을 묶으려는 거야." 루핀이 말했다. "그것뿐이야. 맹세하마."

해리는 비켜섰다. 이번에는 루핀의 마법 지팡이에서 가느다란 끈들이 튀어나왔다. 다음 순간 페티그루는 꽁꽁 묶이고 입에는 재갈이 물린 채 바닥에서 꿈틀거렸다.

"하지만 변신을 한다면, 피터." 시리우스가 으르렁거렸다. 그의 마법 지팡이도 페티그루를 겨누고 있었다. "정말로 널 죽일 거다. 동의하지, 해리?"

해리는 바닥에 누운 한심한 형체를 내려다보고 페티그루에게 보이도록 고개를 끄덕였다.

"좋아." 루핀이 돌연 사무적인 태도로 말했다. "론, 나는 뼈를 고치는 솜씨가 폼프리 선생님 발끝도 못 따라가니 병동에 갈 때까지는 다리에 부목을 대는 게 최선일 것 같다."

그는 다급히 론에게 다가가 허리를 구부리고 론의 다리를 마법 지팡이로 가볍게 두드리며 중얼거렸다. "*페룰라.*"

붕대가 론의 다리를 둘둘 감으며 부목에 단단히 고정시켰다. 루핀이 그를 일으켜 세웠다. 론은 그 다리에 조심스럽게 몸무게를 싣고도 움찔거리지 않았다.

"훨씬 낫네요." 그가 말했다. "고맙습니다."

"스네이프 교수님은요?" 헤르미온느가 엎어져 있는 스네이프를 내려다보며 작은 소리로 물었다.

"심각할 정도는 아니다." 루핀이 스네이프 위로 몸을 기울이고 맥박을 확인하며 말했다. "그저 너희가 조금…… 열정이 과했던 것뿐이야. 아직 기절한 상태구나. 음, 성으로 무사히 돌아갈 때까지 깨우지 않는 게 좋을 것 같다. 조용히 데려갈 수 있을 테니……."

그가 "모빌리코르푸스"라고 중얼거렸다. 보이지 않는 끈이 손목과 목, 무릎에 묶인 듯 스네이프는 끌어당겨져 일어선 자세가 되었다. 머리는 기괴한 꼭두각시처럼 기분 나쁘게 늘어진 채였다. 그가 바닥에서 몇 센티미터 위에 뜬 채 늘어진 발을 달랑거렸다. 루핀은 투명 망토를 집어 들고 주머니에 안전하게 밀어 넣었다.

"이놈을 우리 중 두 명과 수갑으로 연결해야겠어." 시리우스가 페티그루를 발끝으로 쿡 찌르며 말했다. "만약을 위해서."

"내가 하지." 루핀이 말했다.

"저도요." 론이 절뚝절뚝 앞으로 나서며 사납게 말했다.

시리우스는 마법으로 허공에 묵직한 수갑을 만들어 냈다. 그리고 곧 페티그루를 일으켜 세워 왼팔은 루핀의 오른팔에, 오른팔은 론의 왼팔에 수갑으로 연결했다. 론의 얼굴은 잔뜩 굳어 있었다. 스캐버스의 진짜 정체를 개인적인 모욕으로 받아들인 듯했다. 크룩섕스가 침대에서 가볍게 뛰어내리더니 앞장서서 방을 나갔다. 병 닦는 솔 같은 꼬리가 의기양양하게 높이 들려 있었다.

20장
디멘터의 입맞춤

해리는 이토록 이상한 일행에 속했던 적이 없었다. 크룩섕스가 앞장서 계단을 내려갔다. 루핀, 페티그루, 론이 그 뒤를 따랐는데, 마치 이인삼각 경기를 하는 것 같았다. 그다음으로는 스네이프 교수가 시리우스에 의해 그 자신의 마법 지팡이로 들어 올려진 채 둥둥 떠서 따라오고 있었다. 한 칸 한 칸 내려갈 때마다 그의 발끝이 계단에 부딪쳤다. 해리와 헤르미온느가 맨 뒤에 섰다.

다시 굴을 통과하는 일은 쉽지 않았다. 루핀이 여전히 마법 지팡이로 페티그루를 겨누고 있었기에 그와 페티그루, 론은 옆으로 걸어야 했다. 그들이 한 줄로 서서 힘겹게 천천히 나아가는 모습이 보였다. 크룩섕스가 계속 앞장서고 있었다. 해리는 스네이프를 공중에 띄워서 앞으로 이동시키는 시리우스 바로 뒤에 있었다. 스네이프의 축 처진 머리가 낮은 천장에 계속 부딪치는데도 시리우스는 전혀 개의치 않는 것 같았다.

"이게 무슨 뜻인지 아니?" 굴을 따라 천천히 나아갈 때 시리우스가 불쑥 해리에게 말했다. "페티그루를 넘기는 것 말이다."

"아저씨가 풀려난다는 거죠." 해리가 말했다.

"그래……." 시리우스가 말했다. "그것도 그렇지만 나는 또…… 누가 말해 줬는지 모르겠다만, 네 대부이기도 하다."

"네, 알아요." 해리가 말했다.

"뭐…… 너희 부모님이 나를 네 보호자로 지명했거든." 시리우스가 긴장한 목소리로 말했다. "두 사람에게 무슨 일이 생기면……."

해리는 말이 이어지기를 기다렸다.

"이모, 이모부와 지내고 싶대도 물론 이해한다." 시리우스가 말했다. "하지만…… 뭐…… 생각해 봐라. 일단 내 결백이 증명되면…… 네가 만약…… 다른 가정을 원한다면……."

해리의 가슴속 깊은 곳에서 폭발 비슷한 것이 일어났다.

"그게 무슨…… 아저씨랑 같이 살자고요?" 해리는 엉겁결에 천장에서 튀어나온 바위에 머리를 부딪히고 말했다. "더즐리네 집을 나오라고요?"

"물론, 네가 원하지 않을 줄 알았다." 시리우스가 재빨리 덧붙였다. "이해한다. 단지 내 생각에는 내가……."

"아저씨 제정신이에요?" 해리가 시리우스 못지않게 쉰 목소리로 말했다. "당연히 더즐리네를 나오고 싶죠! 아저씨 집 있으세요? 전 언제 들어갈 수 있는데요?"

시리우스는 그를 홱 돌아보았다. 스네이프의 머리가 천장에 긁히고 있었지만 전혀 신경 쓰지 않는 것 같았다.

"나랑 살고 싶다고?" 그가 물었다. "진심이냐?"

"네, 진심이에요!" 해리가 말했다.

시리우스의 야윈 얼굴이 해리가 그를 본 이래 처음으로 진짜 미소를 띠었다. 그 미소가 만들어 낸 차이는 놀라웠다. 수척한 가면 뒤에서 마치 열 살은 더 젊어진 사람의 얼굴이 환하게 빛나는 듯했다. 잠깐 동안 그는 해리의 부모님 결혼식에서 웃고 있던 그 남자로 보였다.

그들은 통로 끝에 도착할 때까지 다시 입을 열지 않았다. 크룩섕스가 먼저 빠르게 올라갔다. 녀석이 나무둥치의 옹이를 발로 눌렀는지 나뭇가지가 맹렬히 공격을 퍼붓는 소리는 전혀 들리지 않았다. 루핀과 페티그루와 론이 위로 기어올라 갔다.

시리우스는 스네이프가 머리 위 구멍으로 나가는 모습을 지켜본 다음, 해리와 헤르미온느가 지나갈 수 있도록 물러섰다. 마침내 그들 모두 밖으로 나왔다.

교정은 무척 어두워져 있었다. 멀찍이 떨어진 성 창문에서 나오는 불빛이 전부였다. 그들은 말없이 발걸음을 옮겼다. 페티그루는 여전히 씨근대면서 가끔씩 훌쩍거렸다. 해리는 마음이 붕 떴다. 더즐리네 집을 떠난다. 그는 시리우스 블랙, 부모님의 가장 친한 친구와 살 것이다……. 머리가 멍했다……. 더즐리 가족에게 텔레비전에서 본 그 죄수와 함께 살려고 나가겠다고 하면 무슨 일이 벌어질까?

"한 번만 더 엉뚱하게 움직여 봐, 피터." 앞에서 루핀이 위협적으로 말했다. 그의 마법 지팡이는 여전히 페티그루의 가슴을 비스듬히 겨누고 있었다.

그들은 말없이 터벅터벅 교정을 가로질렀다. 성의 불들이 천천히 커졌다. 스네이프는 여전히 시리우스 앞에서 괴이하게 둥둥 떠가고 있었다. 그의 턱이 가슴에 계속 부딪쳤다. 그때……

구름 한 점이 움직였다. 돌연 교정에 어둑한 그림자가 드리워졌다. 일행은 달빛에 휩싸였다.

스네이프가 갑자기 멈춰 선 루핀, 페티그루, 론에게 부딪쳤다. 시리우스는 순간 얼어붙었다. 그가 팔을 휙 뻗어 해리와 헤르미온느를 멈춰 세웠다.

루핀의 윤곽이 보였다. 그가 뻣뻣하게 굳는가 싶더니 팔다리를 부들부들 떨기 시작했다.

"아, 이런……." 헤르미온느가 숨을 헉 들이켰다. "루핀 교수님은 오늘 밤 마법약을 먹지 않았어! 위험한 상태야!"

"뛰어라." 시리우스가 속삭였다. "뛰어! 당장!"

하지만 해리는 뛸 수 없었다. 론이 페티그루, 루핀과 수갑으로 연결돼 있었던 것이다. 시리우스는 앞으로 달려가는 해리의 가슴을 부둥켜안고 뒤로 홱 밀쳤다.

"나한테 맡겨라……. **뛰어!**"

으르렁거리는 소리가 무시무시하게 들렸다. 루핀의 머리가 길어졌다. 몸도 늘어났다. 어깨가 구부러지고, 얼굴과 손에서는 분명 털이 나고 있었다. 손이 오그라들더니 발톱 달린 발로 변했다. 크룩섕스가 털을 다시 한껏 곤두세우고 물러났다.

늑대인간이 긴 주둥이를 딱딱 부딪치며 일어섰을 때 시리우스는 해리 옆에 없었다. 변신한 것이다. 거대한 곰 같은 개가 앞으로 달려 나갔다. 늑대인간이 몸을 비틀어 수갑을 벗겨 내자 개가 그것의 목덜미를 물고 론과 페티그루에게서 멀리 끌어당겼다. 그들은 주둥이를 맞대고 서로를 발톱으로 할퀴며 뒤엉켰다.

해리는 그 광경에 넋을 잃고 서 있었다. 전투에 너무 정신이 팔려서 무슨 일이 일어나는지 전혀 눈치채지 못했다. 그는 헤르미온느의 비명 소리에 퍼뜩 정신을 차렸다.

페티그루가 땅에 떨어진 루핀의 마법 지팡이에 달려든 것이다. 붕대 감은 다리를 불안하게 짚고 서 있던 론이 넘어졌다. 쾅 하는 소리와 함께 빛이 번쩍했다. 론은 미동도 없이 바닥에 쓰러져 있었다. 또 한 번 쾅 소리가 나더니, 이번엔 크룩섕스가 공중으로 날아올랐다가 땅에 떨어져 움직이지 않았다.

"엑스펠리아르무스!" 해리가 마법 지팡이를 페티그루에게 겨누며 소리쳤다. 루핀의 마법 지팡이가 공중 높이 보이지 않는 곳으로 날아갔다. "꼼짝 마!" 해리가 앞으로 달려가며 소리쳤다.

하지만 너무 늦었다. 페티그루가 변신한 것이다. 론의 쭉 뻗은 팔에 연결된 수갑을 휙 빠져나가는 꼬리가 보이더니 잔디밭을 날쌔게 달려가는 소리가 들렸다.

울부짖는 소리와 낮게 으르렁거리는 소리가 들려왔다. 해리는 눈을 돌려 늑대인간이 도망치는 모습을 보았다. 그는 금지된 숲으로 질주하고 있었다.

"시리우스, 그자가 사라졌어요. 페티그루가 변신했다고요!" 해리가 외쳤다.

시리우스는 피를 흘리고 있었다. 코와 등 전체에 깊은 상처가 나 있었는데도 그는 해리의 말에 얼른 몸을 일으켰다. 그가 교정을 가로질러 달려가자 발소리가 순식간에 희미해지다가 사라졌다.

해리와 헤르미온느는 론에게 달려갔다.

"얘한테 무슨 짓을 한 거야?" 헤르미온느가 작은 소리로 말했다. 론의 눈은 반쯤 감겨 있고 입은 헤 벌어져 있었다. 숨소리가 들리는 걸 보니 살아 있는 게 분명했지만 그들을 알아보지 못하는 것 같았다.

"모르겠어."

해리는 절망적으로 주위를 둘러보았다. 시리우스와 루핀 둘 다 사라져 버렸다……. 의식을 잃은 채 둥둥 떠 있는 스네이프 말고는 아무도 없었다.

"이 두 사람을 성으로 데리고 가서 도움을 요청하는 게 좋겠어." 해리는 눈에서 머리카락을 쓸어내고 제대로 생각하려고 애쓰며 말했다. "가자."

하지만 그때, 어둠 속에서 깨갱 짖고 낑낑거리는 소리가 들렸다. 개가 아파하는 소리…….

"시리우스." 해리가 어둠 속을 응시하며 중얼거렸다.

그는 잠시 망설였다. 하지만 그들이 당장 론에게 해 줄 수 있는 건 아무것도 없었고, 소리를 들으니 시리우스는 곤경에 처한 듯했다.

해리는 달리기 시작했다. 헤르미온느가 바짝 뒤따랐다. 낑낑거리는 소리는 호수 근처에서 들려오는 것 같았다. 그들은 호수를 향해 뛰어갔다. 전속력으로 달리는데, 싸늘한 기운이 느껴졌다. 그것이 정확히 뭘 의미하는지는 알 수 없었지만.

낑낑거리는 소리가 갑자기 멈췄다. 그들은 호숫가에 다다라서야 그 이유를 알았다. 시리우스가 사람으로 돌아와 있었다. 그는 양손으로 머리를 감싸고 잔뜩 웅크린 모습이었다.

"안 돼애애애." 시리우스가 신음했다. "안 돼애애애……. 제발……."

그때, 해리는 그들을 보았다. 적어도 백 명은 돼 보이는 디멘터들이 검은 덩어리를 이룬 채 호숫가로 미끄러져 왔다. 해리는 홱 돌아보았다. 얼음장 같은 익숙한 냉기가 온몸을 관통하면서 안개가 시야를 흐리기 시작했다. 사방 어둠 속에서 더 많은 디멘터들이 나타났다. 그들이 주위를 포위하고 있었다.

"헤르미온느, 뭔가 행복했던 일을 떠올려!" 해리가 마법 지팡이를 들어 올리며 소리쳤다. 그는 시야를 맑게 하려고 눈을 격렬하게 깜빡이면서 머릿속에서 시작된 희미한 비명을 떨치기 위해 고개를 흔들었다.

'나는 대부랑 같이 살 거야. 나는 더즐리네 집을 떠날 거야.'

그는 시리우스, 오직 시리우스만 생각하려고 애쓰며 주문을 외우기 시작했다. "엑스펙토 패트로눔! 엑스펙토 패트로눔!"

시리우스가 한차례 부르르 떨더니 아무런 미동도 없이 땅바닥에 쓰러졌다. 얼굴은 죽은 사람처럼 창백했다.

'시리우스는 괜찮을 거야. 나는 나가서 시리우스랑 같이 살 거야.'

"엑스펙토 패트로눔! 헤르미온느, 도와줘! 엑스펙토 패트로눔!"

"엑스펙토……." 헤르미온느가 중얼거렸다. "엑스펙

토…… 엑스펙토…….."

하지만 그녀는 해내지 못했다. 디멘터들이 다가오고 있었다. 3미터도 채 떨어져 있지 않았다. 그들은 해리와 헤르미온느 주위에 단단한 벽을 형성한 채 점점 더 가까워지고 있었다.

"**엑스펙토 패트로눔!**" 해리는 귀에서 들리는 비명 소리를 떨치려고 애쓰며 크게 외쳤다. "**엑스펙토 패트로눔!**"

마법 지팡이에서 가느다란 은색 연기 한 줄기가 튀어나와 안개처럼 눈앞을 맴돌았다. 동시에, 옆에서 헤르미온느가 쓰러지는 것이 느껴졌다. 그는 혼자였다……. 완전히 혼자…….

"엑스펙토…… 엑스펙토 패트로눔…….."

해리의 무릎이 차가운 잔디밭에 닿았다. 안개가 눈앞을 흐렸다. 그는 기억하려고 안간힘을 썼다. *시리우스는 결백해. 아무 죄도 없어. 우린 괜찮을 거야. 나는 시리우스랑 같이 살 거야.*

"엑스펙토 패트로눔!" 그는 숨을 헉 들이켜며 외쳤다.

형체가 불분명한 패트로누스의 빛에 비쳐, 아주 가까운 곳에 있던 디멘터 하나가 멈춰 서는 것이 보였다. 놈은 해리가 불러낸 은빛 안개구름을 뚫고 오지 못했다. 점액으로 뒤덮인 죽은 손이 망토에서 미끄러져 나와 패트로누스를 옆으로 치워 버리려는 듯 움직였다.

"안 돼…… 안 돼……." 해리는 숨이 턱 막혔다. "시리우스는 결백해……. 엑스펙토…… 엑스펙토 패트로눔……."

디멘터들이 지켜보는 것이 느껴졌다. 주위에서 사악한 바람과도 같은 그들의 그르렁대는 숨소리가 들려왔다. 가장 가까이에 있는 디멘터가 그를 뚫어지게 바라보았다. 그러더니 썩어 가는 양손을 들어 올려…… 후드를 내렸다.

눈이 있어야 할 곳에는 잿빛을 띤 딱지투성이 얇은 피부만 텅 빈 구멍 위로 축 늘어져 있었다. 하지만 입은 있었다……. 형체가 또렷하지 않은 구멍이 떡 벌어진 채, 죽어 가는 사람의 목에서 나는 것 같은 가래 끓는 소리를 내며 공기를 빨아들였다.

얼어붙을 듯한 공포가 온몸을 덮쳐서 해리는 움직일 수도, 말을 할 수도 없었다. 그의 패트로누스가 깜빡이다가 사라졌다.

하얀 안개가 그의 눈을 가리고 있었다. 싸워야 했다……. 엑스펙토 패트로눔……. 앞이 보이지 않았다……. 멀리서 익숙한 비명이 들렸다……. 엑스펙토 패트로눔……. 해리는 시리우스를 찾아 안개 속을 더듬었다. 시리우스의 팔이 손에 닿았다……. 저들은 시리우스를 데려가지 못할 것이다…….

그러나 한 쌍의 강하고 축축한 손이 갑자기 해리의 목을 휘감았다. 그 손이 해리의 얼굴을 억지로 들어 올렸다……. 그것의 숨결이 느껴졌다……. 그것은 해리를 먼저 해치울 작정이었다……. 썩은 내 나는 숨결이 느껴졌다……. 어머니가 귓속에서 비명을 질렀다……. 그녀의 목소리가 해리가 마지막으로 듣는 소리가 될 것이다.

그때, 그를 질식시키려는 안개를 뚫고 점점 더 밝아지는 은색의 빛이 보인 것 같았다……. 그의 몸이 잔디 위로 고꾸라졌다.

해리는 얼굴을 아래로 한 채 눈을 떴다. 움직일 기운도 없었고 메스껍고 온몸이 떨렸다. 눈이 멀 듯한 빛이 주위의 잔디밭을 밝혔다……. 비명은 멈췄고 냉기는 사그라들고 있었다…….

뭔가가 그와 시리우스와 헤르미온느 주위를 빙글빙글 돌면서 디멘터들을 몰아내고 있었다……. 그르렁대면서 빨아들이는 소리가 사라져 갔다. 디멘터들이 물러나고 있었다……. 공기가 다시 따뜻해졌다…….

해리는 온 힘을 끌어모아 머리를 살짝 들어 올렸다. 어떤 동물이 빛 속에서 호수를 가로질러 질주하는 모습이 보였다. 해리는 땀에 젖은 눈으로 그게 뭔지 보려고 애썼다. 그것은 유니콘처럼 빛나는 존재였다. 해리는 의식을 유지하려고 안간힘을 쓰면서, 그 존재가 호수 맞은편에 다다라 천천히 걷다가 멈추는 모습을 지켜보았다. 그 존재가 발하는 빛에 비쳐, 잠깐 그것을 맞이하는 누군가가 보였다……. 그 사람이 손을 들어 그것을 쓰다듬어 주었다……. 이상하게 낯이 익은 사람이었다……. 하지만 그럴 리가…….

해리는 이해할 수 없었다. 더 이상 생각을 할 수도 없었다. 마지막 남은 힘마저 빠져나가는 것 같았다. 그는 순간 정신을 잃으면서 땅에 머리가 닿는 것을 느꼈다.

21장
헤르미온느의 비밀

"놀랍군……. 정말이지 놀라워……. 아무도 죽지 않았다니 기적일세……. 이런 얘기는 들어 본 적도 없어……. 자네가 거기 있어서 정말 다행이었네, 스네이프……."

"고맙습니다, 총리님."

"내가 보기엔 2급 멀린 훈장감이야. 할 수 있다면 1급 훈장으로 해 주겠네!"

"정말 고맙습니다, 총리님."

"상처가 심하군……. 블랙의 짓이겠지?"

"실은 포터와 위즐리, 그레인저가 그랬습니다, 총리님……."

"*그럴 리가!*"

"블랙이 그 애들한테 마법을 걸었더군요. 즉시 알아봤지요. 아이들의 행동으로 보건대 혼돈 마법이었습니다. 아이들은 놈이 결백할 수도 있다고 생각하는 것처럼 보였습니다. 아이들이 한 행동에 책임을 물을 수는 없겠죠. 하지만 아이들이 훼방 놓는 바람에 하마터면 블랙을 놓칠 뻔했습니다....... 자기들이 직접 블랙을 잡을 생각이었던 게 틀림없습니다. 지금까지 온갖 짓을 저지르고도 벌을 받지 않고 빠져나갔으니까요....... 안타깝게도 그 때문에 본인들을 조금 과대평가하게 된 것 같습니다....... 물론, 포터는 전부터 교장 선생님 덕분에 이상할 만큼 자유를 누려 오긴 했지요."

"아, 뭐, 스네이프...... 해리 포터잖나....... 그 애와 관련해서는 우리 모두 조금 무른 구석이 있지."

"그렇다고 해도 말이죠. 그런 특별 대우가 포터에게 유익하겠습니까? 저는 개인적으로 그 애를 다른 학생들과 똑같이 대하려고 노력합니다. 다른 학생이 친구들을 그런 위험에 빠뜨렸다면 최소한 정학이라도 당했을 겁니다. 생각해 보십시오. 교칙을 죄다 어기고, 한밤중에 출입 금지 구역에 들어가 늑대인간과 살인자랑 어울리다니요. 그 애가 규칙을 어기고 호그스미드를 방문했다는 믿을 만한 증거도 있습니다."

"그래, 그래……. 두고 보도록 하지, 스네이프. 두고 보세나……. 그 아이가 어리석은 짓을 한 건 확실하니……."

해리는 눈을 질끈 감은 채 누워서 귀를 기울였다. 몸을 가눌 수 없을 것 같았다. 들려오는 말들이 귀에서 뇌까지 아주 천천히 이동하는 것 같아 이해하기가 어려웠다. 팔다리가 납덩이 같았다. 눈꺼풀은 너무 무거워서 들어 올릴 수가 없을 지경이었다……. 여기 이 편안한 침대에 영원히 누워 있고만 싶었다…….

"무엇보다 나를 놀라게 한 건 디멘터들의 행동이네……. 그들이 뭐 때문에 물러났는지 전혀 모르나, 스네이프?"

"네, 총리님. 제가 정신을 차렸을 때 디멘터들은 이미 원래 자리인 학교 출입구로 돌아가고 있었습니다……."

"놀랍군. 하지만 블랙과 해리, 그 여학생은……."

"제가 도착했을 때는 모두 정신을 잃은 상태였습니다. 저는 당연히 블랙을 묶고 재갈을 물린 뒤 마법으로 들것을 만들어 내서 모두를 즉시 성으로 데리고 왔습니다."

잠시 침묵이 흘렀다. 정신이 조금 맑아진 것 같았다. 그러자 뭔가가 배 속 깊은 곳을 갉아먹는 듯한 느낌이 들었다…….

해리는 눈을 떴다.

모든 게 약간 흐릿하게 보였다. 누군가가 안경을 벗겨 두었다. 그는 어두운 병동에 누워 있었다. 그는 병동 맨 끝에서 자신을 등진 채 다른 침대 위로 몸을 숙이고 있는 폼프리 선생을 알아보았다. 해리는 눈을 가늘게 떴다. 폼프리 선생의 팔 아래로 론의 빨간 머리카락이 보였다.

해리는 베개 위에서 머리를 움직였다. 오른쪽 침대에는 헤르미온느가 누워 있었다. 그녀의 침대는 달빛에 휩싸여 있었다. 그녀도 눈을 뜨고 있었는데, 잔뜩 긴장한 것처럼 보였다. 그녀는 해리가 깬 것을 보더니 입술에 손가락을 갖다 대고 병동 문을 가리켰다. 문이 열려 있었다. 코닐리어스 퍼지와 스네이프의 목소리는 바깥 복도에서 그 문을 통해 들려온 것이었다.

폼프리 선생은 이제 해리의 침대를 향해 어두운 병동을 기운차게 걸어오고 있었다. 그는 고개를 돌려 그녀를 바라보았다. 폼프리 선생은 해리가 여태 본 것 중에서 가장 커다란 초콜릿 덩어리를 들고 있었다. 꼭 작은 바위만 했다.

"아, 깨어났구나!" 그녀가 활기차게 말했다. 그녀는 초콜릿을 해리의 침대 옆 탁자에 내려놓고 작은 망치로 깨뜨리기 시작했다.

"론은요?" 해리와 헤르미온느가 동시에 물었다.

"괜찮을 거야." 폼프리 선생이 엄한 목소리로 말했다. "너희 둘 말이다…… 너희는 내가 됐다고 할 때까지 여기에서 지내야…… 포터, 뭐 하는 거니?"

해리는 몸을 일으켜 앉아 안경을 쓰고 마법 지팡이를 집어 들고 있었다.

"교장 선생님을 뵈어야 돼요." 그가 말했다.

"포터." 폼프리 선생이 달래듯 말했다. "괜찮아. 블랙은 잡혔어. 위층에 갇혀 있단다. 디멘터들이 당장이라도 입맞춤을 실행할 거야."

"뭐라고요?"

해리는 침대에서 뛰쳐나갔다. 헤르미온느도 똑같은 행동을 했다. 하지만 해리의 외침이 복도까지 들렸는지, 다음 순간 코닐리어스 퍼지와 스네이프가 병동에 들어왔다.

"해리, 해리, 대체 무슨 일이냐?" 퍼지가 불안한 얼굴로 물었다. "누워 있어야지. 이 애가 초콜릿은 먹었습니까?" 그가 걱정스러운 듯 폼프리 선생에게 물었다.

"총리님, 제 말 좀 들어 보세요!" 해리가 말했다. "시리우스 블랙은 죄가 없어요! 피터 페티그루가 자기 죽음을 꾸며 낸 거라고요! 저희는 조금 전에 그자를 봤어요. 디멘터들이 시리우스에게 그 짓을 하도록 놔두시면 안 돼요. 시리우스는……."

하지만 퍼지는 얼굴에 살짝 미소를 띠고 고개를 저었다.

"해리, 해리, 많이 혼란스러운가 보구나. 너는 끔찍한 시련을 겪었어. 이제 다시 눕거라, 우리가 모든 걸 잘 관리하고 있으니……."

"아니라니까요!" 해리가 소리쳤다. **"엉뚱한 사람을 잡은 거라고요!"**

"총리님, 들어 주세요, 제발." 헤르미온느가 말했다. 그녀는 다급히 해리의 옆으로 가서 애원하듯 퍼지의 얼굴을 들여다보았다. "저도 봤어요. 론의 쥐였어요. 그 사람은, 그러니까, 페티그루는 애니마구스였고……."

"보셨죠, 총리님?" 스네이프가 말했다. "둘 다 혼돈 마법에 걸린 겁니다……. 블랙이 아이들에게 아주 제대로 마법을 걸었군요……."

"저희는 혼돈 마법에 걸리지 않았어요!" 해리가 고함을 질렀다.

"총리님! 교수님!" 폼프리 선생이 화를 내며 말했다. "나가 주세요. 포터는 제 환자입니다. 스트레스를 받으면 안 된다고요!"

"스트레스를 받은 게 아니에요. 무슨 일이 있었는지 말하려는 거예요!" 해리가 길길이 뛰면서 말했다. "그냥 들어만 주시면……."

하지만 폼프리 선생이 불쑥 해리의 입에 큼직한 초콜릿 덩어리를 쑤셔 넣었다. 그는 목이 메었고, 그녀는 해리를 억지로 다시 침대에 눕힐 기회를 잡았다.

"자, 부탁드릴게요, 총리님. 이 아이들한테는 안정이 필요해요. 부디 나가 주세요."

문이 다시 열렸다. 덤블도어였다. 해리는 입안에 가득한 초콜릿을 힘겹게 삼키고 다시 일어났다.

"덤블도어 교수님, 시리우스 블랙이……."

"원, 세상에!" 폼프리 선생이 신경질적으로 소리쳤다. "여기가 병동 맞나요? 교장 선생님, 제발 부탁드려……."

"미안합니다, 포피. 하지만 포터 군과 그레인저 양이랑 할 얘기가 있어요." 덤블도어가 담담하게 말했다. "방금 시리우스 블랙과 이야기를 나눴는데……."

"그자가 포터의 머릿속에 심은 것과 똑같은 허무맹랑한 얘기를 했을 것 같습니다만?" 스네이프가 내뱉었다. "쥐가 어쨌다느니 페티그루가 살아 있다느니 하는 얘기겠지요."

"실은, 바로 그 얘기라네." 덤블도어가 반달 안경 너머로 스네이프를 바라보며 말했다.

"그럼 제 증언은 전혀 중요하지 않은 겁니까?" 스네이프가 으르렁거리듯 말했다. "피터 페티그루는 악쓰는 오두막에 없었습니다. 교내 어디에도 그자의 흔적은 없었어요."

"그야 기절하셨으니까 그렇죠, 교수님!" 헤르미온느가 간곡한 목소리로 말했다. "교수님은 늦게 도착하셔서 듣지를……."

"그레인저 양, **입 다물지 못해!**"

"자자, 스네이프." 퍼지가 깜짝 놀라서 말했다. "저 꼬마 아가씨는 혼란스러운 상태니 우리가 이해해야지."

"해리랑 헤르미온느하고만 이야기 나누고 싶으니……." 덤블도어가 불쑥 입을 열었다. "코닐리어스, 세베루스, 포피, 나가 주세요."

"교장 선생님!" 폼프리 선생이 식식거렸다. "애들은 치료가 필요해요. 쉬어야 한……."

"기다릴 수 없는 문제입니다." 덤블도어가 말했다. "꼭 좀 부탁드리지요."

폼프리 선생은 입을 꽉 다물더니 병동 끝에 있는 사무실로 성큼성큼 걸어 들어가 문을 쾅 닫았다. 퍼지는 조끼에 매달려 달랑거리던 커다란 황금색 회중시계를 들여다보았다.

"지금쯤이면 디멘터들이 도착했겠군." 그가 말했다. "내가 가서 맞이하겠소. 덤블도어, 위층에서 봅시다."

그가 문으로 가서 스네이프를 기다리며 문을 잡고 있었지만 스네이프는 움직이지 않았다.

"블랙의 얘기를 믿지 않으시는 게 확실합니까?" 스네이프가 덤블도어의 얼굴에 시선을 고정한 채 속삭이듯 물었다.

"나는 해리와 헤르미온느하고만 이야기 나누고 싶네." 덤블도어가 되풀이했다.

스네이프가 덤블도어 쪽으로 한 걸음 다가섰다.

"시리우스 블랙은 열여섯 살 나이에 살인을 저지를 수 있다는 걸 보여 줬습니다." 그가 숨죽여 말했다. "그 일을 잊으신 건 아니겠죠, 교장 선생님? 놈이 절 죽이려 한 적이 있다는 사실을 잊진 않으셨을 거라 믿습니다."

"내 기억력은 여느 때만큼 괜찮다네, 세베루스." 덤블도어가 조용히 말했다.

스네이프는 발길을 돌려 퍼지가 여전히 잡고 있던 문으로 성큼성큼 걸어 나갔다. 문이 닫히자 덤블도어는 해리와 헤르미온느를 돌아보았다. 둘은 동시에 이야기를 쏟아 냈다.

"교수님, 블랙 말이 사실이에요. 저희가 페티그루를 봤어요."

"루핀 교수님이 늑대인간으로 변했을 때 달아났어요."

"페티그루는 쥐예요."

"페티그루의 앞발은, 그러니까, 손가락은, 자기가 직접 자른 거였어요."

"페티그루가 론을 공격했어요. 시리우스가 한 게 아니고요."

하지만 덤블도어는 손을 들어 쏟아지는 설명을 막았다.

"이제는 너희가 들을 차례다. 부탁이니 내 말을 끊지 말거라. 시간이 별로 없으니까." 그가 조용히 말했다. "블랙의 이야기를 뒷받침해 줄 증거는 조금도 없다. 너희의 말을 제외하면 말이야. 그리고 열세 살짜리 마법사 두 명의 말은 누구도 설득시키지 못할 게다. 거리에 가득했던 목격자들이 시리우스가 페티그루를 죽이는 걸 봤다고 맹세했다. 나부터가 정부에 시리우스가 포터 부부의 비밀 수호자였다고 증언했단다."

"루핀 교수님이 증언해 주실······." 해리가 참지 못하고 입을 열었다.

"루핀 교수는 지금 누구와도 이야기할 수 없는 상태로 금지된 숲 깊숙한 곳에 있다. 루핀 교수가 인간으로 돌아왔을 때쯤에는 이미 늦었을 게다. 시리우스는 죽느니만 못한 상태가 되겠지. 우리 인간들 대부분이 늑대인간을 믿지 못하기 때문에, 루핀의 지지는 별로 도움이 안 될 거라는 말도 덧붙여야겠구나. 루핀과 시리우스가 오랜 친구 사이라는 것도 그렇고……."

"하지만……."

"내 말 듣거라, 해리. 너무 늦었어. 알아듣겠니? 너는 스네이프 교수의 상황 설명이 너희가 말한 것보다 훨씬 설득력 있다는 걸 인정해야 한다."

"스네이프 교수님은 시리우스를 싫어한단 말이에요." 헤르미온느가 절망스러운 듯 말했다. "단지 시리우스가 자기한테 무슨 멍청한 장난을 쳤다는 이유로……."

"시리우스도 결백한 사람답게 행동하지 않았다. 뚱뚱한 귀부인을 공격한 일이라든가, 칼을 들고 그리핀도르 탑에 들어오기도 했고……. 살았든 죽었든 간에 페티그루가 없으면 시리우스의 판결을 뒤집을 가능성은 없어."

"하지만 교수님은 저희를 믿으시잖아요."

"그래, 믿는다." 덤블도어가 조용히 말했다. "하지만 나에겐 사람들이 진실을 보게 만들거나, 마법 정부가 내린 결정을 뒤집을 힘이 없단다……."

해리는 덤블도어의 침통한 얼굴을 올려다보고 발밑의

땅이 무너지는 것 같은 기분을 느꼈다. 그는 덤블도어라면 무엇이든 해결할 수 있으리라는 생각에 익숙해져 있었다. 덤블도어가 기막힌 해결책을 내놓을 거라고 기대한 것이다. 하지만 아니었다……. 그들의 마지막 희망이 사라져버렸다.

"우리한테 필요한 건……." 덤블도어가 천천히 말했다. 그의 하늘색 눈이 해리에게서 헤르미온느에게로 옮겨 갔다. "시간이란다."

"하지만……." 헤르미온느가 입을 열었다. 그러더니 눈을 휘둥그렇게 떴다. "앗!"

"자, 잘 들거라." 덤블도어가 아주 나직하고 또렷한 목소리로 말했다. "시리우스는 지금 8층에 있는 플리트윅 교수님 연구실에 갇혀 있단다. 서쪽 탑 오른쪽에서 열세 번째 창문이야. 일이 다 잘된다면, 너희는 오늘 밤 하나 이상의 무고한 목숨을 구할 수 있을 게다. 하지만 둘 다 이건 기억하거라. 절대 목격되어서는 안 돼. 그레인저 양, 규칙을 알 테니 뭐가 위험한지도 잘 알 게다……. *절대, 목격되어선, 안 된다.*"

해리는 무슨 영문인지 감을 잡을 수 없었다. 덤블도어는 문에 다다라 뒤를 돌아보았다.

"나는 너희를 가둘 생각이란다. 지금이……." 그는 손목시계를 보았다. "자정 5분 전이구나. 그레인저 양, 세 번 돌리면 될 게다. 행운을 빈다."

"행운을 빈다고?" 덤블도어가 문을 닫고 나가자 해리가 그의 말을 되풀이했다. "세 번 돌리다니? 무슨 얘기야? 우리더러 어쩌라는 거야?"

하지만 헤르미온느는 말없이 로브의 목 부분을 더듬어 옷 속에서 아주 길고 가느다란 황금 목걸이를 꺼냈다.

"해리, 이리 와." 그녀가 다급히 말했다. "*빨리!*"

해리는 당황해서 어쩔 줄을 모르면서도 헤르미온느 쪽으로 갔다. 그녀는 목걸이를 빼 들고 있었다. 목걸이에 반짝거리며 매달려 있는 조그만 모래시계가 보였다.

"자……."

그녀는 목걸이를 해리의 목에도 감았다.

"준비됐어?" 그녀가 숨죽여 물었다.

"뭐 하는 건데?" 해리는 뭐가 뭔지 전혀 알 수 없었다.

헤르미온느가 모래시계를 세 번 뒤집었다.

어두운 병동이 녹아내렸다. 해리는 아주 *빠르게* 뒤로 날아가는 것 같은 기분을 느꼈다. 흐릿한 색채와 형상 들이 빠르게 지나쳐 갔다. 귀에서 쿵쾅거리는 소리가 들렸다. 그는 고함을 지르려고 했지만 그 자신의 목소리가 들리지 않았다.

그때 발아래 단단한 땅이 느껴지더니 다시 모든 것이 똑똑히 보였다.

그는 아무도 없는 현관홀에서 헤르미온느 옆에 서 있었다. 열린 성문으로 들어온 황금색 햇빛 한 줄기가 돌이 깔린 바닥에 드리워졌다. 그는 헤르미온느를 홱 돌아보았다. 그 바람에 모래시계의 줄이 목을 조였다.

"헤르미온느, 무슨……?"

"일단 여기 들어가!" 헤르미온느가 해리의 팔을 잡고 현관홀 한쪽에 있는 빗자루를 보관하는 벽장으로 끌고 갔다. 그녀는 그 문을 열고 들통들과 대걸레들 사이에 해리를 밀어 넣더니 자신도 들어와 문을 쾅 닫았다.

"대체 무슨…… 어떻게…… 헤르미온느, 어떻게 된 거야?"

"우리는 시간을 거슬러 왔어." 어둠 속에서 헤르미온느가 해리의 목에서 목걸이를 벗겨 내며 속삭였다. "세 시간 전으로……."

해리는 다리를 세게 꼬집었다. 무척 아팠다. 아주 이상한 꿈을 꾸고 있는 건 아닌 것 같았다.

"하지만……."

"쉿! 들어 봐! 누가 오고 있어! 내 생각엔…… 내 생각엔 우리인 것 같아!"

헤르미온느는 귀를 벽장문에 갖다 댔다.

"문으로 향하는 발소리야……. 맞아, 우리가 해그리드한테 가고 있나 봐!"

"그러니까……." 해리가 목소리를 낮추고 말을 이었다. "우리가 이 벽장 안에도 있고 저 밖에도 있다는 거야?"

"응." 헤르미온느가 귀를 벽장문에 딱 붙인 채 말했다. "틀림없어……. 많아야 세 사람 같아……. 투명 망토를 쓰고 있어서 천천히 걷는 중이야……."

그녀는 말을 멈추고 계속해서 열심히 귀를 기울였다.

"우리가 정문 계단을 내려갔어……."

헤르미온느는 뒤집어진 양동이 위에 앉았다. 해리는 몹시 초조한 표정을 지으며 몇 가지 의문에 대한 답을 구하고자 그녀에게 물었다.

"그 모래시계 같은 건 어디서 났어?"

"이건 타임 터너야." 헤르미온느가 속삭였다. "학기 첫날에 맥고나걸 교수님한테서 받았어. 이번 학기 내내 이걸 쓰면서 그 수업들을 다 들은 거야. 맥고나걸 교수님이 절대 아무한테도 말하지 말라고 하셨어. 나한테 이걸 주려고 마법 정부에 온갖 편지를 보내셔야 했대. 내가 모범생이고, 공부 외의 목적으로는 무슨 일이 있어도 절대 사용하지 않을 거라고 설득해야 했거든……. 나는 타임 터너를 돌려서 지나간 시간을 되풀이할 수 있었어. 그래서 내가 수업 여러 개를 동시에 들을 수 있었던 거야. 알겠지? 근데…… 해리, 난 덤블도어 *교수님이 우리한테 뭘 하라는 건지 모르겠어.* 왜 세 시간을 거슬러 가라고 했을까? 그걸로 어떻게 시리우스를 구할 수 있지?"

해리는 그녀의 그늘진 얼굴을 뚫어지게 바라보았다.

"지금쯤 무슨 일이 일어난 게 틀림없어. 우리가 그걸 바꿔 주길 바라시는 거야." 그가 천천히 말했다. "무슨 일이 있었지? 세 시간 전에는 해그리드의 오두막으로 걸어가고 있었는데……."

"*지금이* 세 시간 전이야. 우리는 해그리드한테 가는 중이고." 헤르미온느가 말했다. "방금 우리가 나가는 소리를 들었잖아……."

해리는 얼굴을 찌푸렸다. 집중하느라 뇌를 쥐어짜는 기분이었다.

"덤블도어 교수님이 조금 전에…… 조금 전에 말했잖

아. 우리가 하나 이상의 무고한 목숨을 구할 수 있을 거라고……." 그때 문득 그 생각이 떠올랐다. "헤르미온느, 우린 벅빅을 구해야 해!"

"하지만…… 그걸로 어떻게 시리우스를 구한다는 거야?"

"덤블도어 교수님이 말해 줬잖아. 플리트윅 교수님 연구실 창문이 어디 있는지! 시리우스가 갇혀 있는 곳! 벅빅을 타고 창문으로 날아가서 시리우스를 구해야 해! 시리우스는 벅빅을 타고 탈출할 수 있을 거야. 둘이 같이 탈출하는 거지!"

해리가 헤르미온느의 표정을 살펴보니 그녀는 겁에 질려 있었다.

"그런 일을 들키지 않고 해내려면 기적을 바랄 수밖에 없어!"

"뭐, 시도는 해 봐야 하지 않을까?" 해리가 말했다. 그는 일어서서 귀를 문에 바짝 댔다.

"아무도 없는 것 같은데……. 자, 가자……."

해리는 벽장문을 열었다. 현관홀에는 아무도 없었다. 그들은 되도록 조용하고 빠르게 벽장을 빠져나와 돌계단을 내려갔다. 그림자는 벌써 길어지고, 금지된 숲의 우듬지는 다시 한 번 황금빛으로 물들어 있었다.

"혹시라도 누가 창밖을 내다보고 있으면……." 헤르미온느가 등 뒤의 성을 올려다보며 겁먹은 목소리로 말했다.

"죽어라 뛰어야지." 해리가 결연하게 말했다. "금지된 숲까지 곧장. 알았지? 나무 같은 것 뒤에 숨어서 망을 봐야 해."

"알았어. 근데 온실 옆으로 돌아가자!" 헤르미온느가 숨죽여 말했다. "해그리드의 오두막 현관에서 보이지 않는 곳에 있어야 해, 안 그러면 우리가 우리를 볼 테니까! 지금쯤 틀림없이 해그리드의 오두막에 거의 도착했을 거야!"

해리는 여전히 그녀가 한 말의 뜻을 고민하면서 전력 질주하기 시작했고 헤르미온느가 그 뒤를 따랐다. 그들은 채소밭을 가로질러 온실들 쪽으로 달려가 그곳에 잠깐 멈춰서 몸을 숨겼다가 다시 출발했다. 그런 다음 최대한 빠르게 후려치는 버드나무를 지나쳐 금지된 숲으로 숨어들었다…….

무사히 나무 그늘로 들어간 해리가 뒤돌아보았다. 잠시 후, 헤르미온느가 숨을 헐떡이며 그의 옆에 도착했다.

"좋아." 그녀가 가쁜 숨을 내쉬며 말했다. "해그리드의 오두막에 몰래 접근해야 해. 눈에 띄지 않도록 조심해, 해리……."

그들은 숲 가장자리를 벗어나지 않는 범위에서 나무들

사이를 조용히 나아갔다. 해그리드의 오두막 앞을 힐끔 본 그 순간, 문 두드리는 소리가 들렸다. 그들은 재빨리 널찍한 오크나무 뒤에 숨어 각각 양쪽에서 내다보았다. 해그리드가 하얗게 질린 얼굴로 부들부들 떨면서 문 앞에 나타났다. 그는 누가 문을 두드렸는지 보려고 주위를 둘러보았다. 해리는 자기 목소리를 들었다.

"우리예요. 투명 망토를 걸치고 있어요. 벗을 수 있게 들여보내 주세요."

"오지 말라니까!" 해그리드가 말했다. 그는 물러서더니 재빨리 문을 닫았다.

"이렇게 이상한 일은 처음 해 본다." 해리가 기대감 어린 목소리로 말했다.

"좀 움직여 보자." 헤르미온느가 작은 소리로 힘주어 말했다. "벅빅한테 더 가까이 가야 해!"

그들은 해그리드의 호박밭 울타리에 묶여 있는 히포그리프가 보일 때까지 나무 사이로 살금살금 이동했다. 벅빅은 안절부절못하는 듯 보였다.

"지금 할까?" 해리가 속삭였다.

"안 돼!" 헤르미온느가 말했다. "지금 데려가면 위원회 사람들은 해그리드가 벅빅을 놔줬다고 생각할 거야! 그 사람들이 벅빅이 바깥에 묶여 있는 걸 볼 때까지 기다려야 해!"

"그럼 60초 정도밖에 없겠네." 해리가 말했다. 점점 불가능하게 느껴졌다.

그 순간, 해그리드의 오두막 안에서 도자기 깨지는 소리가 들려왔다.

"해그리드가 우유 주전자를 깨뜨리는 소리야." 헤르미온느가 나지막이 말했다. "조금 이따 내가 스캐버스를 발견하겠지……."

아니나 다를까, 몇 분 뒤 헤르미온느의 놀란 비명 소리가 들렸다.

"헤르미온느." 해리가 불쑥 말했다. "만약에 그냥…… 그냥 저기에 뛰어들어 가서 페티그루를 잡으면……."

"안 돼!" 헤르미온느가 겁에 질린 듯 속삭였다. "모르겠어? 우리는 가장 중요한 마법사 법 중 하나를 어기고 있는 거야! 아무도 시간을 바꿔서는 안 돼. 아무도! 너도 덤블도어 교수님 얘기를 들었잖아. 우리가 눈에 띄면……."

"우리를 보게 될 사람은 우리 자신과 해그리드뿐이잖아!"

"해리, 너 자신이 해그리드의 오두막으로 뛰어들어 오는 걸 보면 어떨 것 같아?" 헤르미온느가 물었다.

"그야…… 그야 내가 미쳤다고 생각하겠지." 해리가 대답했다. "아니면 무슨 어둠의 마법에 걸렸다고 생각하거나……."

"*바로 그거야!* 넌 이해하지 못할 거고, 심지어 너 자신을 공격할지도 몰라! 알겠어? 맥고나걸 교수님은 마법사들이 시간에 간섭했을 때 어떤 끔찍한 일들이 벌어졌는지 말씀해 주셨어……. 그중 아주 많은 사람들이 결국 과거나 미래의 자신을 죽이는 실수를 저질렀단 말이야!"

"알았어!" 해리가 말했다. "그냥 생각해 본 거야. 내 생각엔 그냥……."

하지만 헤르미온느가 그를 쿡 찌르며 성 쪽을 가리켰다. 해리는 저 멀리 호그와트 성의 정문이 또렷이 보이도록 머리를 살짝 움직였다. 덤블도어와 퍼지, 나이 든 위원회 위원과 사형 집행인 맥네어가 계단을 내려오고 있었다.

"우리가 곧 나올 거야!" 헤르미온느가 숨죽여 말했다.

과연 잠시 뒤 해그리드의 오두막 뒷문이 열리고 해리 자신과 론, 헤르미온느가 해그리드와 함께 나오는 모습이 보였다. 나무 뒤에 서서 호박밭에 있는 자기 자신을 지켜보고 있자니 확실히 기분이 이상했다.

"괜찮아, 비키. 괜찮아……." 해그리드가 벅빅에게 말했다. 그런 다음 그는 해리, 론, 헤르미온느에게 고개를 돌렸다. "어서, 가라. 빨리 출발해."

"해그리드, 우린……."

"우리가 저 사람들한테 실제로 무슨 일이 있었는지 말할게요……."

"벅빅을 죽게 내버려 둘 수는 없어요……."

"가! 너희가 아니어도 충분히 골치 아픈 상황이니까!"

해리는 호박밭에 있는 헤르미온느가 해리 자신과 론에게 투명 망토를 뒤집어씌우는 모습을 봤다.

"빨리 가라. 듣지 말고……."

해그리드의 오두막 현관문을 두드리는 소리가 들렸다. 사형 집행인 일행이 도착한 것이다. 해그리드는 몸을 돌려 오두막으로 돌아가 뒷문을 열어 두었다. 오두막 주변의 잔디가 군데군데 납작 밟히는 것이 보였고, 여섯 개의 발이 멀어져 가는 소리가 들렸다. 그와 론, 헤르미온느는 가 버렸다……. 하지만 숲 속에 숨은 해리와 헤르미온느는 뒷문을 통해 이제 오두막 안에서 무슨 일이 벌어지는지 들을 수 있었다.

"짐승은 어디에 있소?" 맥네어의 차가운 목소리가 들려왔다.

"바, 바깥에." 해그리드가 쉰 목소리로 말했다.

맥네어의 얼굴이 해그리드의 오두막 창문에 나타나 벅빅이 있는 곳을 내다보자 해리는 혹시라도 자신이 보일까 봐 얼른 머리를 뒤로 뺐다. 그때 퍼지의 목소리가 들렸다.

"우린, 어…… 자네에게 공식 사형 집행 통지문을 읽어 주어야 하네, 해그리드. 내가 빨리 읽지. 그런 다음에 자네와 맥네어가 서명을 해야 해. 맥네어, 자네도 들어야 하네. 절차가 그래……."

맥네어의 얼굴이 창문에서 사라졌다. 지금 아니면 영영 기회가 없었다.

"여기서 기다려." 해리가 헤르미온느에게 속삭였다. "내가 할게."

퍼지의 목소리가 다시 들리기 시작하자 해리는 숨어 있던 나무 뒤에서 쏜살같이 뛰어나갔다. 그는 울타리를 뛰어넘어 호박밭으로 들어간 다음 벅빅에게 다가갔다.

"*위험 생물 처분 위원회의 결정에 따라 6월 6일 해 질 녘에 히포그리프 벅빅, 이하 죄수라 칭함, 의 사형을 집행한다*……."

해리는 눈을 깜빡이지 않으려고 신경 쓰며 벅빅의 사나

운 오렌지색 눈을 한 차례 더 빤히 올려다본 다음 꾸벅 인사했다. 벅빅도 비늘로 뒤덮인 무릎을 굽혔다가 다시 일어섰다. 해리는 벅빅을 울타리에 매어 둔 밧줄을 풀기 시작했다.

"……참수형을 선고받았으며, 해당 형벌은 위원회에서 임명한 사형 집행인, 월든 맥네어에 의해 집행될 것임을……."

"가자, 벅빅." 해리가 중얼거렸다. "어서. 우리가 도와줄게. 조용…… 조용……."

"*……아래와 같이 증명한다. 해그리드, 자네는 여기에 서명하게……*"

해리가 온 무게를 밧줄에 실어 당겼지만 벅빅은 앞발로 버텼다.

"자, 해치웁시다." 해그리드의 오두막에서 위원회 위원의 새된 목소리가 들렸다. "해그리드, 자네는 안에 머무는 편이 나을지도……."

"아뇨, 저, 저는 녀석과 함께 있고 싶습니다……. 녀석을 혼자 두고 싶지 않아요."

오두막 안에서 발소리가 울렸다.

"*벅빅, 움직여!*" 해리가 쉿 소리를 냈다.

해리는 벅빅의 목에 감긴 밧줄을 더 세게 잡아당겼다. 히포그리프는 신경질적으로 날개를 버스럭거리며 걷기 시작했다. 여전히 숲에서 3미터쯤 떨어진, 오두막 뒷문에서 잘 보이는 곳이었다.

"잠깐만 기다려 주겠나, 맥네어." 덤블도어의 목소리가 들렸다. "자네도 서명을 해야 하네." 발소리가 멈췄다. 해리는 밧줄을 세게 잡아당겼다. 벅빅은 부리를 딱딱거리더니 좀 더 빠르게 걸었다.

헤르미온느의 하얗게 질린 얼굴이 나무 뒤에서 삐죽 나왔다.

"해리, 서둘러!" 그녀가 입을 벙긋거렸다.

아직 오두막 안에서 덤블도어의 목소리가 들리고 있었다. 해리는 밧줄을 또 한 번 잡아당겼다. 벅빅은 마지못해 가볍게 달리기 시작했고, 그들은 마침내 숲에 도착했다…….

"빨리! 빨리!" 헤르미온느가 신음했다. 그녀도 나무 뒤에서 뛰어나와 밧줄을 잡고 벅빅이 더 빨리 움직이도록 있는 힘껏 잡아당겼다. 해리는 어깨 너머를 돌아보았다. 그들은 이제 나무에 가려져 있었다. 해그리드의 정원도 전혀 보이지 않았다.

"잠깐." 그가 헤르미온느에게 속삭였다. "저 사람들이 우리 소리를 들을지도 몰라…….”

오두막 뒷문이 벌컥 열렸다. 해리, 헤르미온느, 벅빅은 그저 가만히 서 있었다. 히포그리프조차 골똘히 귀 기울이는 듯했다.

침묵에 이어……

"어디에 있지?" 위원회 위원의 새된 목소리가 말했다. "짐승은 어디에 있나?"

"여기에 묶여 있었는데!" 사형 집행인이 길길이 뛰며 말했다. "내가 봤소! 바로 여기 있었어!"

"정말 놀랍군요." 덤블도어가 말했다. 목소리에 즐거워하는 기색이 역력했다.

"비키!" 해그리드가 쉰 목소리로 외쳤다.

획 하더니 쿵 하는 도끼 소리가 울렸다. 사형 집행인이 화를 참지 못하고 도끼로 울타리를 내리찍은 모양이었다. 울부짖는 소리가 이어지고, 이번에는 흐느끼는 사이사이로 해그리드가 말하는 소리가 들렸다.

"가 버렸어! 가 버렸어요! 그 작은 부리에 축복이 있기를. 녀석이 *가 버리다니!* 스스로 밧줄을 풀고 도망친 게 틀림없어요! 비키, 이 영리한 녀석!"

벅빅이 해그리드에게 돌아가려고 밧줄을 당기기 시작했

다. 해리와 헤르미온느는 벅빅이 그쪽으로 가지 못하게 하기 위해 밧줄을 쥔 손에 더욱 힘을 주며 발꿈치로 땅바닥을 딛고 버텼다.

"누가 놈을 풀어 준 거요!" 사형 집행인이 으르렁거리듯 말했다. "교내를 수색해야 합니다. 금지된 숲도……."

"맥네어, 실제로 누가 벅빅을 데려갔다고 치세. 자넨 정말로 그 도둑이 벅빅을 데리고 걸어갔을 것 같나?" 덤블도어가 여전히 즐거워하는 목소리로 말했다. "정 수색을 해야겠다면 하늘을 찾아보게……. 해그리드, 차 한 잔 주겠나? 아니면 브랜디라도 한 잔."

"아, 물론입니다, 교수님." 해그리드가 말했다. 그의 목소리가 행복에 겨워 부드러워졌다. "들어오세요, 들어오세요……."

해리와 헤르미온느는 열심히 귀를 기울였다. 발소리들과 사형 집행인이 씩씩대며 욕설을 내뱉는 소리, 문이 탁 닫히는 소리가 들리더니 다시 한 번 침묵이 흘렀다.

"이제 어떻게 하지?" 해리가 주위를 둘러보며 속삭였다.

"여기 숨어 있어야지." 헤르미온느가 말했다. 그녀는 겁먹은 표정을 짓고 있었다. "저 사람들이 성으로 돌아갈 때까지 기다려야 해. 그리고 나서 벅빅을 시리우스가 있는 연구실 창문으로 안전하게 날려 보낼 수 있을 때까지 기다려야 하고. 시리우스는 한두 시간 뒤에야 그 방에 올 테니....... 아, 점점 어려워지네.......”

그녀는 초조하게 어깨 너머로 금지된 숲 깊은 곳을 돌아보았다. 이제 해가 지고 있었다.

"가야겠어." 해리가 열심히 머리를 굴리며 말했다. "후려치는 버드나무가 보이는 곳으로 가야 해. 안 그러면 무슨 일이 벌어지고 있는지 알 수 없을 테니까."

"그래." 헤르미온느가 벅빅의 밧줄을 더 단단히 쥐며 말했다. "하지만 우린 눈에 띄어선 안 돼, 해리. 명심해......."

그들은 사방에 어둠이 짙게 깔리고 있는 숲 가장자리를 따라 움직였다. 나무 덤불 뒤에 숨은 그들은 그 틈새로 후려치는 버드나무를 바라보았다.

"저기 론이다!" 해리가 불쑥 말했다.

어두운 형체가 잔디밭을 가로질러 전력 질주하고 있었다. 그 형체가 내지른 고함이 고요한 밤공기 속에서 메아리쳤다.

"걔한테서 떨어져. 떨어지라니까. 스캐버스, 이리 와......."

이어서 갑자기 두 개의 형체가 더 나타났다. 해리는 자신과 헤르미온느가 헐레벌떡 론을 뒤쫓아가는 장면을 지켜보았다. 잠시 후 론이 몸을 날리는 모습이 보였다.

"잡았다! 저리 가, 이 못된 고양이야."

"저기 시리우스야!" 해리가 말했다. 후려치는 버드나무 뿌리에서 거대한 개의 형상이 튀어나왔다. 시리우스가 해리를 넘어뜨리고 론을 붙드는 것이 보였다…….

"여기서 보니까 더 심한데?" 그 개가 론을 나무뿌리 안으로 끌고 들어가는 모습을 지켜보며 해리가 말했다. "아이코, 봐, 내가 방금 나무에 얻어맞았어. 너도 맞았고. 이거 *이상한걸*……."

후려치는 버드나무가 삐걱거리며 아래쪽 가지들을 휘둘러 댔다. 그들은 이리저리 몸을 날리며 나무둥치에 다다르려고 애쓰는 자신들의 모습을 보았다. 그리고 잠시 후 나무가 움직임을 멈췄다.

"크룩섕스가 옹이를 누른 거야." 헤르미온느가 말했다.

"그리고 저기 우리가 간다……." 해리가 중얼거렸다. "들어갔어."

그들이 사라지자마자 나무가 다시 움직이기 시작했다. 잠시 뒤, 꽤 가까운 곳에서 발소리가 들렸다. 덤블도어와 맥네어, 퍼지와 나이 든 위원회 위원이 성으로 향하고 있었다.

"우리가 통로로 내려간 직후잖아!" 헤르미온느가 말했다. "덤블도어 교수님이 우리랑 같이 *가기만* 했어도……."

"맥네어랑 퍼지도 같이 갔겠지." 해리가 씁쓸하게 말했다. "퍼지는 틀림없이 맥네어한테 그 자리에서 시리우스를 죽이라고 했을걸……."

그들은 네 사람이 성 계단을 올라 시야에서 사라지는 모습을 지켜보았다. 잠깐 동안 주위에는 아무도 없었다. 그리고……

"루핀 교수님이 온다!" 또 다른 형체가 돌계단을 달려 내려와 다급히 후려치는 버드나무로 뛰어가는 모습을 보고 해리가 말했다. 해리는 하늘을 올려다보았다. 구름이 달을 완전히 가리고 있었다.

그들은 땅에서 부러진 가지를 집어 들고 나무둥치의 옹이를 찌르는 루핀을 보았다. 나무가 몸부림을 멈추자 루핀도 뿌리 틈새로 사라졌다.

"루핀 교수님이 투명 망토를 가져가기만 했어도." 해리가 말했다. "바로 저기에 있는데……."

그가 헤르미온느를 돌아보았다.

"그냥 내가 지금 달려가서 저걸 가져오면 스네이프는 절대 투명 망토를 가질 수 없을……."

"해리, 우리는 눈에 띄어선 안 돼!"

"이걸 어떻게 참아?" 그가 헤르미온느에게 사납게 물었다. "그냥 여기 서서 일이 벌어지는 걸 지켜보자는 거야?" 그는 망설이다 말했다. "망토를 가지러 가야겠어!"

"해리, 안 돼!"

헤르미온느가 가까스로 해리의 로브 뒷자락을 움켜잡았다. 바로 그때, 우렁찬 노랫소리가 들렸다. 해그리드였다. 그는 목청껏 노래 부르며 성으로 비틀비틀 걸어가고 있었다. 손에 들린 커다란 병이 흔들거렸다.

"알겠어?" 헤르미온느가 숨죽여 말했다. "무슨 일이 일어날 *뻔했는지* 봤지? 눈에 띄지 않도록 조심해야 돼! 안 돼, 벅빅!"

히포그리프가 다시 해그리드에게 가려고 발버둥쳤다. 해리도 벅빅을 잡아 놓으려고 밧줄을 꽉 붙들었다. 그들은 해그리드가 얼근히 취해서 성을 향해 갈지자로 나아가는 모습을 지켜보았다. 그가 사라지자 벅빅도 버둥거림을 멈췄다. 녀석의 머리가 애처롭게 축 늘어졌다.

2분도 채 되지 않아 성문이 또 한 번 활짝 열리더니 스네이프가 뛰어나와 후려치는 버드나무로 질주했다.

미끄러지듯 나무 앞에 멈춰 서서 주위를 둘러보는 스네

이프를 지켜보며 해리는 주먹을 꽉 쥐었다. 스네이프가 투명 망토를 집어 들었다.

"그 더러운 손 치워." 해리가 숨을 죽이고 으르렁거렸다.

"쉿!"

스네이프는 루핀이 나무를 멈추게 할 때 썼던 나뭇가지를 집어 옹이를 찌른 다음 투명 망토를 뒤집어쓰고 시야에서 사라졌다.

"이제 됐어." 헤르미온느가 조용히 말했다. "우린 다 저 밑에 있고…… 이제 다시 올라올 때까지 기다리기만 하면 돼……."

그녀는 벅빅에게 연결된 밧줄 한 끝을 잡아 가장 가까운 나무에 단단히 묶은 뒤 마른 땅에 앉아 무릎을 감싸 안았다.

"해리, 이해가 안 되는 게 있어……. 디멘터들이 어째서 시리우스를 잡아가지 않았을까? 디멘터들이 오던 건 기억나는데, 그다음엔 내가 기절한 것 같아……. 디멘터가 굉장히 많았어……."

해리도 앉아 자기가 본 것을 설명했다. 가장 가까운 곳에 있던 디멘터가 해리의 입에 그 자신의 입을 갖다 댄 일, 은빛을 띤 커다란 뭔가가 호수 건너편에서 질주해 와서 디멘터들을 물리친 일.

해리가 말을 마쳤을 때쯤 헤르미온느의 입은 살짝 벌어져 있었다.

"그런데 그게 뭐였을까?"

"디멘터들을 물러나게 만들 수 있는 건 하나뿐이야." 해리가 말했다. "진짜 패트로누스. 강력한 패트로누스 말이야."

"하지만 그걸 누가 불러냈을까?"

해리는 아무 말도 하지 않았다. 그는 호수 건너편 기슭에서 보았던 사람을 다시 떠올렸다. 그게 누구라고 생각했는지야 분명했지만…… 어떻게 그럴 수가 있단 말인가?

"어떻게 생겼는지 봤어?" 헤르미온느가 기대에 차서 물었다. "교수님 중 한 분이었니?"

"아니." 해리가 말했다. "교수님은 아니었어."

"하지만 그 디멘터들을 다 몰아낸 걸 보면 정말 강력한 마법사였을 게 틀림없어……. 패트로누스가 그렇게 밝게 빛났다면 그 빛이 그 사람을 비췄겠지? 넌 못 본 거야?"

"아니, 봤어." 해리가 천천히 말을 이었다. "하지만…… 내가 상상한 걸지도 몰라……. 제대로 생각할 수 없었거든……. 나도 곧바로 기절해서……."

"누구라고 생각했는데?"

"내 생각엔……." 이 말이 얼마나 이상하게 들릴지 알았기에 해리는 꿀꺽 침을 삼켰다. "내 생각엔 우리 아빠 같았어."

해리는 헤르미온느를 힐끗 쳐다보았다. 이제 그녀의 입은 완전히 벌어져 있었다. 헤르미온느가 놀라움과 안타까움이 뒤섞인 표정으로 그를 지그시 바라보았다.

"해리, 너희 아빠는, 음…… 돌아가셨잖아." 그녀가 조용히 말했다.

"나도 알아." 해리가 재빨리 말했다.

"그분의 유령을 본 걸까?"

"모르겠어……. 아니야……. 형체가 분명했는데……."

"하지만 그렇다면……."

"환영을 본 건지도 몰라." 해리가 말했다. "하지만…… 내가 보기엔…… 아빠 같았어……. 아빠 사진이 있거든……."

헤르미온느는 해리가 제정신인지 걱정된다는 듯한 얼굴로 여전히 그를 바라보고 있었다.

"나도 미친 소리처럼 들린다는 거 알아." 해리가 딱 잘라서 말했다. 그는 벅빅에게로 고개를 돌렸다. 녀석은 벌레를 찾는 듯 부리로 땅을 파헤치고 있었다. 하지만 해리는 사실 벅빅을 보고 있지 않았다.

그는 아버지와 아버지의 가장 오랜 친구 세 사람을 생각하고 있었다……. 무니, 웜테일, 패드풋, 프롱스……. 오늘 밤, 그들 네 사람 모두 교정에 나타났던 걸까? 다들 죽었다고 생각한 웜테일은 오늘 저녁에 다시 나타났다. 아버지가 나타나는 건 아예 불가능한 일일까? 해리가 호수 건너편에서 환영을 본 걸까? 그 형상은 너무 멀어 또렷이 보이지 않았다……. 하지만 해리는 의식을 잃기 전 잠깐 동안 확신을 품었다…….

산들바람에 머리 위 나뭇잎들이 희미하게 바스락거렸다. 움직이는 구름 뒤로 달이 보였다 안 보였다 했다. 헤르미온느는 후려치는 버드나무 쪽으로 얼굴을 돌리고 앉아 기다리고 있었다.

그때 마침내, 한 시간도 더 지나서야……

"우리가 나온다!" 헤르미온느가 작게 소리쳤다.

그녀와 해리는 자리에서 일어섰다. 벅빅이 고개를 들었다. 불편하게 뿌리 구멍에서 기어 나오는 루핀, 론, 페티그루가 보였다. 의식을 잃은 스네이프가 기괴하게 둥둥 뜬 채 그 뒤를 따랐다. 다음으로 해리, 헤르미온느, 시리우스가 나왔다. 그들 모두 성을 향해 걷기 시작했다.

심장이 거세게 뛰기 시작했다. 해리는 하늘을 힐끗 올려다보았다. 당장이라도 저 구름이 지나가고 달이 모습을 드러낼 것이다…….

"해리." 헤르미온느가 그의 생각을 정확히 읽기라도 한 듯 중얼거리며 말했다. "가만히 있어야 돼. 눈에 띄면 안 돼. 우리가 할 수 있는 일은 아무것도 없어……."

"그래, 그냥 페티그루가 다시 도망치게 놔둬야 한다는 말이지……." 해리가 조용히 대꾸했다.

"어둠 속에서 어떻게 쥐 한 마리를 찾겠다는 거야?" 헤르미온느가 쏘아붙였다. "우리가 할 수 있는 건 아무것도 없어! 우리는 시리우스를 구하러 돌아온 거야. 다른 일은 아무것도 해선 안 돼!"

"*알았어!*"

달이 구름 뒤에서 미끄러져 나왔다. 그들은 교정을 걸어가는 조그마한 형체들이 멈춰 서는 것을 보았다. 잠시 뒤 뭔가가 움직였다.

"저기 루핀 교수님이야." 헤르미온느가 속삭였다. "변신하고 있어."

"헤르미온느!" 해리가 갑자기 말했다. "여기 있으면 안 돼!"

"안 돼. 말했잖……."

"끼어들자는 게 아니야! 루핀 교수님이 금지된 숲으로, 우리 쪽으로 곧장 달려올 거라고!"

헤르미온느가 숨을 헉 들이켰다.

"빨리 피해야 돼!" 그녀가 쏜살같이 달려가 벅빅을 풀어 주며 신음했다. "빨리! 어디로 가지? 어디에 숨어? 금방이라도 디멘터들이 올 텐데……."

"해그리드의 오두막으로 돌아가자!" 해리가 말했다. "거긴 지금 비어 있어. 어서!"

그들은 있는 힘껏 달렸다. 벅빅이 그들을 따라 가볍게 달려왔다. 뒤에서 늑대인간이 울부짖는 소리가 들렸다…….

해그리드의 오두막이 보였다. 해리가 미끄러지듯 달려가 문손잡이를 비틀어 열자 헤르미온느와 벅빅이 그를 획 지나갔다. 해리는 얼른 그들을 뒤따라 들어간 다음 문에 빗장을 걸었다. 사냥개 팽이 시끄럽게 짖어 댔다.

"쉿, 팽, 우리야!" 헤르미온느가 재빨리 다가가 녀석의 귀를 긁어 조용히 시키며 말했다. "정말 아슬아슬했어!" 그녀가 해리에게 말했다.

"그러게……."

해리는 창밖을 내다보았다. 여기에서는 무슨 일이 벌어지는지 살피기가 훨씬 힘들었다. 벅빅은 해그리드의 집에 돌아와 매우 기쁜 듯했다. 난로 앞에 엎드려 만족스러운 듯 날개를 접는 걸 보니 한숨 잘 준비를 하는 것 같았다.

"저기, 다시 나가는 게 좋을 것 같아." 해리가 천천히 말했다. "뭐가 어떻게 되어 가는지 볼 수가 없어. 언제 뭘 해야 하는지 알 수가 없잖아."

헤르미온느가 눈을 들었다. 그녀의 얼굴에 의심스러운 표정이 떠올라 있었다.

"끼어들지 않을게." 해리가 재빨리 덧붙였다. "근데 무슨 일이 벌어지는지를 못 보면 어떻게 시리우스를 구할 타이밍을 잡겠어?"

"뭐…… 좋아, 그럼…… 나는 벅빅이랑 여기서 기다릴게……. 하지만 해리, 조심해. 저 바깥에는 늑대인간이 있어. 디멘터들도 있고."

해리는 다시 밖으로 나가 오두막 주위를 천천히 돌았다. 멀찍이서 깽깽거리는 소리가 들렸다. 디멘터들이 시리우스에게 다가가고 있다는 뜻이었다……. 곧 그와 헤르미온느가 시리우스에게 달려갈 것이다…….

해리는 호수 쪽을 바라보았다. 가슴속에서 드럼을 마구 두드리듯 심장이 두근거렸다. 이제 곧 패트로누스를 보냈던 누군가가 나타날 것이다.

그는 잠깐 동안 망설이며 해그리드의 오두막 문 앞에 서 있었다. *목격되어선 안 돼.* 하지만 그는 목격되고 싶은 게 아니었다. 목격하고 싶었다······. 알아야만 했다······.

디멘터들의 모습이 보였다. 사방의 어둠 속에서 나타난 그들은 스르르 움직이며 호숫가를 맴돌고 있었다······. 그것들이 해리가 서 있는 곳 맞은편 기슭으로 멀어져 갔다······. 그들 가까이 갈 필요는 없었다······.

해리는 달리기 시작했다. 머릿속에는 오로지 아버지 생각밖에 없었다······. 그 사람이 아버지라면······ 정말로 아버지라면······. 그는 알아야 했다. 알아내야만 했다······.

호수가 점점 가까워졌지만 아무도 보이지 않았다. 맞은편 기슭에서 아주 작고 희미한 은색의 빛이 보였다. 패트로누스를 불러내려고 시도하는 그 자신······.

호수 가장자리에 덤불이 있었다. 해리는 그 뒤에 몸을 숨기고 절실한 마음으로 나뭇잎 사이로 내다보았다. 맞은편 기슭에서 희미하게 빛나던 은빛이 갑자기 사라졌다. 오싹한 흥분이 해리의 몸을 휩쓸었다. 이제 조금만 있으면······.

"얼른요!" 그는 주위를 둘러보며 중얼거렸다. "어디 있어요? 아빠, 어서요······."

하지만 아무도 오지 않았다. 해리는 고개를 들어 디멘터들이 모여 있는 호수 건너편을 바라보았다. 그중 하나가 후드를 내리고 있었다. 구원자가 나타날 시간이었다. 하지만 이번에는 아무도 도와주러 오지 않았다.

그때 퍼뜩 떠올랐다. 이제 알았다. 그는 아버지를 본 게 아니었다. 그가 본 것은 그 자신이었다.

해리는 덤불 뒤에서 뛰쳐나가 마법 지팡이를 꺼냈다.

"엑스펙토 패트로눔!" 그가 외쳤다.

마법 지팡이 끝에서 형체 없는 안개구름이 아닌, 눈이 멀 듯 찬란한 은빛 동물이 튀어나왔다. 그는 그것이 무엇인지 보려고 힘겹게 눈을 떴다. 말처럼 생긴 그것은 조용히 그에게서 멀어져 어두운 호수 위를 질주하기 시작했다. 그것이 머리를 숙인 채, 몰려드는 디멘터들에게 돌진하는 모습이 보였다……. 어느새 패트로누스는 땅 위의 어두운 형체들 주위를 질주하고 또 질주했다. 디멘터들은 뒤로 넘어지고 흩어지고 어둠 속으로 물러나다가…… 사라졌다.

패트로누스가 방향을 틀었다. 패트로누스는 고요한 수면을 건너 다시 해리를 향해 가볍게 달려오고 있었다. 그것은 말이 아니었다. 유니콘도 아니었다. 수사슴이었다. 그것은 머리 위의 달처럼 밝게 빛나고 있었다……. 그것이 해리에게 돌아오고 있었다…….

패트로누스는 기슭에서 멈춰 섰다. 커다란 은빛 눈으로 해리를 빤히 바라보면서도 그것은 부드러운 땅에 발자국

하나 남기지 않았다. 그것이 뿔이 난 머리를 천천히 숙였다. 그리고 해리는 깨달았다…….

"프롱스." 그가 속삭였다('prong'은 가지처럼 갈라진 사슴뿔을 가리키기도 한다—옮긴이).

하지만 떨리는 손끝을 뻗자 그 생명체는 순식간에 사라져 버렸다.

해리는 여전히 손을 뻗은 채 그 자리에 서 있었다. 잠시 후 뒤에서 발굽 소리가 들려오자 가슴이 철렁했다. 몸을 홱 돌리니 헤르미온느가 벅빅을 끌고 달려오는 모습이 보였다.

"*뭘 한 거야?*" 그녀가 사납게 물었다. "그냥 망만 보겠다고 했잖아!"

"내가 방금 우리 목숨을 구했어……." 해리가 말했다. "이리 와, 이 덤불 뒤로. 설명해 줄게."

헤르미온느는 방금 무슨 일이 일어났는지를 들으며 입을 다물지 못했다.

"누가 널 봤어?"

"그래. 내 말 못 들었어? *내가 나를* 봤다니까. 하지만 우리 아빠라고 생각했으니 괜찮아!"

"해리, 믿을 수가 없어. 그 디멘터들을 다 몰아낸 패트로누스를 불러낸 게 너였다니! 그건 진짜, *진짜* 고급 마법이란 말이야……."

"이번에는 할 수 있을 줄 알았어." 해리가 말했다. "이미 한 거니까. ……말이 되냐?"

"모르겠어. 해리, 스네이프 좀 봐!"

그들은 같이 덤불에서 고개를 내밀고 다른 쪽 기슭을 보았다. 스네이프가 의식을 되찾았다. 그는 허공에 들것들을 만들어 내서 해리와 헤르미온느와 시리우스의 축 늘어진 몸을 그 위에 싣고 있었다. 론을 실은 게 분명한 네 번째 들것은 이미 스네이프 옆에 둥둥 떠 있었다. 잠시 후 스네이프는 마법 지팡이를 앞으로 들어 올리고 그들을 성 쪽으로 이동시키기 시작했다.

"좋아, 시간 다 됐어." 헤르미온느가 긴장한 채 손목시계를 보면서 말했다. "덤블도어 교수님이 병동 문을 잠글 때까지 45분 정도 남았어. 우리가 사라진 걸 누가 알아채기 전에 시리우스를 구출하고 병동으로 돌아가야 해……."

그들은 호수에 비친 구름의 움직임을 보며 기다렸다. 옆에 있는 덤불이 산들바람에 속삭거렸다. 지루해진 벅빅은 다시 벌레들을 찾고 있었다.

"아직 안 올라갔을까?" 해리가 손목시계를 확인하며 말했다. 그는 성을 올려다보며 서쪽 탑 오른쪽에서부터 창문수를 헤아리기 시작했다.

"저길 봐." 헤르미온느가 소곤거렸다. "저게 누구지? 누가 성에서 나오고 있어!"

해리는 어둠 속을 응시했다. 어떤 남자가 다급히 교정을 가로질러 학교 출입구 중 한 곳으로 향하고 있었다. 그의 허리띠에서 무언가가 번뜩였다.

"맥네어야!" 해리가 말했다. "그 사형 집행인! 디멘터들을 데리러 간 거야! 지금이야, 헤르미온느."

헤르미온느가 벅빅의 등에 양손을 올리자 해리가 그녀의 다리를 받쳐 주었다. 그런 다음 해리는 덤불의 낮은 가지를 딛고 헤르미온느 앞에 올라탔다. 그는 밧줄을 벅빅의 목 뒤로 가져다가 벅빅의 목을 감은 줄에 묶고 고삐처럼 잡았다.

"준비됐어?" 그가 헤르미온느에게 속삭였다. "날 꽉 붙잡아."

그는 발꿈치로 벅빅의 옆구리를 쿡 찔렀다.

벅빅은 곧장 어둠 속으로 날아올랐다. 해리는 양 무릎으로 벅빅의 옆구리를 힘껏 조였다. 힘차게 날아오르는 거대한 날개가 느껴졌다. 헤르미온느는 해리의 허리를 꽉 붙들고 있었다. 그녀가 중얼거리는 소리가 들렸다. "아, 안돼……. 싫다……. 아, 나 이거 정말 싫어……."

해리는 벅빅을 앞으로 몰았다. 그들은 조용히 성 위로 미끄러져 갔다……. 해리가 왼손에 쥔 밧줄을 세게 당기자 벅빅이 방향을 틀었다. 해리는 휙휙 지나가는 창문들을 헤아리려고 애썼다.

"워어!" 그가 있는 힘껏 밧줄을 잡아당기며 소리쳤다.

벅빅이 속도를 늦추는가 싶더니 이내 멈췄다. 벅빅이 공중에 계속 떠 있으려고 날개를 퍼덕이는 바람에 그들은 1, 2미터쯤 솟아올랐다가 가라앉기를 반복했다.

"저기 있다!" 창문 옆으로 떠올랐을 때 해리가 시리우스를 가리키며 말했다. 해리는 손을 뻗고 있다가 벅빅의 날개가 아래로 내려간 순간 유리창을 세차게 두드렸다.

시리우스가 눈을 들었다. 그의 입이 떡 벌어졌다. 시리우스가 의자에서 벌떡 일어나 다급히 다가왔다. 그는 창문을 열려고 했지만 잠겨 있었다.

"물러서요!" 헤르미온느가 소리치며 마법 지팡이를 꺼냈다. 왼손으로는 여전히 해리의 로브 뒷자락을 꽉 쥔 채였다.

"*알로호모라!*"

창문이 벌컥 열렸다.

"어떻게…… 어떻게……?" 시리우스가 히포그리프를 빤히 바라보며 힘없이 중얼거렸다.

"타세요. 시간이 별로 없어요." 해리는 벅빅이 움직이지 않도록 매끈한 목을 단단히 붙잡고 말했다. "여기서 나가야 돼요. 디멘터들이 올 거예요. 맥네어가 데리러 갔어요."

시리우스가 창틀 양쪽을 짚고 머리와 어깨를 내밀었다. 그토록 마른 게 천만다행이었다. 잠시 후 그는 한쪽 다리를 벅빅의 등에 올려놓고 헤르미온느 뒤에 올라탈 수 있었다.

"좋아, 벅빅. 날아올라!" 해리가 밧줄을 흔들며 말했다. "탑으로 올라가, 어서!"

히포그리프가 힘차게 날개를 한 번 퍼덕이자 그들은 다시 위로, 서쪽 탑 꼭대기까지 높이 솟아올랐다. 벅빅이 흉벽에 털썩 내려앉자 해리와 헤르미온느는 곧바로 벅빅의 등 위에서 미끄러져 내려왔다.

"시리우스, 어서 가세요." 해리가 헐떡였다. "그 사람들이 곧 플리트윅 교수님 연구실에 들이닥칠 거예요. 아저씨가 사라진 걸 알게 될 거라고요."

벅빅이 뾰족한 머리를 홱 젖혔다.

"다른 아이는 어떻게 됐냐? 론이었던가?" 시리우스가 다급히 물었다.

"걔는 괜찮을 거예요. 아직 의식은 없지만, 폼프리 선생님이 고쳐 줄 수 있대요. 빨리요. 가요!"

하지만 시리우스는 여전히 해리를 내려다보고 있었다.

"이 고마움을 어떻게……."

"**가세요!**" 해리와 헤르미온느가 동시에 버럭 소리쳤다.

시리우스는 탁 트인 하늘을 향해 벅빅을 돌려세웠다.

"다시 만나게 될 거다." 그가 말했다. "넌…… 정말 네 아버지의 아들이구나, 해리……."

그는 벅빅의 옆구리를 발꿈치로 지그시 눌렀다. 거대한 날개가 다시 한 번 펼쳐지자 해리와 헤르미온느는 얼른 물러섰다……. 히포그리프가 공중으로 날아올랐다……. 해리가 가만히 바라보는 동안 히포그리프와 시리우스의 모습이 점점 작아졌다……. 구름 한 점이 달을 지나갔다……. 이윽고 그들은 사라졌다.

22장
다시, 부엉이 우편

"해리!"

헤르미온느가 손목시계를 보며 해리의 소매를 잡아당겼다. "우리는 정확히 10분 뒤에 아무에게도 들키지 않고 다시 병동에 가 있어야 해. 덤블도어 교수님이 문을 잠그기 전에……."

"알았어." 해리가 하늘에서 시선을 억지로 돌리며 말했다. "가자……."

그들은 뒤에 있는 문으로 살짝 빠져나가 가파른 나선형 돌계단을 내려갔다. 계단을 다 내려가자 목소리들이 들렸다. 그들은 벽에 몸을 바짝 붙이고 귀를 기울였다. 퍼지와 스네이프 같았다. 그 두 사람은 계단 밑에 있는 복도를 빠르게 걸어가고 있었다.

"……덤블도어 교수님이 문제 제기만 안 하길 바랄 뿐입니다." 스네이프가 말했다. "입맞춤은 바로 시행됩니까?"

"맥네어가 디멘터들을 데리고 오는 대로 실시할 걸세. 블랙과 관련된 이 모든 일은 굉장히 당혹스러웠어. 《예언자일보》에 우리가 마침내 놈을 잡았다고 알리게 되기를 얼마나 기다렸는지 말이 안 나올 정도야……. 그쪽에서 자네를 인터뷰하고 싶어 할지도 몰라, 스네이프……. 꼬마 해리도 정신을 되찾는 대로 《예언자일보》에 자네가 자기를 어떻게 구해 주었는지 정확히 설명하고 싶어 할 테고……."

해리는 이를 악물었다. 스네이프와 퍼지가 해리와 헤르미온느가 숨어 있는 곳을 지나칠 때 언뜻 스네이프의 히죽거리는 미소가 보였다. 그들의 발소리가 멀어졌다. 해리와 헤르미온느는 그들이 완전히 사라질 때까지 기다렸다가 반대 방향으로 달리기 시작했다. 계단 하나, 또 하나, 그다음 또 다른 복도를 달리고 있을 때 앞에서 낄낄거리는 웃음소리가 들렸다.

"피브스야!" 해리가 헤르미온느의 손목을 잡으며 중얼거렸다. "여기에 들어가자!"

그들은 아슬아슬하게 왼쪽의 빈 교실로 뛰어들어 갔다.

피브스가 배꼽 빠져라 웃으며 맹렬한 기세로 복도를 통통 튀어 다니고 있는 것 같았다.

"아, 끔찍한 녀석이야." 헤르미온느가 문에 귀를 대고 작은 소리로 말했다. "디멘터들이 시리우스를 끝장내러 오는 걸 알고 잔뜩 신이 난 게 틀림없어……." 그녀가 손목시계를 확인했다. "3분 남았어, 해리!"

그들은 피브스의 즐거워하는 목소리가 멀리 사라질 때까지 기다렸다가 교실을 살짝 빠져나가 또 한 번 달리기 시작했다.

"헤르미온느, 만약 덤블도어 교수님이 문을 잠그기 전에 안에 들어가지 못하면…… 그럼 어떻게 되는 거야?" 해리가 헐떡이며 물었다.

"생각하고 싶지 않아!" 헤르미온느가 다시 한 번 손목시계를 확인하며 신음했다. "1분!"

그들은 병동 출입구가 있는 복도 끝에 도착했다. "됐어, 덤블도어 교수님 목소리가 들려." 헤르미온느가 긴장해서 말했다. "빨리, 해리!"

그들은 살금살금 복도를 나아갔다. 문이 열렸다. 덤블도어의 등이 보였다.

"나는 너희를 가둘 생각이란다. 지금이……." 그가 말하는 소리가 들렸다. "자정 5분 전이구나. 그레인저 양, 세 번 돌리면 될 게다. 행운을 빈다."

덤블도어는 뒷걸음질로 병동에서 나와 문을 닫은 뒤 마법을 써서 잠그려고 마법 지팡이를 꺼냈다. 해리와 헤르미온느는 겁에 질린 채 앞으로 내달렸다. 덤블도어가 눈을 들었다. 긴 은빛 콧수염 아래 미소가 번졌다. "음?" 그가 짤막하게 물었다.

"해냈어요!" 해리가 숨이 차서 말했다. "시리우스는 떠났어요, 벅빅을 타고······."

덤블도어가 활짝 미소 지었다.

"잘했다. 내 생각엔······." 그는 병동 안에서 무슨 소리가 들리는지 골똘히 귀를 기울였다. "그래, 내 생각엔 너희도 간 것 같구나. 들어가거라. 문을 잠그마."

해리와 헤르미온느는 병동으로 슬쩍 들어갔다. 여전히 꼼짝없이 맨 끝 침대에 누워 있는 론을 빼면 그곳은 텅 비어 있었다. 뒤에서 찰칵 문이 잠기는 소리가 나자 해리와 헤르미온느는 다시 각자의 침대로 기어들었다. 헤르미온느는 타임 터너를 도로 로브 안에 밀어 넣었다. 다음 순간, 폼프리 선생이 사무실에서 성큼성큼 걸어 나왔다.

"교장 선생님 나가시는 소리가 들리던데? 이젠 환자들을 돌봐도 되려나?"

그녀는 기분이 몹시 언짢은 상태였다. 해리와 헤르미온느는 잠자코 초콜릿을 받아먹는 게 최선이라고 생각했다. 폼프리 선생이 그들을 내려다보고 서서 초콜릿을 먹는지 확인했다. 하지만 해리는 좀처럼 삼킬 수가 없었다. 그와 헤르미온느는 신경을 곤두세운 채 귀를 기울이며 기다렸다……. 잠시 후, 두 사람이 폼프리 선생에게서 네 개째의 초콜릿 조각을 받아 들었을 때 저 위 어딘가에서 분노 어린 고함 소리가 메아리쳤다…….

"무슨 소리지?" 폼프리 선생이 놀라서 말했다.

화난 목소리들은 이제 점점 더 커지고 있었다. 폼프리 선생이 문을 빤히 바라보았다.

"나 원 참, 저러다 사람들 다 깨우겠네! 무슨 생각으로 저러는 거야?"

해리는 뭐라고 하는지 들으려고 애썼다. 소리가 점점 가까워지고 있었다.

"순간이동으로 달아난 게 틀림없네, 세베루스. 역시 그자를 혼자 두는 게 아니었는데. 이 얘기가 새어 나가면……."

"순간이동을 한 게 아닙니다!" 스네이프가 으르렁거리듯 말했다. 목소리는 이제 아주 가까이에서 들려오고 있었다. "성안에서는 순간이동으로 나타날 수 없고 사라질 수도 없습니다! 이건, 분명, 포터와, 무슨, 관계가, 있을, 겁니다!"

"세베루스, 이성적으로 생각하게. 해리는 잠긴 병동 안에……."

쾅.

병동 문이 벌컥 열렸다.

퍼지, 스네이프, 덤블도어가 병동 안으로 성큼성큼 들어왔다. 덤블도어 혼자만 침착해 보였다. 사실, 그는 꽤 즐거워하는 표정이었다. 퍼지는 화난 얼굴이었고, 스네이프는 아예 정신 줄을 놓은 듯했다.

"말해라, 포터!" 스네이프가 고함쳤다. **"무슨 짓을 한 거냐?"**

"스네이프 교수님!" 폼프리 선생이 날카롭게 소리쳤다. "진정하세요!"

"이보게, 스네이프. 정신 차리게." 퍼지가 말했다. "이 문은 잠겨 있었네. 우리가 방금 봤……."

"저 애들이 그자의 탈출을 도운 겁니다. 제가 압니다!" 스네이프가 해리와 헤르미온느를 가리키며 소리 질렀다. 얼굴이 일그러지고, 입에서는 침방울이 튀고 있었다.

"진정하게, 이 사람아!" 퍼지가 꾸짖었다. "자네는 헛소리를 하고 있어!"

"총리님은 포터를 모르십니다!" 스네이프가 악에 받쳐 소리쳤다. **"저 녀석이 한 짓이에요. 저 녀석이 한 짓이라는 걸 저는 압니다."**

"그 정도면 됐네, 세베루스." 덤블도어가 조용히 말했다. "자네가 지금 무슨 말을 하는 건지 생각해 보게. 이 문은 내가 10분 전 병동을 떠난 이래 계속 잠겨 있었어. 폼프리 선생님, 이 학생들이 침대를 떠난 적이 있나요?"

"당연히 없죠!" 폼프리 선생이 발끈하며 말했다. "교장 선생님이 나가신 뒤로 제가 계속 같이 있었는걸요!"

"뭐, 그렇다는군, 세베루스." 덤블도어가 담담하게 말했다. "해리와 헤르미온느가 동시에 두 곳에 있을 수 있다고 주장하는 게 아니라면, 유감이지만 더 이상 이 아이들을 괴롭힐 이유는 없는 것 같네."

스네이프는 속을 부글부글 끓이며 그 자리에 서서, 그의 행동에 완전히 충격을 받은 듯한 퍼지와 안경 너머로 눈을 반짝이는 덤블도어를 차례로 바라보았다. 스네이프는 로브가 펄럭일 정도로 홱 돌아서서 병동을 뛰쳐나갔다.

"저 친구 상당히 불안정해 보이는군." 퍼지가 스네이프의 뒷모습을 뚫어지게 바라보며 말했다. "나라면 저 친구를 경계하겠소, 덤블도어."

"아, 불안정한 게 아닙니다." 덤블도어가 조용히 말했다. "그저 엄청나게 실망했을 뿐이지."

"어디 저 친구만 그렇겠소!" 퍼지가 씩씩거렸다. "《예언자일보》가 잔치라도 벌이겠소이다! 블랙을 구석에 몰아넣었는데 놈이 또 한 번 손가락 사이로 빠져나가다니! 그놈의 히포그리프가 탈출한 이야기까지 새어 나가면 난 웃음거리가 될 거요! 아무튼…… 가서 정부에 알리는 게 좋겠군……."

"그럼 디멘터들은?" 덤블도어가 물었다. "학교에서 철수할 거라 믿소만?"

"아, 그렇지. 디멘터들은 철수해야지." 퍼지가 마음이 산란한 듯 머리를 쓸어 넘기며 말했다. "그자들이 아무 죄 없는 아이에게 죽음의 입맞춤을 시행할 거라고는 생각도 못 했소……. 완전히 통제를 벗어났어……. 그럼 안 되지. 오늘 밤 그들을 아즈카반으로 돌려보내겠소. 아마 학교 입구에 용들을 배치하는 걸 고려해 봐야 할 것 같군요……."

"해그리드가 좋아하겠군요." 덤블도어가 해리와 헤르미온느에게 살짝 미소 지어 보이며 말했다. 그와 퍼지가 병동을 나가자 폼프리 선생이 얼른 가서 다시 문을 잠갔다. 그녀는 화가 나서 혼잣말을 중얼거리며 사무실로 돌아갔다.

병동 저 끝에서 나지막한 신음이 들렸다. 론이 깨어난 것이다. 그는 일어나 앉아 머리를 문지르며 주위를 둘러보았다.

"무, 무슨 일이야?" 그가 앓는 소리를 냈다. "해리? 우리가 왜 여기 있어? 시리우스는 어디에 있고? 루핀 교수님은? 뭐가 어떻게 된 거야?"

해리와 헤르미온느가 서로를 바라보았다.

"네가 설명해." 해리가 초콜릿을 좀 더 먹으며 말했다.

해리, 론, 헤르미온느는 다음 날 정오에 병동을 나왔다. 성은 거의 비어 있었다. 날씨가 찌는 듯 덥고 시험이 끝났다는 건, 모두가 또 한 번의 호그스미드 방문이라는 혜택을 온전히 누리고 있다는 뜻이었다. 하지만 론도 헤르미온느도 딱히 가고 싶은 마음이 없었으므로 그들은 해리와 함께 지난밤에 있었던 사건들에 대해 이야기하고, 시리우스와 벅빅이 지금쯤 어디에 있을지 궁금해하면서 교정을 거닐었다. 호수 근처에 앉아 대왕오징어가 물 위로 느릿느릿 촉수를 흔들어 대는 모습을 지켜보던 해리는 맞은편 기슭을 바라보다가 대화를 놓치고 말았다. 그 수사슴은 바로 어젯밤 저기서부터 그에게로 질주해 왔다…….

문득 그들 위로 그늘이 드리워졌다. 고개를 들자, 눈을 게슴츠레하게 뜨고 있는 해그리드가 보였다. 그는 식탁보만 한 손수건으로 땀에 젖은 얼굴을 닦으며 그들을 내려다보면서 활짝 미소 짓고 있었다.

"좋아해선 안 된다는 거 알아. 어젯밤에 그런 일이 있었는데." 그가 말했다. "그러니까 블랙이 다시 도망치고, 뭐 그런 일들 말이야. 그런데 무슨 일이 있었는지 아니?"

"뭔데요?" 그들은 궁금한 척하며 물었다.

"비키 말이야! 비키가 도망쳤어! 자유로워졌다고! 밤새 축배를 들었지!"

"정말 잘됐네요!" 헤르미온느가 금방이라도 웃음을 터뜨릴 것 같은 론을 나무라듯 쏘아보며 그렇게 말했다.

"그래…… 녀석을 제대로 묶어 놓지 않았나 봐." 해그리드가 기분 좋게 교정 저편을 바라보며 말했다. "오늘 아침에는 걱정이 되더라고……. 녀석이 교내에서 루핀 교수를 만났을까 봐 말이야. 하지만 루핀 교수는 어젯밤에 아무것도 먹지 않았다더구나……."

"네?" 해리가 재빨리 물었다.

"이런, 애기 못 들었냐?" 해그리드가 말했다. 그의 미소가 살짝 흐려졌다. 근처에 아무도 없었지만 그는 목소리를 낮췄다. "어…… 스네이프 교수가 오늘 아침 슬리데린 학생들한테 말해 줬거든……. 지금쯤이면 모두가 알 거라 생각했는데……. 그게, 루핀 교수는 늑대인간이었어. 게다가 어젯밤에는 교정에서 변신했고. 당연히 지금 짐을 싸고 있지."

"*짐을 싼다고요?*" 해리가 놀라서 물었다. "왜요?"

"떠나려는 거 아니겠냐?" 해리가 그런 질문을 했다는 것에 놀란 듯 해그리드가 말했다. "오늘 날이 밝자마자 사직했어. 다시 그런 위험을 무릅쓸 수는 없다면서."

해리는 허둥지둥 일어섰다.

"교수님을 만나야겠어." 해리가 론과 헤르미온느에게 말했다.

"하지만 사직하셨다면……."

"우리가 할 수 있는 일은 아무것도 없을 것 같은데……."

"상관없어. 그래도 뵙고 싶어. 이따가 여기서 다시 만나자."

루핀의 연구실 문은 열려 있었다. 이미 짐을 거의 싸 놓은 상태였다. 그린딜로의 빈 수조가 낡아 빠진 오래된 여행 가방 옆에 놓여 있고 가방은 꽉 찬 채 열려 있었다. 루핀은 몸을 숙이고 책상 위에 있는 뭔가를 보고 있다가 해리가 문을 두드리자 고개를 들었다.

"네가 오는 걸 봤다." 루핀이 미소를 머금으며 말했다. 그는 들여다보고 있던 양피지를 가리켰다. 도둑 지도였다.

"방금 해그리드를 만났어요." 해리가 말했다. "해그리드 말이, 교수님이 사직하셨다고 하던데요. 사실이 아니죠? 그렇죠?"

"미안하지만 사실이란다." 루핀이 말했다. 그는 책상 서랍을 열어 내용물을 꺼내기 시작했다.

"왜요?" 해리가 물었다. "설마 마법 정부에서 교수님이 시리우스를 도왔다고 생각하는 건가요?"

루핀은 가까이 다가와 해리를 들여보내고 문을 닫았다.

"아니야. 덤블도어 교수님께서 내가 너희 목숨을 구하려 했다고 퍼지 총리를 간신히 설득하셨단다." 그가 한숨을 쉬었다. "세베루스한테는 그게 결정타였지. 멀린 훈장을 받지 못하게 된 게 큰 충격이었던 것 같다. 그래서 세베루스가, 음…… 오늘 아침 식사 시간에 실수로 내가 늑대인간이라는 말을 해 버렸단다."

"고작 그런 이유로 떠나시다뇨!" 해리가 말했다.

루핀은 쓴웃음을 지었다.

"내일 이 시간쯤이면 학부모들이 보낸 부엉이가 속속 도착할 거다. 그들은 늑대인간이 자기 자식들을 가르치길 바라지 않을 거야, 해리. 어젯밤 이후로 나도 그 사람들을 이해하게 됐고. 나는 너희 중 누구라도 물 수 있었어……. 그런 일은 결코 다시 일어나선 안 돼."

"교수님은 여태껏 우리가 만났던 어둠의 마법 방어법 교수님 중에서 최고란 말이에요!" 해리가 말했다. "가지 마세요!"

루핀은 고개를 저으며 말을 아꼈다. 그는 계속 서랍만 비웠다. 해리가 그를 붙잡을 만한 말을 생각해 내려 애쓰고 있는데 잠시 후 루핀이 입을 열었다. "오늘 아침 교장 선생님한테 들었는데 어젯밤에 네가 많은 생명을 구했더구나, 해리. 내게 뭔가 자랑스러워할 만한 일이 있다면 그건 네가 참 많은 걸 배웠다는 거다. 네 패트로누스 이야기 좀 해 봐라."

"그건 어떻게 아셨어요?" 해리는 무엇보다 그 말에 정신이 팔렸다.

"그게 아니면 뭐가 디멘터들을 몰아냈겠니?"

해리는 무슨 일이 있었는지 루핀에게 이야기해 주었다. 그가 이야기를 마치자 루핀은 다시 미소 지었다.

"그래, 네 아버지는 언제나 수사슴으로 변신했지." 그가 말했다. "네가 추측한 게 맞다……. 그래서 우린 제임스를 프롱스라고 불렀지."

루핀은 마지막으로 책 몇 권을 가방에 던져 넣고 책상 서랍을 닫은 뒤 고개를 돌려 해리를 바라봤다.

"자, 어젯밤 악쓰는 오두막에서 가져왔다." 그가 해리에게 투명 망토를 돌려주며 말했다. "그리고……." 그는 망설이다가 도둑 지도도 내밀었다. "더 이상 네 선생이 아니라서 그런지 이것까지 돌려준다고 해서 죄책감이 들지는 않는구나. 나한테는 소용이 없지만, 너랑 론이랑 헤르미온느한테는 쓸모가 있을 거다."

해리는 지도를 받아 들고 씩 웃었다.

"교수님은 무니, 웜테일, 패드풋, 프롱스가 저를 학교 밖으로 꾀어내고 싶어 할 거라고 하셨잖아요……. 그 사람들은 그걸 재미있어할 거라고요."

"우리라면 실제로 그랬을 거야." 루핀이 이제 손을 아래로 뻗어 가방을 닫으며 말했다. "자기 아들이 성 밖으로 나가는 비밀 통로 하나 찾아내지 못했다면 제임스는 분명 굉장히 실망했을 거다."

문 두드리는 소리가 났다. 해리는 얼른 도둑 지도와 투명 망토를 주머니에 쑤셔 넣었다.

덤블도어 교수였다. 그는 해리가 있는 것을 보고도 놀라지 않은 듯했다.

"자네를 태울 마차가 교문 앞에 와 있네, 리머스." 그가 말했다.

"고맙습니다, 교장 선생님."

루핀은 낡은 가방과 빈 그린딜로 수조를 집어 들었다.

"그럼, 잘 있어라, 해리." 그가 미소를 머금으며 말했다. "너를 가르칠 수 있어서 정말 즐거웠다. 언젠가 꼭 다시 만날 거라는 느낌이 들어. 교장 선생님, 교문까지 바래다주실 필요 없습니다. 혼자 갈 수 있어요……."

해리는 루핀이 가능한 한 빨리 떠나고 싶어 한다는 느낌을 받았다.

"그럼 잘 가게, 리머스." 덤블도어가 담담하게 말했다. 루핀은 그린딜로 수조를 살짝 움직여 덤블도어와 악수했다. 그런 다음 마지막으로 해리에게 고개를 끄덕이고 아주 잠깐 미소 지어 보이더니 연구실을 나갔다.

해리는 루핀의 연구실 빈 의자에 앉아 침울하게 바닥을 내려다보다가 문 닫히는 소리를 듣고 고개를 들었다. 덤블도어가 아직 거기에 있었다.

"왜 그렇게 슬퍼하는 게냐, 해리?" 그가 조용히 물었다. "어젯밤 일을 생각하면 아주 자랑스러워해야 마땅한데."

"달라진 게 아무것도 없어요." 해리가 씁쓸하게 말했다. "페티그루가 도망쳤잖아요."

"달라진 게 아무것도 없다고?" 덤블도어가 조용히 말했다. "세상에 그렇게 달라진 일도 없을 거다, 해리. 너는 진실을 밝히는 데 도움을 주었다. 끔찍한 운명에 처한 무고한 목숨을 구했어."

'끔찍한'. 그때 뭔가가 해리의 기억을 뒤흔들었다. '어느 때보다도 위대하고 끔찍한······.' 트릴로니 교수의 예언!

"덤블도어 교수님, 어제 점술 시험을 볼 때 트릴로니 교수님이 정말, 아주 이상했어요."

"그래?" 덤블도어가 말했다. "흠, 평소보다 더 이상했다는 말이지?"

"네······ 아주 낮은 목소리로 눈알을 굴리면서 말했어요······. 자정이 되기 전에 볼드모트의 부하가 그자에게 돌아갈 거라고요······. 트릴로니 교수님 말로는 그 부하가 볼드모트가 힘을 되찾도록 도와줄 거래요." 해리는 덤블도어를 올려다보았다. "그러더니 트릴로니 교수님이 뭐랄까, 원래대로 돌아왔는데 자기가 한 말을 전혀 기억하지 못하더라고요. 그건…… 교수님이 진짜 예언을 한 걸까요?"

덤블도어는 깊은 인상을 받은 표정이었다.

"글쎄다, 해리. 그럴지도 모르겠구나." 그가 생각에 잠겨서 말했다. "누가 생각이나 했겠니? 트릴로니 교수가 진짜 예언을 한 게 그걸로 두 번째구나. 봉급이라도 올려줘야겠는걸……."

"하지만……." 해리는 경악해서 그를 바라보았다. 덤블도어는 어떻게 이 말을 그토록 태연하게 받아들일 수 있을까?

"하지만…… 제가 시리우스랑 루핀 교수님이 페티그루를 죽이지 못하게 했어요! 그러니까 볼드모트가 돌아온다면 그건 제 잘못이에요!"

"그렇지 않다." 덤블도어가 조용히 말했다. "타임 터너를 통해 과거로 돌아가는 경험을 하면서 아무것도 배우지 못했니, 해리? 우리가 한 행동의 결과는 늘 너무나 복잡하고 다양해서 미래를 예측한다는 건 정말이지 아주 어려운 일이란다……. 딱하게도 트릴로니 교수가 바로 그 살아 있는 증거야. 페티그루의 목숨을 살려 주었으니 너는 아주 고귀한 일을 한 거다."

"하지만 그자의 도움으로 볼드모트가 힘을 되찾기라도

한다면……!"

"페티그루는 너에게 목숨을 빚졌다. 너는 너에게 빚을 진 사람을 볼드모트에게 보낸 거야. 한 마법사가 다른 마법사의 목숨을 구해 주면 그 둘 사이에는 어떤 연대가 생긴단다……. 그리고 볼드모트가 해리 포터에게 빚을 진 부하를 좋아한다면 내가 그자를 잘못 안 거겠지."

"저는 페티그루와 연대하고 싶지 않아요!" 해리가 말했다. "그 사람은 제 부모님을 배신했어요!"

"이건 가장 심오하고 헤아릴 수 없는 마법이란다, 해리. 하지만 나를 믿거라……. 언젠가는 네가 페티그루의 목숨을 구해 줘서 다행이라고 생각할 때가 올 거야."

해리는 그때가 언제일지 상상할 수 없었다. 덤블도어는 해리가 무슨 생각을 하고 있는지 안다는 듯한 표정이었다.

"나는 네 아버지를 아주 잘 안다. 호그와트 시절에도, 그 이후에도 말이야, 해리." 그가 부드럽게 말했다. "네 아버지였더라도 페티그루를 살려 줬을 거야. 그건 확신한다."

해리는 그를 올려다보았다. 덤블도어라면 웃지 않을 것이기에 말할 수 있었다…….

"어젯밤에…… 저는 아빠가 패트로누스를 불러낸 거라고 생각했어요. 그러니까 호수 맞은편에서 저 자신을 봤을 때 말이에요……. 아빠를 봤다고 생각했어요."

"그럴 수도 있지." 덤블도어가 부드럽게 말했다. "아마 이런 말을 듣는 것도 지겹겠지만, 너는 놀랄 만큼 제임스를 빼닮았단다. 눈을 빼면 말이야……. 눈은 어머니를 닮았지."

해리는 고개를 저었다.

"멍청했어요, 아빠라고 생각했다니." 그가 중얼거렸다. "그러니까, 아빠가 돌아가셨다는 건 저도 아는데 말이에요."

"너는 우리가 사랑했던 사람들이 죽어서 정말로 우리 곁을 떠난다고 생각하니? 엄청난 곤경에 처해 있을 때 그들을 어느 때보다도 선명하게 떠올리는 것 같지 않아? 네 아버지는 네 안에 살아 계신다, 해리. 그리고 네가 아버지를 필요로 할 때 가장 선명하게 모습을 드러내지. 그게 아니면 네가 어떻게 하필 그 패트로누스를 만들어 낼 수 있었겠니? 어젯밤에는 프롱스가 다시 나타난 거야."

해리는 잠시 뒤에야 덤블도어의 말이 무슨 뜻인지 깨달았다.

"시리우스가 어젯밤 나한테 자기들이 애니마구스가 된 얘기를 모두 들려주었단다." 덤블도어가 미소를 머금으며 말했다. "대단한 성취지. 특히, 나한테 비밀로 한 것 말이다. 그제야 래번클로와의 퀴디치 시합에서 말포이 군에게 돌진한 네 패트로누스가 굉장히 특이한 모습을 하고 있었던 게 떠오르더구나. 그러니 어젯밤 너는 네 아버지를 본 게 맞아, 해리……. 네 안에서 아버지를 발견한 거란다."

그러더니 덤블도어는 해리를 아주 혼란스러운 생각 속에 남겨 둔 채 연구실을 나갔다.

해리, 론, 헤르미온느와 덤블도어 교수를 제외하면 호그와트에서 시리우스와 벅빅과 페티그루가 사라진 날 밤 일어난 일의 진실을 아는 사람은 아무도 없었다. 학기 말이 다가오자, 정말은 이랬다는 온갖 추측이 해리의 귀에 들려왔지만 그중 진실에 가까운 이야기는 하나도 없었다.

말포이는 벅빅 때문에 화가 나서 길길이 뛰었다. 해그리드가 히포그리프를 안전한 곳으로 빼돌릴 방법을 찾아냈다고 확신한 그는 자신과 자신의 아버지가 일개 숲지기에게 한 방 먹었다는 사실에 분통이 터지는 듯했다. 한편 퍼시 위즐리는 시리우스가 도망친 사건에 관해 할 말이 많았다.

"정부에 들어가면 마법 사법부에 제안할 게 아주 많아!" 그가 귀를 기울여 주는 유일한 사람인 여자 친구 페넬러피에게 말했다.

날씨는 완벽했고, 분위기는 쾌활했고, 시리우스를 탈출

시킨다는 불가능에 가까운 일을 해냈다는 것도 알고 있었지만, 해리는 어느 때보다 좋지 않은 기분으로 학년 말을 맞았다.

루핀 교수가 떠나는 것을 보고 안타까워한 사람은 확실히 해리뿐만이 아니었다. 어둠의 마법 방어법 수업을 듣는 학생 모두가 루핀의 사직을 안타까워했다.

"다음에는 또 어떤 인간을 들이밀려나." 셰이머스 피니건이 우울하게 말했다.

"뱀파이어일지도 모르지." 딘 토머스가 기대에 차서 말을 받았다.

해리의 마음을 짓눌러 오는 건 루핀 교수와의 이별만이 아니었다. 트릴로니 교수의 예언도 계속 생각하지 않을 수 없었다. 그는 페티그루가 지금 어디에 있을지, 그가 볼드모트와 함께할 피난처를 찾았을지 끊임없이 궁금해했다. 하지만 무엇보다도 해리의 기분을 처지게 만드는 것은 더즐리네 집으로 돌아가야 한다는 사실이었다. 30분쯤 될까, 그 눈부신 시간 동안 해리는 이제부터 시리우스와 살게 될 거라 믿었다……. 부모님의 가장 친한 친구와……. 그건 아버지를 되찾는 것에 버금가는 일이었으리라. 그래서 해리는 자신에게 집이 생겼을지도 모른다는 사실이나, 이제 그것이 불가능하다는 생각을 떠올리면 어쩔 수 없이 비참한 기분이 들었다. 시리우스에게서 아무 소식이 없다는 건 그가 무사히 숨었다는 뜻인 만큼 확실히 희소식이었는데도 그랬다.

시험 성적은 학기 마지막 날에 나왔다. 해리, 론, 헤르미온느는 모든 과목을 통과했다. 해리는 마법약을 통과한 것을 보고 놀랐다. 스네이프가 고의로 그를 낙제시키지 못하도록 덤블도어가 개입했을지도 모르겠다는 날카로운 의심이 들었다. 지난 한 주 해리를 대하는 스네이프의 태도는 경악스러울 정도였다. 그보다 더 심해질 수는 없을 거라 생각했는데, 그에 대한 스네이프의 증오는 실제로 더 심해졌다. 해리를 볼 때마다 스네이프의 가느다란 입술 한끝이 불쾌하게 움찔거렸다. 해리의 목을 움켜쥐고 싶어 근질거린다는 듯 끊임없이 손가락을 구부리기도 했다.

퍼시는 N.E.W.T. 최고 등급을 받았다. 프레드와 조지도 턱걸이로 O.W.L. 등급을 몇 개 따냈다. 한편 그리핀도르 기숙사는 퀴디치 시합에서의 우수한 성적에 크게 힘입어 3년 연속으로 기숙사 챔피언십에서 우승했다. 이는 종강 연회가 진홍색과 금색 장식들에 에워싸인 채 열릴 것이며, 모두가 축하하는 와중에 그리핀도르 식탁이 가장 시끄러울 것이라는 뜻이었다. 해리도 다른 아이들과 함께 먹고 마시고 웃고 떠들며 다음 날 더즐리네로 돌아가는 일을 잊을 수 있었다.

이튿날 아침 호그와트 급행열차가 기차역을 출발하자 헤르미온느가 해리와 론에게 조금 놀라운 소식을 전해 주었다.

"오늘 아침, 식사 직전에 맥고나걸 교수님을 만나러 갔었어. 머글학 수강을 취소할 생각이야."

"하지만 넌 그 과목 시험 성취도가 320퍼센트나 되잖아!" 론이 말했다.

"나도 알아." 헤르미온느가 한숨을 쉬었다. "하지만 다음 학기에도 이런 식으로 했다간 못 버틸 거야. 그 타임 터너 말이야, 그것 때문에 미칠 것 같아. 교수님께 돌려드렸어. 머글학과 점술을 빼면 다시 정상적인 시간표가 될 거야."

"나는 아직도 네가 우리한테 그 얘기를 안 했다는 게 믿어지지 않아." 론이 심통스럽게 말했다. "친구라고 생각했는데."

"아무한테도 말하지 않기로 약속했대도." 헤르미온느가 엄격한 목소리로 대꾸했다. 그녀는 고개를 돌려 해리를 보앉다. 그는 호그와트 성이 산 뒤로 사라지는 모습을 지켜보고 있었다. 저 성을 다시 보기까지는 두 달이 통째로 남아 있었다……

"이런, 기운 내, 해리!" 헤르미온느는 그런 그가 안쓰러운 듯했다.

"괜찮아." 해리가 재빨리 말했다. "그냥 방학을 생각하고 있었어."

"그래, 나도 방학 생각을 하고 있었어." 론이 말했다. "해리, 너 우리 집에서 같이 지내자. 내가 엄마 아빠랑 얘기해 보고 너한테 연락할게. 이젠 존하기를 어떻게 쓰는지 알아……"

"*전화기야*, 론." 헤르미온느가 말했다. "진짜, *너야말로* 다음 학기에 머글학을 들어야겠다……"

론은 헤르미온느의 말을 못 들은 척했다.

"올여름에 퀴디치 월드컵이 열려! 어때, 해리? 우리 집에 와서 같이 지내다가 월드컵을 보러 가는 거야! 보통 아빠가 직장에서 표를 구해 오시거든."

이 제안은 확실히 해리의 기운을 북돋워 주었다.

"그래…… 더즐리 가족은 나를 기꺼이 보내 줄 거야……. 내가 마지 고모한테 한 짓이 있으니 더더욱……"

훨씬 기운을 차린 해리는 론, 헤르미온느와 폭발하는 카드 게임을 몇 판 하고, 간식 수레를 끄는 마법사가 도착하자 거한 점심을 샀다. 단, 초콜릿은 전혀 들어 있지 않은 것으로.

하지만 그를 정말로 행복하게 만든 일은 늦은 오후가 되어서야 일어났다……

"해리." 헤르미온느가 해리의 어깨 너머를 바라보며 불쑥 말했다. "창밖에 저거 뭐야?"

해리는 창밖을 보려고 고개를 돌렸다. 아주 작은 회색빛 뭔가가 유리창 너머에서 위아래로 움직이며 보였다 안 보였다 하고 있었다. 그는 자세히 보기 위해 자리에서 일어났다. 그것은 몸집에 비해 너무 큰 편지를 물고 있는 작디작은 부엉이였다. 사실 그 부엉이는 너무 작아 끊임없이 공중에서 데굴데굴 구르고 기차의 속력에 이리저리 휩쓸리고 있었다. 해리는 재빨리 창문을 열고 팔을 뻗어 부엉이를 잡았다. 녀석은 아주 북슬북슬한 스니치 같았다. 그는 부엉이를 조심스럽게 안으로 들여놓았다. 부엉이는 해리의 자리에 편지를 떨어뜨리고는 객실 안을 쌩 날아다니기 시작했다. 임무를 마쳐서 매우 기쁜 듯했다. 헤드위그가 위엄이 깃든 못마땅한 기색으로 부리를 딱딱거렸다. 크룩섕스가 자리에 똑바로 앉더니 큼직한 노란 눈으로 그 부엉이를 쫓았다. 눈치를 챈 론이 부엉이를 얼른 안전하게 잡아챘다.

해리는 편지를 집어 들었다. 그 앞으로 온 편지였다. 그가 편지를 뜯어서 열더니 소리쳤다. "시리우스한테서 온 거야!"

"뭐라고?" 론과 헤르미온느가 흥분해서 외쳤다. "소리 내서 읽어 봐!"

해리에게.

네가 이모네 집에 도착하기 전에 이 편지를 받았으면 좋겠다. 그 사람들이 부엉이 우편에 익숙한지 잘 몰라서 말이야.

벅빅과 나는 은신처에 있단다. 어디인지는 알려 주지 않으마. 이 편지가 엉뚱한 사람 손에 들어갈 때를 대비해야 하니까. 이 부엉이를 믿을 수 있는지 좀 의심이 들긴 하지만, 내가 찾을 수 있는 녀석 중에서는 제일 나았다. 일에 대한 열의도 무척 강해 보였고.

디멘터들이 아직 나를 찾고 있는 것 같다만 여기라면 놈들이 나를 찾아낼 가능성은 없어. 나는 머지않아 호그와트에서 멀리 떨어진 곳에 있는 머글들에게 살짝 모습을 드러낼 계획이다. 호그와트 성의 보안 조치가 해제되도록 말이야.

우리의 짧은 만남 동안 너에게 말해 줄 기회가 전혀 없었던 일이 한 가지 있다. 너에게 파이어볼트를 보낸 사람은 나였단다.

"하!" 헤르미온느가 의기양양해서 말했다. "봤지! 내가 뭐랬어. 시리우스가 보냈댔잖아!"
"그래, 그런데 저주를 걸진 않았잖아?" 론이 대꾸했다. "아얏!"
론의 손에 들려 즐겁게 부엉부엉 울던 작은 부엉이가 자기 딴에는 애정 어린 방식으로 그의 손가락을 살짝 깨물었다.

크룩섕스가 나 대신 부엉이 우체국에 주문서를 가져다주었다. 네 이름을 쓰긴 했지만 돈은 그린고츠 711번 금고, 그러니까 내 금고에서 가져가라고 했다. 부디 네 대부가 보내는 지난 열세 번의 생일 선물 대신이라고 생각해 다오.
작년에 네가 이모부의 집을 나온 날 밤에 널 놀라게 했던 것도 사과하고 싶다. 나는 단지 북쪽으로 떠나기 전에 너를 잠깐 보고 싶었을 뿐인데 내 모습이 너를 놀라게 한 것 같더구나.
다른 것도 동봉한다. 아마 그게 내년 너의 호그와트 생활을 더 즐겁게 만들어 줄 거다.

언제든 내가 필요하면 편지를 보내거라. 네 부엉이가 나를 찾아낼 테니. 곧 다시 편지하마.

시리우스

해리는 허겁지겁 봉투 안을 들여다보았다. 또 한 장의 양피지가 들어 있었다. 그는 양피지를 빠르게 읽어 내렸다. 뜨거운 버터맥주 한 병을 단숨에 들이컨 것처럼 갑자기 따뜻한 만족감이 몰려왔다.

해리 포터의 대부인 나, 시리우스 블랙은 해리가 주말에 호그스미드를 방문하는 것을 허락한다.

"덤블도어 교수님은 이거면 충분히 허락하실 거야!" 해리가 즐거워하며 말했다. 그는 편지 뒷면을 보았다.

"잠깐, 추신이 있어……."

네 친구 론이 이 부엉이를 갖고 싶어 할지 어떨지 모르겠구나. 그 친구의 쥐가 없어진 건 내 탓이니까.

론의 눈이 휘둥그레졌다. 조그만 부엉이는 여전히 신이 나서 부엉부엉 울고 있었다.

"얘를 가지라고?" 그가 머뭇거리며 말했다. 그는 잠시 부엉이를 가까이서 들여다보더니, 해리와 헤르미온느에게는 무척 놀랍게도, 크룩섕스한테 내밀어 냄새를 맡게 했다.

"어떤 것 같아?" 론이 고양이에게 물었다. "부엉이가 확실해?"

크룩섕스가 가르랑거렸다.

"그럼 됐어." 론이 기쁜 듯 말했다. "이 녀석은 내 거야."

해리는 킹스크로스역으로 가는 내내 시리우스가 보낸 편지를 읽고 또 읽었다. 론, 헤르미온느와 함께 9와 4분의 3번 승강장 벽을 지날 때까지도 편지를 손에 꽉 쥐고 있었다. 해리는 단번에 이모부를 발견했다. 그는 위즐리 부부에게서 멀찌감치 떨어져 서서 의심스러운 눈으로 그들을 바라보고 있었다. 위즐리 부인이 해리를 반갑게 끌어안자, 버넌 이모부가 품었던 최악의 의혹이 확인된 듯했다.

"월드컵 때 전화할게!" 해리가 론과 헤르미온느에게 작별 인사를 한 다음 여행 가방과 헤드위그의 새장을 실은 수레를 버넌 이모부 쪽으로 돌렸을 때 론이 그의 등 뒤에 대고 소리쳤다. 버넌 이모부는 평소 방식대로 해리를 환영했다.

"그건 뭐냐?" 그가 여전히 해리의 손에 쥐여 있던 편지 봉투를 노려보며 으르렁댔다. "내가 서명해야 할 또 다른 서류라면, 넌 또 한 번……."

"아닌데요." 해리가 명랑하게 말했다. "제 대부가 보낸 편지예요."

"대부?" 버넌 이모부가 침을 튀겼다. "너한테 대부가 어딨어!"

"아뇨, 있어요." 해리가 밝은 목소리로 말했다. "우리 엄마 아빠의 가장 친한 친구였어요. 유죄판결을 받은 살인자지만, 마법사 감옥에서 탈출해서 도주 중이에요. 그래도 저랑은 연락하며 지내고 싶어 하시네요……. 제 소식도 계속 듣고…… 제가 잘 지내는지 확인도 하고요……."

해리는 버넌 이모부의 얼굴에 겁에 질린 표정이 떠오르는 것을 보고 씩 웃으며, 수레 위에서 덜컹거리는 헤드위그의 새장을 앞세운 채 역 출구로 향했다. 지난번보다는 훨씬 나은 여름을 기대하며.

(제4권 《해리 포터와 불의 잔 1》에서 계속됩니다.)

패트로누스

♦ 그리핀도르 ♦

점점 다가오는 디멘터의 그르렁거리는 숨소리와 후드로 가려진 불길한 얼굴은 노련한 오러조차 등줄기가 오싹해지게 만들 수 있습니다. 마법사들에게 알려진 가장 어려운 마법 중 하나인 패트로누스 마법은 아즈카반의 디멘터들을 상대하는 유일한 마법으로, 이때 쓰는 주문인 '엑스펙토 패트로눔'은 '나는 수호자를 기다린다'라는 뜻입니다.

고도의 전문 기술인 이 방어 마법은 디멘터를 비롯한 해로운 생명체들을 막아 주는 마법의 방패를 만들어 냅니다. 하지만 이 마법은 좋은 기분과 행복한 기억(디멘터들이 먹고사는 바로 그것)을 이용해야 쓸 수 있으므로, 무자비하게 영혼을 빨아내는 그 생명체들이 덤벼들 때는 걸기가 쉽지 않습니다.

사실, 마법사 세계에서 완전한 형태의 패트로누스를 만들어 낼 수 있는 사람은 몇 없습니다. 루비우스 해그리드처럼 기복이 심한 마법 능력을 가진 마법사들은 꿈도 꾸기 힘든 마법이지요. 헤르미온느 그레인저조차 호그와트 급행열차에서 루핀 교수가 패트로누스를 소환하는 것을 처음 보았을 때나, 이후 덤블도어가 그리핀도르와 후플푸프의 퀴디치 시합에서 디멘터 무리를 물리치고자 어쩔 수 없이 패트로누스를 만들어 냈을 때, 이 드문 종류의 마법을 알아보지 못했습니다.

미숙한 마법사가 이 주문을 시도하면 마법 지팡이 끝에서 은빛의 안개나 증기만 만들어질 뿐인데, 이런 안개나 증기는 주문을 건 사람을 조금밖에 보호해 주지 못합니다. 진정한 패트로누스는 동물의 형상을 취하는데(이런 패트로누스를 '실체를 갖춘 패트로누스'라고 합니다), 대체로 주문을 건 사람의 성격에서 가장 내면적인 본질을 드러내는 동물이나 주문을 건 사람이 아주 좋아하는 동물의 모습입니다. 그것의 정확한 형태는 사람마다 다릅니다. 예컨대 그리핀도르 출신인 알버스 덤블도어의 패트로누스는 그가 아주 특별한 관계를 맺고 있는, 놀라운 마법 능력을 가진 희귀한 생명체인 불사조입니다. 그의 남동생 애버포스의 패트로누스는 염소로, 애버포스는 어린 시절부터 유난히 염소를 좋아했습니다.

하지만 뛰어난 마법사는 자신의 진짜 패트로누스를 위장하기 위해, 마음만 먹으면 실체가 없는 패트로누스를 불러낼 수도 있습니다. 예컨대 루핀 교수는 늑대 형상인 자신의 패트로누스가 늑대인간이라는 그의 정체를 드러낼지 모른다는 두려움에 실체가 없는 패트로누스를 씁니다. 동물의 크기가 패트로누스의 능력을 나타내는 지표가 아니라는 점은 짚어 두어야겠습니다. 셰이머스 피니건의 여우 같은 작은 동물도 지니 위즐리의 말처럼 비교적 큰 생명체와 동등한 힘을 갖습니다.

이런 마법의 수호자를 불러내는 일에는 행복을 느꼈던 강렬한 기억이 필요하므로, 종종 사랑이 패트로누스의 이면에 있는 기억의 원천이 되곤 합니다. 해리가 아버지인 제임스 포터에게서 물려받은 수사슴 패트로누스는 가족에 대한 그의 사랑을 표현합니다. 덤블도어 교수가 해리에게 짚어 주었듯이, 해리의 아버지가 남기고 간 일부는 사실 한 번도 해리를 떠난 적이 없는 셈입니다.

마법사가 살아가는 동안 엄청난 충격이나 감정적 동요를 겪으면 패트로누스가 바뀔 수도 있습니다. 패트로누스는 가끔 평생의 반려를 상징하는 동물의 형상으로 변하는데, 이는 사랑하는 사람 자체가 패트로누스를 만들어 내는 행복한 생각의 원천이 되기 때문입니다. 그런 패트로누스는 진정하고 영원한 사랑의 결속을 나타냅니다.

능력이 뛰어난 마법사들은 멀리 떨어진 곳에서도 패트로누스 주문을 걸 수 있는데, 이 경우 패트로누스 마법은 긴급한 메시지를 보내는 편리

HERMIONE CORPOREA

헤르미온느 그레인저의 실체를 갖춘 패트로누스

한 수단이 됩니다. 알버스 덤블도어가 죽은 뒤, 아서 위즐리가 가족들에게 루퍼스 스크림저와 함께 버로로 가고 있다고 경고하기 위해 자신의 족제비 패트로누스를 보냈듯이 말이죠.

마음이 순수하지 않은 마법사는 패트로누스를 만들어 낼 수 없다고 합니다. 패트로누스 마법으로 물리쳐야 할 생명체들과 동맹 관계에 있는 어둠의 마법사들에게는 이 주문이 필요 없습니다. 어둠의 마법과 싸우는 사람들에게는 이 마법이 마법 무기고에 들어 있는 아주 중요한 마법이지요. 덤블도어의 군대에 속한 주목할 만한 몇몇은 필요의 방에서 해리의 가르침을 받아 이 마법을 거는 법을 배우는데, 그중에는 론(잭 러셀 테리어)과 헤르미온느(수달)도 있습니다. 우수한 학생인 헤르미온느조차 이 마법이 너무 어려워서 애를 먹긴 합니다만. 비범한 마법 능력의 지표로 여겨지는 마법이기에, 이 마법을 쓸 줄 아는 마법사들은 마법 정부에서 일하게 되는 경우가 많습니다. 어른이 된 해리 포터와 헤르미온느 그레인저처럼 말이죠.

강동혁은 서울대학교 영문학과와 사회학과를 졸업하고 같은 학교 대학원에서 영문학 석사학위를 받았다. 옮긴 책으로는 《신비한 동물사전 원작 시나리오》, 《일곱 건의 살인에 대한 간략한 역사》, 《레스》, 《이 소년의 삶》 등이 있다.

해리 포터와 아즈카반의 죄수(그리핀도르 기숙사 에디션)

초판 1쇄 인쇄 2023년 3월 7일
초판 1쇄 발행 2023년 4월 7일

지은이 | J.K. 롤링
옮긴이 | 강동혁
발행인 | 강봉자, 김은경

펴낸곳 | (주)문학수첩
주소 | 경기도 파주시 회동길 503-1(문발동 633-4) 출판문화단지
전화 | 031-955-9088(마케팅부), 9532(편집부)
팩스 | 031-955-9066
등록 | 1991년 11월 27일 제16-482호

홈페이지 | www.moonhak.co.kr
블로그 | blog.naver.com/moonhak91
이메일 | moonhak@moonhak.co.kr

ISBN 979-11-92776-04-0 04840
  978-89-8392-469-8 (세트)

* 파본은 구매처에서 바꾸어 드립니다.